La Villa
des Secrets

La Villa
des Secrets

ROSANNA LEY

Traduit de l'anglais
par Ariane Maksioutine

City
Poche

Pour Caroline,
avec tout mon amour.

© **City Editions 2013 pour la traduction française**
© 2012 Rosanna Ley
Publié en Grande-Bretagne par Quercus sous le titre *The Villa*
ISBN : 978-2-8246-0516-6
Code Hachette : 57 4450 9
Couverture : Studio City/Shutterstock

Rayon : Roman / Poche
Collection dirigée par Christian English & Frédéric Thibaud.

Catalogue et manuscrits : www.city-editions.com

Dépôt légal : octobre 2014
Imprimé en France par France Quercy, 46090 Mercuès - n° 41245/

1

Tess n'ouvrit la lettre que bien plus tard, lorsqu'elle fut assise sur la plage.

Dans la précipitation qui avait précédé son départ au travail, ce matin-là, elle s'était à peine arrêtée sur l'enveloppe, s'étant contentée de la ramasser sur le paillasson avant d'embrasser sa fille Ginny et de lui souhaiter une bonne journée.

Elle sortit enfin la lettre de son sac, y lut son nom… « *Mlle Teresa Angel* », et son adresse inscrite en gros caractères gras. Affranchie et oblitérée à Londres.

Ginny était partie au lycée – toute en longues jambes, jean et tee-shirt rouge, yeux et cheveux noirs – tandis que Tess s'était rendue à la compagnie des eaux, où elle travaillait au service « Informations client ».

Un euphémisme pour « Réclamations », car, franchement, qui avait besoin de ce genre d'informations ? (« Vous tournez le robinet, ça coule ; mais autant boire de l'eau en bouteille, si vous voulez mon avis. »)

C'était sa pause déjeuner, et, comme elle le faisait souvent, elle était venue manger son sandwich sur Pride Bay, au bord de la mer, à cinq minutes en voiture. La brise accompagnait ce jour de début de printemps ; elle s'était donc elle aussi mise en sandwich entre une rangée de cabines de plage aux tons pastel et le haut mur de minuscules cailloux orange de Chesil Beach, dans l'ouest du Dorset. Cela permettait à Tess de profiter des remous de la mer tout en étant protégée. Elle ne retournerait pas travailler avant quatorze heures trente. Elle étira ses jambes. Les horaires variables, quelle merveilleuse invention !...

Tess glissa le doigt sous le rabat de l'enveloppe et la déchira avant d'en sortir une épaisse feuille de papier blanc crème qui lui donnait presque envie de la manger.

« *Chère Mlle Angel*, lut-elle. *Nous vous écrivons afin de vous informer...* » Ses yeux parcoururent le texte en diagonale. « *... suite à la perte tragique d'Edward Westerman.* » Edward Westerman ? Tess fronça les sourcils, interdite. Connaissait-elle un Edward Westerman ? Elle était sûre que non. Connaissait-elle même quelqu'un qui venait de mourir ? Non plus. Aurait-on contacté la mauvaise Teresa Angel ?... C'était peu probable. Elle poursuivit sa lecture. « *Concernant le legs...* » Le legs ? « *À la condition que...* » Le cerveau de Tess bouillonnait... La Sicile ?...

Tess termina la lettre avant de la lire une nouvelle fois. Des papillons s'étaient mis à voleter dans son ventre, puis une vague de pure adrénaline l'avait envahie... Elle n'arrivait pas à y croire. Elle posa les yeux sur la mer. La brise y formait désormais des lames gris olive.

Elle devait forcément être en train de rêver. Elle reprit la lettre et la lut une nouvelle fois tout en terminant son sandwich.

Eh bien... Qu'est-ce que sa mère allait en penser ?... Tess secoua la tête. Cela ne servait à rien d'y réfléchir. C'était une erreur. Ça devait *forcément* être une erreur.

Le ciel se couvrait, et Tess frissonnait malgré le châle de laine dont elle s'était enveloppée par-dessus sa veste de travail en sortant de la voiture, au port. Elle jeta un œil à sa montre : elle devait y aller. Mais si c'était vrai... Si ce n'était pas une mauvaise blague, alors... *La Sicile...*

Tess enfonça la lettre dans son sac et tenta de rassembler tous les éléments dans sa tête. Flavia, sa mère minuscule mais au tempérament explosif, était sicilienne – bien qu'elle ait quitté son foyer peu après ses vingt ans. Tess aurait aimé savoir pourquoi. Elle avait souvent essayé de lui tirer les vers du nez, mais Muma avait toujours refusé de parler de sa vie en Sicile. Avec un sourire, Tess se leva et ramassa son sac. Elle l'adorait, mais Muma était têtue, et la Sicile, un sujet tabou.

Tess s'efforça de se rappeler les quelques détails qu'elle avait réussi à obtenir au fil des ans. La famille de sa mère avait vécu dans une petite maison de pierres, lui avait-elle appris un jour, sur les terres d'un endroit qu'on appelait « Grand Villa ». Le propriétaire était un Anglais, si sa mémoire était bonne. Pouvait-il être l'Edward Westerman dont on lui parlait dans sa lettre ? Elle calcula alors et en conclut que, s'il s'agissait bien de lui, cet Edward Westerman était mort à un âge avancé.

Mais pourquoi aurait-il ?… Elle s'arrêta pour vider ses chaussures des minuscules cailloux qui s'y étaient glissés. Ce n'était pas facile d'affronter Chesil Beach en talons, même si Tess y était habituée. Elle partit en direction du port, passant devant les kiosques aux couleurs criardes qui proposaient des *fish and chips*, des barbes à papa et des glaces, puis devant les bateaux de pêche sur lesquels on avait pendu les filets pour les faire sécher.

L'odeur des poissons évidés y était entêtante. Malgré son nom, Pride Bay[1] n'avait pas de quoi s'enorgueillir. Mais ce lieu faisait partie de son enfance, et Tess s'y sentait chez elle. Par-dessus tout, c'était au bord de la mer. Et elle avait ça dans le sang, elle y était accro.

Elle se repassa mentalement le contenu de la lettre jusqu'à la voiture et, dès qu'elle fut assise sur le siège conducteur de sa Fiat 500, elle la récupéra, l'ouvrit en la lissant et s'empara de son portable. Il n'y avait qu'un moyen de vérifier.

---

1. Littéralement : « la baie de la fierté ». (NDT)

— Bonjour, Teresa Angel à l'appareil, dit-elle à la femme qui répondit. Vous m'avez écrit.

Tess repartit au travail en mode automatique, ressassant la conversation qu'elle venait tout juste d'avoir. C'était le genre de choses qui pouvait changer une vie. Mais… Elle tenta de se raisonner.

Elle avait trente-neuf ans et avait-elle envie de changement ? Cette idée pouvait s'avérer terrifiante. La vie de sa fille se modifiait à une vitesse incroyable, et Tess avait déjà du mal à s'y faire. Après tout, que deviendrait-elle si Ginny partait dans une université à des centaines de kilomètres de là, puis émigrait à Katmandou ?

Mais d'un autre côté… Qu'arriverait-il si sa vie n'évoluait pas ? Si Robin, son amant, ne quittait jamais Helen, sa femme froide et fragile, malgré ses éternelles promesses ? Si elle devait passer le restant de son existence à gérer les plaintes d'une compagnie des eaux ? C'était inconcevable.

2

Tess passa devant Jackaroo Square, orné de pots de géraniums rouges et blancs, puis devant le Centre Art déco. Le centre-ville était un peu tristounet, mais il s'animait un samedi sur deux avec le marché fermier et les représentations de danse Morris. Il fut un temps où la ville vivait du métier de cordage, mais aujourd'hui, la plupart des usines avaient été transformées en appartements, en bureaux ou en magasins d'antiquités.

La Sicile... Elle secoua la tête, incrédule, tout en tournant à droite et en se garant derrière l'immeuble de la compagnie des eaux. Puis elle marcha jusqu'à l'entrée principale, de l'autre côté du bâtiment.

Elle devrait appeler sa mère en premier. Hmm... Tess sortit son portable et sélectionna ROBIN. Mieux valait l'apprendre en face à sa mère. Mais il fallait absolument qu'elle le dise à quelqu'un tout de suite.

— Salut, toi...

Tess aimait la façon sensuelle dont il lui parlait. C'était comme s'il s'apprêtait à lui retirer ses vêtements un à un. Elle frissonna.

— Tu ne devineras jamais ce qui m'arrive.

— Quoi ? rit-il.

— J'ai reçu une lettre ce matin. D'un notaire londonien.

— Ah oui ? Bonne ou mauvaise nouvelle ?

Tess sourit. Elle devait retrouver Robin après le travail, car, le jeudi, Ginny rentrait tard du lycée. Deux fois par semaine, c'était leur moyenne ; trois, c'était bien ; quatre, sans précédent. Tout le temps qu'ils passaient ensemble filait à une vitesse folle.

Parfois, Tess se disait que, si elle n'avait pas d'horaires variables, ils ne se verraient jamais, ne partageraient jamais leurs déjeuners tardifs du lundi (où ils faisaient l'amour) ou leurs fins de journée le jeudi (qu'ils consacraient à la même activité). Comment pourraient-ils gérer leur relation ? Mais il était hors de question de s'attarder là-dessus maintenant.

— Bonne, je crois, répondit-elle.

— J'adore les bonnes nouvelles ! lança-t-il, un sourire dans la voix. Dis-moi tout !

Elle l'imaginait en train de gribouiller sur son agenda, à la page du jour… Peut-être une tête de poisson qui laisse échapper des bulles. Il s'était mis à agir ainsi à partir du moment où elle s'était inscrite à son premier cours de plongée. D'après elle, cela voulait dire qu'il était un peu jaloux. Ce qui ne lui déplaisait pas.

— On m'a légué une maison, annonça-t-elle.

Elle pouvait enfin le dire à voix haute. Elle alla s'asseoir sur le muret, à côté des hortensias. Elle aimait la façon dont la brise la pinçait, comme si elle cherchait à la réveiller : « Hé ! C'est le printemps. C'est l'heure du changement… »

— Quoi ?

— On m'a légué une maison, répéta-t-elle. En Sicile.

Oui, c'était vrai, elle ne rêvait pas.

— En Sicile ? s'étonna-t-il.

Elle ne pouvait pas lui en vouloir d'être surpris. Elle-même ne parvenait toujours pas à se faire à l'idée. Pourquoi Edward Westerman lui aurait-il légué sa maison ? Elle ne le connaissait même pas.

Et que ferait-elle d'une villa en Sicile ? On ne pouvait pas dire que ça collait parfaitement avec son quotidien. Sa vie était dans le Dorset, après tout. Avec Ginny. Avec sa mère et son père, qui ne vivaient qu'à quelques rues de sa maison victorienne, à Pridehaven. Et avec Robin – du moins, quand c'était possible.

— Oui, dit-elle. Une villa en Sicile.

« Grand Villa »... Était-elle si énorme que ça ?

— Tu plaisantes, Tess ?

— Je te jure que non, répondit-elle en se convainquant elle-même. Je sais que c'est bizarre, mais quelqu'un me l'a léguée dans son testament.

— Mais qui ?... demanda-t-il. Un vieil admirateur ?

Robin avait dix ans de plus qu'elle. Était-il lui aussi un vieil admirateur ? C'est ce que penserait Ginny. Si elle était au courant.

— Un homme que je n'ai jamais rencontré de ma vie. Edward Westerman.

Son nom avait une consonance plutôt romantique. Elle expliqua à Robin le peu de choses qu'elle avait apprises jusqu'ici.

— La vache, chérie ! lança-t-il.

— Et ce n'est pas tout.

Tess changea de position sur le muret. Et songea, maussade, au travail qui l'attendait à l'intérieur.

— Il y a une condition, annonça-t-elle.

Le notaire lui avait signalé que c'était une clause du legs. Évidemment, la vie regorgeait de ce genre de « surprises ». Faites un enfant à un homme en qui vous avez toute confiance, et il vous quittera pour fuir en Australie. Rencontrez quelqu'un de séduisant, sexy et drôle, tombez amoureuse de lui, et il sera marié... à quelqu'un d'autre.

— Laquelle ?

Robin semblait être dans le même état de choc que Tess.

— Je dois aller là-bas.

— En Sicile ?

— Oui. Je dois visiter la propriété. Avant de pouvoir...

Elle hésita. « En disposer », avait formulé le notaire.

— La vendre, dit-elle.

Combien pourrait-elle rapporter, de toute façon ? De quoi rembourser son emprunt immobilier ? De quoi lui payer quelques vacances ? *De quoi changer sa vie ?…*

La Sicile… Elle semblait presque l'appeler. Être attirée par un lieu chaud et ensoleillé n'avait rien de surprenant en soi, mais Tess avait été élevée par Muma, dont le regard s'assombrissait de douleur ou de colère, ou des deux, si vous lui parliez de son pays natal, de son enfance, de ses parents, de sa vie là-bas.

Vous n'aviez pas d'autre choix que de vous résigner : la Sicile était un territoire interdit. Mais Tess était en train de réaliser qu'en vérité…, elle ne s'était jamais vraiment résignée. Et déjà, une pensée, un espoir, une idée batifolait dans son esprit. Elle sentait de nouveau cette nervosité grandissante, ces papillons qui voletaient dans son ventre, ce frisson.

— Eh bien ! lança Robin.

Tess observa une abeille qui fonçait vers les primevères jaunes regroupées devant les hortensias. Elle y plongea la tête la première.

— Je sais.

Oui, c'était ahurissant. Mais il y avait également cette mystérieuse clause qui l'intriguait. Elle devait aller voir la villa avant qu'elle ne lui appartienne officiellement. Pourquoi ?…

— Tu vas partir en Sicile, alors ?

— Mmm.

Rien ne l'en empêchait, à part ce que pourrait lui dire Muma, évidemment. Il lui restait des congés à prendre, et Ginny… Ginny serait sûrement ravie d'avoir la maison pour elle toute seule une semaine entière !

L'espace d'un instant, elle s'imagina la musique à plein volume, les amis envahissant la maison, et Ginny sortant dès qu'elle le désirait et pour aussi longtemps qu'elle le

désirait, alors qu'elle était censée réviser. Tess demanderait à son amie et voisine Lisa de garder un œil sur elle.
Avec Lisa et ses parents tout près, on avait peu de chances
d'assister à un drame…

— Bientôt ?

Robin avait changé de ton, comme s'il la prenait maintenant davantage au sérieux. Elle se demandait ce qu'il
pensait de tout cela.

— J'imagine, oui.

Quelques fumeurs venaient de sortir du bâtiment. Ils
allumèrent leurs cigarettes.

Tess jeta un coup d'œil à sa montre. Elle n'avait aucune
envie de retourner à son bureau et à toutes ses plaintes. Et
ce sérieux soudain, dans la voix de Robin, la titillait.

— Tu penses que tu… ?

Elle laissa sa question en suspens. Si votre amant est
marié, il ne peut pas partir avec vous, pas sans avoir prévu
tout un tas de mensonges et de subterfuges. Elle le savait.

Si votre amant est marié, vous ne pouvez pas partager votre vie avec lui. Il partage déjà la sienne… avec
quelqu'un d'autre. Il n'est jamais tout à vous, même dans
ces brefs instants charnels où vous vous l'imaginez. Et si
vous ne l'avez toujours pas compris, c'est que vous vous
voilez la face. *N'est-ce pas ?*

— Peut-être, oui, répondit Robin. Je pourrais peut-être
t'accompagner.

Le cœur de Tess manqua un bond.

— Ça serait parfait ! lança-t-elle.

Elle n'était pas parvenue à dissimuler l'excitation dans
son ton, et l'un des fumeurs lui jeta un regard curieux.
Elle leur tourna le dos pour faire face aux hortensias.

— Tout simplement parfait. Une villa en Sicile, Robin.
Imagine un peu. La découvrir avec toi représenterait tellement pour moi…

Attention, Tess, tu t'emballes. Une maîtresse doit rester calme en toutes circonstances. C'était le marché. Mais tout de même…

— Ce serait fabuleux, chérie.

Robin parlait de nouveau de sa voix profonde.

— Je ne pourrais rien souhaiter de mieux, ajouta-t-il.

Tess attendit un « mais ». Il ne vint pas.

— Tu pourrais, alors ?

Elle retint son souffle.

Elle n'avait pas prévu de tomber amoureuse de lui. Ils s'étaient rencontrés dans ce bistrot, sur la place, où le café était fort, et les pâtisseries, à se damner. Elle l'avait remarqué parce qu'il était attirant – bien qu'habillé de façon un peu trop classique à son goût – et parce qu'il s'était adressé à la serveuse d'une voix profonde et sensuelle. Mais elle n'était pas en quête d'une relation.

C'était une femme indépendante avec une fille à charge, et Ginny était sa priorité numéro un ; elle l'avait toujours été. Après tout, Ginny avait grandi sans père. Tess avait vu certains de ses amis tenter d'imbriquer un homme à leur équation « mère célibataire avec enfant », et elle avait compris qu'il était impossible de jongler avec les exigences de chacun.

Quand Ginny partirait…, peut-être. Mais en attendant, Tess s'autorisait des rendez-vous et des amitiés avec des hommes. Mais une relation sérieuse ?… Non, merci.

Deux fois par semaine, elle allait donc déjeuner dans ce petit bistrot, sur la place, tout comme lui, visiblement. Elle avait toujours un livre, lui, un journal. Elle l'avait surpris à deux reprises en train de la regarder alors qu'il était censé lire, et, une fois, il lui avait souri.

Un jour où il n'y avait plus de table libre, il était apparu à la sienne avec un cappuccino, un panini et un sourire gêné.

— Je peux m'asseoir ? Je ne vous dérangerai pas.

Ce qui n'avait évidemment pas été le cas. Très vite, ils s'étaient retrouvés en train d'échanger des anecdotes professionnelles (il travaillait dans une société de financement, à deux bâtiments de là) et de discuter des actualités. Il n'avait pas mentionné sa femme – pas encore.

Mais il avait proposé qu'ils déjeunent ensemble le vendredi suivant, dans le pub qui se trouvait un peu plus bas dans la rue. *Pourquoi pas ?* avait songé Tess. Elle avait apprécié sa compagnie. Et il ne s'agissait que d'un déjeuner.

Il lui avait ensuite proposé d'aller boire un verre un soir après le travail et, lorsqu'ils étaient partis, il l'avait embrassée. Un peu plus tard, après qu'elle lui avait préparé un bon petit repas (poulet aux pistaches ; ce n'était pas la fille de sa mère pour rien) et qu'il l'avait attirée sur le canapé (Ginny était chez une amie), il lui avait annoncé qu'il était marié.

Elle était déjà pratiquement amoureuse de lui. Il l'avait prise au dépourvu. Et, bien que ça fasse cliché, elle n'avait pas pu le repousser, même si elle en avait eu envie.

Tess regarda les fumeurs jeter leurs mégots et les écraser du pied. Ils disparurent derrière les portes battantes vitrées en discutant. Du bout du doigt, elle toucha les quelques gouttes d'eau qui avaient atterri sur un hortensia en bouton.

Il avait plu un peu plus tôt, soudainement, une folle averse qui n'avait duré qu'un instant. On aurait dit que le ciel était entré en cycle de rinçage. Elle jeta un nouveau coup d'œil à sa montre. Elle devait y retourner. Mais quelque chose lui disait que ce moment pouvait être celui qu'elle attendait depuis si longtemps.

— Pourquoi pas ? Pourquoi ne pourrais-je pas t'accompagner en Sicile ? répéta-t-il.

Tess en eut le souffle coupé.

Un sourire bête lui barrant le visage, elle fonça dans le bâtiment et bondit dans l'ascenseur. Ce n'était pas un rêve. On lui avait légué une villa en Sicile. Et elle allait s'y rendre. Avec Robin. Son sourire s'évanouit quand l'ascenseur émit un « ding » et que la porte s'ouvrit. Il ne lui restait plus qu'à annoncer la nouvelle à Muma…

3

— Je ne comprends pas.

Flavia s'assit lourdement. Elle avait toujours été bourrée d'énergie, mais ces derniers temps, cette énergie semblait parfois l'abandonner soudainement, et son état de faiblesse grandissant la terrorisait.

Évidemment, elle vieillissait. À vrai dire, elle avait quatre-vingt-deux ans, ce qui lui paraissait ridicule quand elle y songeait. Elle n'avait pas l'impression d'être vieille. Elle ne voulait pas lutter pour se rappeler certaines choses. Elle voulait que tout soit clair dans son esprit.

Elle tenta de mettre de l'ordre dans ses idées, mais, sous le regard inquisiteur dont Tess usait régulièrement, cela n'allait pas de soi. Elle s'efforça de calmer les battements de son cœur. Edward Westerman était donc mort. En soi, cela n'avait rien de surprenant. Il avait dû vivre bien au-delà de quatre-vingt-dix ans. C'était le dernier. D'abord Mamma, puis Papa, et puis Maria, il y a deux ans. Elle n'avait plus aucun contact avec Santina ; elle n'avait pas pu faire autrement que de l'oublier. Et voilà que son tout dernier lien avec la Sicile venait de disparaître. Elle porta la main à son visage. Son front perlait de sueur. Le dernier lien. Une vague de panique la submergea.

— Muma, ça va ?

Soudain, Tess sembla inquiète. Elle se rapprocha de Flavia, assise sur la vieille chaise en bois de la cuisine, près de la table, se pencha en avant et posa une main douce sur son épaule.

— Excuse-moi, je ne pensais pas que ça te mettrait dans un tel état. Vous étiez proches, tous les deux ?

Flavia secoua la tête.

— Non, pas vraiment.

C'était un Anglais – son employeur. Flavia était une jeune Sicilienne à l'époque. Cela datait. Certes, il avait joué un rôle important dans sa vie… Edward avait été le premier homme à lui parler en anglais, et c'était grâce à lui qu'elle avait pu venir dans ce pays, à vingt-trois ans. Comme elle, Edward ne s'était pas senti chez lui dans son propre pays. Il était donc parti vivre en Sicile, même si elle avait mis des années avant de comprendre pourquoi. C'est ainsi que fonctionnent les puzzles : vous pouvez avoir toutes les pièces devant vous sans pour autant distinguer l'image dans son intégralité.

— Qu'est-ce qu'il y a, alors ? demanda Tess.

Flavia lissa son tablier du plat de la main. *Fais disparaître tous les plis, et tout ira bien…* Elle ne parvenait pas à s'expliquer ce qui l'avait autant ébranlée. Peut-être était-ce la mention d'Edward, les souvenirs, l'idée qu'il soit mort…

Brusquement, elle comprit ce que c'était.

— Pourquoi t'ont-ils contactée, *toi* ? lança-t-elle. Je ne comprends pas. Qu'est-ce que tu as à faire là-dedans ?

Tess était debout à côté d'elle, avec ses longues jambes et sa tignasse châtain clair, ressemblant tellement à l'enfant qu'elle avait été.

— Il m'a légué sa maison, Muma.

Flavia cligna des yeux et plissa le front.

— Quoi ? demanda-t-elle, perdue. Pourquoi aurait-il fait une chose pareille ? Surtout lui…

Il avait compris ce que ressentait Flavia. Lui-même avait rompu tout contact avec l'Angleterre. Enfin, c'est ce qu'elle avait imaginé…

— Je n'en ai pas la moindre idée, répondit Tess.

Elle planta le pouce dans une des boucles de ceinture de son jean bleu.

— Je pensais que tu pourrais m'éclairer, ajouta-t-elle.

Flavia se leva lentement. Elle devait s'occuper du dîner, ce qui était la distraction idéale. Elle n'était pas trop vieille pour cuisiner, même si, désormais, elle se cantonnait au plat principal et à un *dolce* de temps en temps. Lenny et elle avaient fini par faire l'acquisition d'une maison moderne dans un quartier où toutes les habitations se ressemblaient. C'était très différent de la Sicile. Mais la *cucina* était toujours la pièce la plus importante du foyer. Sa cuisine, ses plats… Rien ne pouvait l'y atteindre.

— Eh bien…, commença-t-elle.

Chaque fois qu'elle s'était imaginée débarrassée pour de bon de la Sicile, quelque chose de là-bas s'imposait à elle. Désormais, il s'agissait d'Edward et de la Villa Sirena, la maison de son enfance. La famille de Flavia n'avait pas vécu dans « Grand Villa », évidemment, mais… Que pouvait-elle dire ?

— Il n'avait pas d'enfants, reprit-elle. Peut-être qu'il s'est senti…

Oui, quoi ? Responsable ? Avait-il légué la villa à sa fille pour réparer un tort qu'il avait pensé causer ? Elle haussa les épaules, consciente que Tess ne se satisferait pas d'une telle réponse. Sa fille était curieuse de nature ; elle n'abandonnait jamais. Et voilà que cela leur tombait dans les bras. C'était comme si Edward avait deviné le caractère de Tess.

— Mais il avait forcément de la famille, Muma.

Ce regard bleu et innocent…

— Peut-être pas.

Sa sœur Bea était morte il y a quelques années déjà et elle n'avait pas eu d'enfants non plus. Grâce à Bea, Flavia et Lenny avaient géré le restaurant Azzurro, à Pridehaven, jusqu'à ce qu'ils prennent leur retraite, il y a plus de dix ans. Ça lui manquait, mais tout le monde se doit de lever le pied un jour.

— Ou des amis ?

— Qui sait ?

Flavia se mit à couper les aubergines, le couteau tranchant avec souplesse la peau grasse et la chair pulpeuse. Il fallait les laisser dégorger si on voulait les débarrasser de leur amertume.

Évidemment, Edward avait eu des amis. Des artistes, mais plus spécifiquement des hommes. Ce n'est que plus tard qu'elle avait compris pourquoi, plus jeune, elle s'était toujours sentie à l'aise avec lui, même quand ils étaient seuls. Cela expliquait également pourquoi, réalisait-elle, on lui avait *permis* de rester seule avec lui.

Aujourd'hui, son homosexualité ne ferait pas scandale, bien sûr, mais à l'époque... En Angleterre, les activités auxquelles il s'adonnait étaient illégales, mais en Sicile, dans une énorme villa en plein cœur d'un petit village, il était facile de rester caché. Facile de recevoir et d'organiser toutes sortes de fêtes. On tolérait l'excentricité anglaise, même si on ne la comprenait pas. Et Edward avait gagné la loyauté de son personnel en lui offrant un toit et en le traitant avec respect.

— Il a peut-être fini reclus, dit-elle.

Peut-être s'était-il senti très seul. Elle pouvait facilement se l'imaginer.

— Ce sont des choses qui arrivent. Surtout aux artistes et aux poètes.

Tess, qui allait remplir la bouilloire, lui lança un regard incrédule en dégageant une boucle de son visage.

— Et les gens qui se sont occupés de lui à la fin de sa vie ? demanda-t-elle. Quelqu'un a bien pris le relais de tante Maria dans la villa ?

Maria... Le couteau resta en suspens au-dessus de la peau violette. La mort de sa sœur avait été soudaine et traumatisante pour Flavia. Elles n'avaient jamais été proches, ce qui rendait sa perte d'autant plus triste à ses yeux.

C'était trop tard, désormais. Maria n'était venue qu'une seule fois en Angleterre, alors que Tess avait tout juste fêté ses dix-huit ans, et les retrouvailles n'étaient pas allées de soi.

Cela était sûrement dû au fait que leurs vies étaient totalement différentes ; elles avaient pris des directions diamétralement opposées. Flavia s'était anglicisée depuis longtemps, elle pensait même directement en anglais maintenant.

Maria était craintive, aussi sombre et vigilante qu'un rat. La façon dont Flavia élevait sa fille l'avait choquée... « Tu la laisses sortir toute seule ? Pour aller danser ? » Elle se méfiait de la relation qu'entretenaient Flavia et Lenny, leurs taquineries, la manière dont sa sœur le laissait de bon cœur s'occuper de la vaisselle après le dîner. Et elle avait du mal à accepter le fait que Flavia soit une femme d'affaires : elle gérait son propre petit restaurant, ses comptes, son personnel.

— La vie n'est pas pareille qu'en Sicile ici, avait-elle eu l'impression de constamment répéter à Maria. Si tu restais plus longtemps, tu le verrais. On jouit d'une liberté à laquelle tu n'as jamais osé rêver.

— Peut-être, peut-être.

Et la pauvre Maria soupirait, plissait le front et se tordait les mains.

— Mais *Signor* Westerman est tout seul. Il a besoin de moi.

Et à vrai dire, Flavia soupçonnait que Maria ne voulait pas d'une telle liberté. Sa sœur n'avait pas connu le bonheur d'avoir des enfants et elle avait perdu son mari plusieurs années auparavant, dans un accident de la route, un soir, à Monreale.

— Que faisait-il là-bas ? s'était-elle plainte auprès de Flavia bien plus d'une fois durant son séjour en Angleterre. Je ne le saurai jamais.

Flavia songeait qu'il valait peut-être mieux ne pas le savoir. Il s'agissait de la Sicile, après tout.

— Notre famille s'est occupée d'Edward pendant des années, expliqua Flavia d'un ton calme en jetant les tranches d'aubergine dans une passoire avant de les saler.

D'abord Mamma, Papa et Flavia, puis Maria et Leonardo.

— Ça doit être sa façon de nous remercier, reprit-elle.

Était-ce bien cela ? Ou Edward Westerman avait-il deviné l'effet que cela produirait sur elle ? Elle le soupçonnait fortement. Tess laissa tomber des sachets de thé dans deux tasses tout en questionnant Flavia du regard.

— Muma ?

— Oui, s'il te plaît.

Il avait fallu vingt ans à Flavia pour se faire au plaisir anglais du thé. Rien à voir avec le coup de fouet que procurait un expresso, mais il avait ses propres vertus.

— Mais pourquoi ne pas t'avoir légué la maison directement ? insista Tess. Au moins, tu le connaissais, toi. Je ne l'ai jamais rencontré !

Flavia balaya cette remarque de la main :

— Je suis une vieille femme. Il pensait sûrement que j'étais morte.

— Muma !

Flavia secoua la tête. Elle aurait préféré ne pas avoir cette conversation. Elle avait tenté d'oublier la Sicile. Depuis son départ en Angleterre, elle n'y était jamais retournée. D'abord, parce que revenir là-bas aurait engendré trop de douleur et trop de compromis. Et ensuite…, parce qu'elle voulait les punir, évidemment : son père à qui elle n'avait pu accorder son pardon, sa mère qui, à ses yeux, l'avait pratiquement autant trahie, et même

22

cette pauvre Maria, qui était exactement comme eux, qui n'avait jamais compris que le seul moyen de changer les choses était de se battre…

— Muma ?

Tess l'entourait de ses bras. Flavia distinguait le parfum sucré de sa fille et les légers effluves de fleur d'oranger qui se dégageaient de ses cheveux.

— Tu pleures.

— Ce sont les oignons. Tu sais bien qu'ils me font toujours pleurer.

Flavia s'essuya les yeux du dos de la main.

— Il n'y a pas que les oignons.

Sa fille faisait preuve d'une telle acuité… Flavia ferma les yeux un instant afin de s'en abreuver. Sa belle Tess, si sauvage, qui, comme Flavia, avait également été meurtrie en amour. Qui aimait trop passionnément, qui attendait toujours trop des autres… Et qui avait elle-même une jeune fille indomptable à la maison. Mais aucun homme avec qui partager sa vie.

Aux yeux de Flavia, Robin n'existait pas. Elle refusait même de songer à lui. Lorsqu'elle pensait à Robin, elle n'avait qu'une seule envie : le tuer à mains nues.

— Tu as raison, il n'y a pas que les oignons.

C'était le passé, comme toujours. La Sicile était un sombre pays. Et lorsqu'elle courait dans vos veines, il était impossible de s'en débarrasser complètement.

— Tu appréciais Edward Westerman ?

Tess s'écarta pour verser l'eau bouillante dans les tasses. Elle était élégante même dans un jean, qui fuselait ses longues jambes.

Flavia continua à émincer des oignons, de l'ail et un piment. Elle confectionnait une sauce tomate pour ses *melanzane alla parmigiana*, l'un des plats préférés de sa petite-fille.

— Oui.

Oui, elle l'appréciait, parce qu'il était anticonformiste. Et parce qu'il lui avait montré ce qu'elle pouvait faire de sa vie.

— Vraiment ? Tu n'as jamais parlé de lui, pourtant.

Le regard que Tess lui jeta, derrière sa mèche de cheveux, insinuait que Flavia n'avait jamais vraiment parlé de qui que ce soit, en réalité.

Encore une fois, sa fille avait raison. Flavia n'avait jamais dit à Tess pourquoi elle avait quitté la Sicile en 1950, ni pourquoi elle n'y retournerait jamais.

Elle avait empêché ses souvenirs d'enfance de refaire surface et de s'immiscer dans sa vie en Angleterre. Elle avait été incapable de pardonner. Flavia se maintint une petite seconde au plan de travail afin de se ressaisir.

— Laisse-moi t'aider, Muma.

Tess était de nouveau à ses côtés.

— Je ne suis pas encore grabataire ! lança Flavia.

Son cœur reprenait un rythme régulier. Elle versa de l'huile dans une poêle.

— J'en ai encore sous le talon, tu sais.

— Le *pied*, murmura Tess en posant les tasses de thé sur la table.

— Le talon, le pied, c'est pareil, marmonna Flavia.

Elle glissa l'ail, les oignons et le piment dans la poêle. Sa fille avait ce petit côté pédant typiquement anglais. Elle versa ensuite de l'huile pour les *melanzane* dans une autre poêle. Elle avait sa propre technique, sa propre façon de travailler. Évidemment, la Sicile prenait très souvent le dessus quand il s'agissait de cuisine.

Pour l'huile d'olive, par exemple. En Sicile, la meilleure huile était pâle et dorée. En Angleterre, elle était verte et plus raffinée. Ici, les gens vous regardaient de travers si vous en tartiniez votre pain ; ils préféraient utiliser de la graisse animale. Sur ce point-là, Flavia n'avait jamais pu adopter les mœurs anglaises.

Tess l'observait, l'air anxieux. Après avoir joué avec les boutons de sa chemise, ses longs doigts tripotaient maintenant sa petite cuillère.

— Il n'y a rien d'autre que tu puisses me dire à son sujet ? se plaignit-elle. Tu ne sais rien de plus sur mon bienfaiteur ?

Flavia fit claquer sa langue. L'huile avait atteint la bonne température ; elle y glissa les aubergines. Dans l'autre poêle, elle versa les tomates qu'elle avait préparées plus tôt. Ce qu'on ne sait pas ne peut pas nous faire de mal.

— Tu veux bien me râper du *parmigiano* ? lui lança-t-elle par-dessus son épaule.

— Muma ?

Flavia soupira. Enfin… Peut-être sa fille méritait-elle d'en savoir un peu plus, après tout.

— Il me lisait de la poésie, déclara-t-elle.

— *Sa* poésie ?

La façon dont Tess s'était brutalement tournée vers elle était synonyme de reproche. Flavia se sentit une fois de plus dominée par la fatigue.

— Entre autres, oui. Il aimait Byron et D. H. Lawrence.

Elle sourit. Edward Westerman lui avait parlé de ces écrivains, et la jeune Flavia avait bu ses paroles, admirative. De toute évidence, Edward soutenait le mode de vie de Byron. Oui… Il avait fait découvrir à Flavia un monde qui se tenait à des années-lumière de son existence sicilienne.

S'apprêtant à jeter dans la poêle quelques feuilles de basilic parfumé, elle suspendit son geste. Elle pouvait de nouveau entendre la voix mélodieuse d'Edward Westerman, assez basse, marquant chaque mot, dont elle ne comprenait que la moitié.

Mais, s'il y avait une chose qu'elle avait comprise, c'était la musique de ces mots.

— Il m'a l'air d'avoir été quelqu'un d'intéressant.

Tess avait récupéré le fromage dans le garde-manger – tous les aliments ne vont pas au réfrigérateur, une chose que certains Anglais ne semblaient pas vouloir comprendre – et s'était mise à le râper dans un petit bol blanc.

— Ça te suffira ?

— Oui.

Tess remballa le parmesan dans son papier ciré, et Flavia s'empara du bol. Elle remarqua l'air rêveur sur le visage de sa fille.

— Ça ne va pas ?

Tess s'assit et serra sa tasse des deux mains.

— Si, je t'imagine petite fille, c'est tout.

Elle n'ajouta pas : *pour la première fois*. Mais elle leva une main, et Flavia sentit la caresse de sa fille sur son bras.

— C'est agréable, dit-elle alors.

Oui, oui. Elle le savait, et Lenny ne cessait de le lui rappeler :

— C'est injuste de ne pas lui parler de ce qui s'est passé. C'est ton histoire, et c'est ta fille. Ça date tellement… Tu ne peux pas le lui raconter et tout oublier ?

Mais Flavia doutait de pouvoir raconter cette histoire. Et comment pourrait-elle oublier ?

Les choses se compliquaient avec l'âge. Ce qui était noir ou blanc se teintait de différentes nuances de gris. Elle prit une profonde inspiration.

— Edward m'a aidée à venir en Angleterre, déclara-t-elle. C'est sûrement pour ça qu'il t'a légué sa maison.

S'il y avait une logique à cette explication, Tess ne la saisissait pas.

— Pour m'encourager à *quitter* l'Angleterre ?

Un sentiment de panique s'éveilla en Flavia lorsqu'elle songea à cette possibilité.

— Tu ne le ferais pas, tout de même ? lança-t-elle en dévisageant sa fille.

— N…non.

Mais Tess avait le regard perdu, à travers la fenêtre, sur leur petit jardin avec son mobilier, sa pelouse, ses buissons et ses fleurs annuelles, éléments indispensables à tout jardin anglais qui se respecte, avait découvert Flavia il y a longtemps. Ça ne la dérangeait pas, c'était le domaine de Lenny ; d'ailleurs, il était justement en train de jardiner.

La fenêtre était entrouverte, et, sous la brise, le rideau jaune s'agitait telle l'aile d'un oiseau. Flavia connaissait bien cet air sur le visage de sa fille. Et elle ne l'aimait pas du tout. Elle était loin ; elle s'imaginait ailleurs. Pourquoi ? Était-elle si malheureuse ici ?

— Mais…

— Mais ?…

Les aubergines avaient coloré et étaient à deux doigts de se retrouver trop cuites. En mode automatique, Flavia fit volte-face et les retira de la poêle. Non, ça allait. Elle les posa sur du papier absorbant afin de les égoutter et goûta la sauce tomate qui frémissait. Flavia faisait toutes ses sauces avec des tomates fraîches.

Avant son départ en retraite, elle n'avait pratiquement utilisé que les siennes, qu'elle faisait pousser dans deux énormes serres qu'un fermier lui louait. La qualité des tomates dépendait de la terre et du climat. L'avantage, c'était qu'ils se trouvaient près de la mer : le sel de la terre faisait ressortir leur goût sucré.

Et Flavia ne se servait de ses tomates que lorsqu'elles étaient bien mûres. Ah !… Sa mère lui avait appris que la bonne cuisine dépendait de deux choses : la simplicité, et le fait d'utiliser les ingrédients les meilleurs et les plus frais. Elle ne l'avait jamais oublié.

— Mais ? répéta-t-elle.

— Mais j'aimerais voir la villa, répondit Tess. Cela me paraît normal. Elle est à moi, après tout.

Elle se tourna vers Flavia.

— Et j'aimerais voir où tu as grandi, Muma.

Flavia remua la sauce avec rage. Sa chaleur semblait se fondre à sa peau, à son sang.

Lorsqu'elle avait été enceinte de Tess, elle avait passé la matinée précédant l'accouchement à faire une énorme marmite de sauce bolognaise.

— C'est l'instinct de nidification, avait déclaré la sage-femme quand elle le lui avait confié. Flavia n'en avait jamais entendu parler, mais elle était certaine que, même sur son lit de mort, il y aurait, dans sa cuisine, une boule de pâte prête à être étalée, des tomates mûres et du basilic posés à côté d'une poêle…

— Je vois.

Elle essayait de ne pas paraître trop sèche. De ne pas montrer que son cœur était en train de se tordre douloureusement dans sa poitrine. Pourquoi Tess ne pourrait-elle pas visiter la villa ? De quoi Flavia avait-elle si peur ? Que la Sicile, de ses serres gigantesques, n'emprisonne sa fille dans son cœur noir comme l'ébène ? Elle n'était qu'une vieille femme qui perdait la tête.

— De toute façon, je n'ai pas le choix, déclara Tess, ne semblant pas prendre conscience de l'impact de ses paroles.

— Pourquoi ?

Le cœur de Flavia s'emballait. Sentant ses jambes se dérober, elle dut prendre appui sur la cuisinière. Juste un instant. Elle irait mieux dans un instant.

— Pourquoi n'as-tu pas le choix ?

— C'est une clause du legs. Je dois m'y rendre avant de décider ce que j'en ferai.

Avant qu'elle ne décide ce qu'elle en fera ? Son sentiment de panique redoubla, mais Flavia continua de remuer la sauce. Elle avait une jolie couleur.

Toute sa vie, la cuisine l'avait aidée à surmonter les épreuves, elle l'avait accompagnée. Les tomates avaient épaissi et, désormais, leur odeur âcre mêlée à celle du piment s'échappait de la poêle.

— Je vois, souffla-t-elle, sincère.

— Je suis allée sur Google Earth pour avoir un aperçu du coin ! lança Tess comme si elle parlait d'une simple excursion à Weymouth. C'est très joli. Tu ne me l'avais jamais dit.

Flavia grogna. Elle n'avait jamais dit non plus où cet endroit se trouvait exactement, si elle se souvenait bien. Elle tira un plat du placard. Elle se rendait maintenant compte que, tôt ou tard, il allait falloir qu'elle en révèle bien plus à ce sujet.

— N'est-ce pas, Muma ? insista Tess d'une petite voix.

— Oui, c'est très joli.

Elle déposa une couche de sauce, puis du parmesan, puis les aubergines. Sauce, parmesan, aubergines… *N'y va pas… N'y va pas… N'y va pas.*

— Je surveillerai Ginny, s'entendit-elle dire. Si tu veux visiter la Villa Sirena…

Elle marqua une pause.

— … avant que tu ne la mettes en vente.

Sauce, parmesan…

— Merci, Muma, répondit Tess d'un ton plus léger.

Parce que, si ta fille est ici, tu reviendras. Mais Flavia garda cela pour elle. Elle ouvrit la porte du four et y glissa ses *melanzane alla parmigiana.*

Après le dîner, et après le départ de Tess et Ginny, Flavia se blottit aux côtés de Lenny, sous leur couette rose. Durant le repas, ils avaient tous discuté d'autre chose, mais une partie de l'esprit de Flavia n'avait pu se détacher du passé.

Elle rapporta à son mari la conversation qu'elle avait eue avec Tess.

— Merde alors ! lâcha-t-il avec son franc-parler habituel. On lui a légué une maison en Sicile, et elle n'en a pas craché un mot ?!

— C'est parce qu'elle n'en a toujours pas parlé à Ginny.

Être dans les bras de Lenny la réchauffait et la rassurait, comme toujours. Flavia se demandait ce qu'elle serait devenue si elle ne l'avait pas rencontré. Il l'avait toujours aimée, envers et contre tout.

— Pourquoi elle ne lui a rien dit ?

— Je ne sais pas.

Peut-être Tess avait-elle hérité de sa mère sa tendance à ne rien dévoiler. Flavia frissonna et sentit Lenny l'étreindre plus fort. À soixante-dix-neuf ans, il était encore en bonne santé, Dieu merci.

— Elle attend peut-être le bon moment, dit-elle.

— Comme toi ?

Il avait murmuré de manière presque imperceptible, mais Flavia avait saisi avant même que les mots n'aient quitté sa bouche.

— J'avais mes raisons, déclara-t-elle.

— Et aujourd'hui ?

Flavia se pelotonna davantage dans le creux de son épaule. Il était si douillet ; on ne pouvait que se sentir bien contre son corps.

Et Lenny la connaissait tellement bien. Il avait instinctivement remarqué que quelque chose n'allait pas.

— Elle va y aller, dit-elle. Je ne peux pas l'en empêcher.

Lenny lui caressait les cheveux. Ils étaient passés de presque noirs à blancs comme neige, évidemment.

— Ce n'est pas parce que ce lieu est menaçant pour toi qu'il l'est pour elle, mon ange. C'est ton passé, pas celui de Tessie. Elle veut simplement voir l'endroit où tu as grandi. C'est légitime.

Flavia soupira. Ce qu'il disait était vrai. Mais il y avait autre chose de vrai : un lieu pouvait vous garder prisonnier, vous changer, exercer une certaine influence sur vous. Et les secrets que la Sicile détenait remontaient loin, très loin. Enfin… Elle était vieille. Que savait-elle de tout cela, finalement ?

— Qu'est-ce qui t'effraie tant ? insista Lenny. Que penses-tu qui puisse lui arriver, mon amour ?

— Je ne sais pas.

Flavia laissa échapper un rire forcé dans lequel on pouvait déceler une pointe d'hystérie.

— Tu as peur pour elle ?

Les caresses de Lenny, sur ses cheveux, étaient apaisantes. Elle se détendit et sentit son esprit partir à la dérive.

— Ou pour toi ? ajouta-t-il.

Juste avant de sombrer dans le sommeil, elle se rendit compte de la justesse de ses paroles. *Pour elle-même…* Si elle voulait faire quelque chose, elle allait devoir se dépêcher. Elle avait quatre-vingt-deux ans. Combien de temps lui restait-il ? Elle devait s'y résigner : Tess allait partir en Sicile. Le moment était venu.

4

Ginny était folle de désir pour son coiffeur, ce qui l'avait poussée à aller se faire couper la frange gratuitement entre deux rendez-vous. Elle l'observait, dans le miroir, soulever une mèche de ses cheveux noirs en plissant le front.

— Qu'est-ce qu'il y a ? demanda-t-elle.

Elle était presque certaine qu'il s'épilait les sourcils. Ils formaient deux croissants de lune parfaits.

— Tu utilises de l'après-shampoing, comme je te l'ai conseillé ?

Il frottait sa mèche de cheveux entre son pouce et son index en roulant les yeux. Elle gloussa. Il avait des yeux de tueur. Des yeux presque bleu marine. Et des cheveux presque noirs. Ses ongles, qui étaient en train de se balader dans la longue chevelure de Ginny, étaient peints en vert métallique. C'était un tel gâchis qu'il soit gay.

Les garçons les plus séduisants étaient toujours gays, c'était un fait avéré. Ginny et Becca, sa meilleure amie, aimaient le même style : cheveux noir corbeau, longues franges, eye-liner légèrement étalé autour des yeux.

Et elles aimaient les garçons qui étaient grands. Dans ses baskets, Ginny faisait un mètre quatre-vingts ; Becca, presque un mètre quatre-vingt-dix. Et il n'y avait pas de quoi rire. Jusqu'à récemment, Ginny avait toujours traîné en tennis plates, les épaules voûtées. Mais, depuis qu'elle avait rencontré Becca au lycée, elle ne jurait que par les talons hauts, et, plus les chaussures étaient cloutées, mieux c'était. Ensemble, elles formaient une espèce supérieure. Des guerrières. Des amazones.

— Sympa ! lança Ginny.

Ben lui racontait sa soirée Chez Barney, vendredi dernier. Elle était parcourue d'un frisson chaque fois qu'il lui touchait les cheveux. Dans ces moments-là, Ginny était presque capable d'oublier la Boule. Presque.

Toute dure, elle était logée entre sa gorge et son sternum. Comme une natte de paille. Ginny ne savait pas exactement depuis quand elle était là, peut-être un an.

Parfois, elle lui semblait rapetisser légèrement jusqu'à se faire passer pour une simple indigestion, et elle imaginait que deux ou trois cachets la feraient définitivement disparaître. Mais, à d'autres moments, elle grossissait et se mettait à rouler en elle en emportant tout sur son passage au point de faire suffoquer Ginny. Dans ces moments-là, elle avait vraiment peur.

Elle n'avait jamais parlé de la Boule à sa mère. Elle n'avait aucune envie d'aller voir le médecin pour qu'on lui parle des règles, des rapports sexuels ou de quoi que ce soit d'aussi gênant. Sa mère imaginerait qu'elle était boulimique ou qu'elle se droguait (deux de ses pires craintes), ou simplement qu'elle était folle.

On devrait l'examiner, on lui prescrirait peut-être même des antidépresseurs. Non, elle n'osait pas en parler. Si elle se concentrait très fort pour bloquer cette pensée, peut-être disparaîtrait-elle.

— Tu y vas, de temps en temps ? demanda Ben. Chez Barney ?

— Non, c'est plein de racailles.

Becca n'avait que dix-sept ans, et sa fausse carte d'identité ne lui aurait pas permis d'entrer dans un lieu qui était tenu par un ami de son père. Et qui, c'était vrai, était rempli de racailles. Des mecs avec une capuche vissée sur la tête et des filles tatouées affichant leur graisse dans des hauts trop courts. Aucune classe. Aucun style. Tout simplement affligeant.

— Ouais, c'est pas faux.

Ben continuait de couper. *Tu fais ça bien…*, songea Ginny.

Elle aurait adoré tomber sur lui, au hasard, quelque part en ville. D'ailleurs, elle s'imaginait souvent la scène. Elle portait sa robe courte noire et moulante, celle dont l'épaisse fermeture éclair, à l'avant, partait du décolleté jusqu'en bas, et qui allait si bien avec ses talons aiguilles rouges. C'était la robe que sa mère qualifiait de « marrante », un air dubitatif collé au visage, angoissant probablement à l'idée du nombre d'hommes qui tenteraient de dézipper sa fille ce soir-là. Dans sa tête, Ben était bouche bée devant cette étudiante gauche qui s'était transformée en femme fatale. « *T'es trop bonne,* murmurait-il en se penchant vers elle. *Tu m'excites…* » Ah oui ! Évidemment : il n'était pas gay.

Ah ! si seulement… Mais Ginny ne pouvait pas beaucoup sortir en ce moment, car elle était censée réviser pour ses examens, comme n'arrêtait pas de le lui rabâcher sa mère.

Elle bougea très légèrement dans son siège. Elle avait les jambes nues, cet après-midi (c'était son meilleur atout ; alors, elle et Becca avaient jeté leur dévolu sur un minishort en jean), et elle ne voulait pas coller au cuir du fauteuil noir. Elle avait passé une heure à se raser les jambes jusqu'à ce que sa peau l'irrite ; elle était donc sûre qu'il ne restait aucun poil récalcitrant. En revanche, ses aisselles lui semblaient humides. Il valait mieux ne pas lever les bras, au cas où.

— Alors… Tu traînes où, sinon ? demanda-t-elle, même si c'était une cause perdue.

— Bah, dans des soirées ici et là. J'ai cassé avec ma copine, la semaine dernière. Mon pote Harley a organisé une rave pour fêter ça.

— Quoi ?

Elle avait forcément mal compris. *Sa copine ?...* Ginny s'agrippa aux bras du fauteuil.

Il répéta ce qu'il venait juste de dire.

— Cool.

Ginny jubilait intérieurement. Il avait eu une petite amie. Il n'était pas gay, du moins pour l'instant. À moins qu'il ne refuse de se l'avouer ? C'était une merveilleuse nouvelle. Elle mourait d'envie de l'annoncer à Becca.

— Tape m'en cinq, marmonna-t-elle.

— Hein ?

Il était concentré sur son oreille droite. Elle espérait qu'elle était propre.

— Non, rien.

Elle essayait de ne pas le fixer, mais, quand on vous coupe les cheveux, il faut bien regarder quelque chose, et le choix qui s'offrait à elle n'était pas énorme. Le miroir. Les produits. Son visage. Ben. Il n'y avait pas photo.

— Je suis désolée, pour ta copine, ajouta-t-elle.

— Pas moi ! lança-t-il avec un sourire.

Ginny rentra le ventre. La Boule était toujours là, menaçante, mais au moins, Ginny était mince. Et, d'après sa mère, elle avait hérité des « yeux noirs siciliens » de Nonna[1].

Ce qui devait être sexy, non ? Les gens lui disaient constamment qu'elle devrait être mannequin, et ils avaient sûrement raison. Elle devrait quitter le lycée (même si sa mère la tuerait), partir à Londres et se faire engager dans une agence. Ça ne devait pas être si difficile.

Mais elle ne le ferait pas. Ginny tenta de déglutir et sentit la Boule qui lui barrait toujours la gorge. Elle ne le ferait pas, car elle ne pouvait pas faire ce genre de choses, tout simplement. Et elle devrait aller à la fac, parce que…, eh bien, parce que c'était ce qu'on attendait d'elle.

---

1. « Grand-mère », en italien. (NDT)

Coupe, coupe… Ben examinait son travail dans le miroir. Ginny avait des bouffées de chaleur. Mais qu'est-ce qui lui arrivait ? Elle ne parvenait même pas à lui parler maintenant qu'elle savait qu'il n'était pas gay !

Chaque fois que les doigts de Ben lui frôlaient la nuque, tout son corps était traversé par un frisson, ce qui faisait un long chemin, il fallait l'avouer. Alors, elle avait chaud ou froid, il faudrait savoir ?!

Qu'est-ce que ça faisait ? se demanda-t-elle pour la énième fois. Qu'est-ce que ça faisait de *le* faire ? De passer à l'acte avec un garçon ? La plupart de ses amies avaient franchi la seconde, voire la troisième étape, et Becca était déjà allée jusqu'au bout. Mais, bon, comme l'avait fait remarquer sa mère, Becca était « provocante ». Ginny ne voulait pas vraiment imaginer Becca en train de…

Mais parfois, lorsqu'on la regardait, on ne pouvait s'empêcher d'imaginer, et c'était probablement ce que voulait dire sa mère. Becca n'était pas mince ; en revanche, elle avait ce que Ginny désirait presque plus que tout, même plus que les mains de Ben sur sa nuque (mais pas plus que la disparition de la Boule) : des seins.

Ginny avait élaboré la théorie que la troisième étape était plus intime que la quatrième, mais elle refusait d'en faire part à qui que ce soit au cas où il y aurait autre chose qu'elle ignorait. Après tout, tant que vous n'aviez pas fait les deux… Était-elle la seule fille de son âge à ne pas l'avoir fait, à Pridehaven ? Parfois, elle estimait que ce serait tout à fait probable. Et c'était sa faute. Tous les garçons… En clair, aucun ne lui plaisait. Mais elle voulait sauter le pas. Elle voulait tout savoir.

— Peut-être qu'on pourrait aller boire un verre ensemble, un de ces quatre ? suggéra Ben, comme s'il avait lu dans ses pensées.

Était-il en train de lui proposer un rancard ? Ce séduisant jeune homme aux lèvres si sensuelles et qui parvenait à se donner un air macho avec de l'eye-liner turquoise ? Ginny tenta de garder son calme. Mais elle avait l'impression que tout ce qu'elle préférait au monde – ce jean de chez Topshop qu'elle n'avait pas les moyens d'acheter, les biscuits au chocolat de chez M&S, un sandwich KFC et de la glace aux cookies – lui avait soudainement été apporté par une gigantesque vague sur Hide Beach, sous le soleil, tandis qu'elle avait le visage vierge de tout bouton, portait un bikini zébré et que la Boule avait été catapultée loin, très loin…

— Oui, pourquoi pas ? répondit-elle.

Il termina la partie dentelée de sa frange.

— Cool. On s'échange nos numéros ?

— OK.

Ginny le regarda faire gonfler ses cheveux.

— J'organise bientôt une soirée, ajouta-t-elle.

Sa mère lui avait appris qu'elle partait seulement la veille au soir, mais combien de temps cela prenait-il d'organiser une soirée ? Dans ce genre de circonstances, environ vingt secondes.

— Ça ira, Ginny ? avait demandé sa mère. Je ne pars qu'une semaine. Nonna et Papy ne seront pas loin, de toute façon. Et Lisa sera juste à côté. Tu peux dormir chez Nonna, si tu ne veux pas rester seule.

Non, mais, sérieux, elle pensait qu'elle avait quel âge ? Dix ans ? Elle adorait avoir la maison pour elle toute seule, même si ça n'arrivait pas souvent. Son problème, en vérité, c'était que Nonna et Papy ne seraient pas loin (même si elle les adorait et que sa Nonna était une fameuse cuisinière), et Lisa, juste à côté.

— Tu pars en vacances avec qui ? avait-elle demandé à sa mère d'un air innocent.

Comme prévu, la culpabilité avait envahi Tess.

— Oh ! Ginny, j'adorerais t'emmener. Mais tu es en pleines révisions et…

— Pas grave, avait répondu Ginny avec un haussement d'épaules. Mais je proposerai sûrement aux copines de passer un soir. Ça ne te dérange pas, hein ? On commandera une pizza qu'on mangera devant un film.

Si sa mère savait qu'elle invitait du monde chez elle, tout serait bien plus simple à expliquer si jamais Ginny perdait le contrôle de la situation, ou *quand* elle perdrait le contrôle de la situation, ou *si/quand* l'un de ses chaperons s'apercevrait qu'elle avait perdu le contrôle de la situation. Elle avait repoussé le remords qui la saisissait chaque fois qu'elle mentait à sa mère. Ginny l'aimait, évidemment.

Et elle savait tout ce que sa mère avait fait pour elle, ce qu'elle avait sacrifié, tout ça. Mais, parfois, elle avait envie de la punir. Juste pour… Eh bien, pour rien, en fait. C'était comme ça, point à la ligne.

— Pas de problème.

Sa mère semblait perdue dans ses pensées.

— Qui ?…

— Tu as dit que tu y allais avec qui, alors ? l'avait coupée Ginny.

— Oh ! je ne sais pas encore.

Sa mère était évasive, ce qui voulait dire qu'elle prévoyait d'y aller avec Robin.

— Je serai peut-être seule.

Ce qui voulait également dire qu'elle prévoyait d'y aller avec Robin. Quel loser !

Pour une raison que Ginny ne parvenait pas à comprendre, sa mère ne s'était pas rendu compte que sa fille était au courant pour Robin. Oui, elle lui avait été présentée, un jour où Lisa et Mitch, son mari, étaient venus à la maison, de cette façon si prudente dont sa mère usait, comme si Ginny était capable de lâcher « T'es qui, toi ? » au lieu de « Bonjour », ce qui décrédibiliserait Tess à jamais. Même si ça avait été tentant, Ginny s'était montrée polie et avait répondu, sans même proférer un « putain », aux sempiternelles questions concernant le lycée et sa future fac. Elle avait presque perçu le soulagement chez sa mère lorsqu'il avait commenté : « Quelle fille adorable ! » Abruti.

Ce que sa mère ignorait, c'était que Ginny devinait quand Robin était venu chez elles dans l'après-midi. Elle savait quand ils avaient couché ensemble dans la chambre de sa mère (les rideaux de Tess étaient tirés, et deux verres de vin trônaient dans la pièce), et quand ils l'avaient fait sur le canapé (les coussins avaient été tapotés pour retrouver leur volume, et la table basse n'était pas exactement à la même place). Toutefois, Ginny préférait ne pas s'attarder sur ces détails.

Elle avait également compris qu'il était marié, étant donné qu'ils ne se voyaient pas à des horaires normaux et que sa mère avait tout le temps l'air malheureuse ou les joues roses, ce qui signifiait qu'elle s'apprêtait à aller le voir ou venait de recevoir un coup de téléphone illicite. Ginny n'aimait pas Robin, qui était trop lisse, trop conventionnel et trop marié. Et elle n'aimait pas ce qu'il faisait subir à sa mère. Mais elle s'imaginait que, quand Tess aurait besoin de son avis, elle viendrait le lui demander.

— Une soirée ? Cool.

Ben fit tournoyer les ciseaux.

— J'espère que tu comptes y convier ton coiffeur préféré ?

— Considère ça comme une invitation, déclara Ginny.

Trop fort… Elle ignorait totalement comment elle allait pouvoir patienter. C'était peut-être pour bientôt, réalisat-elle. Oubliée, la Boule. Sa *première expérience sexuelle*. Super ! Ben alluma le sèche-cheveux.

— C'est assez chaud ?

Il haussa un sourcil parfaitement épilé. Il ne plaisantait pas.

— Carrément ! lança Ginny.

5

Tess toqua rapidement à la porte et entra dans la cuisine de Lisa.

— Viens prendre un café, lui avait suggéré sa voisine au téléphone, dix minutes plus tôt, lorsque Tess lui avait annoncé la nouvelle. Ce sera plus simple de discuter. Je suis en train de préparer le dîner.

Lisa, la reine du multitâche, portait un tablier vert décoré d'éléphants rouges par-dessus son jean noir et son tee-shirt. Elle était brune, menue et d'apparence imperturbable. Ce soir-là, elle touillait une énorme marmite de chili d'une main et gérait divers enfants (âgés de sept à onze ans) de l'autre. Tout en l'observant, Tess se rappela sa propre expérience avec Ginny. Pas de mari ; une enfant unique. Cela avait été tellement différent.

— Salut, Tess, viens t'asseoir ! lança Lisa en lui tendant une joue.

La cuisine de Lisa, avec son arôme piquant, son activité rassurante et la douce chaleur de ses murs ocre, était un havre de paix. Lorsqu'ils avaient emménagé à côté de sa maison victorienne, qui avait triste mine tout au bout de la rue, et qu'elle avait été attirée par le magnétisme accueillant de Lisa et Mitch, Tess avait espéré pouvoir absorber et reproduire chez elle cette atmosphère que Lisa semblait créer si naturellement. Une atmosphère conviviale avec Mitch et ses enfants, une ambiance familiale et rassurante. Elle ne pouvait pas faire de même, évidemment. Comment le pourrait-elle, étant donné qu'elle n'avait pas de Mitch ? Devait-elle se sentir coupable de ne pas être capable d'offrir un père à sa fille ? Cependant, ce qu'elle vivait avec Ginny, cette relation si intime, était peut-être uniquement possible parce qu'elles étaient seules contre le monde entier.

— Je suis à toi dans un instant, lui dit Lisa. Je dois juste…

Elle se tourna vers ses enfants :

— Enlevez-moi ces livres de la table si vous voulez manger !

Tess s'écarta tandis que trois paires de mains attrapaient cahiers d'exercices, trousses et ustensiles divers, le tout en ne cessant de pépier. « C'est toi qui a mon feutre noir ? », « Où est ma règle ? », « C'est ma gomme, ça, Androïde », « Ne l'appelle pas Androïde » (ça, c'était Lisa). La jeune femme lança un sourire confus à Tess.

C'était comme un volcan en éruption en plein milieu de la cuisine. *Un volcan…* Tess s'appuya sur le dossier de sa chaise. Robin et elle pourraient aller voir l'Etna. Et Palerme. Des temples anciens, des cathédrales, des plages de sable désertées… Un pincement de culpabilité la saisit brièvement. Avait-elle le droit de prendre une semaine de bon temps en laissant sa fille seule ? Le devait-elle ?…

Le père de Ginny – un grand échalas libre-penseur et gratteux, avec des yeux aussi bleus que l'eau de la piscine où il travaillait en tant que maître-nageur – avait assumé les six premiers mois de grossesse de Tess avant de partir en Australie.

Il lui avait demandé de l'accompagner ; un hiver de plus ici était soi-disant inconcevable pour lui. Mais Tess ne pouvait pas faire ce qu'elle voulait : elle mettrait un enfant au monde douze semaines plus tard.

Entre déserter sa moitié ou affronter un nouvel hiver en Angleterre, David avait choisi la désertion. Voilà qui n'avait rien présagé de bon.

Aujourd'hui, elle regardait, affolée, sa fille grandir bien trop vite. Tess avait tellement de décisions difficiles à prendre et risquait si souvent de faire les mauvais choix… Et elle avait également l'impression que Ginny s'éloignait d'elle. Tess observa les enfants de Lisa regroupés autour de leur mère. *Ne t'éloigne pas trop…*

— Je suis occupée, Freddie, disait Lisa à son aîné. Va faire tes devoirs à côté ou regarde un DVD, et on les fera ensemble tout à l'heure.

— Tu dis tout le temps ça, marmonna Freddie, mais il gratifia Tess d'un grand sourire, arracha une orange de la coupe de fruits posée sur la table et quitta la pièce d'un air guilleret.

— Et mets quelque chose que tes sœurs peuvent regarder aussi, ajouta Lisa en faisant signe à ses deux filles de suivre leur frère. J'aimerais discuter avec Tess.

Tess sourit. Elle était tellement surexcitée qu'elle avait envie de hurler. Elle était propriétaire d'une villa. En Sicile. Et elle allait s'y rendre – avec Robin.

Lisa posa un verre devant elle.

— Merci.

Le café s'était métamorphosé en vin rouge, mais Tess n'allait pas s'en plaindre.

— Ça me paraît plus de circonstance, commenta Lisa en remplissant son verre et en en jetant une bonne rasade dans sa marmite. Santé !

Elle souleva la bouteille.

— Et félicitations.

— Merci.

Mais qu'avait-elle fait, au juste ? Elle s'était simplement trouvée dans la bonne famille…

— Alors, dis-moi tout.

Tess s'exécuta. Sur le Net, elle s'était renseignée au sujet de Cetaria et avait découvert que c'était l'endroit idéal pour la plongée. Le village se trouvait à proximité d'un parc national désormais classé réserve naturelle qui jouissait de plages de cailloux, de sable blanc et d'une eau limpide.

Au fil des ans, les éruptions volcaniques et les séismes avaient formé des grottes pleines de stalactites et de sources d'eau douce, et la vie marine était apparemment spectaculaire. Tess n'arrivait pas à croire à sa chance.

Elle avait toujours adoré la mer. Ses parents lui avaient acheté sa première paire de lunettes de plongée alors qu'elle n'avait que sept ans.

Elle avait passé des heures à plisser les yeux, sous les vagues, afin d'essayer de discerner les fonds marins. Sous l'eau, les couleurs semblaient plus vibrantes, plus réelles ; les algues dansaient au rythme du courant ; de minuscules poissons glissaient furtivement sous ses yeux, tels de minces filets d'huile. Tess était fascinée par cet autre monde. Léger, fluide et mystérieux.

En grandissant, elle avait assouvi son désir d'aller toujours plus loin en faisant, pendant les vacances, de la plongée avec masque et tuba à l'étranger. Puis, l'année dernière, elle avait repéré une publicité pour la PADI dans le magasin de surf de Pridehaven. Elle proposait des cours de plongée en eau libre. Ça faisait un an jour pour jour qu'elle fréquentait Robin.

Ils avaient prévu un dîner romantique dans un restaurant qui se trouvait à une petite trentaine de kilomètres de la ville, histoire d'assurer leurs arrières. (« Je sais que c'est dur, chérie, mais est-ce vraiment nécessaire de faire de la peine à Helen ? ») Et il l'avait laissée tomber : il avait annulé une heure avant leur rendez-vous. Ce n'était pas la première fois qu'il faisait cela, et ça ne serait pas la dernière. « Je me rattraperai, Tess », avait-il promis. Mais elle s'était dit : *Je dois faire quelque chose pour moi.*

Elle avait alors noté le numéro du cours de plongée. *On ne sait jamais…*

Ce cours était exactement ce dont elle avait besoin, au final. D'abord, ils s'étaient familiarisés avec leur équipement – la combinaison, le masque, la bouteille, la ceinture de lestage –, puis ils avaient appris les gestes de sécurité : comment remonter à la surface, comment utiliser le langage des signes sous l'eau et, enfin, comment les mettre en pratique en pleine mer. Tess était accro. Elle avait continué les cours, jusqu'à obtenir son diplôme de plongée.

— À quoi ça va te servir, chérie ? lui avait demandé Robin, comme si chaque chose devait avoir une utilité pratique.

— À m'amuser. À partir en vacances seule, pour plonger. À vivre ma vie.

Il n'avait rien rétorqué. Que pouvait-il dire ? Il ne lui offrait pas tout ce dont elle avait besoin. Elle devait donc aller chercher ailleurs. Pourquoi son bonheur, sa raison d'être devrait dépendre d'un homme ? Elle avait compris cela quand David était parti en Australie. Personne ne lui referait le même coup.

Mais là, il ne s'agissait pas de simples vacances de plongée. C'était un véritable voyage initiatique, aux yeux de Tess. Elle allait voir où sa mère avait grandi et même peut-être découvrir pourquoi elle était partie et jamais revenue. La Sicile. Le lieu secret.

Elle allait voir la maison qui lui avait été offerte comme par miracle à ce qui semblait être le moment idéal. À quoi ressemblait-elle ? Et qu'en ferait-elle ?

Toutefois, il n'y avait pas que le fait de laisser Ginny toute seule qui la travaillait. Il y avait aussi Muma, que cette histoire contrariait. Toutes ces années, le peu que sa mère lui avait révélé de son enfance en Sicile avait quitté ses lèvres sous forme de vagues bribes qui n'avaient fait qu'attiser la curiosité de Tess, produisant le même effet que sa cuisine.

Pourquoi Muma n'avait-elle jamais voulu retourner voir la maison de son enfance et les gens qui en faisaient partie ? Tess avait été sur le point d'abandonner, persuadée que sa mère ne lâcherait rien.

— Et Robin a dit qu'il partirait avec toi ? lança Lisa.

— On a réservé les billets, oui.

Tess était tellement soulagée de pouvoir dire cela.

— C'est bien, répondit Lisa avec un air soucieux.

— Tu penses que c'est une mauvaise idée ?

Lisa avait croisé Robin lors de divers apéritifs chez Tess, et elle l'avait qualifié d'« homme charmant ». Elle ne voulait pas juger son amie, du moins, pas aussi durement que Tess se jugeait elle-même.

Tess n'aurait jamais imaginé qu'elle était le genre de femme à avoir une liaison avec le mari d'une autre. La plupart du temps, elle parvenait à ne pas penser à Helen, qui ne planait jamais bien loin, mais, quand elle n'y arrivait pas, elle s'efforçait de se rappeler toutes ces choses dont Robin se plaignait à son sujet. Il restait avec elle seulement pour le bien des enfants, évidemment.

— Ce n'est pas ça.

Lisa avala une lampée de vin.

— Quoi, alors ?

Son amie lui jeta un regard par-dessus son épaule et s'essuya les mains d'un air distrait sur son tablier éléphant.

— J'aimerais juste que tu aies ce que tu mérites, dit-elle. Une vraie relation… avec un homme spécial.

— Et Robin ne l'est pas ? se défendit Tess, même si une part d'elle-même comprenait ce que voulait dire son amie.

— Un homme qui soit libre, répondit Lisa. Un homme qui puisse tout te procurer.

Tess haussa un sourcil. Elle savait ce qui allait venir. Et, comme chaque fois, elle ne voulait pas écouter.

— L'amour, la sécurité, l'engagement. Tu vois ?

— Oui.

C'étaient les choses dont Tess prétendait ne pas avoir besoin, en particulier quand elle se réveillait, seule, à quatre heures du matin.

— Mais… Au moins, cette fois…

Lisa, dans toute sa gentillesse, essayait déjà de se rattraper.

— J'ai tellement hâte de partir avec lui, la coupa aussitôt Tess. La Sicile… C'est si important pour moi, Lisa.

— Je sais, ma chérie.

Lisa s'approcha d'elle et lui glissa un bras autour des épaules.

— C'est seulement que… dit-elle en soupirant.

— Quoi ?

Lisa était sa meilleure amie. Mais, parfois, Tess ne voulait pas entendre la vérité. Parfois, elle aurait préféré que Lisa… mente ne serait-ce qu'un petit peu.

— Pourquoi ce revirement soudain alors qu'il t'a toujours dit qu'il ne pouvait pas partir avec toi ? Qu'est-ce qui a changé ?

Elle avait une voix douce, mais, quand Tess leva les yeux, elle fut surprise de voir l'expression soucieuse sur son visage. Lisa ne pouvait pas comprendre.

Robin ne la traitait pas mal ; c'était simplement un homme bon qui ne supportait pas l'idée de faire du mal à ses enfants et à sa femme, dont il partageait la vie depuis vingt ans. Qui pouvait le lui reprocher ? Ce n'était pas comme s'il avait prévu de tomber amoureux de Tess.

Elle s'apprêtait à dire cela à voix haute quand la porte de derrière s'ouvrit et Mitch entra, l'air épuisé.

— Que vois-je ? déclara-t-il en lançant son attaché-case sur une chaise et en desserrant sa cravate. Deux jolies femmes pour m'accueillir ?

Il les embrassa toutes les deux.

— J'espère que tu restes dîner, dit-il à Tess.

Le portable de Tess sonna pile à cet instant.

— Ça doit être Ginny, supposa-t-elle en le sortant de son sac. Et j'aimerais rester : j'ai vu ce qu'elle a mis dans le chili. Mais je ne peux pas. J'ai un ragoût en cocotte qui m'attend.

C'était un message de Robin, et non de Ginny. « *On peut se voir pour boire un verre, chérie ? Chez toi ou au Black Rabbit ?* »

Un frisson de désir s'empara de Tess. Elle devrait vraiment rentrer. Mais… Le dîner était tranquillement en train de cuire. Elle avait tout le temps. En quoi cela lui ferait-il du mal d'aller boire un verre au Black Rabbit (à dix minutes de la ville, le genre d'endroit où aucun de ses amis n'irait, ni ceux d'Helen et Robin, plus précisément) ?

— C'est Robin ?

Lisa avait dû le lire sur son visage.

Tess hocha la tête. Elle tapa rapidement une réponse : « *OK, rdv au BR dans 15 minutes.* »

Lisa l'observait toujours quand Tess glissa son téléphone dans son sac avec une désinvolture feinte.

— Fais attention à toi, ma chérie, dit-elle.

6

De retour à la maison, Tess suivit les rugissements de Vampire Weekend qui la menèrent jusqu'à la chambre de Jack, ainsi nommée parce qu'une girafe de raphia aux rayures orange et jaune d'un mètre cinquante, baptisée Jack, y avait élu domicile. Ginny, étalée de tout son long sur le canapé, était en pleines révisions. Enfin, c'était ce qu'imaginait Tess.

— Je dois ressortir ! cria-t-elle. Je reviens dans une heure grand max.

Ginny acquiesça en rythme avec la musique.

— Fonce, ma poule.

Tess hocha la tête. C'est bien ce qu'elle comptait faire.

Dans la voiture, en direction du pub qui bordait la rivière, elle réfléchit à ce que Lisa avait voulu dire… « Qu'est-ce qui a changé ? » Rien…, n'est-ce pas ? À moins que Robin ne se soit rendu compte qu'il avait intérêt à faire davantage d'efforts s'il ne voulait pas la perdre.

Il était tout juste sept heures quand elle se gara. Elle passa rapidement en revue les voitures présentes, au cas où. Personne qu'elle connaissait – et pas de Robin. C'était ça, la vie de maîtresse : beaucoup de route toute seule et énormément d'attente. Elle soupira.

Mais il y avait des avantages, même s'il était facile de l'oublier, parfois. Sa vie avec Robin était excitante. Le sexe était excitant. Elle avait gardé sa liberté et elle pouvait se montrer aussi égoïste qu'elle le désirait…, la plupart du temps. Elle n'avait ni à lui faire la cuisine ni à lui laver son linge. Lorsqu'il la voyait, c'était qu'il en avait vraiment envie. Il était généreux, gentil et il la faisait rire. Alors ?… Elle se regarda dans le rétroviseur et vit ses yeux qui brillaient tout en sentant ce désir qui lui nouait le ventre. Pourquoi voulait-elle que cette situation change ?

— Elle a prévu un week-end chez ses parents, déclara Robin. J'ai commencé à lui dire que je partais…

Il était arrivé cinq minutes après Tess, agité et visiblement contrarié. Il l'avait embrassée et s'était empressé d'aller droit au but. Mais elle avait compris avant même qu'il ne parle.

— Et ?

Tess n'en croyait pas ses oreilles. Ne pouvaient-ils pas reporter ce week-end chez les parents d'Helen ? Soudain, elle regrettait de ne pas avoir commandé un verre plus grand.

Elle conduisait, mais franchement, pour l'instant, ça lui était tout à fait égal. Elle se demandait bien quel bobard il avait prévu de raconter à Helen. Un voyage d'affaires ? Une virée avec quelques amis bien choisis qui n'auraient jamais trahi son secret ?

— Elle voulait me faire la surprise.

Il se passa les mains dans les cheveux. Tess ne l'avait jamais vu aussi désemparé.

— Et donc ?

Il s'apprêtait à annuler la Sicile pour un week-end chez les parents d'Helen ? Elle ne parvenait pas à comprendre.

— Elle a réservé une table dans un restaurant. Et des billets pour une pièce de théâtre. Tout est déjà prévu.

Il écarta les bras et plissa le front.

— Je gâcherai tout en ne venant pas.

Et ça ne gâcherait rien, s'il ne venait pas en Sicile ? Tess prit une profonde inspiration, se rendant compte qu'elle serrait son verre de vin si fort qu'elle risquait d'en briser le pied. Elle le posa.

— J'ai réservé nos billets d'avion.

Elle s'étonnait elle-même de rester aussi calme.

— Je sais.

Il baissa alors les yeux pour la première fois depuis qu'ils s'étaient retrouvés.

— Mais je ne peux pas faire autrement, Tess. Il ne s'agit pas seulement d'Helen ; il s'agit de ses parents, aussi.

— Pourquoi ne pas y aller un autre week-end ?

Tess avala une nouvelle gorgée de vin. Certaines femmes étaient-elles destinées à être de simples maîtresses, et d'autres, des épouses ?

— Ça s'annule, une réservation au restaurant et des billets de théâtre. Ce n'est pas la fin du monde.

Elle remarqua son ton détaché, comprenant soudain qu'elle avait commencé à s'éloigner de lui. Déjà. Elle mettait de la distance entre eux pour minimiser les dégâts ; c'était comme ça que ça fonctionnait.

Et il était hors de question de le supplier. Dès le début, elle s'était refusée à être la maîtresse exigeante et capricieuse qui désire tout le temps plus (même si c'était le cas). Elle serait sexy, drôle et prendrait ce qu'il voulait bien lui offrir (ce qui ne lui suffisait plus).

— Pourquoi est-ce si important que ce soit ce week-end ?

Il ne la regardait pas.

— Tu ne connais pas les parents d'Helen.

Tess haussa les épaules.

— Pourquoi ? Ils te mènent par le bout du nez ?

Elle avait lancé cette pique comme ça, sans réfléchir, mais elle vit aussitôt qu'elle avait touché un point sensible. Il soupira et prit une longue gorgée de sa bière. Il avait demandé un demi, ce qui montrait qu'il avait clairement prévu de ne pas rester longtemps.

— Il n'y a pas qu'Helen. Enfin, c'est une des raisons. Mais c'est également une question d'argent, dit-il.

— D'argent ?

Tess sentit les poils de sa nuque se dresser. Même eux savaient qu'elle allait entendre quelque chose qui ne lui plairait pas.

— Quel argent ?

— Eh bien… Tu sais qu'ils sont pleins aux as, chérie, non ?

Il se mit à se lisser les cheveux. Son côté trop propre sur lui (le parfait petit homme d'affaires bien rasé et tiré à quatre épingles) la faisait rire habituellement ; ils étaient tellement différents l'un de l'autre. Mais aujourd'hui, cela la rendait triste. Parce que c'était vrai. Ils étaient trop différents. Comment avait-elle pu espérer qu'ils se compléteraient ?

— Non.

Pourquoi le saurait-elle ? Et en quoi la situation financière de ses beaux-parents avait-elle quelque chose à voir avec eux ? Tess n'aimait clairement pas la tournure que prenait la conversation.

— Eh bien, ils le sont. Vraiment.

Avait-elle raté quelque chose ? Tess réprima son envie de hurler.

— Mais…, balbutia-t-elle, perdue. Helen et toi êtes financièrement indépendants, non ?

Il avait bien un travail ! Il possédait une grande maison (elle l'avait longée plusieurs fois, cédant à la tentation de voir où il passait tellement de temps sans elle), une jolie voiture. Il n'était pas pingre, du moins le pensait-elle…

Robin lâcha un petit rire froid.

— Qui peut se targuer d'être financièrement indépendant, de nos jours ?

Tess le dévisagea. Elle se rendit compte qu'ils n'avaient pratiquement jamais parlé argent ensemble, car ils n'en avaient pas ressenti le besoin. Ils ne partageaient rien de matériel. S'ils allaient au restaurant, il insistait toujours pour payer. Sinon, ils allaient chez elle pour dîner ou prendre un verre. Qu'y avait-il eu à part ça ? Des cadeaux échangés entre amants ?… L'argent n'avait jamais été un problème. Pourquoi le serait-il aujourd'hui ? La déception s'était mise à la ronger. Robin ne l'accompagnerait pas en Sicile. Il l'avait une fois de plus laissée tomber. Il ne serait jamais là pour elle si elle avait besoin de lui. Ou même si elle n'avait pas besoin de lui, mais désirait seulement sa présence.

— Tu as un crédit immobilier, n'est-ce pas, chérie ? demanda-t-il.

Il ne lui avait jamais posé cette question auparavant.

— Un petit, oui.

Ses parents l'avaient aidée à avoir accès à la propriété à la naissance de Ginny, et il lui restait encore une petite somme à rembourser. Sa maison n'était pas dans un état parfait ni ne se situait dans le meilleur quartier de la ville, mais elle était agréable, avait du cachet et, surtout, c'était la sienne. Mais, de toute façon, pourquoi parlaient-ils crédits ?

— Eh bien, moi, je suis dépendant des parents d'Helen, dit-il. Elle aime son train de vie confortable. Et je ne pourrais pas le lui offrir avec mon seul salaire.

— Je vois.

En effet, elle commençait à comprendre. Voilà qui expliquait pourquoi, entre autres, Helen ne travaillait pas.

— Alors, quand ils claquent des doigts, tu dois dire « Amen ».

— Non, ce n'est pas ainsi que ça se passe.

Il lui saisit la main.

— Mais je dois me montrer prudent.

Elle baissa les yeux sur ses manchettes impeccables, sous lesquelles ses poils bruns dépassaient. Elle retira sa main.

— Ça va, dit-elle, même si c'était faux. Je comprends.

— Tess…

— Je comprends tes priorités. Tu me les as clairement montrées.

— Tess.

Il avait une voix profonde et pressante. En principe, elle adorait ça, mais pas maintenant.

— Tu sais que je donnerais n'importe quoi pour venir avec toi… Si c'était possible…

— Ça l'est, coupa-t-elle.

Son calme et son détachement l'étonnaient vraiment.

— Du moins, ça l'était.

Elle se leva.

— Mais tu as pris ta décision.

Et elle avait trop de fierté pour essayer de l'en dissuader.

Il se leva à son tour et lui saisit le bras.

— Quand tu reviendras…, commença-t-il.

Tess le regarda droit dans les yeux.

— Non.

— On parlera.

Elle ne répondit rien.

— Je me rattraperai, chérie.

Elle se dégagea de son étreinte une nouvelle fois.

— Au revoir, Robin.

Tess quitta alors le pub, pas trop vite, pas trop lentement. Elle valait mieux que ça, tout de même. Elle entra dans la voiture. Démarra. Elle ne pleurerait pas. Qu'il aille se faire voir… Pourquoi devrait-elle pleurer ? On pleurait quand on avait perdu quelque chose. Mais il n'avait jamais été à elle. Et encore moins aujourd'hui.

7

Dans sa cuisine, Flavia se sécha les mains avec un torchon et gagna lentement son jardin par la porte de derrière. Il était midi passé, et le soleil réchauffait ses bras nus. Il ferait encore plus chaud en Sicile, songea-t-elle en s'arrêtant devant son carré d'herbes aromatiques envahi par la menthe, comme tous les ans.

Chaque année, elle se disait qu'il faudrait la déraciner et l'emprisonner dans un pot, mais, chaque année, elle ne parvenait pas à mettre sa menace à exécution. La nature voulait qu'elle soit sauvage et libre. Qui était-elle pour en décider autrement ?

Elle jeta un coup d'œil à sa montre. Tess devait être en route. À cette heure, son avion devait être en train de survoler la France. Que pensait sa fille en regardant les nuages par le hublot ? Était-elle excitée, ou inquiète de ce qui l'attendait ?

Flavia sortit un carnet et un stylo de la poche de son tablier, qu'elle dénoua et retira avant de le plier soigneusement et de le poser sur la table de jardin en bois. Lenny était sorti ; il déjeunait avec un vieil ami. Elle avait donc la maison et le jardin pour elle toute seule. Elle jeta un regard satisfait autour d'elle. Leur jardin était petit, mais coloré et très bien entretenu ; Lenny y veillait. L'importance qu'accordaient les Anglais à leur jardin était assez surprenante, étant donné le temps qui était souvent gris, même si elle s'était faite au climat, depuis toutes ces années, et que l'aspect du ciel était le cadet de ses soucis… Elle s'installa dans son fauteuil. Le bleu profond du ciel sicilien lui manquait. La douce chaleur estivale aussi, même si, plus jeune, elle avait du mal à la supporter.

— Je penserai à toi, avait-elle dit à Tess avant qu'elle ne parte. Et à la Sicile.

Elle ouvrit son carnet. « *Tu dois raconter ton histoire et tout oublier.* » Très bien, elle allait essayer. Elle tenterait d'écrire ce qu'elle ne parvenait pas à dire. De raconter l'histoire de cette jeune Flavia qui semblait si distante, aujourd'hui, si perdue. Le moment était venu.

Ma Tess chérie, nota-t-elle. Par où commencer ? Par le début, sûrement. Par le jour où ça s'était passé, où tout avait démarré.

C'était en juillet. Et il faisait une chaleur torride. Elle se rappelait qu'elle était pliée en deux, que le soleil lui brûlait le dos, la nuque, et collait à sa peau son fin chemisier blanc. Elle se rappelait avoir dégagé son épaisse chevelure avec le dos de la main, la paume tachée par les tomates…

Juillet 1943
Ce matin-là, en se réveillant, Flavia sentit qu'il s'était passé quelque chose. Lorsqu'elle quitta son lit et partit voir à la fenêtre, tout, à l'extérieur, feignait de ne pas avoir changé. L'aube prenait déjà une teinte sombre sensuelle et forte. Mais elle était persuadée d'avoir raison. Elle s'était réveillée en pleine nuit, juste une fois, et avait distingué un bruit dans les ténèbres. Un fracas, pas très loin d'ici. Puis des lumières, des torches peut-être, qui semblaient déchirer le ciel nocturne.

Plus tard dans la matinée, dans le champ, elle passa au plant suivant et se plia en deux pour ramasser les tomates mûres. Madonna, pensa-t-elle. Elle commençait à peine à travailler que son dos lui faisait déjà mal, et ses doigts étaient tout verts. Un nouveau mois de juillet, une nouvelle récolte ; tomates et olives, pommes et prunes. Elle ne faisait que ramasser toute la journée, afin que Mamma puisse réduire en bouillie, presser, stériliser, mettre en bouteilles et préparer sa sauce tomate (« *La tâche la plus importante de l'année, ma fille* »), sa confiture, son huile d'olive, son… Arrr ! Flavia repoussa sa chevelure lourde et épaisse qui lui donnait encore plus chaud. Elle avait envie de hurler…

Elle finit par se redresser. Aussi loin que portât son regard, une brume de chaleur surplombait le paysage, les immenses plaines montagneuses vert et rouille agrémentées de pins et de cyprès, les oliveraies, les vignes et les quelques abris de calcaire. Cette brume avait une couleur (gris pourpre) et elle avait un son (hummm). Elle posa la main sur sa hanche et lui répondit tout haut. « Hummm. » Le bourdonnement incessant des insectes avait de quoi rendre fou.

Le ciel était vierge de tout nuage, et la seule odeur qui lui parvenait était celle, âcre, des tomates vertes. Rien ne témoignait d'un quelconque changement dans la nuit.

— Hé !

Flavia tressaillit.

— Tu es encore en train de rêver ! lui lança sa sœur Maria.

Elle claqua la langue de cet air supérieur de sœur aînée qu'elle avait perfectionné au fil des ans et désigna le panier à moitié vide de Flavia.

— Allez, dépêche-toi !

— Allez, dépêche-toi, marmonna Flavia.

Une nouvelle récolte, une nouvelle année à travailler, puis à attendre. Et qu'attendait-elle, au juste ? Qu'un garçon du village décide d'en faire sa femme ?

*Elle passa au plant suivant et détacha soigneuse-
ment les fruits des grappes piquantes. Comme la
barbe d'un vieillard, pensa-t-elle. Comme le vieux
Luciano qui surveillait les chèvres sur les flancs de la
montagne. L'odeur âcre des tomates avait pris d'as-
saut ses narines, sa gorge, son ventre.*

*Il n'y en avait que deux ou trois parmi lesquels choisir.
Des garçons. De toute façon, on ne lui permettrait pas
de choisir. Et qui donc la choisirait, elle, se plaignait
Mamma, « si tu n'apprends pas à tenir ta langue,
ma fille ». Elle était trop indépendante, trop têtue.
« Gardes-en sous le pied », lui conseillait Mamma.
Pour plus tard, quand elle serait mariée, voulait-
elle dire. Pour quand, en tant que matriarche, elle
prendrait le contrôle. Doux Jésus… Perdue dans ses
pensées, elle pressa trop fort sur le fruit et sentit sa
peau éclater et sa chair lui couler entre les doigts. Elle
les porta à sa bouche et les suça, puis jeta la peau sur
le sol aride.*

— Tsss !

Rien n'échappait à Maria.

*Flavia lui fit une grimace et passa au plant suivant
en haussant les épaules. Elle savait qui sa sœur
voulait. Leonardo Rossi. Elle le savait parce qu'elle
comprenait le langage des yeux (seulement détectable
par une observatrice de son talent) que ces deux-là
s'échangeaient à l'église. Car qu'existait-il d'autre
comme lieu ? C'était le seul où l'on voyait tout le
monde. Et encore, on devait baisser les yeux ; il fallait
être modeste avant toute chose. Pff !*

*Elle s'étira. Elle n'avait que dix-sept ans ; son dos
et ses épaules étaient encore jeunes et souples, mais
elle avait compris ce qui rendait les vieilles femmes
si pâles, si voûtées et usées. C'était de ramasser des
tomates pour…*

Elle laissa son regard se poser sur la Villa Sirena, rose grenat, qui dominait l'ancienne place fortifiée du baglio et la baie. La villa d'Edward Westerman, le poète anglais excentrique qui possédait également les oliviers qu'ils récoltaient, les plants de tomates dont s'occupaient ses parents, et même le cottage de pierres où ils vivaient, situé juste derrière la villa, qu'il avait fait construire neuf ans auparavant, à son arrivée en Sicile. À l'époque, Flavia n'était qu'une enfant. À l'époque, cette guerre était loin ; on ne la soupçonnait même pas. Désormais, Palerme – la ville la plus conquise du monde, disaient certains – avait été prise par les Allemands et les Américains. Elle avait été « conquise », et pourtant, elle accueillait ses conquérants les bras grands ouverts et en mettant à leur disposition son réseau de prostitution, avait-elle entendu dire. En vérité, Flavia ne savait qu'en penser. Elle ne savait même pas dans quel camp ils étaient. Elle dégagea une nouvelle fois ses cheveux de son visage sans se soucier des taches qui maculaient ses mains. Quelle importance ? Qui le verrait ?

La famille de Flavia s'occupait de la Villa Sirena, de ses terres ainsi que de Signor Westerman. Et cela, depuis 1935 quand, alors qu'il n'avait que vingt et un ans, ce fameux Anglais était apparu, doté d'un héritage, et avait employé son père pour l'aider à construire la villa. Papa ne cessait de remercier le ciel pour ce travail, et Signor Westerman, malgré son jeune âge, était un bon employeur. À tel point que la mère de Flavia s'était proposée pour le poste de cuisinière et femme de ménage, et l'avait obtenu. Papa était devenu gardien à plein temps, lui qui n'avait jamais rien eu (« Rien du tout, ma fille… ») avant que Signor Westerman n'arrive. Papa, dont les enfants « auraient mordu la poussière comme beaucoup d'autres dans le village, auraient pu mourir dans la rue comme eux, sans la gentillesse de l'Inglese, Signor Westerman. Dieu bénisse Madonna ». Flavia avait tellement entendu son père prononcer ces mots. « Il nous a sauvés. Il ne nous laisserait pas mourir de faim. »

En effet, Signor Westerman s'était toujours montré bon avec elle, et parfois, alors qu'elle était censée aider Mamma, il l'avait même fait venir pour lui raconter des histoires au sujet de l'Angleterre ou lui lire de la poésie.

Il la lisait à voix haute, dans une langue qui était étrangère à Flavia, mais elle percevait la cadence des mots et se laissait rêver en fermant les yeux.

Il parlait de l'Angleterre dans une espèce de jargon mêlant l'anglais et l'italien qu'elle avait du mal à saisir. Mais elle en comprenait assez pour voir que là-bas, la vie était différente, à tel point qu'il était impossible de se l'imaginer. Mais Flavia y parvenait, elle. Là-bas, les filles allaient danser dans des soirées – et quelles soirées ! –, parlaient librement, sortaient seules, ou même accompagnées d'hommes. Elles vivaient. Madonna, pour sûr qu'elles vivaient.

Maria était presque arrivée au bout de sa rangée.

— Allez, Flavia, tu es si lente ! cria-t-elle.

Mais impossible pour Flavia de se concentrer sur sa tâche. Qu'était-il arrivé cette nuit ? Que se passait-il ? Pourquoi les lumières ? Les bruits ? Quelque chose se tramait. Elle avait vu Papa retrouver les autres hommes du village, tôt ce matin au bar Piccolo sur la place, et avait remarqué les visages graves, les hochements de tête, les murmures sérieux et les grosses quantités d'expresso qui avaient été avalées. Malgré ses recherches, Flavia n'avait rien découvert, dehors, mais elle était certaine que ça avait un rapport avec cette guerre ; tout avait un rapport avec cette guerre. Elle ne leur apportait rien, disait Papa. Elle leur retirait leurs garçons et les tuait. Flavia soupira. Comme ça, il y en a encore moins parmi lesquels choisir...

Du bout des doigts, elle tâta la peau dure et gonflée des tomates. Les fruits avaient absorbé tellement de soleil qu'ils semblaient en être gorgés. La guerre avait également pris Signor Westerman.

On prétendait que c'était trop dangereux de rester en Sicile, que les jours à venir étaient sombres. Qui pouvait prévoir les actes d'Hitler et de Mussolini ? Et qui pouvait savoir lesquels étaient les pires, entre les fascistes et les nazis ? Flavia se signa d'un geste rapide.

Le Signor était reparti en Angleterre jusqu'à la fin de la guerre. Qui savait quand il pourrait revenir revendiquer sa magnifique villa, sa terre, ses oliveraies ?

Et en attendant... Flavia regarda Maria qui se penchait, ramassait, se penchait, ramassait... Les gestes de sa sœur suivaient un rythme régulier. Elle se rendit alors compte, avec une surprise et une frustration soudaines, que Maria était heureuse. Comment était-ce possible quand tant de choses étaient menacées, qu'elle ignorait où se trouvait Leonardo et que leur famille n'avait pas de quoi gagner son pain – et peut-être plus aucun avenir – sans Signor Westerman ? Quand ils pouvaient être tués à n'importe quel moment, victimes de cette stupide guerre ? Sa sœur était-elle folle ?

Maria ne semblait pas folle. C'était comme si elle était au courant de quelque chose qu'elle-même ignorait. Flavia soupira. Peut-être étaient-ce les siècles de destruction due aux séismes et aux éruptions ou d'asservissement à d'autres peuples en maraude qui rendaient les Siciliens si posés, si satisfaits de leur sort. Était-ce une coïncidence qu'il n'y ait pas de futur dans la conjugaison sicilienne ? C'était un peuple qui ne pouvait que regarder en arrière, jamais vers l'avenir, plein d'espoir.

Flavia dressa le visage vers le soleil brûlant. Pas de futur ? On disait qu'à Palerme, certaines fenêtres affichaient des slogans fascistes : Mieux vaut être un lion une journée qu'un mouton toute sa vie. Mais Papa prétendait que ces mots ne toucheraient jamais les Siciliens.

Certes, ils avaient leur honneur. Mais qu'en avaient-ils à faire, de la guerre ? Ce n'était pas la leur. Ils s'intéressaient davantage à la survie. Par ailleurs, sa famille appréciait les Anglais et était loyale à Signor Westerman, qui avait été si généreux avec eux.

Ils avaient retiré de sa maison toutes ses affaires – du moins, tout ce qui avait de la valeur. Y compris il Tesoro, qui avait été dissimulé dans un endroit où personne ne le trouverait, où personne ne penserait même à aller chercher. Elle avait entendu Papa le dire au père de Santina sans qu'il se rende compte qu'elle l'épiait derrière le rideau.

Flavia haussa les épaules. Qu'avait-elle à faire de tous ces mystères, de tous ces murmures échangés à propos d'ennemis et de biens qui devaient rester cachés ?

— Laisse-moi voir.

Maria était à côté d'elle et inspectait son panier. Que ferait-elle, maintenant que son homme avait quitté le village (pas pour aller à la guerre, mais pour se cacher dans les montagnes, disaient les villageois) ? Certains les appelaient les « déserteurs », ces hommes qui passaient la nuit dans les fermettes ou les grottes et qui vivaient du trafic de céréales ou de bétail volé. La plupart ne leur reprochaient pas leur décision. Mais s'il ne revenait pas ?

Et que se passerait-il quand la guerre aurait pris fin ? Même si vous étiez choisie par l'un des jeunes hommes qui avaient survécu à la guerre, quel genre de vie mèneriez-vous ? Une vie comme celle de Mamma, si vous étiez chanceuse. Faire la cuisine, le ménage, des bébés. Les corvées. Emprisonnée chez vous à vie. En dehors des sorties à l'église ou au marché. Au secours !...

— *Tu as toujours l'esprit ailleurs,* la tança Maria. *Qu'est-ce qui ne va pas chez toi ? C'est notre nourriture, notre vie !*

Flavia fit balancer son panier. Notre nourriture. Notre vie. *Était-ce si mal de vouloir plus que ça ?...*

Après le déjeuner, Flavia ne parvenait pas à faire la sieste. Elle remuait dans son lit, la lumière vive du début d'après-midi l'empêchant de s'endormir. Mais qu'est-ce qu'elle avait ? Était-ce simplement l'habituelle canicule de juillet ? Ou bien ?... Elle se leva, s'aspergea le visage d'eau froide et descendit. Il n'y avait pas un bruit.

Le monde entier dormait, mais c'était le genre de calme qui précédait une tempête.

Avec une main en visière, elle passa le voilage qui barrait la porte et sortit. La terre du potager était sèche et dure, mais les fèves, les artichauts et les petits-pois étaient présents à l'appel, Mamma y veillait. Tant qu'ils avaient cette terre, ils mangeraient. Et la récolte procurerait des graines pour l'année suivante. Elle hésita un instant à partir vers la mer, où elle pourrait aller barboter dans l'eau fraîche, mais elle était attirée dans la direction opposée, vers les champs et les oliveraies qui s'étendaient en bas de la montagne. Elle plissa les yeux. Elle crut voir quelque chose, comme le reflet du soleil sur du métal, dans le champ de blé couleur fauve, entre les oliveraies. Elle attendit, immobile, des gouttes de sueur se rassemblant sur sa nuque et sur son front. Sì. Elle venait de le revoir. Une lueur, comme un signal, un signe.

Flavia tourna sur ses talons, fonça dans la cuisine pour récupérer une gourde d'eau et ressortit aussitôt. Elle regarda autour d'elle. Personne en vue ; tout le monde était à l'intérieur, tentant d'échapper à cette chaleur oppressante. Un lézard vint se prélasser un instant sur les pierres blanches, puis il disparut aussi vite qu'il était apparu.

Elle prit le chemin en direction de la première olive-raie. Elle passa entre les arbres, oscillant entre le gris et l'argenté sous le soleil, leurs branches noueuses chargées d'olives. À leurs pieds, la terre jadis rouge était désormais d'un rose saumon pâle. Le sol vibrait, et les cigales stridulaient implacablement. Au loin, l'horizon était, à ses yeux, d'un mauve liquide.

Au bout de la première oliveraie, Flavia s'arrêta sous un arbre pour boire une gorgée d'eau. Elle était fraîche et douce, comme du nectar. Elle ne cessait de regarder au-delà du champ de blé couleur miel entouré de coquelicots et de trèfles qui semblaient vibrer sous la chaleur de l'après-midi. Elle vit de nouveau la fameuse lueur. Juste derrière la crête. Ce n'était plus très loin.

Flavia se remit en route à travers champ, vers la prochaine oliveraie. Lorsqu'elle atteignit la crête, elle haletait, et son cœur martelait dans sa poitrine. Elle s'assit un moment, exténuée. L'atmosphère était lourde et calme, si calme…

Elle avança, baissa les yeux et elle le vit. Un avion, en partie disloqué, entouré de débris.

— O dio Beddramadre ! lança-t-elle en se plaquant une main devant la bouche.

Oh ! Sainte Mère de Dieu... Et à une vingtaine de mètres de là, blafard, une main sur la jambe et visiblement à l'agonie, un homme était allongé : un étranger. Un pilote.
— O dio Beddramadre !...

Flavia posa son stylo. Elle était épuisée, comme si on l'avait passée à l'essoreuse. Et pourtant, cela ne lui suffisait pas. Elle comprenait désormais qu'elle s'était trompée. Mais elle avait encore le temps de réparer ses torts.

Elle pouvait donner à sa fille une pièce supplémentaire de son pays natal. Et elle se rendit compte de ce dont il s'agissait.

8

Tess récupéra sa voiture de location à l'aéroport de Palerme et prit la direction de Cetaria, le sujet « Robin » enfermé dans une boîte bien stockée au fond de son esprit. Pour l'instant, elle gardait le couvercle fermé. Elle n'avait pas besoin de lui. Elle ne se l'autoriserait pas. Et elle était en train de se rendre compte que la Sicile serait la distraction idéale. Elle avait du mal à arracher son regard aux flancs montagneux gris-vert et à la terre rouille affichant d'un côté pins et bouleaux, et, de l'autre, un soleil de fin de journée miroitant sur la mer azur. Mais il fallait qu'elle reste concentrée sur la route. Elle était en Sicile, dans une voiture qui ne lui appartenait pas, et elle devait se souvenir de conduire à droite.

Il faisait encore jour en ce début de soirée lorsqu'elle arriva, une heure plus tard, en vue du village, petit noyau de maisons qui s'alignaient en rangs sous ses yeux, au bord de la mer. La route qui y menait partait en pente raide à partir d'un belvédère.

Elle passa devant une chapelle à la façade de stuc abricot, et, avant qu'elle ne s'en rende compte, les rues l'avaient fait prisonnière. De hautes bâtisses barricadées enserraient la route pavée de chaque côté, et d'étroites marches de pierres menaient au niveau du dessous, donnant ici et là sur une place ou offrant un rapide coup d'œil sur la mer. C'était un véritable labyrinthe.

Elle se gara dans une petite rue, sortit et s'étira. Il faisait chaud ; une promenade la tentait bien, et ce serait beaucoup plus facile de trouver à pied la maison qu'elle cherchait. On lui avait dit de récupérer la clef chez une *Signora* Santina Sciarra, qui vivait au numéro quinze de la via Dogali et qui était une amie de la famille. Elle se demandait de quelle famille il s'agissait. La sienne ? Avait-elle connu sa mère ?

— La villa est-elle en mauvais état ? avait-elle interrogé le notaire en possession du testament d'Edward Westerman, au téléphone, avant de partir.

Elle s'était résolue à être pragmatique. Ce qui s'était annoncé comme une aventure avec Robin pouvait se révéler décourageant si elle devait y faire face toute seule.

Mais l'homme lui avait assuré que la demeure était simplement ancienne, usée, et avait juste besoin d'amour. Ancienne et usée, Tess pouvait gérer.

Un plafond qui s'effondre et des fuites d'eau, non. Elle tentait d'être forte. Mais sa relation avec Robin était au bord du gouffre. Et elle ne savait pas si elle devait sauter.

Elle laissa ses valises dans la voiture et marcha jusqu'au coin de la rue. Les gens dînaient chez eux. Elle devinait des effluves de tomates, d'herbes aromatiques et de viande rôtie qui s'échappaient des fenêtres ouvertes, des balcons et des terrasses. Dans la rue suivante, elle aperçut une vieille femme tout en noir qui balayait devant chez elle, le dos voûté.

— *Scusi*, dit Tess.

Était-ce correct ?

La femme leva des yeux noirs et impénétrables. Elle ne répondit pas.

— *Sera*. Euh…

Elle avait fait à peu près le tour de ses connaissances en italien. Et en plus, le sicilien était une langue totalement différente, une langue que sa mère avait toujours refusé de transmettre à sa fille.

— Via Dogali ?

Elle montra à la femme le bout de papier sur lequel elle avait noté l'adresse. Les Siciliens devaient forcément comprendre l'italien. La plupart d'entre eux l'utilisaient avec les touristes qui envahissaient régulièrement leur île.

La femme lui arracha le papier des mains avec des doigts bruns et noueux, et l'observa en faisant claquer sa langue. Elle tenait fermement l'épais châle noir qui lui enveloppait le visage malgré la chaleur de la soirée. Elle déversa soudain un flot de sicilien dans lequel Tess crut déceler le nom « Santina ».

— Oui, l'encouragea Tess. Santina. *Sì.*

La femme plaça alors une main osseuse sur le bras de Tess et le serra. Fort. Elle parlait très vite. Voulait-elle savoir qui elle était ? C'était ce que Tess imaginait, en tout cas.

— Je suis la fille de Flavia, articula-t-elle. Flavia. *Figlia.*
Était-ce correct ?

Un nouveau torrent de mots. La femme tourna sur ses talons et lui fit signe de la suivre.

— *Sì, sì,* marmonna-t-elle. Venez, venez.

Elle avança dans l'étroite rue en boitillant, ses épaisses chaussures noires frappant lourdement les pavés irréguliers. Tess se hâtait derrière elle. Quel âge avait cette femme ? Soixante-dix ans ? Quatre-vingts ? Cent ? Elle était incapable de le dire. Elle était pratiquement pliée en deux, et sa peau était ridée, brune et usée par le soleil.

Elles ne pouvaient pas être loin de chez Santina ; rien n'était loin, ici. Et c'était là que sa mère avait grandi. Tess ressentit un frisson d'excitation. Sa mère avait-elle longé ces mêmes rues, senti ces mêmes effluves (délicieux, mais entremêlés, elle devait l'avouer, d'une odeur d'eaux usées, ou de pourriture peut-être) ? Oui, c'était ça : l'odeur de la décomposition. Le seuil des habitations qu'elles longeaient était plutôt propre, mais les murs étaient crasseux, et la peinture écaillée révélait la vraie face des maisons :

la pierre nue. Tess se demandait si c'était déjà ainsi, à l'époque de Muma. Tout le monde devait se connaître dans ce village. Et être au courant des affaires des uns et des autres. Cette femme avait sans aucun doute vécu ici toute sa vie. Elle savait sûrement tout ce que Tess devait découvrir. Si seulement Tess pouvait lui parler…

Elles prirent une rue qui descendait abruptement vers la mer. Tess aperçut ce qui ressemblait à une petite baie entourée de rochers ainsi qu'un bateau de pêche aux couleurs vives amarré au quai.

Mais, tandis qu'elle tendait le cou pour mieux voir, un nouveau bâtiment de pierres lui barra la vue. La femme marmonnait toujours dans sa barbe, et Tess distingua de nouveau le nom « Flavia », puis « *l'Inglese* », « Maria » et « Santina ». À un certain moment, sa guide improbable se signa même. Qu'avait bien pu faire sa mère ?

Tess se contenta de hocher vaguement la tête en guise de réponse. Mais son cerveau tournait à cent à l'heure. Elle avait vraiment hâte d'en savoir plus. Et peut-être qu'Edward Westerman avait voulu qu'elle découvre l'histoire de sa mère, ce qui expliquerait pourquoi il avait décidé de lui léguer la maison à condition qu'elle vienne. Mais… Comment aurait-il pu savoir qu'on ne lui avait pas déjà raconté toute l'histoire ? Elle accéléra le pas pour coller au rythme de sa guide. À son avis, il voulait au moins qu'elle… Elle hésita. Qu'elle se sente *concernée* par cet endroit. Pour une quelconque raison.

La vieille femme continuait à secouer la tête et à lui faire signe de la suivre tout en se pressant sur les pavés, telle une veuve noire. Tess lui répondit d'un hochement de tête et d'un sourire encourageant.

C'était tout ce qu'elle pouvait faire. Il devait y avoir un mystère derrière tout ça ; sinon, pourquoi Muma avait-elle toujours refusé de parler de cette période ? Ce mystère faisait partie de son voyage. Et le passé était là, devant elle, parmi ces rues pavées grisâtres et ces hautes bâtisses barricadées. Le passé. Elle commençait à comprendre que la Sicile était le genre d'endroit qui pouvait vous hanter.

Elles s'arrêtèrent enfin devant une porte agrémentée d'une grille de fer rouillée. Numéro quinze. La peinture était écaillée et verdâtre. La femme cogna trois fois tout en marmonnant.

Tess esquissa un faible sourire et attendit.

Quelques minutes plus tard, une autre vieille femme (également vêtue de noir, remarqua Tess) vint prudemment jeter un œil derrière la porte avant de l'ouvrir un peu plus.

Elle salua de la tête la Veuve noire, mais ses yeux s'écarquillèrent quand elle vit qui l'accompagnait.

Tess sourit une fois de plus et secoua énergiquement la tête. Elle avait sûrement l'air d'une folle, mais c'était la seule chose qui semblait fonctionner.

Les deux vieilles femmes s'embrassèrent alors chaleureusement et se mirent à échanger une conversation à haut débit régulièrement entrecoupée de claquements de langue, de hochements de tête et de regards curieux vers Tess, comme si elle était une espèce en voie de disparition dans un zoo. N'avaient-ils donc jamais de touristes anglais par ici ? Tess était-elle différente (une propriétaire, une éventuelle future voisine) ? Ou était-ce parce que c'était la fille de Flavia ?

Après quelques minutes supplémentaires, elle commença à perdre espoir. Elle avait fait tout ce chemin et était toute proche de son but. Derrière elle, le crépuscule avait pris ses marques, et la lumière tombait peu à peu. Mince, elle avait envie de voir sa maison ! Elle en avait assez de rester plantée sur le seuil d'une parfaite étrangère, à écouter un jacassage auquel elle ne comprenait rien.

— S'il vous plaît, dit-elle.

Elles la regardèrent toutes les deux en cessant immédiatement de parler, comme si on avait débranché la prise.

— Vous avez la clef ? demanda-t-elle à la seconde femme. De la Villa Sirena ?

Elle fit le geste de tourner une clef dans une serrure imaginaire.

— S'il vous plaît ? *Grazie.*

La femme en question lui agrippa le bras plus ou moins de la même façon que l'avait fait la première un peu plus tôt. Puis l'autre bras. Elle tira vers elle Tess qui, déséquilibrée par cette force inattendue, se retrouva étouffée dans son étreinte. Elle sentit un menton lui piquer les joues tandis que la vieille femme y déposait un baiser sonore. *Mon Dieu !...*

— Santina, déclara-t-elle en se désignant.

— Vous avez la clef ? insista Tess.

Elle ne voulait pas perdre une seconde de plus. Par ailleurs, ce nom ne lui rappelait rien. Comment aurait-ce été possible, de toute façon ?

Santina la tira alors à l'intérieur, et Tess se retrouva dans un couloir sombre rouge sang aux murs recouverts de photos encadrées et d'attirail religieux. Santina remercia la Veuve noire et, sans se défaire du bras de Tess, avança vers la cuisine. La pièce était dominée par une vieille cuisinière au-dessus de laquelle pendaient, devant le mur chaulé rendu noir par la fumée, divers ustensiles en fer. Il y avait une petite fenêtre carrée avec un voilage et un assortiment de chaises en bois disposées autour d'une table tachée et abîmée.

— *Espresso* ? proposa Santina. *Caffè ? Biscottu ?*

Même si elle brûlait d'envie de voir la villa, Tess sentait qu'elle ne pourrait pas passer outre l'hospitalité de son hôtesse. Par ailleurs, son déjeuner à l'aéroport de Gatwick remontait à quelque temps, déjà. Un expresso ne pourrait pas lui faire de mal.

— *Sì, grazie.*

Elle se laissa tomber sur la chaise que Santina lui avait indiquée. Elle était épuisée. Elle avait l'impression d'être tendue depuis des jours, depuis que Robin lui avait annoncé ne pas pouvoir l'accompagner, en vérité. Comment se déroulait son week-end avec les parents d'Helen ? Où étaient-ils à cet instant même ? Au restaurant ? Au théâtre ?

En tout cas, quelque chose dans cette cuisine avait éradiqué ce stress. Elle affaissa les épaules et se détendit. Elle était arrivée à bon port. Elle avait réussi.

Avec un signe de tête, Santina passa sur le seuil de la cuisine et appela d'en bas de l'escalier :

— Giovanni ! Giovanni !

De qui s'agissait-il ? De son vieillard de mari ? D'un autre visage du passé de Muma dont Tess était censée avoir entendu parler ?

Mais non. Deux minutes plus tard, un Sicilien (la trentaine bien tassée, nota-t-elle) entra dans la pièce. Il n'était pas très grand, mais cela n'empêcha pas Tess de le trouver intimidant, debout dans l'encadrement de la porte.

Il donnait tout de même légèrement l'impression de poser… L'homme fronça ses épais sourcils noirs lorsqu'il la vit. Puis il débita quelque chose à Santina, qui lui répondit de la même façon. On aurait dit deux vieux trains fonçant sur les rails à toute vitesse.

— Vous êtes la fille de Flavia ? cracha-t-il soudain en anglais.

— Oui.

Tess commençait à se croire dans une série télé. Elle hésitait entre être outrée par son ton ou soulagée de trouver enfin quelqu'un avec qui communiquer.

— Tess. Tess Angel.

Elle se leva et lui tendit la main.

— Et vous êtes ?…

— Giovanni Sciarra, déclara-t-il avec une certaine fierté.

Il lui prit la main et la porta à ses lèvres tout en ne lâchant pas Tess du regard, sous ses longs cils noirs.

— À votre service.

Mouais… Tess n'était pas certaine d'apprécier. S'il y avait bien une chose dont elle n'avait pas envie en ce moment, c'était ce genre d'attention.

Dans l'évier blanc en émail, Santina prit de l'eau dans un pichet et versa quelques cuillères de café dans un petit percolateur en métal qu'elle posa sur le feu.

Elle se rapprocha de Tess avec un grand sourire, ne cessant de secouer la tête, et déversa un nouveau flot de paroles incompréhensibles.

Giovanni sourit. (Tess trouvait que c'était un sourire cruel ; on aurait dit un tigre qui venait de repérer sa proie.)

— Veuillez nous excuser, dit-il. Votre visite, c'est *una sorpresa*, une surprise. Nous pensions que la fille de Flavia serait plus âgée.

Tess haussa un sourcil.

— Désolée de vous décevoir.

— Non, non, vous ne nous décevez pas !

Ses yeux brillaient.

— Mais…

Il tira une chaise vers lui et l'enfourcha d'une jambe musclée. Désormais, il l'observait collé aux barreaux du dossier. Tess réprima son envie de rire.

Sa nouvelle posture ne faisait que renforcer l'image du tigre, sauf que, cette fois, la bête se trouvait derrière les barreaux d'une cage.

— Ma grand-tante Santina, reprit-il en désignant la vieille femme, et votre mère, Flavia, sont des amies d'enfance, comme vous devez le savoir.

Tess secoua la tête. Autant être honnête.

— Désolée, je l'ignorais.

Elle sourit à Santina, qui lui rendit son sourire.

— Ah… Elle, elle en parle souvent, continua-t-il. Petites, elles jouaient tout le temps ensemble. Leurs familles… Elles étaient très proches.

Il illustra ses propos en liant ses deux auriculaires. Tess remarqua qu'il portait une bague en or avec les initiales « GES ».

— Oh ! Je vois…

Voilà qui expliquait l'accueil chaleureux dont elle avait fait l'objet. Tess fit un nouveau sourire à la vieille femme.

— En fait…, reprit Giovanni en haussant les épaules, mon père n'était pas tout jeune quand il a épousé ma *mamma*.

— D'accord…

À plus de quarante ans, sa mère avait eu Tess très tard, en tout cas, selon les normes siciliennes. Giovanni devait sûrement s'attendre à ce que la fille de Flavia soit un tout petit peu plus jeune que son père. Mais, finalement, Giovanni et Tess avaient plus ou moins le même âge.

Santina s'était remise à parler. Giovanni l'écouta en penchant la tête, une légère ride barrant le front de son joli visage.

Il avait une peau brune et des yeux marron. Il était charmant, mais peut-être un peu froid.

— Ma tante aimerait s'assurer que votre mère est en bonne santé, dit-il d'un ton quelque peu formel lorsque Santina eut fini.

— Elle va bien. *Grazie*, répondit Tess en hochant la tête.

Santina semblait ravie. L'espace d'un instant, ses yeux noirs fatigués arborèrent une expression lointaine, puis elle partit vers la cuisinière, où le café fumait, et elle versa l'épais breuvage noir dans une petite tasse blanche. Elle la posa devant Tess et attendit jusqu'à ce que son invitée se sente obligée d'en boire une gorgée.

— C'est bon, déclara-t-elle, sincère. *Bene. Grazie.*

C'était tout ce qu'elle pouvait dire en italien. Mais au moins, si elle souriait, hochait la tête et remerciait les gens, on ne la trouverait pas impolie, simplement idiote, sûrement.

Giovanni s'empara d'une veste noire accrochée derrière la porte de la cuisine et l'enfila.

— On y va quand vous voulez, *Signurina*, dit-il. Ou *Signura* ?

Il regarda ostensiblement la main gauche de Tess.

— Je ne suis pas mariée, répondit-elle.

Eh bien, ils allaient à l'essentiel ici.

— *Bene*, commenta-t-il.

Bene ?

— Je vous emmène à la Villa Sirena.

Il tendit une main, paume vers le haut, et questionna sa tante du regard. Santina sortit deux clefs de la poche de son tablier, une grosse et une petite. Elle les posa dans sa paume avec révérence.

Giovanni ferma les doigts sur les clefs et déclara :

— *Allora, andiamo.*

— Parfait.

Tess se hâta de terminer son café et se leva.

— *Grazie*, dit-elle.

Santina vint prendre la main de Tess, la serrant comme si elle voulait lui dire quelque chose ou comme si elle ne voulait pas la laisser partir. Alors, Giovanni intervint, et Santina embrassa Tess sur les deux joues, lui pressa les épaules et finit par la lâcher.

Tout en suivant Giovanni Sciarra à l'extérieur, Tess avait conscience que la petite femme en noir les observait du seuil de sa maison. Elle semblait très gentille, même si Tess avait du mal à se dire qu'elle avait probablement l'âge de sa mère. Elle soupira. Si seulement Muma lui avait ne serait-ce qu'un peu parlé des gens qu'elle rencontrerait… Elle ignorait qui avait été son ami ou son ennemi.

Elle ne savait absolument pas à qui elle pouvait se fier. Mais elle ne pensait pas être en danger ici. Après tout, elle était simplement venue voir une maison. *Sa* maison.

Une fois seule avec Giovanni, elle se sentit un peu gênée.

— Est-ce loin ? demanda-t-elle. J'ai laissé mes valises dans la voiture…

— *No.*

Il désigna quelques marches qui menaient à une place. Il faisait presque nuit, mais Tess distingua une arche en pierre et des bancs.

— C'est en bas, derrière le *baglio*. Je vous y accompagne et j'irai chercher vos affaires.

« C'est inutile », voulut-elle protester, mais il leva une main pour l'interrompre. Elle le suivit sur la place sans discuter. Visiblement, en Sicile, les hommes ne souffraient pas qu'on remette leur autorité en question. Inutile de le provoquer. Pas aujourd'hui, du moins.

— Le *baglio*, déclara-t-il lorsqu'ils passèrent l'arche qui abritait une énorme porte lambrissée de bois avec des verrous de fer et un vasistas envahi par les plantes.

De chaque côté, un cactus montait la garde. Même dans la semi-pénombre, Tess percevait la beauté de ce lieu, l'histoire que renfermaient ces gros pavés usés par les siècles et ces vieilles bâtisses à portiques.

Le *baglio* était une ancienne place fortifiée, en partie couverte, qui comprenait aujourd'hui de rares magasins, des galeries et un restaurant.

C'était sûrement un héritage arabe. Elle avait lu dans son guide que la Sicile avait été fortement influencée par ce peuple, en particulier à l'ouest.

Ils traversèrent le *baglio* et passèrent devant un grand eucalyptus gracieux à l'écorce tachetée, puis devant une vieille fontaine en pierre.

Tess aurait aimé poser des questions sur ce qui l'entourait, mais elle voulait également arriver à destination. Elle brûlait d'envie de voir la villa.

De l'autre côté de la place, ils longèrent une sorte d'atelier. Tess s'immobilisa, ébahie : la vitrine déployait des bijoux, des pierres précieuses, des mosaïques, le tout éclairé par de minuscules lumières.

— Quel est cet endroit ?

Giovanni se retourna à peine, même s'il semblait s'être légèrement raidi.

— Un piège à touristes ! lança-t-il d'un air méprisant. Comment vous dites ? Un tas de babioles. N'y faites pas attention.

— Ah bon ?

Ça ne ressemblait pas à de simples babioles, aux yeux de Tess. Elle avait l'impression que la vitrine renfermait un autre monde, un monde magique. Et était-ce la barrière de la langue qui lui donnait cet effet-là, ou bien Giovanni Sciarra lui disait déjà quoi penser ? Mais elle n'avait pas le temps de s'y attarder ; elle dut presque courir pour le rattraper.

À côté de l'atelier, des marches descendaient vers une plage rocailleuse et la mer.

— C'est magnifique, murmura-t-elle.

Le ciel était passé à une teinte indigo, et la surface de l'eau miroitait sous la lueur de la pleine lune. Plusieurs rochers se découpaient sur la voûte céleste.

Même Giovanni s'arrêta.

— La plus belle vue d'Europe, déclara-t-il comme s'il en était en quelque sorte responsable. Et elle vous appartient.

Tess ne comprit pas immédiatement ce qu'il voulait dire. Elle leva alors les yeux dans la direction qu'il désignait. De nouvelles marches, en colimaçon cette fois, menaient vers une bâtisse tapie au sommet de la falaise. Une villa. Datant sûrement des années 1930, d'après ce qu'elle distinguait dans la semi-pénombre.

— Mon Dieu…, souffla-t-elle. Ce n'est pas ?…

— La Villa Sirena, confirma-t-il. Venez.

Tess en avait le souffle coupé. Cette demeure lui appartenait-elle vraiment ?

Elle le suivit en haut des marches, où une porte noire en fer forgé était insérée dans un haut mur de pierres. Il y était écrit *Privato*, et Tess regarda Giovanni la déverrouiller avec la petite clef. La porte s'ouvrit dans un grincement de gonds rouillés.

Tess entra, passant sous un auvent de feuillage qui avait pris possession de l'endroit. Ils se trouvaient sur le côté de la maison et ils se dirigèrent vers une gigantesque terrasse de galets qui donnait sur l'entrée principale.

Un vasistas surplombait la porte. À sa droite se trouvait une vieille lampe, et, au-dessus du vasistas et du stuc, un motif était gravé dans le plâtre. Mais elle ne parvenait pas à voir ce qu'il représentait.

Giovanni arracha un copeau de peinture, inséra la grosse clef dans le verrou et ouvrit la porte avec un grand geste.

— La Villa Sirena, répéta-t-il.

Mais il barrait l'entrée, et Tess crut voir sa bouche se tordre légèrement.

Était-ce de l'envie ? Elle songea pour la première fois à la façon dont on pourrait la percevoir. Après tout, c'était une inconnue et une étrangère. Ils pouvaient considérer qu'elle n'avait rien à faire là. Puis il y avait l'histoire de sa mère, quelle qu'elle soit… Elle se redressa alors.

— Vous avez fermé votre voiture ? demanda-t-il.

— Oui, oui.

Il tendit la main comme il l'avait fait avec sa tante. Et,

comme Santina, Tess enfonça la main dans sa poche et y déposa la clef.

Elle ne se souvenait pas du nom de la rue où elle avait garé sa voiture, et il ne le demanda pas. Il se contenta d'un signe de tête, claqua des talons de façon martiale et disparut.

Tess prit une profonde inspiration. Et entra.

9

Tess dormait d'un sommeil si profond que, quand elle se réveilla, elle mit un moment à se rappeler où elle était. Elle songea d'abord à Robin, à Ginny, à sa mère. Puis elle distingua le silence qui l'entourait et elle se souvint. Elle était dans la Villa Sirena, sa valise ouverte au pied de l'énorme lit en bois de châtaignier.

Elle sortit des draps et trotta jusqu'à l'immense fenêtre dont la brise légère ridait le voilage de mousseline. L'air était chaud, presque étouffant. Elle fit glisser le rideau et ouvrit grand fenêtre et volets.

Giovanni ne lui avait pas menti pour la vue. À sa gauche, des cultures envahies par les roches, des oliveraies et des tamaris ornaient le flanc des montagnes. De légers nuages vaporeux encerclaient leurs pics qui se découpaient délicatement sur le ciel bleu du matin.

Une route sinueuse descendait des montagnes jusqu'au village, avec ses petits groupes de maisons qui formaient un puzzle de façades chaleureuses, ses vieux murs de pierres et son portail entourant le – comment l'avait-il appelé, déjà ? – *baglio* qu'ils avaient traversé la veille au soir, et ses marches qui menaient vers la baie. Et quelle baie ! Elle était encore plus magnifique en plein jour.

Nichés dans la baie, derrière le *baglio*, elle aperçut des bâtisses délabrées et ce qui devait être un hangar à bateaux, étant donné qu'il côtoyait la jetée. Il était composé de trois grandes arches. Des ancres rouillées s'alignaient comme des soldats devant des murs dont la peinture couleur sable s'écaillait et dont les fenêtres grillagées surplombaient des bacs à fleurs en pierre agrémentés de lauriers-roses blancs. Devant le hangar, un figuier étirait ses branches comme pour lui souhaiter la bienvenue.

La jetée de pierres s'enfonçait dans l'eau turquoise. Tess mit une main en visière pour se protéger du soleil aveuglant. Plus loin, des formations rocheuses beige et blanc, marquées de brèches rouille, jaillissaient dans la mer. Il n'y avait pas âme qui vive sur la minuscule plage.

Elle n'entendait que le cri distant d'une mouette. C'était sa vue, se rappela Tess. Sa vue. Elle songea un instant à Robin et ressentit une pointe de regret. Oh ! et puis, mince, il avait pris sa décision. Elle était ici, et c'était tout ce qui comptait. Seule, mais ici.

Après avoir envoyé un message à Ginny pour la prévenir qu'elle était bien arrivée, Tess avait fait un tour rapide de la villa, mais elle était si épuisée et la lumière était si faible qu'elle avait décidé d'attendre le lendemain pour mieux l'explorer.

Elle ne réalisait que maintenant que la maison – *sa* maison – s'étendait sur deux niveaux et avait été construite en demi-cercle. La chambre principale, où elle avait passé la nuit, se tenait en plein centre de l'arc, ce qui expliquait la vue qu'on en avait. Tess passa de pièce en pièce en se précipitant chaque fois à la fenêtre.

Des trois chambres à l'avant de la bâtisse, on voyait l'océan ; de l'arrière, les champs et les montagnes. Il n'y avait qu'une salle de bains, mais elle était étonnamment moderne. Comme Tess était affamée, elle ne tarda pas à descendre l'escalier en colimaçon avec sa rampe en fer.

La cuisine était grande et en désordre. Des dalles de pierre en composaient le sol, et une longue table rustique en chêne trônait en son centre. La veille au soir, elle avait déjà remarqué la pagaille qui y régnait. On avait vidé les placards et étalé leur contenu par terre. Elle ne pensait pas que c'était l'œuvre d'un cambrioleur, mais plutôt de quelqu'un qui cherchait quelque chose. Elle avait également trouvé, sur la table, un panier contenant du pain et du vin et qu'elle avait pris comme un cadeau d'accueil qui lui était destiné. Mais non. Selon Giovanni, c'était l'offrande de Santina aux esprits de la maison. D'accord…

Elle avait regardé Giovanni franchir le grand portail en fer forgé et déposer sa voiture juste devant la bâtisse.

— Vous avez l'électricité, l'avait-il ensuite informée. Et ça, c'est un chauffe-eau électrique.

Il le lui avait montré, ainsi que les fusibles, avant de lui souhaiter bonne nuit.

Mais ce matin, elle découvrit également du café, des petits pains, des fruits et de la confiture. Quelqu'un (Giovanni ? Santina ?) s'occupait d'elle, et pas seulement des esprits de la maison.

Installée à une petite table en fer forgé usée par le temps, elle prit son petit-déjeuner sur la terrasse qui dominait la baie. Elle distinguait quelques badauds qui se promenaient sur le *baglio*, et la porte de ce mystérieux atelier qui était désormais grande ouverte.

Elle avait tellement de choses à voir… Tess se leva et se mit à vadrouiller dans le jardin en terrasses envahi par les mauvaises herbes. Elle découvrit en son centre un petit étang et une fontaine, et de gros pots en terre cuite se noyaient sous les géraniums, les bougainvillées fuchsia et le jasmin lilas qui n'avaient pas été taillés depuis longtemps et qui envahissaient les murs et les escaliers. Elle posa les yeux sur la magnifique villa rose. Comment sa mère avait-elle pu décider de partir d'ici ?

Tess avança dans le fond du jardin, d'où elle pouvait voir des champs jaunes et cuivre chatoyer au loin et ce qu'il restait d'une petite maison de pierres, de l'autre côté du mur. Était-ce le cottage où sa mère avait grandi ? Il était si petit… Mais elle imaginait que la pauvreté devait toucher tout le monde, à cette époque, tout le monde sauf ceux de la classe d'Edward Westerman.

Elle traversa les restes d'un portail. Le cottage se résumait à un tas de ruines, désormais. Mais elle resta quelques instants à l'observer et à songer à sa mère, aux grands-parents qu'elle n'avait jamais connus, à sa tante Maria qui leur avait rendu visite il y a bien longtemps et qui s'était montrée distante vis-à-vis de sa nièce, comme si Tess avait été une extraterrestre. C'était d'ailleurs probablement ainsi qu'elle l'avait vue.

Elle fit demi-tour, revint sur ses pas et rentra dans la villa. Le salon avait besoin d'un peu de rangement : un panier de bûches trônait sur la cheminée en pierre, et certaines jonchaient les carreaux en terre cuite du foyer.

La pièce comportait également un gros canapé de cuir abîmé et deux fauteuils, ainsi qu'une étagère à moitié remplie et dont les volumes manquants étaient entassés, poussiéreux, sur le bureau qui la jouxtait. La salle à manger, quant à elle, donnait l'impression de ne pas avoir été utilisée pendant des années.

Mais, dans l'ensemble, cela aurait pu être bien pire. L'électricité lui paraissait suspecte (des fils émergeaient ici et là de prises ou d'appliques), le robinet de la cuisine fuyait, des volets cassés battaient au moindre coup de vent, et elle avait repéré un peu partout des fissures et des traces d'humidité sur les plafonds et les murs.

Mais la villa n'était pas dans l'état qu'elle avait craint. « Grand Villa » avait besoin d'un petit lifting et non d'une opération chirurgicale complète.

Du moins, elle l'espérait. Et elle comprenait d'où cette demeure tirait son nom : tapie tout en haut de cette colline escarpée, surplombant le *baglio* et la baie, elle était majestueuse tant en situation qu'en style.

Tess n'aurait jamais rêvé d'une telle grandeur. Et cette résidence lui appartenait. Se réveillerait-elle, si elle se pinçait ? Elle n'osait pas tenter le diable. Par ailleurs, elle ne pouvait pas plus longtemps résister à l'appel de la mer. Elle enfila alors un bikini, un tee-shirt et un sarong, puis sortit.

Sa voiture de location était garée dans la cour, sur une nouvelle mosaïque de galets qui encerclait une petite statue, probablement sculptée par l'un des nombreux amis artistes d'Edward Westerman, songea Tess avec un sourire. Collé au mur de pierres qui délimitait la propriété, un parterre de lauriers-roses en arc de cercle formait une chatoyante ligne de rose et de blanc.

Devant la porte d'entrée, Tess leva les yeux sur la gravure rose grenat. Elle représentait une femme. Du moins, c'était le visage d'une femme ; un visage triste, encadré par de longs cheveux qui tombaient en boucles sur ses épaules.

Elle dressait légèrement les bras, les paumes vers le haut, comme si… elle suppliait quelqu'un. Son corps se séparait en deux à partir de la taille et remontait pour l'encercler. Elle était recouverte d'étoiles.

Tess l'observa un instant, intriguée. Qui était-elle, et que représentait ce symbole ? Elle prit alors le chemin qu'elle avait emprunté la veille au soir, déverrouilla la porte et descendit l'escalier en colimaçon qui menait à la baie.

Le mosaïste, devant son atelier, farfouillait parmi des plateaux de bijoux et de pierres précieuses. Il devait avoir son âge, était brun et plutôt maussade. Et… pas vraiment sympathique. Elle poursuivit sa descente ; il dressa la tête, le regard intense et, oui, clairement hostile.

— *Buon giorno !* lança-t-elle avec son meilleur accent (elle se devait au moins de faire un effort avec les villageois).

Il marmonna ce qui aurait pu passer pour un bonjour, ou pas.

Qu'est-ce qu'il avait ? C'était quoi, l'italien pour : « Vous vous êtes levé du pied gauche ou vous êtes toujours aussi désagréable ? »

— Vos mosaïques sont magnifiques, déclara-t-elle plutôt en désignant la vitrine de l'atelier derrière lui.

La plupart représentaient le monde animal : il y avait un cheval fringant composé d'ambre et un oiseau vert, un lézard et un dragon, un dauphin dans une mer agitée…

— *Grazie !* lança-t-il en haussant les épaules, cet effort de politesse semblant lui coûter beaucoup.

Au moins, il comprenait l'anglais, visiblement.

— Avec quoi vous les faites ? insista-t-elle.

Il marmonna quelque chose d'incompréhensible. Si les natifs de Cetaria étaient tous comme lui, alors, elle n'était pas certaine de vouloir passer beaucoup de temps ici, même si la vue était époustouflante.

Elle commençait même à comprendre pourquoi sa mère était partie.

— Juste avec du verre ?

Pourquoi s'entêtait-elle ? Elle-même l'ignorait.

— Ou avec de la pierre ?

— De tout.

L'espace d'un instant, elle croisa son regard noir de jais.

— Tant que ça marche, ajouta-t-il.

Dieu merci. Peut-être avait-il décidé de s'ouvrir enfin.

— Vous avez trouvé tout ça sur la plage ?

Elle ramassa un morceau d'ambre étincelant, comme moucheté par le sable, ses contours usés par l'acharnement des vagues, peut-être. En l'observant de plus près, elle crut même voir les marques du sable, des cailloux et des rochers sur sa surface criblée.

— *Si.*

Il baissa de nouveau les yeux.

— La mer est une maîtresse généreuse.

Ses longs doigts jouèrent un instant parmi les gouttes

d'ambre tachetées de vert, de turquoise, de brun et de jaune.

— Tess !

Elle fit volte-face. Seules deux personnes connaissaient son nom, ici, et c'était sans aucun doute Giovanni Sciarra qui traversait le *baglio* à grands pas, élégant, tapotant sa montre comme si elle allait rater un rendez-vous. Était-ce le cas ?

— Bonjour.

Elle le salua de la main et fit quelques pas vers lui. Ça lui faisait plaisir de voir un visage amical. Elle avait presque l'impression d'être à sa place ici.

— J'imagine que vous vous êtes installée ! lança-t-il.

— Oui.

Les provisions dans la cuisine lui revinrent à l'esprit. Il était un peu macho, mais sa famille s'était montrée accueillante avec elle.

— Merci pour le petit-déjeuner.

Il haussa les épaules.

— *Di niente.* Ce n'est rien. Et maintenant…

Il fit un autre geste.

— Je suis venu vous emmener déjeuner.

Elle sourit, même si son côté autoritaire l'agaçait.

— C'est déjà l'heure de déjeuner ? répondit-elle dans une tentative de dérobade.

Elle avait dû se lever tard, mais elle avait vraiment envie d'explorer un peu plus le village et ses alentours. Sans parler d'aller se baigner.

— Nous avons beaucoup à discuter. *Andiamo.* Allons-y.

— Je vais devoir me changer.

En toute honnêteté, elle aurait préféré sauter le déjeuner. Mais… elle était là pour en savoir plus sur la famille de sa mère. Et Giovanni devait sûrement tout connaître. Visiblement, il ne la laisserait pas se défiler.

— Très bien. Je vous attendrai.

Tess reposa les yeux sur le mosaïste, mais, manifestement indifférent, il avait repris son travail. Ils vivaient dans le même village, mais Giovanni l'avait totalement ignoré. À cet instant, Mister Mosaïque leva sa mine sombre et dévisagea Giovanni avec plus d'animosité qu'il en avait manifesté avec elle.

Son visage était barré d'une cicatrice qui semblait dater. Elle partait de sous son œil gauche jusqu'au coin de sa bouche. Tess se rappela la façon plutôt rustre dont Giovanni avait méprisé le travail du mosaïste, la veille au soir.

Ses créations étaient pourtant si éclatantes de beauté ; leurs formes délicates composaient de merveilleux jeux de couleur et de lumière… Un homme avec une telle sensibilité artistique était forcément… Quoi ? Intéressant ? Attirant ? Ou s'accordait-il simplement le droit d'être désagréable sans s'en inquiéter outre mesure ?

— Très bien ! lança-t-elle en cherchant à titiller Mister Mosaïque qui, après tout, ne lui avait pas offert le petit-déjeuner, lui. Vous m'emmenez où ?

10

Lorsqu'elle y réfléchissait, Flavia hésitait quant à ce qui avait capté son attention en premier. L'avion disloqué, peut-être ? C'était un miracle qu'il n'ait pas explosé. Le dessous de l'appareil avait été arraché. Des pièces jonchaient le sol tout autour et, telle une promesse rompue, une odeur de métal déchiré planait dans l'air. Peut-être avait-ce été l'homme vêtu d'un uniforme qu'elle ne connaissait pas, qui tenait sa jambe tordue, faible, les traits tirés par la fatigue et la douleur. Ou avait-ce été le sang, auquel la chaleur de plomb avait donné un aspect poisseux ? Non. Malgré toutes ces années, maintenant qu'elle osait enfin revenir sur son passé, elle savait que ce n'était aucune de ces choses. Non, ça avait été ses yeux.

Ses yeux étaient plus bleus que le ciel de Sicile, plus bleus que la mer estivale. Elle n'en avait jamais vu de pareils. O dio Beddramadre... Sainte Mère de Dieu.
— Je t'en prie...
Il semblait croire qu'elle allait l'aider. La bouche tordue, il levait les mains comme pour la supplier.
— Tu as de l'eau ? De l'eau ? Oui ?
Flavia le comprenait. Elle l'aurait compris même sans avoir passé tout ce temps à écouter Signor Westerman. Et elle n'avait pas peur. Elle ne ressentait pas le besoin de fuir. Elle se hâta de descendre jusqu'à lui. Qu'allait-elle faire ? Que pouvait-elle faire ? Elle regarda autour d'elle, désemparée. La terre était suffocante, déserte

et silencieuse, hormis le bourdonnement entêtant des insectes. Soudain, les sens en alerte, Flavia réalisa qu'il n'y avait que la terre et le ciel. Personne à part eux.

— Je t'en prie.

L'homme humecta ses lèvres sèches et gercées.

— Sì.

Elle ouvrit la gourde, se pencha vers lui et sentit sa sueur, son sang, sa chaleur. Elle porta la gourde à sa bouche et l'inclina doucement.

Il but goulûment, s'étouffa presque, le précieux liquide coulant sur son menton. Il soupira et but de nouveau, cette fois plus proprement. Flavia resta accroupie et attendit. Était-il gravement blessé ? Il allait falloir qu'elle coure chercher de l'aide. Elle ne pouvait pas faire grand-chose, toute seule. Mais qui ?...

— Inglesi ? murmura-t-elle.

Il hocha la tête. Elle se leva et fit mine de marcher, plaçant un pied devant l'autre, avant de désigner l'homme.

— Sì ?

Il secoua la tête et lâcha un petit rire rauque.

— Non, j'en ai bien peur. J'ai déjà essayé.

Flavia referma la gourde et la laissa aux côtés de l'homme. S'il ne pouvait pas marcher ?...

— Sais-tu ce qui s'est passé hier soir ? demanda-t-il en s'efforçant de prendre une position plus confortable.

Il montra le ciel du doigt. Elle secoua la tête. Mais elle se rappela ce qu'elle avait entendu. Les bruits. Et les lumières qui avaient couvert la lune gibbeuse. Elle avait espéré un signe, quelque chose de différent. Et elle se souvint du peu qu'elle avait entendu devant le caffé, ce matin-là, lorsqu'elle avait suivi Papa et les autres hommes du village. De quoi s'agissait-il ? D'un bombardement aérien ?

— *Tu comprends l'anglais, n'est-ce pas ?*

— *Sì,* acquiesça-t-elle. *Un peu.*

Mais elle n'osait pas le parler. Elle n'avait pas l'habitude. Elle allait se tromper, et il se moquerait d'elle.

— *Il y a un pont près de Syracuse…*

Il lâcha un soupir, manifestement incapable d'en dire plus. Elle devait faire quelque chose, dire quelque chose. Elle n'allait tout de même pas rester les bras ballants, comme une idiote.

— *La côte, on l'a perdue de vue, et on a complètement perdu le cap,* haleta-t-il, peinant à parler. *On n'avait pas eu le temps d'étudier les cartes de la région. Pas de lumières au sol pour nous guider. On ne voyait rien.*

Elle hocha la tête pour lui montrer qu'elle comprenait, même si ce n'était pas tout à fait le cas. Pouvait-elle prendre le risque d'aller chercher Papa ? Il estimait les Anglais ; sa loyauté envers Signor Westerman en témoignait. S'il le fallait, il donnerait sa vie pour sauver la villa et ses trésors.

— *Tu peux me ramener à manger ?* demanda le pilote d'une voix qui s'affaiblissait. *Je t'en serais vraiment reconnaissant…*

— *Sì.*

Mais avant cela…

— *Votre jambe ?* lança-t-elle en la désignant.

Il grimaça.

— *Tranchée par un morceau de fuselage. J'ai une vilaine plaie.*

Flavia plissa le front.

— *Cassée ?* demanda-t-elle.

Elle fit un geste pour mieux se faire comprendre. La douleur arracha une nouvelle grimace à l'homme.

— *Je ne crois pas.*

Bon… Il lui faudrait au moins des bandages, de l'antiseptique et de l'eau chaude. Et à manger. Mais elle

ne pouvait pas le laisser comme ça, en plein champ ?
Le soleil de juillet aurait raison de lui…

— J'y vais…, dit-elle. Je vais chercher secours.

La peur traversa le visage de l'homme.

— Non ! s'écria-t-il. Reviens seule. Je t'en prie.
Apporte-moi un chapeau, de quoi manger et des
bandages, si tu peux.

Flavia se leva.

— Ne préviens personne, insista-t-il. Ils me tueront.

Flavia comprenait.

— Attendez là, dit-elle.

Comme s'il avait le choix…

Elle fonça dans la lumière vive de l'après-midi, sur
cette terre rouge, à travers le champ de blé semblable au
pelage d'un chat sous la brume de chaleur, à travers les
oliveraies dont les arbres lui souriaient, flamboyants,
puis vers la vieille maison de pierres, identique à celle
qu'elle avait quittée un peu plus tôt. Comment était-ce
possible alors que tellement de choses avaient changé ?
Elle était trempée de sueur et à bout de souffle quand
elle passa le voilage, immobile dans l'air lourd. Elle
entra dans la chambre, où son père ronflait doucement.
Sur le point de se confier, Flavia ouvrit la bouche. Mais
si elle se trompait ? Si Papa en parlait aux autorités,
qui décideraient de tuer l'Anglais ? Elle aurait son sang
sur les mains. Elle… Elle quitta discrètement la pièce
et partit dans la cuisine, où elle rassembla ce dont
elle avait besoin. Du bon pain cuit le jour même par
Mamma, avec un peu de sa confiture de coings, de
l'huile de leurs propres olives, du fromage de chèvre
de Luciano, quelques tomates qu'elle avait ramas-
sées le matin, deux gros bandages récupérés dans le
placard de Mamma et une petite bouteille d'iode.
Quoi d'autre ? Il avait réclamé un chapeau. Prenait-
elle un risque en emportant celui de Papa ? Une pince,

peut-être ? De la ouate et de la gaze ? Elle remplit un bidon d'eau qui avait chauffé sur la cuisinière. Que Madonna veille à ce que personne ne la voie quitter la maison avec tout son barda, ou c'en était fait d'elle. Et c'en était fait de lui.

Aussi furtivement qu'un cambrioleur, elle repassa sous le voilage qui barrait l'entrée du cottage et repartit vers l'oliveraie et le champ de blé. La lumière était si vive, et, son fardeau serré contre son ventre, Flavia courait si vite que son cœur martelait sous l'effort et la chaleur. Elle avait presque l'impression d'être dans un rêve. Que cette journée n'était pas réelle, qu'elle n'était pas là, que rien de tout cela n'était en train de se passer, que, lorsqu'elle atteindrait l'endroit où elle avait vu l'avion et le pilote, il n'y aurait rien. Que ça n'avait été qu'un mirage. La terre vibrante et brûlante semblait rire d'elle. Un oiseau poussa un cri au loin. Un mirage. Mais il était là.

Il ouvrit les yeux, s'assurant d'abord d'un regard apeuré qu'elle était seule, puis ses traits se détendirent. Il semblait terriblement heureux de la revoir. Comment pouvait-il en être autrement ? Elle lui apportait de quoi lui venir en aide. Cela n'avait rien à voir avec elle, Flavia. Il aurait réagi de la même manière avec n'importe quelle fille du village qui serait tombée sur lui.

— Merci, dit-il. C'est très généreux de ta part. Tu es merveilleuse.

Et pourtant… Et pourtant, il paraissait sincère dans sa façon de la regarder.

Elle sortit timidement la miche, l'huile, le fromage et les tomates, et l'observa dévorer le pain, mordre, sucer et avaler les fruits.

— Prenez votre temps, lui dit-elle dans sa langue à

elle, mais il sembla la comprendre, car il fit un signe de tête et mangea plus calmement.

Lorsqu'il eut fini, Flavia nettoya sa blessure avec l'eau chaude mélangée à l'iode. Elle était tellement nerveuse qu'elle arrivait à peine à respirer. Il grimaçait dès qu'elle le touchait, en particulier quand elle retira un éclat de métal de sa plaie à l'aide de la pince. Y en avait-il d'autres ? Elle l'ignorait. La plaie était profonde, ensanglantée et gonflée. Une croûte était déjà en train de se former juste en dessous de la déchirure de son pantalon, mais Flavia savait qu'elle risquait de s'infecter. Elle était peut-être arrivée à temps.

— Où ?... demanda-t-elle.

Il lui montra les écorchures qui couvraient ses bras et son épaule. Flavia n'avait jamais touché le corps d'un homme. Elle écarta doucement sa chemise déchirée. Il avait une peau pâle avec de légères taches de rousseur, et elle devinait la force de ses bras musclés. Elle se mordit la lèvre et se força à se concentrer. Elle était son infirmière. Elle ne devait pas le considérer comme un homme, mais comme un patient.

Lorsqu'elle eut terminé, il lui toucha la main.

Elle plongea les yeux dans ce regard si bleu et se demanda si elle devait prier. Pour elle-même et pour son salut, peut-être ?

— Tu es un ange, lui dit-il. Mon ange de bonté.

Malgré la chaleur, elle fut saisie d'un étrange frisson.

— Je dois y aller.

Flavia se reposa un instant, épuisée d'avoir autant écrit. La cuisine faisait partie de l'âme sicilienne, de son âme à elle. À son époque, il existait très peu de livres de cuisine. On se passait les recettes de mère en fille, et c'était très bien comme ça. Elle ferait la même chose. Elle plissa le front. Elle commencerait par la *caponata*. C'était davantage un concept qu'un plat ; chaque cuisinière avait sa propre recette. Il valait mieux la faire un ou deux jours à l'avance afin que les arômes aient le temps de se mélanger. Elle se mit alors à écrire.

Découpe les melanzane et fais-les revenir dans l'huile d'olive chaude. Blanchis le céleri avec les olives. Fais revenir les oignons. Ajoute le vinaigre de vin rouge et le sucre. Fais chauffer le concentré de tomate. Ajoute les légumes. Laisse refroidir. Parsème de menthe ou de basilic.

L'aigre-doux. Que faisait Tess en ce moment même ? À qui avait-elle parlé ? Était-elle dans la villa ? Flavia ne voulait pas le savoir et, à la fois, elle en brûlait d'envie. *Ah ! les contradictions*, songea-t-elle. L'aigre-doux…

11

— Je suis surpris que vous ne connaissiez pas l'histoire, déclara Giovanni lorsqu'ils furent installés à la table d'un restaurant d'un village voisin. Les mères ne parlent pas à leurs filles dans votre famille ?

Tess poussa d'un geste distrait son verre de vin en cristal sur l'impeccable nappe blanche damassée. Une odeur boisée régnait dans la pièce, sans doute due aux cendres dans la cheminée et aux branches d'olivier dans le panier d'osier. C'était l'odeur de ce qui avait brûlé la veille au soir. La nourriture était bonne. Ils avaient démarré par une *bruschetta* et des tranches d'aubergine grillées et parsemées d'ail, de persil et d'oignons caramélisés.

— Si, mais pas de tout.

Tess arracha une moule de sa coquille noire laquée. En plat de résistance, elle avait commandé des *spaghetti con le cozze*. Elle se souvenait d'avoir entendu sa mère dire que le dosage des pâtes et de leur sauce devait être précis et parfaitement équilibré. Les deux saveurs devaient éveiller les papilles exactement en même temps. Ces pâtes étaient bonnes, certes, mais pas aussi bonnes que celles de Muma.

— Mais ma mère est plutôt cachottière quand il s'agit de la Sicile.

C'était le moins qu'on puisse dire. De son côté, Tess n'avait jamais cuisiné sicilien. Peut-être était-ce une façon de se rebeller, de montrer à sa mère que, tant qu'elle ne lui parlerait pas de la Sicile, Tess refuserait d'en cuisiner les spécialités.

— Cachottière ? répéta Giovanni, confus.

— Méfiante. Pas très bavarde. Secrète.

— Ah ! lança-t-il en se touchant le nez. Des secrets : ça, je comprends.

Oui, oui, j'imagine, pensa Tess. Elle tenta d'ignorer l'air complaisant de Giovanni et son sourire expert, et songea soudain à Robin. Elle ne s'était pas attendue à ce qu'il lui apprenne qu'il dépendait financièrement de la famille de sa femme. Elle imaginait que ça devait être le cas dans beaucoup de familles. Peut-être était-ce son côté romantique qui lui faisait estimer que l'argent ne devait rien avoir à faire là-dedans, qu'une relation entre un homme et une femme devait se baser sur l'amour et l'intégrité, plutôt que sur la teneur d'un compte en banque. Son idéalisme romantique ne l'avait peut-être pas aidée à trouver quelqu'un à aimer et à chérir, songea-t-elle en avalant une bouchée de l'épaisse sauce tomate, mais, au moins, ses rêves étaient intacts…

— Voilà ce qui s'est passé…, commença Giovanni.

Selon lui, Edward Westerman était arrivé en Sicile en 1935, un jeunot avec un héritage (« Bien trop d'argent pour lui tout seul ! ») et le désir de vivre au soleil.

— J'aurais sûrement fait la même chose, répondit Tess.

— La Villa Sirena était magnifique lorsqu'elle a été construite, reprit Giovanni. Les pierres, le marbre et la main-d'œuvre, tout était de la région. Mais aujourd'hui…

Il haussa les épaules.

— Elle est *moltu malandata*, non ?

— *Moltu* quoi ?

Tess prit une autre cuillère de sauce tomate. Elle était un peu trop chargée en piment, ce qui lui fit de nouveau penser à sa mère. Elle commençait à mieux comprendre la relation que les Siciliens entretenaient avec la nourriture.

— Comment vous dites ? Délabrée ?

— Dans le style shabby chic ?

— Oui, c'est ça.

Giovanni semblait l'étudier. Ou était-ce son imagination ?

— C'est un endroit qui contient beaucoup de coins sombres ! lança-t-il l'air de rien. Ils peuvent cacher beaucoup de choses.

— Des choses ?

Il secoua la tête comme s'il en avait trop dit, mais Tess était certaine qu'il avait tâté le terrain pour avoir une idée de ce qu'elle savait. Des secrets, encore des secrets. Pourquoi les gens les aimaient-ils tant ?

Giovanni parcourut le restaurant d'un regard méfiant.

— En Sicile, il y a toujours quelqu'un qui est là pour vous épier, dit-il.

Elle qui croyait que tous ces gens n'étaient que des couples et des familles ordinaires qui profitaient d'un déjeuner à l'extérieur…

Elle songea à Ginny. Elle l'avait appelée avant que Giovanni et elle ne quittent la villa, mais Ginny avait clairement cherché à abréger leur conversation.

— Je vais bien, maman, ne t'inquiète pas. Détends-toi, tu n'es partie qu'hier ! avait-elle dit.

Mais c'était la première fois que Tess et sa fille étaient aussi éloignées l'une de l'autre. Et ça lui faisait bizarre.

— En ce qui concerne cet Anglais, Edward Westerman, dit Giovanni, il n'était pas seulement venu pour le soleil.

— Ah bon ?

Tess avala sa dernière bouchée de spaghettis aux moules.

— Il était obligé de quitter l'Angleterre.

Il fit un geste de la main.

— Il était… Vous voyez ?

Non, pas vraiment…

— Quoi ?

— Il organisait des soirées, insista Giovanni en dressant un sourcil. D'un certain genre.

Tess ne comprenait pas.

— C'était un poète, c'est ça ?

Elle repoussa son assiette.

— Oui, en effet. Il s'entourait d'artistes, d'écrivains, de personnes ouvertes d'esprit. De personnes qui accepteraient de… Vous voyez ?…

Un nouveau dressement de sourcils. Tess comprit enfin.

— Il était gay ? Homosexuel ?

— Exactement.

À son tour, Giovanni termina ses pâtes et s'essuya délicatement les lèvres avec sa serviette. Son expression laissait clairement entendre qu'il n'était pas homophobe, mais qu'il n'approuvait pas pour autant ce choix de vie.

— C'était illégal en Angleterre, n'est-ce pas ? Vous aviez votre Oscar Wilde ?

Tess se mit à rire.

— Oui, en effet, répondit-elle en sirotant son vin, un sublime cru régional légèrement sucré.

— *Sincero*, lui dit Giovanni. Du raisin sans aucun produit chimique, et donc sans migraine. Tout simplement.

— Délicieux, déclara Tess en acceptant un nouveau verre. Mais, dites-moi, l'homosexualité n'était pas illégale en Sicile ?

— Ah !…

Giovanni posa un peu trop brutalement sa fourchette sur son assiette, ce qui envoya valser quelques gouttes de sauce tomate sur le mur pointillé d'ocre.

— C'est ce qu'on pourrait penser, répondit-il avec un soupir. Nous fermons les yeux sur les excentriques anglais en Sicile.

Et il ferma les yeux comme pour illustrer son propos, ce qui ne l'empêcha pas de conserver une expression peinée. *Les excentriques*, se répéta Tess. Du latin *ex centro*.

En dehors du centre, ayant résisté au processus de centralisation qui a servi de moule à tous les autres. Ça ne devait pas être facile d'être excentrique. D'en avoir le courage. Elle aurait sûrement apprécié cet Edward Westerman.

— Ils ont de l'argent, ils construisent une grande *casa*, ils donnent du travail à nos hommes et nos femmes. Pourquoi s'intéresser à ce qu'ils font dans leur chambre, hein ?

Visiblement, il ne semblait pas convaincu pour autant. Mais Tess était heureuse que sa propre famille se soit montrée plus tolérante.

De toute évidence, ce qui les liait à Edward Westerman allait au-delà de la loyauté entre un employeur et ses employés. Et il avait légué sa magnifique villa à Tess…

Dehors, la terrasse était inondée de soleil. Pourquoi donc les Italiens préféraient-ils manger à l'intérieur ? Un couple se promenait, main dans la main, sur le front de mer. Ils s'arrêtèrent en même temps et observèrent la mer et les bateaux qui mouillaient au port.

L'homme parla, désigna l'horizon. La femme regarda dans cette direction, la main en visière, hocha la tête, rit. Puis ils s'embrassèrent. Tess détourna les yeux. C'était trop tôt. C'était encore trop dur.

Giovanni avala une grande gorgée de son vin.

— La Sicile était une région très pauvre, à l'époque, expliqua-t-il. C'était une période de famine et de mécontentement.

Tess acquiesça. Elle imaginait tout à fait. Elle tenta de visualiser sa mère, encore jeune lorsqu'Edward Westerman avait entrepris la construction de cette maison style 1930 avec ses larges courbes Art déco, sa façade rose et ses ornements en stuc. Voilà ce que la jeune Sicilienne avait dû trouver pour le moins exotique…

— Votre grand-tante et ma mère étaient donc de très proches amies, dit Tess.

Giovanni confirma d'un hochement de tête. Il désigna la carte des desserts, mais elle déclina sa proposition, préférant se contenter d'un café.

Elle allait devoir calmer son appétit ici… Si les deux femmes avaient été aussi proches, Santina devait sûrement savoir pourquoi sa mère avait quitté la Sicile si jeune. Pourquoi elle avait coupé pratiquement tout contact avec sa famille. Pourquoi elle avait toujours refusé d'en parler et pourquoi elle n'y était jamais retournée.

Tess étudia Giovanni du regard. Était-il au courant ? Et, si c'était le cas, lui dirait-il la vérité ? À la vérité, elle en doutait.

— Vous pensez que je pourrais discuter avec Santina ? suggéra-t-elle. J'aimerais beaucoup savoir à quoi ressemblait ma mère quand elle était jeune.

Il plissa le front.

— Elle ne parle pas anglais. Ils sont peu de cette génération à le parler, d'ailleurs, ce qui paraît évident.

— Vous pourriez traduire.

Il sembla y réfléchir, puis il se dérida.

— Comme vous voulez. Vous pouvez tout nous dire. Vous pouvez nous faire confiance.

Comme Tess ignorait ce qu'elle pouvait bien leur raconter (elle s'était imaginé plutôt le contraire), elle préféra changer de sujet.

— Et l'homme qui fait les mosaïques ? Ce n'est pas un ami à vous ?

— Amato, fit Giovanni avec dédain. Lui, vous ne pouvez pas lui faire confiance. Ce n'est pas un ami de votre famille, ni de la mienne, soyez-en sûre.

Le serveur leur apporta leurs cafés, et Tess ajouta du lait au sien.

— Pourquoi ça ? demanda-t-elle.

Les Siciliens lui paraissaient plutôt rancuniers. Soit ils avaient une tendance naturelle à tout dramatiser, soit la plupart des familles ici nourrissaient une haine les unes vis-à-vis des autres. Giovanni se pencha vers elle et murmura :

— Il s'agit d'une vieille querelle et d'une dette. Puis du vol d'un objet de valeur quelques années plus tard. Une grande perte…

Tess dressa un sourcil perplexe. Ne disposaient-ils pas de tribunaux en Sicile ?

— La dette concerne ma famille, annonça Giovanni en semblant se redresser. C'était une question d'honneur. Mais le vol…

— Oui ?

Plus elle pouvait lui soutirer d'informations, mieux ce serait. Cette histoire de vol et de dette n'avait peut-être rien à voir avec le départ de sa mère, mais elle pouvait tout de même lui être utile pour mieux comprendre le contexte. Par ailleurs, elle était curieuse d'en savoir plus sur ce fameux Mister Mosaïque du *baglio*.

— Il concerne votre grand-père. On lui a volé quelque chose qui ne lui appartenait même pas. Quelque chose…

Il s'interrompit.

— Quelque chose ?…

Suspense… Elle se demanda à quoi ressemblait son grand-père. Santina pourrait éventuellement l'éclairer à ce sujet.

— Alberto Amato était le meilleur ami de votre grand-père, dit Giovanni. Ce vol a été une véritable trahison.

Son regard s'assombrit.

— La *pire* des trahisons.

12

Ginny était en pleins préparatifs pour la Soirée. Elle attacha ses cheveux avec une pince, noua un tablier à sa taille, balança des chiffons sur son épaule et s'empara du désinfectant. Mission nettoyage.

Elle avait décidé d'interdire l'accès à la chambre de sa mère (une tache de vodka-canneberge, et elle était morte). Elle allait donc s'en servir de pièce pour « objets fragiles ». Comme les cadres photo, par exemple…

Elle entreprit de les rassembler et s'arrêta sur un cliché d'elle à cinq ans, montant un poney, les cheveux au vent, saisie à la fois par la peur et l'euphorie. Ginny se souvenait de cette journée. Elle était capable d'en faire remonter les souvenirs en quelques secondes : cette douce odeur de foin, les hennissements et les ébrouements de l'animal, la brise marine qui lui fouettait le visage et l'angoisse qui lui avait noué le ventre lorsque le poney s'était mis à trotter. Et sa mère, sourire jusqu'aux oreilles, qui lui faisait signe de regarder l'appareil.

— C'est bien, ma Ginny !

Le souvenir lui arracha un sourire. Lorsqu'elle était descendue, elle n'avait eu qu'une seule envie : y retourner.

Elle saisit ensuite l'unique photo de ses parents. « Ses parents. » Le simple fait de formuler ces mots dans sa tête lui paraissait étrange, parce que, finalement, cet homme n'était pas vraiment un parent. On ne pouvait pas être parent si on n'avait jamais été présent, non ? Elle, la mère de Ginny, était très belle, saisie sur l'instant. Grande et svelte, de longs cheveux châtain clair bouclés et un grand sourire. Ginny effleura le cliché du bout du doigt. Certes, sa mère était toujours jolie.

Les hommes la remarquaient encore, et elle avait de superbes jambes. Mais à l'époque… Les doigts entremêlés avec ceux du père de Ginny, elle se penchait vers lui et lui lançait un regard dans lequel on pouvait lire : « Mon Dieu, tu es désespérant, mais je t'aime… »

Lui riait. Grand, dégingandé et insouciant. Un garçon, quoi. Son père biologique. Ce terme suffisait à mettre de la distance entre eux. Ginny plissa le front. Lui, la distance, il l'avait gardée, c'est sûr. Il n'avait pas une seule fois cherché à prendre contact.

Si sa mère savait ce qui allait se passer à la maison ce soir, elle péterait littéralement un câble… Ginny sentit la Boule s'envelopper d'une fine couche de culpabilité. Tess avait déjà appelé et envoyé deux textos de Sicile pour s'assurer qu'elle « allait bien ».

Non, mais, sérieux, qu'est-ce qu'elle prenait ?? En vérité, sa mère ne savait rien d'elle ou de sa vie. Et pourquoi ? Parce que c'était *sa mère*, justement.

Ginny alla chercher son iPod dans sa chambre, qui jouxtait celle de sa mère. Voilà qui lui changerait les idées. *Henrietta*. Les Fratellis à fond. Sa mère ne serait jamais au courant, se répéta-t-elle.

Elle vida le salon de tout objet potentiellement cassable avec *Chelsea Dagger* à plein volume. Elle poussa ensuite le canapé dans la chambre de Jack, qui servirait de coin repos durant la soirée, et brancha son iPod sur la chaîne de sa mère. *Got Ma Nuts from a Hippy* se déversa dans la pièce. Elle esquissa quelques pirouettes. Retira le tapis. Le parquet offrait une piste de danse idéale.

Son téléphone lui signala qu'elle avait un message. Elle le sortit de la poche de son jean. C'était Becca. « *Tu fè koi à manger ?* » Ginny lui répondit : « *Chips + pop-corn.* »

Dans la cuisine, elle nettoya la table et le plan de travail avant de sortir les boissons. Il y avait du vin (de la réserve de sa mère ; elle ne le remarquerait sûrement pas), du gin (ramené par Papy à Noël, il y a deux ans, pratiquement intact), du Coca et du jus de canneberge (sa propre contribution). Les gens apporteraient de quoi boire. Aucun souci.

Elle ferma la porte au loquet et sortit. Dans le minuscule carré de pelouse à l'avant de sa maison, Lisa était en train de désherber, et les deux filles jouaient aux raquettes. Lorsqu'elles la virent, elles hurlèrent :

— Ginnyyyyy ! Viens jouer, Ginnyyyyy !

— Je ne peux pas, répondit Ginny avec un air désolé. Je suis en plein ménage.

— Ah bon ?

Lisa se redressa, assise sur ses talons.

— C'est gentil ! C'est ta mère qui va être contente.

Ginny esquissa un petit sourire tout en agrippant la ceinture de son jean.

— J'espère que vous prenez des notes, les filles ! s'exclama Lisa. C'est exactement ce que j'attends de vous dans quelques années…

— Maman t'a prévenue que j'invitais quelques amies ce soir ? lança Ginny, l'air de rien.

— Euh…, non, ça ne me dit rien, répondit Lisa en réfléchissant.

— On essaiera de ne pas faire trop de bruit.

Ginny croisait les doigts dans son dos.

Lisa la gratifia d'un sourire magnanime et agita sa fourche de jardin.

— Ne t'inquiète pas, on montera le son de la télévision. Profitez-en.

— Merci, Lisa.

Si ça dégénérait, elle pourrait toujours aller s'excuser demain. Avec un peu de chance, Lisa aurait tout pardonné et oublié d'ici le retour de sa mère. Sa mère… Ginny fut prise d'un frisson. Mais il était trop tard pour faire marche arrière ; elle l'avait déjà invité.

Avant de retourner à l'intérieur, elle se glissa dans l'allée qui menait à son jardin et sortit un paquet de cigarettes de son long gilet gris. Elle ne fumait pas beaucoup, juste quand elle allait en boîte, et à la maison si sa mère était sortie. Elle inspira la fumée. Allait-il venir à sa soirée ? Elle lui avait envoyé un message pour lui dire d'emmener quelques amis. Il lui avait répondu qu'il essaierait. Elle n'avait plus qu'à attendre maintenant. Mais l'attente, ce n'était pas franchement son fort…

De retour à l'intérieur, armée de sacs-poubelle noirs, Ginny inspecta sa propre chambre. Elle ferma les yeux et imagina Ben se rapprocher d'elle, son souffle chaud et sucré lui caressant le visage, ses lèvres cherchant les siennes, leurs corps serrés s'effondrant sur le lit…

La vache ! Elle transpirait rien que d'y songer ! S'il venait dans cette pièce… Qu'en penserait-il ? C'était une chambre de fille : du rose, du propre, du beau. Et ce n'était absolument pas l'impression qu'elle voulait donner. Non, pas question.

Elle ouvrit le premier sac. Elle y déversa tout son vieux maquillage : fard à paupières, gloss, vernis à ongles et poudre pailletée. Ses magazines, tous les vêtements qu'elle ne portait plus. Elle se sentait BIEN…

Elle accéléra la cadence ; de plus en plus vite, éliminant vieilles chaussettes et vieux sous-vêtements des tiroirs, arrachant les robes à leurs cintres. Des livres de son enfance (*Un lion dans la prairie*, *Winnie l'ourson*) et des peluches (dont les seuls rescapés étaient Teddy, son ours blanc, et Bill, le bébé chouette, qu'elle rangea dans son armoire). Ginny ne parvenait plus à s'arrêter.

La véritable animalerie que composaient ses bibelots, tout ce qui proclamait « ENFANT » et non « femme ».

Des gros chaussons pingouin, un poster de girafe, un calendrier Miffy. Un stylo en forme de paon, une tirelire grizzly, une couette recouverte de zèbres. (C'était quoi, son délire, avec les animaux, sérieux ?) Ça dégage. Ça dégage. Ça dégage. La Boule frissonna et se mit à rouler sur elle-même.

Elle relança la playlist des Fratellis. *Creepin up the Backstairs*. La musique se jouait dans sa tête, et ses bras commençaient à lui faire mal. Elle était en train de vivre un véritable exorcisme. Elle le sentait purifier chacun de ses pores. Mais…

La Boule disparaîtrait-elle vraiment un jour ? Est-ce que ça allait l'effacer pour de bon ?

Une pile de cours traînait à côté de l'ordinateur. Elle avait promis à sa mère de s'atteler à ses révisions cette semaine. Ginny prit une profonde inspiration et la relâcha. *Elle ne voulait pas aller à la fac…* ELLE NE VOULAIT PAS Y ALLER… Certes, elle voulait partir, mais pour voyager, pour voir le monde, pour être libre, pour se construire une nouvelle vie. Elle aurait aimé être plus âgée. Elle aurait aimé ne plus être vierge. Elle aurait aimé… *Merde !*

Elle s'assit sur son lit. *Nom de Dieu…* Elle ne savait même plus de quoi elle avait envie. Mais, ce qui était certain, c'est qu'elle avait envie de quelque chose.

13

La pire des trahisons… Tess trempa un pied dans l'eau. Elle était chaude et tentante, la mer scintillant au loin, les vagues s'enroulant autour de ses orteils. Une trahison, un vol et une vieille dette de famille, lui avait appris Giovanni. Trois familles siciliennes concernées : les Farro (celle de sa mère), les Sciarra (le clan de Santina et Giovanni), et les Amato (les parents de Mister Mosaïque). Qui avait fait quoi, et à qui ? Qu'est-ce qu'on avait bien pu voler autour de 1940 ? Pourquoi parlait-on de trahison et, surtout, quel rôle cela avait-il joué dans le départ de sa mère ?

Tess avança tranquillement. Quand l'eau lui arriva au niveau des cuisses, elle plongea la tête et glissa gracieusement dans la mer. Le choc initial fut suivi de la sensation que Tess aimait tant : lorsque le corps et l'eau s'unissent pour ne plus former qu'un.

Elle laissa échapper un profond soupir. C'était tellement enivrant d'être là, dans la mer, à nager, à plonger… C'était un lieu propice à la réflexion… et à l'oubli.

Elle ferma les yeux pour se protéger du soleil aveuglant de la fin d'après-midi et s'enfonça dans la mer à coups de longues brasses expertes. Parfois, elle aurait aimé pouvoir ne jamais s'arrêter de nager.

Elle n'était là que pour une semaine. Concrètement, dans ce court laps de temps, elle devait décider quoi faire de la Villa Sirena et découvrir ce qui avait poussé sa mère à quitter la Sicile… et à ne jamais revenir. Tess se glissa sur le dos et se laissa porter par le courant quelques instants. Ne serait-ce pas grandiose si la vie était ainsi ? Si vous pouviez vous laisser porter à la moindre situation compliquée ? C'était d'ailleurs ce qu'avait toujours fait David, avant et après leur rencontre.

Finalement, serait-ce si bien que ça ? La plupart des gens finissent par s'ancrer quelque part. Peut-être était-ce le cas de David aujourd'hui. Tess l'ignorait totalement, car il ne l'avait jamais contactée, pas même un « Au fait, comment va ma fille ? » ou « Voici un peu d'argent, c'est normal ». Non, ça n'avait jamais été son truc, les responsabilités. Cela ne collait pas à son mode de vie. Elle aurait dû s'en douter.

Elle se dirigea vers les îles rocheuses à la brasse. Tess ne se laissait jamais aller à la dérive quand elle n'était pas dans la mer. Elle travaillait dur. La semaine dernière, elle avait même postulé pour être promue au rang de responsable dans son entreprise : Janice partait en retraite, et Tess semblait être la candidate idéale pour prendre sa suite. Ce qui signifierait une augmentation de salaire et davantage de vacances. Donc, au travail, autant dire que tout roulait. Par ailleurs, elle s'entendait très bien avec ses collègues, à l'exception de Malcolm. Et s'il lui arrivait parfois de songer : *J'attendais plus que cela de la vie*, elle se débarrassait immédiatement de cette idée et se conseillait de grandir un peu. Elle était en bonne santé, elle avait Ginny, ses parents et un travail correct. *Tu n'as pas vraiment de quoi te plaindre, ma vieille…*

Pendant qu'ils prenaient leur café, Giovanni avait abordé le sujet de la villa. Il s'était enfoncé dans son siège, tel le tigre repu qu'il était sans aucun doute, avait allumé une cigarette et lancé :

— Alors, Tess, vous allez vendre la villa ? Vous voulez la vendre en l'état, peut-être ? Ou vous préférez que je fasse venir des ouvriers pour régler les problèmes d'humidité, la retaper et redonner un coup de peinture avant de la mettre sur le marché ?

Il semblait calme, mais également dans l'expectative.

Tess avait soudain eu l'impression d'être la proie qu'on avait gavée en prévision d'un festin.

— Je ne sais pas encore. Vous ne vous souvenez pas ? Je viens tout juste d'arriver…

Par ailleurs, Giovanni lui avait peut-être offert le petit-déjeuner (et le déjeuner), mais en quoi était-il lié à la Villa Sirena, et que savait-elle vraiment de lui ? Il lui avait assuré que leurs familles avaient toujours été proches, mais elle n'était pas censée le croire sur parole, non ? Elle ne pouvait se départir de cette sensation qu'il était un peu trop pressant… Ou bien était-elle la victime – consentante ? – d'une espèce de syndrome paranoïaque sicilien ?

Giovanni demeurait imperturbable, aussi majestueux que le félin qui ne cessait de lui venir à l'esprit lorsqu'elle le regardait.

— Bien sûr, bien sûr, avait-il répondu en agitant sa cigarette. Vous devez d'abord profiter des vacances… Explorer notre magnifique littoral. Prenez votre temps. Oui, ces choses-là prennent du temps.

Si seulement elle en avait davantage…

Maintenant qu'elle en était plus proche, Tess réalisait à quel point ces îles rocheuses étaient fascinantes. Ces formations de granit striées de brun, de blanc et de rouge devaient sûrement être reliées à l'île principale, à une époque.

Les parties qui émergeaient de l'eau étaient criblées de brèches qui abritaient des plantes succulentes et dans lesquelles venaient également se réfugier les mollusques et les mouettes. Elle pourrait louer du matériel de plongée et aller voir ce qui se passait sous la surface… Tout en faisant du surplace, elle sentit un petit rire s'échapper de

ses lèvres. Elle ne se laisserait pas duper par Giovanni :
il était forcément intéressé. Il espérait sûrement tirer un
peu d'argent de la vente. Mais après tout…, pourquoi pas ?
Ça lui était bien égal. Lui et sa famille s'étaient montrés
généreux et accueillants. Sans eux, elle ne s'en serait pas
sortie ici…

Il n'y avait pas âme qui vive dans la mer. Aussi loin que
portait son regard, elle était seule dans l'océan. C'était
délicieux… Robin ne savait pas ce qu'il ratait.

Elle fit demi-tour et repartit vers le rivage. La villa – *sa*
villa – dominait la falaise, ses larges courbes rose grenat
se découpant sur le ciel azur. Finalement, non, ça ne lui
était pas bien égal.

Elle se sentait déjà liée à cet endroit. D'une étrange
façon, cette terre lui paraissait familière. Et la troublait.
Edward Westerman s'en était-il douté ? Elle referma les
paupières, le courant la poussant doucement vers la côte,
telle une caresse. Puis une impression soudaine d'obscurité la saisit, et elle rouvrit les yeux.

Mister Mosaïque se tenait sur le rivage, les bras croisés, le regard noir. Si Giovanni était un tigre, alors, cet
homme était une panthère sauvage. Indomptable. Il ne
portait rien en dehors d'un short noir. Voyons, quel crime
avait-elle bien pu commettre cette fois ?

Tess se redressa dans l'eau. Les cheveux trempés et les
joues probablement recouvertes de mascara, elle devait
être tout sauf glamour. Mais que pouvait-elle y faire ? De
toute évidence, il l'attendait.

— Ciao ! lança-t-il en la regardant trébucher sur les
galets glissants.

Il lui tendit une main, qu'elle prit le temps d'observer.
Une main d'artiste. De longs doigts fuselés, des ongles
coupés droit, un poignet fin…

Elle finit par la saisir, et il l'escorta jusqu'au mur de
pierres où elle avait laissé sa serviette, au niveau de la jetée.

Il devait faire deux ou trois centimètres de plus qu'elle, à peine. Il lui donna sa serviette tout en lui frôlant l'épaule.

Venait-on de lui greffer une nouvelle personnalité ?

— *Grazie*, dit-elle.

— Je voulais vous parler.

Tess se sécha les cheveux en prenant un air faussement curieux. Allait-il lui aussi se proposer pour vendre la villa ou pour faire venir des ouvriers ? Ou désirait-il lui parler d'un vol ou d'une trahison qui avait eu lieu il y a si longtemps ?…

— Il s'agit des méduses, reprit-il, l'air grave. Elles sont nombreuses.

— Les méduses ?

— Là, dans la baie.

Il se mit alors en tête d'imiter une méduse enserrant son bras de ses longs tentacules, puis il fit un bond en feignant d'avoir été piqué.

— Ouille, dit-elle en riant.

— Oui, ouille !

Il sourit.

— Je travaille tout le temps ici. Je les vois.

Elle hocha la tête. Comment résister à ce sourire ?… Finalement, ce n'était peut-être pas lui, l'ennemi. En tout cas, pas le sien.

— Il y a d'autres prédateurs dont je devrais me méfier ? demanda-t-elle.

Il remua un sourcil. Malgré sa cicatrice, ou peut-être à cause d'elle, Tess le trouvait très séduisant, dans le genre brun ténébreux. Comme par hasard, c'est le moment que choisit Robin pour s'insinuer dans ses pensées.

— J'imagine que vous vous en rendrez compte par vous-même, répondit-il.

OK…

— J'imagine, oui ! lança-t-elle avec un sourire.

— Vous êtes venue seule ? demanda-t-il.

— Oui…

Toute sa peau – enfin, ce qu'elle en voyait, du moins – arborait cette teinte noisette que l'on ne pouvait exhiber qu'en vivant toute l'année dans un tel climat.

— Et vous restez combien de temps ?

Tess serra sa serviette autour de ses épaules. Pourquoi était-il soudain si sympathique ? La morosité était-elle seulement son expression par défaut ? Ou n'était-il tout simplement pas du matin ? Elle avait envie de l'apprécier, de faire un pas vers lui. Mais… L'avertissement de Giovanni trottait dans un coin de sa tête. Elle en avait assez d'être prise pour une idiote. Giovanni l'avait invitée à dîner ce soir, mais ça commençait à bien faire. Sa propre compagnie lui suffirait.

Elle devait se passer de celle des Siciliens, et par conséquent de leur aide *et* de leur charme. Avec tous ces hommes qui lui tournaient autour, on aurait pu croire qu'elle venait d'hériter d'une fortune plutôt que d'une simple villa.

— Une semaine. Pour l'instant.

Il remua de nouveau le sourcil.

— Pour l'instant ?

Tess fit un haussement d'épaules. Elle ne pouvait pas dévoiler à ce charmant inconnu ce qu'elle-même ignorait. Une pensée lui traversa soudain l'esprit.

— Au fait, à quoi servaient ces bâtiments ?

Il suivit son regard.

— C'était une thonerie. Pour la pêche au thon.

Sa bonne humeur avait déjà laissé place à une expression maussade.

— On appelait ces entrepôts la *Tonnara*.

— D'accord…

Elle sentait qu'il valait mieux ne pas insister.

— Eh bien…, *ciao*. Et merci de m'avoir prévenue pour les méduses !

Elle lui fit un signe de la main et grimpa l'escalier qui menait à la villa. Elle ne téléphonerait pas à Ginny ce soir. La confiance était très importante aux yeux d'une adolescente. Elle allait plutôt appeler sa mère. C'était décidé : elle voulait davantage d'informations sur Santina et la famille Sciarra.

Mais, au milieu des marches, quelque chose la poussa à regarder par-dessus son épaule, vers l'ancien *baglio*. Elle aperçut Giovanni, tout près de l'eucalyptus. Elle savait lire le langage du corps, et le Sicilien était pour le moins agacé. Tant pis. Sa querelle de famille n'était pas la sienne, bien qu'il eût suggéré le contraire. Elle avait le droit de parler à qui elle voulait, et il ne pourrait pas l'en empêcher.

14

L'amande : apportée en Sicile par les Grecs de l'Antiquité.

Les graines doivent être charnues et riches en huile.

Les amandes étaient l'ingrédient parfait pour les *spuntini*, qu'on grignotait en guise d'encas le matin. Il y avait les dragées (blanches pour les mariages, vertes pour les fiançailles, roses et bleues pour les naissances), les amandes grillées et les *biscotti*.

Les bourgeons odorants de l'amandier étaient les premiers à éclore, et ses pétales étaient les premiers à tomber, fin février.

On ne récoltait les graines qu'à la fin de l'été. Pendant ce temps, protégées par leurs coquilles, réchauffées par le soleil, hydratées par leur huile, elles grossissaient tranquillement sur les arbres. *Mandola…*

Il y avait une histoire autour des amandes… Flavia s'empara de son stylo. Elle allait la raconter à sa fille.

En Sicile, l'association de l'amandier et de l'amour et la fidélité prend ses racines dans la mythologie grecque. Phyllis, une jeune noble, épousa Démophon et attendit qu'il revienne de la guerre de Troie. Au bout de quelques années, son amour n'étant toujours pas revenu, elle mourut de chagrin. Un amandier poussa alors sur sa tombe. L'arbre se mit à éclore

113

lorsque Démophon revint enfin et alla se recueillir sur
la tombe de sa bien-aimée.

Flavia décida de donner à sa fille la recette des *tagli-*
gnozo, un type de *biscotti*. Enfant, Tess les adorait, et
c'était toujours le cas aujourd'hui.

Mélange la farine, le sucre, les œufs, le beurre, la
cannelle et les amandes en morceaux. La réussite de
cette recette repose dans la consistance de ta pâte,
écrivit Flavia. Il te faudra la pazienza *de l'aman-*
dier. Tâte ta pâte avec tes doigts, avec ton cœur. Si
elle te paraît trop ferme, rajoute des œufs ; si c'est le
contraire, rajoute des amandes. Et seulement là, elle
sera parfaite. Fais-la cuire au four jusqu'à ce qu'elle
soit dorée. Laisse-la refroidir et déguste-la avec un
petit verre de marsala…

Trois jours durant, Flavia retourna auprès de
l'homme avec de l'eau, de la nourriture et des panse-
ments propres. Elle choisissait l'heure de la sieste, en
début d'après-midi, quand tout le monde se reposait,
puis revenait le soir, quand l'obscurité lui permettait
de se déplacer sans être vue. Elle avait conscience
qu'elle faisait preuve de folie, comme si c'était le
diable en personne qui guidait ses pas. Mais elle ne
pouvait s'empêcher d'y retourner.
Elle ne pouvait pas ne pas y aller. Pendant les heures
qui espaçaient ses excursions secrètes, elle brûlait
d'envie de courir à travers champ et de le rejoindre,
de panser ses blessures, d'écouter son étrange langue,
de se plonger dans le bleu océanique de ses yeux.
L'avait-il ensorcelée ? Elle ne réfléchissait absolument
pas aux conséquences éventuelles de ses actes. Tout le
reste lui était égal.

Le quatrième jour, son front était brûlant : il avait de la fièvre. Il toucha à peine à ce qu'elle lui avait apporté à manger, et son sourire était si faible qu'elle était terrifiée. Il ne lui parla presque pas ce jour-là. Elle était en train de le perdre. Et dans l'oliveraie, sur le chemin du retour, elle sentit que quelque chose d'autre avait changé.

Une fois rentrée, elle les découvrit tous en train de l'attendre. Papa, Mamma, Maria... Une vraie députation.

— Où étais-tu passée, ma fille ? demanda son père, le regard aussi noir qu'un ciel d'orage.

— Je me promenais, balbutia-t-elle.

Mais alors, elle posa les yeux sur Maria et elle comprit. Sa sœur l'avait-elle découverte ? L'avait-elle suivie ? Maria était si suffisante, si imbue d'elle-même. Flavia se redressa. Oui, elle avait risqué son honneur et s'était passée de chaperon. Mais la vie de cet homme en dépendait. La vie et la mort : voilà ce qui comptait vraiment.

— Qu'as-tu fait ? lança sa mère en s'approchant d'elle. Sainte Mère de Dieu, qu'as-tu fait ?

— Rien du tout ! s'emporta Flavia. Je n'ai rien fait de mal. C'est seulement...

Soudain, elle sentit le besoin de se défaire de son fardeau, de sa peur qu'il ne guérisse pas, que la fièvre empire, qu'il meure tout seul dans ce champ et qu'elle ne le découvre que le lendemain après-midi, lorsqu'elle y retournerait...

À tâtons, elle leur parla alors du pilote. Leur confia qu'il lui avait demandé de ne pas révéler sa présence et l'avait suppliée de lui venir en aide. Elle était persuadée que c'était sa seule chance de survivre. Lorsqu'elle prononça ces mots, son père changea d'expression. Il

marmonna une injure dans sa barbe et s'empara de
sa veste accrochée derrière la porte.

— Je dois le dire aux autres, déclara-t-il.

Flavia savait qu'il voulait parler de ses camarades :
Alberto et ceux qu'il avait l'habitude de retrouver
au bar Gaviota. Pouvait-on leur faire confiance ?
Elle songea à Enzo, le père de Santina. Ce qui était
sûr, c'est qu'elle se méfiait de lui comme la peste. Il
avait un air sombre et une petite bouche cruelle, et
elle n'était pas certaine qu'il partage l'affection de son
père vis-à-vis des Anglais. C'était le genre d'homme à
ne se soucier que de lui-même et des Sciarra.

— Papa, vous ne lui ferez pas de mal, n'est-ce pas ?
l'implora-t-elle.

Il se tourna vers elle.

— Je ne peux pas en décider seul. Nous verrons. Si
Alberto est d'accord, nous l'amènerons ici. Aide ta
mère à préparer un lit.

— Papa !

Mais il était déjà parti.

Flavia s'effondra à genoux. Elle prierait pour ce pilote
qui était tombé du ciel et qui l'appelait son « ange ».
Pour qu'il ne lui arrive rien. Elle plissa le front d'in-
quiétude. Mais, même s'ils l'emmenaient ici, même
s'il ne mourait pas, maintenant qu'elle l'avait trahi,
l'homme lui reparlerait-il seulement un jour ?

15

Le lendemain matin, Tess prit de nouveau son petit-déjeuner sur la terrasse. La maison était très bien équipée : elle avait trouvé des draps, de la vaisselle, de l'argenterie, de la coutellerie, tout ce dont on pouvait avoir besoin. Et elle était totalement aménagée malgré son état usé et négligé.

Des tapis certes passés mais magnifiques, aux motifs fuchsia, indigo et bordeaux, ornaient les dalles de pierre, et les serviettes de table crème étaient en lin. C'était comme si Edward Westerman était un jour sorti pour ne jamais revenir. Ce qui avait été le cas, d'une certaine façon.

Tess sirota son café. Elle pourrait peut-être louer la villa plutôt que de la vendre. Ça lui paraissait être une meilleure idée. Elle ne voulait pas s'en séparer, pas encore, du moins. C'était un cadeau bien trop particulier. Mais cela voulait dire qu'elle allait devoir dépenser de l'argent pour la remettre en état, ce dont elle ne disposait pas à foison. Elle essaierait peut-être d'en parler à Giovanni afin d'avoir une idée du nombre de touristes qui venaient à Cetaria et de la probabilité de réussite d'un tel projet. L'atout numéro un de la bâtisse serait évidemment cette vue à couper le souffle… Elle fit quelques pas sur la terrasse afin d'observer le *baglio* et ce qui était donc l'ancienne thonerie, sur la baie, avec son armée d'ancres rouillées qui faisaient le guet. Dans la mer, l'une des îles rocheuses faisait penser à un château en ruine. Et, dans la lumière brumeuse, les rochers scintillaient d'argent, comme par magie, doucement balayés par la mer paresseuse. Et tentante, songea Tess en ressentant une fois de plus ce besoin vital d'aller dans l'eau.

Un bateau de pêche était amarré au port. Devant la jetée, quelqu'un faisait de grands gestes tout en rugissant en italien. Tess pouffa lorsqu'elle se rendit compte qu'il s'agissait de Mister Mosaïque. Elle secoua la tête. On ne pouvait pas dire qu'il manquât de caractère, celui-là… Peut-être Giovanni avait-il raison après tout : cet homme était vraiment bizarre.

Lorsqu'elle eut tout rangé, elle descendit en direction de la baie pour aller se baigner. Mister Mosaïque ne cessait de rentrer et sortir de son atelier, visiblement furieux.

— *Ciao !* lança-t-il d'un air mi-méprisant, mi-chaleureux. Vous allez vous baigner maintenant, si tôt ?

— Eh oui !

Elle hésita un instant :

— Vous travaillez ici tous les jours ?

— Oui. J'y mange et j'y dors aussi. J'ai d'autres pièces, à l'arrière, ajouta-t-il en désignant son atelier du menton.

Cet atelier devait donc être beaucoup plus grand que ce qu'elle s'était imaginé… Elle était curieuse ; d'un autre côté, voulait-elle vraiment pénétrer dans la tanière du dragon ? Toutefois, elle ne put résister à l'envie de l'interroger.

— Je vous ai entendu ce matin. Vous aviez l'air fâché.

Les yeux de l'homme jetèrent des éclairs.

— Ce sont des crétins. Ils vont en mer et balancent leurs filets troués. Comme ça, illustra-t-il d'un geste. Ils ne pensent pas au danger. *Loccu. Stupido.*

Il se tapa la tête.

Tess acquiesça. Elle voyait tout à fait ce qu'il voulait dire. Un filet déchiré pouvait piéger n'importe quoi ; c'était une attitude irresponsable. Mais, jusqu'ici, elle n'avait pas eu l'impression que nettoyer derrière soi était la priorité numéro un des Siciliens. C'était dommage ; ça gâchait le paysage. Le moindre petit coin idyllique cachait un tas de déchets. Elle commençait tout doucement à comprendre que la Sicile était une terre de contrastes. La beauté et la laideur. La lumière et l'obscurité. La romance et le danger. Cependant, la réaction de Mister Mosaïque n'était-elle pas légèrement exagérée ? Elle l'observa de nouveau.

La cicatrice qui lui barrait le visage n'était pas récente ; elle datait sûrement de son enfance. Et elle lui donnait un petit côté pirate. Mais ce n'était pas tout. Les ombres qui cernaient ses yeux trahissaient une certaine tristesse, ce qui donnait envie à Tess d'aller vers lui. Quelque chose ou quelqu'un lui avait fait du mal. Beaucoup de mal.

— Ce n'est pas important. Ce n'est rien.

Son regard contredisait ses paroles. Il balaya de la main ce qui semblait le tracasser quelques minutes plus tôt.

— Il faut prendre cinq.

— Prendre cinq ? répéta Tess, confuse.

— *Prendere cinque*, expliqua-t-il en grimaçant. C'est une coutume sicilienne. Tous les jours, nous devons prendre cinq minutes pour nous défouler.

Tess esquissa un sourire. Ce petit rituel soulagerait sans aucun doute le stress de certaines personnes de son entourage…

— Ce n'est pas une mauvaise idée.

— Profitez bien de la mer. *Ciao.*

Et il disparut.

Finalement, on dirait bien que c'est quelqu'un de sensible, songea Tess tout en nageant vers les rochers. Désormais, elle comprenait pourquoi, un peu plus tôt, elle leur avait trouvé une teinte argentée. C'était à cause des herbes folles et du serpolet qui s'accrochaient à leurs parois. Elle repensa à la conversation qu'elle avait eue avec sa mère la veille au soir.

— Bien sûr que je me souviens de Santina Sciarra, avait

répondu Flavia. C'était ma meilleure amie. Alors, elle est encore en vie ? avait-elle ajouté d'un ton plus doux.

— C'est le moins qu'on puisse dire.

— Pourras-tu… ?

Elle semblait hésiter.

— … l'embrasser pour moi ?

— D'accord, Muma, répondit Tess, devinant l'affection soudaine dans la voix de sa mère. Comment était le reste de sa famille ? demanda-t-elle.

— Son père pensait que j'avais une mauvaise influence sur elle, fit-elle en ricanant de mépris, ce qui fit sourire Tess.

— Pourquoi ? Qu'est-ce que tu… ?

— Ça suffit, Tess ! lança sa mère d'un ton subitement sévère. Oublie ça.

Tess s'était donc résolue à stopper son interrogatoire. Mais oublier, ça lui était impossible. Et désormais, elle en était sûre : si Muma s'était confiée à quelqu'un, c'était forcément à la tante de Giovanni, Santina. C'était à elle que Tess devait s'adresser. Elle devait donc mettre la main sur Giovanni… s'il ne la trouvait pas en premier.

Elle s'aperçut soudain des bulles qui entouraient son bras et, avant qu'elle n'ait le temps de le retirer, elle sentit la piqûre d'une méduse. *Merde…* Elle retourna au rivage à la nage, le haut du bras en feu.

Mister Mosaïque était en train de nettoyer et de cribler ses pierres. À côté de lui, posée sur une plaque de verre, une mosaïque d'environ trente centimètres carrés en cours de réalisation affichait des teintes vert clair et or. Tess ne parvenait pas à voir ce qu'elle représentait, pas encore, du moins.

Elle cacha la boursouflure sur son bras afin qu'il ne s'en aperçoive pas.

— Elles vous ont eue, pas vrai ?

Il ne leva même pas les yeux.

— Vous voulez du café ? ajouta-t-il.

— C'est un remède ?

Elle retira sa main. De toute évidence, on ne pouvait rien lui cacher.

— Il n'y a qu'un seul remède.

Il leva enfin les yeux. À la grande surprise de Tess, il souriait.

— Comment vous appelez ça, en anglais ?

— Ah… L'ammoniaque.

Elle lui rendit son sourire. Elle aurait sans aucun doute du mal à faire pipi sur sa blessure, vu là où elle était placée, et elle n'allait sûrement pas lui demander de l'aider.

Tess posa les yeux sur la mosaïque.

— C'est magnifique. Qu'est-ce que c'est, comme pierres ?

Il ramassa quelques morceaux dépolis aussi fins que du papier.

— Des turquoises, des malachites, du verre de mer.

— Vous mélangez des pierres semi-précieuses avec du verre ?

Elle s'empara d'un des fragments et passa le doigt sur sa surface inégale. Le mosaïste haussa les épaules.

— Qui décide de leur valeur ? Un homme parmi tant d'autres. Le verre de mer était peut-être le déchet de quelqu'un, mais ça, c'était avant.

Elle hocha la tête. Le verre de mer…

— Ça vous arrive de vous demander d'où tout cela vient ?

— Il faut laisser marcher votre imagination, répondit-il en souriant.

Il prit une goutte de diamant dépoli.

— Une épave de bateau ?

Il inclina la tête et s'empara d'un petit triangle d'ambre.

— Un pique-nique nocturne sur la plage ?

— Et savez-vous de quand ils datent ?

— Plus ou moins.

Il fouilla dans ses pierres et en sortit une perle d'un vert si profond et si criblé qu'elle en était presque noire.

— Celle-là, elle remonte à la nuit des temps.

— Et celle-ci ? demanda Tess en saisissant une gouttelette jaune primevère.

— Elle est encore très jeune. Translucide. On y voit à travers.

Tess comprenait pourquoi il aimait le verre de mer. Chacun de ces fragments avait une histoire bien particulière. Chacun avait une couleur et une forme uniques ; chacun venait jusqu'à lui à sa manière.

— Ce verre a fait un long voyage avant que les vagues ne me l'apportent, continua-t-il. Il ne se brisera jamais. Regardez, on dirait qu'il a capturé la lumière. Vous voyez ?

Il lui tendit une bille d'un vert citron qui était toutefois nacré, comme éclairé par la lune.

— Oui.

Elle voyait exactement ce qu'il voulait dire.

— Et qu'est-ce que vous utilisez d'autre dans vos mosaïques ?

Il fit un haussement d'épaules.

— J'utilise ce que je trouve. Parfois, je dois acheter une pièce particulière, si j'ai une commission, mais, en général, je me sers de ce qu'il y a déjà dans la pierre, dans les rochers qui nous entourent, dans la mer…

Tess observa la roche dans laquelle on avait dû tailler pour construire le *baglio*.

La pierre était un assemblage de toutes sortes de minéraux. Et derrière, les falaises…

— Du marbre et du calcaire, déclara-t-il. Et du corail, aussi. De l'ambre et de l'agate. Beaucoup de pierres.

La pierre comptait énormément, ici, qu'il s'agisse des fondations du *baglio* ou du grès ambré des bâtisses. Tess dressa la tête vers la villa rose, dominant la falaise. Elle semblait être dotée d'une telle énergie que, parfois, Tess avait l'impression de la sentir vibrer sous ses pieds.

— Qu'est-ce qui vous a poussé à faire ce métier ? demanda-t-elle curieuse.

— Pourquoi avez-vous décidé de créer des mosaïques à partir de verre et de pierres ?

— C'est un processus long, mais gratifiant. C'est une activité apaisante. Thérapeutique.

Il marqua un silence avant de poursuivre :

— Et les mosaïques font partie de l'histoire de la Sicile.

Il se leva, frotta ses mains pleines de sable sur son short et se dirigea vers son atelier.

— La Sicile est un vrai puzzle.

— Comment ça ?

Il ne lui restait plus qu'à le suivre. Dragon ou pas, elle était décidément de nature curieuse.

— Les plus belles mosaïques du monde se trouvent dans le *duomo* de Monreale, dit-il. Vous devriez y aller. Elles datent de l'époque byzantine. Les abacules byzantins sont très particuliers, très brillants. On insère des feuilles d'or et d'argent dans une tesselle en verre. Comme ça, illustra-t-il d'un mouvement de doigts.

— Vraiment ?

Tess observa l'atelier. Il était petit, mais baigné d'une lumière filtrée par d'étroites fenêtres et inondant le seuil ouvert. Un établi était envahi d'outils, d'adhésifs, d'éponges, de plaques de verre et de métal, et de pots remplis de différentes pierres, certaines déjà façonnées, d'autres encore à l'état brut. Une petite cuisinière trônait dans un coin, et Tess distinguait, un peu plus loin, une autre pièce avec un lit et un canapé.

— Les mosaïstes grecs étaient très reconnus.

Il remplit un petit percolateur d'eau et y glissa le filtre.

— Et les rois normands de Palerme encourageaient cet art.

Tess le regarda ouvrir une petite boîte et verser le café. Une bouffée de son arôme envahit ses sens et lui rappela l'odeur des braises : un parfum de noix et de bois, l'odeur de l'obscurité. Mister Mosaïque ne lui paraissait plus du tout dangereux. On aurait plutôt dit un prof d'histoire, pour le coup. Il assembla le percolateur et le posa sur la cuisinière.

— Mais vous n'utilisez pas de faïence, comme la plupart des mosaïstes, fit-elle remarquer.

Ses matériaux venaient de la nature ; il n'y avait pas de feuille d'or dans ses créations.

Lui tournant le dos, il alluma le feu.

— La plupart des mosaïstes utilisent les *smalti*, expliqua-t-il. C'est du verre très coloré, pas de la faïence. On le cuit au four, puis on le coupe.

Voilà qui différait totalement de sa méthode. Du verre de mer et des minéraux.

Il se tourna vers elle.

— Les pierres ont de longues vies. Elles ne meurent pas.

Tess ne savait pas quoi répondre à cela. Mais elle voyait ce qu'il voulait dire : étrangement, ça rejoignait ce qu'elle-même se disait. Il ouvrit un placard, sortit un petit tube de crème et le lui apporta.

— Ça pourrait vous faire du bien.

Il saisit alors son bras, qu'il se mit à frictionner avec la pommade. Ce rapprochement soudain avait pris Tess par surprise. Mais il la massa quelques secondes d'un geste doux, puis il s'arrêta.

— *Grazie*, dit-elle.

— Ce n'est rien.

Il sourit, et, dans cette lumière tamisée, elle distinguait à peine sa cicatrice.

Non, ce n'était pas rien.

— Comment vous appelez-vous ? lui demanda-t-elle.

Franchement, elle ne pouvait pas continuer à l'appeler Mister Mosaïque. Giovanni lui avait dit son nom de famille, mais…

— Tonino ! lança-t-il en tendant la main. Tonino Amato.

— Tess, répondit-elle. Tess Angel.

Il avait une poigne ferme et la paume sèche.

— Angel ?

Il lui tenait également un peu trop longtemps la main et la fixait d'un regard qui la mettait mal à l'aise. Comme si, à l'instar de Giovanni, il attendait quelque chose d'elle.

— Alors, Tonino, d'où vous vient l'inspiration, dites-moi ? Je veux dire, pour vos œuvres.

Sur la cuisinière, le percolateur commençait à s'agiter, et l'air s'emplissait de l'arôme fumé et enivrant du café frais.

Il sourit.

— D'histoires.

— Quel genre d'histoires ?

— Des contes siciliens, des mythes, des légendes… Tout dépend du nom que vous voulez bien leur donner ! lança-t-il en écartant les bras. Notre histoire se compose entre autres de pillage, de viol et de pauvreté… Ça fait partie du puzzle dont je vous ai parlé.

Tess hocha la tête. Il semblait inconcevable d'avoir une conversation simple et légère avec cet homme. Tout ce qu'il disait ou faisait était imprégné d'une certaine intensité.

— Ces histoires parlent de courage et de compassion, dit-il. D'oppression, de vol et de trahison.

On y revenait… Le vol et la trahison. Ça semblait décidément être un thème récurrent ici. Giovanni Sciarra était-il dans le vrai au sujet de cet homme ? Il avait certes un sacré caractère (elle en avait été témoin), mais il dégageait également une certaine honnêteté qu'elle appréciait.

— Et les sujets que vous choisissez ?…

Elle posa la main sur un poisson en mosaïque argenté et jaune qui émergeait d'une mer nacrée. Il surplombait un miroir et était lui-même surmonté d'une rangée de ravissantes nageoires jaunes. Tess sourit. Ginny l'adorerait.

Ce miroir irait parfaitement bien dans leur salle de bains. Mais elle n'osait pas lui demander combien il coûtait, de peur qu'il ne la prenne pour une touriste parmi tant d'autres, une cliente de plus à flatter…

— Ce sont des images tirées de ces fameuses histoires ?

— Exactement.

Il versa le café dans de minuscules tasses blanches. Il était épais et noir, et la *crema*, couleur noisette.

— Alors, le poisson ?…

— Il vient de l'histoire de Ciccu, qui sauve un poisson d'une mort certaine et est récompensé lorsque le poisson lui donne l'anneau d'or que Ciccu était censé retrouver pour le roi. Sans le poisson, Ciccu aurait lui aussi trouvé la mort.

Tonino reposa la cafetière sur la cuisinière.

— Le courage et la compassion sont récompensés, vous voyez ?

Tess acquiesça. La Villa Sirena était-elle censée récompenser sa famille ?

— Mais ce ne sont que des histoires, dit-elle. N'est-ce pas ?

— Peut-être.

Il vint s'asseoir à côté d'elle, et elle perçut sa chaleur, toute proche, qui lui donnait presque des frissons.

— Les histoires sont la voix des opprimés. Les pauvres, les paysans, ceux qui n'ont aucun pouvoir…

— Je vois.

Tess songea à ce que lui avait confié Giovanni au sujet de la pauvreté en Sicile. La famille de sa mère avait dû forcément en souffrir, du moins jusqu'à ce qu'elle soit embauchée par Edward Westerman. Elle se rappela les histoires que sa mère lui racontait le soir, des histoires de voyages, d'ogres et de méchants princes. Étaient-elles tirées du folklore sicilien ? Se les faisait-on passer de génération en génération, comme les recettes de cuisine ?

— Freud croyait que les contes anciens et les mythes décrivaient très précisément le fonctionnement de l'esprit, dit Tonino.

Tess le dévisagea. Cet homme était une véritable révélation.

— Vraiment ? Vous voulez bien me raconter une autre histoire.

Elle laissa son regard errer sur les mosaïques, jusqu'à tomber sur l'oiseau vert. Il penchait la tête, comme s'il venait d'apercevoir un insecte, son bec jaune vif grand ouvert. Il écartait les ailes et dressait sa queue fourchue, prêt à s'envoler. Ses plumes de jade et d'émeraude étincelaient dans la lumière qui filtrait par la fenêtre.

— Parlez-moi de celle-ci.

— L'oiseau vert est un prince, en réalité, dit-il.

Tess s'installa pour l'écouter tout en sirotant son café. Des histoires de rois, de reines et de sorts… Elle avait l'impression de retourner en enfance. Elle se sentait en sécurité et aurait aimé pouvoir s'endormir.

Le café était délicieux. Il était richement torréfié et fidèle à son arôme. Il avait un goût de grillé, de châtaignes et de nuit. Il accrochait un peu au palais tout en laissant une note douce en bouche, comme le tabac.

Ils terminèrent leur café. Tonino parlait tout en travaillant, et Tess l'écoutait tout en l'observant, subjuguée par le mouvement de ses mains qui triaient, lavaient, coupaient, polissaient et posaient les pierres selon le motif choisi. Il commença dans un coin, puis s'étendit vers le centre en laissant des trous (pour l'enduit, supposait-elle). Il changeait constamment d'avis et déplaçait telle ou telle pierre d'un geste rapide et expert.

— Alors, la princesse apprend que trop d'humilité lui jouera des tours, déclara-t-il. Et qu'elle ne doit pas se laisser faire.

— Et l'oiseau vert apprend que la vraie beauté vient de l'intérieur, ajouta Tess.

— Exactement.

— Vous pensez que c'est vrai ?

— Et vous ?

Moment de silence. Elle se rendit compte que le puzzle qu'il était en train de former représentait la queue d'un serpent. Ambre et vert. Un serpent… Le bien et le mal, songea-t-elle. Un contraste sicilien de plus.

La tentation. Il leva les yeux vers elle, et elle se sentit soudain gênée. C'était comme s'il l'avait hypnotisée et que le charme vînt d'être rompu. Le goût fumé du café lui envahissait toujours la bouche. Mais il fallait qu'elle trouve Giovanni, désormais, et qu'elle prévoie d'aller discuter avec Santina. Elle se leva.

— Vous devez y aller ? Des choses à faire ? Des gens à voir ?

— Eh bien…, oui.

Elle aurait aimé qu'il lui parle de sa famille – des trois familles siciliennes, plus exactement –, mais le moment était passé.

Il reporta son attention sur sa mosaïque.

— Et votre bras, il va mieux, *sì* ?

Il allait tellement mieux qu'il lui était sorti de l'esprit.

— Oui. Merci de m'avoir mis de la crème.

Elle hésita un instant, mais ne dit pas ce qu'elle aurait aimé vraiment dire. Ces mots semblaient flotter entre eux, invisibles.

Il fit un signe de tête.

— Même si ce n'est pas la crème qui a fait du bien, répondit-il avec un sourire bref qui disparut aussi vite qu'il était apparu. C'est le café.

Tess éclata de rire.

— Je ferais mieux d'y aller.

— Retour à la villa de la sirène, dit-il avec un sourire.

— Où ça ?

— La Villa Sirena.

La signification du nom ne lui avait pas traversé l'esprit. Elle revit alors le motif au-dessus de la porte d'entrée : la femme au visage triste et aux longs cheveux bouclés, dont le corps se divisait en deux pour l'encercler... C'était la sirène en question.

Tonino sourit.

— Elle aussi a son histoire, dit-il. Je vous la raconterai peut-être un jour.

16

À midi, quelqu'un frappa à la porte. Ginny alla ouvrir en peignoir. C'était Lisa.

— Je voulais juste m'assurer que tu allais bien, dit-elle.

— Oh !… Excuse-moi si on a fait trop de bruit hier soir. On ne vous a pas empêchés de dormir au moins ?

— Non.

Lisa croisa les bras.

— Mais il y a eu un sacré grabuge pour une soirée entre filles. Franchement, on se demande pourquoi on a besoin des hommes…

— Euh…, oui.

Ginny s'affaissa contre l'encadrement de la porte. Pourquoi les soirées qu'on organisait étaient-elles toujours aussi merdiques ? Elle laissa échapper un grognement.

— Tu ne diras rien à maman, hein ?

— J'ai quelque chose de particulier à lui dire ?

Lisa ne rigolait pas. Mais au moins, elle ne lui piquait pas une crise.

— Non. Je vais ranger la maison. Maman ne se rendra compte de rien.

Elle l'espérait, en tout cas.

— OK ! lança Lisa avant d'hésiter un instant. Il y a eu des dégâts ?

— Des dégâts ?

Ginny avait affecté son air innocent. La Boule remua à peine d'un millimètre, mais suffisamment pour lui rappeler sa présence. De quel genre de dégâts parlait-elle ? Le raphia arraché, sur la jambe de Jack, lorsque deux garçons avaient simulé un coït avec lui. Les taches sur la moquette et le canapé beiges de sa mère ? Ou son cœur meurtri ?

— Un peu, avoua Ginny. On a juste renversé quelques trucs.

— Mais rien d'irréparable ?

— Non, rien d'irréparable, confirma Ginny.

Même si, à un certain moment, elle avait perdu le contrôle ; elle avait beaucoup, mais beaucoup trop bu. Jack n'avait pas été le seul à être défoncé. Mais il n'y avait pas eu de mort. Quant à Ben…

Lorsque Lisa fut partie, Ginny passa en revue les dégâts en question. Elle remit le canapé en place et ramassa les bouteilles et les verres qui traînaient un peu partout. Ce qui lui avait d'abord paru être une marque de brûlure était en fait de la boue. Ce dans quoi elle risquait d'être traînée si sa mère le découvrait… Il y avait des taches partout. Mais non, rien d'irréparable.

À trois heures de l'après-midi, à coups d'huile de coude, Ginny avait éliminé la plus grande partie des vestiges de la soirée. Elle tira Henry l'aspirateur de sa semi-retraite sous l'escalier et l'alluma.

D'abord un peu secoué, il se mit en route avec un grondement et fit son travail sans régurgiter une seule fois. Ginny ne comprenait pas pourquoi les gens – et en particulier sa mère – se plaignaient du ménage.

Ce n'était pourtant pas compliqué. Il n'y avait qu'à attendre que quelqu'un vienne chez soi, puis on nettoyait. Pourquoi en faire toute une histoire ?

Ginny rangea Henry et se mit à remplir le lave-vaisselle, étant donné que la cuisine serait la première pièce que sa mère viendrait inspecter. Comme Ginny s'y était attendue, Becca vint lui rendre visite une heure plus tard.

— Salut, Gins ! lança-t-elle.

Elles se voyaient systématiquement le lendemain d'une soirée pour tenter d'analyser le moindre geste de chaque invité.

— Salut, répondit Ginny, même si, pour une fois, elle n'était pas vraiment d'humeur à décortiquer ce qui s'était passé.

Becca ne semblait pas dans son assiette non plus.

— J'ai la gueule de bois la plus mortelle de l'histoire des gueules de bois, se plaignit-elle.

— Pareil, marmonna Ginny en lui donnant deux cachets d'aspirine. Tiens, prends ça.

Pendant une bonne demi-heure, Becca parla non-stop d'Harry, dont elle n'avait pas décollé la bouche de la soirée. Sérieux, Ginny était étonnée que son amie ait encore un visage.

Ça faisait des semaines que Becca était sur lui et, dès qu'il lui avait fait comprendre qu'elle lui plaisait aussi, elle avait laissé tomber Ginny (ainsi que tout principe d'amitié et de *girl power*).

Elle était en train de lui expliquer qu'Harry et elle s'étaient échangé des SMS toute la matinée. Chaque mot devait donc être passé à la loupe, chaque point de ponctuation, analysé, chaque « bisou », compté.

— Tu penses que je devrais tout lâcher, carrément ? demanda Becca en soulevant la poitrine à chaque inspiration. Je veux dire, lui avouer ce que je ressens ?

Ginny avait la très nette impression que c'était ce que son amie avait fait la veille.

— Ch'ai pas, répondit-elle, même si elle savait que la passion menait peu souvent à l'engagement.

Becca s'enfonça dans sa chaise. Elle affichait cet air de chien battu qu'elle et Ginny méprisaient systématiquement chez les autres.

— Il a une voiture et tout, souffla-t-elle.

— Ouah ! génial, lança Ginny en bâillant.

— Et toi, ça a donné quoi ? interrogea Becca en lui jetant un regard.

Ginny soupira. Ben était arrivé après minuit avec trois filles et deux garçons, ce qui s'annonçait mal, d'autant plus que l'une des filles affichait ouvertement sa poitrine, qui devait tourner autour du 100F. Il était bourré, et Ginny était tellement nerveuse qu'elle n'avait pas tardé à se mettre dans le même état.

La tension était peu à peu montée, et, à un moment, Ben avait dû arrêter une bagarre. Ginny se souvenait d'avoir eu envie que tout le monde rentre chez soi, et elle avait dû en parler à Ben, car il avait réussi à tous les faire débarrasser le plancher. Il ne restait plus que lui.

— Il est resté ? demanda Becca.

À cet instant, seule avec lui, la peur avait de nouveau envahi Ginny. Elle aurait aimé que sa mère soit là. Elle aurait aimé ne jamais avoir organisé cette soirée et que sa mère ne soit jamais partie en Sicile. Elle aurait aimé ne pas avoir autant bu.

Et elle aurait aimé que la Boule ne soit qu'une simple balle qu'on puisse balancer ou jeter en l'air afin que quelqu'un d'autre la rattrape.

— Je peux rester ? lui avait-il demandé.

— Pas de problème, avait-elle bredouillé.

C'était ce qu'elle avait voulu, non ? N'avait-elle pas tout prévu ? Mais la seule chose qui la travaillait à cet instant, c'était de savoir *quand*, et non *si*, elle allait vomir.

— Oui, répondit-elle à Becca en feignant un air détendu.

Ça lui avait fait bizarre d'avoir Ben dans sa chambre et dans son lit. Parce que sa maison, c'était elle et sa mère, et personne d'autre. Quant au lit…

Elle ne savait pas pourquoi, mais elle ne le sentait pas. Pas encore. Mais en même temps…

— Ne t'inquiète pas, avait dit Ben. Je ne me jetterai pas sur toi.

Ah bon, et pourquoi pas ? Qu'est-ce qui ne lui plaisait pas chez elle ? Les garçons se jetaient constamment sur Becca. Ginny avait dit à Ben qu'il pouvait rester. De quel autre signe avait-il besoin ?

En fin de compte, après avoir échangé quelques baisers (il était bon, voire doué) et quelques câlins (bien qu'ils n'aient même pas franchi la seconde étape), il s'était endormi.

Après avoir été vomir (le plus discrètement possible dans les toilettes du bas), Ginny l'avait imité. Le matin, malgré son atroce migraine, Ginny lui avait préparé un sandwich au bacon, et il était parti. Décidément, elle ne comprenait rien aux garçons. Mais alors, rien du tout.

— Il ne s'est rien passé, déclara-t-elle.

— D'accord ! lança Becca en se remettant à parler d'Harry.

Engagement ou non, il s'était passé beaucoup de choses avec Harry, et Becca était bien décidée à les lui raconter dans les moindres détails.

— Tu comptes le revoir ? demanda-t-elle à Ginny sur le pas de la porte.

— J'imagine.

Ginny avait vérifié son téléphone toutes les dix minutes jusqu'ici. Et son optimisme se consumait à petit feu à chaque heure qui passait.

— Ne te prends pas la tête, dit Becca.

— Toi non plus, répondit-elle.

Ginny ne savait pas quoi faire après le départ de Becca. Comme la Boule menaçait de plus en plus sa gorge, elle décida d'envoyer un SMS… à sa mère. Si ça pouvait seulement faire disparaître ce sentiment de culpabilité…

« *Tu me manques*, écrivit-elle. *J'espère que c top, la Sicile. Bisous. G.* »

Elle obtint une réponse pratiquement tout de suite. Ginny sourit. Sa mère s'améliorait de jour en jour. « *Tu me manques aussi, ma puce. Je te tel + tard. Je t'aime. M.* »

Ma puce... Ça faisait des années que sa mère ne l'avait pas appelée comme ça. Soudain, sans qu'elle puisse l'expliquer, Ginny n'eut qu'une seule envie : pleurer.

17

Tess trouva Giovanni de l'autre côté du *baglio*, en train de discuter avec deux hommes basanés. Ils décampèrent aussitôt qu'ils la virent.

— *Ciao*, dit-elle.

Vu le regard qu'il lui jeta, il ne lui avait toujours pas pardonné d'avoir parlé à l'ennemi.

— Tess, souffla-t-il en inclinant la tête.

— J'aimerais discuter avec vous et votre tante. Ce serait possible ?

— *Sì*, répondit-il dans un haussement d'épaules. Venez ce soir, pour le *dolce*.

— Le *dolce* ?

— La douceur. Le dessert, expliqua-t-il en s'embrassant le bout des doigts. Avec un bon verre de vin, pourquoi pas ?

— Ce serait avec plaisir. Je vous retrouve chez Santina ?

Toutefois, elle n'était pas certaine de se souvenir du chemin. Le village accolé au *baglio* composait un labyrinthe autour de la route qui l'avait amenée ici.

Lorsque vous pensiez avoir trouvé l'escalier qui vous mènerait à l'arche de pierres, vous en repériez systématiquement un autre.

Ce matin, après avoir quitté Tonino, être retournée à la villa et s'être changée, Tess s'était promenée dans le but de mieux découvrir l'endroit où sa mère avait passé son enfance. Les abords du village affichaient des champs et des oliveraies à l'est, et des montagnes à l'ouest. Le cœur de Cetaria était composé de maisons de pierres disparates aux façades de stuc vétustes, aux volets bleus ou verts, aux toits et aux chéneaux de terre cuite méditerranéenne. Les rues pavées étaient étroites et pentues, regroupées autour de places agrémentées de bancs de pierres et de vieilles fontaines, et occasionnellement d'une petite chapelle du Rosaire ou encore d'un figuier ou d'un olivier.

L'air était envahi du parfum du jasmin et des hibiscus, et chaque coin de rue offrait presque systématiquement une vue sur la baie. Le village entier semblait tendre vers le *baglio* et la mer.

Le matin, les femmes lavaient leur linge, faisaient leur ménage et leurs courses. Le vent fouettait les tapis, les draps et les vêtements aux couleurs chatoyantes qui pendaient aux fenêtres ou sur les fils des balcons. Ces mêmes femmes se regroupaient autour des étals de nourriture, sur la place principale, ou frottaient leurs marches et leurs fenêtres jusqu'à ce qu'elles brillent, s'arrêtant toutes les deux minutes pour discuter longuement avec d'autres femmes, pour la plupart âgées, vêtues de noir et que ces années de corvées avaient fini par voûter. C'est ainsi que serait devenue sa mère si elle n'était pas partie en Angleterre. Comment lui en vouloir ?

— Nous n'avons qu'à nous retrouver ici, dit Giovanni. À sept heures.

Autoritaire, comme toujours…

Quelques heures plus tard, Tess se rendit au point de rendez-vous. Elle avait enfilé une robe blanche en lin sans manches et des chaussures de plage.

Giovanni la gratifia d'un long regard appréciatif.

— *Bella*, dit-il. Vous êtes ravissante, ce soir, Tess.

— Merci…

Sa peau avait déjà pris une teinte dorée, et le soleil avait éclairci ses cheveux. Et elle n'arrêtait pas de sourire.

Pourquoi en serait-il autrement ? Elle était dans un endroit merveilleux. Elle venait d'avoir une charmante conversation avec sa fille : pour une fois, Ginny semblait sincèrement s'être intéressée à ce que Tess faisait, ce à quoi ressemblait la villa et ce que sa mère avait découvert jusqu'ici. Peut-être était-ce l'absence qui causait cette soudaine douceur ? Peut-être sa mère avait-elle raison : Ginny et elle avaient franchi une étape. Tess se sentait donc très bien malgré tout ce qui s'était passé avec Robin. Giovanni inclina la tête.

Tess était curieuse.

— Qu'est-ce que vous faites, Giovanni ? lui demanda-t-elle. Dans la vie, je veux dire.

Il semblait avoir beaucoup de temps libre pour un homme dans la trentaine qui ne manquait visiblement pas d'argent.

Il haussa les épaules.

— Des bricoles ici et là, répondit-il.

Puis il ajouta de manière encore plus obscure :

— C'est difficile, encore aujourd'hui, de gagner sa vie à Cetaria.

C'était sûrement un entrepreneur, songea Tess tout en essayant, une fois de plus, de ne pas se faire distancer par Giovanni. Elle le voyait bien dans ce domaine. Pas forcément escroc, mais pas totalement honnête non plus. Légèrement arnaqueur. Impitoyable, s'il le fallait. Et elle imaginait que la Sicile regorgeait de ce genre d'hommes.

Les rues étaient envahies de voitures et de gens ; Tess finit par lui demander pourquoi.

Giovanni lui répondit sans prendre la peine de ralentir.

— C'est l'heure de la *passeggiata*. Les gens sortent de chez eux pour se saluer. C'est la tradition.

Et en effet, sur la route, Giovanni fit plusieurs signes de main. On aurait dit la reine, mais Tess préféra garder cela pour elle : les Siciliens étaient très machos. Elle remarqua également que les voitures n'allaient pas d'un point A à un point B, mais tournaient sans discontinuer dans le village. Le but n'était donc pas d'arriver quelque part, mais bien de se montrer. À chacun ses traditions…

Ils gagnèrent enfin la maison de Santina, et la vieille femme accueillit Tess avec la même effusion que le jour de son arrivée. De sa peau sombre et parcheminée, elle déposa sur chacune de ses joues un baiser piquant. Santina l'attira dans l'obscurité de la demeure, le long du couloir et dans la *cucina*, qui était clairement le cœur du foyer.

La table de la cuisine était recouverte de pâtisseries.

— *Cannoli*, annonça Giovanni. Une pâtisserie typique d'ici. C'est Roberta, une femme du village, qui les a faits.

Il y avait également une bouteille de vin blanc et trois jolis verres à pied.

— Elle a sorti ses plus beaux verres, ajouta Giovanni. Elle ne les utilise presque jamais. Vous êtes une invitée particulière.

— J'en suis honorée, dit-elle en toute sincérité.

Santina déversa un flot de paroles en sicilien tout en désignant les yeux de Tess.

— Qu'est-ce qu'elle dit ? demanda-t-elle à Giovanni.

— Elle est subjuguée par vos yeux bleus. Évidemment, c'est plutôt rare d'en voir, en Sicile. Elle dit que votre mère a dû épouser un très bel homme aux yeux bleus.

Tess songea à son père et gloussa.

— En effet, oui.

Santina reprit la parole.

— Elle a demandé si vous étiez mariée. Je lui ai répondu que non. Elle veut savoir pourquoi.

— Je n'ai sûrement pas rencontré le bon ! lança Tess avec esprit.

Santina lui tendit une pâtisserie sur une assiette. Tess croqua dans la pâte croustillante avant de savourer la crème onctueuse qu'elle enveloppait.

— C'est de la ricotta, dit Giovanni. Avec du miel et des fruits confits. La pâte, on l'appelle la *scorza*.

— Mmm.

C'était tout simplement un régal. Tess ne voulait même pas savoir combien ils contenaient de calories. Évidemment, elle connaissait bien les pâtisseries siciliennes. Muma faisait souvent de la *cassata*, des *tartufini* et des *cornetti*, qui étaient en gros la version italienne des croissants. Mais, sans pouvoir vraiment se l'expliquer, elle leur trouvait un goût différent ici.

Elle prit le verre de vin que Giovanni lui tendait.

— *Salute*.

— À votre bonne santé ! C'est bien comme ça que vous dites, chez vous ?

— Santé tout court, c'est plus simple, rit-elle.

Santina parlait encore. Giovanni hocha la tête.

— Elle dit que l'amour, c'est toute la vie. La bonne personne ne peut pas toujours être là au bon moment.

Tess songea à Robin. Elle ne parvenait pas à s'imaginer l'épouser. En dehors du fait, quelque peu gênant, qu'il soit déjà marié, elle ne les voyait pas ainsi : mariés, ensemble, partageant leur vie. D'un autre côté, n'était-ce pas ce dont elle avait toujours rêvé ? De l'amour de sa vie, d'un partenaire, d'une âme sœur ? N'était-ce pas ce dont tout le monde rêvait, au fond ?

— Pouvez-vous demander à votre tante de me parler de ma mère ?

Puis elle se tourna vers la vieille femme, comme si elle comprenait ce qu'elle disait.

— Muma ne parle jamais de la Sicile. De son enfance. J'ignore pourquoi. Il y a tellement de choses que j'aimerais savoir.

Elle se rendit compte qu'elle serrait son verre trop fort.

Le visage sombre et ridé de Santina arborait un air compréhensif.

Giovanni lui reparla, et elle hocha la tête sans lâcher Tess du regard.

— Demandez-lui si Flavia était amoureuse, dit Tess en la fixant elle aussi.

Santina cligna des yeux et s'adressa de nouveau à Giovanni. Elle dressa la main en direction de l'étage, et Giovanni se leva avec un gros soupir. Ce que Tess aurait aimé parler le sicilien, ou au moins l'italien !…

Giovanni quitta la pièce en lui lançant par-dessus son épaule :

— Elle aimerait vous montrer quelque chose. Je reviens.

Dès qu'il eut disparu, Santina se rua vers Tess et posa une main sur sa joue.

— Ta mère était le feu, murmura-t-elle.

Tess était bouche bée.

— Vous parlez anglais…

— Chhhh, la coupa Santina avec un regard vers la porte ouverte. Giovanni, il ne sait pas.

Tess acquiesça d'un signe de tête. Elle voulait savoir pourquoi, mais ce n'était pas le bon moment. Le ton grave de la vieille femme instaurait une certaine tension.

— Flavia fait jamais ce qu'on lui demande, murmura Santina avec son anglais approximatif. Flavia fait ce que Flavia veut.

Tess lui saisit la main.

— Et qu'est-ce qu'elle voulait, Santina ? Vous pouvez me le dire ?

— Flavia ne veut pas les garçons du village. Non !

Un nouveau regard vers la porte.

— Qui, alors ?

Tess n'aurait jamais imaginé être aussi proche du but.

— Ah…

Une vague de tristesse traversa le visage de Santina.

— Elle veut être libre, mon enfant. Ta mère veut être libre.

Elle lâcha un soupir.

— En Sicile, pas possible être libre.

Tess lui pressa la main.

— Et vous ? murmura-t-elle. Désiriez-vous être libre ?

Elle tenta de s'imaginer le genre de vie qu'avaient menée Santina et sa mère. Il y avait la pauvreté dont Giovanni lui avait parlé, les horreurs de la guerre et le fascisme. Il y avait même la Mafia…

Santina se mit alors à agiter la main.

— Pour les femmes, pas possible. Nous avons la maison, nous données à un mari, pas le choix.

Elle fixait Tess de son regard noir impénétrable.

— C'est notre vie.

Mais pas celle de Flavia, songea Tess.

— Qu'est-ce qui lui est arrivé ? souffla-t-elle. Qu'est-il arrivé à Flavia ?

Elle ne pensait qu'à sa mère, cette jeune rebelle qui voulait à tout prix être libre. Elle pouvait presque la voir jouer dans les champs avec Santina, aider sa propre mère dans la petite maison de pierres, écouter Edward Westerman lui faire la lecture dans la Villa Sirena. Découvrir l'Angleterre, ce pays où les femmes étaient libres.

Santina se pencha si près que Tess sentait sa peau sèche et son souffle chaud.

— Elle trouve l'Anglais, murmura-t-elle en secouant énergiquement la tête. Elle le trouve, mon enfant. *Sì.*

Tess distingua alors le pas lourd de Giovanni dans l'escalier.

— Quel Anglais ?

Et qu'entendait-elle par « elle le trouve » ?

Santina lui caressa les cheveux, lui toucha la joue et retourna à sa place initiale. Puis elle se mit à fredonner.

Giovanni apparut dans la pièce et tendit à sa tante une vieille broderie.

Santina sourit et l'apporta à Tess en reparlant en sicilien.

Giovanni traduisit, commençant visiblement à trouver le temps long.

— Elle dit qu'elle l'a faite avec Flavia. C'était une espèce de, comment dire, de pacte d'amitié ? lança-t-il avec un haussement d'épaules.

Tess effleura le tissu, une sorte de lin naturel très fin. Même si le temps avait fait son œuvre, elle distinguait encore le motif en points de croix ; il représentait des diamants enchâssés.

— C'est magnifique, dit-elle en posant les yeux sur Santina, qui inclina la tête.

Tess lui rendit la broderie et but une gorgée de son vin, qui était doux et épais. *Dolce*. Perturbée, elle ne savait plus quoi demander ni quoi dire. Santina reprit la parole.

— Il est arrivé quelque chose, traduisit sombrement Giovanni. Pendant la guerre. Ma tante n'était plus la bienvenue chez votre mère. La famille Farro détenait un secret. Elle ne le connaissait pas. Flavia ne lui a pas dit. Et elle ne l'a jamais découvert.

Tess plissa le front. Un autre secret ? Elle prit le nouveau *dolce* qu'on lui tendait. Ils étaient si bons… Toutefois, quelque chose lui disait qu'il existait sûrement plusieurs versions de cette histoire.

Santina ne voulait pas que Giovanni sache qu'elle comprenait l'anglais. Peut-être refusait-elle également qu'il connaisse la vérité ?

Santina hocha la tête en souriant.

— Elle aime voir les gens manger, commenta Giovanni. Avant, elle faisait ses *dolci* elle-même, mais ça prend beaucoup de temps, et elle se fatigue vite maintenant.

Santina l'écouta traduire et poursuivit.

— Elle dit qu'il faut la *pazienza* : de la patience et de l'énergie. On ne peut pas bâcler les *dolci*.

Tess acquiesça doucement. Parlait-elle seulement des *dolci* ? Tonino aussi avait parlé de patience, mais elle n'avait qu'une semaine pour découvrir tout ce qu'elle avait besoin de savoir, pour décider quoi faire de son héritage. Disposait-elle de suffisamment de temps pour se montrer patiente ?

— Et, donc, ma mère est partie en Angleterre ensuite ? demanda-t-elle.

Giovanni traduisit.

— Pas tout de suite, non, dit-il lorsque Santina eut répondu. Flavia est partie quelques années plus tard. Les familles Farro et Sciarra étaient de nouveau *simpatico* et proches.

Il illustra alors ses paroles en joignant les mains, comme il l'avait déjà fait.

— Ma tante prétend que Flavia était triste. Elle ne lui a jamais dit pourquoi, mais, d'après elle, il s'agissait d'un chagrin d'amour.

Le mal universel, songea Tess.

Une demi-heure plus tard, tandis qu'elle s'apprêtait à quitter la maison derrière Giovanni, Santina lui saisit le bras.

— Je ne peux pas dire plus, murmura-t-elle avant de l'embrasser sur chaque joue. *Ciao, ciao.*

« *Je ne peux pas dire plus…* » Voilà qui était intéressant comme choix de mots. Elle ne *pouvait pas* parce qu'elle n'était pas au courant de toute l'histoire, ou parce que Giovanni Sciarra était dans la pièce ? Tess ne savait pas vraiment quoi en penser. Ce dont elle était certaine, c'est qu'il allait falloir trouver un moyen de parler seule à seule avec Santina, et alors peut-être aurait-elle droit à la version non censurée de l'histoire de sa mère…

Il était tout juste neuf heures. La *passeggiata* était terminée depuis longtemps, et les rues étaient presque vides. Tess avait envie de flâner dans le *baglio* afin de savourer seule les parfums et les ombres du crépuscule. Toutefois, Giovanni, devant elle, marchait de nouveau à grandes enjambées, visiblement déterminé à la raccompagner jusqu'à l'entrée de la villa. Mais pas plus loin, se garantit-elle.

— Vous y avez réfléchi ? demanda-t-il tandis qu'ils passaient devant l'énorme eucalyptus. À ce que vous allez faire de la villa ?

— Oui, mais je ne me suis pas encore décidée.

Lorsque les feuilles frôlèrent ses épaules, elles laissèrent échapper un effluve mentholé qui se mêla à l'air salé et humide.

— Je songe éventuellement à la louer. À des touristes, peut-être.

— Ah.

Il se tourna vers elle.

— Vous ne voulez pas vendre ?

Elle ne parvenait pas à distinguer son expression dans l'obscurité.

— Non. Pas encore, du moins.

Il secoua la tête.

— Nous devrions en discuter.

— Vraiment ?

Lorsqu'ils passèrent devant l'atelier de Tonino, elle remarqua que la porte était fermée. Le serpent de mosaïque était posé dans la vitrine. Il l'avait presque terminé. Ses pierres vert vif semblaient scintiller sous les lumières comme les rayons du soleil sur la mer, et les petits fragments d'ardoise qui composaient son épine dorsale évoquaient de minuscules flèches. Deux yeux de verre jaunes et brillants faisaient ressortir sa tête plate. Il était à la fois magnifique et terrifiant. Tess frissonna. Elle ne voyait pas qui pourrait acheter une œuvre pareille.

— Absolument.

Arrivés au pied de l'escalier, il lui offrit son bras, et elle hésita quelques secondes avant de le prendre.

— Je vous emmène dîner demain soir. Dans un endroit spécial, d'accord ?

C'était très gentil de sa part, mais Tess ne pouvait s'empêcher de craindre qu'il n'y ait un prix à payer.

— Vous n'avez pas à vous sentir obligé de…, objecta-t-elle.

Il l'interrompit, un doigt sur les lèvres.

— J'insiste, dit-il d'une voix grave. À Cetaria, nous prenons nos responsabilités très au sérieux. Et je dois vous en dire plus au sujet de la Villa Sirena.

— Me dire quoi ?

Tess était intriguée. Encore des secrets ? Et pourquoi se sentait-il responsable d'elle ? Une fois en haut de l'escalier, elle déverrouilla la porte, et ils contournèrent la maison jusqu'à l'entrée principale.

— Et vous pourrez peut-être me dire quelque chose en retour.

Il était très proche ; elle sentait presque son souffle dans son oreille.

— Si je le peux.

Tess s'écarta légèrement. Qu'est-ce qu'il pouvait bien vouloir savoir ?

— Votre mère ne vous a pas donné de message ?

Ils se trouvaient désormais sous la lampe qui dominait l'imposante porte d'entrée, et elle distingua la lueur d'irritation qui habitait son regard noir.

— À propos de quelque chose dans la maison ? insista-t-il. Quelque chose à découvrir ? Un objet particulier dont elle connaîtrait la cachette ?

Tess était perplexe. Elle ignorait totalement de quoi il parlait, et, de son côté, Giovanni n'avait clairement pas idée du silence tenace de Flavia lorsqu'il s'agissait de la Sicile.

— C'est pour ça que vous avez fait tout ce chemin, *no* ? demanda-t-il. Pour le trouver ?

— Non, répondit-elle. Elle ne m'a rien dit.

— Rien du tout ? s'étonna-t-il en s'affaissant légèrement.

— Rien du tout.

— *Va bene.*

Il haussa les épaules de cette manière si sicilienne et tendit la main, sûrement pour prendre la clef.

— Je suis fatiguée, Giovanni. Je vous souhaite une bonne nuit.

De toute évidence, il fallait se montrer ferme avec ce genre d'hommes. Vous leur donniez ça, et...

— Comme vous voulez.

Il s'inclina légèrement.

— Bonne nuit.

— À demain ? lança-t-elle en lui tendant la joue.

— *Sì. Dumani.*

Il tourna sur ses talons et quitta la propriété par le portail principal, lui faisant simplement signe de fermer derrière lui. En quelques secondes, la nuit l'avait englouti.

Tess ouvrit la porte et traversa le couloir et la cuisine, où elle s'arrêta seulement pour jeter son sac sur une chaise, puis elle sortit sur la terrasse, à l'arrière de la villa. Elle resta là un instant, à observer la baie. Le ciel bientôt noir était encore teinté de rose.

Elle avait espéré trouver des réponses ce soir, mais, finalement, elle se posait encore plus de questions. La famille Farro avait détenu un secret durant la guerre. De quoi s'agissait-il ? Elle était persuadée que Santina était au courant. Sa mère, la petite rebelle... Elle ricana. C'était tellement elle. Muma n'avait pas changé : aucun membre de la famille n'osait la contrarier. Et elle avait trouvé un Anglais ? Peut-être Santina s'était-elle mal exprimée ? Peut-être Muma avait-elle *rencontré* un Anglais ?... Puis

il y avait cette histoire de dette, de vol et de trahison…
Par-dessus le marché, il semblait y avoir quelque chose de
caché dans la maison. Perdue, Tess secoua la tête. Et pourquoi Giovanni ne devait-il pas savoir que sa tante avait
appris à parler anglais ?

Sur le rivage, un homme observait les vagues rider
la mer d'un noir d'ébène. C'était Tonino. Il paraissait
anxieux. Et triste.

Elle se demandait quel pouvait bien être le secret de
cet homme. Après tout, tout le monde semblait en avoir
un, ici.

18

Ils allèrent le chercher à la faveur de la nuit. Madonna soit louée, il n'était pas mort. Pas mort, mais respirant à peine et poussant des râles d'agonie. Son père et Alberto (ils s'étaient débrouillés seuls, Dieu sait comment) avaient la mine grave et parlaient sotto voce, adaciu, *comme s'ils risquaient de se faire trahir même à l'intérieur de ce petit cottage de pierres. Mamma s'affairait silencieusement, en quête de serviettes, d'eau chaude et de bandages. Maria se contentait de remuer la tête d'un air désespéré. On pouvait facilement la prendre pour une adulte, désormais, alors qu'elle n'avait que quelques années de plus que Flavia.*

— Prie pour lui, ma fille, dit Mamma, comme si Flavia, qui ne savait plus vraiment si elle pouvait compter sur Dieu pour exaucer ses prières, ne faisait pas que ça.

Elle priait Madonna. Elle priait pour son pardon. Elle priait pour sa vie.

— Et ne le dis à personne, ajouta Papa. Pas même à Santina.

Elle comprit donc qu'il n'en avait pas parlé à Enzo. C'était sans aucun doute Alberto qui en avait décidé ainsi. Tout le monde savait que les deux familles nourrissaient une vieille rancune, une méfiance qui avait accompagné des générations d'Amato et de Sciarra (une histoire de terre, avait-elle entendu dire,

une bête chamaillerie qui avait pris de l'ampleur au
fil des années) et qui était alimentée par des rumeurs,
de fourbes marchés et de dangereuses alliances. Son
père s'était toujours retrouvé tiraillé entre les deux,
préférant ne pas prendre parti.

Elle se faufila dans la chambre qu'ils avaient prépa-
rée pour le pilote, la minuscule pièce où la sœur de
Mamma dormait quand elle venait leur rendre visite.
Il était allongé, aussi raide qu'une statue. Son front
tout pâle était perlé de sueur.

Elle y posa délicatement un linge mouillé. Puis...
Oserait-elle ? Elle caressa sa joue du bout du doigt,
juste pour voir. Sa peau était froide et moite.

Il ouvrit les yeux. Elle se raidit, surprise. Elle observa
ce mystérieux regard bleu et faible. Lui avait-il
pardonné ?

— Je suis désolée, murmura-t-elle.

— Mon ange.

Sa bouche se tordit en un sourire douloureux. Une
douce vague de soulagement emplit Flavia.

— Mon ange, répéta-t-il.

Puis il ferma les yeux et s'endormit.

— Sogni d'oru, murmura-t-elle.

Faites de beaux rêves... Des rêves dorés...

Flavia se débarrassa du carnet pour un nouvel après-
midi. Cette démarche l'épuisait. Il ne s'agissait pas de
l'écriture en elle-même, non. Ce qui la vidait, c'était de
revivre ces émotions.

Mais comment pouvait-elle s'en empêcher ? Au fur et à
mesure qu'elle parlait de lui, elle se souvenait : son regard,
sa pâleur, le bleu de ses yeux, cette odeur malade et les
légers effluves de plantes censées combattre la décomposition. Et sa façon de parler. « Mon ange... » Flavia Farro
était devenue Flavia Angel. Non, l'ironie ne lui avait pas

échappé. Mais elle allait trop vite. Elle avait encore beaucoup à raconter, bien plus que nécessaire pour Tess, à vrai dire…

La nourriture de la rue, du marché ; sanguinolente et crue, colorée et fraîche… C'est ça, la Sicile. Des étals agglutinés dans un labyrinthe de ruelles étroites. Des bœufs, des chèvres, du fromage et du pain, des abats et du poisson, des fruits et des légumes. Des arancini, *petites boules de riz fourrées à la viande ou au fromage. Des* panelle, *beignets de pois chiches qu'on achète dans la rue et qu'on mange avec les doigts dans un petit pain. Ou en* antipasti, *pour ouvrir l'appétit. Chauds, croustillants, délicieux. Un héritage arabe à frire.*

Porte l'eau à ébullition, ajoute la farine de pois chiche graduellement tout en remuant toujours dans le même sens. Flavia souligna « dans le même sens ». *Ajoute le persil ciselé et le poivre noir. Laisse cuire jusqu'à ce que la pâte se décolle des parois de ta casserole. Puis verse-la sur une surface huilée. Étale-la et laisse refroidir. Coupe-la ensuite en rectangles que tu feras frire jusqu'à ce qu'ils soient dorés. Parsème-les de jus de citron, et c'est terminé.*

19

Ils avaient longé la côte jusqu'à un petit restaurant familial. Et Giovanni connaissait la famille, pour sûr : la *signora* et plusieurs *signorinas* ne cessaient de jaillir de la cuisine, les joues rouges d'agitation, pour s'assurer que tout se passait bien.

— La villa dont vous avez hérité… Je dois vous prévenir : ce n'est pas un bon endroit, annonça Giovanni lorsque leur *antipasto* arriva.

Il s'agissait de *caponata*, un mélange aigre-doux d'aubergines, de céleris, d'oignons et d'olives, un plat que la mère de Tess préparait souvent, bien que le sien fût totalement différent.

— Pas bon dans quel sens ? demanda-t-elle. Elle est trop décrépite ou elle n'a pas une histoire reluisante ?

— Les deux. C'est vrai qu'il y a beaucoup de travaux à faire pour que la villa retrouve sa splendeur. Et…

Il se toucha le nez.

— Il s'y est passé des choses fâcheuses. Elle a une sombre histoire.

— J'imagine que vous ne pouvez pas m'éclairer à ce sujet ? demanda-t-elle.

Giovanni s'agita sur sa chaise et salua une nouvelle serveuse/*signorina*.

— Ce n'est pas pour les oreilles sensibles.

Devait-elle lui assurer que ses oreilles étaient loin d'être sensibles ?…

Elle se doutait que cela avait un lien avec la fameuse

histoire de dette, de vol et de trahison qu'il n'arrêtait pas de rabâcher. Et avec ce mystérieux « objet ». Sans parler de la guerre, évidemment. Et du fait qu'Edward Westerman était gay.

— La Sicile dispose d'un sombre héritage, déclara-t-il en sauçant le reste de sa *caponata* avec un morceau de ce fameux pain sicilien jaune pâle.

Oui, ça, elle commençait à bien le comprendre.

— C'est donc dans votre intérêt de vendre.

Tess avait toujours eu tendance à se rebeller. Elle se rendait aujourd'hui compte qu'elle devait tenir ce trait de caractère de sa mère.

Elle but une gorgée du vin que Giovanni avait commandé, un Nero d'Avola, riche et au fort arôme de fruits rouges avec (oui, c'était bien cela) une petite pointe de poivre. Quand quelqu'un lui donnait un ordre, elle avait toujours envie de faire exactement le contraire.

— Je compte garder la villa, déclara-t-elle. Pour l'instant.

Giovanni laissa échapper un profond soupir.

— Vous êtes têtue, *no* ?

Tess posa son verre.

— Peut-être. Mais j'aime cet endroit. J'entends ce que vous voulez me dire et je vous remercie d'essayer de m'aider ! lança-t-elle en croisant les doigts sous la table. Mais je me sens bien, là-bas. Je ne veux donc pas vendre. Pas encore.

Giovanni secoua la tête, décidé à jouer les cassandres.

— Et votre mère ? demanda-t-il gravement. Qu'en pense-t-elle ?

Tess ne lui en avait pas encore parlé. Mais elle se doutait de sa réaction.

— Ça ne lui plaira sûrement pas, admit-elle. Elle voudra que je la mette en vente et que jc rentre en Angleterre. *Pronto.*

Giovanni dressa un doigt langoureux en direction de la *cucina*, et l'une des filles apparut pour débarrasser les assiettes.

— *Sì, sì, beni.* Oui, c'était bon, lui assura-t-il devant son air anxieux.

Puis il reporta son attention sur Tess et opina de la tête avec componction.

— Votre mère est sage. Peut-être en sait-elle plus qu'elle n'en dit ?

Probablement. Après tout, elle ne disait pas grand-chose. Tess se pencha en avant.

— Alors, qu'est-ce que c'est ? demanda-t-elle.

— Quoi ?

— Quel est cet objet que vous pensiez qu'elle m'aurait envoyée chercher ? Quelque chose de spécial ? De secret ? De valeur ?

Giovanni jeta un coup d'œil rapide autour de lui, puis posa le regard derrière Tess.

— *No capisco*, marmonna-t-il. Je ne vous comprends pas, Tess. Ce n'est pas important.

Elle n'était pas pour autant convaincue. Ce mystérieux objet semblait avoir une autre importance lorsqu'il lui en avait parlé la veille… On leur apporta leurs pâtes d'un grand geste gracieux. *Spaghetti con le fave* : avec du fenouil sauvage, des fèves et de l'huile d'olive.

À leur arrivée, la *signora* avait confié à Giovanni que c'était leur meilleur plat de pâtes ; il avait donc signalé à Tess qu'ils devaient absolument le goûter.

— Et si vous ne vendez pas, continua-t-il lorsque la serveuse disparut, qu'en ferez-vous ? Vous avez parlé de touristes, je crois.

Il était parvenu à imprégner ce mot de tellement de mépris que Tess ne put s'empêcher de sourire. Elle s'empara d'une fève. Ça devait être la saison : il lui semblait en avoir vu pousser sur le bord de la route, en chemin.

— Je ne sais pas encore, dit-elle.

En effet, il lui fallait trouver l'argent pour remettre la villa en état. Tess songea à la *pazienza* dont lui avaient parlé Santina et Tonino. Elle n'avait pas encore élaboré de nouvelle excuse pour retourner voir Santina (ou du moins réfléchi à une façon de s'assurer que Giovanni ne se trouverait pas là-bas). Et elle n'avait pas encore eu l'occasion de questionner Tonino au sujet de cette fameuse querelle familiale. Mais il lui restait quelques jours. Elle devait se montrer patiente.

20

Les deux jours suivants furent terribles pour Ginny. Elle n'avait non seulement aucune nouvelle de Ben, mais elle devait en plus subir les épanchements mièvres de Becca : et Harry ceci, et Harry cela, et c'était l'homme qu'elle avait attendu toute sa vie, et blablabla… *Toute sa vie*. À dix-sept ans. Sans déc'. Parfois, elle en avait franchement marre de sa copine.

Becca alimentait sa page Facebook de photos à une vitesse alarmante. Harry et elle dans un bar pour fêter leur premier « anniversaire » (leur premier jour ensemble, quoi). Harry et elle en train de s'embrasser sur la plage. Beurk ! Mais qui ça intéresse, ce genre de photos ? Nouveau statut : « *Becca est en couple.* » Sans rire… On n'était pas au courant !

Finalement, lorsque Ginny fut tombée au plus bas, désespérée de n'avoir eu aucune nouvelle de Ben, il l'appela.

— Salut, bébé ! lança-t-il. Ça te dit d'aller boire un verre ?

Sérieux ? Oui, oui, oui, oui, oui !

Complètement hystérique, elle se hâta de se préparer, appelant Becca deux fois pour s'assurer que sa tenue allait avant de changer d'avis et d'opter pour le jean qu'elle avait choisi en premier lieu.

Elle avait quarante-cinq minutes de retard et était morte de trac lorsqu'elle entra dans le bar toute seule. Avant son dix-huitième anniversaire qui avait eu lieu le mois dernier, elle s'était toujours baladée avec une fausse carte d'identité (tout le monde en avait). Mais elle n'avait pas l'habitude d'aller dans les bars. Et…

Il était avec cinq de ses copains. Le pub organisait un quiz. Ce fut un moment horrible à passer. Elle se ferma comme une huître. La Boule était tellement nouée que Ginny ne pouvait même pas parler. Elle se sentait complètement stupide, impression renforcée par le fait que la seule question à laquelle elle aurait pu répondre avait trait à *Eastenders*[1]. Quelle naze !

Mais, à la fin de la soirée, Ben lui passa le bras sur l'épaule (ce qui n'allait pas de soi vu la taille de Ginny) et lui lança d'un air tout naturel :

— Ça te dit de venir chez moi ?

Ginny tenta de faire celle qui s'y attendait.

— Pourquoi pas ? répondit-elle avec un haussement d'épaules, affectant un ton détaché.

Se persuadant que ça voulait sûrement dire quelque chose, elle se décrispa alors quelque peu.

Sur la route, ils parlèrent de leurs familles.

— Il est comment, ton père ? demanda Ben.

Son œil droit était caché derrière une grosse mèche raide de cheveux noirs, ce qui lui donnait un petit côté sexy et dangereux.

— Mon père ? Aucune idée.

C'était la réponse qu'elle avait donnée chaque fois qu'on lui avait posé cette question, ces dernières années. Au début, quand elle était petite, elle n'y avait pas forcément beaucoup pensé. Elle avait sa mère, elle avait Nonna et elle avait Papy. Ça lui suffisait.

Puis, elle s'était rendu compte que c'était différent pour ses amis. Ils avaient tous un père. Un père dont ils parlaient à l'école, un père avec qui ils sortaient le week-

---

1. Série anglaise. (NDT)

end, qui conduisait de jolies voitures et qui venait aux réunions de parents d'élèves et aux spectacles de fin d'année. Elle s'était également rendu compte que Papy tentait désespérément de combler ce vide ; que lui, au moins, avait *conscience* de ce vide. Mais il avait beau faire tout son possible, ce n'était pas vraiment pareil.

— Tu ne l'as jamais connu ? demanda Ben.

— Non, jamais.

Ginny avait tenté de glaner le plus d'informations possible au sujet de ce père absent. Il s'appelait David ; sa mère le décrivait comme « un beatnik, je le crains, ma chérie ». Puis il y avait la photo d'eux deux, sa mère et David, sur laquelle il affichait un sourire désinvolte, un bras nonchalamment posé sur son épaule, le regard lointain... Ginny se demandait souvent à quoi il pensait à cet instant précis.

Il fallait rendre justice à sa mère : elle n'avait jamais critiqué David devant Ginny.

— On ne t'attendait pas, avait-elle dit à Ginny quand elle avait cinq ou six ans. Tu as été un merveilleux cadeau.

Un accident, quoi. Une grossesse non désirée. Ginny l'avait compris, depuis, mais elle aimait la façon dont sa mère en parlait, comme si Ginny avait été une jolie surprise découverte sur le pas de sa porte un matin.

— Et David ?

Elle n'était jamais parvenue à dire « mon père », et sa mère ne l'avait jamais forcée.

— Il n'était pas taillé pour être père, avait-elle répondu.

Ginny avait tenté d'analyser le ton de sa mère. Elle avait toujours été fascinée par la personnalité des gens et son origine. C'était pour cette raison qu'elle avait commencé à étudier la psychologie en dernière année de lycée et qu'elle s'était inscrite pour suivre ce genre de cursus à la rentrée prochaine. À cette pensée, Ginny frissonna et sentit la Boule réaliser un saut périlleux dans sa gorge. Et ce n'était pas d'excitation ; c'était de terreur. Tout le monde était censé vouloir aller à la fac, sauf si on n'avait pas le niveau, bien sûr. Personne n'était censé la craindre.

Mais la psychologie…, cette science humaine qui décortiquait l'esprit et le comportement des gens et qui l'avait tant attirée s'était révélée n'être qu'un tas insipide de théories et de statistiques que Ginny ne parvenait pas à assimiler.

De la même façon, la photographie, qui lui avait de prime abord paru intéressante, consistait davantage à étudier les techniques des autres photographes qu'à prendre ses propres photos. Et la filière générale revenait simplement à débattre sans cesse (ce qui expliquait sûrement pourquoi c'était ce qu'elle préférait, au final). Non, décidément, la fac, c'était de l'arnaque.

Elle trébucha, non pas à cause de l'alcool, qu'elle avait consommé avec modération ce soir, mais parce que marcher avec un garçon plus petit que vous qui a le bras sur votre épaule ne va pas de soi. Elle avançait voûtée, ses hanches au niveau du torse de Ben. Ça serait tout de même plus pratique, si c'était elle qui l'entourait de son bras.

Le ton qu'avait employé sa mère lorsqu'elle avait parlé de David et de la paternité n'était ni mélancolique, ni tendre et ni triste ; c'était un ton résigné. (Et d'ailleurs, pourquoi n'était-il pas taillé pour la paternité ? Tout le monde semblait y arriver, pourtant. N'était-ce pas une chose à laquelle on s'adaptait tout simplement, plutôt que de ne pas être fait pour ?)

— Est-ce que tu l'aimais ? lui avait un jour demandé Ginny quand elle avait dix ou onze ans et besoin d'en savoir plus.

— Ça oui, avait répondu sa mère. Je l'aimais…

Voilà qui était rassurant.

— Et aujourd'hui ?

— Aujourd'hui ?

— Est-ce que tu l'aimes toujours ?!

Qu'est-ce que sa mère pouvait être nunuche, parfois !

— Pas comme tu l'imagines, avait-elle dit (même si Ginny n'imaginait rien ; elle parlait tout simplement d'aimer). Je ne l'aime plus comme avant. C'est trop vieux, maintenant.

Mais ça, c'était avant Robin, à l'époque où il n'y avait pas d'homme dans la vie de sa mère, en dehors des quelques flirts sans importance qu'elle s'autorisait de temps à autre. C'était une époque innocente, une époque où Ginny riait beaucoup et où tout semblait simple. Et évidemment, c'était aussi avant la Boule.

— Il s'est taillé ailleurs ? demanda Ben.

— Oui. En Australie.

— Pourquoi tu ne l'as pas suivi pour m'avoir là-bas ? avait voulu savoir Ginny.

Ça la tentait bien, l'Australie. Sa vie aurait été totalement différente…

— J'y ai pensé, avait dit sa mère. Mais tu n'allais pas tarder à naître. Et il y avait Nonna et Papy…

Malgré ses dix ou onze ans, Ginny comprenait ce qu'elle voulait dire. Elles pouvaient compter sur ses grands-parents, mais pas sur David. Elle n'avoua pas cela à Ben, c'était trop personnel. Elle se contenta de le ressasser dans sa tête, comme elle le faisait souvent. Et Ben et elle continuèrent à grimper la colline jusqu'à chez lui.

— Le mien est parti il y a environ dix ans ! lança Ben au bout d'un moment. Il vit à Bristol avec sa nouvelle femme, un vrai cageot.

Ginny se demanda ce que ça faisait de savoir que son père avait une nouvelle femme, cageot ou pas. Parce que, bon, c'était bien beau de constamment balancer qu'au-delà d'être parents, ils avaient aussi une vie, et qu'il était *hors de question* de vivre à travers leurs enfants (c'était souvent ce que sa mère rabâchait quand elle avait envie de se plaindre).

Mais, après tout, c'étaient eux qui les avaient faits, non ? Ils en étaient donc *responsables* et devaient en toute logique penser à eux avant d'aller s'amuser, de partir en vacances ou d'épouser quelqu'un d'autre.

— Le mien est parti vivre dans une communauté de hippies, lui avoua Ginny.

Au moins, c'était intéressant. Il valait mieux être absent et intéressant que présent mais chiant, chauve et avec des poils plein le nez. À quatorze ans, elle avait ressenti un manque cruel et avait envisagé de le contacter via Internet.

À quinze ans, elle avait changé d'avis et s'était mise à le détester avec la même intensité. Après tout, il n'avait jamais essayé de la contacter. Pourquoi devrait-elle en prendre la peine, elle ? Peut-être qu'un jour, lorsqu'elle serait mondialement connue (dans quel domaine, cela restait à trouver), elle se pointerait en Australie et lui jetterait à la figure ce qu'il avait raté en se faisant la malle. *Mais qu'est-ce qu'il avait raté, au juste ?* interrogeait la Boule. Ginny l'ignorait.

À seize ans, elle avait commencé à reprocher à sa mère de l'avoir laissé partir. De toute évidence, elle n'avait pas *tout* fait pour le garder, sinon il serait resté.

Mais, depuis, elle avait appris à faire de cette absence un avantage. Elle avait vu à quel point les pères de ses amis pouvaient être durs. Un parent célibataire était beaucoup plus simple à manipuler. Sa mère ne se laissait pas berner facilement (au contraire, elle avait un sacré caractère), mais elle était sensible au chantage affectif. Et Ginny était devenue experte en la matière.

Une fois qu'ils furent arrivés chez lui, Ben proposa une soirée bière-pop-corn devant un film. Lorsqu'il fut terminé, Ben en mit un autre, et Ginny s'endormit.

Finalement, dans la nuit, ils allèrent se coucher, mais gardèrent leurs habits sur eux. Ben pourrait la déshabiller plus tard, songea Ginny dans un mélange d'espoir et de

terreur. Elle se pelotonna contre lui, et ils s'embrassèrent langoureusement, puis passionnément. Il la caressait
d'une main experte, et chacun de ses gestes envoyait des
frissons de désir dans tout son corps. Mais, pile quand elle
se dit *Ça y est, c'est le moment*, il s'arrêta et marmonna :

— Excuse-moi. On ferait mieux de dormir, je crois.

Puis il lui tourna le dos. Hein ?! Mais elle était tout à
fait réveillée, elle !

Le lendemain matin, la mère de Ben lui prépara un
sandwich au bacon, et elle rentra chez elle pour analyser
ce qui s'était passé.

De toute évidence, il n'avait pas eu envie d'aller plus
loin. Finalement, était-ce possible qu'il soit gay ? Ça
lui paraissait peu probable. Voulait-il simplement de
quelqu'un avec qui regarder des films et dormir ? Peut-
être. Est-ce qu'elle ne lui plaisait pas ? Vu sa façon de l'embrasser, elle en doutait. Alors… Est-ce qu'elle lui plaisait,
mais qu'il la respectait ? Mouais… Préférait-il attendre
(un signe que Ginny ignorait), ou de mieux la connaître,
ou qu'un certain temps soit passé ? Elle le savait : étudier
la psychologie ne servait absolument à rien. Parce qu'au
final, Ginny ne parvenait pas à comprendre quoi que ce
soit.

21

Son séjour tirait à sa fin, et Tess se réveilla profondément triste, le mardi matin. Le lendemain, elle prendrait la route de Palerme, où un avion la ramènerait en
Angleterre. Le temps était passé à une vitesse incroyable.
Elle avait hâte de revoir sa famille, certes, mais Robin…

Elle s'étira dans son grand lit en bois de châtaignier.
Il lui avait envoyé de nombreux textos et avait essayé de
la joindre plusieurs fois, mais elle n'avait ni répondu ni
décroché. C'était peut-être lâche de sa part, mais elle lui
parlerait en temps voulu.

Elle avait conscience que la situation entre eux n'était
pas claire, et ils allaient devoir en discuter. Mais ce serait
quand elle l'aurait choisi, et à sa manière.

Par ailleurs, elle avait fini par abandonner sa quête
d'informations. Elle s'était rendue deux fois chez Santina
et Giovanni la veille, prétextant de « passer dans le coin ».
La première fois, personne n'avait répondu ; la seconde,
Santina lui avait ouvert, mais Giovanni n'était pas loin,
et elles n'avaient pas pu parler. C'était bien beau d'être
patiente, mais Tess avait la nette impression que ses
recherches étaient vouées à l'échec.

Comme d'habitude, elle petit-déjeuna sur la terrasse,
dans la chaleur si douce. Et comme d'habitude, elle aperçut Tonino sur la baie, au niveau du poste de guet, sur
les rochers blancs, le visage aussi rude que les pierres
qu'il travaillait, sa chevelure noire se découpant comme
les ailes d'un corbeau sur la lumière pâle du matin, sa

silhouette (il portait un jean noir et un tee-shirt blanc aujourd'hui) se détachant sur la mer bleu marine.

Observant l'océan. Il l'observait constamment, mais Tess ne l'avait jamais vu dedans. Enfin… Elle débarrassa la table et se rendit dans la cuisine.

La villa était fraîche, mais accueillante, ce qui contredisait totalement ce que Giovanni avait prétendu l'autre soir, durant leur dîner. Giovanni Sciarra était-il honnête avec elle, ou avait-il une idée derrière la tête ?

Lorsqu'elle descendit sur la baie, Tonino était dans son atelier. Depuis ce fameux matin où il lui avait proposé un café, ses réponses aux questions de Tess étaient principalement monosyllabiques, et son expression, ni amicale ni hostile. Indifférente, oui, et c'était rageant. Elle ignorait totalement ce qu'il pensait d'elle, et, pour une raison qu'elle refusait de comprendre, ça la dérangeait vraiment.

Elle s'arrêta au niveau de la vitrine de l'atelier. Le serpent y scintillait diaboliquement. Elle voulait lui demander l'histoire de cette œuvre, mais comme Tonino était en train de tailler de la pierre, un masque sur le visage, dans un nuage de grains de poussière et de sable, elle poursuivit son chemin.

Au bord de l'eau, laissant les vaguelettes lui lécher les orteils, Tess décida que la prochaine fois qu'elle viendrait, elle apporterait son matériel de plongée et explorerait les fonds marins sous tous leurs angles. Et elle ferait en sorte de pouvoir discuter seule à seule avec Santina.

Tess ferma les yeux. Le calme de cet endroit allait lui manquer, sans parler de sa chaleur. À cette époque de l'année, il faisait encore froid en Angleterre ; en Sicile, le printemps tirait tranquillement vers l'été. La chaleur rendait déjà le ciel vaporeux. Elle resta debout un petit moment, à savourer le soleil qui lui réchauffait la peau.

— *Ciao.*

Elle fit volte-face. Tonino, derrière elle, l'observait d'un regard intense. Il avait enfilé un short et ses tongs habituelles, mais portait toujours son tee-shirt blanc en V.

— *Ciao. Bon g...*, balbutia-t-elle, butant sur les mots.

Pourquoi, se demanda-t-elle pour la énième fois, sa mère ne lui avait-elle donc pas parlé sicilien – ou même italien – quand elle était petite ? Elle aurait pu être bilingue à l'heure actuelle. Mais elle connaissait la réponse à cette question. La Sicile était un sujet tabou. Ça ne posait aucun problème de cuisiner ses spécialités (même Muma n'avait pas été capable d'y renoncer), mais tout le reste était *non grata*.

— Je m'imprégnais de la sérénité ambiante.

Il hocha la tête.

— Oui, c'est paisible ici. Je vois que vous aimez notre village.

— Vous pensez que vous vivrez toujours ici ? lui demanda-t-elle.

Tess remua le pied dans l'eau. Elle imaginait que la famille de Tonino n'avait jamais connu d'autre endroit.

— Il y a tout ce dont j'ai besoin.

Il se remit toutefois à observer la mer d'un air triste qui n'échappa pas à Tess. Il aimait cet endroit, il aimait la mer. Mais c'était plus compliqué que ça. *Il* était plus compliqué que ça.

— Vous ne m'avez jamais parlé de votre famille, fit-elle remarquer.

Il se retourna vers elle d'un air surpris.

— Mon grand-père s'appelait Alberto Amato.

Tess dressa un sourcil comme si elle n'avait jamais entendu ce nom auparavant.

— C'était un pêcheur au harpon. Une vraie légende. Il pouvait rester en apnée plus de quatre minutes et descendre jusqu'à soixante mètres.

Elle secoua la tête, impressionnée.

— Et votre père ?

— C'était un pêcheur aussi. Il avait son bateau. En mai et en juin, il participait à la *Mattanza*, comme tout le monde ici.

— La *Mattanza* ?

— La traditionnelle pêche au thon.

Il désigna les bâtiments au fond de la baie, l'entrepôt avec ses trois grosses arches et la thonerie, aujourd'hui délabrée et abandonnée.

— Ils formaient une équipe. Ils partaient à plusieurs par bateau.

— Qu'est-ce que ça donnait ? se demanda-t-elle à voix haute.

— À une époque, ça leur a rapporté énormément. Mais au prix de beaucoup de sang. La *Mattanza* est également appelée le « massacre ». Mais…

Il haussa les épaules.

— On dit que Cetaria doit son nom à la profusion de poissons que renferme sa mer. Littéralement, ça signifie la « terre des thons », en grec, dit-il en secouant tristement la tête. Mais ce massacre… Ce n'était pas beau à voir. Et c'était dur pour les hommes qui devaient y participer.

Tess frissonna. Elle comprenait qu'il devait être difficile de gagner sa vie autrement, mais elle était rassurée de savoir que la pêche au thon n'était plus autorisée de cette manière.

— Ils gardaient les embarcations là-bas, ajouta-t-il en désignant les entrepôts. On dit que les hangars à bateaux résonnent encore de la *Cialoma*.

Tess écouta. Elle n'entendait rien, sauf s'il s'agissait du vide.

— Et qu'est-ce que c'est exactement ?

— Une chanson. Les pêcheurs la chantaient pour trouver la force de remonter les filets.

— Tout paraît si paisible aujourd'hui…

C'était vrai. Une certaine sérénité se dégageait des

entrepôts. Pour eux, le temps s'était arrêté. Le figuier et le laurier-rose, devant les ancres rouillées, semblaient symboliser leur repos bien mérité.

Tonino haussa les épaules.

— Si vous cherchez la parfaite tranquillité, vous devriez aller visiter Segesta.

— Segesta ?

Elle l'avait vu sur la carte. Mais le tourisme n'avait pas été la priorité de ce séjour. Elle avait préféré explorer le village de sa mère, chercher des informations et profiter de la villa et de la mer. Elle avait eu besoin de temps pour réfléchir : que devait-elle faire de la Villa Sirena, et que devait-elle faire de Robin ?

Il frotta doucement sa cicatrice sur sa joue.

— Mais bien sûr ! Vous ne pouvez pas venir à Cetaria sans visiter Segesta.

— J'adorerais, répondit Tess en souriant. Mais je pars demain.

Il dressa un sourcil.

— Il vous reste aujourd'hui.

— Oui, c'est vrai…

Elle hésitait. Elle avait envisagé de retenter sa chance avec Santina, mais elle ne voulait pas éveiller la méfiance de Giovanni.

— Qu'y a-t-il à voir là-bas ?

Il se lissa les cheveux du dos de la main. La petite pellicule de poussière qui lui recouvrait le visage scintillait presque.

— Un temple. Un amphithéâtre.

— Vraiment ?

Elle devait avouer que c'était tentant. On ne voyait pas ce genre de monuments tous les jours. En particulier à Pridehaven.

— Je pourrais vous y amener.

Il la fixait d'un regard pénétrant.

— Mais votre travail…

— Il attendra. À moins que…, hésita-t-il en pliant le petit doigt, vous n'ayez autre chose de prévu ?

— Non, lâcha-t-elle aussitôt.

Il l'avait sûrement vue avec Giovanni. Elle n'avait pas envie qu'il s'imagine qu'elle et lui… Parce que, d'une part, ce n'était pas vrai et, d'autre part, ça ne ferait qu'agacer Tonino s'il nourrissait la même haine envers les Sciarra que celle que lui vouait Giovanni.

— Ça me ferait très plaisir.

Elle passa le *baglio* en revue.

— Vous avez une voiture ? Parce que…

Elle s'apprêtait à lui proposer de prendre sa voiture de location, dont elle s'était finalement peu servie.

— Mieux que ça, répondit-il avec un large sourire.

— Ah bon ?

— Retrouvez-moi ici dans une heure.

Il y avait comme une lueur de danger dans ses yeux noirs.

— J'y serai, déclara Tess sans hésiter.

Lorsqu'elle descendit l'escalier de pierres une heure plus tard, il l'attendait.

— *Ciao !* lança-t-il en lui tendant un casque.

OK… Heureusement qu'elle avait opté pour son short en lin bleu plutôt que pour sa jupe courte en jean. Le scooter de Tonino, un Lambretta, qui semblait davantage miser sur l'esthétisme que la puissance, était garé à l'entrée du *baglio*.

Elle grimpa derrière lui.

— Accrochez-vous ! cria-t-il avant de démarrer.

Ils quittèrent le village et se retrouvèrent sur une route bordée de bambous, de cactus et d'oliviers, en direction des flancs herbeux des montagnes, dont les sommets de granit étaient en partie dissimulés par de légers nuages.

Agrippée à la taille de Tonino, Tess sentait l'ivresse la gagner, oui, oui…, mais elle n'avait pas d'autre endroit où se tenir, en tout cas, aucun qui la rassurait. Ce n'était pas qu'ils allaient trop vite ; le scooter en était incapable.

Mais le vent qui lui balayait les cheveux et lui fouettait le visage était grisant. Elle se sentait bien. Elle ne se souvenait pas de s'être sentie aussi bien depuis longtemps, en vérité.

Un coup de feu retentit et se propagea entre les falaises. *Mon Dieu…*

— C'est la Mafia ? cria Tess.

Tonino éclata de rire.

Ils passèrent sous un viaduc, puis longèrent d'immenses cyprès, des vignes à leur gauche et des eucalyptus à leur droite. Plus loin, on pouvait deviner des oliveraies aux reflets argentés, des champs de blé dorés et des prairies garnies de coquelicots écarlates, de pâquerettes blanches et de chardons jaunes couverts d'épines. Ils ralentirent en vue d'un croisement, et Tess aperçut un lézard filer sur un rocher, au bord de la route. Vert, avec des taches orange. Elle songea au serpent et au poisson de Tonino. À l'enfance de sa mère. Et à la vie ici, qui différait tellement de celle qu'elle menait en Angleterre.

La route était pleine de trous et d'ornières, et, sur le siège arrière, Tess n'arrêtait pas d'être secouée.

Tonino ralentit.

— Segesta, annonça-t-il.

À côté d'un bus pour touristes, un vieil homme récupérait les tickets des gens qui faisaient la queue. Tess s'attendait à ce que Tonino se gare afin qu'ils puissent se joindre au groupe, mais il accéléra en saluant le vieil homme de la main, et ils grimpèrent la route sinueuse. Mais la pente était raide, et le Lambretta se mit à ralentir, poussif.

Au virage, Tonino s'arrêta et pointa du doigt derrière eux.

— Le temple hellénique, déclara-t-il.

Tess se retourna. Le temple couleur miel dominait le paysage de toute sa grandeur, et elle comprit que c'était le point de vue idéal pour le découvrir. On aurait dit qu'il descendait tout droit du ciel.

Ils quittèrent le scooter. L'air était parfaitement immobile et lourd. Tess ne distinguait qu'un chant d'oiseau ici et là, et le bourdonnement des insectes (des criquets ou des cigales, sûrement).

Tonino leva les yeux.

— Les hirondelles reviennent d'Afrique, remarqua-t-il.

Les plaines vert et rouge, et la montagne recouverte de fourrés de chênes et de lauriers entouraient le temple solitaire. Au pied des flancs de la montagne, une rivière asséchée se dessinait au fond d'un profond ravin.

C'était un paysage totalement hypnotique ; cette terre semblait vibrer d'un réel magnétisme. Était-ce la terre ou le temple, d'ailleurs ? Les deux, peut-être ?

Tonino laissa s'écouler quelques minutes avant de lui faire signe de remonter derrière lui sur le scooter, et ils grimpèrent tranquillement vers le théâtre, tout en haut de la colline.

Ils devaient se trouver pile entre deux visites guidées, car ils étaient seuls.

— C'est impressionnant, murmura-t-elle, osant à peine lever la voix.

Le vieux théâtre était immense, son demi-cercle de gradins de pierres blanches et usées descendant en escalier jusqu'à l'arène centrale. Derrière l'arène, elle distinguait les arbres, les montagnes, les vallées ; et, encore plus loin, la mer scintillante.

— Venez.

Tonino la guida en bas des marches de pierres, à l'avant du théâtre, où elle s'assit sur le rebord criblé et usé par les siècles.

Il avança au centre de l'arène avec un grand sourire, leva les bras au ciel et, devant le regard stupéfait de Tess, se mit à chanter, en italien, d'une magnifique voix de ténor. Tess était subjuguée. Elle croyait reconnaître l'aria, tirée d'un opéra italien (du Puccini peut-être). Mais elle ne l'avait jamais entendue ainsi, dans un amphithéâtre grec, sous un ciel sicilien, interprétée par l'homme le plus énigmatique qu'elle ait jamais rencontré.

Lorsque la dernière note se fut éteinte contre le mur de pierres, il la salua, et elle se mit à l'applaudir.

— C'était magnifique !

— Vous imaginez…, commença-t-il en venant s'asseoir auprès d'elle, sur la pierre blanche, à quoi ce lieu devait ressembler dans l'Antiquité ? L'arène composée de boue et de cailloux, les étoiles au-dessus de votre tête ?

— Mmm.

Tess serra ses genoux contre sa poitrine. Oui, elle commençait à le visualiser.

— Une nuit chaude et paisible. Les montagnes. Un ciel de plus en plus sombre…

Elle sourit. Il était plutôt poète quand il voulait.

— Lorsqu'il y a des festivités, tout est illuminé ici. Les gens viennent le soir avec une bouteille de prosecco et un coussin…

— Ça doit être magique, répondit-elle sans parvenir à camoufler la pointe de mélancolie dans sa voix.

Une fois de plus, elle se dit : *Je ne veux pas partir d'ici…* Elle avait l'impression qu'on s'apprêtait à lui arracher le cadeau que lui avait fait Edward Westerman.

— Et parfois, ils viennent contempler le lever du soleil.

Il l'observait de nouveau de ce regard intense, comme s'il cherchait à la tester, à voir sa réaction.

Tess hocha la tête. Elle ne voulait pas parler, de peur de briser l'enchantement.

— Ils prennent leur petit-déjeuner sur place, et un

marchand ambulant vient vendre des saucisses et des petits pains siciliens.

Cette fois, elle ne put s'empêcher de rire.

— Qu'est-ce qu'il y a ?

— Il y a toujours un camion de hot-dogs qui parvient à venir gâcher le paysage.

— De hot-dogs ? demanda-t-il, étonné.

— Des saucisses dans du pain.

Et non, elle ne savait pas pourquoi on appelait ça des « chiens chauds ».

Un car entier de touristes venait de se garer sur le parking, et le groupe se dirigeait désormais vers le théâtre.

— On ferait mieux d'y aller, dit Tonino.

Ils bondirent sur le scooter et redescendirent la route sinueuse en direction du temple.

Ils garèrent le Lambretta et grimpèrent un chemin bordé d'agaves et de myrtes.

Et il apparut soudain, encore plus impressionnant qu'auparavant. Encore plus ancien et encore plus beau.

La pierre criblée était usée par les siècles, et des fleurs sauvages poussaient dans les recoins des gigantesques piliers.

— Les hirondelles font leurs nids ici, désormais, lui expliqua Tonino.

À cet instant, des bruits de cloches et de bêlements résonnèrent au loin.

— De quand date-t-il ? lui demanda-t-elle.

— De cinq ans avant Jésus-Christ. On dit qu'il n'a jamais été profané parce qu'il n'a jamais été achevé. Il attend toujours son toit, vous voyez ?

— Mmm.

En effet, elle voyait. Et désormais, il devrait attendre à jamais…

— C'est paisible, hein ? lui dit-il en souriant.

— Oui. Merci.

— De vous avoir emmenée ici ?

Il haussa les épaules.

— Ce n'est rien. Quand on vit quelque part…, c'est bon de se rappeler ce qu'il y a, parfois.

— De ne pas m'avoir laissée rater ça, dit-elle.

Il se contenta d'un petit signe de tête et lui montra un banc de bois, près d'un figuier.

Elle s'assit. Ils étaient certes à l'abri de tout regard, mais elle fut tout de même surprise de le voir arracher de l'arbre deux figues bien charnues.

Il lui en tendit une.

— Elles arrivent tôt cette année. Le printemps a été clément. C'est San Pietro. Normalement, elle doit se tenir prête pour la fête religieuse de la fin juin.

Tess mordit dans la peau veloutée du fruit et sentit la pulpe rouge granuleuse et douce lui envahir la bouche.

— Mais je pense que ce sont les premières de la saison, ajouta-t-il.

Tess songea à quel point ces deux hommes, Tonino Amato et Giovanni Sciarra, étaient différents. Giovanni, un homme d'affaires ; Tonino, un artiste. Giovanni l'emmenant dans des restaurants qu'il savait être les meilleurs ; Tonino lui faisant découvrir un temple en ruine, la gratifiant d'une chanson et lui offrant des figues fraîches tout juste cueillies. Totalement différents…

— Pourquoi Giovanni Sciarra vous déteste-t-il autant ? lança-t-elle avant de pouvoir s'interrompre.

Il changea d'expression, son front soudain barré d'une profonde ride. Puis il marmonna quelque chose qui ressemblait à *bastardo*…

— C'est une vieille querelle, dit-il en touchant sa cicatrice du bout des doigts. Et nous ne sommes pas les premiers. Pourquoi ça vous intéresse-t-il, Tess ? ajouta-t-il d'un ton glacial. En quoi ça vous regarde ?

Elle se leva et alla près de lui.

— Je suis simplement curieuse.

Et elle l'était toujours… Comment pouvait-elle savoir à qui se fier si elle ne connaissait pas sa version de l'histoire ?

— Giovanni m'en a un peu parlé…

Il marmonna un nouveau juron.

— Ils ont pris notre terre, il y a bien longtemps. Ils savaient qui servir et qui punir. Ça, c'est une chose. Mais le meurtre, cracha-t-il, c'en est une autre.

— Le meurtre ? répéta Tess, incrédule. Pas Giovanni ?…

— Non, pas lui.

Il se détourna d'elle.

— Sa famille, les Sciarra. Ils ont provoqué la disparition de mon oncle. Ils n'ont aucun scrupule. Rien ne peut les arrêter.

Et il frôla une nouvelle fois sa cicatrice de l'index.

— Mais qu'est-ce qui s'est passé ? insista Tess. La police n'a rien fait ? Il n'y a pas eu d'enquête ? Pourquoi ont-ils… ?

Elle s'interrompit brutalement, car Tonino venait d'éclater d'un rire grave et terrifiant.

— Nous sommes en Sicile, Tess. Nous parlons des Sciarra.

— Mais…

Elle n'alla pas plus loin. Il s'était approché d'elle et la tenait par les épaules.

— Oubliez tout ça, Tess.

Elle tourna la tête et crut sentir la bouche de Tonino lui effleurer les cheveux. Elle ne savait pas pourquoi, mais le dessin de sa mâchoire lui semblait familier.

Il lui rappelait quelque chose… ou quelqu'un. Tonino sentait la menthe fraîche et le citron. Tess posa les doigts sur sa cicatrice ; il tressaillit sous son toucher.

— Cette cicatrice…, dit-elle.

Soudain, elle comprit.

— Oui, répondit-il en baissant la tête. Nous étions des adolescents. Nous nous battions constamment. C'était dans notre sang ; nos ancêtres étaient pareils.

Elle la parcourut du bout des doigts. Giovanni. Mais pourquoi cet oncle avait-il été assassiné et comment les Sciarra avaient-ils pu ne pas être appréhendés ? Qui servaient-ils et qui punissaient-ils ? Elle n'y comprenait rien. Une dette, un vol, une trahison, et maintenant ça. Un meurtre ?...

Elle glissa la main vers l'épaule de Tonino. Elle avait envie de la poser dans le bas de sa nuque et d'enrouler ses doigts dans ses petites boucles brunes et chaudes. Mais... Il s'agissait sûrement de cette villa, se dit-elle. Oui, ça ne faisait aucun doute maintenant.

— Vous ne m'avez pas encore raconté l'histoire de la sirène, lui souffla-t-elle.

Leurs visages étaient tout proches.

— Mais je le ferai, dit-il.

Il se pencha légèrement, et elle sentit ses lèvres tout juste effleurer les siennes, lui laissant un goût sucré de figues et de musc.

— Tu reviendras en Sicile, n'est-ce pas ? ajouta-t-il, soudain plus intime. Tu reviendras à Cetaria ?

— Oui.

Le bas de sa nuque était aussi chaud qu'elle l'avait imaginé. L'espace d'un instant, elle ne pensa plus à Robin, à Ginny ou à ses parents. Elle ne pensa à rien ; ni aux Sciarra, ni aux Amato et ni aux Farro de la Sicile, ni à la Villa Sirena ou aux secrets qu'elle détenait. Elle ne pensa même pas à l'histoire de sa mère. Elle ignorait quand, mais elle souffla :

— Je reviendrai. Je te le promets.

22

On dit qu'une table sans pain est un jour sans soleil. Le pain, l'aliment de base de tout Sicilien. Frais et doré, épais et moelleux en bouche. Religieux, rituel. Tressé, marqué d'une croix, renversé ; noir, aux noix, azyme, aux graines. Cuit dans des fours de briques avec du bois d'olivier.

De ce qu'en savait Flavia, en Sicile, la tradition des pains votifs remontait à des siècles et des siècles. Le pain pascal et d'autres commémorations religieuses permettaient aux boulangers siciliens de révéler leur talent artistique. Il y avait le *ferro di cavallo* (le fer à cheval), le *pesce* (le poisson), et la *mafalda*, qui était torsadée.

Ce n'est pas simple… Il faut la bonne dose de levure afin que le pain gonfle parfaitement durant la cuisson.

Tess ferait-elle un jour son propre pain ? Probablement pas, dut reconnaître Flavia. Mais il était hors de question que cet art tombe dans l'oubli, pas tant qu'il restait une once de souffle en elle et de force dans ses mains.

Flavia se mit à noter la recette. *Sa* recette, transmise par Mamma, qui la tenait elle-même de sa propre mère.

Le pain, symbole de tout ce qui n'a pas de fin. Le pain, l'aliment vital.

S'occuper du pilote donnait un sens à l'existence de Flavia. Elle était devenue plus attentive aux autres, plus altruiste. Elle ne cherchait plus à échapper aux corvées pour passer ses journées à rêver. Elle travaillait dur à la maison et aux champs afin de pouvoir se rendre à son chevet le plus vite possible. Elle avait conscience que sa vigilance les surprenait tous (Mamma, Papa et Maria). Mais, après tout, il était tombé du ciel, et c'était elle qui l'avait trouvé.

Elle estimait donc que c'était à elle de s'occuper de lui. Le toucher, panser ses blessures, le nourrir, l'aider à s'asseoir et, plus tard, le soutenir quand il se leva pour la première fois, fébrile, tel un chevreau. Tout cela lui procurait une grande satisfaction. Pour la première fois de sa vie, quelqu'un avait besoin d'elle. Il était surpris qu'une famille sicilienne ait accepté de s'occuper de lui.

— Pourquoi ? avait-il soufflé entre ses lèvres gercées, au tout début, une fois que le pire était passé et qu'ils étaient certains qu'il vivrait. Pourquoi te soucies-tu tant de moi ? Je ne pourrai jamais assez vous remercier, toi et ta famille, mais pourquoi m'avez-vous aidé ?

Flavia lui avait tamponné le visage avec un gant. Il avait de hautes pommettes saillantes, un grand front et la peau tirée et blanche. Et sa bouche… Sa lèvre inférieure était charnue et sensuelle, l'autre, légèrement de travers. C'était cette imperfection qui l'attirait, qui lui donnait envie de le contempler pendant des heures.

— Ma famille… Nous apprécions les Anglais, avait-elle répondu. Nous travaillons pour un Anglais.

Et, d'abord hésitante, elle lui avait parlé de Signor Westerman, de la villa et de la poésie qu'il lui lisait quand, petite, elle s'affairait dans sa casa avec ses chiffons et sa cire.

— Alors, où est-il ?

Le pilote avait parcouru la chambre des yeux comme s'il s'était attendu à voir Signor Westerman se matérialiser hors des murs de pierres.

— Il est retourné en Angleterre, lui avait appris Flavia. C'était trop dangereux ici.

Il s'était contenté d'un hochement de tête avant de prendre un air songeur. Elle savait qu'il pensait au raid auquel il avait participé. Le raid qui l'avait conduit ici.

— Saleté de guerre, avait-il fait avec dépit. Elle nous aura tous…

Il savait écouter, mais il n'avait nulle part où aller, de toute façon. Alors, parfois, Flavia parlait, en chuchotant s'il le fallait, de sa famille et de sa vie. Elle lui confia des choses qu'elle n'avait avouées qu'à Santina, sa meilleure amie.

— Je ne me suis jamais sentie chez moi ici.

— Et où penses-tu te sentir chez toi ? la taquina-t-il. Mais elle ne voulait pas qu'il se moque d'elle.

— Là où je pourrai vivre, déclara-t-elle. Où je pourrai respirer. Où je pourrai être moi-même.

Il parut alors comprendre.

— Tu es une fille merveilleuse, Flavia. J'espère de tout mon cœur que tu auras un jour tout ce que tu désires.

— J'y arriverai, si je me bats pour ça ! lança-t-elle, plus hardie qu'auparavant.

Il lui avait dit son nom : Peter. Parfois, elle le murmurait pour elle-même, la nuit, quand personne ne pouvait l'entendre.

— Mais ta famille a bon cœur, dit-il. Elle m'a sauvé la vie. Vous m'avez tous sauvé, bon sang… Peut-être que,

quand tu seras plus grande, tu verras les choses différemment.

— Je ne suis pas une enfant, rétorqua Flavia en se
redressant. J'ai dix-sept ans.

— Ah oui, dix-sept ans ? répéta-t-il.

Mais il se contenta de lui sourire.

Dix-sept ans ne suffisaient pas, réalisa alors Flavia.

— Tu sais, Flavia, lui dit-il un jour, peut-être que cette
vie que tu désires tant n'est pas aussi merveilleuse que
tu l'imagines.

Ses yeux bleus l'observaient avec une étrange intensité.

— Nos rêves nous paraissent toujours parfaits, mais
peut-être que l'herbe n'est pas plus verte chez le voisin.

Flavia tenta de comprendre. Pas plus verte chez le
voisin ?…

— J'aimerais tout de même voir ce qu'elle vaut, répondit-elle.

Elle s'imaginait une vie où elle aurait le choix, où son
destin ne serait pas déjà tout tracé. Mais comment
pouvait-il comprendre ? Il ne savait rien de la vie ici.

Peu à peu, elle devint plus à l'aise avec son pilote.
Ils commencèrent à plaisanter ensemble. Il semblait
toujours l'attendre et il la regardait différemment,
désormais, quand elle rangeait ses affaires, dans sa
chambre, ou lui apportait de l'eau fraîche. Il s'était
mis à la taquiner, à lui raconter des histoires, à lui
parler de l'Angleterre. Et, lorsqu'il parlait de son
pays, Flavia lui enviait sa nostalgie.

Puis, un jour, elle se rua dans la chambre, furieuse :
Maria venait de lui faire nettoyer le brasero, même
si elle l'avait déjà fait et qu'il était impeccable. Par

simple méchanceté. Tout ça pour l'empêcher de…
venir le voir, avait-elle failli lui dire.
Il était assis sur le lit. Elle s'installa à côté de lui.
Il lui sourit et lui tapota la main.
— Je devrais peut-être t'emmener dans mon bon
vieux pays pour que tu voies vraiment comment c'est
là-bas.
Son expression s'assombrit soudain.
— Quand cette saleté de guerre sera finie, ajouta-t-il.
Elle ne comprit pas qu'il plaisantait.
— C'est vrai ? s'enthousiasma-t-elle.
Il y eut un long silence, durant lequel il l'observa sans
rien dire.
— Vous m'emmèneriez ?
Elle dressa son visage vers le sien, et il grogna tout
doucement. Puis se pencha vers elle.
Lorsqu'il l'embrassa, ce fut mille fois mieux que ce
qu'elle s'était imaginé. La douceur de ses lèvres contre
les siennes… Quelque chose se liquéfia en elle et se
mit à la brûler.
Lorsqu'il s'écarta, elle voulut qu'il l'attire de nouveau,
qu'il l'embrasse, qu'il la serre dans ses bras, si fort que
rien ne pourrait jamais les séparer…
Mais il ne la regarda même pas.
— Va-t'en, Flavia, dit-il. S'il te plaît.

Flavia posa son stylo. Elle avait besoin de se reposer.
Elle avait besoin de réfléchir. Elle était vieille, et les souvenirs étaient trop vivaces pour elle. Elle ne s'était certes pas
attendue à ce que ressasser son passé la laisse de marbre,
mais sûrement pas non plus à ce, ce…, ce raz-de-marée
de tristesse.

Quand était-elle tombée amoureuse de lui ? Comment
en être sûre ? Était-ce au moment où elle l'avait découvert
dans la vallée, faible, couvert de sang, étendu parmi les

débris de son avion ? Était-ce quand il avait failli mourir et qu'elle pensait l'avoir perdu ? Ou bien quand il l'avait embrassée ?

Flavia s'empara de nouveau de son stylo. Si elle ne parvenait pas à maîtriser ses émotions, elle devait tout de même s'atteler à tout coucher sur papier.

Elle devait se rappeler pour qui elle le faisait : pour Tess. Sa belle Tess, qui avait besoin d'entendre son histoire. Mais, en son for intérieur, elle savait que ce n'était pas *que* pour Tess.

— *Qu'est-ce qui se passe ? lui demanda-t-elle le lendemain. Qu'est-ce que j'ai fait ?*
Il n'osait toujours pas la regarder dans les yeux.
— *Rien, répondit-il.*
Il semblait triste. D'un geste tendre, il poussa les cheveux de son visage et lui frôla la joue. Flavia ferma les yeux. Le contact de cet homme l'électrisait.
— *Je n'aurais pas dû t'embrasser, dit-il. Un homme ne devrait pas profiter d'une fille de cette façon.*
— *Mais ce n'est pas le cas.*
Cette fois, c'est elle qui s'approcha pour l'embrasser. Cette fois, elle lui tint le visage, écarta les lèvres et s'enivra comme d'un nectar du goût qu'il y laissait. Flavia ne craignait pas d'exprimer sa passion. Tout ce qu'elle désirait, c'était qu'il la serre dans ses bras. Tout ce qu'elle voulait, c'était l'embrasser. Encore et encore. Elle se noierait en lui si elle le pouvait.

Mais elle allait encore trop vite. Flavia ferma un instant les yeux. C'était trop douloureux. Et c'était pour ça…

Lenny disait que cette histoire datait, maintenant, et il avait raison. Mais la distance, qu'elle soit temporelle ou géographique, n'atténuait pas toujours la peine. Et elle la sentait, cette peine, jusqu'au tréfonds de son être, même après toutes ces années, tout comme elle sentait ses douces lèvres sur les siennes, cette fameuse première fois.

Elle comprenait désormais qu'elle avait été vulnérable, juste à point, comme diraient certains. Même si ça n'avait pas été si simple. Ça n'avait vraiment pas été si simple.

Elle avait pratiquement l'âge de Ginny aujourd'hui, réalisa-t-elle soudain, même si sa petite-fille avait fêté son anniversaire début juin et que Flavia n'aurait eu dix-huit ans qu'en hiver. Et pourtant… Des mondes séparaient cette jeune Sicilienne et sa petite-fille anglaise.

Aide-moi à trouver les mots, murmura-t-elle. Elle devait se montrer honnête dans son récit.

Elle avait aidé son pilote à guérir, puis elle lui avait confié son cœur. Ça lui avait paru si simple, si naturel. Elle l'avait aimé. Parfois, elle se disait qu'elle l'aimerait à jamais. Qu'il la hanterait jusqu'à sa mort. Qu'elle n'en serait jamais libérée.

Mamma avait dû se rendre compte du danger qu'il représentait. Ou Maria le lui avait dit. En tout cas, elle avait parlé à Papa, et ils l'empêchaient dorénavant de passer du temps seule avec lui. Mais c'était déjà trop tard. Bien trop tard.

23

De retour à Pridehaven, Tess n'était pas tranquille. Elle n'avait pas hâte de retourner travailler, il pleuvait, et la maison était étrangement *trop* propre.

— Il s'est passé quelque chose pendant mon absence ? demanda-t-elle à Ginny, qui avait soigneusement évité tout contact visuel avec sa mère depuis son retour.

— Hein ? Non, pourquoi ? lança Ginny d'un air gêné.

— Tout semble plus propre, dit Tess en observant le reflet de sa fille dans le miroir Art déco, au-dessus de la cheminée.

Ginny était derrière son ordinateur portable. Révisions ou Facebook ? Comment savoir ? Personnellement, elle n'arrivait pas à saisir en quoi il était nécessaire de détailler sa vie devant des dizaines de gens, illustrations à l'appui. Elle craignait que le monde réel ne vienne un jour à disparaître complètement.

Mais elle savait malheureusement que la majorité des gens ne partageaient pas son point de vue.

— On n'a pas fait tant de bazar que ça, se défendit Ginny. J'ai juste fait un peu de ménage après, c'est tout.

Ah oui, c'est vrai, la soirée pizza avec les filles...

— Super ! lança Tess.

« Il fut un temps où tu me racontais tout », voulut-elle murmurer.

— Super, répéta-t-elle, même si, au fond, sans qu'elle sache pourquoi, elle n'en était pas persuadée.

Au travail, Simon Wheeler, son chef, la convoqua dans son bureau, surnommé le « Bocal à poissons » pour des raisons évidentes : il était petit, tout en verre, et n'offrait aucune intimité.

— Au sujet de ce poste…, commença-t-il.

— Oui ?

Tess se félicitait d'avoir enfilé ses talons, sa chemise cerise en soie, sa veste noire et sa jupe droite. Elle avait plutôt intérêt à paraître classe, en tant que responsable, au moins pour donner l'illusion d'avoir le pouvoir.

— Je crains que tu n'aies pas eu de chance, cette fois, Tess, dit-il.

— Pardon ?

Avait-elle mal entendu ? Et qu'est-ce que la chance avait à voir là-dedans ? On lui avait clairement donné l'impression que ce job serait à elle.

— On a proposé le poste à Malcolm.

— Malcolm ?

Elle ne savait même pas que Malcolm était un concurrent potentiel. Elle se pencha vers Simon.

— Mais ça fait quoi ?… Cinq minutes qu'il bosse ici ?!

— Non, en fait, ça fait cinq mois, répondit-il doucement.

Il martelait son bureau avec son stylo, une manie pour le moins désagréable qui trahissait son malaise.

— Et ce n'est pas la question, Tess. Il avait déjà de l'expérience en tant que responsable lorsqu'il est arrivé ici. Je suis désolé.

Elle ne dit rien, c'était inutile. Simon et Malcolm se rendaient parfois au pub ensemble, et elle était persuadée que Simon et Marjorie, sa femme, avaient déjà invité Malcolm et Sheila à dîner. Et, évidemment, même si elle n'aurait jamais pensé avoir à dire ça un jour (pas à cette époque et ni à son âge, du moins), Malcolm était un homme.

— Nous avons longuement réfléchi, ajouta Simon en ajustant sa cravate, autre signe de malaise. Tu étais une excellente candidate.

— Sauf que Malcolm était meilleur, répliqua Tess.

Qui l'aurait cru ? Voilà que cette petite entreprise du Dorset venait de tomber sous le joug du machisme…

— Il a fait preuve de plus d'engagement, expliqua Simon. De plus d'ambition.

Il plissa le front.

— J'espère que tu ne nous en tiendras pas rigueur, Tess.

De l'engagement ? De l'ambition ? Tess se leva.

— J'essaierai, lâcha-t-elle.

Leur en tenir rigueur ? Elle était folle de rage, oui ! Elle se sentait méprisée. Trahie, même.

— Mais je suis convaincue que je méritais ce poste, Simon.

Il soupira.

— Ce n'est pas facile de gérer une équipe, Tess. Il est primordial d'avoir un bon sens du contact. Ce n'est pas une promenade de santé, tu sais.

— Oui, je sais.

C'était injuste. Elle avait travaillé dur pour cette entreprise, et avant que Malcolm n'apparaisse…

Elle regarda à travers la vitre du Bocal. Deux filles plaisantaient avec Malcolm. *Le sens du contact*, se répéta-t-elle. Janice lui lança un regard compatissant. Elle comprit alors qu'ils étaient tous au courant.

— J'aimerais remettre ma démission, s'entendit-elle annoncer.

C'était puéril, mais comment pouvait-elle rester ici ? Tout le monde se moquerait d'elle derrière son dos, la plaindrait ou lécherait les bottes de Malcolm. Et Malcolm serait son supérieur direct.

— Écoute, Tess, répondit Simon en se levant à son tour.

J'aimerais que tu y réfléchisses bien. Des décisions prises sur un coup de tête…

— … sont des décisions instinctives, le coupa-t-elle, et donc très probablement censées.

Il y eut un moment de silence, et ce n'était pas un silence agréable.

Simon s'approcha et posa une main molle sur son épaule. Tess voulait la dégager, mais elle parvint à se retenir.

— Réfléchis-y, dit-il. Tant que tu ne m'as rien donné d'écrit, je ne suis au courant de rien, d'accord ?

Espèce de connard condescendant… Mais Tess préféra ne rien répondre. Elle ouvrit la porte du Bocal à poissons et quitta son bureau pour partir directement à la machine à café. Robin était celui à qui elle avait envie de se confier, tout de suite. Elle voulait entendre sa voix, calme et profonde, entendre son regret et se repaître de son indignation. « Tu étais de toute évidence la meilleure personne pour ce job, Tess, lui dirait-il. S'il n'est pas capable de s'en apercevoir, ce n'est qu'un crétin. »

Et pourtant, Robin ne pensait pas vraiment que c'était la meilleure, de toute évidence. Tess tripotait sa tasse en polystyrène. Elle avait choisi un expresso sur un coup de tête. Aux yeux de Robin également, elle n'arrivait qu'en seconde position, parce qu'il n'était pas avec elle. Il était avec son numéro un : sa femme.

Voilà qu'elle avait envie de pleurer maintenant. *Merde, merde, merde !* Son expresso à la main, elle partit en direction des toilettes en espérant qu'elles soient vides. Elle n'était pas en état de supporter des commérages ou toute compassion feinte. De l'engagement ? Mais, putain, comment on pouvait s'engager face à de l'eau ?

Une fois dans les toilettes des femmes, elle avala son café, ce qui ne fit qu'empirer son malaise, car il n'avait absolument rien à voir avec celui que Tonino lui avait préparé en Sicile. En vérité, il n'avait tellement rien à voir qu'il ne méritait même pas d'être considéré comme du café.

La Sicile… Elle ne parvenait pas à la sortir de son esprit. Elle n'arrêtait pas de penser à Segesta et au goût des figues mûres. Elle commençait même à regretter qu'Edward Westerman lui ait légué cette villa, car elle avait tout chamboulé dans sa vie.

De retour derrière son bureau, elle tapa sa lettre de démission. « *J'ai le sentiment que mes atouts et mon expérience n'ont pas été suffisamment pris en compte*, écrivitelle. *Et c'est avec regret…* » C'est ça, ouais…

Elle attendit jusqu'à quatre heures de l'après-midi, quand elle vit Simon aller parler à Malcolm, puis elle posa sa lettre sur le bureau de son patron.

Elle rassembla ses affaires, ramassa son sac et quitta l'établissement. Bon, elle avait laissé tomber son boulot. Par principe. Et maintenant ?

Il n'y avait que quelques minutes qu'elle était rentrée quand Lisa l'appela.

— Je voulais te parler, mais tu as foncé chez toi comme une bête furieuse. Ça va ?

Non, pensa Tess.

— Oui, bien sûr, dit-elle.

Elle en parlerait à Lisa ; elle disait toujours tout à Lisa. Mais, pour l'instant, elle voulait se faire à l'idée toute seule.

— Je voulais juste te parler de samedi soir ! lança son amie.

C'étaient ses quarante ans, et elle organisait une soirée. Honnêtement, Tess n'était vraiment pas d'humeur à faire la fête, mais, comme elle l'avait dit à Lisa la veille derrière un café ct dcs biscuits au caramel, elle ne manquerait ça pour rien au monde.

— Oui ? Je peux venir vers quatre heures pour te donner un coup de main, si tu veux.

— Merci, c'est gentil, ma chérie, mais j'ai juste oublié de te dire…

Lisa marqua une hésitation.

— Tu peux emmener Robin, hein ?

Tess soupira. Il avait essayé de l'appeler trois fois aujourd'hui. Et elle n'avait pas décroché.

— Je n'ai pas revu Robin dernièrement. Pas depuis mon retour de Sicile.

Que se serait-il passé s'il l'avait accompagnée à Cetaria ? Eh bien, déjà, il n'y aurait pas eu d'histoire avec Tonino. Il n'y avait pas vraiment *eu* d'histoire, d'ailleurs. Et si on écoutait Giovanni, il ne *devrait pas* y avoir d'histoire… Mais si elle était toujours amoureuse de Robin… Elle y songea quelques instants. Ce qu'elle avait ressenti… Le baiser furtif de Tonino… Elle l'aurait sûrement repoussé, si elle avait eu des sentiments pour quelqu'un d'autre… Elle devait se faire à l'idée : c'était terminé avec Robin.

— Oui, mais cela, ça ne veut rien dire, Tess, répliqua Lisa en riant. Tu n'as pas officiellement rompu avec lui, dis-moi ?

Tess devina la main de Lisa soudain plaquée sur le combiné, étouffant un bref échange avec l'un de ses enfants. « Je t'ai dit que c'était dans le placard sous l'escalier… »

— Non.

Ce dont elle avait besoin, tout de suite, c'était un verre. Puis peut-être encore un autre.

— De quoi as-tu peur, Tess ?

Bonne question. De quoi avait-elle peur ? Que Robin l'embobine ? Qu'il la persuade, comme il l'avait toujours fait, de continuer de le fréquenter, que les choses changeraient, qu'il finirait par quitter Helen, que les poules pourraient un jour savoir faire de la plongée…

— Très bien, je vais lui parler, déclara-t-elle.

Lisa avait raison. Tess devait faire les choses correctement. C'était le seul moyen de tourner la page.

— Parfait, répondit Lisa d'un air ravi. Je suis fière de toi.

À sept heures du soir, Tess laissa Ginny en compagnie du tout dernier boys band de *X Factor* hurlant dans la maison, monta dans sa Fiat et partit à l'autre bout de la ville, où vivait Robin.

Elle avait fait ce chemin plusieurs fois depuis qu'ils étaient ensemble. Par chance, il ne l'avait jamais surprise (du moins, elle l'imaginait), et elle ne l'avait jamais vu.

Elle ne savait même pas pourquoi elle faisait ça. Pour avoir un aperçu de son autre vie, peut-être ? Parce qu'elle le pouvait ? Ou pour la voir, elle, cette Helen si fragile qu'on devait protéger comme on n'avait jamais protégé Tess.

Même si elle n'avait aucune envie qu'on la protège, se rappela-t-elle, mettant son clignotant à droite et attendant de pouvoir passer. Mais ça serait tout de même tellement agréable que quelqu'un le veuille...

Elle tourna au coin de la rue de Robin, devant un buraliste où il devait sûrement acheter son journal dominical. Peut-être était-elle le genre de femme que les hommes n'avaient pas envie de protéger ? Elle passa la troisième, mais continua à avancer lentement. Après tout, elle avait donné naissance à sa fille *seule* et l'avait élevée *seule*.

La plupart du temps, elle ne s'embarrassait pas à mettre de rouge à lèvres. Sa tenue préférée consistait en un jean et un tee-shirt trop grand (bien qu'elle fût capable d'être très élégante, si elle le désirait, et même sa fille trouvait qu'elle avait des jambes superbes), et elle chérissait son indépendance. Restait-il la moindre place, dans sa vie, pour qu'on veuille la protéger ?

Lorsqu'elle vit Robin, cela lui fit un tel choc qu'elle faillit perdre le contrôle de son véhicule. Il se promenait sur le trottoir d'un pas tranquille. (Bon, certes, il était chez lui…) Et il y avait une femme à ses côtés.

Tess comprima nerveusement le volant. Quoi qu'elle fasse, elle ne devait pas attirer l'attention sur elle. La femme était grande, blonde et svelte, et semblait être aussi fragile qu'un rhinocéros…

Enfin, pas qu'elle ressemblât à un rhinocéros… malheureusement. Elle était très élégante, jolie, elle souriait et s'appelait sans aucun doute Helen…

Tess ralentit encore un peu. Robin avait le bras autour de la taille de cette Helen-pas-si-fragile-que-ça, comme s'il avait envie que ce bras soit à cet endroit précis. Et lorsqu'elle les dépassa en serrant les dents, l'esprit au point mort (*Vas-y, ma grande, tu peux le faire…*), elle se rendit compte avec un regard en coin qu'il riait. Il riait ! Il était heureux ; *ils* étaient heureux, tous les deux. Comment osait-il ?… Elle était désemparée. S'il était aussi heureux avec sa femme, alors… Pourquoi ?

24

— C'est une sacrée étape, hein ?

Tess se retourna sur celui qui venait de s'adresser à elle. C'était un homme d'une quarantaine d'années, blond, rougeaud, barbe de trois jours. Plus petit qu'elle et en surpoids. Une bière à la main. Tess prit tout cela en considération avant de lui répondre.

— Quarante ans ? Oui, j'imagine.

— Oui, évidemment, vous n'y êtes pas encore passée, ajouta-t-il en la déshabillant du regard. Ça saute aux yeux.

Par contre, vous, si. Tess le gratifia d'un sourire forcé, lui lança un « Excusez-moi » et se dirigea vers le buffet.

Mitch remplissait une assiette de poulet, de chips et de salade de chou.

— Tu aurais pu conclure, Tess, plaisanta-t-il.

— Oh ! je t'en prie…

C'était typiquement le genre d'hommes que vous trouviez seul dans une soirée, quand vous vous rendiez seule, vous aussi, dans une soirée. Ce qui était exactement son cas. Et pour combien de temps encore ? se demanda-t-elle.

Combien de temps encore devrait-elle être la célibataire de la soirée ? C'était *quoi*, son problème ? Elle se servit au buffet, plus pour s'occuper que parce qu'elle avait faim. Il était grand temps de se prendre en main.

— Bon, j'ai compris !… lança Mitch. Mais c'est l'anniversaire de ma femme, alors, je ne pourrai pas être à toi trop longtemps, j'en ai bien peur.

Il agita une bouteille de cava sous son nez, et Tess tendit son verre pour qu'il le remplisse une énième fois.

— Qu'est-ce qui cloche chez moi, Mitch ? lui demanda-t-elle.

Ça, c'était un autre de ses problèmes. Elle avait tendance à s'apitoyer sur son sort quand elle buvait.

— Rien du tout, t'inquiète pas, lui dit-il en lui tapotant l'épaule.

Était-elle trop exigeante ? Cherchait-elle quelque chose qui n'existait pas ? Ou était-elle enfermée dans un cercle vicieux qui consistait à attirer le mauvais genre d'homme pour le regretter ensuite ? Comme Robin… Ça non plus, ce n'était pas clair. Robin lui hantait toujours l'esprit, comme si elle ne savait pas quoi ressentir pour lui.

Mais elle était certaine d'une chose : à la seconde où elle l'avait vu avec son Helen-pas-si-fragile-que-ça, c'était terminé. Officiellement terminé. Encore plus terminé que quand elle avait su que c'était… terminé. Elle ne le lui avait pas encore dit, c'est tout.

— Super soirée, en tout cas ! lança-t-elle à Mitch. Qui sont tous ces gens ?

Lisa l'avait présentée aux premiers arrivés, et Ginny était également restée quelque temps, mais, après cela, tout s'était accéléré, de plus en plus de gens étaient apparus et s'étaient joints à la mêlée au centre de laquelle se trouvait Lisa, hôtesse et reine de la soirée.

Mitch avait installé le buffet sur plusieurs tables dans le salon, et les invités étaient disséminés sur les canapés et les chaises ou bien erraient un verre ou une assiette à la main, s'arrêtant ici et là pour papoter. Ginny était partie retrouver un ami, ce qui n'avait pas étonné Tess.

— Oh ! il y a un peu de tout, répondit-il avec un haussement d'épaules. Des amis, des collègues, les parents des copains des petits, de la famille, quelques voisins.

Puis, il lui fit un clin d'œil.

— Tu penses que je peux amener le gâteau ?

De l'autre côté de la pièce, Tess observa Lisa, qui discutait avec le fameux quadragénaire célibataire. Son amie croisa son regard et lui fit de grands gestes. Visiblement, elle avait besoin d'aide...

— Oui, répondit-elle à Mitch. Je pense que c'est le bon moment.

Elle se faufila alors parmi la foule. Cet homme avait raison sur un point : quarante ans, c'était une sacrée étape, et ce serait bientôt le tour de Tess. Au moins, Lisa avait Mitch et une vraie famille, elle. La vie de Tess était un véritable sac de nœuds.

Pas d'homme, pas de travail, une fille sur le point de découvrir le monde et s'éloignant un peu plus d'elle chaque jour qui passait. Ah oui, et une maison en Sicile, aussi. Un sourire apparut alors sur son visage.

Une fois parvenue jusqu'à Lisa, elle agrippa le bras de son amie et la tira.

— Désolée, dit-elle au célibataire. Je dois vous l'emprunter. Allez, viens, c'est l'heure du gâteau.

— Merci, souffla Lisa qui, Tess devait l'avouer, était resplendissante dans sa simple robe courte noire et décolletée agrémentée des bijoux en or blanc que son mari lui avait offerts pour son anniversaire.

— Je t'en prie.

Mitch apparut alors à la porte avec le gâteau, au milieu des enfants : cake au citron envahi de boules argentées et de bougies. Tess, Ginny et les petits (jusqu'à ce que Ginny aille rejoindre son ami, du moins – qui étaient tous ces amis, d'ailleurs ? Et quand Ginny avait-elle arrêté de tout lui raconter ? Y avait-il eu un moment précis ?) l'avaient préparé la veille au soir chez Tess, pendant que Mitch offrait le restaurant à Lisa pour son anniversaire.

— Oh ! s'écria Lisa, émue, en plaquant une main sur sa bouche. Comment avez-vous ?...

C'est l'instant que choisit l'un des jeunes pour jouer *Joyeux Anniversaire* sur sa guitare. Tout le monde se mit à chanter, Mitch sortit d'autres bouteilles de cava et remplit tout plein de verres. Ils trinquèrent, puis Lisa coupa le gâteau et fit un vœu.

Tess rit, battit des mains et chanta avec les autres. Elle observa les visages heureux qui l'entouraient et se mit à danser, d'abord avec Lisa, puis avec les petits, puis avec Mitch et même avec le quadragénaire célibataire. Mais son cœur n'y était pas. Elle ne voulait plus être là. Elle voulait partir.

— Ça vous dirait d'aller boire un verre un de ces jours ? proposa l'homme (qui s'appelait Mark et était un collègue de Mitch) lorsqu'ils eurent dansé.

Tu vois, se dit Tess. *Il n'y a rien qui cloche chez toi. Tu es juste très sélective.*

— Je risque de ne pas être beaucoup dans le coin, répondit-elle.

Il était hors de question qu'elle accepte de nouveau de sortir avec des inconnus qu'elle n'avait même pas envie de connaître. La vie était trop courte, et le temps, trop précieux. Chaque minute comptait.

— Ah bon ? lança-t-il, visiblement déçu. Vous partez ?

— Oui.

Elle ignorait quand. Cela dépendait beaucoup de Ginny, entre autres.

Lorsqu'elle avait encore un travail, elle s'était imaginé qu'elle repartirait six mois plus tard, peut-être, selon le moment où elle aurait pu prendre ses congés. Mais désormais… Elle était à un moment clef de son existence. Et elle savait ce qui lui restait à faire.

Qu'est-ce qui lui faisait cet effet, au juste ? Le passé secret de sa mère qu'elle brûlait de découvrir ? L'envoûtement de la villa, la baie turquoise ? La promesse faite à un homme dans un ancien temple grec ? En tout cas, la Sicile l'attirait comme un aimant. Et elle n'avait aucune envie d'y résister.

Tess était rentrée chez elle à peine une demi-heure plus tôt lorsque Robin l'appela. Elle faillit ne pas décrocher, puis elle songea à la soirée et à ce que ça faisait d'être toujours toute seule.

— Enfin ! lança-t-il. Ne raccroche pas, s'il te plaît. Je sais que tu m'évites.

Il semblait essoufflé, comme s'il s'était éclipsé de chez lui en prétextant sortir les poubelles.

— En général, tu appelles quand je suis au travail, dit-elle calmement.

Ce qui ne serait bientôt plus le cas. Elle effectuait actuellement son préavis. Robin pouvait dire ce qui lui chantait ; ça ne changerait rien. Son avenir était incertain, mais n'était-ce pas excitant, d'un autre côté ?

— Tess, j'ai été bête, déclara-t-il.

Et comme toujours, sa voix faisait fondre les défenses de Tess comme du beurre. Elle décida toutefois de ne pas le contredire.

— J'aurais dû t'accompagner en Sicile. Je n'aurais pas dû laisser Helen me mettre la pression. J'avais peur. Je peux comprendre que tu me détestes.

— Je ne te déteste pas, dit-elle, ce qui était étrangement vrai.

Elle était simplement agacée. C'était toujours le même discours. Robin ne changerait pas. Rien ne changerait jamais.

— Je me rattraperai, promit-il. Ça te dit de dîner avec moi demain soir ? Tu pourras tout me raconter.

— Je ne crois pas, non.

Tess elle-même fut surprise par sa détermination. Auparavant, elle aurait cédé ; elle ne pouvait pas s'en empêcher. Mais désormais… Au plus profond d'elle-même, elle sentait que la Sicile l'attirait tout en repoussant Robin. Chacun était d'un côté, et la Sicile était en train de gagner.

— Tess, ma chérie…, ronronna-t-il.

Il pensait vraiment qu'elle était encore à lui…

— Tu es contrariée, c'est tout. Et je peux le comprendre. Mais si tu me laissais une dernière chance… Ça sera différent cette fois.

— J'ai toujours attendu plus de toi, Robin. Et aujourd'hui, je me rends compte que je ne pourrai jamais l'avoir.

Et elle ne parvenait pas à comprendre pourquoi elle avait mis autant de temps à le réaliser.

— C'est là que tu te trompes, rétorqua Robin. Tu peux avoir plus de moi, parce que…

— Non, le coupa Tess. Parce que tu es marié. Et maintenant… Je ne veux même plus du peu que tu as à me proposer. C'est fini.

Elle s'était toujours imaginé que Robin était quelqu'un d'unique. Mais il n'y avait rien de bien édifiant chez un homme qui léchait les pompes de ses beaux-parents pour la simple raison qu'ils avaient de l'argent. Ni chez un homme qui vous mettait constamment sur la touche. Lisa avait raison. Elle méritait un peu plus de considération.

— Mais, Tess…

— Au revoir, Robin. Et, s'il te plaît, ne rappelle pas.

Elle coupa la communication, redressa les épaules et sentit le poids de Robin la quitter. Et c'était agréable.

Elle songea à Ginny et à ses examens qui avaient déjà commencé. Une semaine seule à la maison, et sa fille semblait plus angoissée que jamais. Elle évitait constamment le regard de Tess et filait retrouver son mystérieux ami dès qu'elle le pouvait. En vérité, sa fille lui échappait. Des images lui traversèrent l'esprit : les premières ébauches de pas de Ginny (les bras dressés pour que Tess vienne à son secours et lui fasse faire l'avion ; son premier jour d'école) un regard noir et sérieux sur un visage blême, un gilet bleu marine et une jupe plissée grise ; la première fois que Ginny avait posé un regard émerveillé sur sa mère en lui disant « Cette couleur te va super bien, maman »… Elles s'étaient alors mises à faire du shopping ensemble. À s'époumoner sur du Oasis – « *Don't look back in anger…* » Tess tenta de contenir ses larmes.

C'est alors qu'elle eut une idée. Évidemment. Elle ne comprenait pas pourquoi elle n'y avait pas pensé plus tôt. On lui avait donné l'occasion de tout arranger. Elle n'avait qu'à la saisir…

25

Ginny fonçait en direction de chez Ben. Elle fonçait parce qu'elle était furieuse et s'efforçait de ne pas pleurer. Et elle s'efforçait de ne pas pleurer parce qu'elle venait de se disputer avec sa mère. Chaque fois qu'elles se disputaient, Ginny, pleine de rancune, refusait d'admettre que sa mère avait *peut-être* raison.

Il s'était principalement agi de Ben, bien que, comme la plupart des fois, la dispute eût fini par prendre une tournure totalement différente. Voilà en gros comment ça s'était passé :

— Qu'est-ce que tu fais ce soir, ma chérie ? (Tess)

— Je vais chez Ben. (Ginny)

— Ah. (Tess)

— Ah ? (Ginny) Comment ça, ah ?

— Non, rien. (Tess) Alors…, c'est ton petit ami ?

— Non, c'est juste un pote. (Ginny)

— Mais tu le vois beaucoup en ce moment, non ? (Tess)

— Je l'aime bien. (Ginny)

— D'accord. (Tess)

— C'est vrai ? (Ginny)

— De quoi ? (Tess)

— Que tu es d'accord ? (Ginny)

— Eh bien, oui, j'imagine… (Tess)

Silence.

— Mais est-ce que tu révises suffisamment ? Tu passes tellement de temps avec ce… Ben, ce…

C'était « ce Ben » qui avait le plus agacé Ginny. Elle savait que sa mère aurait aimé le rencontrer, mais elle était a) réticente à imposer ce calvaire à Ben, et b) persuadée que, lorsque sa mère le rencontrerait, elle ferait tout son possible pour la pousser à rompre. Ce n'était donc pas une lumineuse idée.

Ginny s'était efforcée de détendre un peu ses épaules et de calmer sa respiration. La Boule adorait ça, quand elle était tendue : ça la faisait gonfler.

Sa mère lui avait déjà posé les questions habituelles, du genre : « Quel âge a-t-il ? » (Sous-entendu : « Est-ce qu'il est *beaucoup* plus âgé que toi ? ») « Où vit-il ? » (Sous-entendu : « Est-ce du *bon* côté de la ville ? ») « Que font ses parents ? » (Sous-entendu : « Travaillent-ils ? ») « A-t-il toujours voulu être coiffeur ? » (Sous-entendu : « Est-ce *là* que s'arrête son ambition ? »)

— Ils sont divorcés, lui avait dit Ginny. Sa mère bosse au Hare & Hounds.

— Ah bon ? Dans un pub ?

Elle avait paru surprise, même si Ginny ne voyait pas pourquoi tout le monde devait travailler dans une banque ou dans un bureau.

— Invite-le un de ces jours. J'aimerais connaître la raison qui te pousse à sortir tous les soirs, avait-elle répondu. (Sous-entendu : « Avant, tu restais avec moi ; désormais, tu passes ton temps à traîner et à me laisser toute seule. »)

— D'accord.

Mais elle n'avait pas obéi. En plus de petit a) et de petit b), il y avait trop de sous-entendus.

Le problème avec sa mère, c'est qu'elle ne savait pas quand il fallait arrêter de poser des questions.

Au bout de la rue, Ginny prit à gauche et plongea la main dans son sac, à la recherche d'une cigarette. Elle arrêterait après les examens.

— C'est ma vie ! avait-elle hurlé à sa mère en réponse à la question temps/révision/Ben.

Son ton l'avait elle-même choquée. Peut-être culpabilisait-elle avec cette histoire d'examens. Peut-être était-ce parce que la Boule virevoltait dans sa gorge au point de menacer de se décrocher.

Devant cette attaque apparemment injustifiée, sa mère avait reculé d'un pas. Ça aussi, c'était typique d'elle : elle ne répondait jamais à une attaque. Ginny avait conscience qu'elle n'avait pas besoin d'asséner le coup fatal, mais elle le fit quand même :

— Alors, pourquoi tu ne t'occupes pas plutôt de tes fesses ?

Sa mère était restée calme, mais s'était servi un verre de vin rouge, ce qui signifiait que Ginny commençait à franchement lui taper sur le système.

— La responsabilité parentale, avait-elle répliqué. C'est pour *ça* que je ne m'occupe pas de mes fesses, comme tu dis. Tu n'as que dix-huit ans. Et ton niveau de réussite aux examens peut changer le cours de ta vie.

Fait chier…

— Tu es jalouse, c'est tout ! avait-elle lancé à sa mère.

— De Ben ? s'était écriée Tess, abasourdie.

— Du fait que j'aie un petit ami.

Ça, c'était méchant. Personne n'avait été plus soulagé que Ginny quand Robin avait disparu du paysage. Enfin, elle imaginait que c'était le cas.

Elle sentait que quelque chose avait changé, et sa mère ne montrait aucun des « signes » habituels. Mais, dans une bataille, il fallait trouver les points faibles de son ennemi et appuyer là où ça faisait mal.

Toutefois, sa mère était d'une autre trempe.

— C'est donc bien ton petit ami, avait-elle déclaré avec un petit sourire de triomphe.

Ginny se sentait piégée.

— Mamaaaan, s'te plaît !

C'est là que la dispute avait pris une tournure différente.

— C'est juste que je me demandais si, après les examens, tu aimerais m'accompagner en Sicile. Pour y passer les vacances, avait-elle expliqué avec un sourire fendu jusqu'aux oreilles. Ça nous permettrait de…

Ginny s'était raidie. La Sicile ? Mais de quoi parlait-elle ?

— Tu viens tout juste de rentrer ! avait-elle fait remarquer.

Avait-elle envie d'aller en Sicile ? Non. Et surtout pas avec sa mère. Ce n'était pas du tout ce qu'elle avait en tête pour cet été.

— Oui, mais j'y retourne.

Ginny s'était demandé si le séjour de sa mère ne lui avait pas retourné le cerveau. Elle était bizarre depuis qu'elle était revenue. À peine était-elle rentrée qu'elle avait plaqué son job ; à peine avait-elle plaqué son job qu'elle avait selon toute apparence plaqué ce gros porc de Robin. Et voilà qu'elle voulait retourner en Sicile. Avec Ginny. Pourquoi ?…

— Je dois décider quoi faire de la villa, avait déclaré sa mère. J'ai besoin de réfléchir à pas mal de choses.

Elle arborait de nouveau cet air étrange. Lointain…

Ginny la dévisageait, pantoise. Pourquoi sa mère avait-elle besoin de réfléchir ? Et est-ce qu'elle-même était concernée ? Elle avait dégluti péniblement afin de dégager sa gorge de la Boule.

— Je vais peut-être prendre une année sabbatique, s'était-elle lancée. Je n'irai peut-être pas à la fac en septembre. *Et ni à un autre moment*, ajouta-t-elle intérieurement.

Elle avait entendu sa mère prendre une grande inspiration et l'avait imaginée compter jusqu'à dix.

— Ça pourrait être une option, oui. Mais…

— Mais quoi ?

— Parfois, c'est plus difficile d'aller à la fac lorsqu'on a pris une année sabbatique. Plus difficile de…, je ne sais pas, de reprendre les études, j'imagine.

Tout à fait, avait songé Ginny. Parce qu'une année sabbatique vous laissait le temps et l'occasion de vous rendre compte qu'aller à l'université n'avait jamais été ce que vous vouliez faire. Après tout, combien de diplômés étaient trop qualifiés pour obtenir un job ordinaire, mais trop inexpérimentés pour obtenir un job correct ? Et ils traînaient des dettes, en plus. Ça, c'étaient les cours de la filière générale qui le lui avaient appris. En fait, ce cursus était responsable de son refus d'aller en fac, ce qui était à la fois bizarre et plutôt ironique. Finalement, l'ironie pointait son nez partout…

— J'aimerais voyager.

Ginny avait attendu une réaction. Les voyages devaient sûrement vous apprendre bien plus de choses que la fac ; en tout cas, sur la vie. Et si elle partait, y avait-il une chance que la Boule reste ici ?

— Ou tu pourrais m'accompagner en Sicile, avait répliqué sa mère avec un nouveau sourire.

— Mais, maman !

Ginny avait crispé nerveusement la main qui tenait sa tasse de thé et en avait renversé sur la table. Et évidemment, avant qu'elle ait le temps de réagir, sa mère était déjà partie chercher un chiffon. Ginny avait soupiré.

— Désolée…

— Mais qu'est-ce qui ne te plaît pas dans l'idée d'aller en Sicile ? avait demandé sa mère.

— Maman, une année sabbatique consiste à prendre du recul. Et ce n'est pas quelque chose qu'on fait avec ses parents.

— D'accord, j'imagine que tu as raison, avait répondu sa

mère en lançant le chiffon dans l'évier. Mais tu ne partirais pas toute seule, chérie ? Ça ne me plairait pas trop de savoir que tu…

— Ch'ai pas, l'avait-elle coupée, même si elle avait conscience qu'elle le ferait si c'était nécessaire.

— Et où irais-tu ?

— Je sais pas. J'ai juste envie de partir d'ici.

À sa propre surprise, elle avait craché cette phrase avec un certain mépris, un peu comme un serpent avec son venin. Détestait-elle Pridehaven à ce point ? Détestait-elle ses amis et sa vie ? Détestait-elle tout ce qui l'entourait ?

— Est-ce que c'est à cause de ce… Ben ? avait insisté sa mère, même si elle semblait plus triste que furieuse.

— Non, maman ! Tu ne m'écoutes pas. C'est à cause de moi !

Puis elle était partie en claquant la porte derrière elle.

Ginny atteignit la maison de Ben et tambourina à la porte. Pourquoi les parents (enfin, les mères, dans son cas) ne comprenaient-ils jamais rien ?

Le lendemain matin, Ginny se réveilla avec l'étrange sentiment de ne pas être dans un endroit familier. C'est alors qu'elle comprit où elle se trouvait. *Merde.*

Elle était chez la mère de Ben, dans le lit de Ben, et il dormait à côté d'elle. Et elle n'avait pas prévenu sa propre mère qu'elle ne rentrerait pas.

Elle découvrit également six bouteilles de bière vides à côté du lit, deux assiettes sur lesquelles étaient collés des restes graisseux de burger, de frites et de haricots, et deux DVD. Ses vêtements et ceux de Ben étaient éparpillés dans toute la pièce, comme s'ils s'étaient déchaînés toute la nuit, pendant que leurs propriétaires dormaient, avant de s'écrouler de fatigue.

C'était un peu dans cet état que se sentait Ginny. Tout avait changé, et pourtant, rien n'avait changé. Devait-elle se lever ? Elle réfléchit aux options qui s'offraient à elle. Elle devait aller au lycée cet après-midi. Elle pouvait donc prétendre devoir rentrer pour « réviser », ce qu'elle ne ferait pas, évidemment. Pas tout de suite.

Elle se glissa du lit sans réveiller Ben et se rendit à la salle de bains pour faire pipi. Sur le palier, elle s'arrêta et tendit l'oreille, mais la mère de Ben semblait être sortie. Bien. Elle ne voulait pas rester ici plus longtemps que nécessaire, même pour un sandwich au bacon.

De retour dans la chambre, Ginny entreprit de rassembler ses affaires. Elle s'habilla sans un bruit tout en gardant un œil sur la masse informe de Ben, sous les couettes. Il était toujours comateux ; et sûrement encore pour une heure au minimum.

Elle n'était pas restée dormir chez Ben depuis que sa mère était revenue de Sicile, mais, la veille au soir, elle ne lui avait pas envoyé de message et avait éteint son téléphone. *Ça lui apprendra.* Parfois, Ginny se demandait si c'était la Boule qui la faisait se comporter si méchamment. Et parfois, elle se demandait si ce n'était pas ce comportement qui avait fait naître cette Boule.

Parfois, elle n'avait qu'une seule envie : s'enfuir dans les bras de sa mère et laisser éclater ses larmes. Mais la Boule (ou quelque chose d'autre) l'en empêchait.

Une fois habillée, Ginny se rapprocha du lit et observa Ben. Même endormi, il était à croquer. Mais cette nuit, elle avait pris une décision.

Ginny sortit de la pièce et descendit à pas de loup. Elle quitta la maison, se sentant différente de quand elle y était entrée la veille au soir. Oui, tout avait changé, et pourtant, rien n'avait changé. Elle était toujours la même, mais, d'un autre côté, elle ne serait plus jamais pareille.

La dispute avec sa mère avait été l'élément déclencheur. Pourquoi devait-elle faire semblant ? Pourquoi ne pouvait-elle pas dire ce qu'elle ressentait ? Cela lui rappela la conversation qu'elle avait eue avec Becca le lendemain de la fameuse soirée, ce qui la rendit triste, parce qu'elle ne voyait pratiquement plus son amie. Elle était engluée dans sa relation avec Harry. Mais, en tout cas, Becca avait dit ce qu'elle pensait, elle.

Ginny l'avait donc imitée.

— Je t'aime bien, Ben, lui avait-elle annoncé lorsqu'ils étaient montés dans sa chambre, fidèles à leurs habitudes. Je t'aime beaucoup, même.

Il l'avait dévisagée.

— Ah ouais ? Euh… je t'aime bien aussi, avait-il répondu en riant. Je crois que c'est clair, quoi.

Puis il s'était écroulé sur le lit.

— Viens t'asseoir.

Elle était restée debout.

— Non, ça ne l'est pas.

— De quoi ?

— Clair.

— Oh !…

Il avait alors baissé les yeux, et c'est là qu'elle avait compris. Une force nouvelle déferlait en elle. Parce qu'elle avait découvert la vérité.

Aussi incroyable que cela puisse paraître, Ben n'avait pas été plus loin avec elle parce qu'il avait peur. Pas parce qu'elle ne lui plaisait pas ou parce qu'il voulait prendre son temps. Non. Il avait tout simplement peur.

Elle s'était alors assise sur le lit et lui avait montré qu'il n'avait aucune raison de se mettre dans cet état.

Et maintenant ? Tout en retournant chez elle, Ginny songea à la conclusion à laquelle elle était parvenue cette nuit. On surestimait bien trop le sexe. Et elle se sentait à la fois soulagée, libérée… et déçue.

26

— Alors, dis-moi, trésor, comment s'est passée ta semaine sicilienne ?

Son père la serra fort dans ses bras, et ce ne fut qu'à cet instant que Tess eut l'impression de se détendre pour la première fois depuis son retour. La Sicile lui semblait bien loin, déjà. Entre-temps, il y avait eu le travail, Robin et Ginny.

Elle s'imprégna de l'odeur réconfortante et familière de son père et de son gilet. La crème à raser et la vieille laine. Elle s'enfonça un peu plus. Petite, elle avait constamment cherché l'affection de sa mère.

Passant son temps à faire des allers-retours entre le restaurant et l'appartement, juste au-dessus, à cuisiner, à laver, à repasser, ne s'arrêtant que pour guider ou réprimander, sa mère était un véritable ouragan. Et son regard arborait le même caractère impétueux. Comment construire la moindre relation avec elle ?…

Mais son père… Malgré ses quatre-vingts ans qui approchaient, il était encore en forme et bien conservé. Il était bourré d'énergie. Il parvenait encore à faire rire et pleurer Muma ; il aimait la taquiner, la consoler, la faire danser.

Son père symbolisait le calme après la tempête. C'était un roc. Il était aussi fiable que Muma était imprévisible. En vieillissant, Tess s'était enfin rendu compte de ce qui avait toujours été présent dans sa vie. Et aujourd'hui, elle avait bien besoin d'un roc.

— C'était… intéressant, dit-elle dans un souffle avant de se résigner à lâcher son père.

Sa mère lui lança un regard perçant par-dessus son épaule. Elles avaient discuté par téléphone depuis son retour, mais assez brièvement, chacune refusant de divulguer quoi que ce soit à l'autre, réalisa Tess à cet instant.

— Tu ne m'avais pas dit que c'était un endroit magnifique.

Tess alla embrasser sa mère sur les deux joues.

Elle semblait fatiguée et tendue, mais ce n'était pas rare, chez Muma. Et, lorsqu'elle était dans cet état, elle cuisinait encore plus.

— À t'entendre, c'est un vrai décor de cinéma, répliqua sa mère en agrippant le bras de Tess avec une main osseuse, ce qui fit surgir l'image fugace de Santina Sciarra. Ce n'est qu'un endroit parmi tant d'autres.

— Non, c'est un endroit merveilleux, précisa Tess avec un grand sourire à l'intention de son père, qui secouait la tête dans le dos de Muma.

Comment pouvait-il la laisser faire tant de mystères ? Ne voulait-il pas voir le village où sa femme avait grandi ? Ne se vexait-il jamais face à un tel silence ?

Sa mère la lâcha et agita une courgette sous son nez. Elle préparait un plat complexe composé de couches de poisson, de tomates et de courgettes. Tess en avait l'eau à la bouche.

— La beauté est superficielle, observa sa mère d'un air sombre. Elle peut séduire dans un premier temps, puis piéger.

Tess éclata de rire.

— C'est ce qui t'est arrivé, papa ? Tu t'es laissé séduire par Muma, puis tu t'es retrouvé piégé ?

— Évidemment…

Son père commença à mettre la table. Les fourchettes, les serviettes, un petit bol de *parmigiano*.

— Elle a usé de tous ses charmes. Et, Dieu m'en est témoin, c'était une vraie beauté. Des yeux sombres et durs, des cheveux noirs et bouclés…

Flavia lui fouetta le bras avec son torchon, ce qui fit rire Tess. La chevelure de sa mère était encore épaisse et bouclée, mais, désormais, elle était blanche comme neige et toujours tirée en chignon pour ne pas la déranger lorsqu'elle cuisinait.

— Mais ta mère pouvait se montrer convaincante, tu sais, chérie, ajouta-t-il.

— Ah…, lâcha Flavia en lui tournant le dos, mais Tess avait surpris son sourire.

Son père avait toujours été grand, fin, avec des yeux d'un bleu très sombre, ceux dont Tess avait hérité et qui avaient tellement fasciné Santina. Petite, quand il la posait sur ses épaules, sur la plage, les dimanches d'été, elle se laissait rêver un instant qu'elle allait se cogner contre le ciel. Et aujourd'hui ? Elle n'avait pas envie que ses parents vieillissent ; elle ne supportait pas l'idée de les perdre.

— Et toi, trésor ? lui demanda-t-il avec un clin d'œil. Tu as rencontré des gens sympas en Sicile ?

— Hmph.

Sa mère renâcla et marmonna quelque chose d'inintelligible dans son torchon, qu'elle avait désormais par-dessus l'épaule.

— À vrai dire, répondit Tess en décidant de l'ignorer, j'ai rencontré deux hommes charmants.

— Célibataires ? s'enquit son père.

— Oui.

— Siciliens, j'imagine, intervint sa mère de façon désobligeante. Les Siciliens sont comme les abeilles autour d'un pot de miel quand ils sont en présence d'une jolie femme. Sans parler d'une femme qui dispose d'une propriété. Crois-moi : ils sont tous pareils. Ce sont des hommes exigeants qui vivent dans le passé.

— Pas nécessairement.

Tess s'empara d'une tranche de tomate. Cela dit, Muma n'avait peut-être pas tort, si l'on s'en référait à la querelle qui opposait les Sciarra et les Amato depuis des générations et dont Giovanni et Tonino avaient hérité.

— Bas les pattes !

Mais sa mère se mit à rire. C'était une tradition, dans la famille, de grignoter ce qu'elle préparait avant qu'elle ait le temps de le cuisiner.

Tess mâchouilla doucement la peau de la tomate. Elle avait conscience que sa mère voulait en savoir plus.

— Alors, dis-moi.

— Quoi ?

Sa mère fit claquer sa langue.

— Comment s'appelaient-ils ?

Tess préféra ne pas afficher son sentiment de triomphe.

— Giovanni Sciarra. C'est le petit-neveu de ta vieille amie Santina. Et…

Elle hésita un instant.

— Tonino Amato.

— Hmph, lâcha sa mère avant de renâcler une nouvelle fois.

— J'imagine que tu connais également la famille de Tonino ? demanda Tess en gardant un ton désinvolte.

Sa mère ouvrit la porte du four et passa son plat de la table au gradin du milieu dans un mouvement fluide.

— Oui, dit-elle. Alberto Amato était le plus proche ami de mon père.

Tess tenta de dissimuler son euphorie. Muma parlait enfin de la Sicile.

— Alberto était pêcheur, c'est ça ? demanda-t-elle.

Un pêcheur au harpon, avait précisé Tonino. Elle se souvint de la fierté avec laquelle il en avait parlé.

— Oui, en effet.

Sa mère s'assit lourdement, et Tess vit son père lui jeter un regard inquiet.

— C'était le grand-père de Tonino, expliqua Tess en remplissant trois verres du vin qu'elle avait apporté.

Ses parents prétendaient toujours ne pas boire, mais, une fois servis, ils ne se laissaient pas prier.

— Le père de Tonino était pêcheur, lui aussi. Il travaillait pour la thonerie de Cetaria.

Flavia hocha de nouveau la tête. L'âge avait rendu ses yeux sombres laiteux, mais ils avaient gardé leur vivacité. C'était une femme admirable, se rappela Tess.

— Je me souviens de lui, dit-elle. Il était encore jeune quand…

— Quand ?… insista Tess en s'efforçant de ne pas paraître trop pressante.

— Quand je suis partie.

Sa mère n'en avait jamais autant dit au sujet de la Sicile et des gens qu'elle y avait côtoyés. Tess n'osait même plus respirer, de crainte de rompre le charme.

— Alberto et Papa passaient des heures dans le bar du village, à boire de la grappa et à refaire le monde.

Le souvenir lui arracha un petit rire.

— Et moi, j'aimais bien le suivre en douce et laisser traîner une oreille, à l'extérieur. Jusqu'à… Jusqu'à…

La nostalgie dans sa voix se brisa soudain.

— Les choses changent, déclara-t-elle.

Le père de Tess s'approcha d'elle et lui tapota la main. Sa peau était ridée et marquée de taches brunes. C'était une main qui avait toujours travaillé, encore aujourd'hui alors qu'elle souffrait d'arthrose.

Et toi ? voulut hurler Tess. *Qu'as-tu fait ?* Mais elle se retint. Muma se refermerait comme une huître.

— Ces deux familles semblent se détester ! lança Tess d'un ton désinvolte. Les Amato et les Sciarra.

Peut-être sa mère pourrait-elle lui en dire plus à ce

sujet ? Peut-être était-elle au courant de cette histoire de vol et de trahison, de dette et de meurtre (ou de la mystérieuse chose que Giovanni semblait chercher) ?

— Ça a toujours été ainsi, dit Flavia. C'était déjà le cas de leurs pères et de leurs grands-pères.

Elle se tourna vers Tess d'une manière presque accusatrice.

— C'est comme ça, la Sicile. Qui voudrait vivre ainsi ?

Elle se releva et s'affaira de nouveau en mettant les poêles à tremper dans l'eau chaude.

Et voilà, songea Tess. *Une nouvelle barricade.*

— Et la maison, trésor ? demanda son père pour changer de sujet. Cette fameuse villa qui t'est tombée dessus. Elle te plaît ?

— Oh oui !

Tess but une gorgée de son vin. Ça, pour lui plaire, elle lui plaisait…

— J'ai pris plein de photos, ajouta-t-elle en guettant la réaction de sa mère. Je vous les apporterai quand je les aurai mises sur mon ordinateur.

Sa mère la gratifia d'un regard dédaigneux.

— Tu l'as confiée à un agent immobilier ? demanda-t-elle. C'est un endroit calme, mais qui doit plaire aux touristes, j'imagine.

Tess fit courir son doigt sur le bord de son verre.

— En fait…

— Tess !

Sa mère se rassit, encore plus brusquement cette fois. Son père se retrouva aussitôt auprès d'elle.

— Flavia ? Mon cœur ?

Elle lui fit signe de la laisser.

— Je vais bien, dit-elle en jetant un regard noir à Tess.

— Je pense garder la villa quelque temps.

Pourquoi les laissait-elle se sentir coupable ? Qu'avait-elle fait de mal ? Qu'est-ce qui n'allait pas dans cette famille ? Tess se leva et ouvrit le robinet pour laver les poêles. Elle n'avait aucune envie de contrarier sa mère. Mais on lui avait bien laissé cette maison pour une raison. Tout cela n'était pas arrivé pour rien, elle en était sûre.

— Pourquoi ? demanda sa mère d'un air sombre. Pourquoi veux-tu la garder ?

— Je ne sais pas, moi… Pour y passer les vacances ?

Tess n'osa pas formuler ce qu'elle espérait : que Ginny, ses parents et elle y aillent tous ensemble. *Quel beau portrait de famille !* songea-t-elle, morose. Mais elle pouvait d'ores et déjà l'oublier. Surtout depuis hier soir. Elle fit gicler le liquide vaisselle dans une bassine et laissa l'eau la remplir de mousse.

Son père était visiblement tiraillé.

— Ça peut être une idée, trésor, dit-il.

— Une *mauvaise* idée, répliqua sa mère en se levant. Je savais que cette histoire ne présageait rien de bon.

Tess et son père échangèrent un regard d'incompréhension.

Le téléphone sonna, et, avec un soulagement évident, son père se dirigea vers la porte pour répondre.

— C'est sûrement Joe ! lança-t-il à personne en particulier tout en quittant la pièce.

— C'est ce qu'il espère, en tout cas, dit Flavia avec un sourire conciliant.

— Tu m'étonnes, rétorqua Tess en lui rendant son sourire.

Puis elle empila les poêles dans la bassine. Drapeau blanc. Elle songea alors au coup de feu qu'elle avait entendu quand elle s'était rendue à Segesta.

— Muma, est-ce que tu connaissais des Siciliens qui avaient affaire à la Mafia ?

Sa mère ouvrait les placards afin de sortir les assiettes pour le dîner et les refermait avec plus de force que nécessaire. Elle lâcha un soupir exaspéré.

— Qui avaient affaire à la Mafia ? répéta-t-elle. Tu sais, Tess, beaucoup de gens payaient en échange d'une protection.

Elle apporta les assiettes sur la table.

— Les choses se passaient ainsi en Sicile. C'était un système qui fonctionnait. Les gens considéraient cela comme une taxe quelconque. En échange, on les surveillait. Il y en avait beaucoup que ça ne dérangeait pas.

— Mais ce système a continué durant la guerre ? demanda Tess, surprise.

Sa mère n'était qu'une adolescente, à cette époque, mais, connaissant Muma, elle devait très bien savoir ce qui se passait autour d'elle, même si elle ne le disait pas.

Flavia haussa les épaules.

— Plus ou moins. La Mafia en tant qu'organisation était clandestinement menée par Mussolini. Mais les mafiosi ont repris le contrôle vers la fin de la guerre.

Elle mit les assiettes en soupirant.

— La Mafia ne meurt jamais, Tess.

Et aujourd'hui ? se demanda Tess en grattant la poêle. Avait-elle encore du pouvoir ?

Sa mère s'agitait dans toute la cuisine, ramassant une tasse par-ci, un chiffon par-là. Elle ne parvenait pas à rester en place.

— Naturellement, elle a rétabli son autorité à la chute du gouvernement fasciste.

— Comment ça ?

— Les forces alliées ont confié le contrôle administratif de la Sicile à des locaux qu'elles savaient être antifascistes.

Elle se mit alors à rire.

— Et ces hommes étaient ?…

Tess espérait des noms.

— Des mafiosi qui, sous Mussolini, étaient restés cachés, répondit sa mère. La plupart d'entre eux étaient considérés comme des hommes d'honneur.

Elle se redressa, mais n'osa pas regarder sa fille dans les yeux. Tess était sceptique. Sa mère ne croyait tout de même pas à tout cela ?

— Qui étaient ces hommes, Muma ? demanda Tess. Y avait-il des familles de Cetaria impliquées ?

Elle sécha ses mains sur un torchon et se mit à essuyer la vaisselle.

— Ça suffit maintenant, répliqua sa mère en secouant la tête. Il y a des choses qu'il vaut mieux ne pas savoir.

Elle se lança alors dans le nettoyage du plan de travail, mais Tess refusait d'en rester là.

— Tu veux dire « faire l'autruche » ?

Elle rangea les poêles l'une après l'autre. Dans la cuisine de sa mère, chaque objet avait une place bien définie.

— Parfois, c'est plus sûr ainsi, répondit-elle.

— Mais…

Elle se déplaçait vite pour une vieille dame.

— Ne t'encombre pas du poids de la Sicile ou de ce genre de pensées, Tess. À mes yeux, la Sicile est un sombre pays. Et je ne suis pas la seule à penser ainsi. Mais c'est du passé. Je m'en suis libérée il y a longtemps. Je suis ici, désormais. C'est ma vie. Je n'ai plus besoin de regarder en arrière.

Tess prit une profonde inspiration et lâcha :

— Mais peut-être que moi, si.

— La Sicile n'est rien pour toi, objecta sa mère, ce qui fit l'effet d'une gifle à Tess.

— Mais, Muma, rétorqua-t-elle en songeant à ce qui s'était passé à la soirée, à ce qu'elle avait ressenti ; à ce fameux moment clef. Tu te trompes. Et j'ai besoin d'y retourner.

— Besoin ?

Le regard de sa mère était sombre et impénétrable.

— J'en ai envie. Et besoin.

Tess traversa la pièce et saisit les mains de sa mère. Elles paraissaient si minces, si fragiles.

— Je ne veux pas te contrarier, je te le jure. Mais j'y ai beaucoup réfléchi. Et je dois y retourner.

— Pourquoi ?

Tess s'était attendue à de la colère ou des larmes. Mais Muma semblait simplement triste.

— Je sens que c'est ce que je dois faire, c'est tout. Je pense que c'est pour ça qu'Edward Westerman m'a laissé la villa. Et je suis à moitié sicilienne, après tout. La Sicile coule peut-être dans mon sang.

Sa mère n'avait pas cherché à se défaire de son emprise. Mais elle fixait le vide, et Tess détestait plus que tout ce regard vaincu.

— Parle-moi, Muma, la supplia-t-elle.

Sa mère secoua la tête.

— Tu dois trouver ta voie, murmura-t-elle. Personne ne peut la trouver à ta place, ma chérie.

Mais elle pouvait peut-être l'aider. Si elle le voulait bien, elle pourrait au moins illuminer le chemin.

— Quand pars-tu ? demanda-t-elle. Et ton travail ?

— J'ai remis ma démission jeudi.

Elle avait encore du mal à y croire, comme si c'était arrivé à quelqu'un d'autre, en définitive. Il lui fallait peut-être plus de temps pour s'y faire.

Sa mère ouvrit de grands yeux.

— À cause de ça ?

— Parce qu'ils se sont montrés injustes.

Elles s'assirent ensemble à la table, et Tess expliqua ce qui s'était passé.

— Mais c'est sûrement aussi à cause de ça, admit-elle.

Tout semblait coïncider. Comme si c'était son destin.

— Et Robin ? lâcha sa mère en roulant la langue, comme si le simple fait de prononcer son nom lui était pénible.

— C'est officiellement terminé, déclara Tess en se

demandant combien de fois encore elle devrait le dire avant que tout le monde et elle-même en soient persuadés.

— Alors, tu es décidée ?

Quelque chose avait changé dans l'expression de sa mère.

— Tu es déterminée à retourner en Sicile ?

— Oui.

Tess savait qu'elle devait le faire.

— Avec ou sans ton soutien. Même si je préférerais que tu me dises que tu comprends mon choix.

Sa mère hocha la tête. Elle sembla d'abord hésiter, puis se résoudre finalement à une décision.

— Attends ici, souffla-t-elle d'un air mystérieux.

Puis elle se leva et jeta un coup d'œil par-dessus son épaule, comme si la brigade des pensées s'apprêtait à venir l'arrêter.

— Qu'est-ce q… ?

Elle réapparut deux minutes plus tard, attrapa la main de Tess et lui ouvrit la paume avant d'y glisser quelque chose.

Tess baissa les yeux. C'était de l'argent ; une liasse de billets. Elle ne savait pas combien il y avait en tout, mais, ce qui était sûr, c'est qu'il y en avait beaucoup.

— Qu'est-ce que c'est que ça ?

— C'est le mien, se défendit sa mère. Ce n'est pas celui de ton père. Je l'avais mis de côté.

— Pour quoi ? s'enquit Tess en la dévisageant.

— Pour ce genre de situation. Prends-le. Il est à toi. Et je m'efforcerai de comprendre.

— Mais je ne…

Son cerveau était en ébullition. Certes, cet argent lui permettrait de retourner en Sicile et même d'y rester quelque temps, mais pourquoi ce changement soudain chez sa mère ? Et puis, avait-elle pris la bonne décision ? Et Ginny dans tout ça ?…

— Ginny…, dit-elle.

Sa mère dressa un sourcil.

— Quelque chose ne va pas, souffla-t-elle, comme si elle était déjà au courant.

Tess lui résuma leur dispute. Ça l'avait retournée. Où avait-elle failli dans son éducation ? Sans qu'elle sache pourquoi, sa fille toujours joviale s'était métamorphosée en une adolescente agressive.

Mais, la pire des choses, c'était de savoir que la personne avec qui elle avait passé le plus de temps depuis que Ginny était capable de former des mots voulait aujourd'hui s'éloigner d'elle. Et, clairement, elle ne voulait pas l'accompagner en Sicile. Tess se sentit enveloppée des bras de sa mère, chose qui arrivait rarement. Elle n'osait plus faire un geste de peur qu'elle ne se ravise.

— Ça passera, souffla Flavia. Les jeunes connaissent tous une période difficile. Ça passera, je t'assure.

Elle caressa les cheveux de Tess, comme si elle était redevenue une enfant.

— Laisse Ginny rester avec moi quelques semaines. Va en Sicile si tu le dois. Ça vous fera peut-être du bien de passer un peu de temps séparées.

Tess ravala ses larmes. Elle avait ressenti tellement de choses différentes ces dernières semaines qu'un rien la bouleversait. La femme en elle brûlait d'envie de retourner en Sicile. Pas seulement pour résoudre tous ces mystères, mais pour vivre une aventure, pour profiter de sa villa, pour vivre un peu, tout simplement.

Mais maintenant que sa mère lui avait donné son aval, maintenant qu'elle avait les moyens de le faire, la mère en elle la retenait. Elle avait pris la responsabilité d'élever Ginny seule, et elle devait assumer.

Tess soupira. Elle avait l'habitude que Ginny ne rentre pas de la nuit (même si elle n'y était pas autorisée durant les examens, normalement). Les ados avaient cette tendance à dormir les uns chez les autres, ce qui ne signifiait pas qu'ils s'adonnaient tous aux plaisirs charnels, mais juste qu'ils étaient trop paresseux pour rentrer chez eux.

Et, même si sa fille s'adonnait aux plaisirs charnels, après tout, elle avait dix-huit ans. Tant qu'elle utilisait des préservatifs, était-ce si grave ? (Eh bien, oui, c'était grave, en vérité.) Mais, en tout cas, Ginny envoyait toujours un message à Tess pour lui dire où elle était ; c'était la règle.

Et lorsque Tess était enfin parvenue à la joindre sur le fixe de la maison, ce matin, Ginny ne s'était même pas excusée. Tess avait conscience qu'il ne servait à rien de s'emporter. De toute façon, ce n'était pas son style. Mais, dans ces moments-là, elle regrettait que David ait été aussi absent. Elle ne savait plus quoi faire.

Muma avait peut-être raison : passer un peu de temps loin l'une de l'autre pourrait leur faire du bien. Ginny aimait et respectait ses grands-parents ; aucune chance qu'elle se conduise mal avec eux. Peut-être Tess ne pouvait-elle pas y arriver toute seule, finalement.

Elle songea à l'argent que sa mère lui avait donné. Il lui permettrait sûrement de tenir plusieurs semaines, le temps de décider quoi faire ensuite. Oui, que faire ?... C'était une bonne question. Mais, ce qui était certain, c'est qu'elle ne voulait pas que Ginny et elle s'éloignent davantage.

— Je ne suis toujours pas sûre d'avoir pris la bonne décision, avoua-t-elle.

— Il faut bien que tu comprennes, Tess : je n'ai pas envie que tu partes, dit sa mère en la regardant droit dans les yeux. Mais je sens que tu dois le faire, ajouta-t-elle avec un hochement de tête. Et je sens que tu as besoin de faire un break.

Elle posa une main sur l'épaule de Tess.

— Tu n'es pas Wonder Woman, ma chérie. Tu as élevé cette enfant toute seule et tu as toujours, toujours travaillé trop dur. Aujourd'hui, tu n'as plus d'emploi, mais tu as une villa à Cetaria. Il faut que tu prennes un peu de recul pour réfléchir à tout ça, à tout ce qui te tracasse.

Pour la seconde fois de la soirée, Tess songea à quel point sa mère était une femme admirable. Forte, désintéressée et compréhensive. Elle avait le sentiment de devoir encore protester, mais, d'un autre côté…

— Ne t'inquiète pas, déclara sa mère. Vas-y, mets tes idées au clair, et ce sera fini.

Elle ouvrit la porte du four, où leur dîner frémissait tranquillement.

— Bon ! lança-t-elle avec son premier sourire détendu de la soirée. Appelle ton père, on passe à table.

27

Et voilà, songea Flavia. Tess voulait retourner en Sicile. Elle avait *besoin* de retourner en Sicile. C'était peut-être son destin, finalement.

Flavia s'installa dans la pièce où elle aimait écrire, parce qu'elle donnait sur le jardin et parce qu'elle était baignée du soleil de juin qui la réchauffait. Elle observa Lenny, qui taillait la haie plus ou moins n'importe comment.

À partir de l'instant où sa fille lui avait parlé de la mort d'Edward Westerman et de son legs, elle avait compris que les choses ne faisaient que commencer. C'était une vieille femme ; comment pouvait-elle lutter contre la force d'attraction de la Sicile ?

Alors, elle l'avait laissée partir. Et elle lui avait même facilité les choses. Pourquoi ? Parce que Tess était sa fille et parce qu'elle était tellement têtue qu'elle ne lâcherait rien tant qu'elle n'aurait pas eu de réponses. Très bien. Qu'il en soit ainsi. Elle tâcherait de comprendre.

Elle prit son stylo et détendit ses doigts fatigués. Elle apporterait sa contribution. Un peu chaque jour. Elle y parviendrait.

Le fromage sicilien : *il frutto*, le « fruit du lait ». C'était l'une des choses qui avaient le plus manqué à Flavia à son arrivée en Angleterre.

Elle se souvenait du berger sur la montagne, de son visage buriné et du bâton qui le soutenait, de ses grosses bottes aux semelles épaisses.

Le *pecorino*, un fromage de brebis ; le *caciocavallo*, au lait de vache ; puis le fromage de chèvre. Et la ricotta, composée du petit-lait des autres fromages. Ce n'était pas vraiment un fromage, non, c'était tout simplement de la ricotta.

Avec Mamma, elle aimait bien regarder la fabrication de la ricotta, au village, dans la cabane aux murs noircis, tandis qu'on remuait sans cesse la marmite de lait qui montait en température jusqu'à cailler.

Elle distinguait encore les effluves crémeux qui s'en échappaient et la fumée âcre du bois d'olivier qui brûlait sous la marmite.

Flavia disposait de nombreuses recettes contenant de la ricotta. Elle s'accordait à la perfection avec un *dolce*, les épinards, les poivrons rouges… On pouvait la couper en dés et la servir avec des olives, des tomates séchées et des feuilles de salade. On pouvait l'arroser d'huile d'olive et la parsemer de persil, de menthe ou de poivre noir.

Mais la ricotta, c'était surtout un goût de montagne, un goût d'histoire, un goût de départ dans la vie. Et elle voulait le transmettre à Tess.

Flavia l'entendit crier, comme si elle tendait l'oreille même en dormant.

Elle se glissa du lit tout doucement, s'enveloppa de sa robe de chambre et se précipita dans sa chambre sur la pointe des pieds.

— Chhhhut, lui souffla-t-elle pour le calmer.

— Il fait trop chaud, marmonna-t-il. Je vais crever…

En effet, il était en nage. Elle prit un gant de toilette humide et le posa sur son front.

Il plaqua alors les mains sur ses yeux.

— Ce sont les lumières. Elles m'aveuglent…

Parfois, c'étaient les lumières, parfois le bruit, souvent les deux. Flavia recouvrit la lampe de chevet d'un tissu. Ils la laissaient allumée parce que l'obscurité posait également problème. Elle savait qu'il faisait des cauchemars. Il y en avait un qui revenait régulièrement depuis qu'il vivait chez eux. Il revoyait les moments qui avaient précédé le crash de son avion ; elle reconnaissait les signes.

— Tout va bien, lui murmura-t-elle en anglais, comme elle avait pris l'habitude de le faire, afin qu'il puisse la comprendre. Tu es en sécurité, à Cetaria, dans notre maison, avec moi.

Il faisait encore nuit, et, en dehors de ses murmures, le cottage était plongé dans un silence total.

Ces dernières semaines, il lui avait appris davantage d'anglais, et, de son côté, elle lui avait enseigné des bribes de sa langue maternelle afin qu'il puisse un peu échanger avec son père. Cela lui paraissait important. Il s'était également mis à passer du temps à l'extérieur, mais sans jamais s'éloigner de la maison. À force de déambuler parmi les terrasses et les ortos, sa jambe avait peu à peu retrouvé sa force.

Son père venait le voir chaque soir avant dîner avec un verre de vin. L'air grave, il lui demandait comment il allait.

— Bene, lui répondait Peter. Grazie, Signor.

— Mais il est encore très faible, ajoutait Flavia.

Évidemment, elle voulait qu'il se rétablisse. D'un autre côté, elle n'avait pas envie qu'il parte. Sa plaie avait guéri et avait été nettoyée de tous les éclats de métal. Il progressait vite. Mais il n'était pas prêt à partir, et elle n'était pas prête à le voir partir. Elle ne supportait pas l'idée de se séparer de lui.

D'après ses cauchemars et ce qu'il lui avait confié, Flavia savait que l'objectif du pilote anglais, en juillet dernier – enfin, l'objectif du planeur – avait été de saisir un pont à l'extérieur de Syracuse et de

222

le garder jusqu'à ce que des troupes arrivent par la mer pour envahir la ville. Elle savait qu'il disposait d'un revolver et de beaucoup de munitions (et imaginait que Papa et ses camarades avaient tout gardé, car, en Sicile, ce genre de choses pouvait toujours se révéler utile). Elle savait que, cette nuit-là, il venait de Mascara, au pied de l'Atlas, et qu'il n'avait pas pu maintenir son cap, que des projecteurs l'avaient aveuglé et qu'il avait perdu la côte de vue.

— Doucement, vieux coucou, se mit-il à marmonner en élevant la voix. On va trop vite. On va…

Elle lui prit la main. Elle savait ce qui suivrait. L'accident. L'obscurité. Puis l'oubli.

— Peter, murmura-t-elle.

Il serra sa main avec force, mais elle ne dit rien.

— Flavia ! lança une nouvelle voix du seuil de la porte. Va te coucher, Flavia.

C'était son père.

— Mais, Papa…

Personne ne parvenait à le rassurer comme elle. Personne ne pouvait ressentir ce qu'il ressentait.

— Vas-y, insista son père avec ce regard qui ne tolérait aucune contestation.

Malgré la douleur qu'elle avait à le quitter, Flavia jeta un dernier coup d'œil à Peter et se précipita dans sa chambre.

Elle distingua leurs voix jusqu'à tard dans la nuit. À un moment, Flavia y retourna sur la pointe des pieds et resta dans le couloir pour les écouter.

— Vous allez quitter la maison, entendit-elle son père dire en sicilien.

Elle se raidit et se maintint au mur de pierres pour ne pas s'effondrer. Elle ne pourrait rien y faire. Bientôt, ce serait l'hiver. Elle savait que ce moment viendrait. Mais… Elle ignorait même si Peter avait compris.

— Je vous donnerai toute l'aide dont vous aurez besoin, dit son père. Mais je ne vous donnerai pas ma fille.

Les larmes brûlaient le visage de Flavia. Elle avait envie de surgir dans la pièce, de montrer le poing et de leur hurler après, mais elle n'osa pas.

On ne pouvait pas l'obliger à ne plus du tout le voir. On ne pouvait pas l'enfermer comme un animal dont on se méfierait.

— Je l'aime, entendit-elle Peter répondre. J'aime Flavia.

Son cœur se figea dans sa poitrine. Il l'aimait.

— Non, lâcha Papa.

Elle avait l'impression d'avoir entendu toute sa vie ces « non » qui ne toléraient aucune opposition.

De retour dans sa chambre, Flavia laissa couler ses larmes de frustration. Avant Peter, sa vie n'était rien. Aucun but, aucun désir, aucun espoir de changement. Tout ce qu'elle pouvait attendre de l'avenir, c'est qu'il lui apporte un homme bon qui s'occuperait d'elle. Elle partagerait sa couche, aurait ses enfants, ne quitterait pas la cucina. Comme Mamma. Il sortirait avec ses amis ; au Giavota pour boire de la grappa ou au corso pour aller voir les gens danser. Elle serait contrainte de rester chez elle. Emprisonnée. L'église, le marché, la casa. Autant mourir.

Que pouvait-on espérer d'autre ici ?

« Que peut-on espérer d'autre ici ? » demandait-elle souvent à Santina. Mais Santina ferait ce que sa famille attendait d'elle. Elle ne pouvait pas répondre à Flavia.

Puis, Peter était arrivé.

Flavia s'allongea sur le dos et fixa le plafond. Les volets à demi fermés laissaient pénétrer une lueur rose pâle dans la pièce. L'aube. Peter lui était littéra-

lement tombé du ciel, comme une étoile, et tout – tout
– avait changé.

Elle plia les jambes et étendit les bras. Peter l'aimait.
Ce n'était pas le fait qu'il soit étranger et séduisant qui
l'attirait, même si elle aimait cela. Ce n'était pas qu'il
puisse l'emmener ailleurs, dans un nouveau pays, un
pays dont lui avait déjà parlé Signor Westerman, où
sa vie serait différente. Même si cela aussi, ça comptait. C'était tout simplement Peter. La douceur de sa
peau, les battements de son cœur. Flavia l'aimait. Elle
l'aimait de tout son être.

28

Ginny entra dans la maison avec un petit saut de cabri. Enfin, c'était fini. Plus d'exams. La plaisanterie avait assez duré.

— Chérie ?

Sa mère était dans la cuisine. Ce que Ginny ne comprenait pas, c'était pourquoi elle ne cherchait pas de nouveau travail. Qu'allait-elle faire ? Les parents étaient obligés de travailler, non, si la maisonnée voulait vivre correctement ?

— Salut.

L'atmosphère était particulière depuis leur dernière dispute. Elle ne savait jamais comment se comporter dans ce genre de situation. Fallait-il faire comme si de rien n'était ? Fallait-il s'excuser ? Ou fallait-il continuer à bouder histoire d'avoir le dernier mot ? Parfois, Ginny mourait d'envie d'aller vers sa mère (c'était si simple, avant), mais, désormais, chaque fois qu'elle voulait faire un pas en avant, la Boule semblait l'immobiliser.

— Comment ça s'est passé ?

Sa mère avait donc décidé de ne pas parler du tout de leur dispute. Elle était assise à la table de la cuisine, sur laquelle était étalée une carte.

— Bien.

En vérité, Ginny n'avait pratiquement rien écrit. La meilleure façon d'éviter la fac et la psychologie, c'était de ne se donner aucune chance. Et, s'étant au préalable déconnectée de toute contrainte, ça lui avait paru étonnamment simple de rester assise à gribouiller. Ça lui avait carrément semblé surréaliste, presque surnaturel. Comme si elle s'était trouvée dans un tout autre lieu. Qu'avait-elle à faire de tout cela ? La Boule grogna son approbation. *Qu'avait-elle à faire de tout cela ?*

— Tu veux une tasse de thé ? proposa sa mère en se levant.

— Pourquoi pas ?

En plus d'éviter le sujet de la dispute, sa mère avait également pris cette manie de ne pas vouloir la froisser, comme si Ginny était trop fragile pour qu'on la touche et trop versatile pour qu'on lui parle. Elle détestait ça. Ça la rendait folle.

— Alors… Tu sors pour fêter ça, ce soir ? lança sa mère sur un ton faussement jovial. Fini les exams… Enfin libre !

— Peut-être.

Ginny ignorait encore ce qu'elle ferait, même s'il était vrai que beaucoup de ses amis avaient prévu de sortir. Déjà, Becca serait là. Mais Becca serait avec Harry, et Ginny savait très bien à quoi s'attendre.

Elle ne pouvait pas le nier : l'obsession de Becca lui tapait franchement sur le système. Un instant, sa meilleure amie était toujours collée à elle. Celui d'après, elle n'avait plus le temps de la voir. Quant à la Boule…

Le fait d'avoir volontairement planté ses exams n'avait rien changé à sa taille. En vérité, elle semblait avoir gagné en confiance et déambulait en elle à toute heure de la journée, comme une possédée (ce qui était plutôt ironique, si l'on y réfléchissait bien).

Sa mère posa une tasse de thé devant elle.

— Comment va Ben ? demanda-t-elle prudemment.

— Bien.

Oui, il y avait ce problème, aussi…

Pourquoi une relation se résumait-elle à une histoire d'équilibre du pouvoir ? Prenons Ben, par exemple. Au début, c'était lui qui l'avait. Ginny ne savait pas quoi faire. Puis ils avaient fait l'amour, et elle était certaine que c'était elle qui dominait, désormais.

Il avait envie d'elle tout le temps. C'était totalement grisant ; pas le sexe, mais le fait de se sentir désirée. Même la Boule restait muette dans ces moments-là. C'était après qu'elle se mettait à hurler.

— Maintenant que tu as terminé tes examens, disait sa mère de cette voix enjouée, il va falloir réfléchir à ce que tu comptes faire ensuite.

— Genre… aujourd'hui ? lança Ginny avec un regard mauvais.

Sa mère prit une profonde inspiration.

— Non…, mais bientôt.

Ginny se laissa tomber sur sa chaise.

— Je te l'ai déjà dit. Je veux voyager.

— Il va te falloir de l'argent, alors.

La voix de sa mère lui semblait plus sèche que d'habitude, comme si elle avait soudain décidé de ne plus être arrangeante.

Ginny grogna.

— Tu vas devoir trouver un travail.

Ginny se renfrogna carrément. Pourquoi les parents étaient-ils toujours aussi rabat-joie ? C'était plus fort qu'eux ; ils étaient incapables de se contenter d'un « Vas-y, profite » !…

— Je sais, je ne suis pas idiote, rétorqua-t-elle.

Ce serait toujours mieux que d'étudier la psychologie, elle en était persuadée.

— Et tu restes sur ta position par rapport à la Sicile ? insista sa mère en montrant la carte du doigt sur la table. Ce serait sympa, pourtant.

Ginny ne lui fit même pas le plaisir de regarder.

— Oui.

— OK, se résigna sa mère avec un haussement d'épaules,

puis elle replia la carte. Je ne pars que quelques semaines, ajouta-t-elle. Un mois maximum. Deux, peut-être…

— Un mois ou deux ? s'écria Ginny avec de grands yeux.

Alors, comme ça, elle pouvait se permettre de partir un mois entier – voire deux – en Sicile, mais elle était en train de lui prendre la tête pour qu'elle-même trouve un travail ?! Sans déconner… Et elle, qu'était-elle censée faire pendant que sa mère traînait en Sicile ? Pour la deuxième fois… Elle déglutit péniblement. Sa mère dressa un bras hésitant.

— Tout va bien, chérie ? Ben ?…

Ben n'avait plus peur. Et, même s'il la désirait toujours (ils faisaient constamment l'amour), c'était avec moins de passion, et Ginny avait perdu le pouvoir. Comme ça, en un claquement de doigts. Elle allait même jusqu'à penser qu'il la considérait comme acquise. Pire encore, elle s'était rendu compte qu'elle était non seulement à deux doigts de péter un plomb, à cause de Becca et de toute cette histoire d'examens, de fac et de psycho, mais qu'elle était également blasée. À un point qu'elle n'aurait pas imaginé. Elle en était venue à tout détester, elle y comprise.

— Ça va, dit-elle. Tout va bien.

— Si tu préfères que je reste ici, je ne pars pas, déclara sa mère.

Mais, de toute évidence, elle voulait partir.

— Va en Sicile, la rassura Ginny. Ne t'inquiète pas.

Elle se sentait abandonnée. Perdue. Seule au monde. *Et moi ?* avait-elle envie de gémir. Elle déglutit une nouvelle fois. Ça lui faisait mal.

— Nonna voudrait que tu restes avec elle et Papy, s'enthousiasma sa mère. Ça sera comme des vacances, d'accord ?

Ginny renifla. Ils ne vivaient qu'à trois rues les uns des autres. Mais, bon, si ça pouvait lui faire plaisir…

— D'accord, dit-elle avant de se lever pour aller dans sa chambre, car la Boule lui faisait soudain mal au crâne, et elle avait envie de pleurer… encore…

Une fois là-haut, elle enfila les écouteurs de son iPod et ferma les paupières de toutes ses forces. Elle voyait un gâteau d'anniversaire avec des bougies, et elle entendait des rires autour d'elle. C'était son treizième anniversaire, et ils étaient tous les quatre : Ginny, sa mère, Nonna et Papy. Sa famille.

Nonna avait confectionné le gâteau, comme d'habitude, mais, la veille au soir, sa mère s'était occupée du glaçage, qu'elle avait recouvert des pépites de chocolat et des vermicelles en sucre que Ginny réclamait tous les ans. Papy avait sorti une bouteille de champagne du frigo avec un « Tadam ! » triomphant et un grand sourire, puis il l'avait secouée.

Sa mère et Nonna avaient reculé en poussant un petit cri, et Ginny s'était mise à glousser. Papy avait défait le muselet. Tess, Ginny et Nonna s'étaient serrées l'une contre l'autre sans quitter le bouchon des yeux.

Le bouchon avait jailli soudain de la bouteille et était allé se cogner au plafond. Tess et Nonna avaient poussé un nouveau cri.

— Vite, des verres ! avait réclamé Papy tandis que le champagne s'échappait du goulot.

Sa mère s'en était chargée, les tenant afin que Papy puisse les remplir. Puis elle avait posé les yeux sur Ginny en articulant silencieusement : « *Joyeux anniversaire.* »

— Treize ans ! avait médité Papy. Ta vie commence maintenant, ma chérie.

Ginny avait observé les bulles de champagne envahir le verre comme une promesse.

— À Ginny ! avait déclaré sa mère en lui tendant un verre et en levant le sien.

— À Ginny ! avaient-ils répété.

Sa famille.

— Tu es une adolescente, désormais.

La tignasse de sa mère était toujours aussi ébouriffée, mais elle portait un nouveau rouge à lèvres rose. Elle avait fait le tour de la table afin d'allumer les petites bougies bleues, roses, blanches et jaunes, jusqu'à ce que le gâteau au chocolat glacé à la crème ne soit plus qu'un brasier scintillant.

Ginny avait contemplé les pépites de chocolat, les vermicelles en sucre et les treize bougies qui brûlaient. Une sensation étrange lui nouait le ventre. Elle songeait à ce qui l'attendait : l'école, l'université, une carrière et, surtout, le Grand Amour.

C'était à la fois excitant et terrifiant. Elle les avait observés les uns après les autres. Papy était rayonnant, Nonna la gratifiait d'un sourire d'encouragement, et sa mère était rouge de fierté.

Ginny avait alors songé à ce qu'elle laissait derrière elle, c'est-à-dire probablement son enfance. Sa sécurité. Elle avait avalé d'un trait son champagne, qui avait laissé un goût sec et insolite sur sa langue.

— Tu as le monde entre tes bras ! avait déclaré Nonna.

Ginny avait jeté un coup d'œil à sa mère, qui s'efforçait de se contenir. Elle avait senti un fou rire monter en elle comme des bulles de champagne. Puis elle avait croisé enfin le regard de sa mère, et elles avaient explosé alors, pliées en deux. Tess, pratiquement en larmes, avait dû poser son verre sur la table.

— Qu'est-ce qui est drôle ? avait lancé Nonna, les mains sur les hanches et l'air indigné.

— Rien, Muma, avait dit Tess.

— Rien, Nonna, avait dit Ginny.

Mais elles étaient parties d'un nouveau fou rire, jusqu'à ce que Papy réponde au lourd soupir de Nonna :

— C'est *mains*, ma chérie. « Le monde entre tes *mains*. »

Ginny ne savait plus vraiment ce qui était si drôle, mais en tout cas, ça l'était.

— Câlin général ! avait déclaré sa mère en les attirant vers elle, faisant un effort pour se calmer. C'est l'heure de chanter.

Les bougies commençaient à fondre et à répandre leur cire sur le glaçage du gâteau.

— Joyeux anniversaire, joyeux anniversaire…

Leurs voix s'étaient élevées, mélodieuse et rauque chez Nonna, ténor chez Papy, limpide et confiante chez sa mère.

— Joyeux anniversaire, notre petite Ginny…

Sa mère lui tenait la main.

— Souffle les bougies, chérie, avait-elle dit. Fais un vœu.

Ginny avait pris une profonde inspiration et soufflé. Elle avait souhaité bientôt connaître tout de la vie. Et également que rien ne change. On avait applaudi et on s'était enthousiasmé. Nonna avait sorti un couteau pour couper le gâteau, Papy avait versé encore du champagne, sa mère lui avait caressé les cheveux d'un geste tendre.

Sa famille était ce qu'elle avait de plus cher…

Et c'était ce qu'elle avait perdu, songea Ginny, de retour dans sa chambre. Elle passa au morceau suivant que la lecture aléatoire de son iPod lui proposait et pensa à Nonna et Papy, à la cuisine de Nonna, à leur maison chaleureuse dans laquelle elle se sentait si bien. Il n'y avait aucune raison que ça se passe mal. Et puis… ce serait beaucoup plus simple d'oublier toute cette histoire de job et d'université (sans parler de ce qui se passerait à la réception de ses résultats) si sa mère n'était pas là.

29

Lorsque Tess réapparut en Sicile, la saison battait déjà son plein. Les hôtels étaient bondés, les bars et les restaurants débordaient, et la *strada* se noyait sous la circulation.

Mais Cetaria était suffisamment hors des sentiers battus pour ne pas être victime du tourisme de masse, et, quand Tess pénétra dans le village le mercredi soir, le *baglio* et la baie lui parurent inchangés.

Le soleil, bas mais encore chaud, projetait sa lueur dorée sur la mer ondulée. Au loin, sur les collines, une lumière différente, tirant sur le rosé, s'insinuait entre les cimes fuselées des cyprès.

Tess prit la direction de via Margherita, la petite rue qui menait à la Villa Sirena, et elle baissa la vitre pour s'imprégner des odeurs de cuisine qui flottaient dans les ruelles : oignons et tomates caramélisés, herbes aromatiques (origan et basilic), viande rôtie. Une vague d'excitation l'envahit.

Elle arriva devant le portail en fer forgé, se hâta d'aller l'ouvrir grand, retourna dans la voiture et braqua à droite, entre un antique Ape et une Fiat Panda bleu et jaune.

Derrière le laurier-rose et le mur de pierres usé, la villa l'attendait, son rose grenat luisant sous les pâles rayons du soleil, la sirène au-dessus de l'entrée semblant l'accueillir d'un sourire lorsqu'elle inséra la clef et ouvrit la porte. Tess n'était pas spécialement partante pour louer sa villa. Mais il valait mieux cela que de s'en séparer complètement… Si elle la louait à des vacanciers, elle serait toujours là, à sa disposition, dès qu'elle aurait la possibilité de venir.

Donc… Tout ce qu'elle avait à faire, c'était trouver de quoi financer quelques travaux (enfin, *beaucoup* de travaux) et… roule ma poule ! Elle posséderait sa propre maison de vacances en Sicile.

Tess retourna à la voiture chercher ses affaires. Qui ne désirerait pas passer le plus de temps possible dans un endroit aussi charmant ? L'odeur du jasmin qui cernait la villa lui parvint aux narines. Une odeur entêtante et pourtant familière. Elle avait le sentiment de n'être jamais partie.

Et c'était pour cela qu'elle était revenue. Parce qu'elle voulait être ici. La Villa Sirena était ce qui la liait à la Sicile et à la jeune fille qu'avait été sa mère. Comment pourrait-elle s'en séparer ?

Comme elle n'avait pas voyagé léger (cette fois, elle avait emporté son équipement de plongée), elle dut faire trois allers-retours avant d'en avoir fini. Une vieille femme qui passait devant le portail lui jeta un coup d'œil.

— *Buona sera !* lança Tess d'un ton jovial, toute ravie.

Un sourire s'étira sur le visage brun et parcheminé de la vieille femme.

— *Sera*, répondit-elle.

Tess ferma la porte d'entrée et se rendit directement sur la terrasse. Appuyée sur la rambarde, elle observa le *baglio*. La porte de Tonino était fermée, et il n'était pas devant son atelier. Elle sourit. Inutile de stresser maintenant… Elle n'avait qu'à se délecter de ce sentiment d'être enfin retournée chez elle.

Le lendemain matin, elle ouvrit les volets, prit un petit-déjeuner rapide et descendit en direction de la baie, armée de son matériel de plongée. Elle portait sa combinaison et, en partant de l'aéroport, elle avait pensé à s'arrêter dans un centre de plongée, près de Palerme, où elle avait loué une bouteille.

Le calme régnait sur le *baglio*, où quelques personnes se promenaient ou buvaient un expresso au bar. Tess devinait la riche fragrance du café fraîchement torréfié qui se mêlait au doux parfum sucré des *cornetti*. Il était encore tôt, et le *baglio* semblait tranquillement se préparer à cette nouvelle journée. La porte de l'atelier de Tonino était grande ouverte, mais pas le moindre signe de lui.

Elle remarqua que le serpent se trouvait encore dans la vitrine, ses écailles vertes scintillant sous le soleil, sa tête plate arborant une couronne jaune. Attendez… Une couronne ? Elle l'observa de plus près. Elle ne se trompait pas. Des perles d'ambre ornaient les pointes du diadème de verre jaune, et des traits bruns en composaient la base. Elle marqua un temps d'arrêt. Le serpent avait un visage. Des yeux verts, des sourcils arrondis, une barbe et une moustache, d'un blanc nacré cette fois. Avec une langue fourchue et noir de jais. OK…

Elle n'aperçut toutefois pas ce sur quoi Tonino travaillait en ce moment. Et il était introuvable. Déçue, Tess décida de continuer son chemin en direction de la baie. La formation rocheuse la fascinait. La côte elle-même était déchiquetée, mais ces rochers étaient de vraies tours de granit jaillissant de l'océan. Elle atteignit la jetée de pierres, impatiente d'aller explorer les fonds marins. Elle voulait savoir ce qu'ils cachaient, ce qui se trouvait au cœur de la mer.

— Hé !

Elle reconnut sa voix avant même de se retourner. Il avait adopté un ton plutôt agressif, mais elle préféra se contenter d'un petit signe de main en guise de réponse.

— Salut.

Il fonçait vers elle et, lorsqu'il fut à ses côtés, il arborait une expression sombre et furieuse.

— Qu'est-ce que tu fais, là ?! lança-t-il avec un grand geste en direction de la bouteille, de la ceinture de lestage et du masque qui composaient son équipement.

— De la plongée ?… rétorqua-t-elle, hésitante.

Moi aussi, ça me fait plaisir de te voir, songea-t-elle. Ce moment partagé à Segesta, ce baiser furtif…, tout cela lui sembla soudain bien loin.

— Seule ? rugit-il.

Tess passa la baie en revue. À quelques mètres de là, un couple assis sur le muret observait leur échange avec curiosité, et un vieil homme se tenait au niveau des rochers, de l'autre côté. En gros : personne qu'elle aurait pu prétendre accompagner.

— Et pourquoi pas ? lança-t-elle. Je ne compte pas aller très loin.

Oui, elle savait que l'une des règles de la plongée était d'être toujours accompagné. Il ne fallait jamais plonger seul. En cas de difficultés, on pouvait avoir besoin d'aide. Mais Tess ne comptait pas prendre de risques inutiles. Elle savait ce qu'elle faisait, tout de même ! Elle voulait explorer les fonds marins. Et où était-elle censée trouver un camarade de plongée, d'abord ?

— Peu importe, rétorqua-t-il avec un regard noir, les mains sur les hanches.

Il portait son fameux short noir et un tee-shirt bleu de la couleur de la mer sicilienne. Sa peau semblait encore plus sombre qu'avant, et ses yeux aussi.

— Ça peut être dangereux. Tu ne peux pas plonger seule.

Tess dressa les épaules, même si elle devait admettre qu'elle se sentait un tantinet gênée dans sa combinaison moulante. Il fallait toujours s'en procurer une taille en dessous, car la tenue se détendait dans l'eau afin de vous faire comme une seconde peau.

— Je le sais. Je suis une plongeuse certifiée.

Pourquoi ne cessait-on, ici, de lui dire ce qu'elle devait faire ? Elle n'avait pas besoin qu'on vienne contrôler sa vie ; elle pouvait très bien y arriver toute seule. Enfin, du moins le pensait-elle.

— Raison de plus ! fit-il sèchement.

Tess écarquilla les yeux. Elle s'était totalement plantée au sujet de cet homme. Elle aurait dû écouter Giovanni Sciarra. Tonino était incapable de réagir de façon pondérée. Elle se rappela la rage avec laquelle il avait parlé des filets des pêcheurs. C'était peut-être un psychopathe, finalement... Créatif, certes, mais sérieusement dérangé...

— Pour commencer, en quoi ça te regarde ?

Elle ajusta son masque et vérifia que tout était prêt. Puis elle posa doucement un pied dans l'eau fraîche, qui s'enroula autour de ses orteils comme pour l'attirer. Elle enfila ses palmes. Elle ne s'était pas embarrassée de gants : il ne faisait pas froid. Il ne s'agissait que d'un simple repérage, après tout.

Tonino croisa les bras.

— C'est totalement irresponsable. Ce n'est pas comme ça qu'on fait, déclara-t-il en restant planté là.

Alors quoi ? Il comptait rester au bord de l'eau jusqu'à son retour ? En tout cas, il semblait s'y connaître en plongée. Elle se tourna vers lui.

— Tu fais de la plongée ? demanda-t-elle.

L'espace d'un instant, elle crut qu'il ne comptait pas lui répondre.

— Non, finit-il par dire. Plus maintenant, en tout cas.

Plus maintenant... Tess, elle, ne pourrait jamais arrêter de plonger. C'était sa passion.

— Si ça t'inquiète tant que ça, viens avec moi ! lança-t-elle.

Il secoua la tête très lentement.

— Bon, très bien. Alors, j'y vais, déclara Tess avec un haussement d'épaules.

Elle glissa son détendeur entre ses lèvres et lui fit un geste de la main.

Il la foudroya une dernière fois du regard avant de tourner les talons.

Sans rire, c'était quoi, son problème ?

30

Une fois de l'eau jusqu'aux cuisses, Tess se pencha en avant et se laissa glisser. La mer devenait rapidement profonde, et elle sentait la fraîcheur se faufiler dans sa combinaison, où la température de son corps la réchaufferait et l'empêcherait d'avoir trop froid.

Elle garda la tête sous la surface un moment. Le fond de la mer était rocheux, rocailleux et envahi par les algues. Il ne semblait pas y avoir de méduses dans les parages, mais elle identifia un banc de jolies saupes pâles et rayées, presque iridescentes.

Elle nagea jusqu'au gros rocher qui formait deux tours. Elle voyait son reflet à la surface, ridé et brisé par les vagues.

Ces dernières semaines, l'étrange conversation qu'elle avait eue avec sa mère, le conflit qui l'opposait à Ginny (elle ne comprenait décidément rien aux ados), la rupture avec Robin semblaient revêtir bien moins d'importance maintenant qu'elle était de retour à Cetaria.

Les rayons du soleil s'infiltraient sous la surface, et la mer passait de façon chromatique du bleu pâle au bleu-vert. Tess avançait lentement, adoptant un rythme paisible.

Qu'espérait-elle de son retour ici ? Que cherchait-elle au juste ? Avait-ce à voir avec la villa, Cetaria, sa baie et son *baglio*, les deux hommes qu'elle y avait rencontrés ? Ou était-ce le passé de sa mère qu'elle cherchait à découvrir ? Tous ces éléments étaient peut-être liés, finalement.

Si elle creusait davantage, tout finirait sûrement par avoir un sens.

Elle plongea plus bas en atteignant la première formation rocheuse et fit courir sa main sur sa surface criblée de trous. C'était une roche que la mer venait user depuis des siècles, ce qui en faisait un surplomb unique.

Des bulles de dioxyde de carbone quittaient son masque et jaillissaient à la surface tels des champignons de mercure. La pierre semblait inébranlable et, pourtant, ces îles rocheuses arboraient de profondes brèches, sous la surface comme à l'air libre, où les mouettes et les cactus avaient élu domicile. La roche était composée de différentes strates qui venaient de divers endroits et de diverses époques.

Un peu plus bas encore, des oursins roses et des éponges orange vif côtoyaient les algues mauves. Tess n'était pas géologue, mais la terre, la pierre et l'érosion ne lui étaient pas des sujets totalement inconnus.

Cette formation rocheuse était en fait bien vivante. La Sicile était une terre de volcans et de séismes ; la terre bougeait, ici. Et, devant ce spectacle sous-marin, Tess se rendit alors compte qu'il était jonché d'îles rocheuses creusées de petites grottes. C'était un véritable terrain d'exploration.

Elle contourna lentement la roche et tomba sur deux piliers gris en soutenant un autre qui faisait figure de linteau, juste derrière la deuxième tour qui jaillissait de l'eau. Peut-être était-ce aussi jadis une grotte sous-marine. Elle s'approcha.

Une roche différente, plus sombre et moins érodée, était calée entre les piliers et traversée d'une bande de fer. Tess laissa glisser ses doigts dessus. On aurait dit qu'elle avait été déposée ici par Neptune en personne. Ou peut-être y avait-il eu un éboulement. Par endroits, les deux roches étaient séparées par des brèches profondes et larges ; à d'autres, elles se fondaient presque l'une dans l'autre. Tess joignit les mains et descendit encore jusqu'au fond rocailleux. Elle savait qu'elle avait dépassé la limite à laquelle elle aurait dû se tenir, mais ce n'était pas comme si elle se trouvait dans des eaux dangereuses…

Pourquoi Tonino avait-il réagi ainsi ? Elle avait eu dans l'idée de creuser cette histoire de querelle familiale, mais, désormais, elle n'était même plus certaine de vouloir lui parler. Tant pis pour Segesta et ses figues exquises. Décidément, elle était trop naïve.

Sous les petites roches qui jonchaient le fond de l'eau, elle découvrit une étoile de mer rouge sang qui s'empressa d'aller se glisser dans une autre brèche, et une magnifique rascasse qui s'éloigna tranquillement.

Elle ramassa un coquillage à l'intérieur parfaitement nacré et l'enfouit dans sa poche zippée. Les algues jaunes et brunes agitaient leurs thalles au rythme du courant, auquel Tess se fondait de plus en plus. Elle partit vers la tour monolithique suivante.

Elle allait aussi devoir profiter de ce séjour en Sicile pour réfléchir à la façon dont elle allait gagner sa vie maintenant qu'elle ne travaillait plus à la compagnie des eaux. Il faudrait qu'elle dresse une liste, lorsqu'elle retournerait à la villa.

Et elle devait absolument mettre la main sur Giovanni afin de parler restaurations avec lui. Elle essaierait également de voir Santina. Il était hors de question d'oublier cette partie de sa mission. Il allait falloir qu'elle s'organise. Et tant pis pour Tonino. Elle n'avait pas besoin de lui.

La deuxième roche était recouverte de mousse, plus vieille et plus pâle que la première. Elle l'étudia avec intérêt avant de longer les pierres et les algues épaisses pour rejoindre l'amas de rochers de l'autre côté.

Elle y découvrit quelques anémones de mer jaunes et un gros congre à l'air triste. Une part d'elle était à ce qu'elle faisait, l'autre, aux récents événements.

Il valait pourtant mieux se concentrer, en plongée. C'était la règle numéro un. Heureusement qu'en sa qualité de femme, elle parvenait à faire plusieurs choses à la fois… Parce qu'aux yeux de Tess, c'était l'un des grands avantages de la plongée : pouvoir réfléchir sans être interrompu.

Vingt minutes plus tard, un banc d'anchois tournait autour d'elle tandis qu'elle réapparaissait enfin à la surface, au niveau de la jetée. Elle gagna le rivage et retira son masque et ses palmes. Tonino travaillait à l'extérieur de son atelier, et elle n'avait d'autre choix que de passer devant lui pour rejoindre l'escalier menant à la villa.

Elle comptait l'ignorer, mais quelque chose dans sa façon de se tenir assis et dans son expression tendue lorsqu'il la gratifia d'un signe de tête la fit s'arrêter.

Elle posa les yeux sur la mosaïque qu'il était en train de composer.

— Tu travailles sur quoi ?

Il prit tout son temps pour répondre.

— Tu as déjà entendu la légende de Cola Pesce ? finit-il par demander.

Tess secoua la tête. Sa question sortait de nulle part, mais c'était souvent le cas avec lui.

Tonino prit un fragment de pierre verte (peut-être de la malachite) et le tendit en direction du soleil.

— Cola Pesce passa des jours sous l'eau, à explorer les fonds marins, dit-il. Il en rapporta que la Sicile était soutenue par trois énormes piliers, mais il y avait un problème.

— Lequel ?

Tess était déjà fascinée. Ce n'était pas ce qu'il disait. C'était sa voix. Son calme.

— L'un des piliers était brisé, répondit-il gravement.

Elle attendit. Qu'est-ce que cela signifiait ? Que la Sicile était fragilisée dans ses fondations propres ?

— Mais ça n'intéressait pas le roi, qui voulait seulement savoir à quelle profondeur pouvait descendre Cola Pesce. Il lui demanda alors de lui rapporter un boulet de canon lancé du phare.

— Et il l'a fait ?

Il narrait son histoire de sa voix hypnotique tout en jouant avec les pierres, les polissant, les tenant à la lumière, les triant…

— Il essaya, oui, dit-il avant de s'interrompre un instant (il ne craignait pas le silence). Mais, lorsqu'il atteignit le boulet, il leva les yeux sur une mer oppressante et dure comme du marbre, au-dessus de sa tête.

Tonino ferma brusquement les yeux avant de les rouvrir tel un lézard.

— Qu'a-t-il fait ?

— Rien. Il y resta emprisonné à jamais.

Tonino claqua des doigts, et l'enchantement fut immédiatement brisé.

— Oh !…

Tess se raidit. Que cela voulait-il dire ? Ne cherche pas à dépasser tes limites ? Ta passion peut te mener à ta propre mort ? Trop espérer peut s'avérer dangereux ?… Quoi ? Malheureusement, elle avait le sentiment que Tonino ne l'éclairerait pas davantage.

— Pourquoi cela te tracasse-t-il tellement que j'aille plonger seule ? lui demanda-t-elle.

Il posa les yeux sur la mer.

— L'océan est magnifique, mais cruel.

Tess se sécha les cheveux et balança la serviette par-dessus son épaule. Il n'avait pas vraiment répondu à sa question…

— C'est vrai, dit-elle. Mais je n'ai pas pris de risques. J'ai juste jeté un œil aux rochers.

— Qu'est-ce que tu cherches, quand tu es sous l'eau ? lança-t-il sans la regarder.

— Eh bien… Je ne sais pas, moi… La vie marine. Les plantes, les coraux. Une perle, peut-être, ajouta-t-elle en riant.

— Une perle…

Il inséra un fragment de verre dans sa mosaïque.

— J'avais un ami, un ami proche. Un plongeur, lui aussi. On plongeait ensemble, pour le plaisir ; puis un jour, on a décidé d'aller explorer les épaves de bateaux. On pourrait dire qu'on cherchait des perles, nous aussi…

— Les épaves ?

Il l'aida à retirer sa bouteille d'oxygène, et Tess s'assit sur le mur de pierres.

— Oui, ça s'appelle de la récupération.

Il se reconcentra sur sa mosaïque.

— On peut se faire pas mal d'argent comme ça. On récupère du laiton, de l'argenterie, Dieu sait quoi encore…

Tess hocha la tête. Elle avait déjà compris que, dans ce pays, on gagnait de l'argent comme on pouvait. Elle dézippa le haut de sa combinaison, qui lui collait désagréablement à la peau.

— Il y a une épave à l'ouest, complètement submergée. Nous avions prévu de l'explorer ensemble. J'ai été… retardé, hésita-t-il, gêné. Il ne m'a pas attendu.

Il s'interrompit un instant.

— Mon ami est mort là-bas.

Tess le dévisagea. *Mon Dieu !* La mort et la destruction. L'obscurité. Autant de termes qui semblaient tristement définir la Sicile.

— Quand ça ? murmura-t-elle.

— Il y a deux ans.

Malgré la chaleur du soleil, Tess frissonna.

— Qu'est-ce qui s'est passé ?

— Il est fort probable qu'il se soit fait piéger par un vieux filet. Lorsqu'on l'a retrouvé, il y en avait encore quelques morceaux pris autour de sa combinaison.

Ses yeux, plus sombres que jamais, évitaient ceux de Tess.

— Comment l'expliquer, sinon ? C'était un plongeur confirmé, et les pêcheurs…, ils jettent parfois leurs filets à la mer quand ils sont déchirés. Ils n'en ont absolument rien à faire.

— Et tu crois qu'il n'a pas réussi à s'en dépêtrer ?

Tonino secoua la tête.

— Il a dû parvenir à suffisamment s'en défaire pour remonter à la surface, mais j'imagine qu'il ne devait pas lui rester assez d'air. Il n'aurait pas eu le temps de respecter les procédures de décompression. Il a dû mourir seul sur l'épave.

Tess était muette. Elle savait de quoi il parlait. La maladie des caissons. Ça pouvait vous arriver si le gaz dans votre sang n'avait pas eu assez de temps pour s'ajuster au changement de pression ; alors, des bulles s'y formaient. C'était pour cela que, quand vous pratiquiez une plongée profonde, il fallait gérer votre temps pour pouvoir respecter les paliers de décompression en remontant à la surface.

Les filets des pêcheurs. Un plongeur seul. Elle comprenait désormais sa colère vis-à-vis des pêcheurs, l'autre fois. Et elle comprenait qu'il se sente coupable de ne pas avoir été là pour son ami au moment où il l'aurait vraiment fallu.

— Je suis désolée…

— J'avais le couteau qui l'aurait libéré, comme ça, lança-t-il en faisant mine de trancher l'air.

— Tu ne peux pas t'en vouloir, déclara Tess. C'est lui qui a décidé d'y aller seul.

Elle s'apprêtait à ajouter que c'étaient malheureusement des choses qui arrivaient, mais ça aurait sonné plat, et, de toute façon, il l'aurait contredite. Il la regarda en secouant la tête.

— On dit que cet endroit est maudit.

— Quoi, Cetaria ?

Elle observa le village. Sa mère avait laissé entendre la même chose. Pourtant, c'était le paradis, aux yeux de Tess. Le vieux *baglio* de pierres avec sa petite place, sa fontaine et son eucalyptus noueux aux reflets argentés. La baie turquoise et *il faraglione*, ses rochers escarpés qui jaillissaient de l'océan. Le labyrinthe de ruelles étroites et de maisons pastel. La Villa Sirena. Les grottes sous-marines de la réserve naturelle. Sans parler du soleil éclatant. Comment cet endroit pouvait-il être maudit ? Des accidents pouvaient arriver n'importe où.

Il acquiesça.

— Oui, c'est magnifique. Mais ce n'est pas toujours un endroit gai.

— En effet.

Cela, elle l'avait déjà deviné. Une espèce de chagrin semblait suinter de la pierre même. Elle leva les yeux vers son atelier.

— Et le serpent ? lança-t-elle.

— Le serpent ?

— Celui avec la couronne, expliqua-t-elle avec un geste en direction de la vitrine.

— Ah ! Le prince Scursini.

— Si tu le dis...

Tess se dégagea un peu plus de sa combinaison. Le soleil lui réchauffait le visage et les bras. Il ne faudrait pas qu'elle tarde à aller se changer.

— Une reine désirait avoir un fils, commença-t-il, même si elle savait qu'il naîtrait sous la forme d'un *scursini*.

— Ce qui veut dire ?

Elle l'observait. Il lui donnait l'impression de pouvoir totalement se perdre dans un autre monde, un peu comme elle le faisait quand elle plongeait. C'était un bon moyen de tout oublier.

— Un serpent, répondit-il. Dans le folklore sicilien, le serpent est dangereux. Si vous le regardez dans les yeux, cela vous paralyse.

Il leva les yeux vers elle, et Tess détourna aussitôt le regard. Hors de question de prendre un quelconque risque…

— Elle accoucha donc d'un *scursini*. Le jour, c'était un prince ; la nuit, un serpent. Et le serpent finit par désirer trouver une femme. Il repoussa et se débarrassa des deux femmes de basse naissance qu'on lui apporta.

— Un peu comme toi…, murmura Tess.

— Mais la troisième femme utilisa autant sa ruse que sa beauté. Elle le libéra de son sort et fut récompensée.

— Attends, laisse-moi deviner. Elle épousa le prince, et ils vécurent heureux à jamais ?…

— Évidemment.

Tess plissa le front.

— Tu ne trouves pas ce genre d'histoires un peu… dépassé aujourd'hui ?

Il la gratifia d'un regard sournois.

— Tu ne penses pas que l'histoire de *La Belle et la Bête* peut encore arriver aujourd'hui ?

— Euh… Comment dire…, lâcha-t-elle avant de ricaner.

— Et tu ne crois pas au pouvoir guérisseur des femmes ?… Et qu'elles puissent être à la fois rusées et belles ?

Décidément, il semblait avoir réponse à tout.

— D'accord, ça, je te l'accorde.

Cet homme était encore un mystère. Et elle ne savait pas si elle pouvait se fier à lui ou non.

— Donc, les histoires sont des symboles, conclut-il avec un petit haussement d'épaules.

— Oui, je vois ce que tu veux dire.

De forts symboles, même. Elle se leva.

— Il faut que je me débarrasse de cette combinaison toute collante, dit-elle.

— Oui, il est temps.

Il y eut de nouveau cet étrange moment de silence entre eux, qu'elle avait du mal à définir. Un silence semblant être lourd de sens, un peu comme les histoires qu'il lui racontait.

31

Allongée sur son lit, les mains derrière la tête, Ginny fixait le plafond. Dans cette position, elle parvenait à repousser la Boule et à faire quelques instants comme si elle n'avait jamais existé.

Ce plafond était différent de celui, gris sale, de sa chambre, à la maison, qui arborait de grosses moulures, des toiles d'araignée ici et là (le ménage n'était clairement pas la priorité de sa mère) et un abat-jour en verre teinté.

Sa mère et elle l'avaient acheté au marché de Pridehaven il y avait un petit bout de temps, déjà. Sa mère l'avait repéré, l'avait dit à Ginny, puis elles avaient navigué autour de la table en faisant mine de regarder autre chose afin de ne pas paraître trop intéressées au moment de marchander.

Quand avaient-elles cessé de faire ce genre de choses ensemble ? Ginny se concentra sur l'abat-jour, comme s'il pouvait répondre à sa question. Elle ne l'avait pourtant pas décidé, pas vraiment, du moins. Du rouge, du bleu, du jaune… Elle pouvait l'observer pendant des heures, quand elle révisait chez elle.

Le plafond de sa chambre, chez Nonna et Papy, était différent. Nu, hypnotisant, tout en pointillés blancs. Et aucune araignée n'aurait osé y tisser sa toile de peur de se faire balayer par le plumeau orange avec lequel Nonna époussetait la maison entière tous les jours, plus en guise d'avertissement, en vérité, que pour retirer les deux ou trois grains de poussière qui se seraient posés dans les vingt-quatre dernières heures.

L'abat-jour chocolat était parfaitement assorti aux rideaux ; la moquette était ce que Nonna appelait « grège », le genre de couleur qui ne laissait pas voir la poussière, bien qu'il n'y en eût jamais. Et, pour une raison qu'elle ignorait (parce que Ginny n'avait jamais eu la fibre du ménage non plus), cela la rassurait.

Quand sa mère était repartie en Sicile, les nerfs de Ginny avaient été mis à rude épreuve. Pour s'empêcher de péter littéralement un plomb, elle avait fractionné sa vie dans plusieurs boîtes bien distinctes les unes des autres. D'abord, il y avait le lycée, avec lequel elle en avait terminé et qui avait laissé un vide dans sa vie auquel elle ne s'était pas attendue.

Elle ferma les yeux. Si elle devait résumer cette période sous forme de couleurs, ce serait d'un gris glauque avec des éclats orange. Son groupe d'amies, dans le réfectoire, partageant une discussion passionnée sur les beaux gosses du lycée. Les Prickly Pairs en concert dans le gymnase. Une boîte de nuit dans le Dorchester pendant les vacances de Noël. En gros, que des choses qui n'avaient rien à voir avec les études. Ce qui lui manquait, c'était la vie sociale qui allait avec le lycée.

Dans une seconde boîte, elle avait mis Becca et d'autres amies, dont certaines étaient parties à Ibiza pour fêter la fin des examens et sur lesquelles, pour la plupart, elle imaginait ne plus pouvoir compter. Elles semblaient toutes savoir où elles allaient (la fac) et ce qu'on attendait d'elles (faire des rencontres et obtenir un diplôme).

Et, pendant ce temps-là, elles se préparaient à se lancer dans une nouvelle étape de leur vie sans se poser de questions, sans sourciller, sans même sembler se demander : « Pourquoi ? Mais qu'est-ce que je suis en train de faire, là ? Mais où est-ce que je vais ? » Ou tout simplement : « Mais qui suis-je ?! » (Des questions qui hantaient Ginny quotidiennement.)

Ces amitiés arboraient une teinte bleu argenté. Celles qui s'étaient déjà à moitié effacées étaient opaques, et Becca était bleu roi. Ginny ouvrit les yeux pour découvrir qu'une mouche osait se poser sur le plafond. Si Nonna voyait ça…

Becca était la seule amie de Ginny à être sur la même longueur d'onde qu'elle. Et Ginny imaginait que c'était pour cela qu'elles avaient été si proches cette année. C'était pour cela… Elle serra le poing de colère. Elle était tellement *écœurée* de cette relation… Ce n'était pas le fait que Becca ait Harry qui la gênait, c'était qu'elle soit *obsédée* par Harry.

Becca avait très bien compris son point de vue vis-à-vis de la fac, peut-être parce qu'elle-même n'avait jamais envisagé de s'y rendre.

— On ne peut pas te forcer à y aller, avait-elle déclaré.

Ce « on » anonyme figurait dans la plupart de leurs conversations. Il pouvait se référer à la mère de Ginny, aux parents de Becca, à leurs amis ou leurs proches de plus de trente ans, à leurs tuteurs ou tout autre membre du personnel du lycée, aux vendeuses, à quiconque détenant un minimum de pouvoir ou une quelconque combinaison de tout cela.

Becca avait également lancé :

— À quoi ça sert, de toute façon ? Autant commencer à bosser pour mettre de la thune de côté. T'as envie de te retrouver endettée à vingt-trois ans, toi ?

Et d'autres arguments qui avaient conforté Ginny dans son idée de planter ses exams afin de ne pas avoir à être confrontée à la question de la fac pour la rentrée.

Elle remua sur le lit jusqu'à trouver une position plus confortable. Mais, maintenant qu'elle avait planté ses examens, elle était terrifiée. Qu'allaient dire sa mère, Nonna et Papy à la réception des résultats ? Comment allait-elle pouvoir supporter l'idée d'avoir déçu tous les membres de sa famille qui comptaient pour elle ? Et qu'allait-elle faire, au juste ?

Elle soupira. Ce n'était pas tout… Aucune fille n'était censée être jalouse du fait que sa meilleure amie ait un petit copain. Pourtant, elle l'était, elle. Elle ne pouvait pas s'en empêcher. Le bleu roi commençait à se nuancer de vert…

Quant à Ben… Sa boîte était rouge et troublante. Elle n'avait plus vraiment envie de le fréquenter, mais elle le devait pourtant. Elle le devait parce qu'elle voulait que les choses changent, qu'*il* change, même qu'*elle* change.

Elle voulait être confiante, intelligente, drôle. Elle voulait être aimée, ou du moins qu'on la regarde et qu'on craque pour elle. Mais ça ne marchait pas comme ça.

La quatrième boîte concernait sa vie à la maison. Tandis qu'elle planait tranquillement dans son esprit, recouverte d'une rassurante teinte lilas (ça avait toujours été jaune, avec sa mère), elle entendit sa grand-mère l'appeler du bas de l'escalier.

— Debout, Ginny ! Il est huit heures, ma chérie.

Ginny s'arracha un sourire. Nonna était une machine bien huilée. Elle proclamait la même chose tous les matins, comme un mantra.

— J'arrive, Nonna ! répondit-elle en repoussant les couvertures.

Lorsqu'elle ouvrait la boîte « maison », c'était sereine, désormais, et non plus à cran. Elle n'était plus au bord d'un précipice, mais en plein milieu d'un champ de bruyère.

Elle entra dans la salle de bains pour prendre une douche. La pièce était blanche. Des carreaux blancs sur les murs, un lavabo blanc, une baignoire blanche, des WC blancs. Un plafond blanc et un sol blanc. On se serait cru dans un igloo. Elle tira le rideau de douche – blanc, évidemment. Pour Nonna, le blanc était synonyme de propreté. Et elle ne jurait que par la propreté.

Ce qu'elle aimait ici, songea Ginny tandis que l'eau chaude tombait sur ses épaules, c'était le fait que Nonna croie en la rigueur. Chez sa grand-mère, elle se levait à huit heures, elle se rendait utile dans la maison et ne rentrait jamais après onze heures du soir.

Les journées de Nonna et Papy suivaient une routine bien définie. Ils rangeaient la maison jusqu'au moment du café (onze heures), puis Nonna préparait le déjeuner (pris à treize heures). Ensuite, Papy faisait la sieste, et Nonna s'enfermait dans sa « pièce de détente » pour lire.

Elle prenait toujours un livre avec elle, mais elle ne lisait pas, en vérité. En passant devant la fenêtre, Ginny l'avait vue griffonner dans un carnet d'un geste vif et nerveux qui ne ressemblait pas du tout à sa grand-mère et qui semblait l'épuiser. De quoi pouvait-il bien s'agir ?…

À quinze heures, ils prenaient un thé, puis ils allaient en ville faire quelques courses ou une petite promenade. À dix-sept heures, ils rentraient prendre un café, et, une heure plus tard, Nonna se mettait à préparer le dîner, qui était servi à dix-neuf heures. À vingt et une heures, ils s'installaient dans leurs fauteuils devant la télé, et, à vingt-deux heures trente, c'était chocolat chaud, puis au lit !

Ginny se savonna tout le corps. Elle s'était imaginé que cette routine la rendrait folle. Mais, finalement, cela apportait une certaine stabilité. La rigueur nécessitait de s'imposer des limites, ce qui permettait de se sentir en sécurité. Avec des limites, elle pourrait peut-être reprendre sa vie en main.

Lorsqu'elle se fut bien rincée, Ginny sortit de la douche et s'enveloppa d'une des serviettes blanches et moelleuses de Nonna. Elle aimait ce sentiment de sécurité, en particulier quand toutes les autres boîtes semblaient bancales et plutôt indistinctes. Elle craignait que la Boule n'en vienne à tout emporter sur son passage et ne forme un mélange de couleurs vaseux et méconnaissable.

En bas, Nonna faisait la vaisselle, ses mains ridées plongées dans l'eau savonneuse.

— Salut, ma belle ! lança-t-elle quand Ginny apparut. Qu'as-tu prévu de beau aujourd'hui ?

Ginny ne savait pas vraiment. Elle avait songé à aller traîner chez Ben, comme d'habitude. Mais elle avait comme l'impression que Nonna avait une autre idée derrière la tête.

— Ch'ai pas, dit-elle en se servant des céréales. (« Comment ça, tu ne prends pas de petit-déjeuner ? Comment peux-tu commencer une journée sans petit-déjeuner ? Mais à quoi songe donc ta mère ?… »)

— Une année sabbatique, c'est une bonne idée, déclara soudain Nonna en articulant doucement, comme si c'était une langue étrangère à ses yeux (ce qui était un peu le cas, en y songeant bien).

Ginny se sentit aussitôt soulagée.

— Oui, répondit-elle. Ça permet de prendre le temps de réfléchir à ce qu'on veut faire de sa vie.

Sa tirade était fluide et bien répétée, mais les yeux sombres de Nonna, quand elle se tourna vers elle, lui firent immédiatement comprendre que ce n'était pas convaincant pour autant.

— C'est important de découvrir d'autres cultures, dit Nonna. Et c'est toujours agréable de passer un certain temps quelque part sans pour autant chercher à s'y installer définitivement.

Ginny la scruta. Était-elle sarcastique ? Ou bien…

— C'est ce que tu aurais choisi de faire, Nonna ? demanda-t-elle. Quand tu es venue en Angleterre ?

Si les années sabbatiques avaient existé à cette époque, évidemment…

Sa grand-mère s'arrêta en plein rinçage d'assiettes. Elle s'arrêta si longtemps que Ginny commençait à se demander si elle l'avait entendue.

— Non, finit-elle par déclarer. Je voulais prendre ma vie en main. Plus que tout au monde.

Elle reporta son attention sur sa vaisselle, et Ginny versa quelques Rice Krispies de plus dans son bol. Plus que tout au monde ?… Carrément…

— Mais, reprit sa grand-mère, une année sabbatique est également un luxe qu'il faut pouvoir se payer.

Oh ! oh ! pensa Ginny. Quelque chose lui disait que ce qui allait suivre n'allait pas lui plaire. Et, avec Nonna, impossible de s'en sortir à coups de chantage affectif comme elle le faisait avec sa mère.

Sa grand-mère se sécha les mains sur son tablier et fit face à Ginny.

— Tu dois trouver un travail, déclara-t-elle fermement.

— Quel genre de travail ?

Soudain, les Rice Krispies avaient du mal à passer. La Boule était revenue. Ginny avait cherché du travail, mais ce n'était pas ce qu'il y avait de plus évident à dénicher à Pridehaven.

— N'importe lequel, dit Nonna, l'expression à la fois douce et résolue. Et je pense que tu devrais le trouver aujourd'hui.

32

Après être partie se sécher, Tess se rendit sur la place du *baglio* prendre un *cornetto* fourré à la *crema* et un *caffè latte*. Un vrai délice. Tonino n'était visiblement pas dans les parages. Comme la plupart des Siciliens qu'elle avait rencontrés jusqu'ici, il semblait organiser ses heures de travail selon son envie.

Elle mordit dans le *cornetto* moelleux recouvert de sucre glace, ses dents et sa langue se fondant dans l'épaisse crème sucrée et vanillée. Elle songea à Ginny. Il y avait certaines choses propres à Cetaria que sa fille aurait adorées.

De l'autre côté de l'arche de pierres, elle distinguait le brouhaha du marché et des villageois. Lorsqu'on écoutait les Siciliens discuter, on pouvait facilement s'imaginer qu'ils se disputaient alors qu'ils échangeaient tout simplement à propos du temps, par exemple.

Par-delà le *baglio*, elle percevait également les myriades de couleurs tandis que lui parvenaient des odeurs de poisson frais, d'épices et de fruits.

Il n'y avait rien de tel qu'un marché. Elle rectifia cela aussitôt après avoir franchi l'arche de pierres : il n'y avait rien de tel qu'un marché sicilien.

Les jours de marché avaient visiblement une forte symbolique sociale, car tout le monde, hommes et femmes, s'y retrouvait pour discuter. Les hommes, une cigarette ou un expresso à la main, accoudés aux comptoirs des marchands de café ambulants ; les femmes

armées de sacs de courses et d'une expression déterminée. Et sur leurs étals, les vendeurs présentaient des
miches de *pane* ou des choux violets à des femmes hési-
tantes qui marchandaient afin de savoir si et comment
elles devaient dépenser leur argent. *Carciofio fresci...*
Funghi bella... Tutto economico... Chacun hurlait à qui
mieux mieux pour attirer le client.

Devant le poissonnier, il y avait également la queue.
Enfin, il s'agissait plutôt de se frayer un chemin jusqu'à
l'étal tout en s'excusant platement et de capter l'attention
du vendeur en lui parlant très fort avant que votre voisine
ne vous devance. Ce qui était en général suivi d'une
nouvelle discussion débordant de courtoisie afin de savoir
qui était là d'abord, chacune insistant pour que l'autre soit
servie en premier.

C'était du moins ainsi que Tess percevait la chose. Les
règles de bienséance ne puisaient pas forcément dans la
logique, après tout... Elle profita quelques instants de
plus du spectacle tout en contemplant les rangées de calamars blanchâtres et flasques (et qu'elle ignorait comment
préparer), les seiches tachetées (idem) et les gros pavés de
thon étalés sur le marbre recouvert de glace.

Aujourd'hui, elle avait décidé d'aller rendre visite
à Santina et Giovanni pour a) tenter de parler seule à
seule avec la vieille femme, et b) demander à Giovanni
s'il pouvait l'aider à obtenir des devis de travaux pour
la villa. Cela tombait sous le sens : il lui fallait quelqu'un
qui parlait aussi bien l'anglais que le sicilien. Par ailleurs,
c'était un homme d'affaires ; il semblait disposer de pas
mal de temps libre et était déjà responsable des clefs de la
villa. C'était donc l'homme de la situation.

Mais elle comptait lui faire clairement comprendre que
c'était elle qui prenait les décisions et qu'elle ne vendrait
pas, quoi qu'il lui dise. S'il acceptait ces conditions, elle
serait ravie de faire équipe avec lui.

Elle s'arrêta devant l'étal qui vendait des herbes aromatiques et des épices, et s'enivra de l'odeur des bouquets séchés d'origan, de thym et de fenouil sauvage. Derrière le marchand, il y avait des gros sacs de pois chiches et de lentilles sur lesquels trônaient des petites pelles en métal et une vieille balance à poids.

Face à ces traditions qui perduraient, Tess imaginait que la Sicile n'avait pas tellement changé depuis la jeunesse de sa mère. En tout cas, Cetaria n'avait clairement pas franchi le nouveau millénaire.

Tess baissa la tête pour passer sous les tresses d'ail violet qui pendaient au-dessus de l'étal. Puis elle gagna les fruits et légumes : des courgettes aux fleurs dorées, de flamboyants poivrons rouges et jaunes, des piments rouges brillants et des pêches jaunes duveteuses.

Elle saisit une *melanzane* et caressa du pouce sa peau lisse. L'aubergine était à la fois sombre et luminescente. Peut-être était-ce exactement la couleur de la Sicile…, songea-t-elle avec un sourire.

Sur un coup de tête, elle décida qu'elle dînerait à la villa ce soir. Elle acheta alors une demi-pastèque dont le jus suintait presque du plastique qui l'entourait, un morceau de fromage fruité, une petite miche de ce délicieux pain jaune sicilien, quelques tomates et des olives noires. Un véritable festin en perspective.

Tandis qu'elle payait ses olives, elle se rendit compte que, de l'autre côté du marché, une femme lui souriait. Tess lui rendit instinctivement son sourire. La femme, petite, était dotée d'un visage de fée encadré par un carré net de cheveux noirs. Elle arborait un rouge à lèvres pour le moins voyant et n'avait pas vraiment l'air d'une Italienne. S'étaient-elles déjà rencontrées ? Tess se demandait si elle devait aller la voir ou non lorsqu'elle aperçut un visage familier à quelques mètres d'elle.

Elle se fraya alors un chemin parmi la foule.

— Santina ?

Quel coup de chance ! Cela dit, elle aurait pu se douter que Santina se serait rendue au marché.

La vieille femme se retourna, marmonna quelque chose en sicilien et jeta un coup d'œil furtif autour d'elle. Elle saisit le bras de Tess et l'attira sur le côté de la place, où la toile d'un auvent les dissimulait en partie.

Elle prit alors le visage de Tess entre ses mains.

— Tu es de retour, dit-elle, exprimant son bonheur par le biais d'un sourire édenté.

— Je ne pouvais pas ne pas revenir, confia Tess en lui rendant son sourire. Je voulais en savoir plus… sur ma mère et sur la raison qui l'a poussée à quitter la Sicile.

Elle se rapprocha.

— Est-ce que vous connaissez cette raison ? Vous pouvez m'en parler ?

Santina affichait de nouveau ce regard vide, perdu.

— Eh bien…, elle tombe amoureuse, répondit-elle avec son accent à couper au couteau. Flavia, elle tombe, vite, comme ça.

Puis elle fit mine de s'évanouir.

— Ah bon ? lança Tess avec un grand sourire.

— Eh oui, confirma Santina en hochant énergiquement la tête. Elle avait…

Tess l'observa alors compter sur ses doigts noueux.

— Dix-sept ans.

— Dix-sept ans seulement ?

Plus jeune que Ginny, donc…

— C'était un Sicilien ? Qu'en a pensé son père ? s'enquit-elle, même si elle imaginait connaître la réponse.

Santina avait déjà laissé entendre à quoi ressemblait la vie en Sicile pour les femmes, à l'époque. Il y avait peu de chances que ça se soit bien passé.

Mais Santina secoua la tête.

— Un Anglais, siffla-t-elle.

— Un Anglais ?

Mais oui, Santina avait déjà parlé de cet homme…

— Elle a rencontré un Anglais à Cetaria quand elle avait dix-sept ans ?

Santina jeta un nouveau coup d'œil alentour, et Tess l'imita. Mais que cherchaient-elles au juste ? Et pourquoi cela intéresserait-il quelqu'un d'autre toutes ces années plus tard ?

— Flavia trouve un pilote, déclara Santina en roulant ses « r » et en agitant les bras. Elle le trouve et l'emmène à la maison. Elle sauve sa vie. Oui… Ils tombent amoureux. Il lui promet le monde.

Puis elle posa la main sur son cœur d'un geste théâtral. Tess était suspendue à ses lèvres. Santina, avec son anglais chaotique, lui permettait enfin de reconstituer peu à peu le puzzle.

Un pilote anglais, vraisemblablement blessé, découvert par une Sicilienne, une jeune fille qui se révoltait déjà contre la vie qu'on lui prévoyait, une jeune fille qui voulait voir le monde, qui voulait être libre. Il suffisait de recoller les années pour tout comprendre…

— Qu'est-ce qui s'est passé ? souffla-t-elle.

Le brouhaha du marché s'était estompé autour d'elle. Tess était toujours à Cetaria, mais, en temps de guerre, au moment où Flavia était tombée amoureuse.

— Le père de Flavia, il renvoie l'homme, chuchota Santina. Il a d'autres projets pour sa fille, un autre homme…

Elle se signa rapidement.

— En Sicile, on se marie pour faire l'amitié plus forte. Tu comprends ?

Tess hocha la tête. Oui, elle comprenait. Tout était question d'alliances familiales et de pouvoir.

— Qui était-elle censée épouser ?

Santina ricana.

— Mon cousin, Rodrigo Sciarra. Mon père veut toujours alliance avec ta famille. Il a besoin du père de Flavia pour l'aider contre ses ennemis, *sì* ?

— Mais Rodrigo n'est pas ?…

— Le père de Giovanni, *sì*.

Le cerveau de Tess bouillonnait. Voilà qui compliquait encore les choses. Et les ennemis dont parlait Santina incluaient sans aucun doute les Amato.

— Ah ! mais ce n'était pas son destin, s'attrista Santina.

— Et Flavia ? demanda Tess.

— Flavia…, elle a le cœur brisé. Oui, c'est vrai. Je pense qu'elle a le cœur brisé à jamais.

33

*D*eux jours plus tard, Peter partit en direction des montagnes.

Flavia avait supplié son père de ne pas le renvoyer.

— Je l'aime, Papa. Si tu tiens un tant soit peu à moi, aie pitié, je t'en prie…

— Que savons-nous de lui, ma fille ? avait répondu son père. Rien. J'aimerais que tu te mettes en tête que ta place est ici, et pas avec lui. Et ce…, ce sentiment que tu imagines avoir…, ça te passera. Crois-moi.

Ni ses paroles ni ses larmes, si abondantes fussent-elles, ne purent le faire changer d'avis.

Au moment de partir, Peter avait pris les mains de Flavia dans les siennes. Elle luttait pour ne pas pleurer.

— Je t'écrirai, lui avait-il dit. Et tu as l'adresse de ma famille, n'est-ce pas ?

Elle avait hoché la tête. Elle l'avait notée sur un bout de papier et marquée au fer rouge sur son cœur.

— Je reviendrai te chercher, mon aimée. M'attendras-tu ?

Il se tenait sur le seuil, et la douce lumière du crépuscule éclairait son visage. Mais derrière lui, jamais loin, s'étendaient les ombres de la nuit.

— Sì.

— Même si cela me prend beaucoup, beaucoup de temps, avait-il insisté en l'observant.

— Même si cela te prend toute la vie.

Derrière Peter, elle avait vu l'expression sévère de Papa. Ça lui était complètement égal. Ils trouveraient un moyen.

— Toute la vie, avait-elle répété. Je t'attendrai toute la vie.

Les montagnes regorgeaient de brigands qui s'adonnaient à la contrebande de céréales et autres denrées, et Flavia craignait pour la sécurité de Peter.

Papa, fidèle à sa promesse, lui avait procuré de quoi tenir pour la route ainsi qu'un contact à Palerme, où il pourrait rester avant d'entreprendre la prochaine étape de son voyage. Ils apprirent qu'il avait gagné la ville sain et sauf. Mais Flavia n'était pas tranquille pour autant. Même si certains hommes partageaient la sympathie de son père vis-à-vis des Anglais, elle savait que, pour beaucoup d'autres – depuis 1940, date à laquelle Mussolini avait choisi de soutenir l'Allemagne –, l'Angleterre était devenue l'ennemie de leur pays. Il y avait des indics partout. Comment pouvait-il savoir à qui se fier ? Entre les séparatistes, les fascistes, la Mafia… Flavia n'y connaissait pas grand-chose en politique, mais elle épiait les conversations des adultes dès qu'elle le pouvait, et ce, depuis toujours. C'était la seule façon d'en savoir plus sur ce qui se tramait. Personne ne le lui dirait, sinon.

Flavia soupira en relisant ce qu'elle avait écrit cet après-midi. Était-elle parvenue à retranscrire sa peur ? Son désespoir ? Son désir ? Son amour ?

Elle reprit son stylo. Si elle avait su à quel point cette épreuve serait difficile, elle n'aurait peut-être jamais rien commencé.

Enfin… Ce qui était sûr, c'est qu'elle avait attendu Peter.

La guerre prit fin. Signor *Westerman revint à Cetaria en 1946, juste après la disparition du frère d'Enzo, Ettore, et la terrible dispute qui avait brisé l'amitié qui existait entre Papa et Alberto Amato. Cette dispute avait ébranlé tout le village et divisé les deux familles.*

— Je n'arrive pas à croire qu'il m'ait fait une chose pareille, s'était lamenté Papa, les larmes aux yeux.

Et pourtant, il y avait cru.

Flavia attendit. Elle n'avait pas reçu de lettres, et on disait que les services postaux n'étaient pas encore fiables. Mais Peter ne tarderait sûrement pas à venir la chercher.

Les mois passèrent, et la vie d'après-guerre reprit une certaine normalité. Maria et Lorenzo furent de nouveau réunis. Mais Flavia repoussait tous les soupirants que ses parents lui présentaient. Elle n'avait aucune nouvelle, mais elle attendait. Elle écoutait son père fulminer, mais elle attendait. Elle lui écrivait et elle attendait.

La plupart des gens demeurèrent très pauvres, mais les Farro s'en sortaient bien grâce à la protection de Signor Westerman et aux contacts d'Enzo, le père de Santina. Flavia n'avait jamais aimé Enzo et ne lui avait jamais fait confiance. De son côté, il n'avait jamais cherché à cacher que c'était réciproque : Flavia était une petite rebelle qui exerçait une mauvaise influence sur sa fille. Mais Papa comptait de plus en plus sur lui depuis quelque temps, avant même la dispute qui avait éclaté avec Alberto. Désormais, Enzo débordait de suffisance. Un jour, elle l'avait vu se disputer avec Alberto sur la place du village. Au milieu de la foule, ils hurlaient, à deux doigts d'en venir aux mains. Elle avait entendu les gens parler de ces deux familles qui s'étaient toujours disputées au sujet de leurs terres, de leurs femmes, même de leur localisation dans le cimetière... Ce fut Nico, le balayeur, qui avait dû les séparer cette fois. Flavia s'était contentée d'un haussement d'épaules et avait continué sa route. Elle trouvait dommage qu'Alberto ne vienne plus chez eux, mais cela ne la regardait pas. Flavia apprit également à cuisiner. Dans la cucina, le fait de pilonner, mélanger, pétrir et étaler lui apportait un profond sentiment de réconfort. C'était sa façon de gagner la patience dont elle devait faire preuve. Elle vit Maria se marier et devenir la femme qu'elle, Flavia, ne deviendrait pas. Puis elle attendit. Jusqu'à ce qu'enfin, elle n'en puisse plus d'attendre.

La cuisine sicilienne est empreinte à la fois d'humour et d'une certaine gravité, écrivit-elle.

C'était exactement la même chose pour la vie. On pouvait prendre pour exemple les *Pasta du Maltempu*. Les pâtes du mauvais temps, plat qui se référait aux moments où les pêcheurs ne pouvaient pas partir en mer. C'était triste, en quelque sorte, mais ça pouvait également vous décrocher un sourire. Un mélange doux-amer...

Des pâtes, encore des pâtes. En Sicile, on les fabriquait à partir de farine de semoule de blé dur, ce que l'on trouvait rarement en Angleterre.

Flavia était très fière de faire encore aujourd'hui ses propres pâtes fraîches. Évidemment, rien à voir avec les sèches.

Fais un puits dans ta farine, comme un volcan. Verses-y les œufs et mélange à la main. Lorsque la pâte a la bonne consistance, pétris-la avec tes doigts et la partie charnue du pouce. Tess l'avait suffisamment regardée faire pour comprendre.

Prends un rythme tranquille. Pendant que tes mains travaillent, tout ton corps doit être au repos. Plie, pétris et tords la pâte jusqu'à former une boule élastique. Maintenant, il va falloir faire preuve d'énergie. Jette la pâte sur le plan de travail pour relâcher la pression.

Flavia laissa échapper un petit rire. Il pouvait autant s'agir de la pression des pâtes que de celle de la cuisinière.

Répète la manœuvre pendant une quinzaine de minutes au moins. Laisse la pâte reposer. Le repos est aussi important que le pétrissage. Étale-la ensuite sous forme de plaques préalablement farinées afin qu'elles ne collent pas. Continue d'étaler jusqu'à ce que la pâte soit presque translucide. Sèche-la et coupe-la. Fais ensuite cuire tes pâtes dans une grosse casserole d'eau bouillante pendant deux ou trois minutes. Il faut que tes pâtes flottent dans l'eau… Retire-les quand elles sont al dente. Agrémente-les ensuite de tomates…

34

Le cœur brisé à jamais ?...

Mais, avant que Tess ne puisse lui poser plus de questions, Santina jeta un coup d'œil derrière elle, et Tess devina une lueur de peur soudaine dans son regard. La vieille femme toucha brièvement son bras avant de prendre la fuite.

Frustrée, Tess se retourna pour découvrir ce qui avait tant effrayé Santina. Elle vit la fameuse femme avec le visage de fée. Et sentit une main sur son épaule.

— Tess.

Elle sursauta et fit volte-face.

— Bonjour, Giovanni.

Qu'est-ce que c'était que cette manie d'apparaître quand on s'y attendait le moins ?...

Ils se firent la bise. Il sentait le citron vert. Un parfum frais et vivifiant. Il était vêtu d'un élégant costume sombre, mais ne semblait pas le moins du monde souffrir de la chaleur. C'était sûrement son côté plein de sang-froid, songea-t-elle. Ou alors, il était tout simplement habitué aux températures siciliennes.

— J'ai entendu dire que tu étais de retour parmi nous ! lança-t-il avec une nouvelle familiarité avant de l'entraîner à l'écart de la petite brune au visage de fée.

Comment était-il au courant ? Décidément, on pouvait difficilement lui cacher quoi que ce soit…

— J'allais justement te voir, répondit-elle en s'efforçant de ne pas arracher cette main qui lui tirait le bras.

Par contraste, elle nota le respect dont il usait vis-à-vis de ses aînées, se frayant un chemin entre les étals et les vieilles femmes à coups de « *Prego, Signora* » et de « *Grazie, Signora* ». Santina avait disparu.

— Ah oui ? Bien… Un petit café ? lança-t-il.

Avant même qu'elle ne puisse répondre, ils avaient quitté le marché et gagné une nouvelle place qu'elle n'avait jamais vue jusqu'ici.

Peut-être devait-elle être qualifiée de *piazzetta*, tant elle était minuscule. Elle était également agrémentée d'une église et d'une petite chapelle avec une grosse cloche et une vieille porte de bois devant laquelle trônaient un olivier et un banc de pierres.

— Euh…, oui, pourquoi pas ?

Un peu plus de caféine ne pourrait pas lui faire de mal, après tout.

Il s'arrêta devant un bar et la guida à l'intérieur, tout en chrome, en miroirs et en art abstrait, ce qui créait un contraste radical avec l'église et la *piazzetta*. Tess cligna des yeux devant cette soudaine intrusion de modernité. Voilà qui était pour le moins étrange.

Ils s'installèrent à une table près de la porte, et Giovanni commanda deux expressos et un petit pot de lait chaud.

— Alors, commença-t-il, tu ne peux pas te passer de nous, *no* ?

Tess versa un peu de lait dans son café.

— Cetaria est un village magnifique, commenta-t-elle.

Il dressa un sourcil.

— C'est vrai. Et tu as parlé avec ta mère à ton retour ?

Tess soupira.

— Je crois t'avoir dit que ma mère n'aime pas parler de la Sicile, Giovanni. Donc, s'il y a quelque chose de caché quelque part, je t'assure que je ne suis au courant de rien.

Et elle préférait ne rien savoir. Cet endroit avait déjà son lot de mystères, et cela lui suffisait bien.

Devant l'air sceptique de Giovanni, Tess se pencha vers lui, agacée.

— Tonino Amato m'a expliqué la raison de votre querelle familiale. Je comprends mieux pourquoi vous vous détestez autant.

Pas le moins du monde inquiet, Giovanni sirota son café.

— Et quelle est donc cette raison ? s'enquit-il.

Tess prit une profonde inspiration. Il était trop tard pour faire machine arrière. Après tout, elle avait cherché à le tester.

— Ta famille a assassiné son oncle.

À ses yeux, c'était une raison plutôt légitime.

— Luigi Amato ?

L'air désormais furieux, Giovanni desserra le col de sa chemise. Son test marchait, visiblement…

— Tu ferais mieux de vérifier tes sources, Tess. Cet homme est mort d'une crise cardiaque. Et il a eu ce qu'il méritait. C'était un lâche, un voleur, et il ne payait pas ses dettes. La querelle dont tu parles, ajouta-t-il d'un air méprisant, date de bien avant la mort de Luigi.

Que pouvait-elle répondre à cela ? Elle ignorait totalement lequel de ces deux hommes croire.

— Mais aujourd'hui, est-ce que ça compte encore ? C'est du passé, tout ça. N'est-il pas temps que vos deux familles décident de tourner la page ?

Giovanni éclata de rire.

— Tu es en Sicile, Tess. Et *tout* compte, ici.

Ah oui, c'est vrai… Combien de fois avait-elle déjà entendu cela ?

Giovanni s'était plutôt vite repris, en tout cas :

— Et la villa ? demanda-t-il. Tu as décidé de ce que tu comptes en faire ?

Tess hésita avant de répondre.

— Je n'ai toujours pas envie de la vendre.

— Je comprends.

Bien. Voilà qui la rassurait. Finalement, peut-être l'avait-elle sous-estimé…

— Je voulais donc te demander si tu connaissais un entrepreneur sérieux, digne de *confiance*, reprit-elle, insistant volontairement sur le dernier mot.

— Bien sûr ! rétorqua Giovanni, l'air offensé. Je peux m'occuper de tout, si tu veux. Tu n'as qu'à me le demander, ma chère Tess, ajouta-t-il avec un claquement de doigts.

— Oui, mais… j'aimerais m'en occuper moi-même, déclara-t-elle d'un ton ferme, désirant lui faire comprendre qu'elle ne voulait pas de lui partout. Et j'ai d'abord besoin d'un devis.

— Qu'est-ce que tu veux y faire exactement ? interrogea-t-il en dressant un sourcil.

Tess sirota son café. Il était bon, avec son petit goût de noisette, mais pas aussi subtil que celui de Tonino. En revanche, il avait l'avantage d'avoir été préparé dans une machine à expresso bien chaude toute chromée, qui trônait derrière le comptoir.

— La rendre saine, expliqua-t-elle. Il faudra aussi sûrement refaire l'électricité. Lui redonner un coup de neuf. Et peut-être d'autres choses que j'ignore.

Elle aurait également à décider de ce qu'elle en ferait.

— J'aimerais avoir des conseils de quelqu'un qui s'y connaît, poursuivit-elle. Quelqu'un qui parle un minimum d'anglais afin que l'on puisse communiquer.

— Bien sûr, bien sûr, *no preoccuparti*. Ne t'inquiète pas, lui assura-t-il en agitant la main, ce qui lui fit de nouveau remarquer sa bague en or. *Allora*. Nous demandons conseil, nous élaborons les plans, les travaux démarrent, je supervise le chantier…

— Attends, Giovanni, le coupa-t-elle en levant la main. Je vais devoir également contrôler les dépenses.

— Les dépenses ? répéta-t-il en tordant légèrement la

bouche, comme si ce mot n'existait pas dans son vocabulaire.

— Je dépendrai d'un budget, lui expliqua-t-elle calmement. Mais avant, il faut que je contracte un prêt.

— Tu as besoin d'un prêt ?

Giovanni termina son café d'un trait, expira et s'essuya les lèvres avec sa petite serviette blanche. Il était rasé de près. Même ses sourcils formaient un demi-cercle parfait. Chez lui, aucun poil ne dépassait.

Et ses mains, qui étaient en train de froisser sa serviette, étaient lisses, leurs ongles, manucurés. Des mains peu habituées à travailler, songea-t-elle.

Oui, elle allait devoir emprunter, cela ne faisait aucun doute.

— Ce ne sera pas un problème, dit-il.

— C'est vrai ? s'étonna Tess. Tu penses que je trouverai facilement une banque ici ?

Elle devait avouer que cet aspect-là la travaillait. C'était une mère célibataire sans emploi et sans gros capital. Elle n'avait pas encore totalement remboursé sa maison de Pridehaven, que ses parents l'avaient aidée à acheter dix-huit ans plus tôt, lorsqu'elle était enceinte de Ginny.

Elle allait déjà avoir du mal à continuer de rembourser cette maison… Il faudrait un petit bout de temps avant que la Villa Sirena ne lui permette de récupérer l'argent qu'elle y aurait injecté. Alors, comment espérer pouvoir gérer un nouveau prêt ?

— Une banque ? lança-t-il en riant avant de poser les doigts tout près de la bouche de Tess. Nous allons faire les choses entre nous, d'accord ?

Qu'était-il en train de suggérer ? Mais, avant que Tess ne puisse répondre, il plongea les yeux dans les siens, puis ses doigts passèrent sur sa joue, et il lui caressa les lèvres du bout du pouce, comme s'ils étaient ensemble.

Elle se raidit.

— Giovanni ?…

Que faisait-il ? Une ombre se découpa brièvement entre eux sur la table. Instinctivement, Tess leva la tête et aperçut par la porte, dans la ruelle qui longeait la *piazzetta*, Tonino qui s'éloignait.

Tess retourna tranquillement vers le *baglio*. Giovanni lui avait proposé de l'accompagner, mais il avait fait suffisamment de dégâts pour une journée. Elle ne pouvait se départir du sentiment qu'il avait tout prévu. Non pas sa proposition de lui venir en aide, si c'était bien ce qu'elle avait compris, mais sa main sur ses lèvres.

Elle passa les doigts sur son visage. Elle ne lui avait tout de même pas tendu de perche, non ? En tout cas, elle n'en avait pas eu envie. Giovanni Sciarra était un homme séduisant, elle ne pouvait pas le nier. Mais il ne lui avait jamais laissé entendre qu'il…, qu'il…

Le marché était terminé. Les fourgons et les petites Ape avaient été chargés, puis avaient repris leur route dans un concert de « teuf-teuf », laissant derrière eux tout un amas d'immondices, pour la plupart des feuilles de légumes pourries.

Giovanni avait-il vu que Tonino descendait la rue ? Savait-il (étant donné qu'il semblait tout savoir) qu'elle et Tonino avaient passé du temps ensemble ? Il le détestait et était sûrement prêt à tout pour le faire enrager.

Mais cela le ferait-il vraiment enrager ? Vu la façon dont Giovanni l'avait touchée, Tonino pouvait facilement imaginer que Tess et Giovanni entretenaient une relation particulière. Et elle n'avait rien fait pour l'en empêcher. Mais… Et puis mince, leur histoire ne la regardait pas. Elle en avait assez de ces deux hommes.

De l'autre côté de la place du marché, dans une petite rue qu'elle n'avait jamais empruntée, Tess découvrit un hôtel. L'hôtel Faraglione. L'hôtel des Rochers. Il était plutôt petit, d'une teinte mauve pâle et orné de volets vert menthe, ce qui lui conférait un certain charme. Et en effet, des balcons, on devait avoir une sacrée vue sur les rochers.

Le jardin semblait joli, avec son palmier et ses bougain-villées violettes et orange. Toujours chargée de son sac d'emplettes faites au marché, Tess décida d'aller y jeter un œil.

Et puis, après tout, ça lui était égal si Tonino les avait vus, non ? Une petite voix lui souffla malgré tout le contraire…

La porte d'entrée de l'hôtel était grande ouverte, les rideaux de mousseline blanche s'agitaient aux fenêtres, et, à l'intérieur, quelqu'un était occupé à écrire derrière la réception. La femme du marché. Son visage de fée. Son sourire amical. Son rouge à lèvres criard.

Tess l'observa un moment. Elle s'était doutée qu'elle la reverrait : le village de Cetaria n'était pas bien grand.

Tandis que Tess s'enivrait des parfums du jardin, se rendant soudain compte qu'elle mourait de faim et que l'heure du déjeuner était largement passée, la femme leva la tête.

Après une brève expression de surprise, elle lui fit un petit signe de la main, parla à quelqu'un derrière elle et avança dans l'entrée.

— Tess, c'est ça ? demanda-t-elle dans un anglais parfait.

— Euh…, oui.

Décidément, le village était encore plus petit que ce qu'elle s'était imaginé. Il semblait clairement impossible d'y passer inaperçu.

— Vous êtes anglaise ? reprit Tess en la rejoignant.

— Oui. Londonienne. Mais aujourd'hui, je fais de mon mieux pour être sicilienne, évidemment, rit-elle. Je m'appelle Millie. Millic Zambito. Je dirige cet hôtel avec Pierro, mon mari.

— Il est sicilien ?

Tess serra sa main minuscule dont les ongles étaient également rouge vif. Elle se détendit. C'était tellement agréable de pouvoir enfin parler anglais avec quelqu'un ici. Giovanni et Tonino se débrouillaient très bien, certes, mais ce n'était pas pareil. Et leurs relations étaient compliquées. N'était-ce pas toujours ainsi que ça se passait dans la vie ?...

— Oui, répondit Millie en jetant un regard à la réception. Vous voulez un verre de vin ou un jus de fruits ? La plupart de nos clients sont en train de faire la sieste. Je peux m'accorder une petite pause.

Quelques secondes plus tard, Tess était installée dans le jardin privé de Millie, sur une chaise longue, en train de manger des fruits et des biscuits tout fins parsemés d'huile d'olive.

Millie avait posé son sac dans le cellier de la cuisine et lui avait déjà raconté sa rencontre avec son mari, qui avait eu lieu au cours d'une fête à Londres : il n'avait pas vu qu'elle était assise par terre sur un coussin et avait failli lui marcher dessus. Confus, il avait fini par l'inviter à dîner.

— C'est typique des Siciliens, ça, remarqua Millie en allumant une cigarette. Ils ne se contentent jamais d'une excuse. Il faut toujours qu'ils en fassent des tonnes.

— Je ne devrais pas le dire, répondit Tess en riant (après tout, le mari de Millie était sicilien, et sa mère aussi), mais, parfois, j'ai du mal à les suivre.

Millie la scruta du regard.

— Vous avez rencontré Tonino Amato, le mosaïste du *baglio* ?

Tess acquiesça.

— C'est un homme un peu... sombre, confia-t-elle, ce qui était peu dire.

Millie esquissa un sourire énigmatique et tira longuement sur sa cigarette.

— C'est le sang sicilien, ça, commenta-t-elle. Ils sont sombres, sinistres, mais très intéressants…

Tess devait en effet reconnaître que Tonino était intéressant.

— Est-ce que vous l'appréciez ? demanda Millie en se penchant vers elle, les yeux pétillants.

Tess ne savait pas quoi répondre. Elle ne la connaissait pas encore assez bien pour se dévoiler. Par ailleurs, ce qu'elle ressentait ne s'expliquait pas facilement. C'est toujours comme ça, les sentiments.

— J'aimerais en savoir plus sur lui, décida-t-elle de révéler.

Millie serra les lèvres.

— Vous n'êtes pas la seule dans ce cas, dit-elle en prenant une gorgée de son jus de fruits. Et vous avez rencontré Giovanni Sciarra ?

— Mm-mm.

Millie semblait en attendre un peu plus, mais Tess n'en dévoila pas davantage là non plus. Les rumeurs circulaient tellement vite dans ce village qu'elle ne voulait pas prendre le risque d'en ajouter de nouvelles.

— Il ne vous a pas fait d'avances, j'espère ? s'enquit Millie en les resservant. Certains disent que c'est un fauteur de troubles.

Tess préféra éviter ce sujet.

— Sa famille gardait la clef de ma villa. Je ne le connais pas bien, mais il m'a beaucoup aidée jusqu'ici.

— Ça, je n'en doute pas ! s'écria Millie en éclatant de rire. Et vous faites bien de rester diplomate. La famille de Giovanni a toujours vécu à Cetaria. Celle de Tonino également, bien sûr. Celle de Pierro s'y est installée il y a seulement vingt ans.

Elle roula les yeux.

— Quant à moi, je suis bien trop étrangère pour me faire accepter. Mais…

Elle s'interrompit pour jeter un nouveau regard à Tess.

— En vivant ici et en apprenant la langue, on se met à les comprendre peu à peu.

Elle écrasa son mégot dans un cendrier.

— D'où vient Pierro, exactement ? demanda Tess en mordant dans un nouveau biscuit.

Elle, elle s'imaginait qu'il lui faudrait toute la vie pour les comprendre…

— De Catane.

Millie s'étira dans sa chaise. Son petit corps rappelait celui d'une poupée. Elle avait les jambes nues et s'était débarrassée de ses chaussures.

À la voir ainsi, on l'aurait davantage prise pour une touriste en vacances que pour la patronne de l'hôtel.

— La Sicile a tellement été envahie… Toute la partie est a beaucoup été marquée par les Grecs : la démocratie, l'harmonie… Ici, l'atmosphère est plus étouffante, plus maussade.

— Mmm.

Tess songea à Tonino. Les termes « étouffant » et « maussade » lui convenaient parfaitement.

— On dit que c'est l'ombre de l'Afrique, ajouta Millie en prenant du raisin.

Le soleil et l'ombre. L'oppression. Tess pensa alors au *baglio*.

— C'est vrai que cet endroit est très arabe, remarqua-t-elle. Mauresque, je dirais.

Oui, c'était tout à fait ça.

— Exactement.

Millie croisa les jambes.

— Et les Arabes ne se sont pas contentés d'apporter le couscous et les agrumes. Ils ont également apporté les spaghettis, ajouta-t-elle en riant. Avant, ils mangeaient tous des boulettes de pommes de terre ici !

— Vraiment ?

Tess avait tellement de fois regardé sa mère faire un tas de farine sur la table de la cuisine, y ajouter les œufs, l'huile d'olive et l'eau avant de pétrir le tout jusqu'à former une pâte lisse. Elle ne pesait jamais les ingrédients ; elle savait quand s'arrêter.

Elle se rendit compte que son enfance était constituée d'énormément de souvenirs de Muma dans leur cuisine. C'était peut-être pour ça que le moindre arôme de cet endroit lui paraissait familier.

C'étaient la pâte, les tomates, les herbes et les épices avec lesquelles elle avait grandi et que Tess portait en elle, probablement tout comme Muma.

C'était comme si elle avait grandi en Sicile. Après tout, Muma l'avait élevée avec la nourriture de son pays. Elle regrettait aujourd'hui de ne pas avoir partagé plus de choses avec sa mère dans la cuisine ; elle en aurait sûrement davantage appris sur ses origines.

— Ma mère a grandi ici, confia-t-elle à Millie en lui expliquant qu'à cause de la distance que gardait Muma vis-à-vis de la Sicile, elle n'était jamais revenue au pays.

Elle préféra ne pas mentionner Santina Sciarra.

— Et elle ne vous a jamais parlé de son enfance ? s'étonna Millie. Mais pourquoi ça ?

Tess secoua la tête.

— Je n'en ai aucune idée.

Même à la mort de ses grands-parents siciliens, quand Tess avait douze ans, sa grand-mère suivant son mari dans la tombe six mois après son décès, Muma n'y était pas retournée. Tess se rappelait la voir arpenter la cuisine, en pleurs, et se disputer avec son père.

— Tu le regretteras toute ta vie si tu n'y vas pas, avait-il dit.

— Je n'irai pas, Lenny ! s'était écriée sa mère, accablée. Je ne *peux* pas.

Son père était parti fumer sa pipe dans l'abri de jardin

avant d'en ressortir quelques minutes plus tard pour aller serrer Muma dans ses bras.

— Ne t'inquiète pas, ma chérie… Calme-toi…

Et la vie avait peu à peu repris son cours normal. Jour après jour, les yeux de Muma étaient un peu moins rouges que la veille.

Tess pensait rarement à ses grands-parents. Elle ne les avait jamais connus, après tout. Et elle avait tellement d'autres choses en tête à cette époque : la mer, la musique, les garçons…

— Venez dîner avec nous vendredi soir, lui proposa Millie lorsqu'elle eut terminé son histoire. Ça fera sûrement très plaisir à Pierro de vous rencontrer. Et ça fait tellement du bien de pouvoir parler anglais…

Elle jeta un coup d'œil à sa montre, et Tess comprit qu'il était temps de partir.

— Avec plaisir. Merci beaucoup.

Puis, tout heureuse, elle reprit la direction de la villa avec son sac plein de produits du marché. Millie était sûre d'elle, charmante et drôle. Une future amie, peut-être ? Pourquoi pas ? L'idée de se trouver une amie à Cetaria lui mettait du baume au cœur.

Elle traversa le *baglio*. Mais que faisait-elle de sa mère ? De l'histoire du pilote blessé et du cœur brisé de Muma que Santina lui avait racontée ? Tess observa l'océan bleu marine qu'elle aimait tant. Elle était venue pour découvrir l'histoire de sa mère, mais était-elle prête à l'entendre ?

35

C'était la fin d'un été dont la chaleur blanche avait perduré jusqu'en octobre et épuisé Flavia.
Ils avaient préparé la salsa traditionnelle (à manger en hiver pour se rappeler l'été, disait Mamma), et la moitié du village s'était retrouvée sur les terrasses qui entouraient la Villa Sirena pour manger et danser toute la nuit. Ça avait été une bonne année pour les tomates, en particulier les pizzutelli, ces petites tomates cerises rouge foncé à la peau épaisse qui faisaient la meilleure sauce. La marmite de salsa avait cuit deux jours durant, les voisins et la famille ayant tour à tour remué la lave rouge frémissante de tomates et de basilic qui avait au préalable passé des heures à mijoter dans des bouteilles de bière vides stérilisées. Et désormais, ils espéraient tous que la pluie viendrait rompre cette chaleur insupportable.
Un matin, Papa et Mamma échangeaient des murmures dans la cucina, *mais ils se turent aussitôt que Flavia apparut.*
— Qu'est-ce qu'il y a ? lança-t-elle.
— Nous organisons un déjeuner, déclara Papa, pour le jour des Morts. Tu cuisineras, sì ?
— Pour combien ?
Ça ne dérangeait pas Flavia. Elle aimait cuisiner, et, plus les convives étaient nombreux, plus elle était contente. Le fait de confectionner un menu (avec leurs ressources limitées, bien sûr) lui changeait les idées, et

laver, peler et couper les légumes, ou encore étaler la pâte pour la pasta étaient des tâches répétitives qui lui permettaient de rêver en même temps.

Flavia remit du café sur le feu. Elle rêvait encore de Peter. Quelque chose lui disait qu'il viendrait la chercher, même si cela faisait déjà six ans qu'il le lui avait promis et qu'elle n'avait pas eu une seule nouvelle.

Elle savait qu'il représentait son unique chance de partir d'ici. Puisqu'il n'était pas venu, elle était persuadée que c'était pour une très bonne raison. Mais comment pouvait-elle deviner cette raison ? Comment pouvait-elle décider quoi faire ?

— Nous serons cinq, dit Papa avec une étrange lueur dans le regard.

— C'est tout ?

Flavia était déçue. Le jour des Morts était important aux yeux des Siciliens. Il giorno dei morti. Traditionnellement, c'était une journée de fête où on priait, où on se rendait au cimetière et où on se souvenait de la famille et des amis disparus. Mais il y avait un seul homme dont Flavia se souviendrait. Elle ne l'oublierait jamais.

— Et nous aimerions un déjeuner qui sorte de l'ordinaire, poursuivit Papa.

— Qui sera là ? s'enquit Flavia.

Elle était déjà en train d'élaborer le menu dans sa tête. Peut-être commenceraient-ils par des melanzane et des poivrons. Son secret, c'était de les préparer avec un filet de vinaigre balsamique et d'huile olive, dont la richesse relevait le goût des melanzane. À la fin de l'été, la terre regorgeait de ces deux légumes en particulier. Flavia avait hérité du caractère économe de sa mère ; il le fallait, les temps étaient durs, et la nourriture manquait au village.

— Enzo, dit Papa. Avec Rodrigo, son neveu. Le garçon d'Ettore.

— Enzo ?

Flavia, plutôt surprise, alla chercher les petites tasses à café blanches. Pourquoi devait-elle prévoir un déjeuner particulier pour lui ? Papa le voyait pratiquement tous les jours.

Depuis la fameuse dispute qui avait éloigné Papa et Alberto Amato, Enzo Sciarra était devenu son plus proche ami, mais Flavia ne l'appréciait toujours pas et ne lui faisait pas plus confiance. Quant à cette triste histoire concernant Alberto… Le village entier ne s'était pas encore remis du choc. Et ce pauvre Alberto… Eh bien, Flavia ne parvenait pas à croire qu'il ait commis ce dont on l'accusait. Il avait toujours été gentil avec elle. Alors qu'Enzo… Il venait rarement chez eux, et Flavia et lui étaient systématiquement mal à l'aise l'un en face de l'autre malgré l'amitié qu'elle partageait avec Santina.

Mamma hocha la tête.

— Nous devons nous montrer très reconnaissants vis-à-vis d'Enzo, dit-elle.

— Ah oui ?

Mais Flavia comprenait : chaque famille se devait d'avoir ses alliances. Chaque famille devait être protégée. Tout cela l'inquiétait, même si Papa ne faisait que protéger les siens.

— Et Santina ne viendra pas ?

— Santina a d'autres obligations familiales, répondit-il, le regard fuyant. Elle ne peut malheureusement pas se joindre à nous.

Voilà qui était dommage. Flavia aimait toujours autant son amie d'enfance. Elles ne voyaient simplement pas la vie de la même façon.

Peut-être poursuivraient-ils avec la pasta con le sarde,
agrémentée de pignons de pin et de raisins secs ; un
goût de mer aigre-doux. Ils ne manquaient jamais
de sardines. Hier encore, on avait donné à Papa une
parcelle de terre débordant de bonnes choses pour la
cuisine : des fruits secs, des pois chiches, des lentilles,
des noix. Papa avait-il dû donner quelque chose en
échange ? Flavia espérait que non. Il y aurait égale-
ment des olives, que l'on ramassait déjà sur les arbres
qui en étaient chargés.
Pour le dolce, peut-être de la cassata, avec des fruits
confits et une ricotta aérienne. Sur la terrasse, elle
pourrait aller cueillir quelques grappes de raisin
zibibbo, vert pâle et sucré à souhait. Elle les servirait
avec le café et la liqueur de Papa.
La tradition voulait également que l'on prépare des
biscotti parfumés aux clous de girofle et qu'on appe-
lait « les os des morts ». On les donnait ensuite aux
enfants en prétendant qu'i morti les avaient confec-
tionnés durant la nuit. Flavia s'autorisa un sourire.
Un déjeuner sans prétention, mais qui sortait suffi-
samment de l'ordinaire. Elle hocha la tête. Oui, ça
irait très bien.

Au marché, Flavia s'acheta une glace au citron pour
étancher sa soif. Elle était venue chercher les ingré-
dients nécessaires à son repas. Ces jours-ci, la nour-
riture se rediversifiait peu à peu, et l'air charriait des
effluves d'agneau de lait et de beignets de pois chiches.
Des chats affamés se frottaient aux pieds des étals en
espérant avoir droit à quelques miettes.
Flavia avala jusqu'au dernier petit copeau jaune de
son pot. Il faisait encore chaud, mais l'hiver n'allait
pas tarder. Un nouvel hiver.

Elle écouta le poissonnier faire étalage de la fraîcheur de ses espadons, de ses rougets et de ses poulpes, et choisit quelques sardines déployées sur une dalle de marbre.

Elle sourit et salua les gens qu'elle connaissait : les femmes voûtées sous leurs châles, avec leurs robes noires ; les hommes sous leurs bérets sombres, avec leurs larges pantalons. Tout le monde était maigre en cette période d'après-guerre. Tout le monde paraissait affaibli.

Tout en préparant le repas, Flavia se mit à élaborer un plan. Cela faisait quelque temps qu'elle effectuait des corvées pour Signor Westerman.

En général, elle écrivait et postait des lettres pour lui, mais il lui arrivait également de faire les courses et la cuisine lorsque son maître recevait. Il la payait bien, et elle avait mis cet argent de côté.

— Ce sera pour ton trousseau, disait Mamma, mais Flavia avait autre chose en tête. Si Peter Rutherford ne venait pas à elle, c'était elle, Flavia Farro, qui irait à lui.

Elle se rappelait son visage, en particulier le jour où elle l'avait découvert dans la vallée, au milieu des débris de son appareil, des bouts de tissu accrochés au métal déchiqueté et flottant dans la douce brise qui descendait des montagnes.

Son visage livide, la façon dont il s'était mordu la lèvre. Et ses yeux... Elle revoyait ses yeux. Dans sa tête. Dans son cœur. Pour toujours.

Adoptant une cadence régulière, elle coupa les aubergines avec son couteau préféré. La lame dentelée plongeait sans difficulté dans la peau violette et brillante, puis dans la chair spongieuse du légume.

Tout en continuant, elle se laissa aller à repenser à ce que Peter lui avait dit au sujet de sa vie en Angleterre. C'était devenu une vraie litanie pour Flavia, une façon de se souvenir.

Il était hors de question d'oublier la moindre de ses confidences, quoi qu'il se passe et quel que soit le temps écoulé depuis.

Peter lui avait parlé de la ville où vivait sa famille : Exeter, dans le sud-ouest de l'Angleterre. Ça paraissait joli. Il y avait une rivière et une cathédrale, des arbres et des petits cottages en toit de chaume, et c'était proche de la mer.

Elle porta son attention sur les poivrons rouges. Sa famille était sûrement moins riche que Signor Westerman, mais elle n'était pas pauvre, elle en était persuadée. L'Angleterre ne pouvait pas être un pays aussi pauvre que la Sicile. Et ils avaient gagné la guerre. Alors pourquoi Flavia ne pourrait-elle pas partir là-bas et y chercher du travail ? Elle savait lire et écrire, et en anglais aussi. Elle savait cuisiner (« Comme un ange », disait Signor Westerman) et était vive d'esprit, même trop, selon son père. Flavia rassembla les ingrédients et se mit à préparer le vinaigre.

Peter lui avait confié que son père travaillait dans une banque, ce qui lui paraissait merveilleux, et sa mère s'occupait de la maison. Non, lui avait-il répondu en riant, ils n'avaient pas de domestiques, simplement une femme de ménage qui venait quotidiennement. Eh bien, c'était une domestique, non ? Peter avait une sœur, Lynette, et un frère, William. C'était le plus jeune, le bébé de la famille.

Flavia nettoya son couteau et se lava les mains. Jusqu'ici, tout allait bien.

Cela surprenait Flavia que des souvenirs si anciens soient si nets dans son esprit, plus nets parfois que ce qui s'était passé la veille. Elle posa son stylo un instant et lâcha un soupir.

Lorsqu'elle émergeait de sa bulle, elle était presque étonnée de voir Lenny et Ginny en train de bavarder ou installés devant l'ordinateur. Il lui fallait toujours un moment pour revenir dans le présent. Pour se rappeler qui ils étaient, et qui *elle-même* était. Sa jeunesse avait été si riche qu'elle semblait être ancrée dans son âme. Et la nourriture de son pays y faisait écho.

La cueillette et la conservation des tomates avaient coloré et ponctué l'enfance et l'adolescence de Flavia. L'odeur âcre des tomates fraîches sous le soleil, la marmite frémissante pour ensuite mettre la sauce en bouteille… Pourrait-elle le coucher sur papier afin de redonner vie à tout cela ?…

En Sicile, après la salsa, on fait le strattu. On laisse la sauce en plein soleil, sur des planches de bois, jusqu'à ce qu'elle durcisse et prenne une teinte rouge sang. C'est le reste de la sauce, le concentré, une purée qu'on laisse épaissir avant de la malaxer et de la mettre en conserve avec de l'huile d'olive.

Ce n'est pas un hasard si le rouge est la couleur du sang et de la passion. En Sicile, c'est également la couleur de la terre et du soleil couchant. La salsa est l'âme de la Sicile.

Pour la confectionner, il te faudra des tomates bien mûres, du basilic frais et du soleil. Réchauffe les bouteilles au soleil. Lave les tomates et laisse-les sécher dehors. Mets la marmite sur le feu. Égraine les tomates et fais-en cuire la pulpe en l'écrasant et en la remuant sans cesse. N'oublie pas la chaleur et la passion. Ajoute le basilic et laisse épaissir. Remplis les bouteilles et laisse-les cuire au soleil encore un peu sous une couverture. Ajoutes-y la famille, les voisins, de la musique, de la danse et un vrai festin.

C'est la base de toute sauce tomate. Ajoutes-y de l'ail, des oignons cuits dans l'huile et une pincée de sucre pour la rendre encore plus douce.

Le *pranzo*, le déjeuner, obtint plus de succès que ce que Flavia avait imaginé. Elle n'émettait certes aucun doute quant à ce qu'elle servait, mais elle était beaucoup moins sûre de l'accueil des convives en question. Mais Enzo s'était montré plus agréable que d'habitude avec elle. Il l'avait même plusieurs fois complimentée sur sa tenue et les plats.

— Tous ces efforts me rappellent ma pauvre femme, avait-il dit. Paix à son âme.

Flavia se souvenait de sa femme, la mère de Santina, qui était morte il y avait plusieurs années de cela. C'était une femme efflanquée, vieille et voûtée, épuisée par le mauvais traitement et l'acharnement de son mari.

Le neveu d'Enzo venait d'un village voisin, mais Flavia l'avait souvent vu dans les parages. Ettore, son père, le frère d'Enzo, avait passé beaucoup de temps à Cetaria avec Enzo (ils étaient comme les deux doigts de la main), jusqu'à qu'il eût mystérieusement disparu il y a quelques années.

D'après ce qu'en savait Flavia, tout le monde ignorait s'il était mort ou vivant. Enzo n'avait jamais cherché à en savoir plus. Peut-être en savait-il déjà trop, justement ? En tout cas, depuis la disparition d'Ettore, Enzo avait plus ou moins repris son rôle de père, et Rodrigo semblait désormais passer une bonne partie de son temps à Cetaria lui aussi. Flavia trouvait qu'il avait hérité quelque peu de l'arrogance de son oncle. La plupart des Siciliens étaient prétentieux, mais ceux qui bénéficiaient de certaines relations l'étaient encore plus. Ils avaient trop de pouvoir entre les mains et n'envisageaient pas qu'on leur refuse quoi que ce soit.

Les hommes parlaient politique, comme d'habitude. Ils mentionnèrent un article paru dans le journal Sicilia del Popolo.

Il disait que la population était gagnée par un sentiment de désillusion et de mécontentement d'après-guerre et qu'il y avait déjà eu plusieurs manifestations dans et aux environs de Palerme. Des paysans et de jeunes communistes, une fanfare, tous criant : « La terre aux travailleurs ! »

— Bande d'idiots ! s'écria Enzo. Ils ne savent pas ce qui est bon pour eux.

Le père de Flavia acquiesça d'un signe de tête. Il leur signala que la campagne fourmillait de bandits ; beaucoup de gens cherchaient à faire changer les propriétaires terriens et à faire entendre leur voix.

Flavia jeta un coup d'œil à Rodrigo Sciarra. Voulait-il faire entendre sa voix, lui aussi ? Ou se contenterait-il d'être l'écho de celle, puissante, de son oncle ?

Durant le dolce, Flavia nota que Rodrigo Sciarra lui accordait beaucoup plus d'attention que nécessaire. Il ne cessait de louer ses talents culinaires tandis que Papa les observait en se caressant la barbe, l'air satisfait, comme s'il était seul responsable de la réussite de sa fille dans ce domaine. À un certain moment, lorsque Rodrigo remplit le verre de Flavia de vin moelleux, il posa trois doigts sur son poignet. Ce geste d'intimité l'alerta aussitôt.

Elle vit que Papa avait remarqué ce qui s'était passé.

Et qu'il souriait. Non… Elle recula sa chaise et s'empressa de rassembler les assiettes.

— Ne bouge pas, je m'en occupe, l'interrompit sa mère en la prenant par les épaules et en la forçant à se rasseoir.

Flavia lui jeta un regard suppliant, mais sa mère l'ignora. Tout était donc prévu. Elle ne pouvait rien faire. Papa et Enzo se levèrent tranquillement en prétextant aller chercher des liqueurs. Et Mamma disparut dans la cucina *pour soi-disant préparer le café.*

— Flavia.

Rodrigo lui prit la main. Il sentait l'eau de Cologne.

— Je t'en prie, n'en dis pas plus, le supplia-t-elle.

— Mais cela fait si longtemps que je t'observe de loin.

Flavia soupira. Elle était certaine que c'était faux. Papa et Enzo avaient dû tout manigancer. Ils voulaient de toute évidence lier leurs deux familles, ce qui porterait le coup de grâce à l'amitié qu'avaient entretenue Papa et Alberto Amato et montrerait à tout le monde quel camp ils avaient choisi. D'où l'union de Rodrigo et Flavia. C'était donc pour cela que Santina et Francesca, la mère de Rodrigo, n'avaient pas été conviées. Ce n'était absolument pas un déjeuner familial. C'était un complot.

— Non, dit-elle.

— Que je t'admire.

— Non.

— Que j'ose espérer.

— Je t'en prie, arrête.

Flavia tenta d'arracher sa main, mais il la tenait fermement.

— Je peux t'offrir une belle vie.

Flavia plongea les yeux dans ce regard sombre. Oui,

il le pourrait peut-être. Mais ce n'était pas la vie dont elle avait envie.

— Je ne t'y ai pas encouragé, répondit-elle prudemment. Je ne t'ai donné aucune raison de penser que je t'estimais plus qu'un autre.

— Néanmoins, insista Rodrigo, je pense que tu pourrais apprendre à m'aimer, non ?

Flavia ne voulait pas le blesser.

— Ce n'est pas si simple, commença-t-elle.

— Nos familles sont proches, la coupa-t-il. Elles sont simpaticu. Pourquoi ne pourrait-on pas s'entendre, toi et moi ? C'est naturel. Cela cimentera l'union des deux familles.

Tout cela est très bien, songea Flavia, mais qu'en est-il de l'amour ?

Rodrigo lui caressait le bras. Il commençait à l'agacer.

— Il y a quelqu'un d'autre ! lança-t-elle alors. Mon père aurait dû te le dire.

— Quelqu'un d'autre ?

Il la dévisageait.

— Veramenti ? C'est vrai ?

Il semblait passer en revue tous les concurrents potentiels du village. Ce qui ne lui prendrait pas beaucoup de temps, songea Flavia avec regret.

— Veru. C'est vrai, répondit-elle.

— Ce n'est pas possible…, insista-t-il en plissant le front.

— Mon père aurait dû te le dire, répéta Flavia. Il n'avait pas le droit…

— Ah !

Rodrigo affichait soudain un air triomphant, comme s'il venait de résoudre une question épineuse.

— Tu veux parler de l'Anglais, n'est-ce pas ? Ton père m'a dit qu'il avait posé problème.

— Problème ? s'écria Flavia. Le seul problème, c'est que je l'aime.

Rodrigo, visiblement offensé, eut un mouvement de recul.

— Mais vous n'avez pas ?... Avec cet Anglais, vous n'avez pas ?...

— Non !

Flavia se sentit rougir jusqu'aux oreilles. Si Peter en avait eu envie, elle l'aurait fait. Qu'avait-elle à faire de sa réputation, finalement ?

— Ah ! Tu es une idiote, dit-il en agitant un doigt. Mais tu es sicilienne. Et tu dois épouser un Sicilien.

Il se dressa alors de toute sa hauteur.

— Et Rodrigo Sciarra peut te faire oublier cet homme.

Flavia entendit des raclements de gorge dans le couloir. Le jour des Morts était également celui des fiançailles et des nouvelles vies. Elle aurait dû s'en douter.

— Je suis désolée, Rodrigo, mais ma réponse est non, se hâta-t-elle de dire. N'insiste pas, s'il te plaît.

Les autres réapparurent : Mamma armée d'une cafetière et des biscotti des Morts, visiblement pleine d'espoir ; Papa avec une bouteille de grappa et un regard étonné en direction du pauvre Rodrigo, qui secouait tristement la tête. Enzo passa alors de l'amabilité à la fureur en un battement de cils.

Flavia préféra quitter la pièce. Elle s'excusa et alla se réfugier dans la cucina jusqu'à ce que le dernier biscuit soit mangé, et les visiteurs, partis.

La rage de Papa perdura tout l'après-midi et jusqu'à tard le soir. Flavia ne l'avait jamais vu comme ça. Il hurlait et la traitait de tous les noms.

— Pour l'amour de Dieu... À quoi cela sert donc

d'avoir une fille aussi ingrate ? avait-il fini par lancer à Mamma. À quoi est-elle bonne, si elle ne peut pas rendre son père heureux, si elle ne peut pas créer un lien avec la famille de son plus proche ami ?

Mais Flavia savait qu'il ne s'agissait pas seulement d'amitié. Papa était sur la corde raide. Pourquoi ne pas sacrifier sa fille, après tout ? On ne l'appelait pas la Piovra – la « pieuvre » – pour rien, cette Mafia qui avait de longs tentacules un peu partout. Si les mafiosi voulaient mettre la main sur vous, il n'y avait aucun moyen de leur échapper.

Au bout d'un moment, Flavia osa enfin prononcer le nom de Peter.

— Je l'aime encore, dit-elle. Je lui ai fait une promesse. Je ne suis pas libre d'épouser un autre homme.

— Ce vaurien ! hurla son père.

— Tu l'as aidé, lui rappela Flavia. Tu lui as sauvé la vie.

— Et je le regrette, lâcha-t-il, le visage tordu de rage. Et où est-il, ce garçon que tu prétends aimer, ce garçon qui n'est pas revenu te chercher ? Des promesses ? Bah ! La promesse de cet Anglais ne vaut rien. Et tu es stupide de ne pas t'en rendre compte.

Flavia se raidit.

— La guerre est finie depuis longtemps, ajouta-t-il en regardant autour de lui. Où est-il ? Pourquoi n'est-il pas venu ? Pourquoi ne t'a-t-il pas écrit une seule ligne ? Tu peux me le dire ?

Il tendit le bras vers son bâton, comme s'il s'apprêtait à la frapper, et ce fut à cet instant, alors que Mamma posait la main sur son bras pour l'en empêcher, que Flavia prit la fuite.

Elle courut dans la nuit noire et douce, traversa les champs qu'elle connaissait si bien, jusqu'à la vallée où il lui sembla rester des heures à réfléchir à ce qui venait de se passer. L'atmosphère lourde l'oppressait, et Flavia avait l'impression de ne pas pouvoir respirer. Elle savait ce qu'elle devait faire.

Lorsqu'elle revint, elle se rendit directement à la Villa Sirena. Elle jeta un coup d'œil furtif au motif qui surplombait la porte d'entrée. Flavia connaissait son histoire. Elle aussi, on l'avait piégée. Elle comprenait… Elle entra après avoir donné un petit coup sur la porte. L'Inglese serait sûrement encore debout ; il ne se couchait jamais avant minuit.

En effet, elle trouva Edward Westerman assis à sa place habituelle, un verre de vin rouge posé sur la table, à côté de lui.

Comme toujours, il portait un costume de lin froissé, et son vieux panama était posé sur l'accoudoir de son fauteuil. Il était peut-être à peine âgé de plus de quinze ans qu'elle, mais Flavia savait qu'il avait vu le monde, que c'était un homme plein d'expérience. Même avant la guerre, lorsqu'elle était petite, Signor Westerman ne lui avait jamais paru jeune. Il saurait quoi faire.

— Flavia, dit-il lorsqu'elle apparut dans la pièce.

Il ne semblait pas particulièrement surpris de la voir.

— Je dois partir en Angleterre, lâcha-t-elle.

— Ah oui ?

Il prit son verre et but une gorgée.

— Et pourquoi cela ?

— Je dois partir d'ici.

Elle hésita, puis lui raconta tout : Peter, son père, Rodrigo.

Son père travaillait pour Signor Westerman depuis longtemps, et elle ne voulait pas faire preuve de déloyauté, mais elle avait besoin de son aide.

— J'ai besoin de vivre ma vie, expliqua-t-elle. À ma façon.

Il hocha la tête. Elle était sûre qu'il comprendrait. Lui aussi avait voulu vivre sa vie à sa façon, et c'était pour cela qu'il était venu en Sicile.

— Comment puis-je t'aider, ma chère ?

— J'ai mis de l'argent de côté, annonça-t-elle avant de lui donner le montant.

— C'est un long voyage : deux jours de train, pour être exact.

— Je peux le faire, déclara-t-elle. Il me faudrait juste un peu plus d'argent. Je vous le renverrai, je vous le promets.

Edward Westerman paraissait songeur.

— J'ai une idée, dit-il. Si tu es décidée à aller en Angleterre, alors, je pourrais te donner une course à faire. J'ai un paquet – un de mes manuscrits – à remettre en mains propres à ma sœur Beatrice, qui vit à Londres. Tu me rendrais un énorme service si tu pouvais le faire.

— Un paquet ?

Londres. Elle parvenait à peine à s'y voir.

— Oui, il s'agit de quelques-uns de mes poèmes, répondit-il en baissant modestement le regard. J'attends de Bea qu'elle agisse en tant qu'intermédiaire entre mes éditeurs et moi-même. Mais…

Il soupira.

— Les temps sont durs. Nous verrons. Je perds peut-être mon temps à écrire tout cela.

— Oh non, Signor ! protesta Flavia.

Elle adorait sa plume. Elle méritait d'être publiée. C'était un homme généreux qui avait droit au succès. Et si elle pouvait l'aider de la plus insignifiante manière…

— Tu es très gentille, lui dit-il en souriant.

— Et j'apporterai votre travail à Londres pour vous, confirma-t-elle.

— Très bien.

Il prit une nouvelle gorgée de son vin.

— Je n'ai pas confiance en cette satanée poste ! lança-t-il en lui tapotant la main. Mais j'ai confiance en toi, ma chère. Et Bea t'aidera à ton arrivée en Angleterre. J'y veillerai.

— Je vous suis vraiment reconnaissante, déclara fièrement Flavia.

— Et naturellement, je te paierai pour cette tâche, ce qui devrait, j'imagine, compléter ce qui te manque pour le voyage.

Il fixait le contenu de son verre.

— Mais prépare-toi à être déçue, ma chère. Si j'ai appris une chose, c'est que les gens ne sont jamais comme on les imagine.

Elle baissa les yeux et se mit à observer ses mains.

— Je sais.

— Mais…

Il lui attrapa brusquement le poignet, et elle se raidit l'espace d'une seconde.

— Tu n'as qu'une seule vie, Flavia, et tu dois la vivre pleinement. Dans un nouvel endroit, on peut être tout ce que l'on désire.

— Papa…, commença-t-elle, même si elle voyait bien qu'il parlait tout aussi bien de lui que d'elle.

Il avait quitté son pays, ses amis et sa famille. Il s'était réinventé. Son histoire était similaire à la sienne. Il s'était senti exclu dans son propre pays, tout comme elle.

— Ton papa a sa façon de faire. Ne t'inquiète pas. Je lui parlerai.

Elle pencha la tête.

— Merci.

— *Reviens demain, dit-il, et nous nous organiserons.*
Dehors, elle entendit la pluie jaillir soudain. Un
énorme torrent tombait du toit et s'écoulait sur
la terrasse, comme si le ciel venait de s'écrouler.
Les collines et les vallées semblaient répercuter le
son du déluge qui inondait la terre rouge asséchée.
L'atmosphère suffocante avait enfin été brisée ; chez
Flavia aussi. Et elle était heureuse.

36

Ginny ne savait pas vraiment ce qui l'avait poussée à entrer. Le Bull and Bear était plutôt du genre miteux, et elle n'avait jamais eu envie de travailler dans un bar. Serveuse, comme dans *Eastenders* ou *Coronation Street*… Sans déc'… Bon, c'était un travail, après tout.

Après la bombe qu'avait lancée Nonna ce matin, elle avait préparé son CV sur l'ordinateur (Papy était toujours à la page ; il avait même envisagé d'acheter un iPod, bien que Ginny ne parvînt pas à imaginer son grand-père avec des oreillettes). Puis, après le déjeuner, elle avait fait le tour des magasins et des restaurants de Pridehaven en le distribuant à des vendeuses et des serveurs surpris. *C'est moi. Voilà ce que j'ai fait de ma vie…*

Pas grand-chose, songeraient-ils sûrement. Elle avait livré des journaux, fait un peu de baby-sitting, été au lycée. Une fille sans but. Une vagabonde. C'était comme ça qu'on les appelait dans certaines vieilles chansons hippies de sa mère… C'était ce qu'avait été son père.

Et c'était sans espoir. Personne ne semblait intéressé. Peut-être était-elle simplement entrée dans le Bull and Bear parce qu'il était six heures du soir et qu'elle ne voulait pas retourner chez ses grands-parents pour leur avouer qu'elle avait échoué.

Avec sa mère, elle pouvait encore se prêter à ce genre de défi (son caractère colérique et défensif lui servait plutôt bien), mais avec Nonna, c'était une autre paire de manches. Ginny détestait la décevoir. Sa minuscule

296

mamie aux cheveux blancs était dotée d'une dignité pondérée que Ginny lui enviait.

— Je me demandais si vous ne cherchiez pas à embaucher, ici ? lança-t-elle au type qui se tenait derrière le bar et qu'elle estima pas loin de la quarantaine.

— Qui le demande ?

Ça sautait aux yeux, non ?

— Moi, répondit-elle.

Il afficha un grand sourire.

— OK, mais c'est quoi, ton petit nom ?

— Ginny Angel.

— T'as plus de dix-huit ans ?

— Ouais.

— De l'expérience ?

— Non.

Il parut surpris.

— Pourquoi tu veux travailler dans un bar ? demanda-t-il alors.

Ginny se creusa les méninges. Pourquoi aurait-on envie de travailler dans un bar ?

— J'aime le contact avec les gens, déclara-t-elle, ce qui était un pur mensonge. Et je suis plutôt du soir, ajouta-t-elle, ce qui en était un autre.

Il haussa les sourcils.

Crétine, pensa-t-elle. *Ça doit sûrement être ouvert toute la journée.*

— Je suis rapide, se rattrapa-t-elle. Et j'apprends vite.

— D'accord, lâcha-t-il.

— D'accord ?

— Je te mets à l'essai. La dernière fille est partie il y a une semaine et je n'ai pas encore eu le temps de poser des annonces pour la remplacer. Demain, dix-huit heures ?

— Euh… ouais, super.

— Tu ne comptes pas me demander combien tu seras payée ? Ou les horaires que tu seras censée faire ?

— D'accord.

Elle attendit, en vain.

— Vous payez combien ? finit-elle par lâcher.

Il lui répondit. Ce n'était pas énorme, mais c'était bien mieux que rien.

— D'accord.

— Les horaires sont négociables, poursuivit-il. On en parlera demain.

Elle envoya un texto à sa mère aussitôt sortie du pub : « *Devine koi ? G un job !* »

Sa mère l'appela dans la seconde.

— Bien joué, chérie ! Moi aussi, j'ai travaillé dans un bar, plus jeune ! lança-t-elle, un peu nostalgique.

— Je vais me faire un peu d'argent, c'est cool.

Ginny aurait aimé que la voix de sa mère ne la rende pas si triste. Elle lui rappelait à quel point elle lui manquait.

— Comme ça, je vais pouvoir mettre de côté pour mon voyage.

La Boule lui faisait retourner le couteau dans la plaie, c'était plus fort qu'elle.

— Oui, répondit sa mère d'une petite voix blessée. Tout va bien à la maison ?

— Oui, tout roule.

Ginny tourna dans la rue de Nonna et Papy, une allée qui ne menait nulle part ; l'allée des Ronces, Pridehaven. Quel genre d'adresse c'était, ce truc ? Des maisons sûres dans des rues sûres dans une ville qui n'avait plus de limites… Une impasse, une ville qui ne menait nulle part, en quelque sorte.

— Et Nonna ? Et Papy ?

— Ils vont bien.

Ginny se demanda ce que sa mère pouvait bien faire en ce moment, pourquoi ça lui avait paru si important de tout laisser tomber et de repartir en Sicile. Elle faisait peut-être sa crise de la quarantaine, une ménopause précoce, quelque chose dans le genre ? Peut-être…

— Alors ?…

— Je dois y aller, maman.

— D'accord, chérie. Je…

— Salut.

Ginny raccrocha avant que sa mère ne puisse en dire plus. Elle se retrouvait une nouvelle fois tiraillée entre deux sentiments contradictoires : l'amour et la haine, l'aigre-doux.

Nonna ne parut pas le moins du monde surprise que Ginny se soit trouvé un travail aussi rapidement.

— Je suis fière de toi ! lança-t-elle tout en servant ses cannellonis à la viande, à la sauce *parmigiano* et à la noix muscade.

Miam.

— Je pense aller faire un tour chez Ben après la vaisselle, déclara Ginny lorsqu'ils eurent terminé de dîner.

Nonna se mit à débarrasser la table.

— Vous avez prévu quelque chose de particulier ? demanda-t-elle.

Peu de chance, songea Ginny.

— Ch'ai pas, dit-elle.

— Oh ! tant que tu prends du bon temps, ma chérie…, reprit Nonna.

Mais elle jeta un regard étrange à sa petite-fille. Comme si elle se demandait pourquoi quelqu'un comme elle s'embêtait avec quelqu'un comme Ben. Ginny se mit alors à y réfléchir. Pourquoi s'embêtait-elle avec lui ?

Chez Ben, ils regardèrent un film, puis quelques amis à lui passèrent, et ils allèrent boire un verre tous ensemble (ce qui arrivait en général chaque fois qu'clle allait chez lui).

Ils parlaient de sujets qui ne l'intéressaient absolument pas (bécanes, voitures, foot) et faisaient des blagues (sexistes) qui ne l'amusaient pas. À dix heures et demie, elle revit le regard de Nonna et se leva pour rentrer. La Boule tenta de l'en empêcher, mais elle se surprit à trouver la force quelque part en elle, où la Boule n'avait pas accès.

Elle rentra seule. Elle avait encore des sentiments pour Ben, ce n'était pas le problème. Mais… elle ne s'amusait pas. Voilà. Ginny resongea au regard de Nonna. C'était simple : elle s'ennuyait avec Ben. Alors, pourquoi l'avait-elle rejoint ?

Les rues étaient bien éclairées ; elle ne craignait rien. Elle ressentait seulement une petite pointe de tristesse à cause de Ben. Et d'angoisse : demain soir, elle commencerait son nouveau travail. La question était celle-ci : la Boule serait-elle de la partie ?…

Nonna et Papy avaient laissé la lumière allumée dans sa chambre et sous le porche. « N'oublie pas d'éteindre quand tu rentres », lui rappelait constamment Nonna. Et Ginny ne l'oubliait jamais, même si, chez elle, elle avait pris l'habitude d'annoncer sa présence en laissant tout allumé sur son passage.

Ginny déverrouilla la porte, éteignit la lumière de l'entrée et grimpa l'escalier à pas de loup, même s'ils ne dormaient pas. En se glissant dans la salle de bains, elle les entendit murmurer.

— Autant qu'elle fasse ce qu'elle pense être le mieux. (C'était Papy.) C'est sa vie, après tout.

— Oui, dit Nonna. C'est sa vie. Mais elle s'immisce aussi dans la mienne.

Ginny comprit alors qu'ils parlaient de sa mère et de la mystérieuse villa sicilienne. Une fois de plus, elle se demanda pourquoi ce vieillard la lui avait léguée. Que comptait-elle en faire ? Et pourquoi cela tracassait-il autant Nonna ?

Cette nuit-là, elle s'endormit en pensant à sa mère qui, dans son rêve, était d'une teinte miel, désormais, et non plus de ce jaune agressif.

Oui, elle s'en sentait un peu plus proche, c'était certain. Et demain matin, à son réveil, il était bien possible qu'il n'y ait plus de Ben. Et peut-être parviendrait-elle à dominer la Boule, finalement.

Elle allait avoir un nouveau travail, et, si elle mettait de côté, cela lui permettrait d'avoir un but. Elle avait le sentiment d'enfin entrapercevoir le bout du tunnel…

37

Deux jours plus tard, Tess était en train d'escalader la colline à l'arrière de Cetaria lorsqu'elle vit Tonino Amato. Selon le guide qu'elle avait acheté à Palerme, elle était censée suivre un sentier rocheux, mais il y avait beaucoup de roches et peu de sentier, au final. Tonino travaillait de la pierre dans une petite clairière, tout près d'elle. Elle n'avait fait que l'apercevoir ces derniers jours : avant-hier, elle avait passé la journée à Palerme, et hier, elle s'était occupée de la villa. Elle allait devoir donner ou vendre certaines affaires d'Edward Westerman. Elle pourrait tirer un peu d'argent de quelques meubles, et il lui fallait encore trier ce qu'elle gardait ou non dans la maison.

Tonino avait la tête baissée. Il était concentré sur le petit marteau et le burin en métal avec lesquels il travaillait la roche.

— *Ciao !* lança-t-elle en se retenant de ne pas filer dans la direction opposée.

Il ne leva même pas les yeux.

— *Ciao.*

— C'est pour Cola Pesce ? demanda-t-elle.

— Peut-être, répondit-il en ne s'interrompant pas.

Elle se rendit compte qu'il extrayait de la pierre des fragments d'ardoise, qui lui serviraient sûrement de base pour certaines de ses mosaïques. Elle en avait déjà vu dans son atelier. Elle s'assit sous un olivier, sur une pierre qui ne se trouvait pas loin de celle où il s'était installé, et elle étira les jambes. L'atmosphère était douce, et l'herbe éparse était parsemée de trèfle. Elle distinguait le bourdonnement des insectes et, de temps à autre, le bruit d'une cloche un peu plus haut sur le sentier. Et les coups de Tonino. Que pouvait-elle bien lui dire ? « Tu viens souvent ici ? » Non, ça ne servait à rien de tourner autour du pot.

— Dis-moi, tu ne m'éviterais pas, par hasard ? demanda-t-elle.

Il leva enfin les yeux et lui jeta un bref regard inquisiteur.

— Pour quelle raison le ferais-je ?

Il ne semblait pas attendre de réponse particulière.

Pour quelle raison, en effet ? Tout en l'observant, elle réalisa qu'il était totalement autonome, ici, avec ses pierres et ses mosaïques, avec la mer et sa tristesse. C'était terrible de perdre un ami.

Mais ne devait-on pas finir par tourner la page ? Elle repensa à ce que Millie avait dit au sujet des ombres. Cet homme était une ombre, et pourtant, toute son œuvre s'imposait à la lumière. Ses mosaïques n'étaient-elles pas mille fois plus mises en valeur ainsi ?

— Il n'y a rien entre Giovanni Sciarra et moi ! lança-t-elle en serrant ses genoux, si jamais c'était ça, son problème.

— Cela ne me regarde pas, répondit-il en continuant de marteler la pierre.

— Peut-être, mais je te le dis quand même. Je voulais que tu le saches.

— Je l'ai vu traîner autour de la Villa Sirena, lâcha Tonino avec une moue de mépris. Tu devrais te méfier.

Tess était de nouveau agacée.

— Il s'est montré très généreux, déclara-t-elle. Edward Westerman m'a légué la villa, et…

Tonino fit un haussement d'épaules.

— … et il m'aide à décider quoi en faire.

— Et que vas-tu en faire, alors ? demanda-t-il en reposant les yeux sur elle.

— Je ne sais pas encore. Mais en tout cas, soupira-t-elle, il n'y a rien entre Giovanni et moi, d'accord ?

Tonino haussa de nouveau les épaules.

Bon, au moins, elle avait essayé. Tess se leva et sentit les douces feuilles argentées de l'olivier lui caresser les cheveux.

En effet, Giovanni était passé la voir hier. Il lui avait proposé de lui prêter de l'argent. Selon lui, c'était un investissement. Les conditions étaient plus qu'acceptables ; elles étaient parfaites : elle n'aurait rien à rembourser les neuf premiers mois, ce qui lui permettrait de lancer les rénovations de la villa sans souci. Elle aurait ensuite des intérêts à payer, évidemment, mais pas à un taux insurmontable.

Il lui avait apporté quelques papiers à signer, mais Tess préférait prendre le minimum de risques.

— Je vais y réfléchir, lui avait-elle dit. D'abord, elle voulait parler à son père. Peut-être même demander les conseils d'un avocat en Angleterre.

Elle commença à s'éloigner.

— Pourquoi es-tu revenue à Cetaria ? demanda alors Tonino.

Elle s'immobilisa. Il semblait avoir oublié leur conversation et leur baiser furtif de Segesta. Oui, ça aurait été plus simple de ne pas revenir, de confier la villa à un agent immobilier, ou même de laisser Giovanni superviser les rénovations sans qu'elle intervienne. Mais il n'y avait pas que ça.

Pour commencer, il y avait l'histoire de sa mère. Elle n'arrêtait pas de penser à ce que Santina lui avait révélé : sa mère voulant à tout prix être libre, amoureuse d'un pilote anglais qui était à des années-lumière de ce que sa famille désirait pour elle : Rodrigo Sciarra, pour l'amour du ciel ! Quel autre choix avait-elle, à dix-sept ans, dans un pays en guerre ? Elle n'aurait pas pu suivre son pilote en Angleterre, pas à ce moment-là, du moins. Tess posa les yeux au-delà des palmiers nains, des oliviers et des vignes en paliers qui habillaient les collines.

D'ici, elle avait une vue plongeante sur le village, les montagnes, derrière, et la mer. Cet après-midi, l'eau était comme satinée. Mais Tess savait très bien qu'il ne s'agissait pas que de sa mère, loin de là.

— Il y a quelque chose, ici…, commença-t-elle.

— Mais tu as une vie en Angleterre. Une famille ?

Elle avait ses parents. D'ailleurs, voilà qui soulevait une autre question. Pour elle, ses parents avaient toujours été deux âmes sœurs. Mais quelle était la place de ce pilote dans toute cette histoire ?

— Je ne suis pas mariée.

Elle pensait qu'il l'aurait deviné, vu qu'elle ne portait pas d'alliance.

— Mais j'ai une fille.

Il leva la tête et l'observa de ses yeux sombres.

— Elle a dix-huit ans. Elle est chez mes parents actuellement.

Elle songea à Ginny. Comment se préparer au moment où son enfant décide de quitter la vie qu'on lui a construite et de découvrir le reste du monde, ce monde terrifiant sur lequel on n'a aucun contrôle ? Comment prévoir ce qu'on va ressentir ? Tess l'ignorait, mais il allait falloir qu'elle y réfléchisse, car quelque chose lui disait que ce moment n'allait pas tarder. Ginny avait un travail, et elle voulait mettre de côté pour pouvoir partir, Dieu seul savait pour combien de temps.

Elles avaient été si proches, à une époque… Aujourd'hui, Tess n'était même pas certaine de manquer à sa fille. En tout cas, elle ne le montrait pas. Lorsque Tess l'appelait, Ginny semblait chaque fois pressée de raccrocher.

— Je n'ai jamais été mariée à son père, expliqua-t-elle à

Tonino, qui paraissait attendre la suite. Il est parti avant sa naissance. Il n'était pas du genre à vouloir se caser.

Tonino hocha la tête. Il ne semblait ni choqué ni surpris.

— Depuis, dit-il, tu es tombée amoureuse ?

— Oui.

Tess se rassit sur sa pierre et sortit la bouteille d'eau de son sac. Elle prit une longue gorgée et la tendit à Tonino, qui la remercia et l'imita. Oui, elle était tombée amoureuse, mais pas tant que ça, pour une femme qui approchait de la quarantaine. Un flirt par-ci, un flirt poussé par-là, les quelques occasions où elle s'était laissée aller à penser : *Oui, c'est peut-être le bon.* Puis il y avait eu Robin. Elle plongea les yeux dans ceux de Tonino.

— Et toi ?

— Je ne suis pas marié, répondit-il avec un demi-sourire. J'ai connu des femmes, bien sûr…

Bien sûr.

— Et je suis tombé amoureux une fois.

Elle l'observait, patiente. Que comptait-il lui avouer ? Lui faisait-il confiance au point de se dévoiler entièrement ?

— Ça n'a pas fonctionné ? demanda-t-elle.

— Elle était avec quelqu'un d'autre. Quelqu'un qui…, commença-t-il avant de s'interrompre.

Instinctivement, Tess sut de qui il parlait.

— Était-ce ton ami ?

Un seul regard lui suffit à comprendre qu'elle avait visé juste.

— Celui qui est mort ?

— Oui, répondit-il en posant ses outils. Ils étaient tout le temps ensemble… C'était impossible.

Du bout de sa chaussure, Tess se mit à dessiner au hasard dans la terre poussiéreuse.

— Elle savait ce que tu ressentais ?

— Bien sûr.

Il arracha un fragment d'ardoise et lui jeta un nouveau regard.

— Les femmes savent toujours ce genre de choses.

Tess n'en était pas si sûre, mais elle préféra ne pas changer de sujet.

— Et lorsqu'il est mort ? s'enquit-elle, même si elle se doutait de ce qu'il allait lui répondre.

— C'était encore plus impossible.

Il semblait furieux, soudain.

— Helena n'était pas d'accord. Mais si, c'était toujours impossible.

Il glissa ses outils et ses pierres dans le sac en toile à ses pieds. Tess imaginait qu'il était interdit de se servir de cette façon dans un endroit qui était probablement protégé, mais Tonino faisait partie de ces hommes qui se fichaient de ce genre de règles. À leurs yeux, la terre et la mer étaient là pour leur permettre de gagner leur vie. Ils se contentaient de prendre ce qu'elles offraient.

Tonino se leva, balança son gros sac par-dessus son épaule et tendit la main à Tess, qui la saisit.

— Alors, elle est partie ?

— Oui, répondit-il en marquant une pause, comme s'il voulait en dire plus. Le jour où mon ami est mort…

— Qu'est-ce qui s'est passé ? le pressa-t-elle, même si son expression laissait entendre qu'il se sentait coupable.

— Je prenais un café avec Helena.

Il croisa brièvement son regard avant de le poser au loin, sur les collines.

— Ce n'est pas ce que tu penses.

— Alors, qu'est-ce que vous faisiez ? demanda Tess en secouant la tête.

— Nous parlions de nous. Nous nous disions que c'était impossible. Que nous ne pouvions pas lui faire du mal. C'était ça que nous faisions.

Il serra le poing jusqu'à ce que ses articulations soient toutes blanches.

— Alors qu'il…, qu'il…

Il était incapable de poursuivre. Tess posa une main sur son épaule.

— Mais ce n'était pas ta faute, dit-elle. Tu faisais ce qu'il fallait.

— Helena n'a jamais compris pourquoi nous ne pouvions pas être ensemble, après ça.

Tess imaginait bien la scène. Helena, le cœur brisé, se tournant vers l'autre homme qui l'aimait, celui qui était censé comprendre son chagrin, car il aimait son ami, lui aussi. Puis la culpabilité de Tonino.

C'était un peu comme s'il avait tué son ami pour avoir sa femme. Certains auraient sauté sur l'occasion – et la fille –, mais pas Tonino. C'était quelqu'un de bien trop complexe pour se débarrasser de cette culpabilité qui le rongeait. Il n'aurait pas pu vivre ainsi.

— Et depuis ? lui demanda-t-elle à son tour.

Il lui serra davantage la main.

— Des femmes, mais pas d'amour.

Lorsqu'il l'embrassa cette fois, ce fut d'une façon totalement différente. À Segesta, il s'était agi d'un simple frôlement de lèvres presque accidentel.

Mais là, en le voyant se tourner vers elle, prendre son visage entre ses mains, pencher la tête et plaquer ses lèvres contre les siennes, Tess savait qu'il était sincère. Et, sous le soleil qui la réchauffait, elle se laissa aller et lui rendit son baiser. Elle en avait envie. Elle le devait. Giovanni Sciarra n'avait peut-être pas tort à son sujet, mais, à cet instant précis, ça lui était totalement égal.

De retour à la villa ce soir-là, Tess ne cessait de repenser à ce qui s'était passé dans l'après-midi. Elle n'aurait pas imaginé se lancer dans une nouvelle relation après

Robin. Et pourtant, c'était ce qu'elle faisait. Enfin, peut-être…

Elle décida de se préparer des pâtes avec une sauce au gorgonzola et une salade pour le dîner. Elle n'était même pas sûre de pouvoir manger. Et elle allait devoir se coucher tôt.

Elle avait besoin de réfléchir… et peut-être de se donner le droit d'avoir hâte au lendemain.

Après le baiser qu'ils s'étaient échangé (et qui avait failli la faire fondre lorsque Tonino avait remis ça), ils s'étaient promenés une petite heure dans l'oliveraie.

Tonino lui avait dit qu'il tenait les oliviers en grand respect. Et sa façon d'en toucher l'écorce noueuse éveillait chez Tess un sentiment étrange mêlant la jalousie au désir.

— Ils sont robustes, mais sensibles, avait-il déclaré.

— Sensibles ? avait bégayé Tess, encore sous le charme.

— Oui. À l'eau, à la nourriture, à l'amour.

S'il n'arrêtait pas, Tess ne répondrait plus de rien…

— Ils donnent un bois magnifique, avait-il ajouté. Ils brûlent vite, et leur parfum…

— Oui.

Elle connaissait leur parfum ; elle l'avait senti lors de son premier passage à Cetaria.

— L'olive est un fruit sage, et l'oliveraie est un endroit apaisant.

Tonino s'était mis à toucher le visage de Tess, comme si c'était une statue sur laquelle il travaillait, et sa main s'était attardée à la base de son crâne, au niveau de sa nuque.

Tess ferma les yeux en se remémorant cette sensation.

Même s'il travaillait avec ses mains toute la journée, elle ne parvenait pas à comprendre comment il arrivait à mettre autant de sensualité dans ses gestes.

Elle émietta un peu de fromage dans une assiette et entreprit de préparer la sauce. Il fallait d'abord mélanger la farine et le beurre, puis y ajouter le lait chaud petit à petit.

Pendant leur promenade, il lui avait parlé de sa famille et de son enfance ; de son père, le pêcheur de thon, et de sa mère, petite, explosive et extrêmement fidèle. Ils étaient morts jeunes tous les deux. Son père avait eu une crise cardiaque, que Tonino mettait sur le dos de son travail : il était dehors par tous les temps, ne vivant que pour donner de quoi manger à sa famille.

Tess se souvint que Giovanni lui avait confié que Luigi, l'oncle de Tonino, était mort lui aussi d'une crise cardiaque.

Elle refusait de se dire que Tonino lui avait menti, mais elle ne voulait pas lancer ce sujet tout de suite. Ce n'était ni le bon moment ni le bon endroit.

— Et ta mère, avait-elle soufflé. De quoi est-elle morte ?

— C'était l'amour de sa vie. Lorsqu'il est mort, elle n'avait plus de raison de vivre.

— Elle t'avait, toi, lui avait rappelé Tess.

Les paroles de Santina lui étaient alors revenues en tête. « *Flavia a le cœur brisé à jamais…* »

Il avait émis un rire qui ne s'était reflété ni sur sa bouche ni dans ses yeux.

— Je n'étais pas souvent là. Je suis parti étudier à Palerme, puis j'ai passé un peu de temps sur le continent, à Naples. C'est là que j'ai commencé la plongée.

Tess était surprise. Elle s'était imaginé qu'il n'avait jamais quitté Cetaria ; il semblait y être tellement ancré…

— Qu'as-tu étudié ?

— L'histoire.

Elle avait alors songé aux mythes folkloriques et aux contes qu'il lui avait racontés, à son obsession du passé. L'histoire. Cela ne l'étonnait pas.

— J'ai également fait un peu de menuiserie et de sculpture, avait-il ajouté dans un haussement d'épaules. Puis j'ai fini par m'intéresser aux mosaïques et je suis revenu ici à la mort de mon père.

Sûrement pour s'occuper de sa mère, avait songé Tess.

— À mon retour, j'ai commencé à faire de la récupération sur les épaves. Et après la mort de ma mère…

— Tu es resté, avait terminé Tess, voyant qu'il était ému.

— *Sì.*

Il lui avait confié que sa famille avait hérité d'une certaine somme d'argent et qu'il s'en était servi pour monter son affaire dans le *baglio*, qui avait assez vite fonctionné.

— J'ai besoin de qualité dans ma vie, mais je ne parle pas forcément de qualité matérielle.

Était-il vraiment heureux ici, à travailler dans le *baglio* et à contempler la mer pendant des heures ? Tess en doutait un peu.

Elle remua la sauce et ajouta du lait jusqu'à ce qu'elle ait la bonne consistance, puis elle éteignit le feu et assaisonna avant d'y mettre le fromage.

Elle essora les pâtes et les mélangea à la sauce. Elle avait appris pas mal de choses sur Tonino cet après-midi. Que découvrirait-elle demain ?

Lorsqu'ils avaient redescendu la montagne et regagné le village, Tonino ne lui avait pas lâché la main, ce qui avait envahi Tess d'un sentiment étrange, mais agréable.

Elle apporta ses pâtes, sa salade et un verre de vin blanc bien frais sur la terrasse. Il faisait presque nuit, mais encore chaud, et elle alluma une bougie qu'elle plaça au centre de la table en fer forgé.

Elle ne ressentait aucune solitude. Non, elle se sentait en paix avec le monde entier. Était-ce le résultat d'un après-midi passé en charmante compagnie ?

Ils avaient traversé la place principale, étaient passés devant l'hôtel Faraglione, et Tess avait cru voir quelqu'un les observer derrière un rideau, à l'étage. Elle ne s'était sûrement pas trompée, mais elle devait tout de même être une fois de plus atteinte de ce fameux syndrome paranoïaque sicilien, car elle imaginait que tout le monde, dans le village, les observait.

Tonino semblait y être totalement indifférent, lui. Il avait continué de discuter, comme si de rien n'était, tandis qu'ils avaient traversé le vieux *baglio*, passant devant la fontaine de pierres et l'eucalyptus. Puis ils s'étaient arrêtés au pied des marches menant à la villa. Elle avait guetté le moindre signe montrant qu'il voulait l'accompagner. Elle ne savait pas ce qu'elle lui répondrait s'il le lui proposait. Mais, finalement, il avait déclaré :

— J'ai du travail.

Tout était d'un calme plat autour d'eux.

— Mais je peux te voir demain ?

— Oui.

Tess ignorait si elle devait se sentir soulagée ou déçue.

— Dans l'après-midi ?

Elle avait acquiescé d'un signe de tête.

— On pourrait aller faire un tour en mer, avait-il proposé en désignant un petit bateau de pêche jaune amarré à la jetée. Jusqu'à la réserve. C'est magnifique là-bas.

— Ça me va !

— On pourra s'y baigner, et déjeuner, même, si tu veux bien attendre.

Il lui avait lâché la main et ne l'avait pas embrassée. Il s'était contenté de soutenir son regard, comme s'il tentait de lui dire quelque chose, comme s'il lui faisait une promesse.

Tess termina son repas, but son verre et observa le ciel sombrer peu à peu dans la nuit. Les étoiles brillaient vivement, et la lune presque pleine était entourée d'un halo de nuages scintillants. Elle songea à Tonino, dans son atelier, si proche et si loin à la fois. Elle avait presque l'impression qu'il lui avait accordé cette soirée pour réfléchir, pour qu'elle s'assure qu'elle savait ce qu'elle voulait. Que voulait-elle, au juste ? Une vie plate et un job rasant en Angleterre ? Ou une aventure qui pourrait finir en désastre financier et amoureux ?

Debout sur la terrasse, Tess observa les formes fantomatiques des rochers, sur la baie, la mer noire, presque huileuse, sous la lueur lunaire, et la voûte céleste indigo. Ginny ne semblait plus avoir besoin d'elle. La réponse coulait donc de source.

38

*S*ur la route chaotique et poussiéreuse de Castellammare qui longeait la côte, dans la carriole que Signor Westerman avait mise à sa disposition, Flavia s'efforçait de se préparer au périple qui l'attendait.

— Il sera long et difficile, l'avait-il prévenue. Il avait fait le même chemin à plusieurs reprises, dont une fois durant la guerre. En effet, ça avait dû être ardu. Mais l'avait-ce été davantage que pour une jeune Sicilienne qui ignorait tout de sa destination, une jeune fille qui n'avait personne au monde ?

À part Peter, se rappela-t-elle. Elle devait s'accrocher à l'espoir qu'il serait là, quelque part, à l'attendre.

L'aube brumeuse promettait une journée sèche accompagnée d'une légère brise. D'un côté de la route s'élevaient les montagnes rougeâtres jonchées de pierres et de verdure, sereinement illuminées par la lueur pâle du matin. De l'autre côté, la mer s'offrait à sa vue. C'était son pays, et elle l'abandonnait. Dans combien de temps reverrait-elle l'île sur laquelle elle avait grandi, le seul foyer qu'elle ait jamais connu ?

Et sa famille… Pour la première fois, Flavia fut saisie par le mal du pays. Peut-être appréhendait-elle ce qui venait… Maria, sa grande sœur certes ennuyeuse et toujours à la titiller, mais qu'elle aimait. Mamma, avec son énergie calme et sombre, réprimant son amour pour ses enfants afin de ne se vouer qu'au bien-être de son mari. Et Papa. Papa, qui avait voulu contrôler sa vie, qui refusait de comprendre ce que Flavia ressentait ou désirait ; Papa qui était ancré dans la tradition. Elle portait leur sang en elle, mais elle ne pouvait pas rester avec eux. Plus maintenant.

Flavia était secouée à chaque ornière sur la route. Le chauffeur sifflait, et le cheval s'ébrouait comme pour lui répondre. Tout était désert, mais il était encore tôt. Si tôt que personne encore n'avait dû se rendre compte de son départ.

Flavia se cala contre la portière de la carriole. Papa n'était pas aussi mauvais quand il était encore ami avec Alberto Amato, quand Enzo Sciarra n'était qu'un camarade qu'il retrouvait de temps en temps au bar Gaviota pour boire de la grappa, pour discuter, pour jouer aux dominos.

Elle était certaine qu'à cette époque, il agissait selon son bon vouloir. Il suffisait de voir la façon dont il avait réagi à la découverte de Peter… Flavia ferma les yeux un instant et se remémora ce jour où elle l'avait vu pour la première fois. O dio Beddramadre… Cette chaleur étouffante… Ces yeux bleus qui l'avaient embrasée…

La carriole avançait tranquillement. Le chauffeur ne lui posait pas de questions. On lui avait sûrement donné la consigne ; c'était souvent ainsi que ça se passait en Sicile.

Durant la guerre, Papa avait soutenu les Anglais. Révolté par ce que la guerre faisait subir à sa chère patrie, il avait également soutenu les opprimés. Il avait fait ce en quoi il croyait, sinon, il n'aurait jamais emmené Peter chez lui. Mais, au fil des ans…, Papa avait clairement changé.

Toute cette histoire avec Alberto l'avait transformé, tout comme l'ascendant qu'avait Enzo sur lui. Et aujourd'hui… Oui, elle portait son sang en elle, mais elle ne pouvait pas rester. Elle n'osait pas. Pour l'instant, il s'agissait de Rodrigo Sciarra, mais qui chercherait-il à lui faire épouser ensuite ? Flavia frissonna, bien qu'elle n'eût pas froid, emmitouflée dans son manteau et sa couverture de laine. Signor Westerman lui avait conseillé de porter plusieurs couches de vêtements.

— Couvre-toi bien, ma chère. Il fera froid en Angleterre.

L'Angleterre…

Si elle restait, Mamma tenterait de la raisonner afin de lui faire changer d'avis et d'épouser Rodrigo. Elle ne comprendrait pas. « Il te traitera comme il faut, dirait-elle. Tu aurais pu trouver bien pire. » Les Siciliennes voyaient la vie ainsi, et c'était leur malédiction. C'était pour cette raison qu'elles ne se battaient pas pour un quelconque changement. « Tu veux finir vieille fille, c'est ça ? »

Non ! À cette simple idée, Flavia avait un haut-le-corps. Évidemment qu'elle n'en avait aucune envie. Mais elle ne désirait pas non plus épouser un homme qu'elle n'aimait pas.

Elle ne voulait pas des mains de cet homme sur elle, et elle ne voulait pas s'occuper de sa maison et avoir ses enfants. Ce n'était pas une vie. Elle l'avait maintes fois répété à Santina :

— Ce n'est pas une vie.

Cette chère Santina la regardait de ses yeux tristes et murmurait alors :

— Mais Flavia, il n'en existe pas d'autre.

Elle se trompait. Flavia cligna des yeux pour les vider de leurs larmes. Oui, il existait une autre vie.

Tandis qu'ils dépassaient une vieille carriole chargée de légumes qui se rendait au marché, Flavia vit qu'ils approchaient de Castellammare. La route descendait en lacet vers la grande baie, la mer et la gare où elle prendrait un train en direction de Palerme, puis de Messine. C'était la première – et la plus courte – étape de son voyage. Et elle touchait presque à sa fin.

Flavia savait que Santina se trompait, elle savait désormais qu'il existait autre chose que ce qu'elles connaissaient en Sicile. Elle en avait eu un aperçu, plus qu'un aperçu, même, avec Peter. Et elle ne pouvait pas l'oublier.

Flavia n'avait jamais pris le train de sa vie. Elle avait tenté de s'y préparer, mais elle était subjuguée par l'immensité de ce monstre métallique crachotant. Elle dénombra dix voitures. Mamma mia… Signor *Westerman lui avait dit que le train la mènerait à Messine, où il serait ensuite placé sur une énorme péniche qui lui ferait traverser le détroit, jusqu'au continent, ce qui lui paraissait tout aussi extraordinaire.*

— Nous allons donc te réserver une voiture-lit, avait-il dit. Tu en auras bien besoin.

Flavia termina la brioche qu'elle s'était achetée pour le petit-déjeuner. Allez, courage. Elle prit une profonde inspiration, saisit le sac de voyage usé que Signor *Westerman lui avait donné (qui contenait si peu, et pourtant tout ce qu'elle possédait) et monta à bord. Elle avait l'impression de se jeter du haut d'une falaise.*

Le train rejoignit Palerme dans un concert de sifflements et de bruits secs. Flavia regarda par la fenêtre. On disait que le centre-ville était en ruine, qu'il n'of-

frait à la vue que des tas de décombres et des carcasses de bâtisses. Mais elle n'avait d'yeux que pour le quai bondé de gens qui montaient à bord ou qui descendaient. Puis elle entendit les portes claquer, des coups de sifflet, et le convoi partit en direction de Messine. Le train était une force sûre, songea Flavia. Une puissante créature. Elle ressentait son énergie et sa cadence tandis qu'il les menait à destination.

Puis, comme l'avait prévu Signor Westerman, le train fut bruyamment placé sur un énorme bateau (du moins, c'est ce qu'espéra Flavia, qui se signa à la hâte). Ils avaient à peine huit kilomètres à parcourir, ce qui serait fait en trente minutes, mais Flavia prit tout de même le temps d'aller prendre un bol d'air frais sur le pont. C'était vraiment étrange, de voyager à la fois sur un bateau et un train. Mais peut-être s'apprêtait-elle à vivre bien d'autres expériences tout aussi étranges…

Tout en contemplant l'écume blanche que le ferry laissait sur son passage, Flavia aspira l'air marin à pleins poumons. Le vent lui fouettait le visage et s'engouffrait dans ses boucles brunes. Elle avait l'impression que sa vie, son ancienne vie, était soudain balayée.

Le ferry s'appelait Scilla. Tandis qu'il progressait majestueusement sur le détroit de Messine, Flavia se sentait fière d'avoir la chance de voyager sur une telle embarcation.

Et c'était grâce à Signor Westerman. Elle n'aurait pas pu le faire sans lui. Papa serait fou de rage lorsqu'il découvrirait qu'elle était partie. (Peut-être le savait-il déjà ? Peut-être était-il à la porte de La Sirena afin de demander des explications au Signor ?) Mais ça ne l'inquiétait pas. Signor Westerman serait capable de *calmer Papa avec quelques paroles seulement ; c'était un don, chez lui.*

Évidemment, elle se sentait coupable : épouser Rodrigo Sciarra aurait changé la vie de Papa, au village : il aurait eu droit à plus de privilèges, à plus de nourriture, et on aurait davantage aidé sa famille. Et Dieu savait que la vie d'après-guerre n'était pas facile en Sicile. On acceptait toute aide, d'où qu'elle vienne. Mais Flavia Farro refusait de se prostituer pour cela. Elle ne le pouvait simplement pas.

— *Désolée, Papa, murmura-t-elle.*

Peut-être ne lui reprocherait-il pas d'avoir saisi cette chance, finalement. Après tout, il avait saisi la sienne lorsque ce même homme lui avait proposé de le sortir de la pauvreté.

Elle se tourna tout de même vers la côte sicilienne, son île, et posa la main sur son cœur.

— Arrivederci, *souffla-t-elle.* Au revoir.

Quand ils approchèrent de la côte, on les pria de retourner s'asseoir.

Ils étaient arrivés à Villa San Giovanni. Un passager du train (elle s'était permis de lui parler, car il était accompagné de son fils, un petit garçon d'une douzaine d'années qui dévorait littéralement Flavia des yeux) lui avait appris que c'était le port le plus fréquenté d'Italie. Flavia observa l'agitation qui l'entourait.

Cet endroit grouillait d'activité : les gens parlaient, criaient, couraient, s'enlaçaient, se saluaient, pleuraient ; des hommes en uniforme de la marine se précipitaient d'un endroit à un autre, des dockers vidaient les cargaisons, des grues soulevaient la marchandise des bateaux, des cornes de brume tempêtaient. Il régnait là une atmosphère d'anticipation et d'effervescence, de voyage et de changement.

La gare maritime avait visiblement peu souffert de la guerre. Le compagnon de route de Flavia s'avérait être un véritable puits de connaissance (« Elle a été construite dans le style fasciste ; et dans la salle des départs, une magnifique fresque de Cascella représente ce cher Mussolini, il Duce, dressé dans les airs par des fermiers... Vous devez absolument la voir, ma chère, tout le monde devrait la voir. ») Mais, même si elle prétendait s'y intéresser, Flavia ne voulait plus rien savoir de la politique. Ce qui arrivait à la Sicile la terrorisait. Pas la pauvreté, mais l'oppression, la corruption, l'obscurité. Les gens sont partout pareils, songeait-elle. Il y en a des bons, et il y en a des mauvais.

Flavia ne parvenait pas à croire que ce train branlant puisse la conduire jusqu'à Rome. Mais ce fut le cas. Son voyage continua donc ; il semblait interminable. Elle passa une nouvelle nuit, entre Rome et Paris, à dormir par intermittence, ballottée par le train, à observer par la fenêtre crasseuse du wagon – d'abord dans la lumière du jour puis dans l'obscurité de la nuit – un paysage variant constamment entre champs, collines, villages et villes.

De nouveaux coups de sifflet, des portes qui claquent, des gens qui se disent au revoir. Personne ne disait au revoir à Flavia, et elle ne s'était jamais sentie aussi seule. Des bagagistes poussaient des chariots remplis de valises. Gare après gare, les quais s'étiraient un peu plus vers l'avenir. Son avenir...

Flavia était épuisée. Qui aurait pu imaginer que voyager se révélerait si éprouvant ? Elle avait pris de quoi manger (de gros morceaux de ce fameux pain jaune sicilien – le pain de Mamma, songea-t-elle avec une boule dans la gorge –, un peu de raisin des vignes du Signor, et du fromage de chèvre) et picorait dès que la faim se rappelait à son bon souvenir. Elle avait une gourde d'eau, également, dont elle prenait régulièrement une gorgée dès qu'elle avait la bouche sèche.

Arrivés à Paris, à la gare de Bercy, ils prirent un transfert pour la gare du Nord. Une nouvelle journée avait commencé. Paris... Flavia ne parvenait pas à croire qu'elle était ici. Elle ne se trouvait pas au cœur de la ville, évidemment, mais tout de même... Elle frissonna. Il semblait faire si froid, ici, par rapport à chez elle.

Elle pressa le pas sur le quai. Les gens paraissaient totalement différents, aussi. Les femmes étaient plus élégantes, habillées de couleurs plus vives.

Il restait quelques traces de la morosité de la guerre, mais ces femmes lui donnaient clairement l'impression de savoir où elles allaient.

Comme si elles avaient une vie, un but, en dehors des murs de leur foyer. Elle songea à sa mère et aux autres villageoises ; leurs robes et leurs châles noirs, cette obscurité ambiante. Elle se trouvait déjà dans un monde à part.

Et elle aussi savait où elle allait. Elle calma sa respiration et réprima l'angoisse qui ne cessait de croître en elle malgré toutes ses bonnes intentions. Elle devait se concentrer sur le côté positif des choses, et non sur ce qui la chagrinait. Elle devait penser à l'amour. C'était par amour qu'elle avait entrepris ce voyage.

Parce qu'elle était convaincue qu'elle ne trouverait jamais un tel amour ailleurs. C'était quelque chose qui n'arrivait qu'une fois dans votre vie. Ça valait

cette angoisse, cette peur et ce périple épuisant.
C'était son destin.

Elle était enfin en route pour l'Angleterre. Londres,
Victoria. Elle prendrait un dernier ferry, mais, cette
fois, seuls les passagers de première classe auraient
droit à une voiture-lit. Flavia devrait donc profiter du
voyage sur le pont. Mais elle s'en fichait. Elle n'avait
qu'une envie : arriver à destination. L'Angleterre…

39

— Qu'est-ce que tu en penses ? lui demanda Brian, le patron du pub. Tu es jeune, toi.

Ginny plissa les yeux pour mieux observer le guitariste.

— Il est un peu vieux, déclara-t-elle.

Il avait au moins quarante ans. Et il arborait des verres épais et un sourire idiot en permanence. Le mot « charisme » n'était pas ce qui venait tout de suite en tête lorsqu'on le voyait.

— Il se débrouille pas mal, fit remarquer Brian en tapotant le bar du bout des doigts.

— Mmm.

Ginny ne savait trop quoi en penser. Elle ignorait jusqu'ici que son nouveau job exigeait des talents de casteur.

La Boule était quelque peu agitée. Elle savait que quelque chose perturbait Ginny.

— Mais ? lança Brian.

Le guitariste venait de terminer *It's not Unusual* et enchaînait déjà sur les premiers accords de *Leaving on a Jet Plane*.

— … et je ne vais pas tarder à partir, moi aussi, lâcha-t-il dans le micro. Sauf que ce ne sera pas dans un jet, mais dans une vieille Volvo. Ha ! ha !

Messieurs-dames, le roi de la blague…, songea Ginny.

— Je ne pense pas qu'il plaise à une clientèle de moins de quarante ans, dit-elle. Il fait autre chose que des vieilles reprises ?

— T'es un peu dure, ricana Brian. Mais je crois que tu as raison.

— J'aimerais une clientèle plus jeune, lui avait-il annoncé lorsqu'elle était arrivée pour dix-huit heures, ce soir-là. J'aimerais que cet endroit bouge, que ce soit *le* bar branché de Pridehaven.

— OK…

Finalement, Ginny avait peut-être débarqué au bon moment, même si elle trouvait que Brian voyait un peu trop les choses en grand.

— J'ai trois artistes qui viennent jouer ce soir. Tu pourras m'aider à en choisir un, si tu veux.

Ça commençait à faire beaucoup de responsabilités, non ?…

— Mais je ne sais même pas tirer une pinte, lui avait-elle dit.

— Ne t'inquiète pas, on s'en occupera plus tard.

— OK, Ryan ! lança-t-il au guitariste qui, tout bien réfléchi, pouvait facilement avoir cinquante ou soixante ans, songea Ginny en apercevant le médaillon niché parmi les poils grisâtres qui dépassaient de sa chemise. Merci, mais on va se passer de toi. Je préfère embaucher un groupe, finalement.

Le deuxième artiste n'était pas venu.

Pendant que le (jeune) groupe qui clôturait les auditions s'installait, Brian expliqua à Ginny comment fonctionnait la caisse.

— C'est fini, l'époque où on devait tout additionner, commenta-t-il avec un gros rire. Tu n'as qu'à te souvenir de ta commande. La caisse se charge du reste.

Il alluma une cigarette malgré la pancarte NON-FUMEURS sur la porte.

— Tu penses pouvoir y arriver ?

— Ouais, ouais.

Gros malin…

— Allez, les gars, faites tout péter.

Faites tout péter ?... Il faudrait peut-être lui rappeler qu'il avait plus de trente ans, non ?

Ils étaient bons. Ce n'étaient ni des génies ni des pros, mais ils étaient bons. Et leur musique était efficace et sauvage. Du rock, quoi. Même la Boule se tenait tranquille.

— Alors ? lui demanda Brian après la première chanson (une reprise de *Sex on Fire*, des Kings of Leon).

— Ça déchire ! lança Ginny.

— J'en étais sûr...

Ils jouèrent quelques autres reprises des trois dernières décennies, ainsi que deux ou trois compositions originales. Ce choix convenait parfaitement à Brian et Ginny. Ils étaient quatre : un grand dégingandé aux claviers, tatoué de partout et le crâne rasé, un chanteur à tomber par terre, avec de longs cheveux blonds et des yeux bleus, un guitariste aux épaules carrées avec des pics sur la tête, et un bassiste à l'air ténébreux.

Son côté mystérieux plaisait beaucoup à Ginny, et, lorsqu'elle croisa son regard au troisième morceau, elle sentit le rouge lui monter aux joues. *Oups...*

— Je ne veux plus entendre parler des garçons, avait-elle déclaré à ses grands-parents durant le petit-déjeuner, ce matin-là. Je suis une zone misandre à moi toute seule. Les garçons ne servent strictement à rien. J'ai donc décidé d'éviter la gent masculine pendant un certain temps. Vous avez devant vous une machine haïsseuse d'hommes.

— Charmant, avait commenté Papy.

— Sauf toi, bien sûr, l'avait rassuré Ginny.

Mais, depuis, elle avait reçu trois messages de Ben : « *Hé, t'es passée où ? / T'as disparu ou quoi ? / T'es toujours sur Terre ?...* »

Les interpréter relevait de l'épreuve. Est-ce que ça signifiait qu'il tenait à elle ? Ginny tapota son téléphone dans sa poche. Elle était soulagée qu'il se soit inquiété, mais elle se contenta de répondre : « *J'aimerais vivre quelque chose de spécial. À plus.* »

Il pouvait le prendre comme il voulait. Elle se trouverait un autre coiffeur.

— Il y a une raison particulière à cela ? avait demandé Nonna suite à la déclaration de Ginny.

— Ils préfèrent leurs potes à leur petite copine. Et je m'ennuie avec eux. Ils ne savent pas s'amuser.

Sa grand-mère avait souri.

— Ils sont complètement différents selon avec qui ils traînent. C'est pas juste, avait ajouté Ginny.

— Ça ne l'a jamais été, ma chérie. Je te l'assure…

— OK, les garçons, vous êtes embauchés, déclara Brian lorsque la demi-douzaine de clients du bar eut fini d'applaudir. Un samedi soir sur deux, ça vous va ?

Ginny leva les yeux. Pile quand le Beau Gosse Ténébreux lui lança un sourire ensorcelant…

40

Le bateau les emmena jusqu'aux eaux turquoise de la réserve naturelle. Lorsqu'ils coupèrent le moteur, le silence n'était brisé que par le clapotis de l'eau et les cris des mouettes. Il était deux heures et demie. La mer et les montagnes scintillaient d'une lueur blanche presque aveuglante.

Tess plongea une main paresseuse dans l'eau fraîche. Elle était si claire qu'elle distingua un banc de petites brèmes qui passait juste en dessous de la surface ainsi que les roches plates et les cailloux qui jonchaient le sol marin. Elle avait le sentiment de déjà bien connaître cet endroit, sur et sous la surface.

Elle n'avait jamais vu Tonino aussi apaisé. Les rides qui lui barraient constamment le front avaient disparu, le bas de son visage était détendu et ses yeux reflétèrent le soleil lorsqu'il glissa ses lunettes sur son crâne.

Il la regarda, lui sourit et posa une main légère, sèche et ferme sur la sienne. Elle percevait sa force plus qu'elle ne la sentait physiquement. La pierre qu'il travaillait s'était en quelque sorte incrustée en lui, comme s'il faisait lui-même partie de ce paysage sicilien rocheux.

L'eau vint se glisser entre leurs mains, et Tess profita de cette douceur fortuite pour s'enfoncer un peu plus dans l'étreinte de son homme.

— Voilà la crique, déclara-t-il.

Tess suivit son regard. Il avait laissé le bateau contourner le promontoire de l'île, et ils se trouvaient désormais face à un demi-cercle de sable blanc et fin parsemé de roches rouge et crème, et de bandes d'algues rejetées par la marée. Tandis qu'elle observait un magnifique papillon (un amiral rouge) prendre son envol et raser l'eau aigue-marine, Tess s'aperçut qu'elle retenait son souffle.

— C'est un endroit très particulier…, remarqua-t-elle.

Mais ce qu'elle voulait vraiment dire, c'était que *ce moment* était particulier, avec lui, dans ce bateau, sur cette baie. Qui que fût cet homme (et elle avait toujours des doutes à ce sujet), elle était attirée par lui comme une abeille par le miel.

Même si elle le voulait, elle serait sûrement incapable de résister à son charme.

Il retira son tee-shirt, se leva et exécuta un plongeon parfait. Le bateau tangua, et Tess se cramponna en riant. Elle observa sa tête brune plonger en premier, puis le reste de son corps suivre dans un mouvement fluide. On aurait dit un dauphin. Tant que ce n'était pas un requin… Elle songea à Robin, ce qui lui arrivait de moins en moins ces derniers temps. Oui, de moins en moins…

Une petite méduse rose passa pile au-dessus de Tonino. Tess sourit et le regarda réapparaître à la surface, pas vraiment réchauffé, mais extatique.

Elle éclata à nouveau de rire. Elle avait envie de le rejoindre. Elle était simplement vêtue d'un bikini et d'un sarong, lequel elle se hâta de retirer.

Tonino rapprocha le bateau de la côte et l'y amarra à un rocher escarpé. L'embarcation eut un dernier sursaut sur les cailloux avant de s'immobiliser. Tonino lui tendit alors la main.

— *Grazie*, dit-elle en souriant.

— *Prego*, répondit-il avec une révérence.

Puis, main dans la main, ils décidèrent de retourner dans l'eau.

— On pique une petite tête ?

Elle acquiesça, tendit les bras et s'engagea dans une brasse tranquille. L'eau soyeuse et enivrante rafraîchissait sa peau brûlante. Elle se mit sur le dos, ferma les yeux et savoura le soleil qui tapait sur ses paupières et formait un kaléidoscope d'images rouges et dorées dans sa tête. C'étaient les couleurs de la Sicile. La terre rouge, le soleil doré... Les tomates rouges, le blé doré...

— On se croirait au paradis ! lança-t-elle.

Ils étaient à des années-lumière de ces histoires de querelle, de vol, de trahison et de meurtre... Sans parler de la Mafia.

— Tu te trompes, répondit Tonino en se levant et en passant la main dans ses cheveux bruns trempés. *C'est* le paradis.

Elle plissa les yeux pour mieux voir la montagne qui se découpait sur le ciel azur et limpide.

— Le chemin de la réserve naturelle mène jusqu'ici ?

Elle distinguait, au loin, une bande de terre rouge qui serpentait entre les palmiers, les tamaris et les oponces.

— Non, on ne peut y accéder que par bateau, déclarat-t-il avec un nouveau sourire. On a de la chance, n'est-ce pas ?

— Oh oui !...

Toutefois, Tess frissonnait (était-ce l'eau, vraiment ?), et elle préféra retourner sur le sable blanc. Les montagnes rouges se dressaient tout autour de la crique, et le bas de leurs flancs était parsemé d'hélianthèmes, de romarin et de genêts.

Il la rejoignit quelques minutes plus tard, armé de son sac à dos et d'une grande serviette bleue qu'il étala. Tess s'y installa tandis que Tonino vidait le sac.

Une bouteille d'eau pétillante et – mmm – une de prosecco, chacune dans un sac isotherme, du jambon serrano, de la ricotta, de la salade de tomates, une épaisse miche de pain sicilien et des oranges.

— Tout ça m'a l'air délicieux, déclara-t-elle.

Et ça l'était. Ils mangèrent goulûment et savourèrent le prosecco dans les verres que Tonino avait pensé à apporter.

— Ne jamais boire un bon vin dans un verre en plastique ! avait-il soutenu.

Il se mit à peler une orange lentement, laissant l'écorce former une spirale autour de ses doigts bruns. Il prit un quartier et le tendit à Tess, qui mordit dedans.

— Chaude et douce, fit-elle remarquer. Comme le soleil.

— L'orange est un fruit de journée, acquiesça-t-il. Le citron est lunaire.

— Lunaire…, répéta Tess.

Oui, la couleur de la lune et l'odeur de la nuit.

Finalement, repus, ils s'allongèrent sur la serviette. Tess était à deux doigts de s'endormir.

— Tu es vraiment différente… de ce que je m'étais imaginé, murmura-t-il au bout de quelques minutes.

Ah oui ? Soudain, Tess n'était plus du tout fatiguée.

— Et qu'est-ce que tu t'étais imaginé, au juste ?

Elle se redressa sur un coude et observa le corps cuivré de Tonino, les petites boucles brunes qui parsemaient son ventre plat, sans qu'elle ose regarder plus bas.

— Que tu étais une touriste parmi tant d'autres, répondit-il sans ouvrir les yeux.

Elle avait deviné le mépris dans sa voix et elle s'efforçait de ne pas s'en formaliser. Après tout, elle n'était pas une touriste ; elle avait du sang sicilien en elle, non ? Pourquoi ne devrait-il pas mépriser les touristes qui venaient polluer leurs plages, leurs villes et leurs temples avec leur impudence, leur bruit et leurs montagnes de déchets ? Eh bien, déjà parce que c'étaient eux qui lui permettaient de manger. Si ces Allemands, ces Anglais et ces riches Italiens du Nord ne lui achetaient pas sa vaisselle, ses meubles et ses miroirs, comment Tonino pourrait-il vivre ?

Mais son orgueil triompha.

— Et en quoi suis-je différente ? demanda-t-elle.

Elle brûlait d'envie de toucher le creux de sa gorge, juste en dessous de sa pomme d'Adam. De faire glisser son doigt de son torse jusqu'à son nombril.

Puis plus bas encore… Son regard fut attiré par la ceinture du slip de bain noir qui lui faisait comme une seconde peau. Si seulement…

— Tu es une très belle femme, dit-il d'une voix rauque, et elle se rendit compte qu'il avait ouvert les yeux et qu'il la regardait l'observer.

Tess sentit la chaleur envahir ses épaules et sa poitrine ; elle avait l'impression, cette fois, qu'elle venait davantage de l'intérieur que de l'extérieur.

— Beaucoup de touristes sont de très belles femmes, fit-elle remarquer.

Et elle savait de quoi elle parlait. Elle les avait vues, dans leurs bikinis blancs, sur leurs yachts, avec leur bronzage impeccable et leur chevelure dorée.

Elles étaient également beaucoup plus jeunes qu'elle, songea-t-elle en observant sa taille et ses jambes, qui étaient certes bronzées suite à toutes ces heures qu'elle passait dans l'eau, mais pas aussi fines que lorsqu'elle avait vingt ans, même trente.

— Tes cheveux…

Il passa la main dedans et pressa une mèche entre ses doigts.

— On dirait l'herbe de la mer…

Tess éclata de rire. Elle avait connu mieux comme compliment. Mais c'était tellement drôle…

— Des algues ?

Il hocha la tête.

— Comme une sirène. Jaunes, bruns, rouges, ambre. Comme le jaspe.

Elle avait aperçu ces pierres marbrées dans son atelier. Elles lui rappelaient beaucoup celles que l'on trouvait au fond de l'océan, tachetées de sable et de mousse.

— Tu ne m'as toujours pas raconté l'histoire de la sirène, celle de la Villa Sirena !

— Il va falloir être patiente. Je te la raconterai quand le moment sera venu.

Très bien, mais quand, exactement ?

— Tes yeux sont violacés, poursuivit-il. C'est très rare en Sicile. Très rare dans le verre de mer.

— Le verre de mer ?

Elle se laissa de nouveau tomber sur le dos. Cet homme avait décidément une drôle de façon de séduire…

Il continuait à lui caresser les cheveux.

— Le vert, l'ambre, le brun, ce sont des couleurs communes. Mais trouver cette nuance exacte de violacé dans la mer…

Il secoua la tête d'un air triste.

— Tu as de la chance de l'avoir devant toi, alors ! lança-t-elle.

— Tu es aussi provocante, continua-t-il avec un sourire avant de se rapprocher. Et intéressante. Drôle. Et exaspérante.

— Je vois…

Puis elle éclata de rire. En gros, c'était un cocktail irrésistible.

— Tu n'es pas mal, toi non plus, lui dit-elle.

— Et…

Son regard sombre la dévorait littéralement. Comme de la lave en fusion. Comme une huile noire et fluide. *Mon Dieu…*

— Et ? répéta-t-elle, le souffle court.

Mais qu'est-ce qu'elle avait ? On aurait pu croire qu'elle

ne s'était jamais retrouvée en plein paradis avec un dieu vivant... Quoique... N'était-ce pas la première fois ?

Il posa un doigt sur ses lèvres.

— Et j'ai envie de t'embrasser. Encore.

Tess eut à peine le temps de s'y préparer que la bouche de Tonino était pressée contre la sienne. Il avait le goût du miel, de la ricotta et du prosecco, et c'était bon, trop bon. Puis son corps se rapprocha encore un peu, et il se mit à lui caresser les épaules et les cuisses, puis il lui embrassa la gorge, la poitrine et...

Elle n'était plus maîtresse d'elle-même. Elle n'avait qu'une idée en tête : s'abandonner au délice de l'instant présent.

Quelques minutes plus tard, tandis qu'il tentait de lui retirer son bikini de sa main libre, blottie dans son cou, Tess le sentit s'interrompre, la main sur sa cuisse, puis il leva la tête vers la mer avant de jurer tout bas.

— Qu'est-ce qu'il y a ? demanda-t-elle en se redressant péniblement.

— La mer, elle se fâche, murmura-t-il.

Du bout du doigt, Tess effleura la cicatrice qui lui barrait le visage, dessinant les contours de sa mâchoire, puis elle s'arrêta sur ses lèvres. Mais il n'était plus là. Elle suivit son regard et tenta de calmer les battements de son cœur. Au loin, elle voyait les vagues se soulever.

— En effet, elle a l'air agitée...

Au niveau du rivage, l'eau paisible d'une heure auparavant était désormais ridée. Tonino se leva aussitôt.

— Il va y avoir une tempête. Nous devons ramener le bateau au port, sinon, nous allons rester bloqués ici. Viens.

Il lui prit la main, et elle se redressa.

Serait-ce si grave ? songea Tess. Mais elle préféra ne pas leur faire perdre de temps. Elle enfouit les restes du pique-nique dans le sac, attrapa sa serviette et fonça en direction du bateau. Le vent qui fouettait ses épaules nues la faisait soudain frissonner.

— Pour combien de temps on en a ? lui demanda-t-elle.

— Dix, quinze minutes, répondit-il en l'aidant à grimper à bord.

Il était déjà en train de détacher la corde. Il poussa le bateau et y grimpa à son tour. Puis il lança le moteur, et ils partirent, pleins gaz, leur embarcation fendant les vagues en direction de la baie de Cetaria.

Tess se serait crue dans une course contre le vent. Elle tenait ses cheveux en s'efforçant de ne pas regarder Tonino. Elle n'était pas inquiète. Non, elle était plutôt excitée. Il lui avait dit « dix minutes ».

Dans dix minutes, ils seraient à l'abri de tout danger. La mer était déchaînée et ballottait l'embarcation. Mais ils y arriveraient. Elle en était sûre.

— *Mi dispiace*, Tess. Je suis désolé, lui dit-il en lui prenant la main.

Elle secoua la tête en souriant. Elle préférait vivre cela avec la mer plutôt que d'y être totalement étrangère. Mais, au fond d'elle-même, elle sentait le désir la brûler à lui faire mal. Ils l'auraient fait… Ça aurait dû se passer, mais ça n'avait pas été le cas. Pas encore.

Traqués par un vent impétueux, ils gagnèrent enfin le port. Derrière eux, les lames déferlantes étaient passées du turquoise à un gris trouble.

Malgré le pull qu'elle avait enfilé, Tess frissonnait, et ses cheveux étaient tout emmêlés. Le changement de temps avait été fulgurant. Elle n'aurait pas imaginé que la Méditerranée puisse être aussi colérique.

— Juste à temps, fit remarquer Tonino en aidant Tess à sortir du bateau.

Il venait tout juste de finir de l'amarrer quand son téléphone lui signala qu'il venait de recevoir un message. Il lança un regard désolé à Tess, prit son téléphone et lut son message en plissant le front.

— Il y a un problème ?

Tess hésitait à lui proposer de monter prendre un café. Ce n'était franchement pas le plan le plus original, et le café de Tonino était mille fois meilleur que le sien, mais elle n'avait pas envie que l'après-midi se termine. Pas encore.

— Je dois voir quelqu'un, répondit-il avec un air perdu. Apparemment, ça ne peut pas attendre.

— D'accord…

Cela lui fit l'effet d'une gifle. Elle aurait aimé finir ce qu'ils avaient commencé. D'un autre côté, tout allait trop vite. Ce n'était peut-être pas une mauvaise idée de tempérer un peu tout ça.

— Pas de problème, poursuivit-elle d'une voix enjouée. Vas-y. On se voit…

— Tout à l'heure, termina-t-il en lui caressant le visage. Sept heures, ça te va ?

— Ça me va.

Elle avait lu dans ses pensées ; il n'y aurait pas de retour en arrière possible.

41

Non, Tess n'avait pas envie que l'après-midi se termine. Alors, au lieu de rester enfermée dans la villa, elle s'empara de son imperméable, dans le couloir, et descendit les marches qui menaient au *baglio*. Elle irait voir Santina.

Le col relevé, elle se hâta de traverser les flaques du *baglio*, s'abritant sur le seuil des maisons à chaque bourrasque, ce qui ne l'empêcha pas d'être trempée lorsqu'elle frappa à la porte du numéro quinze, avec sa peinture verte écaillée et sa grille rouillée.

Elle s'y colla le plus possible pour échapper à la pluie tout en espérant très fort que Giovanni ne soit pas là.

Après un rapide coup d'œil par l'entrebâillement, Santina s'empressa d'ouvrir grand la porte et tira Tess dans son vieux couloir rouge sang en l'assommant une fois de plus d'un flot de sicilien.

— Entre, entre, mon enfant, dit-elle.

Dieu merci, Giovanni devait être absent.

Tess longea l'étroit couloir parcouru de photos, de diplômes et d'attirail religieux pour atterrir dans la cuisine, où Santina préparait visiblement des légumes. À côté de l'évier trônaient des épinards, des petits-pois et un petit couteau sur une planche à découper, et d'autres légumes étaient empilés dans une passoire.

— Désolée de vous déranger…, commença-t-elle.

— *No*, non, non…

Santina lui fit signe de se débarrasser de ses affaires mouillées. Tess ne se fit pas prier.

La vieille femme s'empara de son manteau et l'accrocha à côté du poêle tout en ne cessant de faire claquer sa langue et de secouer la tête.

— Du café ? proposa-t-elle en désignant son petit percolateur. Du *dolce* ?

— Avec plaisir, accepta Tess, qui attendait avec impatience de pouvoir interroger Santina. Giovanni ? demanda-t-elle.

— Qui sait ? répondit Santina avec un haussement d'épaules. Les Sciarra font toujours ce qu'ils veulent, ma petite…

— Mais vous aussi, vous êtes une Sciarra, rétorqua Tess, sidérée. Vous faites partie de sa famille.

D'autant plus qu'elle savait l'importance, en Sicile, que pouvait avoir la famille.

— Moi, pas pareil, dit Santina en se touchant le front et en secouant violemment la tête. Moi, pas pareil.

C'était une chose de ne pas être d'accord avec le choix de vie de sa famille, mais c'en était une tout autre de la rejeter complètement.

— Vous ne vous êtes jamais mariée ? demanda-t-elle.

Santina, qui remplissait le percolateur d'eau, lui tournait le dos.

— Jamais arrivé, dit-elle. Je m'occupe des hommes de la famille.

Puis elle se retourna avec une étrange lueur de défi dans le regard.

— Moi aussi, j'ai le feu, là, ajouta-t-elle en se tapotant le ventre. Je fais ce que je peux.

Tess se contenta d'un hochement de tête. Exactement comme sa mère, songea-t-elle. Elle observa Santina poser le percolateur sur la cuisinière et le remplir de café.

— Comment savez-vous que ma mère a eu le cœur brisé ? demanda-t-elle.

Santina alluma la cuisinière et mit le percolateur sur le feu.

— Nous écrivons des lettres. Les années passent. Nous écrivons des lettres, Flavia et moi.

Tess y avait songé, en effet.

— Et aujourd'hui ?

— *No*, répondit Santina en secouant violemment la tête. Aujourd'hui, *no*. Pas depuis plusieurs années.

Même si sa vieille amie comptait énormément pour elle, sa mère avait dû se défaire de tout contact avec la Sicile. Cela, Tess l'avait compris. Elle avait dû se contraindre à abandonner Santina.

— Mais pourquoi ? Pourquoi détestait-elle autant la Sicile, Santina ?

Ce n'était tout de même pas simplement parce que son père voulait qu'elle épouse Rodrigo Sciarra ?

Santina secoua la tête.

— Elle a pas dit, pas à moi.

Tess se demandait également pourquoi sa mère avait mis autant de temps à partir en Angleterre. La guerre ne pouvait pas être la seule raison.

— Ma mère avait vingt-trois ans lorsqu'elle a quitté la Sicile. C'est six années après avoir rencontré ce fameux pilote anglais. Ça fait beaucoup, vous ne trouvez pas ?

Santina était en train de prendre ses petites tasses blanches et des assiettes derrière le pan de tissu qui servait de porte à son armoire.

— Elle attend, répondit-elle en haussant les épaules.

Elle avait fait preuve d'une sacrée patience, alors. Elle devait l'aimer à la folie…

— Et il l'a aidée, à son arrivée en Angleterre ?

Elle imaginait à quel point ça devait être effrayant pour

une jeune Sicilienne de débarquer toute seule dans un pays inconnu. Sa mère était très courageuse.

— *No, no*, répondit Santina. *Signor* Westerman, Villa Sirena. Il l'aide. Sa sœur à Londres l'aide. Elle cuisine, oui !

Puis elle laissa échapper un rire.

— Ah...

Tess commençait à y voir plus clair, désormais. Elle prit la petite tasse de café et la pâtisserie que Santina lui tendait.

— *Grazie*.

Donc, sa mère l'avait attendu en Sicile, mais il n'était pas venu la chercher. Qu'avait-elle alors fait ? Elle était partie le retrouver en Angleterre, bien sûr. Et Edward Westerman l'avait aidée dans sa démarche, tout comme il avait aidé Tess à venir en Sicile.

Elle prit une gorgée de café. Les pièces se mettaient enfin peu à peu en place.

— J'imagine donc qu'elle a tenté de retrouver son pilote, mais que c'était comme chercher une aiguille dans une botte de foin, dit-elle à Santina.

— Aiguille ? répéta la vieille femme, visiblement perdue.

— Elle ne l'a pas trouvé ? Alors, elle a abandonné ses recherches et a fini par l'oublier.

Elle prit une nouvelle gorgée de café, fort et brûlant. Puis elle croqua dans son *cornetto*, le sucre glace se collant à ses lèvres.

— Puis elle a rencontré mon père ?

— Ah non, répondit Santina avec un air compatissant. Elle le trouve, mon enfant. Elle n'oublie jamais cet homme.

— Mais ?...

Avant de pouvoir en dire plus, Tess entendit la porte s'ouvrir et un flot de sicilien lui signalant l'arrivée de Giovanni.

Il s'immobilisa en apercevant Tess dans la cuisine.

— Toi, dit-il.

— Quoi ? s'étonna Tess.

Il avait l'air furieux. Il lâcha un nouveau flot de sicilien, et Tess distingua le nom de Tonino. Santina passait de l'un à l'autre en triturant son tablier. Que se passait-il ? Giovanni avait-il découvert ce qui existait entre Tess et Tonino ? Même s'il n'y avait pas grand-chose à découvrir… Pas encore, du moins.

— Quoi ? répéta-t-elle.

Giovanni lui fit face.

— Je t'ai prévenue, Tess. Je t'ai dit de garder tes distances avec Tonino Amato.

Comment était-il au courant ? Il n'y avait qu'une possibilité : Tonino le lui avait dit.

— C'est votre histoire, Giovanni, pas la mienne, répliqua-t-elle en tentant de garder son calme.

Il se rapprocha et lui serra le bras.

Il lui faisait mal. Sa bouche était tordue de rage et ses yeux lançaient des éclairs.

— C'est là que tu te trompes, Tess. Ta famille a autant de raisons que moi de détester Amato.

— Voyons, ne sois pas ridicule…

Cela ne l'empêcha pas de douter. Connaissait-elle vraiment Tonino ?

— *Il Tesoro*, marmonna Giovanni. Le trésor.

Nous y voilà, songea Tess. *Ce fameux « trésor »…*

— Ton grand-père était responsable d'*il Tesoro*, déclara Giovanni d'un ton grave. Et le grand-père d'Amato l'a volé. C'était son meilleur ami. Il s'agit donc non seulement d'un vol, mais aussi d'une trahison. Tu n'es pas d'accord ?

Devait-elle le croire ? Tess posa les yeux sur sa main, qui lui serrait toujours le bras.

— Excuse-moi, dit-il en la lâchant, recouvrant visiblement son calme.

— De toute façon, on parle du grand-père de Tonino, là, et non de Tonino, rétorqua-t-elle, consciente de lui chercher à tout prix des excuses.

Et, contrairement aux Siciliens, elle n'était pas du genre à tenir les gens responsables du comportement du reste de leur famille.

— Ils sont tous pareils, grogna Giovanni. Ce sont des Amato. Et cet homme piège tellement de femmes…

Pardon ?

— Comment ça, « tellement de femmes » ?

— Tu verras bien, Tess ! lança-t-il avec un haussement d'épaules.

Elle en avait assez entendu. L'enchantement de l'après-midi était sur le point de se briser.

— Je dois y aller, déclara-t-elle en se levant.

Elle demanderait à Tonino de lui donner sa version des faits. Elle ne le jugerait pas si facilement ; pas encore, du moins.

— Fais attention, Tess, répondit Giovanni avec un air grave.

Il ne pleuvait plus, et le soleil émergeait de derrière les nuages. Pourquoi ne pas passer voir Millie, tant qu'elle y était ? Peut-être pourrait-elle l'éclairer davantage ? Tess fit un détour par l'hôtel Faraglione et se rendit à la réception.

— Excusez-moi, est-ce que Millie est là ? demanda-t-elle à la jeune fille qui s'y trouvait.

— Désolée, elle est avec quelqu'un, répondit la fille dans un anglais parfait, mais avec un fort accent. Elle ne veut pas être dérangée.

— Pas de problème.

En partant, Tess crut voir son amie avec quelqu'un à la

fenêtre de l'étage. La silhouette qu'elle aperçut lui parut familière. Mais… Non, elle devait se faire des idées. De toute façon, elle avait suffisamment de quoi réfléchir pour le moment. Sa famille, celle de Tonino, *il Tesoro*… Sans oublier l'histoire de sa mère. Sa mère, qui n'avait pas oublié son pilote, qui était venue en Angleterre et qui l'avait retrouvé.

42

Flavia était donc arrivée en Angleterre. *Dieu soit loué…* Sa vie sicilienne était officiellement terminée.

Frigorifiée, Flavia se tenait sur le quai de la gare Victoria, le vieux sac de voyage de Signor Westerman à ses pieds, trempé et lourd comme une pierre. Londres en novembre. La première chose que retint Flavia fut le gris. Partout, du gris. Puis l'humidité. Et le froid.

Autour d'elle, les gens se regroupaient avec leurs sacs et leurs malles, le visage impassible, comme s'ils avaient peur d'admettre où ils se trouvaient ou d'où ils venaient. D'autres s'activaient sur le quai, certains allant même jusqu'à courir. Flavia entendit le hurlement des sifflets, l'agitation de la foule, puis le moteur du train à vapeur. Elle ne devait pas rester là. Il fallait qu'elle aille… quelque part.

Complètement perdue, elle suivit le flot des passagers, dont certains, au moins, semblaient savoir où ils allaient. Ils quittèrent la gare. Flavia s'arrêta. Sainte Madonna. Un vent glacial et humide lui fouetta le visage. Elle s'empressa de relever le col de son manteau. De grands bus rouges, de gros taxis noirs, des gens, des gens, des gens… Que devait-elle faire maintenant ? Elle serra son sac contre elle, comme pour se rassurer ; c'était tout ce qu'elle avait.

Allez, il faut y aller. *Elle fit un pas en avant. Il aurait fallu qu'elle prenne le bus, qu'elle demande le chemin à quelqu'un. Elle devait bien faire attention à son argent jusqu'à ce qu'elle retrouve Peter, au moins, voire jusqu'à ce qu'elle trouve du travail. Mais comment pourrait-elle s'adresser à ces inconnus ? Elle était à Londres, et tout le monde paraissait horriblement pressé. Immobile, ne sachant pas quoi faire, elle avait l'impression que le brouillard, humide, âcre et suffocant, s'épaississait autour d'elle.*

Flavia était nerveuse. Personne ne souriait autour d'elle. La plupart des gens qui passaient à côté d'elle allaient jusqu'à l'ignorer. Comment leur en vouloir d'être désagréables, avec cette purée de pois et ce temps humide et froid ? Les petites chaussures de Flavia étaient déjà trempées à l'intérieur comme à l'extérieur.

— *Prends un taxi à la gare, lui avait signalé Signor Westerman. Attention, ma petite, écoute-moi bien, hein !*

Flavia s'était contentée d'un hochement de tête.

— *Donne-lui l'adresse de Beatrice. Et remets cette lettre à Bea.*

Il avait alors posé dans sa main une épaisse enveloppe blanche avec le manuscrit de poésie qu'elle lui avait promis d'apporter à sa sœur. L'adresse de Beatrice était indiquée en grosses lettres noires sur les deux.

— *Sì, avait répondu Flavia tout en pensant :* Je me débrouillerai à ma façon.

C'était son aventure, après tout.

Mais Signor Westerman avait eu raison. Elle se sentait complètement perdue, en particulier dans cette brume glaciale. Et le voyage l'avait épuisée, ses mains étaient gelées et toutes contractées, et ses yeux la piquaient. Avec une assurance feinte, elle héla un taxi en levant le bras. À sa grande surprise, il s'arrêta aussitôt. Flavia montra l'adresse au chauffeur.

Soulagée, elle s'installa à l'arrière du taxi, son sac toujours serré contre sa poitrine. Son voyage était terminé, bien que, d'une certaine façon, il commençât tout juste.

Par la fenêtre, elle vit que de nombreux bâtiments étaient à l'abandon ou carrément en ruine. Sûrement suite aux bombardements, songea-t-elle. On en construisait de nouveaux aux allures plus modernes. Elle savait que Londres avait souffert de la guerre, mais elle ignorait que c'était à ce point.

Elle aperçut des magasins et des cafés illuminés, des salons de coiffure et d'énormes cinémas. De gigantesques enseignes perçaient l'obscurité. Elle tenta de les lire ; il fallait qu'elle travaille son anglais sans attendre. LES CRACKERS DE JACOB, IMPERMÉABLES SWALLOW, BRYLCREEM POUR VOS CHEVEUX. Dieu que c'était étrange… Une vague d'excitation la traversa. C'était enfin l'heure de sa libération. Elle se trouvait dans un monde nouveau.

Le taxi n'avançait pas vite. Les routes étaient engorgées de ces voitures noires et de ces bus rouges, de trolleybus mais également de carrioles, et les trottoirs étaient envahis d'hommes en chapeaux et ceinturés d'imperméables, de femmes élégantes en manteaux de laine dont les écharpes apportaient ici et là une touche de couleur à la grisaille ambiante. Un homme avec un casque et un brassard blanc – elle comprit assez vite qu'il s'agissait d'un policier – leva le bras pour les immobiliser. Aussitôt, les piétons traversèrent la route ; ils étaient de toute évidence en mission de première importance. La ville grouillait d'activité. Et pourtant, sa voix était comme étouffée par le brouillard épais qui semblait tout recouvrir. Londres.

Une nouvelle ville qui la terrorisait. Mais, Madonna en soit témoin, que Flavia était heureuse d'être là...

Ils s'arrêtèrent devant une gigantesque bâtisse de trois étages, dans une jolie rue parsemée de grandes maisons en briques affichant toutes un oriel sur leur façade. Ils devaient se trouver dans le quartier de West Dulwich. Flavia contempla la rue, émerveillée. Le brouillard semblait se dissiper, et elle distingua des arbres, dont les feuilles gouttaient dans les flaques qui jonchaient le trottoir. Ce serait un endroit réellement charmant s'il se mettait à faire beau, songea-t-elle.

— Allez, mam'selle.

Le chauffeur paraissait pressé. C'était visiblement le lot de tout le monde ici. Mais pourquoi donc ?...

Elle fouilla dans son porte-monnaie pour le payer. Il avait déposé son sac sur le trottoir mouillé. En Sicile, il aurait au moins déposé ses affaires sur le pas de la porte. Mais elle n'était pas en Sicile, se rappela-t-elle. C'était justement ce qu'elle cherchait à fuir. Avec un nouvel élan de culpabilité, elle pensa à Mamma et Papa. Seraient-ils fâchés, déçus ? Elle leur avait laissé un mot, mais plutôt bref, et elle comptait beaucoup sur Signor Westerman pour leur faire comprendre sa décision, pour tout arranger. Bien sûr, elle le leur aurait dit, si elle avait pu. Mais elle savait très bien que Papa l'aurait empêchée de partir.

Elle n'avait pas eu le choix. Et c'était justement de choix qu'elle avait besoin. C'était son droit humain, lui avait dit Signor Westerman.

— Merci beaucoup, prit-elle le soin d'articuler à l'intention du chauffeur. Bonne journée à vous.

— De rien ! lança-t-il en la dévisageant avant de disparaître en riant.

Flavia vérifia le numéro indiqué sur son papier, puis la façade de la maison. Elle était bien dans Thurlow

Park Road, et elle se trouvait devant la bonne maison. Elle grimpa les marches. La bâtisse semblait immense. Et si Signor Westerman avait fait une erreur ? Si Beatrice Westerman ne vivait pas ici ou était partie ?...

Courage. Elle se redressa et fit sonner la cloche.

Étant donné la taille de la maison, elle s'était attendue à être reçue par un domestique, mais la femme qui lui ouvrit n'en avait absolument pas l'air. Elle était grande, mince et dotée de cheveux blonds crépus.

Elle portait des lunettes en métal, semblait un peu plus âgée que Signor Westerman et paraissait tout à fait surprise de trouver Flavia avec sa valise sur le seuil de sa maison.

— Bonjour, je peux vous aider ? demanda-t-elle poliment.

— Miss Beatrice Westerman ? répondit Flavia avec son plus bel accent.

Oui, elle en était convaincue : il y avait une nette ressemblance entre elle et Signor Westerman dans le nez et dans le menton.

— C'est moi-même, déclara-t-elle.

— J'ai une lettre d'Edward, votre frère.

Flavia sortit l'épaisse enveloppe de la poche extérieure de son sac. Le voyage l'avait quelque peu froissée et mouillée, mais elle était encore intacte.

— Et j'ai un paquet dans ma valise, ajouta-t-elle pour faire bonne mesure. Il s'agit de sa poésie.

— D'Edward ? s'étonna Beatrice.

Elle s'empara de l'enveloppe et la tourna entre ses mains.

— Vous arrivez de Sicile ? demanda-t-elle à Flavia.

— Oui, par train, confirma-t-elle.

Beatrice Westerman inclina la tête sur le côté, ce qui la faisait ressembler à un oiseau.

— Vraiment ? Et vous comprenez ce que je vous dis ?

— Oui. Je parle un peu anglais. Votre frère…

Elle hésita avant de reprendre.

— … et d'autres m'ont appris.

— Je vois, répondit Beatrice avec un sourire, même si elle semblait encore perdue.

Flavia imaginait que ça n'arrivait pas tous les jours de trouver une jeune étrangère sur le pas de votre porte avec une lettre venant de votre frère que vous n'avez pas vu depuis des années.

Elle aurait aimé lui dire de lire la lettre, et elle aurait beaucoup aimé entrer dans la maison, où elle aurait pu se réchauffer, mais cela aurait été faire preuve d'impolitesse ; alors, elle se contenta de rester plantée là, devant Beatrice qui la dévisageait en trifouillant l'enveloppe.

— Ma famille, elle travaille pour votre frère, expliqua Flavia. À Cetaria.

— Ah ! d'accord ! s'exclama Beatrice qui sembla soudain se remettre. Je vous en prie, entrez. Veuillez me pardonner. Nous allons prendre un thé. Ou un café, ajouta-t-elle aussitôt. Même si j'ai bien peur de n'avoir que de l'instantané.

Flavia ignorait totalement ce qu'était l'instantané, mais ça lui était bien égal. Elle était enfin au chaud. Bea Westerman prépara le thé et fit apparaître de petits sandwichs au concombre sans la croûte, des cœurs de laitue plutôt mous et des tomates pâlottes. À l'aide d'un ouvre-boîte, elle sortit ensuite un carré de jambon rose en gelée, qu'elle entreprit de couper en fines tranches. Puis une conserve de saumon rouge. Du saumon rouge ?… Et, enfin, des gâteaux industriels pleins de crème qu'elle posa sur une petite table recouverte d'une nappe en dentelle.

— Ce n'est pas grand-chose, s'excusa-t-elle. Nous

avons de plus en plus de conserves, aujourd'hui, bien sûr, mais pas autant de thé et de jambon que ce que j'aimerais. Le rationnement, vous savez…, ajouta-t-elle en secouant tristement la tête.

Flavia était étonnée. Oui, elle savait ce qu'était le rationnement. Elle savait ce que c'était, de ne rien avoir à manger et de devoir économiser le moindre bout de pain. Mais elle s'était imaginé que l'Angleterre s'était remise depuis longtemps… Elles s'installèrent sur des fauteuils tapissés, dans une pièce bleu pâle au plafond crème. La pièce comportait également une bibliothèque (ce qui lui fit penser à Signor Westerman), un meuble aux portes vitrées rempli de porcelaine, une imposante cheminée de marbre et des tableaux qui devaient sûrement représenter la campagne anglaise. C'était un paysage très vert, et, comme lui avait dit Peter, il y avait des champs, des arbres et des haies partout. Elle observa la sœur de Signor Westerman lire la lettre deux fois de suite. Lorsqu'elles eurent terminé de manger, la femme se redressa, posa les mains sur les genoux et regarda Flavia dans le blanc des yeux.

— Vous restez ici ce soir, ma chère, déclara-t-elle.

Ça ne semblait pas être une question.

— Merci, répondit Flavia, reconnaissante de ne pas avoir à chercher un autre endroit pour la soirée par cet humide après-midi de novembre.

— Et aussi longtemps que vous le désirez, ajouta Bea. Votre famille s'est montrée bonne envers Edward. C'est désormais à notre tour de vous aider ici.

Flavia sentit une larme couler sur sa joue et l'écrasa aussitôt. C'était ridicule ; elle ne devait pas se montrer si faible. Il allait lui falloir toute sa force pour s'installer dans cet endroit inconnu et pour faire face aux épreuves qui l'attendaient.

— *Mon frère me dit que vous comptez chercher du travail. Et il me signale que vous êtes une merveilleuse cuisinière.*

Flavia s'efforça de paraître modeste, mais elle avait conscience du grand sourire qui lui barrait le visage.

— *Je vous propose donc de travailler pour moi tant que vous n'avez pas trouvé autre chose, déclara Bea. Vous pourrez vous occuper de la cuisine et aider occasionnellement Mrs Saunders pour le ménage. Son grand âge ne lui permet plus d'être aussi souple qu'avant, hélas… Et je pourrai éventuellement vous demander de faire quelques courses pour moi. Vous aurez le gîte et le couvert en retour.*

Flavia tenta de cacher son trouble.

— *Vous serez logée et nourrie, expliqua Bea. Et vous aurez un peu d'argent de poche.*

Elle marqua une courte pause.

— *Qu'en pensez-vous ?*

Flavia pensait bien avoir compris ce qu'on venait de lui proposer.

— *D'accord, dit-elle. Merci. Mais…*

Elle avait d'abord à faire quelque chose de beaucoup plus important.

— *Ah oui, votre mission. Edward en parle dans sa lettre. Mais il ne me fait pas part de beaucoup de détails. Dites-moi tout, ma chère, l'encouragea-t-elle avec un sourire.*

Flavia, qui avait pendant si longtemps gardé l'existence de Peter secrète, lui raconta alors tout : le jour où elle l'avait découvert parmi les débris de son avion (elle fut surprise de voir les yeux de Bea Westerman se remplir de larmes.) ; les soins qu'elle lui avait apportés et cette terrible crainte qu'il meure ; leur amour qui s'était révélé être réciproque et les lettres qu'elle lui avait écrites. Tellement de lettres… Tellement d'amour.

— Je dois donc le retrouver, conclut-elle. Je dois le retrouver et découvrir ce qui lui est arrivé.

En pleine réflexion, Bea hocha gravement la tête.

— Six ans, c'est très long…, finit-elle par dire.

— Je sais.

Flavia ne disposait pas des bons mots pour expliquer ce qu'elle ressentait. Oui, en six ans, Peter avait pu mourir avant même de retourner en Angleterre. Mais son cœur lui disait qu'il était toujours en vie. Une lumière y brillait et, lorsqu'il mourrait, elle s'éteindrait.

— Sa situation a peut-être changé, ajouta Bea.

— Peut-être.

Flavia savait cela également.

— Mais nous nous sommes fait un serment. Une promesse. Je ne pense pas qu'il la briserait.

— Peut-être pas. Mais la guerre…

Elle soupira et se leva.

— … la guerre nous change tous, hélas.

Flavia se demanda ce que la guerre avait changé chez Bea. Avait-elle eu un fiancé qui était parti se battre ? Elle n'était pas si vieille que ça, même si elle était plus âgée qu'Edward et semblait d'une certaine manière plus sérieuse.

— Je vous assisterai dans vos recherches, déclara Bea. Nous en reparlerons demain. En attendant, Mrs Saunders va vous montrer votre chambre et la salle de bains, où vous pourrez vous rafraîchir. J'imagine que vous avez besoin de repos… Vous pourrez commencer à travailler demain. Qu'en pensez-vous, ma chère ?

— Merci, répondit Flavia avec un signe de tête.

Elle devait encore retirer le manuscrit du fond de son sac et donner à Bea Westerman les poèmes de son frère. Tout s'était bien passé. Bea était charmante, et Flavia était plus que ravie de pouvoir travailler pour elle en attendant. Et, encore mieux, elle lui avait promis de l'aider à retrouver Peter. Peter... Elle se sentit soudain envahie par la fatigue. Elle était en Angleterre, un peu plus près de l'homme qu'elle aimait. Son voyage commençait enfin.

Biancolilla... Cerasuola... Nocellara del Belice... L'olive sicilienne dans toute sa diversité : sage, ancienne, belle, amère... Utilisée pour se soigner, se laver, s'éclairer, se nourrir... Son bois si parfumé, et son huile ancrée dans la tradition... L'olivier nous fournit de l'ombre en plein été et du bois pour l'hiver. Il nous est indispensable.

Flavia revoyait son père et ses compagnons apporter les énormes sacs bruns pleins d'olives à la presse, sur la place du village. Ils vérifiaient leur poids sur la balance, puis suivaient leur progression dans la grange, passant de machine en machine jusqu'à ce que l'huile verte et trouble se mette à couler dans les bouteilles, prêtes à être fermées. Elle se revit alors déguster le pain frais de Mamma avec l'huile nouvelle.

Des piments grillés avec du riz, des pignons de pin, du jus de citron et des olives vertes émincées, nota-t-elle. À servir avec une jeune salade bien fraîche qu'on trouve au bord de la route ou dans les champs.

43

Tess s'attarda sous la douche, cherchant à retrouver cette euphorie qu'elle avait ressentie sur la plage en compagnie de Tonino. Elle savait très bien qu'en sortant, la réalité reprendrait le dessus. Avec ses carreaux bleus et blancs, son lavabo et son bidet massifs et sa douche qui fonctionnait, Dieu merci, parfaitement bien, la salle de bains était une des rares pièces de la villa à ne pas avoir à subir de transformations.

La baignoire sur pieds qui trônait dans le coin de la pièce et le miroir décoratif suspendu au-dessus du lavabo, que Tess croyait être vénitien, bien qu'elle n'y connût pas grand-chose, ajoutaient non seulement une pointe de décadence au lieu, mais lui rappelaient également où elle se trouvait : dans sa magnifique villa sicilienne des années 1930. Il fallait vraiment qu'elle garde cela en tête durant les rénovations, se dit-elle en coupant l'eau à contrecœur. Un tel endroit se devait d'être chic ; il était né pour ça.

Elle s'enveloppa d'une des gigantesques serviettes noires qu'elle avait trouvées dans le placard à son arrivée et observa son reflet embué dans le miroir, qu'elle essuya. Elle était toute rouge, et ce n'était pas dû qu'à l'eau chaude. Elle avait l'air d'une femme qui voulait qu'on lui fasse l'amour.

Ça n'allait pas du tout ; il fallait qu'elle se réveille, et vite. Elle était en Sicile. Elle était anglaise (plus ou moins). La dernière chose dont elle avait besoin, c'était un flirt avec un Sicilien qui avait un lourd passif familial et qui ne pouvait que lui apporter des soucis. *Ne t'emballe pas*, se sermonna-t-elle.

Mais voilà le problème : elle savait qu'elle le désirait. Cet après-midi, dans la crique, elle avait été victime de ce fameux moment où toute logique se fait la malle pour laisser place au désir le plus cru.

Elle jeta un coup d'œil à sa montre, posée sur l'étagère en verre. Dix-huit heures. Elle n'aurait pas à patienter longtemps. Elle pourrait appeler Ginny en attendant. Ginny… Qu'est-ce que sa fille pouvait bien être en train de faire à l'heure actuelle ? Et Muma ? Elles semblaient à des années-lumière d'ici et de ce qui lui arrivait.

Elle revit l'expression de Ginny lorsqu'elle lui avait appris qu'elle retournait en Sicile : une soudaine vulnérabilité qui avait failli lui faire changer d'avis. Avait-ce vraiment été de la vulnérabilité ? Parfois, c'était difficile à dire, avec sa fille si sûre d'elle et si indépendante, qui semblait avoir tellement de mal à accepter tout ce qui venait de sa mère. Tess soupira.

Personne ne vous préparait à ce genre de choses lorsque vous décidiez de faire un enfant. Ou du moins quand, comme Tess, vous vous retrouviez mère sans jamais avoir pris le temps d'y réfléchir. Personne ne vous prévenait que votre fille se transformerait un jour en adolescente, un être humain totalement différent, qui serait agacée par le moindre mot sortant de votre bouche. Tess s'arracha un sourire. *Ça lui passera*. Muma le lui avait assuré.

Pour le dîner, elle avait prévu des pâtes avec des sardines grillées. Elle avait du vin blanc *frizzante*, des nectarines, des crackers et du pecorino. Ça devrait suffire. Tonino… Elle ne savait pas bien ce qu'elle allait lui dire, mais…

Elle passa quarante-cinq minutes à se sécher les cheveux, à se maquiller et à choisir sa tenue (un pantalon de lin blanc évasé et un petit haut de soie beige). Puis elle appela Ginny, qui n'était pas d'humeur bavarde. Rien de neuf à la maison. Tess entreprit alors de préparer le repas. Finalement, il y avait trop de choses à faire ; elle ne savait pas par où commencer.

À sept heures et quart, elle se rappela que les Siciliens n'étaient jamais à l'heure. À sept heures et demie, elle ouvrit le vin et, à huit heures, elle fit cuire les pâtes. À huit heures et demie, elle se rendit sur la terrasse pour jeter un coup d'œil au *baglio*. Son atelier était plongé dans le noir.

Franchement… Elle non plus ne savait pas ce qu'elle voulait, mais, au moins, elle comptait lui en parler avant. À neuf heures, elle avait bu toute la bouteille de vin, mangé les spaghettis et les sardines, et se fichait pas mal de savoir s'il viendrait ou non. Elle l'avait toujours su : les hommes ne représentaient qu'une perte de temps, d'espace et d'énergie. Et cela lui coûtait de l'avouer, mais Giovanni Sciarra avait raison.

À dix heures et demie, lorsqu'elle entendit les coups à la porte, Tess avait déjà englouti cinq shots de *limoncello*, qui était le seul autre alcool dont était pourvue la maison, et était à moitié assoupie sur le vieux canapé de cuir d'Edward Westerman. Devait-elle aller répondre ? Elle n'en avait pas envie, mais…

Tess ouvrit la porte. Il était essoufflé, complètement débraillé et visiblement soûl. Et il lui jetait (une fois de plus) un regard noir, comme s'il était (une fois de plus) furieux. N'était-ce pas à elle d'être fâchée ?!

— Qu'est-ce qui s'est passé ? demanda-t-elle.

— Tu possèdes cette villa, n'est-ce pas ? lança-t-il en s'appuyant sur le jambage de la porte.

— Oui, je te l'ai déjà dit.

Ce n'était ni le moment ni l'endroit d'avoir ce genre de discussion, non ?

— Mais tu n'es pas de la famille de *Signor* Westerman ?

— Non.

Tess commençait à comprendre où il voulait en venir. Elle ne devait pas être la seule à avoir été mise en garde. Peut-être que la famille de Tonino détestait sa famille autant que sa famille à elle devait, selon Giovanni, détester la sienne.

— Tu comptes entrer ou non ?

Il lui paraissait franchement inoffensif et plutôt sur le point de s'effondrer.

— Je ne suis pas sobre, la prévint-il en la fixant d'un regard trouble.

— J'avais remarqué, commenta Tess en se décalant pour le laisser entrer, ce qu'il fit en titubant. Et, pour information, je ne le suis pas non plus. J'ai bu notre bouteille de vin.

Et le reste…

Tonino s'appuya dans l'embrasure de la porte du salon, prit une profonde inspiration et avança à la manière d'un funambule. Tess secoua la tête d'un air désabusé. Elle allait clairement devoir faire du café… Elle lui fit signe de s'installer sur le canapé et prit la direction de la cuisine.

— Alors…, dit Tonino, qui semblait avoir perdu le fil de ses pensées.

— Oui ?

— Alors, tu ne le connais même pas, ce Westerman, c'est ça ?

— Je ne l'ai jamais rencontré, c'est exact. Je ne vois pas où tu veux en venir…

Tonino était affalé sur le canapé.

— Je pensais… que tu étais de sa famille, articula-t-il doucement.

Tess ne pouvait qu'admirer la façon dont il maîtrisait sa langue, butant à peine sur les mots.

— Eh bien, non.

Une fois dans la cuisine, elle lança le café et tenta de mettre les choses au clair, ce qui aurait été beaucoup plus simple si elle n'avait pas bu tout ce vin. De toute évidence, après avoir été mis en garde, Tonino avait élu domicile au bar le plus proche.

Elle emporta le café dans le salon.

— Dis-moi ce qui s'est passé, répéta-t-elle en posant le plateau sur la table.

Tonino avait désormais la tête enfouie entre ses mains. Tess prit sur elle pour ne pas aller le serrer dans ses bras.

— Qui es-tu ? murmura-t-il.

Elle avait donc vu juste.

— Je suis la fille de Flavia Farro. Ma mère a grandi à Cetaria. Sa famille travaillait pour Edward Westerman. C'est pour ça qu'il m'a légué sa villa. Mais…

Elle s'interrompit quand elle découvrit son regard vide. Était-ce dû à l'alcool ou à ses paroles ?

— Mais tu le savais déjà, n'est-ce pas ?

— Tu m'as menti, lâcha-t-il.

— Non, c'est faux, s'indigna Tess. Je t'ai dit comment je m'appelais. Je t'ai dit que la villa était à moi. Le village entier semblait savoir qui j'étais avant même mon arrivée !

— Tu m'as piégé.

— N'importe quoi.

Tess alla s'asseoir près de lui. Elle était furieuse, elle aussi. Après tout, c'était elle qui avait poireauté toute la soirée, qui avait cuisiné pour lui, tout ça pour rien. C'était elle qui était censée le détester.

— Je ne t'ai jamais piégé. Ce n'est pas ma faute si tu as cru que j'étais de la famille d'Edward Westerman après avoir décidé que je n'étais pas une simple touriste parmi tant d'autres…

Il lui jeta un regard plein de tristesse.

— Mais tu ne m'as jamais dit la vérité. Que fais-tu de l'honnêteté, Tess ? De la confiance ? Je pensais…

— Moi aussi.

Tess avait subitement envie de pleurer. Oui, c'était vrai, elle aurait pu lui dire qui elle était, mais elle n'avait pas eu envie de se retrouver mêlée à une vieille querelle familiale à laquelle elle était totalement étrangère.

Quelle importance après tout ce temps ? Elle s'était une fois de plus montrée bien naïve… Visiblement, ça avait de l'importance pour des gens comme Tonino Amato et Giovanni Sciarra, qui semblaient capables d'être rancuniers à vie. C'était sûrement pour cela qu'elle ne lui avait rien dit. Elle avait eu envie qu'il l'apprécie pour ce qu'elle était, et non qu'il la méprise pour d'où elle venait.

— Est-ce que tu sais ce qui s'est passé entre nos familles ? lui demanda-t-il, paraissant soudain tout à fait sobre.

— Non, pas exactement.

Elle n'avait eu que les versions de Giovanni et de Santina, et il restait beaucoup de trous à combler.

— Mais tu sais qu'il y a eu une dispute ?

Elle hocha la tête, dévastée. Cette situation lui faisait l'effet d'une douche froide après cet après-midi sulfureux.

— Pourquoi tu ne me l'as pas dit toi-même ? reprit-il en lui prenant les mains. Pourquoi as-tu attendu que je l'apprenne de la bouche de…

— De qui ?

Il la serrait si fort qu'elle en avait mal. Elle avait l'impression de se retrouver face à Giovanni.

— Qui te l'a dit ? insista-t-elle en dégageant ses mains.

— Ça n'a pas d'importance.

C'était sûrement vrai. Ça pouvait être n'importe qui, après tout. Si Tonino avait été un peu plus sociable, il l'aurait su en même temps que tout le monde. De toute façon, c'était sans aucun doute Giovanni qui avait pris le plaisir de tout gâcher.

— Très bien, dit-elle en servant le café (noir pour tous les deux). Je suis désolée de ne pas te l'avoir dit plus tôt.

J'aurais dû le faire, c'est vrai. Mais prends un peu de recul…

Il resta silencieux. Prendre du recul n'était clairement pas chose facile en Sicile.

— Nos grands-pères se sont disputés dans les années 1940, déclara-t-elle.

— En 1945. C'était le 5 septembre.

— D'accord.

Une telle précision ne présageait rien de bon. Cette fois, ce fut Tess qui lui prit les mains.

— Mais en quoi cela nous regarde-t-il ? C'était…

Elle tenta de faire le calcul, mais, étant donné l'état dans lequel elle se trouvait, c'était peine perdue.

— … il y a plus d'un demi-siècle ! Et n'oublie pas qu'ils étaient meilleurs amis avant.

Tonino s'empara de sa tasse de café en s'efforçant de ne pas trop trembler.

— Tess, tu es plus anglaise que sicilienne. Sinon, tu comprendrais.

— Tu pourrais peut-être m'expliquer ? suggéra-t-elle.

— Tu veux dire, te raconter toute l'histoire ? s'étonna-t-il en avalant son café. Tu ne sais donc vraiment rien ?

Il valait sûrement mieux ne pas mentionner le vol et la trahison dont on lui avait parlé.

— Je ne sais vraiment rien, déclara-t-elle, car elle voulait entendre sa version de l'histoire. Alors, dis-moi tout.

44

Tonino prit une profonde inspiration.

— Eh bien…, commença-t-il.

Une fois de plus, il s'apprêtait à lui raconter une histoire. Et elle adorait ça…

— Il y a le trésor, *il Tesoro*, qui appartient à l'Anglais, Edward Westerman, d'accord ?

— D'accord.

Jusqu'ici, elle arrivait à suivre.

— Mais qu'est-ce que c'est ? demanda-t-elle.

— Ah…, soupira-t-il. Personne ne semble savoir. Mais, apparemment, il a beaucoup de valeur.

Un nouveau mystère. Quelle surprise !…

— Ton bienfaiteur a dû retourner en Angleterre jusqu'à la fin de la guerre, reprit-il en se penchant en avant et en jetant un regard circulaire à la pièce – un regard plus curieux qu'amer, remarqua-t-elle.

Cela lui fit penser à sa mère et à ce fameux pilote anglais dont elle avait sauvé la vie. Elle ferma les yeux et tenta d'imaginer cette maison, la Villa Sirena, complètement désertée pendant des années. Quel gâchis !… La voix de Tonino la ramena à la réalité.

— Et ton grand-père a fait en sorte de vider la villa de tout objet de valeur, au cas où elle serait vandalisée.

— Qui aurait fait une chose pareille ?

Tonino semblait bien plus sobre maintenant qu'il avait bu son café. Et elle aussi. Mais Tess n'avait toujours pas l'impression qu'il avait changé d'avis.

— Les Allemands, j'imagine, répondit-il avec un haussement d'épaules. Ou la Mafia. Guerre ou non, la Sicile a toujours regorgé d'hommes sans scrupules.

Si seulement il n'y avait que la Sicile…, ne put s'empêcher de songer Tess.

— Il a donc demandé à mon grand-père, Alberto Amato, déclara-t-il avec une certaine fierté dans la voix, son ami le plus fidèle, de l'aider à cacher l'un des biens les plus précieux d'Edward Westerman. *Il Tesoro*.

— Pourquoi ?

Était-il imposant au point que son grand-père ne puisse pas s'en occuper tout seul ?

— Je ne sais pas, reconnut Tonino en baissant la tête.

— Et d'où venait-il à la base ?

— Je ne le sais pas non plus. Il a peut-être été découvert quand on a creusé les fondations de la villa. Qui sait ?

Giovanni, sûrement, vu qu'il semblait être au courant de tout. Mais le lui dirait-il ? Probablement pas. Sa mère, peut-être, bien que Tess doutât beaucoup qu'elle ait été dans la confidence.

Santina ? Possible… Mais il semblait s'agir de quelque chose d'une valeur historique. Comme si on avait déterré une urne romaine dans un champ anglais.

— Ce qui signifierait qu'il ne lui appartenait pas légalement, remarqua Tonino.

— En effet.

Ça paraissait logique. S'il avait découvert un artefact grec ou romain, peu importe qu'il se soit trouvé sur sa terre. Si l'objet avait une quelconque valeur historique, il devait être rapporté aux autorités.

— Ce n'est pas rare de trouver ce genre de choses par ici. Comme il n'est pas rare de voir les mafiosi surveiller un chantier avec des jumelles, expliqua Tonino en faisant mine d'en porter une paire à ses yeux.

— Ah bon ? s'étonna Tess.

— Eh oui. De grosses sommes d'argent peuvent être en jeu, tu sais.

— Et personne ne sait ce que c'est, ni où c'est…, dit-elle.

Il l'observait. Était-ce du regret qu'elle lisait dans ses yeux ?

— Parfois, il vaut mieux ne pas savoir, commenta-t-il d'un air grave.

Franchement, Muma et lui se seraient entendus comme larrons en foire…

— On suppose qu'*il Tesoro* est resté dans sa cachette jusqu'à la fin de la guerre. Les soucis ont commencé quand on a envoyé mon grand-père le récupérer. La guerre était terminée. *Signor* Westerman ne tarderait pas à revenir.

— Qu'est-ce qui s'est passé ? interrogea Tess, même si elle se doutait de la réponse (Giovanni avait parlé de vol et de trahison).

— Mon grand-père n'a pas réussi à le trouver, déclara-t-il.

Pour la première fois, il parut mal à l'aise, comme si cet aspect de l'histoire l'embarrassait.

— Il y a eu un problème.

— Un problème ? Tu veux dire qu'il n'était pas là où il l'avait laissé ?

— Quelque chose comme ça, oui ! lança-t-il avec un haussement d'épaules.

Tess était perdue.

— Alors, quelqu'un d'autre est venu le chercher avant lui ?

— Non. Je veux dire, oui. Ou peut-être pas, s'embrouilla-t-il. Je ne sais pas, en fait. Parce que j'ignore où il l'avait caché. Il m'a seulement confié qu'il était aussi bien caché que les fondations de la Sicile. Mais c'est ce qui s'est passé ensuite qui compte.

— C'est-à-dire ?

— Les gens se sont mis à parler à ton grand-père. En

particulier, la famille Sciarra. Enzo avait réussi à discrètement se rapprocher de lui. Il était sans doute au courant de l'existence d'*il Tesoro*, lui aussi. Les Sciarra détestaient ma famille. Ils la soupçonnaient. En Sicile…

— Oui, le coupa-t-elle. Tout le monde soupçonne tout le monde.

— Ils disaient que mon grand-père l'avait vendu.

— Vendu *il Tesoro* ?

Mais pourquoi aurait-il fait une chose pareille ? Tout le monde l'aurait deviné. D'un autre côté, si *il Tesoro* valait très cher, comment savoir de quoi les gens étaient capables ? L'avidité pouvait faire tourner la tête. À cette époque, ce type d'argent pouvait changer la vie d'un Sicilien. Et si Edward Westerman n'était pas censé le posséder en premier lieu, pouvait-il légitimement se plaindre de sa disparition ? Il était facile de mettre cela sur le dos de la guerre et du vandalisme… La tentation avait dû être forte. Mais Tess ne pouvait clairement pas avancer un seul de ces arguments face à Tonino, qui semblait convaincu de l'innocence de son grand-père.

— Oui, répondit-il avec un soupir. Ou vendu des informations concernant sa cachette. Je ne sais pas.

Devant son air abattu, Tess se rendit compte que toute sa colère avait disparu. Elle voulait tout arranger entre eux, mais elle ignorait comment.

— Et j'imagine que mon grand-père a écouté Enzo et les autres ? Il le croyait coupable ?

Tonino hocha la tête.

— Enzo Sciarra était un homme mauvais, déclara-t-il en se redressant. Être responsable de la mort de mon oncle Luigi ne lui suffisait pas. Il accusait désormais mon grand-père, Alberto Amato, de déloyauté et de vol.

Le vol et la trahison, songea Tess. *Nous y voilà.*

— Comment Enzo Sciarra a-t-il causé la mort de Luigi, Tonino ? demanda-t-elle.

— Par la torture.

Ses yeux sombres, lorsqu'il les planta dans les siens, étaient dénués d'émotion. Il frotta la cicatrice qui lui barrait le visage et qui parut rougir à son contact.

— Mon oncle avait monté une nouvelle affaire, un restaurant-bar. Et les Sciarra exigeaient de l'argent en échange de la protection qu'ils lui procuraient. Beaucoup d'argent, expliqua-t-il sans la quitter du regard.

La tension était palpable dans la pièce.

— De l'argent contre une protection ?

— Lorsqu'il n'a pas pu ou n'a pas voulu payer, Enzo lui a rendu visite. C'était comme ça que ça marchait. Il est peut-être allé plus loin que ce qu'il avait envisagé, je ne sais pas… Il voulait peut-être simplement lui faire peur. Mais après sa visite…

Il s'interrompit, la voix chevrotante.

— Luigi est mort, murmura Tess.

— Oui, d'une crise cardiaque. Beaucoup de choses peuvent causer une crise cardiaque, tu sais ?

Oui, elle le savait. Et elle commençait à voir à quel point ces hommes pouvaient être dangereux. Muma ne plaisantait pas quand elle disait que la Sicile était un sombre pays. Certes magnifique, mais très sombre.

— Les Sciarra sont responsables de beaucoup de malheurs, souffla Tonino en se levant.

— Et se sont-ils toujours détestés, les Amato et les Sciarra ? demanda Tess.

Elle ne voulait pas qu'il parte, pas tout de suite, pas comme ça.

— À une époque, ils étaient voisins. Il y a des générations de ça. Ils partageaient la terre et les récoltes. Ils étaient amis, ils dépendaient les uns des autres.

Il marqua une hésitation.

— Mais les Sciarra se sont alors liés par le mariage à un autre propriétaire, plus riche, plus puissant. Ils sont devenus avides. Ils voulaient toujours plus. Ce genre de choses se passe très souvent en Sicile.

— Ils se sont donc disputé la terre qu'ils avaient en commun ?

Tess voulait tous les détails ; elle voulait comprendre.

— *Sì*, répondit-il avec un regard triste. Ils se sont battus, et les Sciarra ont gagné. Ils ont tout raflé aux Amato. Les Sciarra étaient déjà pris dans les tentacules de la *Piovra*. Ils avaient de puissants amis. Tu comprends ?

Oui, elle comprenait.

— Qu'est-il arrivé à ton grand-père ?

Tess se leva à son tour et le rejoignit. Elle posa une main sur son bras, mais il ne réagit pas.

— Être accusé de déloyauté et de vol, être abandonné par son ami le plus cher…, ça l'a détruit. Alberto Amato n'a plus jamais été le même homme.

Il recula d'un pas en lui jetant un regard glacial.

— Et c'est ce que je ne peux pas pardonner à ta famille, déclara-t-il. Ce manque de confiance, Tess. Elle a traîné notre nom dans la boue.

— Je comprends…

Ça n'avait rien à voir avec elle, mais elle savait que c'était bien égal à Tonino. Elle avait l'impression de devoir s'excuser pour son grand-père qu'elle n'avait jamais connu, ce grand-père qui avait cru ce qu'on lui avait raconté, qui avait douté de son meilleur ami.

— Donc…

Tonino fit un geste de la main qui voulait dire : « Tu comprends, maintenant… »

Tess prit une profonde inspiration et se rapprocha de lui.

— Mais est-ce que tu penses que tu as raison d'en vouloir encore à ma famille ? En particulier à moi, qui n'étais même pas là quand ça s'est passé ?

— Tu ne saisis peut-être pas, mais nos familles étaient

comme ça, dit-il en liant ses deux petits doigts, comme l'avait déjà fait Giovanni. C'est pour cette raison que je ne peux pas pardonner.

Puis il lui tourna le dos. À moins, bien sûr, que ce qu'ils croyaient soit vrai, voulut-elle dire. À moins que le grand-père de Tonino ait cédé à la tentation…

À moins que son grand-père à elle ne se soit pas trompé. Mais ce n'était pas forcément la meilleure façon de le retenir. Parce qu'il se dirigeait vers la porte. Il sortait de sa vie. Arrivé dans l'entrée, il se tourna vers elle.

— Je connaissais mon grand-père, déclara-t-il. C'était un homme bon.

Tess ne savait plus quoi dire. Elle avait honte de ce qu'elle venait de penser.

— Tu comprends, maintenant, pourquoi tout amour est impossible entre nous ?

Puis il ouvrit la porte. Il n'attendait pas de réponse.

L'amour, songea-t-elle. L'amour ? Cinq petites lettres, mais un mot si énorme.

Qui avait parlé d'amour ?…

45

Le groupe vint s'installer à sept heures et demie.
Il était censé jouer de huit heures et quart à neuf
heures et demie, puis, après une petite pause, reprendre
jusqu'à onze heures. Brian avait mis des affiches un
peu partout, et une dizaine de clients étaient déjà arrivés. Tandis qu'ils faisaient les balances, le Beau Gosse
Ténébreux jeta un regard à Ginny, qui lui sourit. Malgré
la Boule qui cherchait à tout prix à tout gâcher, Ginny
avait attendu cette soirée avec impatience. C'était plus
fort qu'elle.

— Ça s'annonce bien, dit Brian en se frottant les mains.
Allez, c'est parti...

Le groupe s'appelait Magic Fingers. *Ouais, c'est parti*,
songea Ginny. À huit heures et quart, le nombre de clients
avait doublé, et, à neuf heures, le bar était bondé. Chantal,
la petite amie de Brian, travaillait également derrière le
bar. Elle avait un rire qui montait dans les aigus, une
grosse choucroute blonde en guise de coupe de cheveux,
et parlait tout le temps. Mais elle était sympa et efficace.

— Il y a quinze ans que je bosse là-dedans, chérie,
avait-elle dit à Ginny. Je crois que je suis rodée...

Comme Ginny était débordée (seulement distraite par
les coups d'œil timides du Beau Gosse Ténébreux), elle
n'avait pas vraiment le temps de penser à la Chose qui la
tracassait. La Boule s'en était donné à cœur joie toute la
semaine, mais, ce soir, Ginny avait décidé de faire l'autruche. Les Magic Fingers terminaient un morceau qui

s'appelait *Blue*, « composé par Albie », déclara le chanteur. Il fallut quelques secondes à Ginny pour comprendre qu'Albie et le Beau Gosse Ténébreux ne faisaient qu'un. *Albie…*

C'était un très joli morceau. Très touchant. Ginny adorerait l'écouter de nouveau, sans le gars accoudé au bar qui ne cessait de jacasser, sans le bruit de la monnaie qui tombait dans la caisse, et sans Brian qui criait « Je t'entends pas, chérie » par-dessus son épaule.

Ils enchaînèrent avec *Yellow*, de Coldplay. « *Look at the stars…* » Ginny frissonna malgré la chaleur croissante. Qu'est-ce qui pouvait bien lui arriver ?!… À neuf heures trente, durant leur pause, les garçons commandèrent des bières, que Brian leur offrit gracieusement.

Le succès de la soirée l'avait rendu étonnamment généreux. Et c'était vrai : le groupe avait transformé le Bull and Bear, qui était bondé. Et maintenant qu'elle maîtrisait les commandes, la caisse et les fûts, Ginny adorait ça. Comme elle l'avait dit à Brian durant son « entretien », elle était rapide et elle se révélait avoir le contact facile tout en sachant où établir une limite avec le client.

— Hé ! beauté, qu'est-ce que tu penses de notre son ? l'aborda le chanteur du groupe. Moi, c'est Matt, au fait.

Avec son sourire charmeur, il draguait sans aucun doute toutes les filles qu'il croisait, et on pouvait parier qu'il avait un taux de réussite de quatre-vingt-dix-neuf pour cent. Mais Ginny ferait partie du petit pour cent restant. Ce n'était pas son genre de mec.

— C'est pas mal du tout, répondit-elle en gratifiant le Beau Gosse Ténébreux d'un petit sourire. J'ai adoré ta chanson. *Blue*. Les paroles sont magnifiques.

— C'est toujours les plus discrets qui font fondre les nanas les plus canon, gémit Matt.

Il n'eut cependant pas à attendre longtemps. Quelques minutes plus tard, il était entouré d'une marée de filles qui jouaient des coudes (mais également de leurs yeux fardés et de leurs décolletés plongeants) pour lui parler.

— Merci, répondit le Beau Gosse Ténébreux. Tu t'appelles comment, au fait ?

— Ginny.

Ils se serrèrent la main par-dessus le bar.

— Trois pintes de blonde, s'te plaît, trésor ! cria quelqu'un.

— Deux mojitos frappés !

Des mojitos au Bull and Bear, sérieusement…, songea Ginny en regardant Brian se battre avec sa bouteille de rhum, l'air perdu.

— Une vodka-cranberry et une pinte de brune…

Mais vous allez arrêter, oui ?!

— Excuse-moi, dit-elle au BGT. Je dois…

— Tout à l'heure, peut-être ? articula-t-il, puis elle hocha la tête.

Ginny se retourna alors et se retrouva face à Becca.

— Salut ! lança son amie avec un grand sourire. Qu'est-ce que tu fais là, Gins ?

Pour une surprise… Ginny était ravie de la voir.

— Je travaille ici maintenant. Où est Harry ?

Becca le montra du doigt. Il était avec un de ses potes, à gober des pintes comme si c'était de l'eau en en mettant littéralement partout.

— Concours de bière, ou un truc dans le genre, expliqua Becca en roulant les yeux. C'est pathétique, je te jure…

— Tu peux prendre une petite pause de dix minutes, trésor, lui souffla Brian dans son dos. Profite de ta copine.

Le groupe était remonté sur scène, et le bar était un peu moins accaparé par la foule. Ginny passa de l'autre côté et serra Becca dans ses bras.

Elle avait envie de lui dire qu'elle lui avait manqué, mais elle se retint. C'était Becca qui l'avait laissée tomber quand elle s'était mise avec Harry. C'était Becca qui ne trouvait plus le temps de lui répondre et de sortir avec elle.

— Tu m'as manqué ! lança Becca. Je suis vraiment désolée d'avoir été si préoccupée…

Elle jeta un coup d'œil vers Harry, comme si elle se demandait ce qui avait bien pu la pousser à agir de cette façon.

Mouais, d'avoir été si accro, tu veux dire, songea Ginny.

— T'inquiète, répondit-elle.

— Comment ça va ?

— Bien. Je vis chez Nonna en ce moment. Maman est en Sicile, expliqua-t-elle en grimaçant.

Cela dit, son absence se faisait à peine sentir ; sa mère l'appelait ou lui envoyait des messages tous les soirs. Ginny avait même l'impression qu'elles communiquaient plus qu'avant son départ.

— Et comment va Ben ? lui cria Becca à l'oreille.

Ce groupe jouait FORT…

— C'est terminé, répondit Ginny sur le même ton. On n'allait nulle part.

Becca hocha la tête. Elle comprenait toujours. Cela n'empêchait pas Ginny de se demander où elle avait voulu aller, avec Ben, au juste. Elle n'avait pas vraiment aimé leur relation telle quelle, à la base.

Ce n'était pas comme si elle lui avait imposé un quelconque engagement… Elle imaginait avoir seulement attendu qu'il lui montre d'une façon ou d'une autre qu'elle ne perdait pas son temps. Parce qu'au final, même si ça avait été son premier partenaire sexuel, elle n'avait pas pensé être aussi déçue. Parce qu'au final, Ben était peut-être craquant, mais il n'avait rien d'intéressant.

Elle fit part de ses réflexions à Becca, qui éclata de rire.

— On s'amuse vachement plus entre filles, c'est clair ! lança-t-elle en donnant un coup de coude à Ginny.

Ginny avait dû grimacer, parce que Becca se rapprocha d'elle, inquiète.

— Ça va ?

— Oui, oui, juste un peu mal au ventre.

— Bon, et pour de vrai ?

C'était toujours ce qu'elles se disaient, quand elles voyaient que l'une ou l'autre n'avait pas le moral. Et soudain, Ginny eut envie de se confier.

— J'ai quelques semaines de retard, dit-elle. C'est tout.

C'est tout… À croire que ce ne serait pas la fin du monde si elle se retrouvait enceinte. Elle sentit la Boule relâcher légèrement la pression. Elle avait vraiment mal au ventre, comme lorsqu'elle était constipée. C'était vraiment comme ça qu'on se sentait, quand on était enceinte ?

— Hein ?

Ginny répéta en hurlant dans son oreille. *Vas-y, balance l'info à tout le pub, tant que tu y es*, se dit-elle.

— Merde ! s'écria Becca. Faut que je fume. Viens, on sort.

— Cinq minutes ! signala Brian.

— Tu as fait un test ? demanda Becca, aussitôt sortie.

Becca et son côté pratique… Il faisait sombre et frais, dehors, en comparaison de la chaleur suffocante du bar, et ses oreilles bourdonnaient. Ginny s'enveloppa de ses bras.

— Non…

Elle n'avait pas osé. Elle y avait pensé, mais… que dirait sa mère ? La vache, elle serait furax…

— Mais je sais pas, j'ai comme un pressentiment. Je me sens pas bien.

Elle plongea la main dans son jean et en sortit une cigarette, bien qu'elle n'eût pas franchement envie de fumer.

— Merde, répéta Becca.

C'était cette façon si libre de s'exprimer qui avait tout de suite plu à Ginny lorsqu'elles s'étaient rencontrées.

— Tu dois faire un test. Ça ne sert à rien d'attendre comme ça en étant négative…

— J'espère que le résultat le sera, en tout cas ! lança Ginny avant qu'elles ne ricanent toutes les deux.

Il n'y avait vraiment pas de quoi rire, mais c'était plus fort qu'elle.

— Tu *dois* être positive, insista Becca en lui redonnant un petit coup de coude.

— J'espère pas, rétorqua Ginny, et elles explosèrent de rire au point qu'elle dut se tenir au mur.

Ça devait être nerveux. Elle jeta un coup d'œil à sa montre avant d'écraser sa cigarette du pied.

— Je dois y retourner, déclara-t-elle.

C'était incroyable comme même l'éventualité d'être enceinte pouvait prendre une tournure comique avec Becca, songea-t-elle en se frayant un chemin dans la foule. Alors que, franchement, c'était la pire chose qui pût lui arriver. Elle remarqua également avec plaisir qu'un bon fou rire avait le pouvoir d'affaiblir la Boule, qui, au final, semblait se nourrir de son malheur.

Le groupe fit un rappel, et Brian descendit à la cave pour changer une dernière fois les fûts avant la fin de la soirée. Les clients terminaient leur verre et commençaient à rentrer tranquillement chez eux. Ginny vidait les tables, les nettoyait et posait les verres sales sur le bar.

— Vous avez fait un malheur, les gars ! lança Brian en les payant.

— On se voit dans deux semaines, boss, répondit Matt tout en faisant un clin d'œil à Ginny.

Deux semaines, songea-t-elle. Ça allait être long.

— Ça vous dit pas de revenir samedi prochain ? proposa Brian. Vous les avez vus, ils en redemandaient. Vous pourriez être le groupe officiel du bar.

— Carrément ! Bon, eh bien… Super !

Les garçons étaient ravis.

Le Beau Gosse Ténébreux vint saluer Ginny.

— On pourrait peut-être se prendre un café ensemble, un de ces quatre, proposa-t-il.

— D'accord, répondit-elle.

Enfin, si elle ne portait pas l'enfant de quelqu'un d'autre… Pouvait-elle se lancer dans une nouvelle histoire tant qu'elle n'était pas sûre du résultat ? Il ne s'agissait que de prendre un café. Mais… Elle ne savait pas trop. Alors, quand il lui demanda son numéro, elle préféra le faire patienter un peu.

Becca et Harry furent parmi les derniers à partir.

— Je t'appelle demain, déclara Becca en articulant silencieusement : « Fais le test », le tout avec un regard si terrifiant que Ginny recula d'un pas et se cogna dans Brian, qui empilait des verres.

— Attention, trésor, dit-il, mais, quand il lui donna son salaire, elle eut droit à un billet de dix supplémentaire, ce qui signifiait qu'il était de bonne humeur.

Elle s'empressa de l'empocher. Voilà qui lui paierait son test de grossesse… Elle leva les yeux tout juste à temps pour voir le Beau Gosse Ténébreux quitter la salle. *Zut.* Elle se sentait mal vis-à-vis de lui. La Boule lui cria « Non ! », mais elle fonça quand même pour lui donner son numéro. Après tout, il ne le lui aurait peut-être pas redemandé…

46

Le lendemain, Ginny se rendit par trois fois à la phar-
macie avant d'avoir le courage d'acheter un test de
grossesse. Même alors, terrorisée à l'idée de tomber sur
quelqu'un qu'elle connaissait, elle prit soin de camoufler
la petite boîte bleu et blanc sous un gant de toilette rouge
dans son panier.

Elle était vraiment trop stupide… Elle tenta de revenir
au moment clef, quelques semaines plus tôt.

— Tes dernières règles remontent à quand ? lui avait
demandé Ben, l'une de leurs dernières fois ensemble.

Il n'avait plus de préservatifs, et, visiblement, cela lui
était revenu à l'esprit au pire moment… Ginny suffoquait.
Le sexe s'était amélioré depuis cette fameuse première
fois. Un peu, en tout cas. Il faudrait qu'elle en parle avec
Becca. Elle était peut-être censée faire autre chose…
C'était peut-être la Boule qui l'empêchait de se lâcher. Ou
alors, c'était comme ça, le sexe, et elle ne pourrait jamais
rien y faire.

— Euh, deux semaines, avait-elle répondu en réfléchissant. Environ.

Il ne s'était même pas arrêté. Il avait lâché un gros
soupir et avait éjaculé.

— Bon, ça va alors, avait-il soufflé dans son oreille. On
n'a rien à craindre.

Bravo. C'était sa faute. C'était aux filles de s'occuper de ce
genre de choses. C'étaient elles qui en subissaient les consé-

quences. Comment pouvaient-elles faire confiance aux hommes ?

Elle songea à sa mère. Elle l'avait rappelée hier soir avant que Ginny ne parte travailler.

— Alors, quoi de neuf ? avait-elle demandé comme d'habitude. Qu'est-ce que tu fais de beau ? Raconte-moi tout.

Euh… problème(s). 1 : son job ne consistait pas à présenter les informations ; 2 : elle n'allait sûrement pas avouer à sa mère ce qu'elle faisait de *beau* (« Ah oui, au fait, je suis peut-être tombée enceinte, mais rien de sûr, je te tiens au jus ») ; 3 : *tout* raconter relevait du domaine de l'impossible.

Ginny avait voulu poser des questions au sujet de la villa. Elle avait voulu demander à sa mère comment elle allait, et elle avait même eu envie de lui dire qu'elle lui manquait. Mais elle n'avait rien dit de tout cela.

Lorsqu'elle avait raccroché, elle avait été prise d'une forte envie de pleurer. Parce que tout allait mal. Enfin, une chose en particulier allait *très* mal.

Elle retourna chez Nonna et Papy, sa petite boîte tout au fond de son sac. Il pleuvait. Encore un magnifique été en perspective… Ça, il ne devait sûrement pas pleuvoir en Sicile…

Dans la cuisine, Nonna était en train de préparer une pâte. Sa douce odeur sucrée emplissait la maison d'une atmosphère de chaleur. Miam. Ginny s'empara d'un petit biscuit aux amandes avant de monter. Est-ce qu'on mangeait plus quand on était enceinte ? On mangeait pour deux, logiquement… *Merde*.

Elle avait une demi-heure avant de partir faire son service du midi au Bull and Bear. Ça lui laissait du temps.

Lorsqu'elle fut enfin dans sa chambre, elle sortit la notice et la lut une fois d'un air hébété et deux fois supplémentaires afin de s'assurer de tout bien avoir saisi. Puis elle emporta le petit bâton dans la salle de bains et fit pipi dessus.

Elle n'avait plus qu'à attendre.

Et c'était la partie la plus difficile. Elle se lava les mains et s'observa dans le miroir. Pas de boutons pour une fois. Cool. Quoique… N'était-ce pas le signe d'une grossesse ?

On sonna à la porte, et Nonna alla ouvrir. Ginny distingua la surprise dans la voix de sa grand-mère, puis une autre voix, douce et traînante. Quelque chose n'allait pas, elle en était sûre. Elle regarda sa montre et résista à l'envie de vérifier l'écran digital. *Faites que ce ne soit pas une ligne…* Elle se tâta les seins. Ils ne lui paraissaient ni sensibles ni gonflés. C'était bon signe, non ?

— Tu ferais mieux d'entrer, entendit-elle Nonna suggérer. Elle est en haut.

La Boule s'agita soudain. De qui s'agissait-il ? De Becca ? De Ben ?

— Ginny ! l'appela-t-on d'en bas.

— Oui, Nonna ? répondit-elle en jetant un œil au test et en essayant de gagner du temps.

— Est-ce que tu peux descendre, chérie ?

Super… C'était vraiment le bon moment.

— J'arrive ! J'en ai juste pour une minute, je…

Quoi ? *Je m'assure seulement que je ne suis pas enceinte !*

Elle regarda de nouveau sa montre. Encore une minute. Qui lui parut durer une éternité. Elle se gratifia d'une grimace, dans le miroir, et tenta de toucher le bout de son nez avec sa langue. Comment les gens arrivaient-ils à faire un truc pareil ? *Pourquoi* les gens faisaient-ils un truc pareil, au juste ? Finalement, elle prit une profonde inspiration et regarda le petit écran…

— Ginny ?

— J'arrive.

Elle descendit les marches deux par deux et s'arrêta dans l'entrée du salon. Un homme d'une quarantaine d'années était installé dans le fauteuil préféré de Nonna, celui avec l'imprimé de roses et la têtière en dentelle. Il détonnait complètement avec le lieu. Le soleil avait décoloré sa tignasse qui virait au gris, et un petit anneau en argent pendait à son oreille. Il portait un jean délavé et un tee-shirt avec une chèvre dessus. Il lui semblait l'avoir déjà vu quelque part…

— Salut ! lança-t-il en se levant. Alors, c'est toi, Ginny ?

— Oui, répondit-elle en jetant un regard curieux à sa grand-mère.

— Ma chérie, intervint Nonna avec un air grave. Prépare-toi à recevoir un choc. Ça l'a été pour moi. Voilà…

L'homme fit un pas en avant.

— Je suis ton père, déclara-t-il. Je suis ravi de pouvoir enfin te rencontrer, Ginny.

47

Toutes les fois où Ginny avait pensé à son père (dans les moments d'amour, de haine, de manque et de colère, de désespoir et de chagrin), elle n'avait jamais songé qu'il débarquerait à Pridehaven.

Lorsqu'elle imaginait leurs retrouvailles – et Dieu savait qu'elle les avait imaginées –, c'était toujours *elle* qui le retrouvait, qui allait le voir en Australie, le prenait par surprise, le faisait regretter, profondément regretter, ce qu'il avait décidé d'abandonner des années plus tôt. Sans vouloir faire dans le mélo…

Mais tout de même : son enfance, sa vie, son amour. Donc, autant dire qu'elle était baba. Au point de ne pouvoir lâcher qu'un « Putain ! »

Sa grand-mère fit claquer sa langue pour la reprendre.

— C'est le choc, dit-elle en dévisageant son père. C'est sûr qu'à surgir du ciel, comme ça…

— Désolé, souffla-t-il à l'intention de Ginny. J'avais l'autre adresse. Celle de Tess. Enfin, celle de ta mère.

— Comment ça ? s'étonna Nonna.

— Elle me l'avait envoyée il y a longtemps, chez ma sœur, à Newcastle, expliqua-t-il en souriant. Alors, j'y suis allé. J'ai discuté avec la voisine.

— Lisa, intervint Ginny.

— Lisa, oui.

— Et elle t'a donné cette adresse ?

Nonna semblait surprise. Ginny l'était aussi. Lisa était plutôt du genre méfiant.

378

— Oui. Bon, je n'ai peut-être pas été tout à fait honnête avec elle…

— Qu'est-ce que tu lui as raconté exactement ? s'emporta Nonna, les mains sur les hanches.

— Que j'étais un vieil ami.

Il croisa le regard de Ginny, et, même si elle était encore sous le choc, elle ne put s'empêcher de sourire.

— Tu aurais pu nous appeler, dit-elle.

Il écarta les mains d'un air désolé. Elles étaient brunes et usées. C'était le genre de mains qui devaient beaucoup travailler dehors.

— Si j'avais appelé, tu aurais pu me dire d'aller me faire voir.

— Peut-être, oui…

Mais non. La curiosité l'aurait emporté. Elle voulait mieux le connaître. Comme elle, il était grand et mince. Comme elle, il avait de hautes pommettes.

Comme elle, il avait une grande bouche et des cheveux blonds. Ça lui faisait tout bizarre de se retrouver face à cet homme tout en sachant que…

— Je peux t'emmener déjeuner ?

Il l'étudiait du regard, lui aussi. Elle imaginait qu'il s'adonnait à la même comparaison qu'elle.

— J'aimerais juste discuter un peu avec toi. Après ça, tu pourras me dire d'aller me faire voir, si tu veux.

Ginny y réfléchit un instant. Elle aimait bien sa façon de parler, de ne pas lui mettre la pression. Elle jeta un regard à sa grand-mère, impassible.

Si elle l'envoyait balader, il partirait sans aucun doute aussitôt. Mais elle ne le voulait pas, pas tout de suite. Elle voulait entendre ce qu'il avait à dire.

— Je dois partir travailler.

— Tu veux que je te dépose ?

Ginny hésita. Si elle acceptait, elle se retrouverait très vite seule avec lui, et elle n'était pas sûre d'y être prête.

Elle sentit sa grand-mère s'avancer, et elle comprit aussitôt que, quelle que soit sa décision, elle la soutiendrait.

— J'ai acheté un truc plutôt joli sur la route ! lança alors son père avec un grand sourire. Regarde.

— Qu'est-ce que c'est ?

Elle le suivit jusqu'à la fenêtre, et il écarta le rideau de Nonna, qui, les bras toujours croisés, ne s'était pas débarrassée de son air suspicieux. Devant la maison était garé un camping-car orange vif. Un Volkswagen. Terrible…

— Ouahhhh ! s'écria Ginny sans pouvoir se contrôler. Ça, pour être joli, il était joli !

— Je te suis ! lança-t-elle avant de jeter un nouveau coup d'œil à sa grand-mère. Tu es d'accord, Nonna ?

— Vas-y, ma chérie. Si c'est ce que tu veux.

Il conduisait avec une certaine assurance. Elle commençait à comprendre pourquoi sa mère était tombée amoureuse de lui.

— Je peux passer te prendre après ton service ? proposa-t-il lorsqu'ils arrivèrent au Bull and Bear.

Il avait gagné pas mal de points pour ne pas avoir fait de commentaire désobligeant sur le fait qu'elle travaille dans un bar et pour ne pas avoir parlé du lycée ou encore de sa mère (ou plutôt, de l'*absence* de sa mère).

— On pourrait aller prendre un café, qu'est-ce que tu en penses ?

— D'accord ! répondit-elle en faisant glisser la porte avant de bondir sur le trottoir. Je finis à trois heures. Et merci de m'avoir déposée !

Dans les toilettes du bar, elle envoya un texto à Becca : « *Négatif. Merci, Buddha. Mon père c pointé, sinon. Chelou, hein ?!* »

48

Le téléphone de Tess sonna au moment où elle s'apprêtait à partir plonger. Nager était le meilleur remède qu'elle connaissait contre la gueule de bois. La plongée en tant que telle, peut-être pas, mais Tess s'était décidée : elle allait explorer les îles rocheuses et la vie marine un peu plus à l'ouest de la baie. C'était sa mère. Elle décrocha.

— Bonjour, Muma.

— Tess, prononça sa mère d'une voix plus tremblante que d'habitude.

— Tout va bien ?

Elle avait eu sa fille au téléphone la veille au soir, mais elle ne put s'empêcher de ressentir cette légère vague de panique qui ne vous lâchait plus à partir du moment où vous mettiez un enfant au monde.

— Oui, oui, la rassura aussitôt sa mère. Mais il est arrivé quelque chose, ma chérie. Ou je devrais plutôt dire quelqu'un…

— Je ne comprends rien. Ça a un rapport avec Ginny ? Elle va bien ?

Elle distinguait presque le souffle court de sa mère.

— Je ne sais pas bien comment t'annoncer ça, ma chérie. C'est David.

— David ?

— Oui. Il a débarqué ce midi. Il est venu voir Ginny.

David. Ginny. Dix-huit ans, déjà, et pourtant, on aurait pu croire que c'était hier…

Lorsque Tess avait imaginé ce moment, durant sa grossesse, c'était toujours David qui lui tendait son bébé. Mais ce ne fut pas le cas. Ce fut sa mère qui lui avait tendu son bébé en disant :

— C'est une fille, ma chérie ! C'est une fille !

Tess avait observé ce petit visage tout fripé et enveloppé dans un linge blanc. Elle avait caressé le doux duvet sur son crâne et contemplé le regard perdu de sa fille.

— Elle est magnifique, avait soufflé sa mère.

Tess l'avait calée contre sa poitrine et avait senti ce tout premier élan d'amour tandis que Ginny cherchait son téton. Oui, elle l'avait imaginé, mais elle n'avait jamais songé à quel point ce moment serait fort. Elle aurait voulu garder sa fille ainsi serrée contre elle pour toujours, la protéger de sa vie. Elle savait qu'elle l'aimerait à jamais, quoi qu'il arrive.

— Oui.

Tess avait levé la tête vers sa propre mère et s'était rendu compte que ses yeux brillaient. Elle aussi avait connu ce moment, évidemment… Tess s'était emparé de la main de sa mère et l'avait serrée très fort. Une reconnaissance mutuelle entre une mère et sa fille contenue dans un regard et une étreinte. C'était tout ce qui comptait.

— Merci, Muma, avait dit Tess.

Après le coup de fil de sa mère, Tess tenta d'appeler Ginny. Elle savait qu'elle travaillait, mais elle se devait d'essayer. Elle décida ensuite d'aller tout de même plonger. Elle avait besoin de réfléchir. Pourquoi David réapparaissait-il soudain après toutes ces années ? Que voulait-il d'elle ? Et, surtout, que voulait-il de Ginny ?

Selon la carte de plongée de la région, la réserve naturelle commençait à l'ouest de la baie. Elle était évidemment déjà allée plus loin dans la réserve, avec Tonino, la veille. Mais ce n'était pas un après-midi idyllique qui avait vite capoté qui allait l'empêcher d'y retourner.

C'était sa vie, et elle en faisait ce qu'elle voulait. Hors de question de laisser un Robin, un David ou un Tonino tout foirer. Quelle qu'en soit la raison. Elle irait plonger, et ensuite, elle parlerait avec Ginny. Et puis ?... Elle verrait bien.

Tout en rassemblant ses affaires, elle imagina la réaction de Tonino, s'il la voyait retourner plonger toute seule. Devrait-elle renoncer à partir de la plage et plutôt louer un bateau pour plonger de plus loin ? *Oh ! et puis zut...* C'était son problème à lui.

Elle avait envie de partir de la plage, point à la ligne. C'était de toute façon moins risqué et beaucoup plus simple que de partir en bateau toute seule. Il pouvait bien râler ; la sécurité de Tess ne le regardait plus.

C'était encore une belle journée, et quelques touristes se trouvaient dans le *baglio* lorsque Tess descendit vers la baie. Une famille entourait Tonino, qui, devant son atelier, apposait du joint à l'aide d'une éponge sur une table ronde incrustée de mosaïques.

Ils contemplaient ses œuvres, dont quelques candélabres en ardoise et en verre de mer et deux autres tables aux plateaux couverts de mosaïques que Tonino avait également sorties.

Ils lui demandaient des informations au sujet de l'une d'elles, et Tonino leur accordait toute son attention. Au moins, elle n'aurait pas à lui parler. *L'amour*, songea-t-elle. Avait-il vraiment dit cela ?

Tess poursuivit son chemin dans sa combinaison, bouteille de plongée dans le dos et palmes à la main. Il la gratifia d'un long regard noir, puis se retourna vers les touristes allemands.

Qu'espérait-elle ? Il lui avait raconté ce qui était arrivé à son ami, il lui avait raconté ce qui était arrivé à la fille qu'il aimait ainsi qu'à ses parents. Et il venait de lui raconter ce qui s'était passé entre leurs grands-parents. C'était beaucoup à porter pour un seul homme.

Et voilà que David surgissait de nulle part…

La mer semblait plus chaude que la veille. Tess s'avança un peu, ajusta son masque, enfila ses palmes et procéda aux vérifications habituelles. Deux nageurs se trouvaient à proximité des rochers. Elle se demanda si Tonino leur avait parlé des méduses.

Elle nagea jusqu'aux rochers et s'enfonça dans l'eau le plus tranquillement possible afin de conserver sa réserve d'oxygène. Des coléoptères étaient en train de se nourrir tout près d'elle. Les autres nageurs étaient partis, et Tess savoura le plaisir de se retrouver seule dans l'océan, avec les poissons pour unique compagnie.

Tout en laissant son esprit vagabonder, elle explora la roche, soulevant quelques pierres sous lesquelles se cachaient des oursins, des étoiles de mer ou même parfois un rouget aux couleurs criardes. C'était si apaisant ici…

Alors… David, pour une raison qu'elle ignorait, avait débarqué à Pridehaven. Il avait réussi à obtenir l'adresse de sa mère en embobinant Lisa. Et Ginny avait accepté de le voir.

Comment lui en vouloir ? C'était son père, après tout, même s'il n'avait jamais été là. Ce n'était plus une enfant, bien que pas tout à fait une adulte non plus, dut admettre Tess. Elle était en tout cas assez grande pour faire ses propres choix. Mais tout de même…

Par endroits, l'eau arborait une teinte d'un vert translucide, et la flore marine variait entre l'orange et le violet. Tess passa les doigts dans une posidonie. Elle se trouvait dans un endroit magique. Un monde sous-marin merveilleux. Tout semblait tellement simple, ici. Les problèmes de couples et les conflits générationnels n'existaient pas. Et c'était aussi cela qui la séduisait. Tess se laissa glisser dans la grosse brèche qui séparait les îles rocheuses. De l'autre côté, la différence était notable : l'eau était plus claire et plus verte, les éponges étaient plus chatoyantes, et les poissons, plus nombreux.

Elle poursuivit son exploration, son angoisse la quittant peu à peu avec le courant.

— Ne fais rien d'idiot, lui avait dit sa mère.

— Tu n'as pas à t'inquiéter.

Mais, après avoir vérifié sa jauge et commencé à remonter tranquillement par paliers, Tess était pourtant convaincue d'une chose : elle devait retourner en Angleterre. Son premier réflexe était de protéger son enfant. C'était ça, être mère. Même s'il s'agissait de la protéger de son propre père.

49

Flavia parla de David à Lenny dès qu'il fut rentré de chez la voisine pour qui il jardinait. Edna se tenait comme un charme. D'après Flavia, elle appréciait davantage la compagnie d'un homme à la maison. Mais ça ne la dérangeait pas, au contraire. Flavia était ravie que Lenny sorte un peu de temps en temps.

— Tu n'aurais pas dû le faire entrer, grogna Lenny. Moi, je l'aurais laissé dehors !

— Quoi qu'il ait fait, c'est tout de même son père, déclara Flavia en s'asseyant sur une chaise de la terrasse.

Elle observa son mari. Il débordait de tant d'énergie… Il était justement encore en train de faire un trou dans une de leurs plates-bandes. Toujours à faire des trous. Elle n'avait jamais vraiment compris l'obsession des Anglais avec leur jardin. Faire pousser ses fruits et ses légumes, ça, elle comprenait. L'intérêt était qu'ils finissent dans la marmite. Mais pourquoi s'embêter avec toutes ces plantations qui variaient selon les saisons ? Cela dit, elle devait admettre que leur jardin était splendide, avec ses asters, ses gueules-de-loup, ses lobélies grimpantes mauves…

— Il n'a jamais été son père, fit remarquer Lenny en enfonçant la bêche dans la terre brune et humide.

— Biologiquement, si.

Flavia savait ce que voulait dire son mari. David avait quitté Tess alors qu'elle était enceinte, et Lenny ne lui avait jamais pardonné d'abandonner sa fille, de la laisser s'occuper de leur bébé toute seule.

— Biologiquement, mon cul.

Il posa sa botte sur la bêche, qui s'enfonça dans la terre comme dans du beurre. Puis il la fit rejaillir du sol en jetant la terre sur le côté. Il allait poursuivre sur toute la plate-bande avant de s'occuper des grosses mottes récalcitrantes à l'aide d'une fourche. Ça semblait être une vraie partie de plaisir pour lui, alors que Flavia était épuisée rien qu'à le regarder.

— Je sais ce que tu ressens, lui dit-elle en soupirant. Mais Ginny a dix-huit ans et elle est assez grande pour décider d'elle-même. Tu ne t'es jamais demandé si elle pouvait avoir besoin de lui ?

— Pourquoi ? rétorqua Lenny.

Oui, il avait fait de son mieux pour jouer à la fois le rôle du père et du grand-père vis-à-vis de Ginny, mais ça n'avait franchement pas été facile.

— Je ne sais pas… Pour construire son identité ? Pour être reconnue ?

— Des conneries, tout ça, grogna Lenny.

Dès qu'il s'agissait de Tess et David, il n'y avait rien à faire : son mari était buté. Mais Flavia s'était souvent demandé à quel point le fait de ne jamais avoir eu de père avait affecté Ginny.

— C'est tout de même à Ginny de décider, déclara-t-elle. Et pas à nous.

Elle refusait de retirer à quiconque le droit de choisir. Après tout, c'était ce qu'avait fait son père pour elle.

Lenny croisa son regard résolu.

— Il faudrait au moins en parler à Tessie.

— Je m'en suis occupée.

— Et qu'est-ce qu'elle a dit ?

— Pas grand-chose. Pas encore, du moins.

Flavia connaissait sa fille. Elle était en état de choc. Et Dieu seul savait ce qui se passait là-bas. Il lui avait semblé tout percevoir de Cetaria dans la voix de Tess : sa tristesse et sa beauté, son passé.

— Est-ce qu'elle compte revenir ? s'enthousiasma son cher Lenny.

Ah ! Lenny... Flavia aussi aurait aimé faire revenir sa fille. Elle en rêvait. Mais elle s'était retenue de le lui demander pour deux raisons. La première : Tess n'avait visiblement pas résolu ce pour quoi elle était partie. Et la seconde était Ginny.

— Je ne sais pas, dit-elle.

Ce n'était peut-être pas une si mauvaise idée de laisser une chance à David. Il n'était pas méchant, juste irresponsable. Et il avait quelques années de plus, désormais.

Elle avait le sentiment que ça ne pourrait pas faire de mal à sa petite-fille.

Flavia partit à la fin de son carnet. On pouvait trouver à juste titre que les recettes siciliennes manquaient de précision. En principe, les Siciliennes ne s'embarrassaient pas à tout peser, et Flavia avait plutôt l'habitude de penser en ces termes : « un peu » (*alcuni*), « une pointe » (*un tocco*) ou encore « beaucoup » (*assai*). Tout était une question de feeling.

Pourtant, et c'était là que la nature contradictoire de ce peuple refaisait surface, la précision (par exemple dans le dosage du basilic ou de l'huile, ou encore dans la façon d'agrémenter les pâtes d'une certaine sauce) était ce qui pouvait transformer un plat ordinaire en un plat unique.

Elle s'appliqua à noter sa prochaine recette : les *melanzane alla parmigiana*. Le plat préféré de sa petite-fille. C'était également le sien quand elle était jeune...

Flavia se souvenait très bien de son voyage à Exeter. Elle s'installa confortablement dans son fauteuil et fixa le jardin d'un regard absent, revivant chaque détail dans sa tête. Elle retourna au début de son carnet, à la page où elle s'était arrêtée. Puis elle s'empara de son stylo…

Une semaine plus tard, assise dans un train qui fonçait vers Exeter, l'adresse de Peter notée sur le morceau de papier qu'elle serrait dans sa main (et qu'elle avait gravée sur son cœur), Flavia, nerveuse, fit le point des quelques jours qui venaient de s'écouler.

Par rapport à ce qu'on lui demandait en Sicile, ses tâches ici n'étaient franchement pas difficiles. Comme là-bas, tout était une question de rituel. D'abord, elle devait allumer des feux un peu partout dans la maison pour la chauffer. Ses instructions étaient précises : elle devait pour chacun alterner entre du petit bois et des boules de papier paraffiné, qu'elle recouvrait de morceaux de charbon. Ça n'avait rien de compliqué ; le feu prenait facilement. Et cette odeur de charbon ne quittait pas vos narines de la journée.

Ce n'était pas une odeur sèche, douce et parfumée, comme celle du bois d'olivier. Non, elle était irritante et sulfureuse, et semblait s'imprégner dans votre peau. Il y avait aussi du ménage à faire, mais elle s'occupait principalement de la préparation des repas, et c'était cette tâche que Flavia aimait le plus, même si les ingrédients laissaient franchement à désirer. Elle était habituée à devoir se contenter de pas grand-chose, mais c'était la difficulté à se procurer des aliments frais qui la tracassait davantage.

Elle disposait également de jours de congé, qu'elle passait à discuter avec Signorina Westerman (« Je vous en prie, appelez-moi Bea ») et à en apprendre davantage sur l'Angleterre, ou encore à se promener dans Londres pour « s'habituer à ce pays », comme disait Bea.

Elle avait beaucoup à apprendre. Dans le train, par la fenêtre crasseuse, Flavia observa les rangées de maisons tout aussi crasseuses, avec leurs carrés de verdure et leurs potagers rectangulaires.

Elle observa également les routes et les rivières, les arbres et les champs tout verts. Les Anglais semblaient avoir besoin de tout compartimenter. Ces gens étaient vraiment différents. Il n'y avait pas qu'à la langue et à la monnaie qu'elle avait du mal à se faire. C'était un art de vivre totalement nouveau, et elle devait constamment se rappeler que dire à qui, comment se comporter…

Elle s'adossa à son siège, ce qui fit jaillir un petit nuage de poussière. Elle apprenait également à être libre. Parce que, oui, ici, vous pouviez vous promener comme vous l'entendiez. Mais Bea l'avait prévenue :

— Il y a certains endroits qu'une jeune fille ne doit pas fréquenter, et certaines personnes auxquelles il vaut mieux ne pas s'adresser.

La plupart des gens, en vérité, si on l'écoutait.

— Même si nous sommes en Angleterre, il y a des règles à respecter.

Donc, jusqu'ici, Flavia ne s'était pas aventurée très loin du quartier de West Dulwich. Mais elle avait déjà aperçu le chiffonnier, avec sa façon étrange de héler les gens ; elle avait parlé au fils du boucher, qui conduisait un vélo avec une petite roue à l'avant pour pouvoir transporter son plateau de viande ; et elle était déjà habituée à être réveillée chaque matin par le bruit rassurant des sabots des chevaux et le tintement des bouteilles de lait que le marchand déposait devant les maisons. C'était merveilleux.

Flavia frissonna et se laissa ballotter par les mouvements du train. Le wagon était envahi par les courants d'air malgré les fenêtres fermées. Ça sentait la fumée,

le charbon et l'huile chaude, mais, malgré tout cela,
Flavia n'aurait échangé sa place pour rien au monde,
car ce train l'emmenait là où elle brûlait d'être depuis
des années. La pire des choses qu'elle avait à supporter ici était le temps. Il faisait constamment froid,
et, la nuit, il lui arrivait même de se couvrir de son
manteau. Elle n'avait pas vu le soleil de la semaine, et
Bea lui avait confirmé que c'était tout à fait habituel
pour un mois de novembre. Sauve-nous, Madonna...
Mais... Peter était ici. Peter, Peter, Peter. Le train
semblait psalmodier son nom.

— Que prévoyez-vous de faire, exactement, ma
chère ? lui avait demandé Bea.
Elle lui avait suggéré d'essayer d'obtenir le numéro de
téléphone de la famille de Peter, mais Flavia n'avait
aucune intention d'appeler.

— Je veux le voir en face. C'est le seul moyen. Je vas
chez lui.

— Vais chez lui, avait répondu distraitement Bea.
Mais... comme ça ? Sans le prévenir ? Vous pensez
honnêtement que... ?

— Oui, l'avait coupée Flavia.
Bea l'avait alors observée avec ce qui ressemblait à de
l'admiration.

— Vous avez du cran, vous savez, ma chère. Est-ce
que vous voulez que je vous accompagne ?

— Non, avait déclaré Flavia en remuant ses boucles
brunes.
C'était son aventure, et elle devait la vivre seule.

— Alors, téléphonez-moi une fois que vous l'aurez
trouvé. Et je veux vous revoir dans les trois jours.
D'accord ?

— Sì.
Mais, tandis que le train passait de gare en gare,
Flavia sentait sa détermination faiblir. Et s'il ne

vivait plus là-bas ? Et si jamais elle se rendait compte, après tout ce temps, que Peter n'était jamais revenu en Angleterre ?... Et si sa famille se montrait froide ou cruelle et refusait tout simplement de parler à une Sicilienne ? Peter, Peter, Peter, psalmodiait le train.

Ils s'arrêtèrent enfin à la gare d'Exeter. Flavia ramassa son sac, ouvrit la lourde porte du wagon et descendit sur le quai. Une fois de plus, elle héla un taxi (elle se débrouillait de mieux en mieux ; tout était une question d'assurance), s'installa à l'arrière, son sac serré contre sa poitrine, et observa, une fois de plus, une ville défiler sous ses yeux...

Exeter n'avait rien à voir avec Londres. Il y avait moins de circulation ; c'était une ville plus verte, plus petite et moins intimidante, même si elle aussi affichait encore des traces de la guerre. Ils passèrent devant des bâtisses carbonisées et des tas de gravats un peu partout. Peter..., songea Flavia. On reconstruisait ici aussi. Bea Westerman lui avait dit que l'Angleterre reconstruisait son avenir. Était-ce possible ? s'était demandé Flavia. Et pourtant, elle ne pouvait nier qu'il planait une nouvelle énergie chargée d'espoir dans ce pays. Elle aperçut un camion de charbon en pleine livraison. Les hommes autour avaient les visages et les vêtements noirs de suie. Elle remarqua également un grand canal bordé de péniches, une grande église, une station-service dans ce qui avait tout l'air d'être l'artère principale, et un cinéma ABC. Ça semblait être une ville agréable ; elle n'en avait pas douté un seul instant. Lorsqu'elle arriva devant la maison, elle nota qu'elle n'avait rien à voir avec celle de Beatrice Westerman. Elle n'était pas aussi imposante, mais sa façade venait d'être repeinte, et, derrière le portail, une allée soignée traversait un joli petit jardin. Le cœur de Flavia était à deux doigts de se décrocher. Elle s'efforça de contrôler sa respiration.

Sans se laisser le temps de réfléchir, elle souleva le lourd heurtoir de cuivre. Peter, songea-t-elle. Elle entendit des bruits de pas, puis une voix. On alluma une lumière, et une silhouette féminine se rapprocha. Une jeune fille d'environ seize ans ouvrit la porte, qu'elle garda entrebâillée, sûrement pour conserver la chaleur à l'intérieur. Elle était brune et avait des yeux bleu très clair. Flavia eut un instant de doute, mais, non, rien à voir avec ceux de Peter.

— Excusez-moi, pouvez-vous m'aider ? demanda-t-elle poliment après avoir maintes fois répété cette scène. Je cherche Peter Rutherford. Je suis une amie de Sicile.

La fille la dévisageait comme si Flavia ne venait pas de Sicile, mais plutôt d'une autre planète.

— Peter Rutherford ?

— Oui.

Flavia, les mains derrière le dos, croisa les doigts dans ses gants de laine.

— Oh ! Rutherford, répéta la jeune fille en paraissant réfléchir.

Puis elle se tourna et cria :

— Maman ! Les gens qui habitaient ici avant, c'était bien Rutherford, leur nom ?

— Oui.

Une femme apparut dans le couloir, un casque de bigoudis sur la tête, le tout ficelé dans un filet à cheveux. Elle portait un tablier et avait un torchon à la main.

— Lequel vous cherchez ? demanda-t-elle à Flavia en l'étudiant du regard.

— Peter, répondit aussitôt la jeune fille à sa place.

La femme hocha la tête.

— Le benjamin ? La vingtaine, blond, grand ?

Flavia faillit exploser de soulagement. Il était donc toujours en vie. Il avait réussi à regagner son pays.

— Sì. Oui, c'est bien Peter.

La femme hocha une nouvelle fois la tête tout en continuant d'observer Flavia.

— Vous pouvez me dire, s'il vous plaît ? Où il est ? supplia-t-elle en retenant son souffle.

— Je crois qu'il vit à deux rues d'ici, déclara la femme en lançant son torchon par-dessus son épaule. Il m'arrive de le croiser chez l'épicier.

— À deux rues d'ici ?

— Je vais vous noter le nom de la rue, dit la femme en allant chercher un papier et un crayon.

— Merci.

— Par contre, je ne connais pas le numéro.

— Ce n'est pas grave.

Flavia était tellement euphorique qu'elle parvenait à peine à s'exprimer. Peter. Si proche, désormais.

La femme écrivit l'adresse.

— Silver Street, annonça-t-elle. C'est en tout cas la rue que je le vois reprendre chaque fois.

— Merci ! Merci ! s'écria Flavia en s'emparant du bout de papier, qu'elle avait envie d'embrasser, tout comme la femme, d'ailleurs.

— C'est un gentil petit couple, commenta alors celle-ci. Avec un enfant adorable. Allez, bonne chance, miss. J'espère que vous les retrouverez.

50

À quinze heures l'attendait devant le pub la Volkswagen orange, objet de tous les regards, son père patientant calmement derrière le volant.

Ginny grimpa à bord. Son père… Elle n'arrivait décidément pas à s'y faire.

— On va où ? demanda-t-il.

— Pride Bay, répondit-elle en lui montrant la direction à suivre. Ils font un chocolat chaud à tomber par terre.

Une fois qu'ils furent installés, il commanda un café crème pour lui et un chocolat viennois pour Ginny.

— J'imagine que tu dois te poser beaucoup de questions, déclara-t-il en s'asseyant en face d'elle.

Il parlait lentement, comme s'il cherchait à employer les mots justes.

— Par exemple, pourquoi je tombe soudain du ciel, comme a sûrement voulu dire ta grand-mère…

— Oui, répondit Ginny en ricanant.

Elle aimait bien son accent nasillard, typiquement australien, mais il était hors de question de lui faciliter la tâche.

Il n'avait jamais été là pour elle : dix-huit années d'anniversaires, de Noëls et de vie commune ratées. En gros, ça faisait beaucoup. Ce n'était pas un chocolat chaud qui allait tout lui faire oublier, même avec de la chantilly.

— Une aubaine, expliqua-t-il en se tapotant le nez. Ta mère a dû te dire que j'étais du genre hippie…

Ginny se contenta de secouer les épaules. Elle avait imaginé qu'ils l'avaient été tous les deux. Sauf que sa mère avait été catapultée dans le monde de la maternité et des responsabilités alors que lui avait filé en Australie pour poursuivre le rêve bohème. Tranquille, quoi…

— En fait, je n'ai jamais eu les moyens de venir en Angleterre, jusqu'ici.

Trop facile. Et Internet, ça existait ! La poste aussi. Même un coup de fil aurait suffi.

Il semblait lire dans ses pensées.

— C'est assez facile de laisser passer sa chance ; après, on s'imagine que c'est peut-être trop tard. À moins…

— Oui ?

Elle pensait comprendre ce qu'il disait.

— À moins d'avoir le sentiment qu'on peut faire tout de même quelque chose. *Changer* quelque chose.

Ginny était perdue. Que comptait-il faire exactement ?

— Et tu dois aussi te demander pourquoi je suis parti, à la base ? lança-t-il en remuant son café.

Ça, c'était plus simple.

— Parce que tu n'étais pas prêt à assumer un bébé ? suggéra Ginny.

D'une certaine façon, elle pouvait le comprendre. Quelle chance qu'elle ne soit pas enceinte !…

— J'étais mort de trouille, pour tout te dire, avoua-t-il en la regardant droit dans les yeux. J'étais tellement jeune… Un enfant était bien la dernière chose dont j'avais envie, sans vouloir te vexer.

— Pas de problème.

Au moins, il avait le mérite d'être honnête.

— Ta mère le vivait tellement bien… On aurait dit que ça ne lui posait aucun problème.

Il était perdu dans ses pensées.

— Mais moi, j'étais terrifié.

— Alors, qu'est-ce que tu as fait ? demanda Ginny en sirotant son chocolat.

Il était chaud, sucré, et la chantilly y fondait pile comme elle adorait.

Il continuait de remuer son café.

— Je suis parti en Australie. J'ai fait de la cueillette, travaillé dans un bar, voyagé, fumé beaucoup trop d'herbe. Ce truc peut te faire perdre de précieuses années, je te le dis. J'étais une vraie épave.

Ginny était plutôt surprise qu'il lui confie une chose pareille, mais on ne pouvait pas dire qu'elle eût devant elle un père ordinaire.

Elle-même avait essayé de fumer. Ça l'avait d'abord rendue hilare et bien détendue, mais, très vite, elle avait commencé à devenir parano et à avoir envie de vomir.

Son père poursuivait.

— J'ai joint une communauté de Travellers dans l'ouest de l'Australie. On vivait pas mal d'expériences spirituelles. Et on créait beaucoup, aussi. De la musique, de la poésie, de la peinture, ce genre de trucs, quoi.

Ce genre de trucs… La vache, c'était plutôt cool, d'avoir un père qui avait fait *ce genre de trucs*. Mais le meilleur, c'était qu'il en parlait comme si c'était normal.

Ça faisait légèrement marrer la Boule, d'ailleurs. « Écoute-moi ce discours », raillait-elle. Mais Ginny voulait au moins lui laisser une chance.

— J'y ai rencontré un couple hollandais, il y a un bail maintenant. On est vite devenus proches. Ils avaient envie d'aller explorer le désert et ils m'ont proposé de les accompagner. J'ai toujours été doué en mécanique. Autant éviter de tomber en panne au milieu de nulle part, pas vrai ?

— Tu veux dire que vous êtes allés chercher de l'or ? s'écria Ginny, baba.

— Ouais ! lança-t-il en grattant un peu de mousse

avec sa cuillère. Tout un tas de gens s'y essayent. On sait jamais !

Il partit d'un grand éclat de rire, et Ginny se surprit à l'imiter.

— Et ?...

Il s'interrompit alors.

— On peut dire qu'on a eu du bol.

Il semblait soudain si jeune et si perdu, comme s'il n'avait pas vraiment voulu de cet argent, comme s'il ne savait pas quoi en faire, maintenant qu'il l'avait. Mince ! Elle venait de se trouver un père riche malgré lui. Peut-être même *très* riche.

— Alors, tu es revenu en Angleterre, dit-elle.

C'était quand même trop facile. Elle pensa à sa mère qui s'était démenée toutes ces années pour l'élever toute seule et, tout à coup, elle eut envie de tout lui balancer. Et il dut le lire dans ses yeux.

— Je suis conscient que tu n'as aucune raison de vouloir me revoir, déclara-t-il. Je t'ai laissée tomber et j'ai laissé tomber ta mère. Mais ne t'inquiète pas, je l'ai payé cher. Je me suis barré quand ta mère avait le plus besoin de moi. Je n'ai même pas essayé de te contacter... pendant dix-huit ans.

— Ouais, tout à fait.

Elle l'observa par-dessus sa tasse. C'était tout de même un peu facile de parler de chance qu'on avait laissée passer...

— J'en ai eu envie, plus que tu ne peux l'imaginer. Dieu sait combien de fois j'ai pris un stylo pour t'écrire...

Ginny attendit la suite.

— Mais je n'étais rien. Je n'avais pas d'argent, je ne pouvais pas participer à ton éducation, je n'avais rien à t'offrir. Je te jure que tu étais bien mieux sans moi, Ginny.

Sa façon de prononcer son nom l'attendrit légèrement.

— Tu aurais pu au moins essayer. Tu aurais pu me laisser en décider par moi-même.

— C'est vrai… J'aurais pu être différent. J'aurais *dû* être différent. Pour commencer, je n'aurais jamais dû faire un enfant. Que ça te serve de leçon, ajouta-t-il après une courte pause.

Elle le dévisagea, déconcertée. C'était comme s'il était au courant… Oui, votre vie pouvait changer en un claquement de doigts. Ça avait failli être le cas pour Ben et elle… Quelque chose, chez son père, lui plaisait. Son franc-parler, sûrement.

— Tu as dû me détester, tout ce temps, dit-il.

— Je t'ai détesté un moment, oui.

Puis…

— Je ne t'en veux pas.

Ginny avait terminé son chocolat ; elle poussa sa tasse.

— Alors, qu'est-ce que tu attends de moi aujourd'hui ? lui demanda-t-elle.

— Je ne te force à rien. J'aimerais juste avoir la chance de te connaître un peu mieux, dit-il en la regardant droit dans les yeux. C'est pour ça que je suis venu. Mais également pour essayer d'arranger les choses. Pour enfin donner.

— De l'argent ? lui lança-t-elle du ton le plus méprisant possible.

L'argent n'arrangerait rien. Il n'y avait pas de solution à leur problème.

— L'argent t'offre la liberté, répliqua-t-il. Cela ne fait pas tout, je suis d'accord avec toi. Crois-moi, j'ai fait une croix sur la richesse matérielle depuis bien longtemps. Mais l'argent t'offre des choix ; il peut t'aider à vivre mieux. Ta mère pourrait en avoir besoin, même après tout ce temps…

— Tu te rachètes une conduite, c'est ça ?

Il était hors de question qu'il cesse de culpabiliser si facilement.

— Appelle ça comme tu veux.

Il se pencha vers elle et agita les sourcils.

— On va dire que c'est une sorte de pension alimentaire tardive ! lança-t-il.

Elle ricana. La bonne étoile de sa mère avait décidé de briller, ces derniers temps… D'abord, la villa en Sicile, maintenant, ça.

— Parle-moi de toi, dit-il en la fixant du regard.

Son visage lui rappelait tellement le sien. C'était étrange : elle avait l'impression de regarder dans un miroir qui voyageait dans le temps.

— Je me suis si souvent demandé à quoi ressemblait ta vie, ajouta-t-il.

Ils ne se levèrent pour partir que plus d'une heure plus tard. Elle lui avait raconté sa vie. Ça lui avait paru facile, peut-être parce que c'était une sorte de nomade et qu'il semblait comprendre, ou alors parce que c'était un étranger, et que c'était toujours plus simple de se confier à ce genre de personne. En tout cas, la Boule avait desserré son emprise durant son récit. Un tout petit peu, du moins.

— De quoi as-tu envie, Ginny ? lui demanda-t-il quand ils quittèrent le café.

— J'ai envie de faire… ce qu'on n'attend pas de moi. J'ai envie de voir le monde. Je ne sais pas…

— Et de quoi tu n'as pas envie ?

Ça, c'était plus simple.

— D'étudier. De faire de la psychologie. D'aller à la fac. De rester à Pridehaven.

— Autre chose ? demanda-t-il en riant.

— Je n'ai pas envie de faire ce que les autres veulent que je fasse, répondit-elle en se sentant légèrement coupable vis-à-vis de sa mère. J'ai envie d'être libre.

D'être enfin libérée de la Boule, voulut-elle dire. Et de tout ce qu'elle représentait.

— On dirait bien que tu as besoin de voyager, toi.

Comme si c'était facile…

Il déverrouilla la portière de la Volkswagen. Ginny ne parvenait pas à l'imaginer avec sa mère ; plus maintenant. Elle revit la photo dans leur salon. S'ils étaient restés ensemble, ils auraient fini par se séparer, c'était certain. Un foyer brisé de plus… Alors, au final, était-ce si grave qu'il soit parti avant sa naissance ?

Il la redéposa chez Nonna et Papy.

— Ça s'est bien passé ? demanda Nonna, aussitôt Ginny rentrée.

Elle affichait toujours cet air suspicieux. Et quelque chose d'autre que Ginny ne parvenait pas à identifier.

— Oui, il me plaît bien, déclara-t-elle en distinguant la surprise dans sa voix. Beaucoup, même.

Son téléphone sonna au même instant. Elle le sortit de sa poche et regarda l'écran. MAMAN. Oh ! joie…

51

Ça faisait un bon bout de temps qu'elles ne s'étaient pas confiées comme ça, songea Tess quelques jours plus tard, en route vers l'hôtel Faraglione afin de prendre un café avec Millie. Elle imaginait qu'une partie d'elle – certes égoïste – avait envie que Ginny envoie balader son père. *Et t'étais passé où, au juste, jusqu'ici ?* Ce genre de choses, quoi...

Mais le recul que prenait sa fille sur la situation l'avait surprise.

— Ça ne peut être que positif pour moi, maman, lui avait-elle assuré.

— Pourquoi ?

Avait-elle été une si mauvaise mère ? Tout ce temps, n'avait-elle pas comblé Ginny ?

— Parce qu'il peut répondre à certaines de mes questions. Des questions que j'ai envie de lui poser depuis des années.

Le soleil tapait déjà fort sur les ruelles étroites aux pavés poussiéreux. Pourquoi cela ne lui était-il jamais venu à l'esprit que Ginny puisse avoir des questions à poser à David ? Qu'il y avait des choses qu'elle-même n'était pas en mesure de lui expliquer ? Et cela principalement parce qu'elle les ignorait aussi...

— Je vais rentrer tout de suite, avait-elle dit à sa fille. Il faut que je voie David. Tu n'as pas à gérer ça toute seule.

— Mais, maman, je *veux* gérer ça toute seule. Je veux passer du temps avec lui, tu ne comprends pas ?

Tess s'était efforcée de comprendre. Mais, tout ce qu'elle voyait, c'était que Ginny n'avait pas envie qu'elle revienne. Elle voulait être avec son père.

Toutes ces années qu'elles avaient passées ensemble semblaient subitement oubliées, comme si elles ne comptaient pour rien.

— Ce n'est pas parce que je ne t'aime pas, maman, avait ajouté Ginny, comme si elle savait exactement ce que pensait sa mère. Et ce n'est pas parce que tu ne me manques pas. Parce que tu me manques, je te le jure.

Ça faisait très longtemps que sa fille ne lui avait pas dit une chose pareille. Tess avait soudain eu envie de pleurer.

— Très bien, chérie. Mais si tu as besoin de moi, tu m'appelles, d'accord ?

— D'accord.

— Et, Ginny ?

— Oui ?

— Je t'aime aussi.

Parfois, aimer son enfant signifiait le laisser partir, songea Tess en pénétrant dans la fraîcheur de l'accueil de l'hôtel avec son sol carrelé. Ça n'allait pas être facile, mais elle se devait d'essayer.

Millie étant très occupée avec l'hôtel, et Pierro, étant constamment en voyage d'affaires (il semblait avoir plusieurs fers au feu), Tess n'avait pas pu autant profiter de ses nouveaux amis qu'elle l'aurait souhaité.

Mais c'était tout de même agréable d'avoir quelqu'un avec qui parler anglais, et Pierro l'avait beaucoup aidée concernant ses idées pour la Villa Sirena. Tess avait pu se rendre compte que ce n'était pas aisé de s'occuper d'une maison délabrée, seule, au fin fond de la Sicile.

— Tout va bien ? lui demanda Millie tandis qu'elle leur servait du café à tous les trois. Tu m'as l'air un peu distraite.

Ils s'étaient installés sur la terrasse privée qui regorgeait de couleurs, avec son jasmin grimpant, ses bougainvillées violettes et orange, ses fleurs en pots, le tout protégé par un auvent de lin.

Aujourd'hui, Millie portait une petite robe d'été jaune poussin. Avec son rouge à lèvres, son vernis à ongles rouge et ses cheveux noirs, elle ressemblait elle aussi à une fleur exotique. Magnifique, mais si fragile qu'elle risquait de se casser si vous la touchiez.

— J'ai quelques soucis en Angleterre, avoua-t-elle.

Elle était tentée de lui raconter toute l'histoire, mais elle était plutôt longue.

— Les ados, commenta Millie avec un sourire. Je vois très bien…

— Et je me suis disputée avec Tonino, ajouta Tess. Au sujet de cette vendetta familiale ridicule.

— Une vendetta ? s'exclama Millie en dressant ses sourcils parfaitement dessinés. Ça m'a l'air passionnant ! Vas-y, raconte !

Tess hésita un instant, mais on ne pouvait pas dire que ce fût un secret d'État, vu que tout le village semblait être au courant ; alors, elle lui résuma l'histoire. Même Pierro parut intéressé et écouta jusqu'au bout.

— Eh bien…, s'étonna Millie, les yeux écarquillés. Alors, qu'est-ce que c'est, d'après toi, *il Tesoro* ?

— Aucune idée.

Tess commençait même à souhaiter qu'il n'ait jamais existé.

— Et tu penses qu'il est passé où ?

— Pareil.

Elle prit un autre *biscottu* aux amandes dans l'assiette que lui tendait Millie. Trempé dans un café crème, c'était un délice. Elle pourrait toujours faire un régime à son retour en Angleterre…

— Giovanni semble penser qu'il serait caché dans la

villa. Il m'a fait subir un véritable interrogatoire lors de mon premier passage ici.

— Ah oui ? Peut-être qu'il sait ce que c'est, lui, nota Millie d'une voix traînante.

Tess ignorait si c'était son imagination, mais elle croyait avoir vu Pierro lancer un regard sévère à sa femme. Elle ne savait pas bien quoi penser de leur relation. Pierro semblait adorer sa femme, mais Millie… Parfois, elle avait une attitude quelque peu… désinvolte.

— Mais, franchement, ce ne serait pas excitant de trouver ? s'enflamma Millie. Je veux dire, ce que c'est et *où* c'est. Ta mère ne t'a donné aucun indice ? Tu lui en as parlé ?

— Non, répondit Tess en s'arrachant un rire.

Millie se pencha vers elle avec un air conspirateur, et Tess respira une bouffée de son parfum à la fois musqué et sucré.

— Tu devrais, lui suggéra-t-elle. Ça pourrait peut-être tout arranger avec Tonino, si tu en découvrais plus à ce sujet. Qui sait ?

— Muma refuse de parler de cette époque, lui rappela Tess.

De toute façon, pourquoi Tonino changerait-il d'avis ? Pour lui, on ne pouvait pas faire table rase du passé. Et puis, elle avait sa fierté, elle aussi. Si Tonino ne voulait pas d'elle à cause d'une stupide querelle familiale, elle ne comptait pas lui courir après.

— Pour les Siciliens, le passé est toujours lié au présent, intervint Pierro.

Millie roula les yeux.

Tess voulait bien comprendre, mais elle en avait assez que les Siciliens se cachent tous derrière ce prétexte.

— Oui, comme Tonino et ses contes…, lâcha-t-elle tout de même.

Le passé et le présent. Parfois, ils étaient tellement liés qu'il était impossible de les séparer.

— Il te plaît beaucoup, commenta Millie avec un regard perçant.

— Oui, j'imagine.

Cela dit, Tess ne pouvait s'empêcher de se rappeler l'avertissement de Giovanni. « *Il piège tellement de femmes…* » La dernière chose dont elle avait besoin était bien d'un bourreau des cœurs.

— Vous allez très bien ensemble, dit Pierro en souriant. Ce serait parfait. Millie et moi ne serions plus le seul couple anglo-sicilien de Cetaria.

— Tess a du sang sicilien, intervint Millie, visiblement agacée. Ce n'est pas pareil.

Elle porta sa tasse de café à sa bouche, et Tess fut surprise de voir sa main trembler. Elle s'apprêtait à faire une remarque, mais Millie la gratifia aussitôt d'un grand sourire, comme si de rien n'était.

— Mais oui, c'est vrai ! s'écria Pierro en se tapant le front. Ça m'était sorti de la tête.

Dans son enfance, Tess ne s'était jamais vraiment sentie en partie sicilienne. Certes, sa mère était légèrement différente, mais, en dehors de la nourriture de Muma, elle avait reçu une éducation typiquement anglaise. Mais c'était vrai qu'ici, elle avait ce sentiment d'avoir un peu de Sicile en elle, et ce, depuis toujours.

— De toute façon, il n'y a aucune chance que nous nous remettions ensemble, dit-elle à Pierro en repoussant sa tasse. Je suis l'ennemie, désormais, et, pour Tonino, le passé prime sur tout.

— Alors, c'est un idiot, s'empressa de répondre Pierro. D'ailleurs, savais-tu, ma chère Tess, que cet endroit appartenait à l'un de ses ancêtres à une certaine époque ?

— Ah bon ?

Tess fit glisser son regard autour d'elle. Cet hôtel à la

façade mauve et ses jardins colorés étaient tellement chics qu'elle n'imaginait pas l'endroit autrement.

— Mais alors, c'était un bar-restaurant.

— Ah. Luigi Amato.

Le fameux grand-oncle qui était mort d'une crise cardiaque après la visite d'Enzo Sciarra, même si Tess préféra taire ce détail.

— Oui. Il s'en occupait avec sa sœur, expliqua Millie. Il était gay, même s'il ne le criait pas sur tous les toits. Tu imagines bien, à l'époque…

— Ah oui ?

Voilà un point que Tonino avait omis de lui révéler. Cela n'avait pas vraiment d'importance, mais tout de même.

— Et la villa, sinon ? lança Millie en décidant de changer de sujet, au grand soulagement de Tess. Qu'est-ce que tu comptes en faire ?

Elle lui reproposa du café, mais Tess refusa. Elle en buvait tellement, ici, qu'elle était constamment excitée.

Elle leur expliqua ses projets. Elle voulait faire quatre suites dans la partie nuit, avec un espace de vie privé pour la personne responsable de l'hôtel. La cuisine devait être totalement remeublée, et la villa, redécorée.

Un petit coup de neuf aux extérieurs ne ferait pas de mal non plus. C'était le minimum vital, si elle voulait transformer la bâtisse en B&B. Et dans ce cas, elle emploierait sûrement quelqu'un pour le gérer.

— Pourquoi ne pas t'en occuper toi-même ? demanda Pierro en se resservant du café.

— Ma fille n'a que dix-huit ans, lui rappela Tess.

— Alors, tu n'en as plus pour longtemps, rétorqua Millie d'un air qui montrait bien qu'elle et Pierro n'avaient jamais eu d'enfants. Elle sera à la fac ou mariée avant que tu ne t'en rendes compte. Et toi, tu seras où, Tess ?

— Probablement coincée en Angleterre, admit-elle.

Pierro jeta un coup d'œil à sa montre et se leva.

— J'ai comme le sentiment que tu reviendras un jour, dit-il. Toutes les réponses sont ici, en Sicile.

— Peut-être pas *toutes* les réponses, intervint Millie. Il y a une grosse différence entre venir passer des vacances et s'installer définitivement. Elle n'en aura peut-être jamais envie ; elle a de la famille, en Angleterre, quand même.

— Tu parles, ils adoreront venir la voir, oui ! lança-t-il avec un large sourire.

Tess en doutait fortement.

— Ma mère voulait à tout prix quitter Cetaria, leur rappela-t-elle.

Si jamais elle parvenait à faire venir sa mère, d'autant plus à son âge, ce serait un vrai miracle. Mais un merveilleux miracle…

— Ah…, lâcha Pierro en s'éloignant. *Cu nesci arriniesci.*

— Pardon ?

— C'est un proverbe sicilien. Il faut quitter la Sicile pour réussir à vivre.

— À moins de se lancer dans le tourisme, nuança Millie en remuant un doigt.

Tess sourit. Ils s'étaient certainement bien débrouillés, tous les deux. Mais Millie avait raison. Ce serait une décision à ne pas prendre à la légère. Et il était hors de question d'abandonner Ginny.

— Et en ce qui concerne Tonino, ce n'est pas le seul cœur à prendre, ici, tu sais, poursuivit Millie.

Le problème, songea Tess, c'est que c'était lui qu'elle voulait.

Elle partit peu de temps après, consciente que Millie et Pierro avaient tous les deux beaucoup de travail. Quelque chose dans ce que lui avait dit son amie la tracassait, mais elle n'arrivait pas à savoir exactement quoi.

Devait-elle parler d'*il Tesoro* à sa mère ? Elle n'avait aucune envie d'être davantage impliquée dans cette histoire qu'elle ne l'était actuellement, mais son petit doigt lui disait qu'elle n'avait pas le choix.

Ce n'était pas pour rien qu'Edward Westerman lui avait demandé de venir ici, et peut-être s'agissait-il pour elle de résoudre ce fameux mystère.

Elle songea à ce que Santina lui avait révélé : la découverte du pilote anglais que sa mère n'avait jamais oublié. D'une certaine façon, Tess n'aimait pas l'idée que son père n'ait pas été le seul amour de la vie de sa mère.

Mais que cela signifiait-il ? Que le pilote avait une nouvelle vie lorsque sa mère l'avait retrouvé ? Que Flavia était arrivée trop tard ?...

52

Un gentil petit couple. Un enfant adorable… Cela faisait une heure que ces mots résonnaient dans l'esprit de Flavia. Elle s'était pourtant rendue dans Silver Street, comme si elle avait besoin de le voir par elle-même, comme si elle espérait que la femme s'était trompée. Elle s'assit dans le salon de thé du coin de la rue et attendit, à l'affût. Attendre, toujours attendre. Elle passait son temps à attendre. Sur le mur d'en face était plaquée l'affiche rouge et or d'un spectacle pour enfants. JACK ET LE HARICOT MAGIQUE AU THÉÂTRE ROYAL.

Derrière le comptoir, un jeune homme l'observait.

— Tout va bien, miss ? lui demanda-t-il une nouvelle fois.

Il avait un regard bleu très doux. Pas aussi bleu que Peter, mais très joli… C'était incroyable, le nombre d'Anglais qui avaient les yeux bleus. Mais ceux de Peter étaient tout de même particuliers.

— Oui, merci, répondit-elle en serrant sa tasse de chocolat chaud pour se réchauffer.

Derrière lui, elle distinguait des bruits de vaisselle et le sifflement de la vapeur. Un gentil petit couple. Un enfant adorable…

— Je vais fermer dans peu de temps, dit-il. Vous avez un endroit où aller ?

— Aller ? répéta-t-elle.

Il jouait avec la manche de sa chemise, recouverte

d'un tablier blanc, visiblement gêné. Il poussa alors le sel et le poivre, et se mit à nettoyer la table de Flavia avec un chiffon.

— Ce soir. Quelque chose me dit que vous êtes loin de chez vous.

Elle explosa alors d'un rire hystérique. C'en était trop... Loin de chez elle ? Oui, si la Sicile était « chez elle », si jamais elle y retournait un jour...

— Ça va ? demanda le garçon, surpris. Je...

Ce fut à cet instant qu'elle le vit. À travers la vitrine embuée du salon de thé, elle l'aperçut qui marchait vers elle. Il était plus vieux, plus costaud, et semblait légèrement voûté, mais, même sous la faible lumière du réverbère, elle savait que c'était lui.

— Peter, *murmura-t-elle avant de se précipiter à l'extérieur.*

Elle se tenait sur le trottoir, à quelques mètres de lui.

— Peter.

Elle prononça son nom si doucement que ce qui quitta ses lèvres aurait pu s'apparenter à du silence. Il avait un visage fermé. Elle revit alors les rides, sur son front, ses pommettes saillantes, la douceur de son regard. Et cette bouche, ces lèvres...

Il avait dû davantage la sentir que l'entendre. Il leva la tête, plissa les yeux et la vit, tout cela en un instant. Elle crut voir la confusion, l'incrédulité, puis la joie se succéder sur son visage.

— Flavia ?

Seul Peter parvenait à donner cette touche romantique à son prénom.

— Flavia ? *répéta-t-il.*

Incapable de se maîtriser plus longtemps, elle plongea dans ses bras. Elle attendait ce moment depuis tellement d'années... Et...

— Oui, c'est moi, *souffla-t-elle.*

Il la serra un instant qui sembla à la fois si long et si court… Et elle sentit son besoin, son amour et son désir l'électriser. Jusqu'à ce qu'il se dégage.

— *Flavia ? Est-ce vraiment toi ? Mon Dieu… Mais qu'est-ce que tu fais là ?*

Il écarta les mèches de son front d'un geste nerveux, comme elle l'avait vu faire de si nombreuses fois. Il jeta alors un regard inquiet dans la rue. Emmitouflés dans leurs manteaux ceinturés et le visage caché derrière une écharpe, les gens se hâtaient de rentrer chez eux. Il faisait froid. Mais il ne faisait pas encore totalement nuit, et les réverbères donnaient au ciel une étrange teinte orangée.

— *Comment as-tu su ?…*

— *Je suis allée à l'adresse que tu m'avais donnée, répondit-elle en se disant que c'était il y avait si long-temps…*

— *Mais tu es venue de Sicile… exprès ?*

Il la dévisageait. Il semblait vouloir que ce ne soit pas le cas.

— *Sì. Pour te retrouver.*

C'était la vérité pure et simple ; enfin, en grande partie.

Peter marmonna un juron avant de rejeter un regard dans la rue. Dans quelle maison pouvaient-ils bien vivre ? Ce gentil petit couple avec leur adorable enfant… Sa femme l'attendait-elle chez eux ?

— *Mais tu ne m'as pas attendue, ajouta-t-elle.*

Et ça, elle ne s'y était pas préparée. À ce que Peter trouve quelqu'un d'autre. C'était pourtant évident. Pour quelle autre raison ne lui aurait-il pas écrit ? Pour quelle autre raison ne serait-il pas revenu la chercher ?

Peter lui prit alors les mains. Une vague de désir s'empara aussitôt d'elle. Peter…

— *Tu ne m'as pas écrit, dit-il. Tu n'as pas répondu à une seule de mes lettres.*

Il semblait complètement perdu, et il la serrait si fort qu'elle en avait mal. Toutefois, elle préférait cette douleur à celle qu'elle ressentait depuis tout à l'heure. Mais elle comprit soudain ce qu'il venait de lui dire, et ce fut à son tour de le dévisager.

— *Je n'ai reçu aucune lettre, déclara-t-elle d'une voix plate après quelques instants. Mais je t'en ai envoyé plusieurs.*

Elle sut alors ce qu'il allait répondre.

— *Je ne les ai jamais reçues.*

Flavia était muette. Elle tentait de comprendre ce qui s'était passé.

— *Je me suis dit que je ne t'intéressais pas, finalement. Que ce qui t'avait plu chez moi, c'était la nouveauté.*

— *La nouveauté ?*

Elle partit de ses cheveux blonds et courts qui semblaient si doux (si seulement elle pouvait y glisser les doigts...) et descendit jusqu'à sa lèvre inférieure, charnue, en passant par ses joues, assombries par une barbe naissante. Il avait le visage plus rond, maintenant que la guerre était finie, maintenant qu'il allait mieux.

— *La nouveauté d'un étranger. Un Anglais de passage, tout simplement, dit-il en baissant la tête. Je sais que la façon dont nous nous sommes rencontrés...*

C'était visiblement trop dur, pour lui, de dire « dont nous sommes tombés amoureux ».

— *... n'entre pas dans la tradition sicilienne.*

Ces paroles ne venaient pas de lui. Flavia le savait, comme elle savait que c'était une froide soirée de décembre, qu'ils se trouvaient à Exeter, en Angleterre, et qu'elle était perdue. Perdue.

— Tu n'es pas revenu me chercher, murmura-t-elle.

— Si, répondit-il, ce qui lui fit l'effet d'une gifle.

— Quand ça ?

Mais elle n'eut pas besoin de la réponse pour comprendre. Il n'y avait eu qu'un seul moment possible. Tout était clair, désormais.

— Il y a quatre ans. Je suis tombé sur ton père.

Elle hocha lentement la tête. Oui, il y a quatre ans.

— Il semblait s'attendre à me voir.

Cela n'avait rien de surprenant, s'il avait intercepté les lettres. Papa avait des amis qui disposaient eux-mêmes d'amis bien placés. Comme Enzo, qui avait dû savoir comment l'aider. En Sicile, tout s'achetait, et il était très facile de corrompre quelqu'un.

— Il m'a dit que tu t'étais mariée, indiqua-t-il en serrant le poing. Que tu étais partie avec ton mari. Que je ferais mieux de t'oublier et d'épouser une Anglaise. « Ce n'est pas ainsi que nous procédons en Sicile », m'a-t-il dit. Tu étais sa fille. Tu devais épouser un Sicilien. Un homme que ta famille approuverait.

Flavia hocha de nouveau la tête. On l'avait envoyée chez sa tante Paola, dans un village voisin, sous prétexte de l'aider quelque temps, car elle ne se sentait pas bien. Sur le moment, ça ne lui avait pas paru bizarre. Mais... Flavia ferma les yeux. Peter était venu à Cetaria, et elle n'avait pas été là. Son père avait détruit sa vie.

— Je ne lui pardonnerai jamais, dit-elle à Peter. Dieu m'en soit témoin, je ne lui pardonnerai jamais.

Il lui lâcha les mains.

— Tu ne t'es pas mariée ?

— Non.

— Tu m'attendais ?

— Oui.

Il avait glissé les mains dans ses poches, comme pour s'empêcher de la toucher. Il y eut une longue pause.

— J'ai un enfant, déclara-t-il enfin. Un fils, Flavia. Il s'appelle Daniel.

Elle acquiesça, mais elle n'avait aucune envie d'entendre parler de son fils.

— Je suis tellement désolé… Qu'est-ce que je peux faire ? Je…

Il avait un regard abattu qui rappela à Flavia ce jour où elle l'avait découvert parmi les débris de son avion.

— Je t'en prie, ne t'inquiète pas, dit-elle. Ça va aller.

Elle avait l'impression de parler sans réfléchir, mais Peter s'accrochait à ses mots comme un naufragé à un radeau.

— Tu es sûre ? Parce que tu peux venir chez nous, tu sais. Molly…

— Non.

Flavia posa alors la main sur sa joue. Non, pas ça. Il avait la peau fraîche et moite. Elle caressa ses lèvres du bout des doigts.

— Adieu, Peter, dit-elle.

Elle se tourna alors et partit d'un pas ferme et décidé, du moins les quelques premiers mètres, car elle savait qu'il la regardait, et elle savait que cela lui faisait mal de la voir s'éloigner. Parce qu'il était venu la chercher… Il avait été jusqu'en Sicile pour elle. Et elle ne l'avait jamais su. Il savait, à cet instant, à quel point elle avait mal.

Elle s'effondra au premier coin de rue, les yeux brûlant de larmes.

— Papa, je te déteste, marmonna-t-elle. Je te déteste de toute mon âme.

Un homme surgit alors de nulle part. Il avait les bras levés, et Flavia recula en se protégeant instinctivement. Tout près, elle entendit un train reprendre *tranquillement sa route. La lune apparut de derrière les nuages, pleine, luxuriante et prête à inonder la nuit de sa lumière.*

— Oh ! souffla Flavia, sur le coup de la surprise. C'est vous…

Flavia observa les mots qu'elle avait couchés dans son carnet. Lorsqu'elle les lirait, Tess comprendrait enfin pourquoi elle, Flavia, n'était jamais retournée en Sicile et pourquoi elle ne supportait même pas d'en parler. Elle n'avait jamais pardonné ni à son père ni à sa mère ce qu'ils lui avaient fait. La rancune ne l'avait jamais quittée.

Mais maintenant… Maintenant qu'elle-même avait une fille et une petite-fille, elle commençait à se dire que son père avait sûrement cru faire ce qu'il y avait de mieux pour elle, qu'il avait sûrement cru être le meilleur juge du bonheur de sa fille. Maintenant qu'elle avait écrit ces mots, raconté cette histoire qu'elle n'aurait jamais imaginé révéler… Maintenant qu'il n'était plus là, elle ressentait enfin ce qui ressemblait à du pardon pour Papa, pour Mamma, pour la Sicile.

Le jeune homme du salon de thé lui avait fermement pris le bras et l'avait emmenée jusqu'à la maison qu'il partageait avec sa mère.

— N'ayez pas peur, lui avait-il dit. Je ne vous ferai aucun mal.

Flavia s'était contentée de hocher la tête. Elle n'avait pas peur. Elle se fichait de tout, en vérité, à cet instant.

— Vous pouvez passer la nuit ici, si vous voulez, avait-il proposé avec cette voix si douce.

C'était donc ce qu'elle avait fait.

Elle se souvenait à peine de cette nuit, qu'elle avait passée en plus grande partie à pleurer. Et le matin, elle avait repris le train pour Londres avec leur

*adresse notée sur un petit bout de papier fourré dans
son sac. À son retour dans la capitale, elle leur avait
écrit pour les remercier de leur gentillesse, pensant ne
plus jamais entendre parler d'eux.*
*Elle continua de travailler pour Bea Westerman,
même s'il lui fallut quelque temps avant de pouvoir
lui avouer ce qui s'était passé avec Peter.*
*C'est au bout de presque un an que Bea lui proposa ce
qui allait changer sa vie et lui procurer une nouvelle
passion, une passion pour laquelle vivre et travailler.*

Flavia se rendait compte aujourd'hui à quel point elle
était redevable à Bea Westerman.

La Sicile, une île cernée par la mer. Cetaria, c'étaient
l'odeur de l'océan et le goût du poisson qu'on y pêchait.
C'étaient ces pêcheurs, tel Alberto Amato, qui partaient
en mer tous les jours, contre vents et marées, et qui revenaient rarement bredouilles.

Ils faisaient alors le tour du village en carriole pour
vendre leur pêche. Flavia se souvenait du marché aux
poissons de Trapani, des poissonniers grisonnants, de
toutes ces variétés étalées sous ses yeux, certains spéci-
mens déjà en filets, leurs écailles formant un arc-en-ciel
étincelant. Du thon, des sardines, des anchois...

Des rascasses, des anguilles, des maquereaux et des
calamars. Des palourdes, des seiches, des rougets et des
espadons. *Chaque poisson a sa saison. Là-bas, on ne parle
pas de prix, mais de fraîcheur...*

L'industrie de la pêche avait tellement changé...
Beaucoup plus de pêche et donc moins de poissons. Des
filets dérivants qui arrachaient à la mer bien plus que
nécessaire. Cette sanglante *Mattanza*...

Elle connaissait énormément de recettes à base de poissons. Les anchois, par exemple : petits, mais savoureux.

Pasta con le acciughe.
Fais-les cuire sur feu doux, écrivit-elle, car elles peuvent facilement devenir amères.

Du thon aigre-doux cuit au vinaigre, un *sfinciuni* aux anchois et aux oignons, ou servi avec de l'ail, de la menthe et des clous de girofle. *Sarde a beccafico*, recette ultra-célèbre à base de sardines, une spécialité de Palerme.

Son nom est tiré d'un petit oiseau – beccafico – dont la queue est dressée en l'air. Fourre-les de pignons de pin, de miettes de pain et de persil. Roule ensuite les sardines en partant du haut, serre-les bien et présente-les de façon à ce que leur queue se dresse comme celle du beccafico et en les séparant par une feuille de laurier.

Elle était sûre que cela arracherait un sourire à sa fille…
Le goût de la mer, de la légèreté, du mouvement, du liquide et du soleil.
La nourriture sicilienne est espiègle et par-dessus tout digne de respect. Les Siciliens savent ce que c'est que d'avoir faim. Ils l'ont toujours su.

53

Ginny avait encore du mal à l'appeler « papa », bien qu'elle l'eût vu pratiquement tous les jours depuis qu'il était réapparu dans sa vie. (« On tente de créer un lien, avait-elle expliqué à Becca. Mais je ne suis pas sûre de la solidité du nœud… ») En général, ils partaient dans la Volkswagen et s'arrêtaient dans un pub pour le déjeuner ou pour prendre un café et se lançaient dans des discussions philosophiques.

— Quoi que tu prévoies de faire dans ta vie, souviens-toi toujours que tu peux changer d'avis, lui avait-il dit.

C'était typiquement le genre de réflexions gnangnan auxquelles Nonna aurait aussitôt rétorqué, avec son petit accent et une manique à la main : « Ça, ça reflète un manque total d'ambition, ma chérie. »

— Vraiment ? avait-elle lancé d'un air sceptique.

— Ça s'appelle « aller au fil de l'eau ».

La Boule avait plus d'une fois laissé entendre que la façon de voir les choses de son père était totalement égoïste, mais Ginny devait admettre qu'elle ne manquait pas non plus d'un certain attrait.

— Et si tu déçois les autres ? avait-elle demandé.

— C'est ta vie.

— Et si tu le regrettes plus tard ?

— C'était ton choix, avait-il répliqué dans un haussement d'épaules.

— Mais comment être sûr que c'est le bon moment, que

ce n'est pas trop tôt, ou trop tard, ou tout simplement que ce n'est pas la bonne décision ?

— On ne peut jamais être sûr.

— Ah…

Ginny n'était pas familière avec cette notion d'incertitude. Elle ne savait pas si c'était une bonne chose ou non, bien que ça ne dût être ni l'un ni l'autre dans la conception de son père.

— Le truc, avait-il expliqué, c'est que, lorsqu'on fait quelque chose qu'on n'a pas envie de faire, ou que quelqu'un d'autre nous force, on ne se sent pas bien.

Elle ne pouvait que confirmer. La Boule était restée muette, elle aussi : c'était un parasite, elle se nourrissait de ce genre de sentiments.

— Le plus simple, c'est donc de ne pas le faire, avait-il ajouté.

— C'est la solution la plus facile, avait murmuré Ginny.

— Pas nécessairement.

Elle avait croisé son regard, dans lequel elle avait lu qu'il pensait au moment où il avait décidé de partir en Australie, refusant de devenir père.

— C'est peut-être la plus honnête, et c'est la seule façon d'être fidèle à ses idées, mais ce n'est pas facile, non.

Ginny y avait réfléchi. Il était vrai que, si elle refusait d'aller à la fac (ce qui tenait de l'illusion, de toute façon, étant donné qu'elle ne serait prise nulle part), ce ne serait pas facile. Elle décevrait des gens, en particulier sa mère et Nonna, mais, au moins, elle resterait fidèle à ses idées.

Elle se rendait compte que personne ne pourrait la forcer à y aller. Sa mère lui servirait sans doute un monologue sur l'avenir ambitieux auquel elle tournerait le dos, mais, au final, ça ne changerait rien.

Car ce que sa mère voulait par-dessus tout, c'était qu'elle soit heureuse.

— J'aime ma mère, avait-elle dit à cet homme qui avait

également aimé sa mère, à une époque, et qui l'avait également laissée tomber.

— Je sais bien.

— Mais j'ai besoin de prendre un peu de distance. Elle me protège trop.

— C'est bien, d'être protégé, avait-il rétorqué, surpris.

— Ouais…

Elle s'était alors mise à rire, car c'était la première chose sensée et responsable qu'il avait dite jusqu'ici.

— Mais j'ai besoin de…

Elle s'interrompit ; c'était ridicule.

— … te découvrir ?

— Oui, en quelque sorte.

Elle voulait dire « me trouver ». Trouver une nouvelle Ginny. Une nouvelle Ginny qui pourrait se débrouiller sans avoir sa mère constamment sur le dos, une Ginny qui serait capable de faire disparaître cette Boule.

— Je sais ce que tu ressens, avait répondu son père. Tu n'es pas obligée de tout garder en toi.

Puis il avait posé la main sur son bras, et elle l'avait cru. Elle avait alors senti la Boule desserrer son emprise, comme si elle s'était attendue à autre chose, comme si, pour la première fois de sa vie, elle était déçue.

54

Flavia dut se concentrer pour se rappeler l'ordre exact dans lequel tout s'était passé. D'une certaine façon, ça lui paraissait important. Elle voulait être aussi précise que possible pour Tess. Mais les émotions étaient beaucoup plus simples à se rappeler que les faits. Peut-être avait-ce toujours été ainsi.

Quelques mois après avoir retrouvé Peter à Exeter, Flavia reçut une lettre du jeune homme du salon de thé qui lui avait proposé de passer la nuit chez sa mère et lui.

« Je viens à Londres, écrivait-il. Pourrions-nous nous revoir ? »

Flavia ne savait pas quoi répondre. Elle craignait trop que cela lui rappelle la nuit qu'elle avait passée à Exeter, mais Bea avait fini par la convaincre que la courtoisie exigeait qu'elle accepte.

— Imagine donc ce que tu aurais fait sans lui, cette nuit-là, lui avait-elle dit avec cette familiarité qu'elle avait fini par adopter.

Et elle avait raison. Flavia l'avait donc rejoint, et il lui avait offert un fish and chips dans un café de Shepherd's Bush et un demi de Guinness au Royal Crown. C'était une brumeuse soirée d'hiver, fin février, qui laissait difficilement imaginer que le printemps n'allait pas tarder. Flavia se figurait qu'il prendrait son temps, en Angleterre. Et ce brouillard…

Ici, à Londres, ils l'appelaient « smog ». Aux yeux de Flavia, c'était un mystérieux manteau, comme un voile épais, qui recouvrait la ville, sa circulation grincheuse et ses trolleybus qui filaient sous les lumières granuleuses des réverbères. Elle savait qu'il était nocif, mais quelque chose lui plaisait dans son silence étrange et lourd.

— Il disparaîtra quand il fera plus chaud, lui avait dit Bea Westerman. En fait, c'est de la pollution due à la fumée de charbon.

Cela n'étonnait pas Flavia. Elle avait l'impression d'essayer de respirer à travers un voile de mousseline, et les gens affichaient tous un teint blême et grisâtre. Mais pas lui. Il avait les joues rouges, paraissait en bonne santé et arborait un grand sourire. C'était une vraie bouffée d'air frais.

Il ne parla pas de ce qui s'était passé à Exeter, mais il demanda à Flavia si elle se faisait à la vie londonienne.

— C'est différent, avoua-t-elle.

Elle observa le pub dans lequel ils se trouvaient. Ça aussi, c'était nouveau pour elle. Les effluves de bière, l'apparence miteuse, les gros miroirs qui faisaient la promotion de boissons, les affiches de la dernière campagne électorale, la moquette tachée, les hommes en costume accoudés au bar... Rien à voir avec les bars de sa terre natale.

Une partie d'elle désirait plus que tout retrouver la chaleur de la Sicile. Pourtant... Elle était si libre ici. Elle avait commencé à explorer la ville. Elle s'était rendue au marché de Petticoat Lane et dans les magasins bengalis de Brick Lane, avec leurs épices, leurs soies brillantes et leurs friandises indiennes. Elle avait acheté des fleurs et des légumes à Covent Garden. Elle avait découvert le quartier italien au niveau de Holborn, avec une église en plein cœur, St. Peter, et elle s'y rendait chaque dimanche pour prier. Son Dieu ne lui avait pas donné ce qu'elle avait le plus désiré au monde… Et elle n'était même plus sûre de croire en Lui. Mais, tout de même, le fait de se dire qu'il y avait un Dieu la réconfortait, semblait lui donner de la force.

Elle découvrit également Soho et son labyrinthe de ruelles dans lesquelles elle se sentait étrangement chez elle, peut-être parce que c'était un vrai mélange de cultures européenne et africaine, de cafés et de clubs de jazz.

Elle n'était pas dupe (elle était au courant des clubs douteux et de la prostitution qui faisaient vivre le quartier), mais, dans la journée, cet endroit vibrait d'une énergie qui l'attirait. Elle avait même déniché un petit café italien, avec une machine à expresso, une ambiance bohème et un juke-box. Lorsque c'était son jour de congé, elle y restait facilement une heure à boire du café, à s'imprégner de l'atmosphère et à se demander… ce qu'elle comptait faire ensuite.

— Alors, dites-moi, qu'est-ce que vous comptez faire ensuite ? lui demanda-t-il justement.

— Je ne sais pas, avoua-t-elle.

Elle ne se voyait pas travailler pour Bea Westerman toute sa vie. Ce qui lui faisait le plus envie, c'était d'ouvrir un restaurant (elle avait vu ce qu'on appelait « restaurant » en Angleterre, et elle savait qu'elle pouvait faire bien mieux), si seulement elle pouvait trouver des produits de qualité à travailler. Londres disposait déjà de quelques restaurants italiens, même si certains étaient plutôt miteux. Elle était également passée devant une trattoria sur Gerrard Street qui lui avait paru alléchante. Elle savait donc que d'autres, comme elle, étaient venus jusqu'ici pour gagner leur vie, pas seulement d'Inde, de Jamaïque ou du Pakistan, mais aussi de Sicile. Ils étaient prêts à travailler dur, et on les trouvait principalement dans les pépinières et les restaurants. Après tout, qui s'y connaissait mieux en cuisine que les Siciliens ? Il devenait par conséquent de plus en plus facile de se procurer certains ingrédients tels que le vinaigre balsamique, le parmigiano et de la bonne huile d'olive. Mais... elle n'était pas certaine que l'Angleterre soit prête pour ce qu'elle avait à proposer.

Et elle le lui dit.

— Alors, lancez-vous. Faites en sorte qu'elle soit prête. Donnez-lui ce qu'elle ignore encore désirer.

— Mais comment est-ce possible ? répliqua-t-elle avec un geste d'impuissance. Il faut de l'argent pour commencer une affaire. Je le sais. Et je n'ai pas assez de côté.

— Rien n'est impossible, déclara-t-il d'un air très sérieux. J'aimerais gérer mon restaurant, moi aussi. Et un jour, j'y arriverai.

Puis il hésita l'espace d'une seconde.

— On devrait peut-être unir nos forces, proposa-t-il alors.

Flavia éclata de rire. Mais elle avait compris qu'il le pensait vraiment.

Après cette rencontre, il se mit à lui écrire régulièrement, et elle lui répondit chaque fois. Leurs lettres furent d'abord très polies, et Flavia avait conscience que les siennes manquaient cruellement de naturel. Son anglais s'améliorait de jour en jour, mais, parfois, elle avait l'impression de faire un pas en avant, et deux pas en arrière, comme ils disaient ici.

Cependant, peu à peu, elle se décrispa, il s'enhardit, et leur échange suivit un rythme encore plus soutenu, échange dans lequel ils étalaient leur vie, leurs déceptions, leurs espoirs et leurs rêves. Il avait trois ans de moins que Flavia. Parfois, on aurait dit un homme ; d'autres, un enfant. Peut-être elle-même avait-elle grandi trop vite…

« Comptes-tu retourner en Sicile ? » lui avait-il demandé.

« Non. » Flavia était catégorique. Il faisait peut-être froid et humide ici, mais c'était en Angleterre que débutait sa nouvelle vie. Le pays ne s'était pas encore totalement remis des années de guerre et était en pleine reconstruction. Et il y régnait une atmosphère d'espérance. C'était exactement ce dont Flavia avait besoin. Elle écrivait toujours à Santina, mais n'avait répondu à aucune des lettres de ses parents. Elle ne retournerait pas là-bas.

De temps en temps, il prenait le train jusqu'à Londres pour venir la voir, et, rapidement, elle se mit à avoir hâte de le retrouver. Il n'exigeait rien d'elle (elle n'aurait pas pu le supporter, d'ailleurs) ; il était tout simplement gentil et de très bonne compagnie. Il devint très vite un ami.

Au mois de septembre de cette année-là, Bea Westerman emmena Flavia au Dôme de la découverte, qui avait été créé dans le cadre du festival de Grande-Bretagne. Les rives de la Tamise étaient devenues le repaire de Flavia durant l'été. Tower Beach était ce qui se rapprochait le plus de la mer et, les journées les plus chaudes, les rives recouvertes de sable étaient bondées de Londoniens avec leurs transats à rayures et leurs enfants qui pataugeaient dans le fleuve. Rien à voir avec Cetaria, mais Flavia aimait observer ces familles anglaises, même si une partie d'elle-même ne pouvait s'empêcher de songer à cette autre famille, à Exeter…

Bea lui avait expliqué que le quartier de South Bank avait d'abord été le siège de maisons et d'entrepôts décrépits qui avaient fini par être démolis afin d'en faire un site pour le festival de Grande-Bretagne de 1951 et le Royal Festival Hall.

Rien que l'extérieur du Dôme et la tour Skylon, aussi fine qu'une aiguille, qui s'élançait à ses côtés, avaient suffi à ébahir Flavia, qui aurait pu passer des heures à contempler cette vision de modernisme. Mais Bea comptait bien y entrer.

— Six millions de livres, murmura-t-elle. Un million de briques.

— Vraiment ? s'étonna Flavia en la suivant.

— Cette œuvre est censée donner du baume au cœur de la nation, ma chère. Après la guerre que nous avons vécue, nous en avons bien besoin.

Elles suivirent la foule jusqu'à un escalator qui les entraîna à l'intérieur du bâtiment, qu'elles découvrirent enfin, prises dans un véritable tourbillon de ravissement face à ces magnifiques niveaux de galeries et à cet impressionnant dôme recouvert de chevrons. L'endroit résonnait de murmures d'admiration.

Flavia était stupéfaite. Elle avait entendu dire que c'était le plus grand dôme du monde. Et elle se trouvait à l'intérieur. Elles commencèrent par l'apparition de la richesse naturelle de la Grande-Bretagne et poursuivirent avec la faune et la flore, l'agriculture et les minéraux, la construction navale et les transports… La liste des prouesses de ce pays était sans fin, songea Flavia alors qu'elles passaient à la mer, au ciel et à l'espace. L'Angleterre était dotée d'une puissance mondiale dont elle n'aurait jamais rêvé. En comparaison, la Sicile était bien ridicule. Elle se redressa, fière de se trouver, elle, Flavia Farro, à Londres, et d'être témoin d'un spectacle aussi grandiose.

L'exposition de télévisions n'impressionna pas Bea. Elle se contenta de marmonner qu'elle n'y avait jamais vu d'intérêt. Et, honnêtement, c'en était presque trop pour Flavia. Il y eut ensuite toute une section sur le peuple britannique..., symbolisé par le lion et la licorne, la force et l'imagination. Elle jeta des coups d'œil furtifs à ceux qui l'entouraient. Ce n'étaient pas des qualités qui sautaient aux yeux, mais il y avait eu des hommes (des explorateurs comme le capitaine Cook et de grands scientifiques comme Charles Darwin) qui en avaient été dotés en abondance.

Elles finirent par aller s'installer dans un petit salon de thé.

— Ça t'a plu, ma chère ? demanda Bea. C'est censé être très instructif.

— Oh oui ! s'écria Flavia. Merci beaucoup de m'avoir emmenée !

Les traits de Bea s'adoucirent alors.

— Je me suis beaucoup attachée à toi. Et c'est pour cette raison que...

Flavia eut soudain un mauvais pressentiment, qui fut confirmé quand Bea lui prit la main.

— Je vais quitter Londres, ma chère. Je vais vivre chez une de mes amies, dans le Dorset.

— Le Dorset ?

— C'est une petite maison, poursuivit Bea. Et tu m'en vois terriblement navrée, mais...

— Je ne peux pas vous accompagner, la coupa Flavia. Vous n'avez pas besoin de moi.

Bea baissa la tête.

— Mon amie est quelqu'un de très indépendant. Elle aime faire sa cuisine et son ménage.

Elle leur versa alors du thé de sa main libre.

428

— Je comprends, dit Flavia en regardant le liquide doré couler dans sa tasse en porcelaine.

Qu'allait-elle bien pouvoir faire ? Que pourrait-elle faire sans cette femme qui s'était montrée si bonne avec elle ?

— Daphne ne s'est jamais mariée, tout comme moi, continuait Bea. Elle a besoin de compagnie féminine. Elle se versa un peu de lait et de sucre.

— Oui, bien sûr, répondit Flavia, même si elle n'avait plus aucune envie d'entendre parler de cette Daphne.

— Et ça me convient tout à fait, dit Bea. Après tout, Londres est une ville davantage faite pour les jeunes. Il était vrai qu'en comparaison de Cetaria, Londres était bondée, bruyante et terrifiante. Mais Flavia avait fini par s'y faire. Et elle allait devoir trouver un vrai travail. Au fond, elle avait toujours su que ce moment arriverait.

— J'ai toutefois une proposition à te faire, ma chère, ajouta Bea en sirotant son thé.

Il s'agissait d'investir dans une affaire.

— Je vais disposer d'une coquette somme si je quitte Londres, dit Bea. Et l'idée de l'investir pour toi me plaît bien.

Elles achèteraient un café ou un petit restaurant choisi par Flavia, et Bea deviendrait ce qu'on appelait une commanditaire. Flavia, en tant que responsable et partenaire, toucherait une partie des bénéfices. Et elle pourrait y loger.

— Toutefois, il nous faudrait du personnel, ajouta Bea en se resservant du thé.

Flavia la dévisageait. Elle n'arrivait pas à croire à ce qu'elle lui proposait. D'abord, le Dôme de la découverte, et maintenant, ça. Quelle journée extraordinaire !...

— Peut-être même un autre partenaire, poursuivit Bea. Un homme, peut-être ?

La lueur dans ses yeux fit comprendre à Flavia qu'elle songeait à quelqu'un en particulier et qu'elle lui en avait déjà parlé.

— Tu penses qu'il serait intéressé ? demanda Bea, feignant l'innocence.

— Oui, répondit Flavia.

Et il le fut. Après réflexion, ils décidèrent de chercher dans le Dorset, afin que Bea puisse garder un œil sur son investissement et que lui-même ne s'éloigne pas trop de sa mère.

— Mais pas le Devon, avait stipulé Flavia.

— Pas le Devon, acceptèrent les autres.

Il leur fallut plus d'un an pour tout mettre en place, mais, en mars 1953, ils ouvrirent enfin leur restaurant à Pridehaven. Flavia cuisinait, et lui, secondé par une jeune serveuse, gérait la salle.

Ils commencèrent avec des plats anglais et quelques plats italiens, puis ils agrémentèrent peu à peu leur carte de spécialités siciliennes. Après avoir goûté les pâtes et les pizzas de Flavia, les gens revenaient. Elle passa alors à la vitesse supérieure et dénicha de bons fournisseurs de légumes, de viande et de poisson. C'est ainsi que le restaurant finit par se forger sa propre identité. L'Azzurro était né.

Dès le début, Flavia et Lenny s'entendirent très bien. Il louait une chambre dans Pridehaven, mais il passait son temps à l'Azzurro et était aussi volontaire qu'elle. C'était dur.

Le dimanche, ils fermaient l'établissement et en profitaient pour sortir : au cinéma, parfois au bal ou même au restaurant. Le jour du couronnement de la reine, ils organisèrent une fête de quartier, mais, face au temps pluvieux (« Un temps typique de juin », s'était plaint Lenny), ils ouvrirent leurs portes à toute la rue et firent la fête à la mode sicilienne, avec un festin digne de la reine elle-même.

Ils étaient si naturellement passés d'amis à amants que Flavia était incapable de dire exactement quand et comment c'était arrivé. Certes, il était plus jeune qu'elle, mais il était doté d'une force tranquille qui l'apaisait.

Ce fut donc le soir du premier anniversaire de l'Azzurro, autour d'une coupe de champagne après le service (ils fermaient à huit heures, à cette époque, mais ils finirent par rester ouverts jusqu'à parfois minuit par la suite), que Lenny se mit sur un genou.

— Je sais que je ne suis pas celui que tu aurais choisi, déclara-t-il en l'observant de ses yeux violacés, mais je peux t'assurer que tu es celle qui est faite pour moi, Flavia.

Il n'avait jamais fait référence à Peter jusqu'ici. Elle avait conscience qu'il les avait vus, à Exeter, devant son salon de thé, et qu'il connaissait même sûrement Peter et sa femme, étant donné qu'ils vivaient tout près de son lieu de travail, à l'époque. Qu'est-ce que Lenny avait bien dû penser ce soir-là ?... Elle n'avait pas voulu lui raconter toute l'histoire. Elle n'avait pas voulu la revivre. Et c'était vrai : il n'était pas celui qu'elle aurait choisi. Seule Santina savait ce qu'elle ressentait pour Peter, ce qu'elle ressentirait toujours pour lui. Mais Lenny était l'homme qui l'aimait, qui travaillait avec elle et qui donnerait sa vie pour elle.

— Tu es en train de me demander en mariage ? lança-t-elle en mettant les mains sur les hanches.

— Oui, Flavia, déclara-t-il. Veux-tu m'épouser ?

— Évidemment, Lenny !

Elle n'écrivit plus jamais à Santina. Sa vieille amie représentait la Sicile et son passé. Et, désormais, Flavia voulait seulement penser à son avenir.

Les saisons passent sans pouvoir tricher. Dans la cuisine sicilienne, on ne se sert que des produits de saison. Au printemps, il y a les amandes, les asperges et les premières pêches. En été, il y a les figues, les melanzane *et les courgettes.*
Les Romains pensaient que l'artichaut était aphrodisiaque et que ses feuilles empêchaient son cœur de flétrir et de périr.

On les trouvait de novembre à avril. Durant les fêtes, on pouvait aller au restaurant et manger des artichauts à chaque plat… Les meilleurs provenaient de son village et des environs. Tout le monde savait que Palerme était la capitale de l'artichaut. Leurs épaisses feuilles roses et mauves, leurs longues queues et leurs petits cœurs tendres… Dans son souvenir, Flavia les voyait empilés dans les brouettes, au marché.

On peut les utiliser en antipasto comme dans un risotto, de la caponata à la frittedda. Bouillis, braisés, rôtis, au barbecue, frits ou grillés. Une salade de bébés artichauts crus. Une farce légère glissée entre leurs feuilles. Plus c'est simple, meilleur c'est.
C'est tout un art de savoir cuire un artichaut, écrivit Flavia en s'imaginant, comme toujours, qu'elle s'adressait à Tess. Comme tout ce qui est bon, il faut de la patience… D'abord, prépare-les correctement. Coupe la queue, retire les feuilles les plus dures et tout ce qui pourrait piquer. Tranche un citron en deux et presse-le…
Les saisons passent sans pouvoir tricher.

Toujours installée dans son fauteuil, Flavia entendit soudain un cri dehors.

Elle se précipita dans le jardin. Sur la pelouse trônaient la fourche et le seau de Lenny qui, lui, semblait avoir sauté par-dessus le mur les séparant du jardin de Cathy et Jim. Pourquoi serait-il en train d'y courir, sinon ? Le cœur de Flavia se serra. Lenny…

Cathy, qui avait elle aussi entendu du bruit, apparut à sa porte alors que Lenny tombait du mur du jardin d'Edna. Mais qu'est-ce qu'il fichait ? On aurait dit un petit jeune de trente ans, et non un vieillard de soixante-dix. Certes, il s'entretenait grâce au jardinage et à la marche, mais ça, c'était nouveau… Avait-il perdu la tête ?

55

Tess retournait à la villa pour se changer. Elle était censée retrouver Giovanni afin de parler du fameux prêt pour la restauration de la villa. Il fallait que les choses bougent, mais avait-elle vraiment envie d'être redevable à Giovanni ? Si on en croyait Tonino, les Sciarra étaient loin d'être des gens sympathiques. Hormis Santina, bien sûr, qui était adorable. Et Giovanni ? C'était un vrai point d'interrogation pour Tess. Soudain, son téléphone sonna.

— Muma ?

— C'est ton père, déclara Flavia de but en blanc.

— Qu'est-ce qu'il y a ?

De multiples scénarios lui vinrent aussitôt en tête, et son cœur s'effondra.

— Il est malade ? Qu'est-ce qui s'est passé ?

— Il est tombé.

Non !

— Il est blessé ? Il va bien ? s'écria-t-elle en se soutenant au mur du *baglio*.

Elle ne se faisait jamais de souci pour son père. Il était toujours là, fidèle à sa forme habituelle.

— Il a dû aller à l'hôpital. Il s'en est sorti avec quelques coupures et quelques hématomes. Et le poignet cassé.

Tess remarqua aussitôt la voix tremblante de sa mère.

— Oh ! Muma…

Elle était toutefois soulagée. Le résultat aurait pu être bien pire que quelques coupures, quelques hématomes et un poignet cassé.

— Il n'a rien d'autre ? demanda-t-elle, la crise cardiaque lui traversant l'esprit malgré elle.

— Non, chérie. Je voulais juste te prévenir.

Mais Tess était déjà en train de prévoir son retour.

— Je prends un billet pour le prochain vol. Tu ne peux pas rester toute seule. Je dois le voir. Je…

Elle grimpa deux à deux les marches qui menaient à sa villa. Elle ferait ses valises, foncerait à l'aéroport et se mettrait sur une liste d'attente. C'était ce qu'elle avait de mieux à faire.

— Tess, la coupa sa mère d'une voix désormais ferme. Il va bien. Vraiment. Il est déjà rentré à la maison. Tu veux lui parler ?

— Oui, Muma ! s'écria-t-elle en enfonçant la clef dans le verrou. Papa ?

— Je vais bien, trésor.

Dieu merci…

— Mais qu'est-ce que tu as fabriqué ? s'angoissa-t-elle tout en essayant de garder un ton léger.

— Oh ! j'ai juste voulu jouer au héros…

Tess sourit. Il avait toujours été son héros. Elle se rappelait qu'elle le suivait comme son ombre dans l'appartement au-dessus de l'Azzurro, tandis qu'il bricolait. *Ma petite apprentie*, l'appelait-il. Elle se souvenait également des tâches ingrates dont elle s'acquittait à l'Azzurro, des courses, des tables à nettoyer, des pâtisseries à aller chercher dans la cuisine.

Il avait toujours eu du temps pour elle. Lorsqu'elle avait un problème à l'école, elle pouvait toujours le lui confier. Quand elle était perdue, quand elle ne comprenait pas… « Tout s'arrange en temps et en heure, chérie, disait-il. Tu verras. »

— Tu devrais raccrocher ta cape, papa. Tu ne penses pas que tu devrais un peu lever le pied ? suggéra-t-elle.

Elle traversa la cuisine, posa son sac sur une chaise,

attrapa une bouteille d'eau dans le frigo et s'en servit un verre.

— Tu as peut-être raison, dit-il en ricanant. Et tu n'as pas besoin de revenir en vitesse, ma chérie. Je vais bien. Ta mère est déjà aux petits soins pour moi. Sans oublier ta fille.

— Tiens donc ! lança Tess en souriant.

— Je te repasse ta mère, chérie. Elle veut te parler.

— D'accord. Prends soin de toi. Bisous.

Tess se rendit alors sur la terrasse. En contrebas, la mer semblait lui tendre les bras. Si elle pouvait seulement y plonger d'ici…

Sa mère reprit le combiné et lui expliqua plus clairement la situation.

— Mais enfin, il a presque quatre-vingts ans ! s'exclama Tess quand sa mère lui eut tout raconté. Il faut qu'il arrête de faire le gosse. C'est un vieillard, maintenant !

Rien que de le dire lui faisait mal.

— Ça ne sert à rien d'insister ! lança Flavia. Tu connais ton père : si quelqu'un a besoin d'aide, il foncera tête dressée.

— *Baissée*, Muma, la corrigea Tess.

Mais sa mère avait raison.

— Tu es sûre qu'il va bien ?

— Je te le répète : tout va bien.

— Et Ginny ?

— Ginny aussi.

— Et David ?

— David ?

— Muma, s'il te plaît…

Tess prit une nouvelle gorgée d'eau.

— Qu'est-ce qu'il veut ? reprit-elle. Tu as une idée ? Tu penses que je devrais venir voir ce qui se passe ?

— Il t'a écrit, déclara sa mère. Tu devrais peut-être attendre de voir ce qu'il a à dire.

— Il m'a écrit ?

C'était plutôt étonnant de la part de David. Tess changea d'oreille, se leva une nouvelle fois, descendit le jardin en terrasses, passa devant la fontaine cassée et l'hibiscus tout en écoutant sa mère lui parler de la réapparition de David dans leur vie.

— Ginny a besoin de passer du temps avec lui, disait-elle. Je crois que ça lui fait du bien. Nos filles ont peut-être plus besoin de leurs pères que ce que nous aimerions, finalement…

Tess observait les ruines du petit cottage, où la famille de sa mère avait vécu. Un tas de pierres… Elle songea alors à cette jeune Sicilienne et son pilote anglais.

— Je suis d'accord, Muma ! lança-t-elle quand sa mère eut terminé. Mais, si tu te souviens bien, c'est David qui, à la base, a décidé de partir.

Elle avait dû assumer le fait d'être une mère célibataire qui devait se débrouiller seule, du moins sans un homme. Et elle n'avait jamais rien demandé à David, ce qui aurait été ridicule étant donné qu'il n'avait rien.

Elle avait toujours fait en sorte de ne pas en dire du mal devant sa fille et, à vrai dire, elle n'avait pas grand-chose à lui reprocher outre le fait d'être parti. Mais… qu'il réapparaisse soudainement, alors qu'elle était loin et que sa relation avec Ginny était compliquée, l'agaçait. C'était tout à fait représentatif de son insouciance.

— Oui, je le sais, dit sa mère. Ça n'a peut-être pas été si facile que ça pour lui.

— Ça tombe bien : ça n'a pas été facile pour moi non plus.

Sa mère le savait mieux que personne. C'était elle qui l'avait épaulée après la naissance de Ginny, qui l'avait aidée à surmonter le baby blues, la solitude, l'angoisse de devoir élever un enfant seule. Qu'est-ce que Tess aurait fait sans elle ? Elle retourna à la table en fer forgé et reprit une longue gorgée d'eau. Elle hésitait encore à prendre le prochain vol. Entre son père et David… Et maintenant que les choses avaient mal tourné avec Tonino… D'un autre côté, elle devait lancer les travaux de restauration de la villa. Et il fallait qu'elle parle à Giovanni.

— Quel mal y a-t-il à laisser David passer du temps avec Ginny ? demanda sa mère.

Elle avait raison. Quel mal pouvait-il lui faire ? Il n'était pas mauvais, au fond, et Ginny était sa fille. Elle était assez grande pour prendre soin d'elle, et ses grands-parents étaient là pour veiller sur elle. Et puis, personne ne semblait avoir envie que Tess revienne…

Une idée germa alors dans son esprit.

— Est-ce que tu penses que Ginny pourrait venir ici pour des vacances ? Vous viendriez aussi, papa et toi ?

Elle devina la surprise à l'autre bout du fil.

— Je ne crois pas, Tess.

— Mais tu n'aimerais pas revoir tout ça, Muma ? insista-t-elle en observant la terrasse délabrée. La villa, le *baglio*, le village ?…

Elle avait du mal à saisir. Quoi que sa mère pense de cet endroit, Cetaria était là où sa famille avait vécu, où elle-même avait grandi. Plus son séjour se prolongeait, plus Tess percevait ce qui composait le passé de sa mère, plus elle commençait à la comprendre. C'était son histoire qui l'avait rendue telle qu'elle était. Une histoire de survie et d'amour.

— Je ne suis pas sûre d'y arriver, finit par répondre sa mère. Le voyage risquerait d'être trop éprouvant.

Tess songea au tas de ruines derrière le mur du jardin. Ce serait une vision difficile à supporter.

— Tu veux bien au moins y réfléchir ?

Il y eut une longue pause.

— Il y a des jours où je ne fais que ça, dit sa mère.

56

Flavia pensait être parvenue à la fin. Pas à la fin de leur histoire, mais il s'agissait désormais du deuxième volet de sa vie, et Tess en avait été témoin pour la plus grande partie ; alors, avait-elle besoin de la coucher sur papier ? Tess avait-elle vraiment besoin de connaître la suite ?

Mais quelque chose lui laissait un goût d'inachevé, dans tout ça, et elle s'en était rendu compte avant même la chute de Lenny. Son histoire était incomplète ; elle laissait trop de non-dits ; ce n'était pas l'entière vérité. Si elle mourait demain, Tess ne serait pas au courant de tout (ce qui était en revanche déjà le cas de Lenny).

Ça avait été un vrai choc pour eux. Ils n'avaient jamais eu de soucis à Pridehaven. Le taux de criminalité y était très bas, et la plupart des jeunes étaient plutôt gentils, bien que bruyants. En tout cas, quand on les connaissait, on se rendait compte qu'on n'avait rien à craindre d'eux. Ce n'était pas une ville dangereuse.

Lorsque Lenny avait entendu les cris et Edna qui avait levé la voix, il aurait dû appeler Flavia ou la police au lieu de se débrouiller tout seul.

Il y avait deux jeunes dans le jardin d'Edna, expliqua-t-elle plus tard à Flavia. L'un était en train de piétiner ses plates-bandes au fond du terrain, l'autre était au milieu de sa pelouse.

— Tu ferais mieux de partir tout de suite d'ici, jeune homme, ou j'appelle la police, l'avait prévenu Edna.

— Ouh ! j'ai peur, avait raillé le garçon au moment où Lenny atterrissait héroïquement sur la pelouse de sa voisine.

— Viens ici, fumier ! s'était-il écrié. (« Il était terrifiant », ajouta Edna.) Je vais m'occuper de toi, moi, tu vas voir !

Le premier garçon, les pieds tout crottés, était désormais en train d'escalader la palissade du fond. Le premier rat quittait le navire…

Et, même s'il était menacé par un vieillard rougeaud qui portait des gants de jardinage jaune poussin, le deuxième garçon avait pris également la fuite.

— Ah ! on fait pas le malin, hein ! avait grogné Lenny en le poursuivant.

— Il n'a pas vu Tabitha, avait expliqué Edna. Elle était dans son coin préféré, près des capucines. C'est une chatte tellement nerveuse… Elle a surgi devant Lenny, et il s'est pris les pieds dedans. Il est tombé la tête la première.

Heureusement, le deuxième garçon était déjà en train de disparaître derrière la palissade, ignorant que son adversaire était à terre.

— Je suis vraiment désolée, avait dit Edna. Tabitha était terrifiée…

— Ce n'est pas ta faute, l'avait rassurée Flavia. Ni celle de Tabitha.

Flavia ne pouvait même pas en vouloir à Lenny. Comment reprocher à quelqu'un d'être ce qu'il est ?

Edna s'était précipitée sur Lenny. Elle avait d'abord pensé qu'il avait fait une attaque ; elle lui avait alors fait du bouche à bouche, l'avait mis en position latérale de sécurité et avait appelé une ambulance. Elle avait regardé *Casualty* tellement de fois que la tentation avait été trop grande…

— Tout le monde aurait fait la même chose, avait-elle déclaré.

Lorsque Flavia était arrivée chez Edna par le chemin plus conventionnel, c'est-à-dire le trottoir, l'allée et la porte d'entrée, Lenny, la lèvre coupée, était assis et examinait son poignet.

Flavia avait eu un choc de le voir dans un tel état. Il était ouvert au niveau du visage et avait une grosse bosse sur la tempe.

Ses bras et ses jambes étaient tout égratignés, et sa main pendait bizarrement. Elle l'avait accompagné dans l'ambulance en lui tenant la main et en priant la Madonna à qui elle n'avait pas fait appel depuis son départ de Sicile.

— C'est juste une petite chute, chérie, ne cessait-il de la rassurer.

Mais, aux yeux de Flavia, c'était un avertissement.

— Nous avons été heureux, ensemble, n'est-ce pas, ma chérie ? avait-il soufflé lorsqu'ils étaient arrivés aux urgences.

— Tu m'as dit que ce n'était qu'une petite chute, avait rétorqué Flavia en le dévisageant. Pourquoi parles-tu comme si tu étais au chapitre de la mort, hein ?

— À *l'article*, chérie. À *l'article* de la mort.

— C'est pareil, avait répliqué Flavia en faisant claquer sa langue.

— Dis-le-moi, avait-il insisté. Dis-moi que nous avons été heureux.

— Oui, Lenny. Nous avons été heureux.

Oui, il ne s'agissait que d'une petite chute. Mais, parfois, cela suffisait à tout remuer.

Et c'est à ce moment-là que Flavia avait compris.

57

Ginny avait beaucoup de choses à raconter à Becca lorsqu'elles se retrouvèrent enfin autour d'une pizza pour papoter.

Elles commencèrent par la chute de son grand-père.

— Avant ça, tout allait nickel, déclara Ginny.

La Boule restait discrète pour le moment. Ginny se doutait qu'elle préparait son grand retour, mais, en attendant, elle profitait de ce répit inespéré.

— La vie n'est pas un long fleuve tranquille, philosopha Becca (ce qui ne lui ressemblait pas du tout).

Ginny avait commencé son service assez tôt, samedi soir, lorsqu'elle avait reçu l'appel. Les Magic Fingers venaient tout juste de démarrer leur set. Du rythme, de l'énergie, et Albie était plus sexy et ténébreux que jamais.

Ginny était maintenant rodée. Elle était si rapide qu'elle savait presque à l'avance ce qu'on allait lui commander. Elle parvenait à préparer des shots tout en tirant une pinte ou encore à ouvrir une bouteille de bière tout en versant des glaçons dans un verre.

Elle savait qui attendait depuis le plus longtemps, ce qui lui permettait de ne pas faire de furieux.

Elle était sortie deux fois avec Albie jusqu'ici. Il était gentil. C'était le genre de gars dont on pouvait facilement tomber amoureuse, ou encore pour qui on pouvait décider de tout plaquer afin de le suivre au bout du monde. Elle prenait donc du recul. Elle ne voulait pas commencer quelque chose qu'elle ne pourrait pas finir. Pas encore, du moins. Et elle avait le monde à découvrir. Quelqu'un à trouver. Cela semblait convenir à Albie, qui avait sa musique, ses compos et son groupe. En tout cas, pour le moment.

— Je prendrai une pinte de votre meilleure bière, ma chérie.

C'était son père, qui était venu écouter le groupe et sans aucun doute jeter un œil à Albie, dont Ginny lui avait parlé lorsqu'ils avaient dîné ensemble quelques jours plus tôt.

Le téléphone du bar n'arrêtait pas de sonner, et Brian avait fini par décrocher. Il n'entendait rien. Avec une main sur l'autre oreille, il hurlait dans le combiné, puis il lui avait jeté un regard qui l'avait fait se raidir.

— Quoi ? avait-elle articulé tout en continuant de servir un client.

Il était alors venu vers elle et avait passé un bras sur ses épaules.

— Va prendre ton manteau, trésor.

— Pourquoi ? Qu'est-ce qui s'est passé ?

Ginny cherchait son père des yeux dans le brouhaha ambiant. Il se trouvait un peu plus loin, mais il avait vu immédiatement que quelque chose n'allait pas.

— Papa, avait-elle dit.

— Ouah ! lâcha Becca. Alors, tu as enfin vécu un truc important avec ton père ?

— Oui, on peut dire ça, répondit Ginny en sirotant son Coca.

Son premier.

— Et ton grand-père va bien ?

Leurs pizzas arrivèrent avec du pain à l'ail et une assiette de frites à partager. Ginny avait pris une margherita avec supplément pepperoni, et Becca une quatre-fromages.

— Oui.

Ginny mordit dans le pain à l'ail. Il était croustillant et relevé à souhait. Son grand-père avait une attelle au poignet et le bras en écharpe.

Mais, en dehors des hématomes jaunâtres qui parsemaient son visage, il allait bien.

Becca recouvrit sa pizza de frites et se coupa une part.

— Ta mère en pense quoi, du fait que ton père ait débarqué ? demanda-t-elle avant de l'engloutir.

— Franchement, elle l'a plutôt bien pris, admit Ginny.

Ces derniers temps, elle avait pu prendre du recul. Et elle en avait conclu que sa mère était particulière.

Elle savait également que son père lui avait écrit, et elle avait une petite idée de ce qu'il avait pu mettre dans sa lettre.

— Et Ben dans tout ça ? lança Becca.

Ginny lui expliqua la situation.

— Quel con ! déclara Becca quand elle eut terminé. Ce n'est pas toi qui aurais dû être différente au lit, c'est lui. Viens là.

Ginny s'approcha et écouta Becca lui faire part de sa propre expérience sans lésiner sur les détails, chacune ponctuant ce cours d'éducation sexuelle de gorgées de Coca et de bouchées de pizza.

— Pour la prochaine fois, conclut-elle en la gratifiant d'un clin d'œil.

Ginny songea au Beau Gosse Ténébreux.

— Ouais, pour la prochaine fois.

— Alors, c'est quoi, la suite ? lança Becca en s'enfonçant dans sa chaise, maintenant qu'elle avait vidé son assiette.

— Je vais voyager, déclara Ginny. Je pars en Australie.

— Putain, Gins, je parlais du dessert !

Derrière une assiette de brownie au chocolat recouvert de chantilly, Ginny lui raconta ce que son père lui avait proposé.

— J'ai une maison à Sydney qui pourrait te servir de

point de chute, si tu veux. Tu n'as qu'à me le demander, et les clefs sont à toi.

Maison qu'il avait sûrement achetée avec sa fortune soudaine, avait songé Ginny.

— Tu serais là-bas ? avait-elle demandé en ne sachant pas si elle en aurait envie ou non.

— Je ne sais pas, avait répondu David. Moi aussi, j'ai envie de voyager un peu. Avec mon camping-car. Traverser l'Europe, peut-être. Faire ce que je n'ai pas eu le temps de faire avant.

— On trouve du boulot facilement en Australie ? demanda Becca. On peut s'y déplacer facilement ?

Ginny savourait le goût du chocolat mélangé à la crème fouettée. Il n'y avait rien de meilleur.

— D'après mon père, les auberges de jeunesse fournissent tout ce qu'il faut savoir niveau boulot dans la région et sur les différentes destinations du coin. Certains routards travaillent dans des bars, d'autres dans le télémarketing ou encore dans la cueillette.

Becca ne fit aucune remarque concernant le « mon père ». Ce qui arrangeait Ginny, car elle avait déjà elle-même du mal à s'y faire. Elle avait passé toute sa vie sans lui. D'un coup, il apparaissait et, ce qui lui paraissait le plus bizarre, elle semblait avoir besoin de lui. Ginny commençait à comprendre qu'il ne lui avait pas tourné le dos ; il avait tourné le dos à la paternité. Ce qui était certes lamentable, mais pas autant. Cela dit, elle n'oublierait pas les années qu'ils avaient perdues. Comment serait-ce possible ?

— Trop top, commenta Becca en enfournant le reste de son dessert.

— Le brownie ?

— Ton père.

— Ouais…

Il avait fait beaucoup d'erreurs. Il n'était pas parfait, tant s'en fallait. Il était différent, c'est tout. Le père de

Becca portait un costume et travaillait dans une banque, et sa mère, dans une cantine. Il n'y avait pas photo…

— Tu aurais envie que je t'accompagne ? proposa Becca en terminant son Coca.

— Tu rigoles ? lança Ginny, incrédule.

Elle n'avait pas osé avouer à qui que ce soit que c'était l'aspect qui l'angoissait le plus dans son projet : la solitude. C'était bien beau de partir se trouver, mais quoi de mieux que d'avoir quelqu'un pour vous aider à chercher ?

— Je suis plus que sérieuse, déclara Becca en s'essuyant la bouche avec sa serviette. J'adorerais ça. Sans déc', Gins, on s'éclaterait trop !

Certes, mais…

— Et Harry ? demanda-t-elle.

— C'est qui, Harry ? répliqua Becca en faisant la moue.

— Vous avez ?…

— Non. Mais il n'y a pas qu'Harry dans la vie. De toute façon, il part à la fac à la rentrée. Qu'est-ce qui se passera, d'après toi, ensuite ?

— Il va falloir qu'on mette sérieusement de côté, prévint Ginny.

Son père l'aiderait peut-être un peu, mais elle ne voulait pas dépendre totalement de lui.

— Perso, je vais avoir de l'argent pour mes dix-huit ans, le mois prochain, déclara Becca. De la part de ma chère tante Margaret, qui est pleine aux as et qui n'a pas d'enfants.

— Génial.

Voilà, c'était décidé, songea Ginny en tapant dans la main de son amie. Elle avait un plan, elle avait un point de chute, elle avait une compagne de route. Et également un père avec de l'argent. Dire qu'il y a quelques jours à peine, la seule chose notable dans sa vie était une éventuelle grossesse…

58

La lettre lui parvint quelques jours plus tard. Malgré toutes ces années, Tess reconnut immédiatement l'écriture de David : longue et voûtée, tout comme lui.

Elle s'était efforcée de ne pas l'ouvrir tout de suite. Elle avait fait couler du café, l'avait emporté sur la terrasse, avait admiré la baie en contrebas (le ciel de ce bleu méditerranéen qu'elle aimait tant surplombait une mer d'huile aujourd'hui) tout en laissant l'enveloppe attendre un moment sur la table. Qu'il patiente un peu…

Le *baglio* commençait à s'animer. Derrière la frondaison argentée de l'eucalyptus, un groupe d'hommes était assis près de la fontaine, sur le banc. Ils jouaient sûrement aux cartes ou aux dominos. Quelques promeneurs sortaient du café et continuaient leur route sur les ruelles pavées. Elle apercevait également l'atelier de Tonino… et Tonino. Il ne cessait de s'agiter, déplaçant ceci, reprenant cela. Une vraie tête de mule… Pourquoi avait-on mis sur son chemin un homme aussi têtu ?

Hier, elle était retournée plonger, mais c'était un vrai supplice de passer devant lui et son regard noir. Lui en voulait-il parce qu'elle continuait à plonger seule ou parce qu'elle était l'unique représentante de la famille de sa mère, qui avait déshonoré un membre de sa famille à lui, il y avait des années de cela ?… Enfin, quel gâchis, tout ça !…

Elle était tellement agacée qu'elle faillit taper du pied, ce qui, au final, la fit rire. Toute cette histoire était d'un tel ridicule… Elle jeta un dernier regard à la mer turquoise, au *faraglione*, ces énormes pics qui jaillissaient de la mer, et reporta son attention sur la Lettre.

Que se passait-il là-bas ? Elle avait parlé à Ginny et ses parents ces deux derniers jours, et ils lui avaient tous paru d'un calme olympien.

— On va bien, lui avaient-ils tous assuré. Tout va bien…

Pas étonnant qu'elle s'inquiète autant.

Et désormais, il y avait le cas « David » à gérer. Elle glissa le pouce sous le rabat de l'enveloppe et sortit la lettre sans l'ouvrir complètement, comme si la découvrir dans son intégralité s'était avéré dangereux.

« *Chère Tess*, avait-il écrit. *Ça fait bien longtemps.* »

Certes… Elle déplia la feuille, et quelque chose tomba sur ses genoux. Un chèque. Elle le ramassa, l'observa et le retourna entre ses mains. Cinquante mille livres. *Mon Dieu…*

Elle le mit de côté et se reconcentra sur la lettre, qui avait désormais toute son attention.

« *J'espère que tu ne m'en voudras pas de débarquer comme ça. Je voulais voir notre fille.* » *Notre fille…* Dixit le père le plus absent de la galaxie.

« *Mais ma vie vient de changer du tout au tout, Tess. J'ai gagné pas mal d'argent.* »

Elle sourit malgré elle. Sa voix, qui émergeait des mots qu'il avait couchés sur papier, n'avait absolument pas changé, elle. C'était toujours le David qu'elle avait rencontré sur la plage de Pride Bay, pieds nus. Le David qui lui chantait des chansons sur sa guitare.

Qui lui promettait de l'emmener à l'autre bout du monde. Le David dont elle était tombée raide dingue, sachant qu'il serait toujours un rêveur. Elle savait qu'il la désirait. Mais elle savait également, et ce, depuis le début, qu'il ne voulait assumer aucune responsabilité, qu'il ne voulait pas s'engager et qu'il ne voulait clairement pas d'enfant.

Tess n'avait rien prévu de tout cela, même si elle avait été aussi irresponsable que lui. Mais, une fois qu'elle avait découvert qu'elle était enceinte, il avait été hors de question pour elle de se débarrasser de ce bébé, comme il l'aurait désiré.

« Tu sais ce que je pense de l'argent... »

Oui, ça va, ça vient, songea Tess.

« Mais c'est le genre d'argent qui change une vie. »

Certes. Elle jeta un nouveau coup d'œil au chèque. D'où venait-il ? Avait-il braqué une banque ou simplement gagné à la loterie ?

« Je n'ai pas envie de changer ta vie. Mais je veux te rendre ce que je te dois. J'espère que tu l'accepteras et que cet argent te sera utile. »

Dieu tout-puissant... Tess s'empara du chèque. Cinquante mille livres. Pour elle.

Comment pouvait-elle l'accepter ? N'était-ce pas immoral ? Et qu'attendait-il en retour ? Rien, comprit-elle alors. David n'attendait rien des autres, et c'était l'une de ses plus belles qualités.

« J'aurais beaucoup aimé te revoir, Tess. J'aurais aimé te dire tout ça en face. J'imagine que j'aurais aimé savoir si tu pouvais me pardonner de ne pas avoir été là pour toi, d'avoir été un père absent pour notre enfant, et tout le reste... »

Oui, tout le reste... Mais, à la vérité, elle aurait aimé le revoir, elle aussi. Non pas pour faire renaître des sentiments enterrés depuis longtemps. Non, c'était impossible. Mais juste pour le plaisir.

« Je m'attendais à ce que Ginny m'en veuille. Qu'elle me déteste, même. Mais, apparemment, ce n'est pas le cas. Elle semble apprécier passer du temps avec moi. Et je te jure que je m'efforce de ne pas me planter avec elle. »

Tess s'arracha un sourire.

« *Puis il y a toi. Je te connais (du moins, je te connais-*
sais), et je sais que tu es trop bonne pour refuser que je la
voie et que je vous vienne en aide. Mieux vaut tard que
jamais, pas vrai ? »

Ça, Tess n'en était pas si sûre. Au fond, d'un point
de vue purement égoïste, ça l'avait dérangée quand elle
avait appris que Ginny le voyait. Elle prit un peu de recul.
Pourquoi refuserait-elle à sa fille le droit de connaître son
père ? David avait raison : mieux vaut tard que jamais. Et
il ne représentait aucune menace par-dessus le marché.

Devait-elle accepter cet argent ? Probablement pas. Elle
s'était très bien débrouillée toute seule jusqu'ici.

Il y avait un post-scriptum.

« *Tu t'en es super bien sortie avec Ginny, au fait. Elle est*
magnifique. Et elle a ton sourire. »

Tess replia la lettre et la glissa dans l'enveloppe avec
le chèque. S'en était-elle si bien sortie que ça ? Elle avait
accru la distance entre elles, en succombant à la tentation
de la Sicile, au lieu d'être là pour Ginny. Tess avait-elle
seulement le droit de désirer sa fille pour elle toute seule ?
Eh bien, tout d'abord, c'était sa mère. Mais…

Elle avait fait ce qu'elle pensait être le mieux sur l'instant. Et personne ne cherchait à la rendre coupable. Alors,
pourquoi ne pas accepter cet argent, après tout ? Cette
pensée lui arracha un sourire. *Que faire ?…*

59

C'étaient les arômes qui se dégageaient de la *cucina* qui en étaient l'essence, qui la faisaient vibrer, et que Flavia avait essayé de reproduire dans ses différentes cuisines anglaises : d'abord celle de Bea Westerman, puis celle de l'Azzurro, et enfin sa propre cuisine. La cardamome, les clous de girofle, le genêt et le miel : aromatiques et enivrants…

Les tomates séchées, les tresses d'ail, les cordes sèches de piments rouges et luisants : poussiéreux et piquants… Le caramel, la vanille, l'abricot et la pêche : sucrés, riches et fruités, symboles du *dolce*. Les *cannoli* étaient le *dolce* le plus ancien et le plus associé à la Sicile (et aux mariages).

Cette pâtisserie allongée fourrée de ricotta, de miel et de fruits confits avait une connotation phallique et était à la base servie aux mariages comme un symbole de fertilité. Canna, qui veut dire « roseau », représente également le canon d'un revolver. La cannoli scorza (la pâte croustillante) doit être plongée une minute dans l'huile bouillante pour conserver sa douceur. Une fois égouttée et refroidie, fourre-la et parsème-la de sucre glace. Ajoute ensuite quelques écorces confites pour la décoration.

Flavia sourit. C'était une pâtisserie si riche et si enivrante que c'en était presque trop pour le palais. Mais elle était obligée de la faire figurer dans ce carnet. Elle ne devait rien cacher à Tess.

Et il en était de même pour le restant de l'histoire, songea-t-elle.

Peter débarqua à l'Azzurro moins d'un an après le mariage de Lenny et Flavia.

Flavia se trouvait en salle, car Lenny avait dû s'absenter pour préparer une livraison.

Elle n'en croyait pas ses yeux. Elle comprenait enfin ce qu'il avait dû ressentir ce fameux soir, à Exeter. Il était accoudé au comptoir. Elle le dévisagea, et il lui rendit son regard. Il n'avait pas changé : des cheveux blonds un peu plus longs et clairsemés, des pommettes saillantes, et ces yeux... Il paraissait à peine plus âgé alors qu'il ne devait plus être loin de la trentaine. Comment était-ce possible qu'il ait si peu changé quand il s'était passé tellement de choses dans la vie de Flavia ?

— Comment m'as-tu retrouvée ? finit-elle par lui demander.

— Ça n'a pas été facile.

Impossible de détacher leurs regards l'un de l'autre. Elle se revit alors ailleurs, à une autre époque. Il lui tendit la main, elle y glissa sa paume, et ses doigts s'enroulèrent autour comme des flammes.

Des clients entrèrent et brisèrent l'enchantement. Flavia les servit tout en sentant dans son dos le regard bleu et calme de Peter, incapable de prononcer la question qu'il voulait pourtant poser.

Il alla s'installer dans un coin, près de la fenêtre, et elle lui apporta un café italien et une pâtisserie. Elle s'assit un moment face à lui pour s'imprégner de sa présence. Il pleuvait. On était en février, le mois le plus déprimant en Angleterre. Mais Peter était un vrai rayon de soleil, comme toujours.

— *J'ai fait une terrible erreur, dit-il. Ça a été un tel choc de te revoir.*

— *Non, répondit-elle en songeant à sa femme et à son fils. Tu as pris la bonne décision.*

Il secoua alors la tête.

— *Nous n'avons jamais été heureux. Comment l'être quand on est amoureux de quelqu'un d'autre ?*

Flavia pensa à Lenny. C'était un homme bon. Il n'allait pas tarder, et il était hors de question de lui faire du mal.

— *Tu peux vivre une vie convenable, dit-elle. Tu peux être satisfait de ce que tu as.*

Mais, au fond d'elle-même, elle brûlait de caresser son visage, de toucher ses cheveux, d'embrasser ses lèvres. Elle brûlait de sentir son corps contre le sien. Elle n'en avait jamais profité et elle le regrettait aujourd'hui.

Comme s'il devinait son désir, il tendit le bras vers elle et joua avec l'une de ses boucles brunes. Puis il entoura son visage de sa main, et elle se laissa s'y reposer. Juste un instant, s'assura-t-elle.

— *J'ai quitté Molly, déclara-t-il.*

Elle se redressa aussitôt.

— *Et ton fils ? lâcha-t-elle d'un ton qui lui parut d'une formalité grotesque.*

— *Je le vois quand je peux, soupira-t-il. Mais je ne vis plus avec eux. Je ne peux pas.*

Elle posa alors une main douce sur la sienne.

— *Je suis mariée, désormais.*

— *Oui…*

Il ne parut pas surpris.

— *Ça ne m'étonne pas, ma belle Flavia. Tout homme digne de ce nom aurait envie de t'épouser.*

Quelque chose se noua en elle. Le souvenir de cet

homme dont elle s'était occupée, en Sicile, resurgit
dans sa mémoire.
— Je suis désolée.
— Est-ce que tu l'aimes ? demanda-t-il, ses yeux bleus
plongés dans les siens. Dis-le-moi.
Pas autant que je t'aime, toi, songea-t-elle.
— Oui, je l'aime, répondit-elle.
Il partit peu après avec une caresse sur son bras et un
baiser léger sur son crâne.
— Adieu, Flavia.
Quelques secondes plus tard, Lenny apparut, de
retour de Dorchester. Il la gratifia d'un regard
curieux, mais ne dit rien. Il n'avait peut-être pas vu
Peter ; il ne se souvenait peut-être pas de lui. Il ne
dit rien non plus ce soir-là, tandis que Flavia pleurait
en silence dans son oreiller. Mais sa respiration était
régulière ; peut-être dormait-il déjà…

Or, en prononçant ces mots dans l'ambulance, lorsqu'il
lui avait demandé de lui dire qu'ils avaient été heureux,
elle avait compris qu'il avait toujours été au courant de la
visite de Peter et qu'il s'était toujours demandé ce qu'elle
pensait d'eux.

60

Comme prévu, Tess retrouva Giovanni au bar du *baglio*. Il faisait une chaleur étouffante, et le ciel laissait présager un orage. Tess dégagea ses cheveux de son visage. Elle était en nage. Giovanni était en retard (n'était-ce pas le lot de tous les Siciliens ?). Elle commanda alors un café crème et un *cannolu*, et s'installa à une table qui ne donnait pas sur l'atelier de Tonino. Elle se remit à songer à la lettre de David. Et à l'argent. Tellement d'argent...

Comment calculer dix-huit années de pension alimentaire ? Elle goûta à son expresso crémeux, dont la puissance était nuancée par la mousse de lait. Il y avait tellement de facteurs à prendre en compte. L'inflation et les intérêts ; les voyages scolaires et les vacances ; les cadeaux de Noël et le remboursement de la maison.

Sans parler de la nourriture. Et, à bien y réfléchir, une mère s'occupait de son enfant vingt-quatre heures sur vingt-quatre, sans même y réfléchir. Mais tout de même, cinquante mille livres... Elle mordit dans le gâteau croustillant ; à l'intérieur, sa farce était sucrée, épaisse et douce sur sa langue.

— *Ciao*, Tess.

Giovanni était entré sans même qu'elle s'en aperçoive. Il semblait nerveux et avait les joues rouges, ce qui ne lui ressemblait pas. Qu'est-ce qui avait bien pu le retarder ? se demanda-t-elle. Il lui fit la bise, commanda un expresso avec une goutte de lait chaud et s'assit en face d'elle. Il portait une petite mallette de cuir noir, dont il sortit une chemise kraft. Tess ne put s'empêcher de penser que tout cela prenait une tournure un peu trop formelle à son goût.

— Qu'est-ce que c'est ? demanda-t-elle en s'essuyant les mains.

— Un contrat pour le prêt. Tu seras ravie d'apprendre que tout est réglé.

Tess sirota son café, qui lui parut amer après la douceur sucrée du *cannolu*. Non, elle n'était pas ravie. En vérité, elle était inquiète. Comment le lui dire sans le froisser ?

— C'est super, Giovanni, et j'apprécie sincèrement tout ce que tu as fait pour m'aider, mais…

— Ce n'est rien. Je suis ravi de pouvoir aider, répondit-il en se donnant un coup sur la poitrine pour illustrer son propos. Ce n'est pas toujours facile de trouver de l'aide pour ce genre de projet. Et ça me comble de plaisir de pouvoir faire ça pour toi, Tess.

Quel cinéma ! songea-t-elle. Il ne paraissait pas si comblé que ça, en plus. Tiens, était-ce une trace de rouge à lèvres sur son col ? Que devait-elle faire ?… La lettre de David qui lui était parvenue à cet instant précis semblait être un coup du destin.

— Plus vite on aura commencé, plus vite on aura terminé.

Giovanni s'empara de son assiette et de sa tasse, et les poussa sur le côté. C'était vraiment agaçant, cette façon de tout contrôler. Puis il étala le contenu de sa chemise sur la table.

— J'ai parlé à l'entrepreneur. Il peut commencer la semaine prochaine.

Tess le dévisagea, surprise. Elle n'avait même pas encore choisi avec quel entrepreneur elle comptait travailler. En vérité, elle avait trouvé son devis un peu élevé et avait demandé à Pierro de lui en recommander un autre afin qu'elle ait un point de comparaison. Le second entrepreneur viendrait à la villa le lendemain. Et puis…, il y avait quelque chose qui ne lui avait pas plu chez celui de Giovanni : sa façon de ne pas la regarder dans les yeux. Oui, il avait un regard fuyant.

— Je ne suis pas certaine de vouloir cet entrepreneur, déclara-t-elle.

— Qu'est-ce qui ne te plaît pas chez lui ?

Giovanni saisit sa tasse et avala une gorgée de café.

— Eh bien, je ne doute pas de son savoir-faire, mais…

— C'est le meilleur.

— Mais son devis était plutôt élevé, poursuivit Tess en sortant le papier de son sac.

Il le lui arracha des mains et se mit à l'étudier à coups de claquements de langue tout en marmonnant « Ça me paraît correct… Ça, ça va… Hmm, bien, oui… Très bien… »

— C'est un devis tout à fait respectable, conclut-il.

Pourquoi Tess devrait-elle être étonnée ?…

— D'autres entrepreneurs *pourraient* donner un devis plus bas, lui expliqua-t-il en articulant lentement, comme s'il parlait à une enfant plutôt stupide, mais ils finiraient par demander *plus*, Tess. Souviens-toi que nous sommes en Sicile, ajouta-t-il en éclatant d'un rire sonore. On peut trouver la vérité sous plusieurs formes ici. Rien n'est simple.

— J'apprécie vraiment ton aide, Giovanni, soupira Tess. Mais j'aimerais d'autres devis pour pouvoir comparer.

Le visage de Giovanni s'assombrit alors.

— Et n'oublie pas ce que j'ai dit, reprit-elle d'un ton qu'elle voulut ferme. C'est mon projet. C'est moi qui suis censée prendre les décisions. D'accord ?

— Tess, Tess…

Il lui prit la main et se mit à jouer avec ses doigts. Elle tenta de les lui arracher, mais il serra plus fort, ce qui, même si c'était absurde, l'effraya.

— Tu sais bien que je souhaite seulement ton bonheur, dit-il en portant sa main à ses lèvres avant de l'embrasser.

— Bien sûr, répondit Tess, embarrassée comme jamais. Tu t'es montré très…

— Et tu sais que nos familles sont comme ça ? Qu'elles l'ont toujours été ?

Il croisa alors l'index et le majeur de sa main libre, comme il l'avait déjà fait auparavant.

— Je le sais, oui.

Il en faisait trop. Elle aurait aimé qu'il la lâche. Elle aurait aimé ne jamais l'avoir suivi dans cette histoire de prêt. Elle aurait aimé être ailleurs, tout simplement.

— Alors…, souffla-t-il d'une voix mielleuse. Pourquoi tracasser ce joli minois, hein ? Laisse-moi faire ce pour quoi je suis doué. Je connais cette ville et je connais ces entrepreneurs. Je peux faire tout ça à ta place, ça ne me dérange vraiment pas.

Oui, mais pourquoi ? songea Tess. Pourquoi était-il si désireux de l'aider ?

— Est-ce que tu sais ce que c'était ? demanda-t-elle brusquement. *Il Tesoro* ? Cette… *chose* qui se serait volatilisée ? Ce vol dont tu m'as parlé et qui aurait été commis par le grand-père de Tonino ? Est-ce que tu sais d'où il venait ?

Les yeux de Giovanni se mirent à luire davantage l'espace d'un instant, puis il lui lâcha la main comme si elle l'avait brûlé.

— Pourquoi ? Pourquoi veux-tu savoir ? Pourquoi tout le monde veut-il… ?

— *Tout le monde* veut savoir ? en profita aussitôt Tess. Comment ça ? De qui parles-tu ?

— De personne, fit-il, les lèvres serrées. De personne, Tess. Et, non, je ne sais pas ce qu'est cet artefact. Je sais seulement qu'il avait de la valeur. *Il Tesoro*. Et je ne sais pas où il se trouve aujourd'hui. Tu as une idée, peut-être, toi ? insista-t-il avec un regard pénétrant. Ta mère t'en a parlé ? Elle doit forcément être au courant.

— Non, elle l'ignore.

Après tout, ce n'était qu'une enfant à l'époque. Pourquoi aurait-elle été au courant ?

Giovanni croisa les bras.

— Nous prendrons cet entrepreneur, déclara-t-il. Ou…

— Ou ?

Tess n'aimait ni les menaces ni le chantage, si c'était ce qu'il cherchait à faire.

— Ou il n'y aura pas d'argent. Pas d'argent, pas de contrat.

Il rassembla alors ses papiers et les remit en ordre. Il semblait totalement différent maintenant qu'il ne souriait plus. Dur et… impitoyable. Tess songea au chèque qu'elle avait glissé dans son portefeuille. *Merci, David.*

— Très bien, déclara-t-elle. Pas d'entrepreneur, pas d'argent, pas de contrat.

Sur ce, elle poussa sa chaise et se leva.

Giovanni semblait furieux, mais également surpris, comme s'il s'était fait prendre à son propre jeu.

— Tu ne peux rien faire sans argent, Tess.

— Tu paries ? répondit-elle en se penchant doucement vers lui.

Il éclata de rire.

— Personne d'autre ne t'en prêtera. Je peux te le garantir.

Tess ouvrit son porte-monnaie et posa sur la table de quoi payer son café et son *cannolu*.

— Je n'ai pas besoin de cet argent, déclara-t-elle.

— Qu'est-ce que tu veux dire, Tess ? répliqua-t-il sèchement en lui saisissant le poignet. Pourquoi tu n'as pas besoin de cet argent ?

Tess grimaça.

— Tu me fais mal, Giovanni.

Mais il ne la lâcha pas.

Elle vit la serveuse s'approcher d'eux, mais un regard de Giovanni la fit disparaître à l'arrière du bar. Les autres clients se levèrent et quittèrent l'établissement sans paraître remarquer quoi que ce soit. *Super... Autant être invisible, dans ce cas*, songea Tess.

— Tu penses être au courant de tout, Tess, ronronna Giovanni. Mais demande à ton cher petit ami où sa famille a trouvé tout cet argent. Comment le fils d'un pauvre pêcheur est parvenu à s'acheter un local dans le *baglio*.

Il se leva sans la lâcher et lui serra l'épaule de son autre main.

— Qu'est-ce que tu veux dire ? demanda-t-elle en s'efforçant de ne pas laisser sa voix trahir sa peur.

Elle regarda par la vitre ; les rues étaient vides, soudain.

— Que c'est plutôt bizarre de dénicher une si grosse somme d'argent au moment de la disparition d'*il Tesoro*, tu ne trouves pas ?

Tess en avait assez de ces histoires.

— Je ne vois pas ce que j'ai à faire là-dedans, déclara-t-elle. Et il n'a rien à voir avec moi.

Elle sentit comme une pointe de culpabilité en disant cela. Tonino...

— Laisse-moi te dire autre chose, Tess.

Son visage était plus proche. Trop proche.

— Il ne s'agit pas seulement d'argent. Ettore Sciarra, mon grand-père, a également disparu juste après la guerre. Comme ça, d'un claquement de doigts. En même temps qu'*il Tesoro*. Qu'est-ce que tu en déduis, hein ? Hein ?

Il ne parlait plus, il hurlait.

Encore des mystères... Giovanni sous-entendait-il que quelqu'un avait assassiné son grand-père ? Vu son état, c'était à n'en pas douter. Tess était tellement près qu'elle sentait sa transpiration et voyait les petites veines rouges dans le blanc de ses yeux.

— Je n'en ai aucune idée, déclara-t-elle.

Si elle parvenait à rester calme, elle n'attiserait pas sa colère. Et il finirait par la lâcher. Elle lui laissait encore une minute. S'il ne la lâchait pas d'ici là, il aurait droit à un bon coup de pied dans les parties.

— Je vais te dire qui est au courant, moi, siffla-t-il. Je vais te dire qui sait ce qui lui est arrivé.

Sans vraiment savoir pourquoi, lorsque Tess aperçut Tonino qui débarquait au coin du *baglio* comme si de rien n'était, elle ne fut pas surprise. Elle le vit jeter un regard dans le bar, détourner les yeux, puis regarder de nouveau.

En trois pas, il était dans l'entrée. Trois de plus, et il se tenait à ses côtés.

— Pour qui tu te prends, toi ? lança-t-il en dégageant les mains de Giovanni. Tu vas bien ? demanda-t-il à Tess.

Oui, elle allait bien. Elle avait tout de même envie qu'il la prenne dans ses bras et de pleurer. Ce qui était certes un peu pathétique ; alors, elle se contenta de hocher la tête.

Tonino saisit Giovanni par le col de sa chemise légèrement taché de rouge à lèvres et dit, menaçant :

— Ne t'approche pas d'elle, tu as compris ?

Ils se scrutèrent un instant, et, pour la première fois, Tess ressentit la puissance de cette vieille querelle familiale. Elle devina et vit la haine qui existait entre eux.

Elle était aussi noire que la terre d'où ils venaient, aussi sombre que les ombres de la Sicile. Giovanni serra les poings, et Tonino, son emprise, chacun étant prêt à en découdre. Mais, quand Tonino le lâcha, Giovanni chancela et partit vers la porte. Puis il se retourna.

— Ne t'imagine pas que j'en ai fini avec toi ! lança-t-il à Tess avant de vitupérer en sicilien à l'adresse de Tonino, qui se contenta de marmonner un juron en guise de réponse.

— *Sì, sì, sì. Scopilo…*

Avec une dernière insulte et en le menaçant d'un geste en travers de la gorge, Giovanni disparut dans le *baglio* après avoir claqué la porte derrière lui.

Tess se tourna vers Tonino.

— Merci, murmura-t-elle.

— Garde tes distances avec lui, répondit-il avec un léger coup de tête.

— Tonino…

Mais il avait déjà quitté le bar…

Elle sortit à son tour et le suivit dans le *baglio*. Pendant qu'elle était dans le café, le ciel était devenu gris, la mer d'acier s'était déchaînée, et la ligne de l'horizon était prune. L'atmosphère semblait peser sur ses épaules, sur son crâne. Le simple fait de mettre un pied devant l'autre lui coûtait.

— Tonino ! lança-t-elle tandis qu'il poursuivait son chemin.

La pluie se mit alors à tomber sous forme de grosses gouttes, et l'éclair qui déchira le ciel brisa aussitôt l'atmosphère oppressante. Quelques secondes plus tard, l'orage se mit à gronder.

Une tempête. Le ciel gris fut illuminé par un nouvel éclair aveuglant qui vint se réfléchir à la surface de l'eau. On aurait dit que la mer était en ébullition.

Les patrons de café se hâtaient de rentrer leurs chaises, leurs tables et leurs parasols. Les promeneurs s'abritaient sur les pas de porte, mettaient leurs capuches, leurs écharpes ou encore tentaient, en vain, de se protéger avec les bras. Certains rentraient chez eux.

Tonino se tourna enfin vers elle.

— Repars, Tess, lâcha-t-il.

Il semblait fatigué.

— Repars en Angleterre.

Elle ne s'avoua pas vaincue malgré la pluie qui continuait de tomber et les larmes qu'elle avait envie de verser. Mais pas question de le lui montrer.

— Pourquoi ? Je n'ai pas le droit d'être ici ? Comme n'importe qui d'autre ?

Elle avait levé la voix, mais ses mots furent balayés par une bourrasque et par le rugissement des vagues qui vinrent s'écraser contre les rochers de la baie. Elle entendit la marée les faire reculer avec la même violence.

Tonino secoua la tête.

— Il se passe des choses terribles ici ! cria-t-il. Et ce n'est pas fini. Si tu restes…, je ne pourrai pas toujours te protéger.

Tess n'en croyait pas ses oreilles. Lui avait-elle demandé de la protéger ? Elle aurait très bien pu se débrouiller toute seule avec Giovanni si elle n'avait pas eu le choix. Il n'aurait tout de même pas osé lever la main sur elle…

Et puis toutes ces choses s'étaient passées il y a longtemps. Elles n'avaient rien à voir avec elle, avec le présent. Mais qu'est-ce qu'ils avaient tous, avec ça ?

La pluie torrentielle s'abattait rageusement sur les pavés du *baglio* et donnait un air triste et délabré aux bâtisses qui l'entouraient.

Tess était trempée jusqu'aux os. Mais elle ne bougea pas et regarda Tonino soupirer et commencer à rentrer ses affaires dans son atelier. Il travaillait sur un projet bien plus grand, composé de turquoise et de verre d'un vert marin.

Les fragments de verre et de pierre brillaient davantage sous la pluie. Ils scintillaient comme un trésor.

— Je compte garder la maison ! cria-t-elle. Et personne ne m'en empêchera.

Qui essayait-elle de convaincre ? Elle-même ? Tonino ? Tout Cetaria ?

— Et je n'ai pas peur de Giovanni Sciarra.

— Tu devrais, pourtant, marmonna Tonino en passant devant elle avant d'ouvrir grand la porte de son atelier.

Tess était furieuse. Quoi, il baissait les bras si facilement ?

— Et d'où vient tout cet argent ? continua-t-elle sur le même ton. Hein ? Tu peux me le dire ?

Elle voulait seulement attirer son attention. Mais elle comprit aussitôt qu'elle avait été trop loin.

— Quoi ? lança-t-il en se figeant sur place.

Elle aurait dû garder ça pour elle. Mais il l'agaçait tellement à tout le temps se dérober, à refuser de se confronter au passé, de se confronter à elle et à ce qui existait entre eux…

— L'argent de ton grand-père. Ton argent. L'argent de ton affaire.

Elle ne parvenait pas à le regarder dans les yeux.

— Tu m'as dit que les Sciarra avaient pris toutes les terres que possédait ta famille.

Il jura dans sa barbe. Et vint vers elle. Un nouvel éclair déchira le ciel derrière lui dans un fracas. Il prit le menton de Tess, le souleva et secoua tristement la tête.

— Tu ne vas pas t'y mettre aussi, Tess ? Pas toi ?

Elle planta son regard dans le sien.

— Comment suis-je censée savoir ce qui est vrai, qui croire ? Giovanni et toi…, vous faites constamment des mystères !

Il soupira une nouvelle fois. Ses cheveux trempés se collaient à son front, et il fit cligner ses yeux sombres pour en retirer l'eau.

— Je t'ai dit que c'était un héritage. Celui d'un oncle d'un autre village qui a travaillé dur toute sa vie et est mort sans avoir eu d'enfants. C'est tout. Parce que ça s'est passé en même temps que… le reste, ajouta-t-il après avoir marqué une hésitation, tout le monde a cru qu'il y avait un rapport entre les deux. Il n'y en a pas.

Elle hocha la tête. Elle le croyait. Elle lui ferait probablement toujours confiance, même s'il la rendait folle.

— Mais un homme a également disparu, murmura-t-elle.

— Oui. Un homme a également disparu. Ettore Sciarra. Un homme qui avait trempé dans je ne sais combien d'affaires et qui savait très bien que beaucoup de gens avaient une bonne raison de l'assassiner…

Il était maintenant tout proche d'elle. Il se pencha vers elle, et, tandis qu'elle prenait conscience que ses lèvres allaient se poser sur les siennes, tandis qu'elle se délectait de ce doux sentiment d'anticipation…, elle sentit également la terre trembler sous ses pieds, comme une vibration qui se serait répercutée dans tout le *baglio*.

Ils s'écartèrent aussitôt l'un de l'autre. Tess entendit le verre tinter dans l'atelier de Tonino, comme si une main géante secouait toutes ses étagères en même temps. D'un regard ahuri, elle vit une fissure se dessiner sur le mur de pierres, juste à côté d'eux.

Tonino était immobile. Il semblait écouter, attendre que quelque chose se passe. Derrière eux, la mer continuait de se déchaîner, mais le vent se calmait déjà. La tempête s'éloignait le long de la côte. Le sol trembla de nouveau, comme si la terre s'étirait après un long sommeil, puis tout fut silencieux. Quelque part dans le village, une cloche se mit à sonner.

Tonino parut se détendre.

— Ne t'inquiète pas, lui dit-il en lui prenant le bras. Retourne à la Villa Sirena.

Tess avait du mal à cacher sa déception.

— Qu'est-ce qui a causé ça ? La tempête ?

— Non, c'était une secousse sismique. On y est habitués ici. Mais je pense que nous sommes tranquilles maintenant. Allez, vas-y.

L'escalier qui menait à la villa ne lui avait jamais paru aussi raide.

Une fois en haut, Tess se tourna vers les rochers, *il faraglione*, vers les bateaux de pêche abandonnés sur le port et la thonerie en ruine. Était-il possible d'aimer un endroit et un homme tout en en ayant peur ? Était-il possible d'y être attirée malgré soi ? Si c'était possible, c'était exactement ce qu'elle ressentait.

61

*E*nviron six mois après sa visite, Peter lui envoya une lettre. Flavia observa l'écriture soignée sur l'enveloppe bleue et sut aussitôt qu'il s'agissait de la sienne. Elle lui rappela toutes ces autres lettres qu'elle n'avait pas reçues. Qu'avait bien pu en faire son père ? Il les avait sûrement jetées dans le brasero, mais après les avoir lues, sinon comment aurait-il su que Peter comptait venir la chercher en Sicile ? Et puisque Papa ne parlait pas anglais, il avait dû les montrer à quelqu'un d'autre, quelqu'un qui lui avait traduit les mots de Peter, les lettres d'amour de Peter pour Flavia.

Encore aujourd'hui, cette pensée la rendait folle de rage et de honte. Qui d'autre les avait lues ? Enzo ? Elle songea à son visage sombre et cruel, et frissonna. Aurait-elle dû mettre Tess en garde contre les Sciarra ?

Ce n'était pas une lettre d'amour, ce qui rassura Flavia. Elle commençait par « Ma chère Flavia » et finissait par « Bien à toi, Peter ». Sauf qu'en vérité, il n'était pas à elle. Il s'informait sur sa santé et son restaurant, lui disait où il vivait (seul), qu'il avait trouvé un travail dans une compagnie d'assurances et qu'il voyait son fils une fois par semaine, le dimanche. Une fois par semaine, le dimanche... C'était peu pour un homme qui avait été si fier. Elle se rappela leur rencontre, à Exeter :

— J'ai un fils, Flavia. Il s'appelle Daniel.

Il espérait qu'elle trouverait le temps pour lui écrire en toute amitié. Et si elle avait besoin de quoi que ce soit... Il n'avait pas terminé sa phrase.

En toute amitié... Lorsqu'elle avait débarqué en Angleterre, Flavia n'aurait jamais imaginé que Peter soit un jour son ami. Son amant, si. Mais son ami ?... Elle était toutefois très touchée par sa proposition. Elle reglissa la lettre dans son enveloppe et la rangea avec ses bas dans sa chambre.

Quelques semaines plus tard, Lenny ayant prévu de partir rendre visite à sa mère, elle prétexta se sentir mal et resta à la maison. Dans l'après-midi, elle répondit à la lettre de Peter. Elle lui expliqua que l'Azzurro fonctionnait très bien et que son anglais s'améliorait de jour en jour. Elle lui parla de Pridehaven et de Lenny, qui avait le cœur sur la main. « J'accepte d'être ton amie », lui écrivit-elle.

Leur correspondance n'était pas vraiment régulière, mais Flavia recevait peut-être quatre ou cinq lettres par an. Lorsqu'il avait un souci, quand son ex-femme retrouva quelqu'un et qu'il craignait l'effet que cela aurait sur son fils, ou quand quelque chose n'allait pas au travail et qu'il n'atteignait pas ses objectifs de vente, il le lui disait. Parfois, il parlait d'une autre femme. Il y eut une Katherine, qu'il fréquenta quelques mois, et une Audrey, qu'il voyait depuis quelque temps. Mais il ne se remaria pas et continua de vivre seul.

Attendait-il Flavia ? Attendait-il depuis toutes ces années ? Il ne le lui avoua jamais, et elle s'efforçait de ne pas y penser. Mais elle avait pris l'habitude de guetter le facteur, au cas où.

Elle aimait sa vie, même si elle et Lenny devaient travailler dur. Flavia confectionnait sa propre pâte à pizza et ses pâtes, et ils avaient acheté une petite parcelle de terre afin de faire pousser leurs cœurs de bœuf et leurs tomates cerises dans une serre.

Ils formaient une bonne équipe. Mais qu'en était-il de l'amour ? Lenny n'était pas du genre romantique. Il ne l'avait jamais été, et l'Azzurro laissait peu de place à la romance dans leur vie. Mais c'était un homme bon et honnête, et Flavia en était très heureuse. Mais la romance… Ça, c'était bon pour la jeune fille qu'elle avait été, la jeune fille qu'elle avait abandonnée en Sicile.

Elle savait que Lenny voulait des enfants, mais ils n'en avaient pas eu, ce qui allait très bien à Flavia. Ils avaient tellement de travail, et elle n'avait jamais eu la fibre maternelle. Elle était trop ambitieuse. Elle avait toujours rejeté le mode de vie des Siciliennes, qui se résumait à avoir une maison et des enfants.

Lorsqu'elle tomba enceinte, elle avait un peu plus de quarante ans, et elle n'y crut pas tout de suite. Ce n'était pas possible. Pas après toutes ces années…

Mais si, c'était possible, et ils assistèrent comme à un miracle à la naissance de Tess, une petite boule de vie et de larmes qui semblait déjà très bien savoir ce qu'elle voulait.

Flavia sourit.

Et qui semblait prête à se battre pour ce qu'elle voulait.

— Vous la voulez tout de suite, maman ? demanda la sage-femme à Flavia.

Maman… Flavia eut envie de rire. Elle ne comprendrait décidément jamais rien aux Anglais. Mais elle se contenta de répondre humblement :

— Oui, s'il vous plaît.

Ils l'appelèrent Teresa Beatrice.

Désormais plus que jamais, ce qu'elle vivait avec Lenny allait au-delà de ce qu'ils partageaient à l'Azzurro. Ils étaient devenus une famille, une vraie famille.

Le jaune du blé dur qui scintille au soleil, le jaune du safran, le jaune des citrons et du miel doré.

Cela fait des milliers d'années que la Sicile produit du miel, que même les plus anciennes civilisations ont connu, mais son parfum a évolué au fil des siècles. Les fleurs ont changé et le miel, que l'on appelle mille-fiori (« des milliers de fleurs »), reflète cet héritage. Aujourd'hui, la plus grande partie du miel sicilien est tirée de la fleur d'oranger et du nectar d'eucalyptus.

Celui que Flavia préférait était le miel de fleur d'oranger. Elle en mettait dans tous ses *dolci*, écrivit-elle à sa fille. Il était léger, frais et avait le goût du printemps. De l'espoir et du renouveau...

62

Tess accepta avec plaisir l'invitation de dernière minute à venir déjeuner chez Millie et Pierro. Elle venait également de recevoir un texto de Ginny. Rien de transcendant, mais Tess essayait de la laisser un peu respirer. Elle était là pour elle, mais sans pour autant se montrer envahissante. Et ça semblait fonctionner, car Ginny communiquait enfin.

Ils avaient préparé le déjeuner sur leur terrasse privée. Un maigre festin par rapport à l'abondance sicilienne habituelle, mais qui donnait tout de même l'eau à la bouche. Il y avait une salade de haricots verts toute simple, du pain et des *antipasti* de fruits de mer joliment présentés sur des assiettes blanches.

Pierro était partout à la fois, devant gérer un client difficile, trouver ensuite une paire de pinces coupantes pour un ouvrier, puis prendre un appel…

À l'inverse, Millie semblait plus détendue que jamais. Elle avait mis sa « fille » Louisa à l'accueil et en profitait pour prendre deux petites heures de pause.

— Je les mérite, dit-elle à Tess. Viens ici et laisse-moi te regarder.

Tess s'exécuta et laissa Millie l'embrasser sur les deux joues, à la mode sicilienne. Elle portait un petit haut fuchsia avec une jupe-culotte noire et des escarpins noirs arborant un petit nœud assorti à son haut. Son rouge à lèvres était aussi criard que d'habitude. Seule une femme comme Millie pouvait aussi bien l'assumer, songea Tess.

— Comment ça va, vous deux ? Tout se passe bien à l'hôtel ?

— Ça va, répondit Millie en lui faisant signe de s'asseoir. Et ton père ? J'ai entendu dire que ça allait mieux.

— Oui…, confirma Tess, légèrement surprise. Enfin, même si, d'après ma mère, il doit tirer un trait sur sa carrière de super-héros…

Pierro surgit juste à temps pour surprendre le regard perplexe de Tess.

— Qu'est-ce qui se passe ? demanda-t-il en se penchant pour lui faire la bise à son tour.

— Rien… Juste qu'ici, tout le monde semble être au courant de tout, répondit Tess en s'efforçant d'en rire

Après tout, c'étaient ses amis, et ça n'avait pas vraiment d'importance…

— Tu n'as pas tort.

Pierro s'installa en face d'elle.

— Et ma femme est la plus grosse commère du village.

— Ne l'écoute pas, rétorqua Millie. Les bonnes nouvelles circulent vite, c'est tout.

— Et les mauvaises encore plus vite, ajouta Pierro.

Tess sourit. Il avait entièrement raison, et cela lui rappela quelque chose.

— Ce matin, j'aurais juré que quelqu'un m'observait quand j'ai quitté la villa, dit-elle.

Cela lui avait laissé une impression très étrange. Elle avait presque senti le poids d'un regard dans son dos.

— C'était sûrement le cas, confirma Pierro en s'emparant du pichet et en remplissant trois verres de limonade. En Sicile, il y a toujours quelqu'un qui vous observe.

— Vraiment ?

Voilà qui était inquiétant.

Millie fit claquer sa langue et ordonna à son mari de se taire.

— Il te taquine, la rassura-t-elle.

472

Mais Tess n'était pas convaincue pour autant. Qui pouvait bien l'observer ? Et pourquoi l'observait-on, *elle* ? Elle songea à Giovanni Sciarra, ce qui la fit frissonner.

Pierro lui donna un verre.

— Et l'entrepreneur, hier ? Il t'a fait un devis intéressant ?

Tess sirota sa limonade. C'était un délice. Elle était faite maison, sûrement avec des citrons siciliens.

— Oui, ça va.

Il avait passé beaucoup plus de temps à inspecter la villa, avait répondu à ses questions dans un anglais plus ou moins clair et lui avait donné quelques conseils utiles. Ah ! et, cerise sur le gâteau, il lui demandait dix mille livres de moins que l'acolyte de Giovanni.

— Tu vas te lancer alors ? interrogea Millie, soucieuse. Tu as les moyens ?

— Oui et oui.

Tess prit un morceau de pain du panier que Millie lui tendait, puis quelques *calamaretti* (petits encornets fourrés de pignons de pin, de persil, d'ail et de miettes de pain) qu'elle avait goûtés pour la première fois en déjeunant avec Giovanni. Si elle voulait garder la villa et monter son affaire, elle devait lancer les travaux, et il était hors de question que Giovanni la dirige ou que Tonino l'en dissuade. C'était une grande fille, et elle était capable de prendre ses décisions par elle-même.

— C'est lui qui s'est occupé de transformer l'hôtel. Il a fait un travail impeccable, lui dit Pierro en se tournant fièrement vers la bâtisse. Et il est toujours joignable s'il y a le moindre problème.

— Sûrement parce qu'on paie en temps et en heure, fit remarquer Millie.

Puis elle croisa les jambes, et l'un de ses escarpins tomba par terre. Mais Tess ne pouvait s'empêcher de se dire que les recommandations de Pierro valaient mille fois plus que celles de Giovanni… Millie glissa une moule fourrée entre ses lèvres rouges et se mit à la mâcher d'un air songeur. Puis elle observa Tess.

— Mais comment vas-tu parvenir à payer ? demanda-t-elle comme si elle se parlait à elle-même.

Pierro lui lança un regard agacé.

— Ça ne nous regarde pas, chérie…

Mais, avant qu'il puisse poursuivre, son téléphone sonna, et il se leva pour répondre avec un signe d'excuse à l'intention des filles. Puis il s'éloigna de la table et lâcha un flot de sicilien incompréhensible.

Millie se pencha alors vers elle et murmura d'un air complice :

— Tu as trouvé de l'argent, chérie ? C'est merveilleux…

Ses yeux verts et brillants incitaient à la confidence, mais Tess était méfiante. Ce sentiment d'être surveillée lorsqu'elle avait quitté la villa ce matin-là la tracassait. Et ce n'était pas la première fois que cela lui arrivait.

Elle s'était arrêtée sur les marches et avait examiné les alentours. La vie poursuivait son cours dans le *baglio* (même si Tonino semblait absent), et quelques personnes se promenaient sur la baie. Elle avait cru voir quelque chose scintiller – peut-être le soleil qui se reflétait sur l'objectif d'un appareil photo – sur les collines, derrière le village, là où elle s'était promenée avec Tonino, dans l'oliveraie. Mais…

C'était sûrement son imagination qui lui jouait des tours. Toutefois, après les menaces de Giovanni et les avertissements de Tonino, elle avait cru plus prudent de ne parler à personne de l'argent que David lui avait donné.

Ni à Giovanni, ni à Tonino, ni même à Millie. Ce n'était pas qu'elle ne leur faisait pas confiance, mais le fait que tout le monde semblait être au courant de tout dans ce village commençait à franchement l'agacer. Elle se contenta donc d'un « On va dire ça » et d'un sourire mystérieux. Puis elle prit un peu de salade de haricots et des *gamberoni*. Son amie semblait un peu froissée, mais Pierro choisit ce moment pour les rejoindre, et elle préféra ne pas insister.

Ils parlèrent un peu de tout durant le déjeuner : du temps qu'il faisait en Angleterre, des nouvelles du monde, de la façon que Tess prévoyait gérer son B&B et enfin de la mère de Pierro, qui les menaçait de venir s'installer chez eux… définitivement, ce qui s'avérait être un sort plus terrible que la mort, commenta Millie en roulant les yeux.

Tess ne mentionna pas Giovanni. Elle avait également décidé de taire ce qui s'était passé avec lui. Elle ne voulait pas empirer la situation et savait très bien ce que pouvait causer une parole imprudente.

À quatorze heures, Pierro partit travailler, et Tess se proposa de les laisser, mais Millie la retint trois quarts d'heure de plus pour papoter autour d'un *dolce* (des biscuits aux amandes faits maison) et d'un café fraîchement moulu. Il était plutôt difficile d'imaginer que, derrière, elle avait un hôtel à gérer.

— Je dois vraiment y aller, finit par déclarer Tess. Il faut que j'appelle l'entrepreneur.

Et elle avait envie d'aller plonger. Depuis la tempête et la secousse sismique, la mer l'attirait encore plus irrésistiblement. Lorsque les travaux commenceraient, elle aurait moins de temps à consacrer à la plongée. Et puis elle n'avait pas besoin d'excuse : elle avait tout simplement envie d'y aller.

Elle réussit enfin à quitter Millie, qui lui suggéra fortement d'aller voir l'entrepreneur immédiatement et lui expliqua même comment se rendre à son bureau, qui ne se trouvait qu'à quelques rues de l'hôtel.

— Les Siciliens préfèrent parler affaires face à face plutôt que par téléphone, lui apprit-elle. Il faut battre le fer tant qu'il est encore chaud, comme on dit.

Mais, lorsqu'elle quitta l'hôtel, Tess changea d'avis et décida de retourner à la villa et d'aller plonger avant toute chose. Après tout, même les entrepreneurs devaient faire la sieste à Cetaria.

Le soleil de l'après-midi tapait sur le *baglio* endormi, et tous les magasins étaient fermés, même l'atelier de Tonino. Mais elle eut une fois de plus ce sentiment d'être observée.

Elle monta les marches tout en se persuadant qu'elle se faisait des idées. Elle dénicha sa clef, franchit la petite porte et, la tête déjà à la plongée, rejoignit l'avant de la villa en longeant le jasmin blanc.

Elle ouvrit la porte d'entrée, avança et se figea. Elle tendit l'oreille. Quelque chose n'allait pas. Elle plissa le front et fit un nouveau pas. Elle distinguait du bruit : celui d'une perceuse, puis d'un marteau, suivis de murmures. Il y avait quelqu'un dans la villa.

Elle resta plantée devant la cuisine, ne sachant pas quoi faire. Elle ferait mieux de partir demander de l'aide (mais le *baglio* était désert…), peut-être même foncer chercher Pierro à l'hôtel si Tonino n'était pas là. Elle se rappela alors ce qu'il lui avait dit : « Je ne pourrai pas toujours te protéger. » Non, elle ne pouvait pas faire appel à Tonino.

Et puis… Elle avança d'un nouveau pas. Son instinct lui disait de ne pas partir, de découvrir qui était là et ce qui se passait. C'était sa maison après tout.

— Qui est là ? lança-t-elle. Qui est là ?

63

La nourriture assurait la continuité.

Granite di caffè, écrivit Flavia. *Verse l'eau et le sucre dans une casserole et fais chauffer jusqu'à ce que l'eau se soit évaporée. Laisse bouillir une minute, puis baisse le feu, ajoute le café, mélange bien et retire du feu. Ajoute la gousse de vanille et la cannelle. Mélange bien, puis laisse refroidir. Place ensuite ton granité au congélateur pendant deux heures en le sortant toutes les quinze minutes pour le gratter avec une fourchette. Il doit avoir une consistance granuleuse, presque molle, à la fin. Bats la crème avec le sucre glace jusqu'à ce qu'elle soit ferme, puis remplis tes verres de granité et ajoutes-y la crème. Sers le tout avec de la brioche encore chaude.*

Un jour, alors que Tess avait trois ans, Flavia reçut une lettre de Peter.

« Je ne sais pas comment te le dire, Flavia, *écrivait-il.* J'ai même longuement hésité à t'en parler. »

Même après tout ce temps, Flavia sentit des doigts de glace enserrer son cœur.

Et elle avait raison.

« J'ai un cancer. Un cancer du poumon. J'aurais dû arrêter de fumer il y a longtemps, mais… »

Elle ignorait totalement qu'il fumait. Flavia observait ces mots, incrédule. Comment avait-elle pu ignorer un détail aussi fondamental ?

Elle ne l'avait jamais vu fumer en Sicile, si elle se souvenait bien. Du moins, il n'en avait rien dit. Et il n'avait pas fumé lorsqu'il était venu la voir au restaurant.

Je ne l'ai jamais vraiment connu, *songea Flavia*. Et je ne le connais toujours pas.

« J'aimerais te revoir », *disait-il*. C'était la première fois qu'il proposait qu'ils se voient, depuis toutes ces années de correspondance. « Le pourrais-tu ? Le veux-tu ? »

Le pouvait-elle ? Oui. Lenny ne s'était jamais montré possessif. Elle n'avait jamais de comptes à lui rendre (même si elle quittait peu l'Azzurro, il fallait l'avouer), et il respectait son intimité. Le voulait-elle ? C'était autre chose. Elle ne voulait pas trahir son mari. Et elle ne voulait pas non plus lui mentir. Mais quel mal y aurait-il à aller le voir ?... Et Peter était malade. Peter avait besoin de la voir. Pouvait-elle vraiment s'y opposer ?

Elle le retrouva à Lyme Regis, dans un salon de thé en bord de mer. La marée était haute, et les vagues, grises et déchaînées, ce qui lui rappela aussitôt la mer sicilienne.

Elle avait dit à Lenny qu'elle allait faire du shopping avec une amie. Alice, une femme qu'elle avait rencontrée à la crèche de Tess et que son mari connaissait à peine. Lenny devrait aller chercher Tess à la crèche et gérer l'Azzurro sans elle. Flavia avait préparé les plats en avance et avait trouvé quelqu'un pour la remplacer. Le plus dur, au final, avait été de mentir à Lenny. Mais avait-elle eu le choix ? Elle détestait cette chape de culpabilité qui lui pesait tandis qu'elle s'était efforcée de soutenir son regard franc et honnête.

— Mais bien sûr, vas-y, chérie, l'avait-il rassurée.

Oh ! Lenny…

Elle imaginait qu'elle aurait pu lui dire qu'elle allait voir Peter. Elle aurait également pu lui parler des lettres, lui confier que Peter était malade et qu'il voulait la voir. Elle était sûre que Lenny aurait compris. Mais il aurait pu trop bien comprendre. Il aurait pu comprendre pourquoi elle avait accepté d'y aller, et Flavia ne voulait pas lui faire de mal. C'était un homme honnête, et il ne le méritait pas.

Peter avait maigri. Ses cheveux étaient clairsemés et tout doux ; on aurait dit ceux d'un bébé. Son visage était davantage ridé ; il avait la peau distendue, en particulier sous les yeux, et ses traits étaient plus marqués. Ses yeux, eux, n'avaient pas changé : ils étaient toujours aussi bleus que le ciel.

— Merci d'être venue, dit-il avant de poser les mains sur les siennes, comme deux amants.

Ils burent du thé, mangèrent des petits pains aux raisins et discutèrent pendant ce qui parut durer des heures. Pas seulement de leurs vies respectives ces dernières années, mais aussi du cancer. Elle sentait qu'il avait du mal à reprendre son souffle quand il parlait, et elle eut pitié de cet homme qu'elle avait tant aimé. Ils avaient tous les deux la quarantaine, désormais, même si, avec une enfant en bas âge et un restaurant à gérer, Flavia s'en rendait difficilement compte. Mais la vie de Peter ne s'était pas passée comme il l'aurait souhaité. Et elle prendrait fin avant même ses cinquante ans.

— Je dois y aller, finit-elle par dire. Lenny va s'inquiéter…

Il secoua la tête.

— Qui l'aurait imaginé ? Ma Flavia, une vraie petite Anglaise maintenant…

Ma Flavia…

— Ça fait vingt-cinq ans que je suis ici, lui rappela-t-elle. Je pense même en anglais.

— Et est-ce que tu penses, ma tendre Flavia, que tu pourrais m'accorder une dernière faveur en souvenir du bon vieux temps ?

Il avait reposé les mains sur les siennes.

Flavia savait qu'elle ne pourrait rien lui refuser. Elle ne le reverrait sûrement jamais.

Il avait pris une chambre dans l'imposant hôtel qui dominait la colline.

— Je ne te demande pas de me laisser te faire l'amour. Mais je ne peux pas mourir sans t'avoir au moins une fois serrée contre moi, Flavia.

Elle comprenait ce qu'il ressentait. N'avait-elle pas ressenti exactement la même chose des années auparavant ? Elle l'accompagna alors jusqu'à l'hôtel. Elle l'attendit à l'accueil pendant qu'il récupérait sa clef, et ils prirent l'ascenseur qui menait à sa chambre.

Une fois à l'intérieur, il ouvrit le lit et la laissa.

Tremblante, Flavia retira ses vêtements : son épais manteau noir, ses bottes en daim, sa jupe et ses bas. Elle enleva ensuite son gilet, son chemisier et la croix en argent que Lenny lui avait offerte quand ils s'étaient mariés. Elle supplia tout bas son mari de lui pardonner ce qu'elle s'apprêtait à faire. Elle retira enfin ses sous-vêtements, se glissa sous les couvertures et attendit Peter, tout comme elle l'avait attendu auparavant.

64

Ils apparurent de l'autre côté de la cuisine, par la porte qui donnait sur le salon.

Il s'agissait de Giovanni Sciarra et d'un autre homme, plus âgé, qui portait un tee-shirt sale et une salopette. Giovanni, lui, arborait un jean et une chemise blanche en lin, comme s'il avait été invité à prendre le thé.

— Giovanni, siffla-t-elle. Tu peux me dire ce que tu fous là ?!

Une myriade d'expressions traversa son visage, comme s'il ne parvenait pas à faire un choix quant à la réaction à adopter.

— Tu es rentrée tôt, Tess, commenta-t-il en secouant la tête.

Comment ça, tôt ? Qu'est-ce qu'il voulait dire ?

— Dommage pour toi…, ajouta-t-il.

Elle tenta de repousser la peur qui s'emparait d'elle et lui coupait les jambes. Il n'oserait tout de même pas… Non, pas devant témoin.

— Qu'est-ce que tu veux ? demanda-t-elle avec colère. Qu'est-ce que tu cherches ?

Mais elle n'avait pas besoin de réponse ; elle le savait très bien. Et elle savait pourquoi Giovanni avait réagi si violemment quand elle avait refusé d'embaucher son entrepreneur.

Il pensait qu'il se trouvait ici, dans la villa. *Il Tesoro.* Il en était persuadé. C'était pour cela qu'elle avait découvert la villa sens dessus dessous à son arrivée. Ce n'était pas

Edward Westerman qui l'avait mise dans cet état, mais Giovanni.

— Où est-ce qu'il est caché ? grogna-t-il. *Il Tesoro ?*

Il n'avait donc jamais cru à l'histoire qu'il lui avait servie, comme quoi le grand-père de Tonino avait échangé *il Tesoro* contre de l'argent. Il avait seulement cherché à les séparer…

— Tu sembles avoir oublié quelque chose, Giovanni. Tu es chez moi, et tu es donc coupable d'effraction.

Il marmonna quelque chose qu'elle ne comprit pas.

— Je vais vous demander de partir d'ici, maintenant.

Elle les regarda s'avancer dans la pièce. L'homme en salopette tenait un marteau-piqueur à la main. Giovanni avait donc cherché partout dans la maison, sans succès, mais la perspective des travaux lui avait laissé espérer qu'il pourrait creuser davantage, au sens propre du terme. Mais maintenant qu'elle avait écarté son entrepreneur…

— Ah ! Tess…, dit-il.

La peur lui noua de nouveau le ventre.

— Il doit être vraiment spécial, ce fameux *Tesoro*, lâcha-t-elle. Mais qu'est-ce qui te fait penser qu'il est ici ?

Giovanni haussa les épaules, puis il s'adressa à son acolyte, qui se hâta de quitter la maison.

Tess le laissa partir sans rien dire. Ils étaient maintenant seuls. Elle était folle d'angoisse et de rage. Mais elle voulait aller au bout des choses. Elle voulait la vérité.

— Où d'autre pourrait-il être ? lança Giovanni en l'étudiant du regard. C'est l'endroit idéal où le cacher, non ?

— Je ne vois pas pourquoi, objecta-t-elle. Il pourrait être n'importe où.

— Par exemple ? rétorqua Giovanni en haussant le ton. *Scopi questo !* On l'aurait déjà retrouvé s'il avait été ailleurs.

Tess avait passé suffisamment de temps à ressasser toute cette histoire. Son grand-père avait demandé à

Alberto Amato de cacher ce *Tesoro* durant la guerre. Mais pourquoi ? Pourquoi ne s'était-il pas contenté de le cacher lui-même ? C'était l'unique façon d'être certain qu'on ne le trahisse pas ; c'était l'unique façon d'être le seul à être au courant… Elle n'y comprenait rien.

— Même s'il était ici, avança prudemment Tess, pour quelle raison devrait-il te revenir, Giovanni ?

Il jura tout bas.

— Il était dû à la famille Sciarra, siffla-t-il. Il nous revient de droit.

Le puzzle se reconstituait peu à peu. Ne lui avait-il pas déjà parlé de cela ? De cette dette des Amato, et plus particulièrement par Luigi Amato, si elle avait bien saisi ? Une certaine somme d'argent qu'il aurait dû donner en échange de la protection de son affaire… Mais pourquoi Edward Westerman aurait-il finalement été en possession d'*il Tesoro* s'il appartenait à la base à Luigi Amato ? C'est là qu'elle comprit : Millie le lui avait dit sans le vouloir. Luigi Amato était gay. Edward Westerman l'était aussi. Ils partageaient donc au moins quelque chose, si ce n'était une relation. Edward Westerman était-il la seule personne en qui Luigi pouvait avoir confiance ? Luigi avait-il demandé à Edward de le lui garder parce qu'il savait que les Sciarra cherchaient à se le procurer ?

— Où Luigi l'avait-il trouvé, Giovanni ? demanda Tess.

Il était trop tard pour faire marche arrière.

— Petite maligne, sourit Giovanni. Il l'avait découvert sous les fondations de son stupide restaurant. Mais nous avons des yeux partout, tu sais, et, de toute façon, sa sœur était incapable de garder un secret. Comme la plupart des femmes.

Il la fusilla alors du regard.

— Il appartient à la Sicile, à Cetaria, déclara-t-il en se redressant fièrement. À la confrérie, ajouta-t-il si bas qu'elle n'était pas sûre de bien avoir entendu.

La confrérie ?

— Et tu le rendrais à la Sicile, n'est-ce pas, Giovanni ? demanda-t-elle.

Elle-même se ferait un plaisir de le rendre au pays. Honnêtement, ce satané *Tesoro* ne l'intéressait absolument pas. Tout ce qu'elle voyait, c'étaient les problèmes qu'il ne cessait d'attirer.

— Qu'est-ce que tu connais de la Sicile ? pesta-t-il. Tu n'es qu'une touriste qui se prend pour une locale…

Il semblait avoir oublié qu'elle avait du sang sicilien. Que sa mère avait grandi ici, tout comme la sienne, qu'elle avait joué avec sa tante dans ces mêmes rues. Et qu'elle, Tess, possédait cette villa.

— C'est bon ! lança-t-elle en tendant la main.

— Quoi ? s'écria-t-il, perplexe.

— La clef, Giovanni. Rends-moi la clef de ma villa et n'en parlons plus.

Elle n'avait plus peur ; elle était seulement furieuse.

Il s'approcha en affichant un grand sourire.

— Viens la chercher, Tess.

— S'il te plaît, Giovanni, tu me fatigues, lâcha-t-elle en lui tournant le dos.

— Je suis sérieux.

Un nouveau pas vers elle.

— Viens la chercher.

Il leva les mains.

— Allez, viens. Je vais te faciliter la tâche.

Elle le dévisagea alors.

— Pour qui travailles-tu, Giovanni ?

Elle n'arrivait pas à croire qu'il agissait seul ; il était bien trop sûr de lui. Et il en savait trop. Comment savait-il qu'elle s'absenterait ce midi, par exemple ?

Giovanni ne s'était pas soucié de répondre à sa question. Ou peut-être l'avait-il déjà fait. *La confrérie…* Il affichait toujours ce sourire moqueur, qui semblait dire :

« Pauvre petite touriste. Laisse tomber, tu ne fais pas le poids… »

— J'imagine que tu m'as fait surveiller ? lança-t-elle au hasard.

— Non, pourquoi j'aurais fait ça ? rétorqua-t-il, visiblement surpris.

— Pour voir quand je m'absenterais, afin de pouvoir entrer chez moi par effraction, peut-être ?

— Pas besoin de ça, ma chère Tess, ricana-t-il.

Ah ! c'est vrai, il avait une clef.

— J'ai plus d'oreilles et d'yeux que tu ne crois, poursuivit-il dans un murmure. Et nous tenons au *Tesoro*. Nous le voulons. Il ne peut pas avoir tout bonnement disparu.

— Eh bien, je ne l'ai pas, répliqua Tess.

— Hmm… Le problème, c'est que nous ne te croyons pas entièrement. Et c'est pour ça qu'on ne peut pas te laisser seule…

Tess songea à Tonino. Désirait-il *il Tesoro*, lui aussi ? Après tout, il avait appartenu à sa famille. Était-ce pour cela que ?…

Non, impossible. Si c'était le cas, il n'aurait jamais décidé de rompre avec elle.

— La clef est dans la poche de ma chemise, murmura Giovanni. Ici.

Puis il posa le doigt dessus. Tess distinguait la forme de la grosse clef en métal sous le tissu. Sa chemise, légèrement déboutonnée, laissait voir les poils bruns sur son torse olive et luisant de sueur.

— Prends-la, dit-il.

Tess le fixa sans ciller. Elle avait conscience qu'il la provoquait. Mais elle leva tout de même la main vers la clef.

Il en profita pour lui saisir le poignet et la tira violemment vers lui. Puis il lui agrippa les cheveux.

— Lâche-moi ! cria-t-elle d'une voix tremblante.

Le visage cruel et froid de Giovanni était presque collé au sien.

— Tu penses que j'ai envie de toi ? grogna-t-il. Que j'ai envie de passer après ce bâtard ?

Puis il la repoussa avec une telle force qu'elle faillit tomber. Elle se retint au dossier d'une chaise.

— Donne-moi la clef, Giovanni.

Il était déjà à la porte. Il se tourna un instant vers elle, glissa la main dans la poche de sa chemise et lança par terre la clef, qui atterrit dans un bruit métallique.

— Prends-la, fit-il avec mépris. Ça ne changera rien.

Puis il ouvrit la porte.

— Je ne veux plus te voir ici ! hurla Tess tandis qu'il s'éloignait. Sinon… Sinon…

Mais elle gaspillait sa salive. Il était déjà parti.

65

Oui, songea Flavia. La cuisine sicilienne était faite de contrastes et de désaccords, et ce, depuis toujours. L'aigre-doux, le croquant et le moelleux, le sucré et le salé, le chaud et le froid…

Dans la *cassata*, par exemple, on retrouvait la texture épaisse du fruit confit et le côté sucré du glaçage par-dessus une ricotta riche et crémeuse. À la fois gâteau et glace…

Vers 1300, la Sicile arabe appartenait désormais au passé, et la *cassata* devint un dessert aristocratique, sa recette étant jalousement gardée par les religieuses ou les chefs de l'aristocratie.

Aujourd'hui encore, peu de cuisiniers amateurs osaient s'y attaquer chez eux.

Mais la *cassata* était une des spécialités du village de Flavia. Et elle ne pouvait tout simplement pas laisser s'éteindre la tradition. Cette recette faisait partie de l'histoire qu'elle voulait raconter à sa fille.

Les fruits confits se conservent au frais, dans un pot fermé. L'arôme du fruit est préservé sous la couche de sucre.

Elle commença à noter la recette à l'arrière du carnet…

Il se déshabilla lentement, comme si chaque geste lui coûtait. Il retira son pull, tira sur sa chemise, tout cela sans jamais la quitter des yeux. C'était un regard triste, un regard amoureux. Y avait-il vraiment une différence ? se demanda Flavia.

Allongée sous les draps blancs, elle tentait de contrôler les tremblements de son corps. Ce n'était pas de la peur. Ce n'était pas de l'angoisse. Ce n'était même pas du désir. C'était tout simplement le débordement d'émotion après toutes ces années.

Il se retrouva enfin nu, tout près d'elle, debout à côté du lit.

— Nous avons perdu tellement de temps, Flavia, souffla-t-il.

Les poils, sur son torse, étaient plus épais que dans son souvenir, mais, sur ses épaules et au-dessus de ses fesses, réalisa-t-elle quand il se tourna légèrement, on devinait à peine ce duvet doré. Il était trop maigre ; c'était sans aucun doute la maladie. Il semblait déjà affaibli, et sa peau tirait sur un jaune pâle et luisant.

— Viens là, dit-elle en repoussant les draps.

Il se pencha, entra dans le lit et ouvrit grand les bras. Elle s'y nicha, pelotonnée contre son torse, la main posée contre son dos quand il se tourna vers elle.

Ils ne dirent rien, se contentant de profiter de l'instant. Elle sentait son cœur à lui battre contre sa peau. Elle songea un moment à Lenny. Il était plus trapu, le torse et les jambes recouverts de poils bruns, mais la peau très claire aussi ; pas de la teinte miellée de Peter, mais du rose pâle des pommes à peine mûres. Elle s'était habituée à la morphologie de Lenny, à son corps, et se retrouver dans les bras de quelqu'un d'autre la mettait mal à l'aise, même s'il s'agissait de Peter. Mais elle murmura tout de même :

— C'est si bon…

Parce qu'ils se complétaient. Leur respiration suivait le même rythme. Sa tête se calait parfaitement dans

488

le creux que formaient le torse et l'épaule de Peter, et sa hanche se fondait à la courbe de son aine.

La serrant contre lui, il lui caressait les cheveux et se mit alors à murmurer :

— Flavia, Flavia… Je n'ai jamais cessé de t'aimer.

— Moi non plus, mon amour, répondit-elle.

Puis elle se détendit. Ses tremblements finirent par se calmer, et elle glissa dans une sorte de demi-sommeil paisible…

Elle n'eut aucune idée du temps qu'ils passèrent ainsi, blottis l'un contre l'autre.

Après l'avoir quitté, tandis qu'elle attendait le bus qui la ramènerait chez elle, elle repensa à ce qui venait de se passer. Elle sentait toujours sa peau contre la sienne, son odeur de tabac mêlée à un effluve légèrement chimique. Avait-il entamé la chimiothérapie ? Elle ne le lui avait même pas demandé.

Mais elle n'avait aucun sentiment de culpabilité vis-à-vis de Lenny. Ça n'avait rien à voir avec lui et ça ne l'affecterait pas. Elle ne le permettrait pas.

Et elle se rendit compte que, finalement, elle connaissait bien Peter ; c'était en lui, en elle, dans leur union si parfaite. C'était dans l'amour qui les liait et qui avait toujours existé. Dans la façon dont il la serrait contre lui et ce qu'elle ressentait dans ses bras.

66

Tess était encore contrariée quand elle rassembla son matériel de plongée. Elle avait parfaitement conscience qu'elle n'était pas en état d'y aller : il était indispensable d'être détendu et d'utiliser le minimum d'énergie afin de conserver de l'air et de pouvoir gérer sous l'eau.

Mais elle refusait de laisser Giovanni Sciarra lui gâcher sa journée. Elle avait prévu d'aller plonger, avait attendu toute la matinée, avait consulté les horaires de marée... Alors, elle y irait. Et, s'il la surveillait – lui ou un quelconque membre de sa stupide confrérie –, il verrait qu'elle n'était pas impressionnée.

Tess enfila son bikini et sa combinaison sans attacher le haut pour le moment, étant donné qu'il faisait encore chaud et qu'elle devait descendre tout son matériel.

Elle pensait être venue en Sicile pour découvrir l'histoire de sa mère, mais elle avait mis au jour tellement plus que cela... Elle glissa sa ceinture de lestage, ramassa son masque, ses palmes, sa lampe et son petit couteau de plongée.

Durant tout le temps où elle s'était préparée, une petite voix n'avait cessé de lui suggérer : et s'il était vraiment caché ici, dans la Villa Sirena ? *Il Tesoro* ? N'avait-il jamais quitté cet endroit ? Peut-être était-il caché derrière la vieille cheminée de pierres, enfoui dans le puits, dehors, ou encore enterré dans le jardin, comme les trésors de pirate ? *À cinq pas du palmier nain et à trois pas de l'hibiscus mauve, tu trouveras une croix...*

Dans la baie, tout donnait l'impression d'avoir été nettoyé par la tempête, peut-être même par la secousse sismique. Le ciel était dégagé, et la mer aigue-marine lui tendait les bras. *Viens, Tess. Viens te fondre en moi…*

Elle descendit les marches et jeta un coup d'œil alentour, mais, franchement, qui s'arrêterait sur une femme en combinaison avec une bouteille de plongée dans le dos ? Elle se dirigea vers la jetée.

La porte de l'atelier s'ouvrit soudain, mais pas de Tonino en vue. (Que pouvait-il faire, de toute façon ? Que *ferait*-il ? Rien, justement…)

Tess secoua la tête. Non. Elle devait se débrouiller seule. D'abord, s'occuper de Giovanni ; puis de sa villa, sa magnifique villa toute rose qui semblait désormais dissimuler un symbole de trahison. Peut-être *il Tesoro…*

Le soleil tapait sur son crâne et ses épaules. Entre sa combinaison, sa bouteille et sa ceinture, elle était déjà en nage. Elle avait plus que hâte de s'enfoncer dans l'eau. Elle fit ses vérifications habituelles et avança dans la mer, s'imprégnant aussitôt de la sérénité et de la fraîcheur de l'eau. Puis elle se laissa glisser en douceur.

Elle savait déjà qu'elle n'avait pas à trop s'éloigner de la rive pour observer ces magnifiques formations rocheuses, leur corail, leurs éponges et leur vie sous-marine. Elle se sentait en sécurité. Elle n'avait besoin ni d'un bateau ni d'un binôme de plongée. *Fais simplement attention…*

Elle savait exactement où elle voulait aller. *Il faraglione*, ces fameux rochers, étaient tout près, un véritable mélange rouille et crème, leurs parois déchiquetées parsemées de mousse, de terre et d'algues.

Elle s'enfonça sous l'eau, qui était encore un peu trouble suite à la tempête. Le fond de la mer avait été pas mal secoué et n'était toujours pas totalement retombé. C'était un peu son cas à elle aussi, songea Tess en s'efforçant de se calmer, de se fondre au rythme tranquille du courant.

Lorsqu'elle parvint aux rochers, ils lui parurent d'abord inchangés. En revanche, il y avait plus de poissons que d'habitude, peut-être à cause de la tempête.

Elle vit des saupes, des brèmes et des poissons-perroquets, ainsi que certaines espèces qu'elle ne connaissait pas et qu'il faudrait qu'elle cherche plus tard. De sa main gantée, elle suivit alors du doigt une brèche qui semblait toute récente…

Il y avait quelque chose de différent, comme si les rochers avaient bougé ou avaient été déplacés. Et il y avait un trou, là, où avant…

Tess observa les rochers de plus près. Là où se trouvaient des rochers empilés les uns sur les autres, une ouverture s'était formée. Elle se rapprocha. C'était plus qu'une ouverture, plus qu'un simple trou. C'était une entrée, assez large pour laisser passer un être humain. Assez large pour elle.

Elle alluma sa lampe et la dirigea vers l'ouverture. L'autre côté semblait plus vaste, et l'eau était d'un turquoise limpide, comme si sa lampe n'était pas la seule chose qui l'éclairait.

Sans même y réfléchir, elle se glissa dans le trou et se retrouva dans un tunnel de roche naturel.

Mon Dieu…, songea-t-elle. Ce tunnel n'était pas là avant, c'était certain, sinon elle serait tombée dessus. Elle n'aurait pas pu rater ce trou, c'était impossible.

Elle réalisa alors que l'eau devait sa teinte turquoise à un mince rai de lumière. Elle avança tranquillement dans le tunnel qui s'élargissait, côtoyant des crevettes et des particules d'algues ici et là. Au bout de quelques instants…, elle refit surface.

Elle se trouvait dans une grotte. Une grotte sous-marine… Et l'obscurité était brisée par ce mince rai de lumière, qui devait passer par une étroite cheminée, quelque part au-dessus d'elle, mais sûrement trop étroite pour qu'on puisse soi-même s'y engager. Le seul accès à la grotte était donc celui qu'elle venait de prendre. Il fallait passer sous l'eau…

Tess retira son détendeur. La grotte contenait de l'air, certes confiné, mais respirable. Elle se débarrassa également de son masque afin d'y voir plus clair.

La caverne était profonde, et la roche formait des saillies sur plusieurs niveaux qui s'étiraient jusqu'à la voûte. La couleur des murs lui signala que la marée ne montait pas tout à fait jusqu'en haut. C'était toujours ça…

Tess nagea tranquillement à travers la grotte dans un incessant bruit de gouttes. Chacun de ses gestes semblait se répercuter sur les parois de la roche. C'était inquiétant. Effrayant, même. Et puis…, pourquoi ne l'avait-elle pas trouvée avant ?

La réponse était simple, pourtant. Elle s'arrêta de l'autre côté du bassin. La secousse sismique. Celle qui avait fait trembler le *baglio*, deux jours plus tôt, quand elle était avec Tonino. Le jour de la tempête. C'était pour cela qu'elle n'avait pas vu l'entrée de la grotte, la dernière fois qu'elle était venue plonger. Elle n'était tout simplement pas là. La grotte, elle, était bien présente, mais son accès, inexistant. C'était la secousse qui avait créé l'ouverture.

Elle avait dû fissurer la pierre et déplacer quelques rochers. Qu'avait dit Tonino, déjà ? Les pierres bougent constamment en Sicile. Elles sont peut-être solides, mais elles ne restent jamais à la même place.

Elle prit une profonde inspiration et toussa, ce qui résonna dans toute la grotte. Certes, l'air était respirable, mais il était également humide et sentait le renfermé, et Tess commençait à avoir froid. Elle fit le tour de la grotte avec sa lampe.

Les roches au niveau de la surface étaient couvertes de mousse verte, et elle distingua des dépôts minéraux sur les différentes saillies. Des stalactites pendaient du plafond.

Brusquement, elle sursauta. Quelque chose venait de passer juste au-dessus de sa tête. Une chose noire avec des ailes membraneuses. Une chauve-souris.

C'en était trop, il fallait qu'elle sorte d'ici. Elle tenta tant bien que mal de regagner le tunnel en enjambant les rochers, faisant déguerpir des petits crabes noirs sur son passage. Aussi noirs que la mort... *Ça suffit, Tess.*

Qu'allait bien pouvoir penser Tonino quand elle lui parlerait de cet endroit ?... Quoi qu'il se soit passé entre eux, elle devait lui en parler.

Elle s'apprêtait à ranger sa lampe et à remettre son masque lorsqu'elle aperçut quelque chose sur une saillie, au-dessus d'elle. On aurait dit une vieille poterie. Étrange... Un autre objet attira alors son attention. Quelque chose de blanc, cette fois, et qui semblait se refléter dans la lumière. On aurait dit un tas d... Non, impossible... Tess ne voulait pas regarder, mais c'était plus fort qu'elle.

Des os. Un crâne et des os... d'humain. Un squelette.

Mon Dieu... Il était hors de question de rester dans cet endroit une seconde de plus. Elle ignorait ce qui s'était passé ici, mais elle ne voulait pas le savoir.

Elle s'empressa de remettre son détendeur en bouche et de renfiler son masque. La plongée en lac souterrain pouvait s'avérer dangereuse, et elle ne disposait pas de la préparation adéquate. Elle n'aurait pas dû être là, d'autant moins toute seule.

Mais c'était trop tard. Alors, elle reprit le tunnel, calmement, et nagea vers l'ouverture. Vers la mer. Il n'y avait aucune raison de paniquer. Elle devait absolument se ressaisir.

Quelqu'un était mort ici. Il y a très, très longtemps. Donc, comme elle l'avait imaginé, la grotte sous-marine avait toujours existé. Mais l'entrée avait été barrée, peut-être par une autre secousse sismique... Des roches avaient

494

pu tomber et la sceller. Mais elle s'était rouverte. Les roches avaient de nouveau bougé.

Tess approchait de l'ouverture. Elle alluma sa lampe afin de mieux la distinguer. Elle arrivait à l'endroit où le tunnel commençait à rétrécir.

Sa théorie était possible, voire fort probable. Après tout, elle se trouvait en Sicile… Elle tendit sa main gantée vers ce qui ressemblait à une ligne de fracture.

Tout se passa très vite. Une seconde plus tôt, le cerveau en ébullition mais le souffle calme, elle avançait tranquillement vers l'ouverture tout en examinant la roche.

Mais alors, elle avait soudain perçu une sorte de vibration dans la pierre, puis un bruit sourd. Puis, plus rien.

Elle ne pouvait plus bouger.

Elle n'avait pas mal, ce qui était troublant. En se tordant sur elle-même, elle parvint finalement à voir qu'un rocher était tombé. Peut-être n'était-il pas encore stabilisé, suite à la secousse sismique… Quoi qu'il en soit, et elle ignorait comment, sa jambe était coincée dessous.

Mais… elle pouvait la sentir. Le rocher ne l'avait donc pas brisée. Elle ne devait pas paniquer. Il fallait simplement qu'elle glisse sa jambe tout doucement… Ça ne devait pas être compliqué.

Elle essaya. Elle parvenait à remuer sa jambe de quelques centimètres sur les côtés, mais impossible de la retirer de sous le rocher. *Merde. Ne panique pas, Tess.*

Elle ne put s'empêcher de jeter un œil à sa jauge d'air. Quinze barres. Quinze minutes. Pas de problème.

Elle se tordit de nouveau et tenta en vain de pousser le rocher. Il était trop lourd. Elle continua de pousser de toutes ses forces, mais elle n'arrivait pas à se tourner suffisamment pour être vraiment en face et pour le saisir des deux mains. Impossible, donc, de le bouger.

Ne panique pas, Tess.

Elle réessaya de remuer la jambe. Sans résultat. Elle commençait à sentir la pression du rocher, mais elle réalisa alors que sa jambe était coincée contre la paroi du tunnel. Elle n'avait rien de cassé. Elle en était persuadée. Mais… ça lui faisait une belle jambe (pardonnez le jeu de mots), si elle ne pouvait pas à sortir d'ici.

Elle songea à Tonino et à son ami qui s'était retrouvé piégé dans un filet, sans personne pour lui venir en aide. Sans *Tonino* pour lui venir en aide. « Tu ne peux pas plonger seule, Tess. Ce n'est pas comme ça qu'on fait. C'est… »

Vraiment stupide, compléta-t-elle. Elle était seule. Sans personne pour l'aider. Il ne servait absolument à rien de conserver sa réserve d'air. Elle allait devoir tenter le tout pour le tout et bouger soit le rocher, soit sa jambe.

Elle songea à Ginny. Puis au départ de sa mère pour l'Angleterre, et à son propre séjour en Sicile.

Il lui restait douze minutes.

67

Elle avait été idiote, songea Flavia. Idiote de penser que Lenny ne verrait rien, ne devinerait rien. Et idiote de ne pas avoir compris ce qu'il ressentait, ce qu'il avait toujours ressenti. Elle s'était imaginé que ses sentiments pour Peter n'avaient rien à voir avec lui. Mais elle avait eu tort. Lenny était son mari.

— Tu sais que je t'aime, lui dit-elle quand il fut sorti de l'hôpital. Tu sais ce que tu représentes pour moi, n'est-ce pas ?

Ça lui paraissait étrange de dire ces choses-là après tout ce qu'ils avaient traversé ensemble. Flavia n'en avait jamais ressenti le besoin jusqu'ici. Elle ne s'était jamais aperçue qu'il y avait un besoin, en vérité.

Mais elle avait conscience que c'était le moment de le faire. Parfois, il fallait exprimer ses sentiments à haute voix, car certains malentendus pouvaient durer toute une vie et être nourris sans même que l'on s'en rende compte.

— Tu es restée à mes côtés, ma chère Flavia, répondit-il. C'est tout ce que j'attendais de toi.

Elle prit sa main valide, toute faible. Elle détestait le voir comme ça. Lenny était sa force, son roc…

— Tu as lu les lettres ! lança-t-elle sans le quitter des yeux. Tu es au courant de notre correspondance.

Il hésita, puis hocha la tête.

— Il est venu me voir…

Elle lui parla alors de la visite de Peter.

— Et je l'ai retrouvé quelques années plus tard. Je suis allée le voir, car je savais qu'il était gravement malade.

— Merci, souffla Lenny.

— Pour quoi ?

— De ne pas m'avoir quitté. De ne pas être partie avec lui.

Elle s'apprêtait à répliquer « Pourquoi t'aurais-je quitté, alors que je t'aimais ? », mais elle se rendit compte qu'il avait raison. Que ce n'était pas si simple.

Que, lorsque Peter était réapparu dans sa vie, elle les avait aimés tous les deux. Oui, elle aurait pu facilement partir avec lui.

— Je sais ce que tu ressentais pour lui. N'oublie pas que j'étais là, à Exeter. J'ai vu à quel point tu tenais à lui.

— C'est vrai. Mais je tiens également à toi.

Elle posa alors la main sur sa joue. Cela faisait deux jours qu'il ne s'était pas rasé, et ses joues étaient recouvertes d'un début de barbe grise. Elle s'en occuperait plus tard. Elle voulait s'occuper de lui pour qu'il comprenne qu'elle tenait à lui.

— Nous avons construit notre vie ensemble, lui dit-elle. Toi et moi. Je t'ai toujours aimé.

— Et Peter ? demanda-t-il, le visage triste.

C'était amusant. À dix-sept ans, vous vous imaginiez que l'amour était réservé aux jeunes. Mais il importait toujours autant au fil des années. Il importait, même si Peter était mort il y avait des années de cela.

— Oh ! Lenny… Ce qui compte, c'est ce que nous avons, tous les deux.

— Vraiment ?

Il semblait s'accrocher à chacun de ses mots.

— Oui. Aimer, c'est tenir à quelqu'un, traverser les épreuves avec lui, bonnes ou mauvaises, travailler avec lui, vouloir vieillir avec lui. C'est ça, le véritable amour. Il ne s'agit pas de petits cœurs, de fleurs et de rêves romantiques.

L'amour, c'est ce que nous partageons, tous les deux. Et il n'y a pas mieux.

Peut-être vivions-nous l'amour différemment selon la personne avec qui nous étions. Peut-être existait-il toutes sortes de façons de le vivre, finalement. Ou peut-être…

Oui, une partie d'elle aimerait toujours Peter. Mais elle avait eu tort de s'imaginer qu'il la hanterait jusqu'à sa mort, qu'elle n'en serait jamais libérée. Lenny ferma les yeux.

— Tu es une femme merveilleuse, Flavia, mon amour. Je n'aurais pas pu rêver mieux.

— Moi non plus, répondit-elle sincèrement en embrassant son tendre mari sur le front.

Chaque recette a une raison d'être, écrivit Flavia. Le commerce, le changement social, la saison, le temps. La cuisine, c'est la chaleur. La cuisine, c'est l'identité.

Le dernier *dolce* qu'elle voulait noter était son préféré. C'était pour cette raison qu'elle l'avait gardé pour la fin.

Comme la grenade, la figue était un fruit ancien, dont certains disaient qu'il était le meilleur lorsqu'on le mangeait directement cueilli de l'arbre, sa peau soyeuse réchauffée par le soleil.

Quand vous mordiez dans une figue et croquiez ses grains, votre palais était envahi par l'arôme le plus doux que vous ayez jamais connu.

La figue était la sensualité incarnée, la sexualité symbolisée par un fruit de la terre…

Fais-les cuire dans du jus d'orange et du vin rouge. Ajoute des clous de girofle, de la noix muscade, de la cannelle, de la vanille et du miel, à ta convenance. Parsème-les ensuite d'amandes grillées. C'est prêt. Régale-toi, maintenant…

Cette nuit-là, Flavia fit un rêve. Il s'agissait plutôt d'un flash-back. Ils étaient dans une salle de bal. Au milieu du plafond, une boule à facettes tournait sur elle-même et brillait de mille feux, enflammant les luminaires de bronze et les affiches collées aux murs.

Elle se rappelait les bananes gominées des garçons, les tailles fines des filles ; les talons aiguilles, les bas et les jupes amples. Lenny lui apprenait la valse. Un, deux, trois. Un, deux, trois.

— Je n'y arriverai jamais, s'agaça-t-elle. Jamais. C'est trop difficile.

Un, deux, trois. Un, deux, trois.

— Il suffit de se laisser porter, lui dit-il. Voilà…

Oui, elle y était arrivée. Et elle aimait ça.

Flavia posa son stylo et ferma son carnet. C'était la fin de l'histoire…, plus ou moins.

68

Tess commençait à sérieusement paniquer. Le rocher n'avait pas bougé. Sa jambe non plus. Et, par conséquent, elle non plus.

Elle allait bientôt manquer d'air et elle allait mourir. Dans ce satané tunnel, seule et terrorisée. Et c'était sa faute. Elle s'était montrée irresponsable. Elle avait pris des risques sans même réfléchir…

Désolée, Ginny. Désolée, Muma. Désolée, Papa.

Plus que dix minutes. Tess continuait de se débattre ; elle ne pouvait pas accepter son sort sans rien faire. Elle finit même par penser qu'elle avait réussi à bouger un tout petit peu la jambe.

C'est là qu'elle vit l'autre plongeur. Et qu'il la vit lui aussi. Il fut dans l'ouverture en quelques secondes, s'assura qu'elle allait bien et vérifia sa jauge d'air. Puis il jaugea la situation : le poids sur sa jambe, la position du rocher.

Tonino. Sans combinaison, juste en short. Avec tout son matériel de plongée.

Il poussa de toutes ses forces. Une fois, deux fois… Le rocher bougea légèrement, assez en tout cas pour qu'elle puisse libérer sa jambe et se glisser dans l'ouverture.

Il était avec elle. Il la tira contre lui et mit dans sa bouche le détendeur de secours que tous les plongeurs étaient censés avoir. D'un signe, il lui demanda si ça allait.

Elle hocha la tête, même si, honnêtement, ça n'allait pas. Elle se sentait faible et à deux doigts de tomber dans les pommes. Mais elle était vivante. Elle s'accrocha à lui. Elle était vivante.

— Je n'arrive pas à croire que tu veuilles retourner là-bas, déclara Tonino une heure plus tard.

Installée dans son atelier devant une tasse de café et un verre de brandy, Tess frissonnait malgré les deux serviettes et la couverture dont elle était enveloppée.

Il l'avait remontée à la surface et l'avait emmenée chez lui sans rien dire. Il avait compris que tout ce dont elle avait besoin était un peu de calme, de chaleur et d'intimité.

Et, Dieu merci, il ne lui avait pas dit : « Je t'avais prévenue. » Il n'avait pas dit grand-chose, en vérité.

Il s'était contenté de l'observer de ses yeux sombres tout en s'occupant d'elle.

— Comment tu as su que j'avais un problème ? lui demanda-t-elle, une fois légèrement remise du choc.

— Je t'ai vue sortir tout à l'heure, répondit-il d'un regard impassible. Tu avais l'air contrariée.

— Oui, c'est vrai.

Elle lui raconta alors sa mésaventure avec Giovanni.

Il secoua la tête et marmonna quelque chose qu'elle ne saisit pas.

— Qu'est-ce qu'il y a, Tonino ?

— Cette histoire doit être réglée une bonne fois pour toutes.

Elle ne pouvait que lui donner raison.

— Donc, tu as vu que j'étais contrariée…

Il lui avait déjà servi deux verres de brandy. Un de plus, et elle sombrait.

— J'ai attendu quarante minutes, répondit-il en haussant les épaules. Je m'inquiétais.

Il l'avait attendue ? Il avait calculé depuis combien de temps elle était sous l'eau et il s'était inquiété ? Est-ce que ça voulait dire qu'il tenait à elle, finalement ?

— J'imagine que j'ai eu de la chance que tu aies ton matériel de plongée sous la main, après toutes ces années, avança-t-elle prudemment.

Certes, il vivait tout près du rivage, mais il avait dû s'empresser de rassembler son équipement pour la secourir aussi vite…

— Je commençais à me demander si je n'allais pas replonger, avoua-t-il en évitant son regard. Il est peut-être temps de faire table rase du passé.

Alléluia ! s'écria Tess intérieurement. Il n'avait peut-être pas été là pour son ami (même si, vu ce qu'il lui avait dit, elle considérait qu'il n'y était pour rien), mais il avait été là pour elle. S'il ne l'avait pas secourue… Mais, quand il parlait de faire table rase du passé, parlait-il de la plongée ? Ou avait-il autre chose en tête ?…

— Tu connaissais l'existence de cette grotte ? lui demanda-t-elle.

— Oui, mon grand-père m'en avait parlé, répondit-il d'un air sérieux. Il l'appelait la *Grotta Azzurra*.

Sûrement à cause des jeux de lumière sur l'eau turquoise… Tess songea aussitôt à l'Azzurro, le restaurant de ses parents. Était-ce une simple coïncidence ? Évidemment que la famille de Tonino connaissait l'existence de cette grotte. Elle avait toujours été très liée à la mer. La pêche au harpon, la pêche au thon… Il fut même un temps où Tonino vivait de ce qu'il récupérait sur les épaves.

— Mais j'ignorais qu'on pouvait encore y accéder, reprit-il.

— On ne pouvait pas, il y a encore quelques jours.

Il comprit immédiatement. Il connaissait la roche et ses caprices.

— La secousse sismique…, souffla-t-il. Elle a provoqué un éboulement.

— Hmm, hmm, et ce n'est pas tout.

Elle lui raconta alors ce qu'elle y avait vu : la poterie et les os.

Il fut surpris, mais pas autant que lorsqu'elle avait déclaré vouloir y retourner.

— Pourquoi s'en occuper ? s'écria-t-il. Pourquoi ne pas laisser les choses telles qu'elles sont ?

Il semblait particulièrement tendu. Mais elle avait eu le temps de réfléchir à tout cela quand elle était en train de se débattre pour sa survie. Et c'était le genre de moment propice aux révélations.

— Ton grand-père était un pêcheur au harpon, n'est-ce pas ?

Elle prit une gorgée de son café, qui avait un goût de caramel, de noix et de vanille.

— Oui, et ?

— Il connaissait donc les fonds marins mieux que personne ici ?

— Oui, répondit-il en croisant les bras.

Avait-elle vraiment besoin de lui faire un dessin ?

— Mon grand-père lui a demandé de cacher *il Tesoro*. Pourquoi, à ton avis ?

— Parce que c'était son ami le plus proche ? tenta-t-il en haussant une fois de plus les épaules.

Il ne faisait décidément aucun effort…

— Non, Tonino. Il le lui a demandé parce qu'il connaissait un endroit sûr où le cacher. Et en plus, il savait comment l'y déposer.

Tonino comprit enfin où elle voulait en venir.

— Tu crois qu'il a caché le trésor dans une grotte sous-marine ?

Oui, ça paraissait fou, elle en était consciente…

— Pourquoi pas ? La partie haute de cette grotte est toujours au sec. Il serait en sécurité, personne ne le trouverait, personne ne songerait même jamais à un tel endroit… La preuve : tu n'y avais pas pensé, toi.

Ça ne lui avait pas traversé l'esprit non plus, jusqu'à ce qu'elle fasse cette fameuse découverte.

— Tu penses qu'*il Tesoro* est caché dans cette poterie ?

— Peut-être.

Un aspect de l'histoire lui paraissait toujours flou, cependant.

— Mais s'il était bien caché dans la grotte et que ton grand-père s'est ensuite rendu compte qu'un éboulement avait scellé l'entrée, pourquoi raconter à tout le monde que le trésor avait disparu ?

— Je ne sais pas… Il n'a peut-être pas présenté les choses ainsi. Il a peut-être tout simplement dit qu'il n'arrivait pas à le localiser. Il pourrait même leur avoir parlé de la grotte, mais ils ne l'ont pas cru.

Oui, ça collait. Et, même si Enzo Sciarra l'avait cru, il avait dû s'assurer que ce ne soit pas le cas du grand-père de Tess.

— Les fondations de la Sicile…, murmura Tonino. C'est là qu'il a dit qu'*il Tesoro* était caché. Là où personne ne le trouverait.

Il plongea alors les yeux dans ceux de Tess.

— Tu as peut-être raison.

— Oui, il y a de fortes chances…

Cependant, tout le mérite ne lui revenait pas. Après tout, c'était Tonino qui lui avait raconté l'histoire de Cola Pesce… Elle termina son café.

— Tu crois que je pourrais en ravoir ?

Dans le coin de la pièce trônait la nouvelle mosaïque de Tonino. Elle prenait forme peu à peu. Il n'y avait aucune source de lumière et, pourtant, les turquoises et les verts lumineux semblaient briller sur leur base transparente.

Tonino surprit son regard.

— Je ne peux pas la terminer.

— Pourquoi ?

Tess n'était pas certaine de ce que la pièce représentait.

— Il manque une pièce importante, répondit-il en baissant les yeux.

Tiens, ça lui rappelait quelque chose. Les mosaïques de Tonino n'étaient pas les seuls puzzles qu'on trouvait ici...

— Puis il y a cette histoire de squelette, ajouta-t-elle.

— Ah oui, c'est vrai...

Il l'étudiait du regard, comme s'il pensait qu'elle l'avait seulement imaginé. Mais elle l'avait vu de ses propres yeux. Qui avait bien pu se noyer dans cette grotte ? Sa mort devait remonter à loin...

Si la théorie de Tess était exacte, ça s'était passé avant 1945, un peu avant qu'Alberto Amato ne vienne rechercher *il Tesoro*. Quelqu'un d'autre savait donc où il était caché. Et, s'il s'agissait d'une époque où l'on pouvait difficilement se procurer du matériel de plongée... Quelqu'un avait-il décidé de s'y risquer tout de même, quelqu'un qui n'avait pas l'expérience des fonds marins du grand-père de Tonino ?

— On devrait peut-être prévenir les autorités ? suggéra Tonino en allant chercher son percolateur sur la cuisinière.

Tess le dévisagea. Avait-il perdu la tête ?

— Tu veux parler des autorités qui ont tendance à être mêlées aux affaires de la Mafia ? rétorqua-t-elle (sans parler de Giovanni Sciarra, par-dessus le marché).

Il l'observa tout en servant le café.

— OK, j'ai compris.

— C'est pour ça que nous devons d'abord y retourner : pour nous assurer de ce que nous avançons.

— Nous ?

— Oui, comme dans « toi et moi ».

Qu'est-ce qu'il ne comprenait pas ? Quel camp comptait-il choisir au juste ?

Elle attendit. Elle ne pourrait pas y arriver sans lui. Elle ne le *ferait pas* sans lui, tout simplement. Et elle *devait* le faire. Elle n'avait jamais vraiment compris pourquoi Edward Westerman tenait tant à ce qu'elle vienne voir la villa avant d'en hériter. Il s'était sûrement dit que c'était la seule façon de faire revenir sa famille chez elle, là où elle avait toujours vécu.

Peut-être lui-même regrettait-il de ne pas être retourné en Angleterre, de ne pas avoir retrouvé ses racines. Peut-être voulait-il simplement leur donner une chance de tout arranger. Ou peut-être avait-il espéré qu'elle parviendrait à résoudre le mystère qui planait autour d'*il Tesoro*…

— Alors, tu veux bien m'accompagner ? demanda-t-elle.

— Essaie un peu de m'en empêcher ! lança-t-il en souriant.

69

Ginny fit les exercices de respiration que Jayne, sa psychothérapeute, lui avait montrés, puis elle appela sa mère.

— Il faut qu'on parle.

Jayne l'avait persuadée des bienfaits de la communication. D'après elle, c'était le seul moyen de se faire comprendre. Cela faisait quelques jours que Ginny mettait ses conseils en pratique, et elle ne pouvait qu'admettre que ça fonctionnait.

— Pas de problème, ma chérie. Tu sais que tu peux me parler de tout.

Sa mère paraissait à la fois ravie d'avoir de ses nouvelles et distraite.

Ginny se demanda ce qui pouvait bien se passer en Sicile. Sa mère semblait ne plus être la même.

— Alors, de quoi voulais-tu me parler ? demanda Tess.

Ginny prit de nouveau une profonde inspiration et lui déballa tout.

Elle lui avoua qu'elle avait volontairement raté ses examens afin de ne pas avoir à aller à la fac, qu'elle avait failli se retrouver enceinte, qu'elle avait prévu de partir en Australie, et, enfin, elle lui parla de Jayne.

Il y eut un bref moment de silence. Ginny avait conscience que ça faisait beaucoup à assimiler d'un seul coup. Mais elle avait toujours été proche de sa mère. Jusqu'à…

Elle ne savait pas exactement quand les choses avaient changé. En tout cas, sa mère avait le droit de savoir ce qui se passait dans sa vie.

— Pourquoi ressens-tu le besoin de voir une psycho-thérapeute ? demanda enfin Tess d'une petite voix.

Ginny lui parla alors de la Boule.

C'était son père qui lui avait suggéré d'aller voir quelqu'un. Il le lui avait suggéré un soir, en rentrant de Pride Bay, où ils avaient passé toute la journée ensemble, à contempler l'océan et à manger des glaces. Ils roulaient tranquillement, quand, soudain, elle avait pété les plombs, comme ça. C'était la Boule.

— J'ai passé une super journée, dit-il.

— Et t'étais où ?

— Hein ?

— Tu étais où, à la fête des sports ?

— Euh…

— Quand les papas ont fait la course en sac et que je suis tombée dans celle à la cuillère ?

Il s'arrêta sur le bas-côté, les mains agrippées au volant.

— Ginny…

— T'étais où, le soir de l'ouragan ?

Sa voix montait peu à peu dans les aigus, et Ginny sentait qu'elle était sur le point de se briser.

— Quand l'arbre s'est déraciné et est venu se planter dans la fenêtre de la chambre, et que maman s'est mise à hurler et qu'on pensait que c'était la fin du monde ?

Il secoua la tête.

— Il était où, le père Noël ? murmura-t-elle alors.

Il baissa les yeux, muet, et elle lui donna un coup sur l'épaule.

— T'étais où quand j'ai eu la varicelle ? Et des cauche-mars, et mes exams, et mon intoxication alimentaire, et quand il y avait une araignée dans ma chambre…

Sa voix finit par se briser, et son père leva les yeux.

— … et que maman a dû aller chercher le voisin pour s'en débarrasser… T'étais où ? répéta-t-elle en soupirant.

Puis, elle s'écroula sur son siège.

— Je suis désolé, Ginny. Sincèrement.

Il posa une main sur le bras de sa fille, se frotta l'œil pour en chasser ce qui aurait pu passer pour une larme et redémarra le camping-car.

Quand il la déposa chez Nonna, il sortit pour la prendre dans ses bras.

— Si je pouvais revenir en arrière…

— Je sais.

Le lendemain, il lui tendit une carte de visite. *Jayne Cartwright. Psychothérapeute.*

— Pourquoi tu me donnes ça ? demanda-t-elle en tenant la carte du bout des doigts, comme si elle risquait de la mordre.

— Je me suis dit que tu aurais peut-être envie de parler à quelqu'un. Ça pourrait te faire du bien.

Ginny était sur le point de l'envoyer balader quand elle songea : *Après tout, pourquoi pas ?*

— Je peux te prendre rendez-vous, si tu veux. Et c'est moi qui paie, évidemment.

— Une boule ? s'étonna sa mère.

— Jayne pense qu'elle se nourrit de ma colère : pression, refoulement, confusion, angoisse, bref, de toutes ces choses, quoi.

— Mon Dieu, Ginny, j'ignorais que tu te sentais si mal…

Sa mère semblait atterrée.

À la vérité, Ginny l'ignorait également. Elle s'en rendait compte aujourd'hui parce qu'elle se sentait beaucoup mieux. L'espace de trois séances, elle avait parlé, elle avait appris à respirer et elle avait écrit (souvent du point de vue de l'un de ses parents, ce qui était pour le moins étrange) ; elle avait dessiné, visualisé et imaginé. Elle avait également arrêté de fumer. Et la Boule…

— Au début, elle a roulé dans un coin, expliqua Ginny. Comme si elle avait honte. Je l'entendais beaucoup moins.

— Et maintenant ? demanda sa mère.

— Je ne la sens plus. Je pense…

Elle hésita, osant à peine exprimer cette idée à voix haute.

— Je pense qu'elle a disparu.

— Mais c'est génial, ma chérie ! s'écria sa mère, toujours aussi assommée.

Oui, c'était génial. Et, si jamais elle revenait, Jayne lui avait expliqué comment faire pour s'en débarrasser de nouveau.

— Je n'aurais pas dû venir en Sicile, se culpabilisa sa mère.

— Oh ! ça faisait vachement longtemps qu'elle était là, tu sais, la rassura Ginny. Ça n'aurait rien changé.

— Quand même…

Sa mère était clairement en pleine remise en question.

— Ce n'est pas ta faute, maman. Il n'y a pas que moi dans ta vie, c'est normal. Profites-en.

— Je vais rentrer à la maison. Je prends un billet pour demain, déclara sa mère d'un ton déterminé, du ton qu'on ne pouvait pas contrarier. Tu es ma priorité, Ginny. Tu l'as toujours été.

— Maman…

— Ne me dis pas de ne pas venir, Ginny. J'ai besoin de te voir.

Ginny ne put s'empêcher de sourire.

— Moi aussi, j'ai besoin de te voir. Alors, je me disais… Tu penses que je pourrais te rejoindre en Sicile ? J'aimerais **beaucoup voir où Nonna a grandi.**

— Mais bien sûr, ma chérie ! s'écria sa mère, ravie. Reste aussi longtemps que tu le veux, et nous rentrerons ensemble. Il faut qu'on discute de tout ça.

— D'accord, ça me va, répondit Ginny, et elle était plus que sincère.

70

Le lendemain après-midi, partagée entre le plaisir et l'angoisse, Tess prépara son matériel de plongée. Quand on tombe de cheval, il faut tout de suite y remonter… C'était pour cela que, lorsque Tonino avait demandé « Quand ? », elle avait répondu « Demain ».

Elle aurait annulé pour retourner voir Ginny, mais, finalement, c'était inutile. C'était désormais pour aujourd'hui, et elle enfila sa combinaison en ne cessant de revivre ce moment, dans le tunnel, où elle s'efforçait de se dégager. Ce sentiment d'être piégée, cette impuissance… Elle tenta de penser à autre chose. Il fallait qu'elle ait les idées claires.

En combinaison lui aussi, Tonino l'attendait déjà dans la baie. Ils avaient décidé d'y aller pendant l'heure de la sieste.

— Le *baglio* sera désert, avait-il suggéré, comme si lui aussi sentait qu'on surveillait ses moindres faits et gestes.

Tonino avait également décidé de prendre sur lui, aujourd'hui, songea Tess en lui faisant un signe de la main. Peut-être se fourvoyaient-ils complètement au sujet de la grotte et d'*il Tesoro*. La fameuse poterie ne pouvait contenir que des pierres, des coquillages ou du sable. Et le squelette… pouvait être celui de n'importe qui. Rien que d'y penser, elle frissonna.

Mais il fallait qu'ils en aient le cœur net. Et, si leur tentative s'avérait infructueuse, où était le mal ? Ils auraient au moins la satisfaction d'avoir essayé.

La veille, une fois remise de ses émotions et après avoir terminé son café, son brandy et s'être mise d'accord avec Tonino pour leur excursion, elle avait fini par se lever, à contrecœur, afin de quitter l'atelier. Il ne l'avait ni serrée dans ses bras ni embrassée. Mais il avait posé une main sur son épaule et l'avait fixée de son regard si profond.

— Promets-moi de ne jamais refaire une chose pareille, Tess. De ne plus jamais plonger seule.

— Je te le promets.

Et c'était une promesse qu'elle avait l'intention de tenir, un conseil qu'elle transmettrait, même, si ses projets venaient à se réaliser.

Il l'avait alors laissée partir.

— Tu es sûre de vouloir le faire ? lui demanda-t-il sur le rivage.

Elle lui prit la main et réfléchit. Non pas à ce qu'ils s'apprêtaient à faire, mais à sa fille, qui revenait d'une certaine façon d'un voyage dont Tess avait ignoré l'existence.

Elle ne pouvait pas dire qu'elle était ravie que Ginny ait raté ses examens et qu'elle n'ait aucune envie d'aller à l'université (elle restait une mère, après tout, et ce que sa fille avait fait et vécu l'avait bouleversée), mais elle était ravie de bientôt la revoir. Et ravie qu'elle lui ait enfin dit ce qu'elle ressentait.

— Oui, déclara-t-elle. Et toi ?

Il acquiesça d'un signe de tête. Ils vérifièrent alors leur équipement et avancèrent ensemble dans l'eau.

C'était tellement plus agréable de plonger avec quelqu'un, de partager ce que l'on voyait. Car, même si leur but était de retourner à la grotte, il y avait beaucoup de choses à voir, en chemin.

Des saupes aux rayures grises, des coléoptères et des brèmes, une pieuvre aux longs tentacules et une petite seiche brun et blanc qui, quand elle se gonflait, ressemblait à un chausson glissé dans une robe. Tess ne put s'empêcher de sourire. La mer était plus claire aujourd'hui. La vase et le sable s'étaient redéposés au fond ; la visibilité était bonne.

La roche regorgeait d'éponges blanches, jaunes et orange, et les zones ombragées par les saillies avaient attiré des groupes de poissons cardinaux argenté et noir, et des anémones de mer. Lorsqu'ils gagnèrent le trou dans les rochers, celui qui formait l'entrée de la grotte, Tess hésita. Était-elle vraiment capable d'y retourner ?

Tonino hésita également, comme s'il savait ce qu'elle ressentait.

Allez, ma grande... Elle secoua fermement la tête et se laissa glisser dans le tunnel, reconnaissant même le rocher gris qui l'avait piégée la veille. *N'y pense pas.* Tonino était juste derrière elle, sa longue silhouette fendant l'eau sans effort.

Ils surgirent à la surface en même temps et retirèrent leurs masques. Tonino fit le tour de la grotte avec sa lampe en soufflant un juron. Il était visiblement impressionné par la taille du lieu. Et sûrement par sa beauté, sa roche noire contrastant avec son eau turquoise illuminée par ce minuscule rai de lumière. *Grotta Azzurra.*

— Où est-ce que c'est ? demanda-t-il.

Elle dirigea sa lampe vers la saillie de la veille. L'espace d'un instant, elle crut que la poterie et le squelette avaient tous les deux disparu. Mais non. Ils étaient bien là.

Avec un hochement de tête, Tonino sortit de l'eau et s'assit sur les rochers glissants pour retirer ses palmes. Puis, éclairé par le faisceau de la lampe de Tess, il se mit à escalader la paroi rocheuse pieds nus. Il grimpa sur la saillie et prit le soin de ne pas marcher sur les os. Tess était fébrile. Heureusement qu'il ne comptait pas les ramener...

Il se pencha alors pour ramasser quelque chose par terre. Il y jeta un rapide coup d'œil et l'enfonça dans la poche de sa combinaison. Il attrapa ensuite la poterie des deux mains. Elle faisait la taille d'une grosse citrouille.

— C'est lourd ! s'étonna-t-il.

Ses paroles résonnèrent dans toute la grotte. *C'est lourd…, lourd…, lourd.*

Tonino avait accroché un sac étanche à sa ceinture de lestage. Il le décrocha, y glissa la poterie et exécuta un petit bond vers le niveau inférieur, le sac plaqué contre son torse.

— Attention…, grimaça Tess.

Mais il était agile et semblait avoir un sens parfait de l'équilibre.

Il renfila ses palmes, rattacha son sac à sa ceinture et replongea dans l'eau.

— *Andiamo.* On y va, déclara-t-il.

Et Tess fut ravie de repartir d'ici.

Ils se laissèrent tranquillement porter par le courant, puis finirent par retirer leurs palmes afin de pouvoir regagner la plage en marchant.

Ils émergèrent au niveau de la jetée, trempés mais triomphants. Tess enleva son masque. Tonino, qui s'était déjà débarrassé du sien, affichait un grand sourire.

— C'est le moment de vérité, déclara-t-il en tapotant le sac accroché à sa taille.

Elle acquiesça d'un signe de tête, malgré son ventre noué d'appréhension, et imita Tonino qui balayait la plage des yeux. Personne en vue.

— Viens.

Tess non plus n'avait aucune envie de s'attarder ici. Sans même détacher sa ceinture, elle le suivit. Ils passèrent devant le vieux hangar à bateaux et ses ancres rouillées, et montèrent les marches qui menaient au *baglio*, en direction de l'atelier. Ils s'étaient montrés discrets, mais, malgré cela, elle ne pouvait se défaire de ce sentiment d'être surveillée.

Tonino déverrouilla l'atelier et ouvrit la porte. Pas un bruit. Il détacha sa ceinture, la posa devant la porte, avec le sac, et entreprit de retirer sa bouteille. Tess l'imita. Elle ignorait ce qui lui avait fait lever les yeux.

Un bruissement ; cette idée qu'ils n'étaient pas tout seuls, finalement. Mais, lorsqu'elle regarda vers lui, elle vit une ombre prête à s'abattre sur Tonino, qui était en train de poser ses affaires par terre.

— Toni ! hurla-t-elle.

L'homme, qui venait de derrière l'atelier, se tenait sur le seuil. Le bras levé au-dessus de Tonino, il avait quelque chose dans la main…

— *Diantanuni ?* Mais qu'est-ce que… ? s'écria Tonino.

Tout se passa alors très vite. Tess plongea sur Tonino, et l'arme – un bout de bois flotté – censée frapper son crâne atterrit sur son épaule.

Avec une culbute, Tonino se redressa aussitôt sur ses pieds.

— Toi.

C'était Giovanni.

Tess était pétrifiée d'horreur. Elle avait l'impression de se retrouver plongée dans le passé. Elle se hâta de se relever.

Les deux hommes se toisaient : Tonino, dans sa combinaison, les yeux noirs de colère et la cicatrice lui barrant le visage plus rouge que jamais ; Giovanni, les traits déformés par la haine et la bouche dessinant un petit rictus méprisant.

— Mais qu'est-ce que tu fous, bordel ? cria Tonino en se frottant l'épaule avant de déverser un flot de sicilien.

Giovanni partit d'un grand éclat de rire. Puis il ferma la porte d'un coup de pied et tendit la main.

— Donne-moi le sac.

Elle avait eu raison. Il les avait surveillés. Il les avait vus partir plonger ; il avait suivi le moindre de leurs mouvements. Et il savait sûrement ce qui se trouvait dans le sac. Il savait tout. Et Dieu seul savait avec qui il travaillait.

Tess était la plus proche du sac. Elle resta plantée devant. Hors de question qu'il s'en empare.

Mais les deux hommes se défiaient encore du regard, comme deux chiens féroces gardant leur territoire. Ce qui était le cas, réalisa-t-elle. Tonino avait-il compris que la théorie de Tess s'avérait correcte, c'est-à-dire que le trésor avait d'abord appartenu à sa famille ? Giovanni était persuadé qu'il revenait aux Sciarra pour compenser l'argent qu'ils avaient réclamé contre la protection des Amato.

Giovanni donna le premier coup, prenant son adversaire par surprise. Tonino recula, frotta sa joue et fondit sur lui. Tess était perdue. Que pouvait-elle faire ? Que *devait*-elle faire ? Elle ne voulait pas rester là, à les observer, impuissante. D'un autre côté…

Ils échangeaient insultes et coups de poing, exactement comme ils avaient dû le faire plus jeunes dans la cour de récré. Une vieille rivalité régnait entre ces deux hommes, et, sans le vouloir, elle s'était retrouvée en plein milieu. Sauf que ce n'était pas son combat. Mais, en voyant Giovanni planter son poing dans le visage de Tonino, qui s'écroula, elle comprit son erreur.

Il ne s'agissait pas d'une simple bagarre de cour de récré. Non, il s'agissait du point culminant de ce qui durait depuis trop longtemps. Cette histoire avait commencé avec leurs ancêtres et mijoté toutes ces années dans la sombre marmite qu'était la Sicile. Mais aujourd'hui, avec ces deux hommes, elle avait atteint son point de rupture.

Tonino… Comment pouvait-elle lui venir en aide ?

Mais, tandis qu'elle cherchait une solution, affolée, Tonino sembla se ressaisir. Il balança son poing, qui atterrit – par pur coup de chance – sur le nez de son assaillant. Giovanni laissa échapper un gémissement avant de déverser un nouveau torrent de sicilien. Puis il replongea sur Tonino, et les deux hommes continuèrent à se battre comme deux possédés, visant aléatoirement le visage, les yeux, la gorge…

— Stop ! hurla Tess. Ça suffit !

Mais elle n'aurait pas eu plus de réaction si elle avait été invisible.

Tonino était le plus léger, et sa combinaison freinait ses mouvements, mais il était également le plus rapide et le plus agile, et il parvenait facilement à éviter les coups de son adversaire. Tess réalisa d'ailleurs que sa combinaison lui était utile, au final : son aspect glissant rendait toute prise difficile.

Les deux hommes, hors d'haleine (bien qu'ils fussent encore capables de se lancer des insultes), commençaient à faiblir. Il n'y en avait pas un qui dominait l'autre.

C'était un combat équitable, et quelque chose disait à Tess qu'elle n'avait pas à intervenir. Elle devait rester en dehors de cette histoire. Ils devaient la régler une bonne fois pour toutes, et entre eux.

Mais la situation prit soudain une nouvelle tournure.

Alors qu'ils étaient tout proches l'un de l'autre, Giovanni saisit Tonino par la gorge et planta son poing en plein dans son visage. Tess hurla. Elle plongea de nouveau vers eux, mais Giovanni la repoussa violemment.

— Arrête ! Non !

Il y avait tout de même bien quelqu'un qui l'entendait dehors ? Mais personne n'intervint. Exactement comme la scène du café. Personne n'était venu à son secours.

Tonino planta son coude dans les côtes de Giovanni, qui lâcha un grognement de douleur et desserra son emprise. Tonino en profita alors pour se libérer, mais son visage était couvert de sang.

— Tonino…, souffla Tess en se rendant compte que le sien était couvert de larmes.

Il posa les yeux sur elle, et Tess vit au même moment Giovanni glisser la main dans sa poche. Elle poussa un nouveau cri.

La lumière se refléta sur ce que Giovanni tenait. Ce salaud avait un couteau à cran d'arrêt. Il l'avait ouvert et fendait l'air d'un geste menaçant.

Ce n'est pas vrai… Le combat devenait tout à coup beaucoup moins équitable. Tess devait faire quelque chose. Elle attrapa sa bouteille de plongée, par terre, la souleva et la jeta sur Giovanni.

Elle atterrit sur son bras, et Giovanni jura avant de pousser Tess, beaucoup plus violemment cette fois. La bouteille retomba par terre, et Tess trébucha avant de se cogner la tête sur le banc de bois de Tonino.

Tout fut flou l'espace d'un instant. Tonino hurlait de rage.

Au moins, elle avait eu le mérite de lui laisser le temps de se ressaisir. Il faisait face à Giovanni, son propre couteau de plongée à la main, qui se portait normalement au tibia. Il n'était certes pas aussi dangereux que celui de Giovanni, mais, au moins, il avait une arme, lui aussi.

Ils avaient tous les deux les traits tendus. L'atmosphère était lourde dans la pièce. Tess parvenait à peine à respirer. Elle recula sur les fesses, puis se redressa.

Giovanni s'élança sur Tonino, lui ouvrant le dos de la main, et la combinaison, au niveau de l'épaule. Tess distingua un éclair rouge sang. Visant Tonino à la poitrine, Giovanni se prépara à porter le coup de grâce.

— C'en est fini de toi ! hurla-t-il.

Tess cria, Tonino esquiva l'attaque et glissa derrière Giovanni. Il semblait sur le point de porter un coup, mais Giovanni se tourna juste à temps pour le parer. Tess poussa un soupir de soulagement. Mais ils n'en avaient pas encore terminé. Ils se toisaient toujours, tournant l'un autour de l'autre.

— Ça suffit, les implora-t-elle. Arrêtez, je vous dis ! Vous n'en avez pas eu assez comme ça ?

Mais ils l'ignorèrent une fois de plus.

Quelque chose dans leur regard la fit frissonner. Une haine animale qui la terrifiait. C'était comme s'ils savaient tous les deux que la seule issue de ce combat était la mort.

Tout à coup, Tonino se lança et entailla l'avant-bras de Giovanni. Tess vit celui-ci se pétrifier à la vue du sang. Mais elle vit également ses traits adopter une nouvelle détermination.

Il fondit sur Tonino, qui l'esquiva et alla se planter derrière lui. En un geste, il avait maîtrisé la main de Giovanni qui tenait son couteau et plaqué le sien contre sa gorge.

Tess le dévisagea, effarée. *Non, Tonino*, le supplia-t-elle intérieurement.

— Lâche ton couteau, ordonna-t-il.

Giovanni n'avait plus le choix. L'arme tomba au sol, et Tonino l'éloigna d'un coup de pied. Tess observait la scène, pétrifiée.

Le couteau toujours pressé contre sa gorge, Tonino murmurait quelque chose à l'oreille de Giovanni.

— *No, no...*, suppliait celui-ci.

Son expression n'était plus la même. Sa voix n'était plus la même. Il ne pardonnerait jamais cet affront à Tonino. Pas s'il s'en sortait vivant...

Tonino dressa le bras, plaquant davantage le couteau contre sa peau.

Puis alors, il le repoussa.

— Va-t'en, lâcha-t-il. Ne reviens pas. C'est terminé.

Giovanni quitta l'atelier en trébuchant.

— Tonino...

Il la regarda.

— Tu es blessée ? s'inquiéta-t-il en se jetant sur elle.

Tess n'arrivait pas à y croire. Elle avait failli le perdre. Il la prit alors dans ses bras.

Tess retira le haut de sa combinaison, s'entoura d'une serviette et demanda à Tonino de s'asseoir pour qu'elle puisse nettoyer son visage. Par chance, sa combinaison avait protégé son corps, et il n'était pas aussi amoché que ce qu'elle avait craint. Elle ramassa ensuite le sac étanche, et Tonino en sortit la poterie.

Elle la lui prit des mains.

— C'est lourd, confirma-t-elle. On regarde ce qu'il y a dedans ?

Tonino entreprit de sécher ses cheveux, qui formaient des petites boucles humides sur son front et dans son cou.

— C'est pour ça qu'on l'a emportée jusqu'ici, non ? lança-t-il, les yeux pétillants. Et qu'on a rencontré tous ces obstacles, toi et moi.

— Ce n'est pas faux…

La couleur de la poterie était passée, et son couvercle semblait y être fixé par de la colle, du sable, ou tout simplement les années. Tonino réussit finalement à le détacher en s'aidant de son couteau.

— Je t'en prie, dit-il à Tess en la lui tendant.

Elle se rendit alors compte qu'elle retenait sa respiration depuis tout à l'heure. Elle poussa un long soupir et retira le couvercle d'un grand geste. Ils regardèrent à l'intérieur et découvrirent… *Tiens, bizarre…* Une autre poterie.

— C'est comme les poupées russes, souffla Tess.

Elle retira la nouvelle poterie avec douceur. Elle semblait ancienne et fragile, et son col fermé formait une petite coupe.

— On dirait une amphore, remarqua Tonino.

— Tu penses qu'il s'agit d'*il Tesoro* ? demanda Tess, légèrement déçue.

Elle s'était attendue à… autre chose, elle devait l'avouer.

— Peut-être.

Tess voyait bien qu'il était aussi déçu qu'elle.

— Qu'est-ce que tu as trouvé d'autre, au fait ? l'interrogea-t-elle en se souvenant de l'avoir vu se baisser sur la saillie avant de prendre la poterie.

— Ah oui, c'est vrai…

Il enfonça alors sa main dans sa poche et en sortit un anneau. Ils l'observèrent en silence. On aurait dit une alliance.

Tonino alla chercher du produit et un chiffon, puis prit l'anneau des mains de Tess pour le nettoyer. Peu à peu, des initiales apparurent : ELS.

— Mais…, souffla-t-il.

Cette fois, ils n'eurent pas besoin d'échanger pour comprendre.

— Le grand-père de Giovanni ? lâchèrent-ils en chœur. Ettore Sciarra ?

Oui, tout cela prenait une tournure logique. L'amitié d'Enzo avec le grand-père de Tess avait dû pousser celui-ci à lui révéler la cachette du trésor. Et si Enzo avait essayé de s'emparer d'*il Tesoro* avant que le grand-père de Tonino ne retourne le chercher ? Et s'il avait envoyé son frère, Ettore, dans la grotte, et qu'Ettore n'ait pas pu en ressortir ? Il avait pu mourir asphyxié, il avait pu tomber ; peut-être même avait-il été piégé par l'éboulement qui avait scellé l'ouverture de la caverne.

Dans ce cas, il se serait réfugié sur la saillie et serait mort de faim… Ce qui était sûr, c'est qu'en ne voyant pas son frère revenir, Enzo avait dû deviner ce qui s'était passé. Il avait perdu son frère, mais Enzo Sciarra n'était pas du genre à se laisser abattre, et il avait fait circuler la rumeur selon laquelle quelqu'un d'autre était responsable de sa disparition…

Tonino s'empara de l'amphore et l'étudia de plus près. Elle disposait d'une poignée en forme de lion flanquée de serpents. Tess se devait d'admettre qu'elle avait son charme…

— Il devait vraiment y tenir, dit-il. Tous, ici, devaient y tenir.

Et toi, Tonino ? ne put-elle s'empêcher de songer.

— Mais ta famille l'a trouvée en premier, murmura-t-elle.

— Comment ça ?

— Luigi.

Comme il ne semblait toujours pas comprendre, elle lui fit part de sa théorie.

— En effet, ça pourrait expliquer pas mal de choses, commenta-t-il en tenant l'objet à bout de bras. Peut-être mon grand-père savait-il qu'il s'agissait du trésor de Luigi…

— Il comptait peut-être en parler à Edward Westerman à son retour, après la guerre, intervint Tess. Enfin, s'il l'avait retrouvé, bien sûr…

— Peut-être, oui, murmura Tonino en soupesant l'amphore. Elle est si lourde… Je me demande…

Il la coucha délicatement sur la table, et Tess distingua aussitôt la petite brèche, sur le dessous. Tonino appuya dessus, et elle bougea légèrement.

Ils échangèrent un regard complice. Finalement, ils n'allaient peut-être pas être si déçus que ça… Tonino força davantage jusqu'à ouvrir complètement la brèche. La partie large de l'amphore, sous le col, devait être creuse. Et pleine. Mais de quoi ?…

Tonino déversa son contenu sur la table.

Tess en eut le souffle coupé. Devant elle s'étalaient de vieilles pièces en bronze représentant des chevaux et des vignes, des guerriers grecs, des colombes, des serpents… Sidérée, elle y laissa jouer ses doigts. Certaines pièces étaient lourdes, d'autres, aussi fines que du papier, et leurs contours étaient légèrement émoussés. Les gravures portaient le poids des années, mais on parvenait encore à distinguer ce qu'elles représentaient. Il y avait également de la feuille d'or, des médaillons et des bagues. Tess s'empara d'une chevalière estampée de l'image d'un vieil homme voûté sur une canne, avec un chien qui semblait le guider. L'image était si détaillée, et l'exécution, si minutieuse... Elle ne savait plus où donner de la tête. Ici, un petit bracelet d'or ; là, des épingles à cheveux délicates et recouvertes de diamants, des boucles d'oreilles en or et des pendentifs, l'un représentant un garçon sur un dauphin, l'autre, une femme nue...

— C'est magnifique, souffla-t-elle. Tout simplement magnifique...

Tonino passa les doigts dans leur trésor.

— Eh bien, je crois que nous avons finalement trouvé *il Tesoro*..., déclara-t-il avec un sourire à Tess.

71

Cela faisait des semaines que Tess attendait ce moment, et elle avait même fini par croire qu'il n'arriverait jamais. Mais ils étaient là, à Cetaria, avec elle : Muma, son père et Ginny. Ils étaient venus y passer quelques jours, et Tess rentrerait avec eux en Angleterre en attendant que Ginny parte en Australie. Et ensuite…

— Qu'est-ce qui t'a persuadé de revenir, finalement ? demanda Tess à sa mère.

Ils étaient installés autour d'une table, tous les quatre, dans le restaurant du *baglio* qui faisait face à la vieille fontaine de pierres.

— Le moment était venu, c'est tout.

Le visage ridé de sa mère était fatigué, mais rouge d'enthousiasme. Elle sortit délicatement un gros carnet relié de cuir de son sac et le posa à côté de son assiette.

— Aha ! lança Ginny, assise en face d'elle sans pour autant en dire plus.

Elle avait déjà acheté son billet d'avion pour l'Australie et obtenu son visa. Elles avaient tout prévu, elle et Becca, et elle avait tout expliqué à Tess dans l'après-midi en revenant de l'aéroport : les hôtels, la cueillette, le séjour dans la maison de David, à Sydney.

David… Elle n'avait pas encore eu le temps d'en parler avec Ginny. Mais elle avait le sentiment qu'il avait débarqué dans la vie de sa fille au bon moment. Enfin, pas exactement (car dans ce cas, il aurait été utile de revenir pour sa naissance), mais il était réapparu alors que Ginny était en pleine période de doutes. Tess ne put s'empêcher de sourire. Peut-être le fait d'avoir rencontré quelqu'un d'aussi paumé qu'elle l'avait-il aidée ? Peut-être était-ce tout simplement ridicule d'attendre d'une jeune fille de dix-huit ans qu'elle sache parfaitement ce qu'elle voulait faire de sa vie, en particulier dans cette société qui offrait tellement de choix ? Après tout, Tess avait le sentiment qu'elle venait tout juste de décider, elle, à trente-neuf ans.

— Alors, raconte-nous un peu ce que tu comptes faire, chérie, intervint son père.

Tess parvint à arracher son regard du carnet relié. Ils avaient déjà parlé de ses projets concernant la Villa Sirena, Muma passant de pièce en pièce, incrédule, comme si elle n'arrivait pas à réaliser qu'elle était bien là, dans la villa de son enfance. Lorsqu'ils partiraient, à la fin de la semaine, les travaux de rénovation débuteraient, et, à son retour à Cetaria, Tess espérait qu'ils seraient terminés et qu'elle pourrait démarrer son affaire. *Merci, David*, songea-t-elle une nouvelle fois. Parce qu'après tout, c'était grâce à son argent qu'elle pouvait payer les travaux (en retirant évidemment ce qu'elle donnerait à Ginny).

— Est-ce que c'est comme dans ton souvenir ? lui avait demandé Tess en attrapant le bras de sa mère.

Ça n'avait pas été facile pour Flavia de découvrir les ruines de son ancienne maison, même si Tess l'y avait préparée, mais, d'une certaine façon, c'était la villa de la sirène, la majestueuse villa de l'enfance de sa mère, qui avait la plus grande symbolique.

— Oui et non, avait répondu sa mère, ce qui avait amusé Tess.

Elle savait exactement ce qu'elle ressentait. La mémoire était une bien étrange créature. Elle était sélective et pouvait jouer de drôles de tours. Parfois, il était même impossible de délier ce qui était vraiment arrivé de ce que vous auriez aimé qu'il se passe ; ce que vous aviez rêvé de ce qu'on vous avait raconté. Et pourtant, vous pensiez être sûr de vous...

— Eh bien... J'imagine que le B&B va me prendre pas mal de temps, répondit Tess.

Avec Ginny, elle en avait longuement discuté. Tess voulait s'assurer que ça ne dérangerait pas sa fille qu'elle reste en Sicile, du moins pour un petit moment. Est-ce qu'elle s'en sortirait en Australie ? Finirait-elle par passer plus de temps avec son père ? Ou rentrerait-elle en Angleterre plus tôt que prévu ? Peut-être viendrait-elle même vivre en Sicile, qui sait ? Elles ignoraient totalement de quoi l'avenir serait fait, mais, comme elle l'avait suggéré avec un sourire :

— À chaque jour suffit sa peine...

Elle était prête à revenir en Angleterre si elle le devait. Elle louerait sa maison de Pridehaven pour pouvoir la récupérer au cas où. Ça la peinait de ne pas savoir quand elle reverrait sa fille, mais elle ne l'empêcherait pas de s'épanouir. Elle avait appris à la laisser respirer, à être là, mais pas trop...

— Je t'aime, maman, avait dit Ginny. Et tu vas me manquer. Mais...

— C'est quelque chose que tu te dois de faire, je sais.

Et Tess était fière de sa fille, qui avait décidé de prendre sa vie en main. Elles étaient fortes, toutes les deux.

— J'embaucherai sûrement du personnel quand je pourrai me le permettre, poursuivit Tess.

Mais, au début, elle se débrouillerait toute seule.

— Je compte également apprendre le sicilien. Et j'aimerais ouvrir mon propre centre de plongée.

La vie sous-marine de Cetaria était tellement riche que c'était indispensable, à ses yeux. Pourtant, personne ne semblait s'en être rendu compte jusqu'ici. Le centre de plongée le plus proche se trouvait à une trentaine de kilo-mètres du village, en direction de Palerme.

Et il y avait suffisamment d'hôtels dans le coin pour accueillir les touristes. Son centre pourrait proposer de la location d'équipement, des cours, des safaris photo sous-marins et peut-être même des forfaits pour les vacances. Oui, pourquoi pas ? C'était certes ambitieux, mais exci-tant. Et elle avait déjà discuté avec Tonino de l'objectif d'un tel centre, c'est-à-dire protéger l'héritage écologique et archéologique sous-marin de la région.

— Ça, ça va te changer de ton ancien travail ! déclara son père quand elle eut terminé de s'enthousiasmer. Même si, finalement, tu ne sortiras pas la tête de l'eau…

Tous se mirent à rire autour de la table.

— Tu vas y arriver, tu crois ? ajouta-t-il.

— Bien sûr qu'elle va y arriver, intervint Muma, à la grande surprise de Tess. C'est ma fille, n'est-ce pas ?

Nouvel éclat de rire général. Il allait falloir qu'elle rassure son père. Il était d'une nature angoissée, et, lorsqu'elle l'avait aperçu à l'aéroport, elle avait été stupé-faite de voir à quel point il avait vieilli. Ses cheveux étaient clairsemés, son dos, plus voûté, et ses yeux, plus voilés qu'avant. Quand elle l'avait serré dans ses bras, une bouf-fée de parfum de son enfance l'avait giflée au visage, et elle n'avait plus eu envie de le lâcher.

— Sa chute a été dure pour lui, lui avait murmuré sa mère. Il ne va pas s'en remettre tout de suite.

— Il s'est fait mal à ce point ?

Après tout, on lui avait seulement parlé de quelques bleus et d'un poignet cassé.

— Non, c'est son amour-propre qui en a pris un coup. Il a compris qu'il était vieux.

Tess avait dû se détourner pour dissimuler ses émotions. Elle ne parvenait pas à accepter le fait que ses parents soient vieux. Elle refusait qu'ils la quittent.

— Et est-ce que tu aurais imaginé, ma chérie, qu'en s'envolant pour la Sicile, notre fille tomberait amoureuse ? lança Lenny en se tournant vers Flavia.

Amoureuse ? Tess se sentit rougir.

— J'avoue que je le craignais, répondit sa mère en faisant claquer sa langue. La Sicile est une vraie séductrice.

La Sicile ?… D'accord. Oui, il était vrai qu'elle était tombée amoureuse de cet endroit. En vérité, elle se sentait chez elle ici.

— Et tu comptes gérer ça toute seule, Tessie ? lui demanda son père en la scrutant du regard.

— Je ne sais pas encore.

Elle avait beaucoup vu Tonino depuis qu'ils avaient découvert *il Tesoro*, mais elle ne parvenait pas à savoir ce qu'il voulait. La considérait-il comme une simple amie ? Et pourrait-elle se contenter de cela ?

— Dis, tu nous parles du trésor ? intervint Ginny, les yeux brillants.

Tess se lança donc dans le récit de leur découverte, tout comme elle l'avait fait avec Millie quelques jours après leur expédition. Oui, ces bijoux en or et ces pièces, probablement grecs, valaient sûrement très cher. Oui, ils étaient magnifiques. Et oui, c'était Luigi Amato qui les avait découverts en premier.

— Mais il est où, là ? avait demandé Millie avec un regard avide.

Tess savait très bien qu'elle se tenait prête à prévenir quelqu'un, téléphone à la main. Et elle savait de qui il s'agissait.

— Tu peux dire à Giovanni que nous ne l'avons plus. Qu'il ne s'embête plus à aller fouiner dans la villa. Il n'est pas là-bas.

Millie avait paru gênée, et ce, pour la première fois depuis que Tess la connaissait.

— De quoi tu parles, Tess ? Tu ne penses quand même pas que…

— Je vous ai vus, Millie, avait ricané Tess. Ne gaspille pas ta salive, va.

Le lendemain de leur découverte, elle avait foncé à l'hôtel, impatiente de parler à Millie et Pierro de ce qu'ils avaient trouvé. Apparemment, Pierro était en voyage d'affaires, et Millie n'était pas à l'accueil ; alors, elle s'était rendue dans la partie privée de l'hôtel.

Pile à cet instant, la porte de leur appartement s'était ouverte sur Giovanni, à peine rhabillé et tout échevelé. Tess s'était empressée de se cacher derrière un palmier et, à la manière d'un détective, s'était amusée à observer la scène. Millie était alors apparue derrière lui en gloussant et en le tirant par le bras, jusqu'à ce qu'il se retourne et lui donne un baiser qui ne laissait plus aucun doute quant à leur relation.

Tess avait quitté l'hôtel par un autre chemin et était retournée vers le *baglio* en se disant que ça ne la regardait pas. Mais elle s'était alors souvenue des traces de rouge à lèvres sur le col de Giovanni et du déjeuner interminable auquel l'avait conviée Millie le jour où il était entré dans sa villa par effraction. Elle avait soudain tout compris.

Tout ce qu'elle avait raconté à Millie…, elle aurait pu tout aussi bien le raconter directement à Giovanni. Millie n'était pas son amie et elle ne l'avait jamais été. C'était avant tout la maîtresse de Giovanni. Elle avait vu Tess avec lui au marché et, par jalousie, elle avait cherché à se rapprocher d'elle pour s'assurer qu'il n'y avait rien entre eux. Puis elle avait été l'espionne de Giovanni. C'était d'un mélo ridicule, mais c'était ainsi.

Millie s'était enfoncée dans sa chaise et avait jeté un regard froid à Tess.

— Alors, pourquoi tu es là, hein ? Pour bien te marrer ?

Tess avait secoué la tête.

— Non, nous voulions seulement que Giovanni sache qu'il pouvait oublier cette histoire de trésor.

Tonino avait été catégorique :

— *Il Tesoro* n'a jamais vraiment appartenu aux Amato. Et il n'a causé que du malheur dans notre famille. Il appartient à la Sicile, et elle doit le récupérer.

Toutes les autorités siciliennes n'étaient pas corrompues, par chance. En confiant aux bonnes personnes ce qu'ils avaient trouvé, Tess et Tonino étaient convaincus qu'*il Tesoro* ne tomberait pas en de mauvaises mains. Qu'il finirait dans un musée qui le mettrait en valeur, et non dans une organisation cupide, sordide et corrompue.

Millie était restée muette.

Tess avait alors sorti de son sac l'anneau qu'ils avaient trouvé et enveloppé dans un mouchoir.

— Et tu peux donner ça à Giovanni.

Après un moment d'hésitation, Millie s'en était emparée et l'avait tourné entre ses doigts. Tonino lui avait redonné tout son éclat, et les initiales ELS étincelaient.

— Qui ?…

— Nous pensons que cette bague appartenait à son grand-père. Ettore Sciarra. Tu sais, celui qui était censé avoir été assassiné par le grand-père de Tonino ?

Elle avait marqué une courte pause.

— Je sais que Giovanni porte une bague similaire avec les mêmes initiales. J'imagine qu'il s'agit d'une tradition familiale.

Millie avait hoché la tête.

— Elle se trouvait dans la grotte. Aux côtés d'*il Tesoro*. Et d'un squelette.

— Un squelette ?!

Tess s'était alors levée.

— Oui. Giovanni ferait bien de se demander ce qu'il faisait là-bas…

Lorsque Tess était revenue dans le *baglio*, elle avait rejoint Tonino et lui avait parlé de Millie et de Giovanni. Après tout, qu'avait-elle bien à faire de la réputation de cette femme ?

— Je m'en doutais.

Tess l'avait dévisagé.

— Comment ça ?

— Millie Zambito court après tous les hommes.

— Toi aussi, elle t'a couru après ? s'était-elle enquise.

— Pendant quelques mois, oui. Cette femme ne s'avoue pas facilement vaincue.

Tess s'était souvenue de ce que Millie avait dit de Tonino. Et de l'expression sur son visage.

— Tu as été tenté ?

Elle avait alors réalisé que c'était sûrement Millie qui avait confié à Tonino qu'elle était la fille de Flavia Farro, ce fameux soir où il était apparu avec plusieurs heures de retard, complètement soûl, ce fameux soir où elle s'attendait à faire l'amour avec lui, mais où ils avaient finalement rompu.

— Je suis un homme, avait-il répondu avec un haussement d'épaules.

Ça, elle l'avait remarqué...

— Mais, non : Millie est une croqueuse d'hommes.

— Et Pierro dans tout ça ?

Tess avait de la peine pour lui. C'était un homme adorable. Il ne méritait pas ce que lui faisait subir Millie.

— Il est peut-être au courant, peut-être pas, avait commenté Tonino en faisant le signe du cocu. Peut-être que lui aussi, il a quelqu'un d'autre. Ou peut-être pas. Millie Zambito est une femme très malheureuse, Tess, tu sais.

Tess savait qu'il avait raison. Elle avait repensé à cette légèreté fragile dont semblait déborder Millie. Elle regrettait qu'elle ne puisse pas être son amie, finalement.

Pourrait-elle rester à Cetaria, aux côtés de Millie et de Giovanni ? Oui. Elle avait la nette impression qu'ils la laisseraient désormais tranquille.

Autour de la table, ils levèrent tous leur verre.

— À *il Tesoro* ! lança Ginny. Ce fameux trésor que ma mère a rendu à la Sicile !

Ils éclatèrent tous de rire.

— Il paraît que la *Grotta Azzurra* est très belle, murmura Flavia.

— Oh oui !

Mais alors, Tess se figea. Leur avait-elle donné le nom de la grotte ? Elle était persuadée que non.

— Muma ?… Tu n'étais quand même pas au courant, pour le trésor ?

Flavia fit claquer sa langue.

— Tu crois vraiment que ces hommes m'en auraient parlé ?

Non… Mais Santina lui avait confié que Flavia aimait écouter aux portes… Et la petite lueur, dans les yeux de sa mère, ne laissait aucun doute possible…

— Muma, souffla-t-elle.

— C'était à toi de le découvrir, ma chérie, répondit-elle avec un sourire.

— À Edward Westerman !

Tess les observa tour à tour. Sa famille, avec elle, ici à Cetaria, là où tout avait commencé, du moins pour Muma. Elle pensait enfin comprendre pourquoi Edward Westerman lui avait légué la villa de la sirène. On perdait beaucoup, quand on perdait de vue ses racines.

Elle était venue en Sicile pour comprendre sa mère, mais, finalement, elle avait également appris à comprendre sa fille. Mères et filles… Quel voyage !…

— À Edward, répéta Flavia en souriant à Lenny. Et à sa sœur Bea.

— Bon, Nonna, quand est-ce que tu comptes nous dire ce que c'est, ça ? lança Ginny en désignant le carnet rouge. Je n'ai pas arrêté de te voir écrire dedans.

— C'est mon histoire.

Flavia le tendit alors à Tess d'un air humble.

— Elle t'aidera peut-être à mieux comprendre certaines choses, ma chérie.

Tess s'en empara et l'ouvrit. Les pages étaient couvertes de l'écriture soignée et penchée de sa mère. Une boule lui serra soudain la gorge.

— Muma…

Elle n'arrivait pas à croire que sa mère ait fait ça. Elle posa la main sur la sienne.

— Il y a quelque chose, à la fin, aussi.

Tess retourna le carnet. Des pages et des pages de recettes, toujours notées par sa mère. Elle se mit à en lire une.

Une pincée de ceci ou encore une poignée de cela…

Elle passa à une autre page.

*L'*antipasto, *la viande, le poisson, le* dolce…

Il s'agissait de toutes les recettes siciliennes avec lesquelles elle avait grandi…

— J'ai commencé à l'écrire pour toi, commenta Flavia. Mais, au final, je l'ai également terminée pour moi.

— Merci, Muma…

La cuisine représente notre identité, là d'où nous venons, l'endroit que nous appelons « maison »…

En lisant ces mots, Tess comprit alors que le vrai trésor était entre ses mains.

72

Ce soir-là, dans leur lit, Lenny se tourna vers sa femme.

— Que penses-tu de notre fille ?

— Elle s'en est très bien sortie, répondit Flavia en souriant.

— Tu crois qu'elle sera heureuse ici ?

— Oui, comme un poisson dans l'eau…

Flavia avait vu Tess discuter avec le mosaïste du *baglio*. Il s'agissait du petit-fils d'Alberto Amato. Un homme très bien. Sans aucun doute digne de confiance.

— Et toi, mon amour ? Tu es contente d'être revenue, même si ce n'est que pour quelques jours ?

Il ouvrit les bras, et elle alla se nicher dans le creux de son épaule.

— Je comptais t'en parler, justement.

— Comment ça ?

— De la durée de notre séjour…

— Ah ! ah !…

Ils n'en dirent pas davantage. Flavia, blottie contre son mari, était tout simplement heureuse. Cet après-midi, elle avait été voir Santina, retrouvailles qui s'étaient transformées en effusion de larmes.

— Je pensais que tu ne reviendrais jamais, n'avait cessé de répéter Santina en prenant Flavia dans ses bras avant de s'écarter pour bien l'observer. Laisse-moi te regarder, mon amie.

Mon amie... Santina lui avait montré la broderie qu'elles avaient confectionnée ensemble. C'était étrange : Flavia l'avait complètement oubliée, mais, quand elle avait vu ce vieux bout de lin usé, tout lui était soudain revenu en tête.

Parfois, nos racines symbolisent le pardon. Et, parfois, il faut retourner à ses racines. Au fil des ans, Flavia s'était sentie chez elle en Angleterre.

Mais... Comme elle l'avait dit à ce jeune homme, dans le *baglio*, elle était revenue parce qu'elle avait senti que c'était le moment de tourner la page. Le moment de finir ce voyage. Le moment de pardonner à sa famille. Et à la Sicile. Elle avait enfin décidé de tout oublier.

73

Une fois tout le monde couché, Tess descendit en direction du *baglio*. Il était minuit, et Tonino l'attendait sur la baie. Il avait allumé un feu et faisait griller du poisson et des crevettes. L'air nocturne charriait les senteurs du bois mêlées à celles des fruits de mer, du sel et de la pierre mouillée. Elle s'assit sur le mur, au niveau de la jetée. Tonino avait apporté deux lampes à huile qu'il avait posées contre les pierres et dont la lueur bleuâtre se combinait au flamboiement du feu et à l'éclat de la pleine lune. Il avait recouvert les cailloux d'un tapis et préparé du vin blanc, des glaçons, des verres et du pain dans un panier.

— Tu l'as terminée ? demanda-t-elle.

Elle savait que la mosaïque sur laquelle il travaillait comptait particulièrement pour lui, mais il ne lui avait pas révélé pourquoi ni ce que c'était. Il se contentait de répéter qu'il attendait la pièce manquante.

— Oui, elle est finie, répondit-il en arrosant le poisson de citron pressé.

— C'est vrai ?

Ce n'est qu'à cet instant qu'elle se rendit compte qu'il avait posé quelque chose contre la jetée, quelque chose de grand et de plat entouré d'une bâche.

— C'est elle, là ? C'est le vernissage ce soir ? le taquina-t-elle.

— Exactement.

Mais, avant cela, ils terminèrent le poisson et les crevettes, agrémentés de beaux morceaux de pain sicilien, et finirent le vin blanc. Puis le feu s'éteignit, et ils restèrent là, adossés à la roche, à admirer *il faraglione*, les montagnes sombres et la lune qui illuminait les vagues venant lécher la baie.

Il se leva alors enfin, positionna son travail de façon à ce qu'il soit éclairé par la lune, et rapprocha les lampes. Puis il retira la bâche. Tess se redressa et contempla la mosaïque. Elle était magnifique. Il s'agissait d'une sirène représentée de profil, un miroir dans une main, un peigne dans l'autre, ses longs cheveux couleur algue tombant dans son dos nu, sa jolie queue redressée derrière elle.

Elle lui fit aussitôt penser au motif au-dessus de la porte d'entrée de la villa : la sirène qu'elle considérait comme *sa* sirène. En revanche, celle-ci semblait plus apaisée que triste. On aurait dit qu'elle venait de découvrir un secret, qu'elle en savait bien plus que ce que l'on pouvait imaginer.

— Elle n'est faite qu'en verre de mer, expliqua Tonino.

— Parce que c'est de là qu'elle vient…

Tess devinait désormais les nuances du verre : le corps turquoise et vert marin, l'éclat lilas des mains, des bras et du visage, les jaunes et les bruns de la chevelure…

— Et la pièce manquante ? demanda-t-elle.

Tonino désigna alors l'œil violacé parfaitement dessiné en amande.

— Tu l'as trouvée !

— Ça n'a pas été facile, déclara-t-il avec un grand sourire. Mais ça valait le coup d'attendre. Qu'est-ce que tu en penses ? C'est une pièce vraiment spéciale. Je l'ai trouvée au niveau des rochers, là-bas.

— Oui, elle est magnifique, répondit Tess, même si elle sentait bien qu'il la cherchait… Alors, qu'est-ce qu'elle représente, cette sirène ? Tu vas me raconter son histoire, dis ?

Il posa les mains sur les hanches et sembla y réfléchir un instant.

— Un pêcheur de Cetaria l'aurait vue sur *il faraglione*. Elle se regardait dans un miroir et peignait ses longs cheveux dorés.

Il leva alors un doigt vers le ciel et sourit.

— Apparemment, elle ne serait visible que les soirs de pleine lune.

— Comme ce soir…, murmura Tess en posant les yeux sur les rochers qui jaillissaient de la mer.

— Oui, comme ce soir. Son miroir se réfléchissait sur la surface de l'eau. Le pêcheur, irrésistiblement attiré, vint s'asseoir sur les rochers et l'écouta chanter. Il n'avait jamais entendu une voix pareille…

Il s'arrêta un instant, et Tess tendit l'oreille. Mais elle distinguait seulement les clapotis de l'eau sur les rochers et le léger bruit des vagues qui balayaient la baie.

— Mais l'entendre une fois par mois ne lui suffisait pas, poursuivit Tonino. Il voulait l'écouter tous les soirs. Il en voulait plus.

N'était-ce pas leur lot à tous ? songea Tess.

— Alors, qu'a-t-il fait ?

— Il essaya de la garder. « Tu dois rester hors de l'eau », dit-il à la sirène.

La voix de Tonino avait pris une nouvelle tonalité. Il semblait ne faire qu'un avec le pêcheur.

— « Tu dois venir vivre avec moi et me laisser t'aimer. »

Tess était suspendue à ses lèvres.

— « Mais, si je reste hors de l'eau, mon chant mourra », répondit-elle alors.

Tonino se leva et s'approcha de sa mosaïque tout en poursuivant :

— Le pêcheur ne la croyait pas : « Je n'attrape du poisson que lorsque je t'entends chanter. Le reste du temps, l'eau est stérile. Viens avec moi ; nous aurons du poisson en abondance et nous serons heureux. »

— Qu'a-t-elle répondu ?

— Elle était réticente, souffla Tonino en croisant son regard. « Si je quitte la mer, les poissons la quitteront aussi, et tu auras faim. »

Il s'interrompit un instant.

— Un soir, pour la troisième fois, le pêcheur la supplia à genoux. « Lorsque tu es avec moi, je me sens en sécurité en mer. Mon embarcation ne connaît pas le danger, et mon harpon est redoutable. Sans toi, la mer est mon ennemie. »

Tess leva les yeux vers la Villa Sirena. Elle ne voyait pas la sirène d'ici. Mais elle comprenait qu'elle avait été confrontée à un cruel dilemme…

— La sirène ne supportait pas l'idée que le pêcheur puisse se noyer. Alors, elle abandonna son miroir et son peigne, et vint vivre sur la terre ferme.

Tonino leva à son tour les yeux vers la villa.

— Il donna son nom à sa demeure. *Sirena*. Mais la sirène était piégée. Elle n'était pas libre. La marée changea, l'hiver arriva, et il n'y eut plus de poissons dans la mer. La sirène n'avait plus la force d'aller chanter sur les rochers. Peu à peu, son chant se réduisit au silence.

Tonino avait de nouveau hypnotisé Tess. Lorsqu'il lui racontait ces légendes, il semblait se fondre si facilement dans ce monde fictif…

— Je comprends pourquoi elle a l'air si triste, maintenant, murmura Tess.

— Le pêcheur finit par comprendre ce qu'il avait fait. Un soir de pleine lune, il la fit monter dans son bateau et partit en mer. « Sois libre ! » s'écria-t-il, puis elle glissa de l'embarcation et plongea, sa queue d'argent étincelant dans la clarté lunaire.

Tess pouvait presque la visualiser. Elle posa alors les yeux sur la mosaïque qu'il avait pris tant de soin à confectionner. Oui, elle la visualisait très bien.

Tonino pencha la tête.

— Le pêcheur avait le cœur brisé. Les poissons étaient

revenus, et il entendait son chant à la pleine lune, mais ça lui était égal. « Je n'aurais jamais dû lui demander de vivre dans mon monde », se reprochait-il. À la pleine lune suivante, il s'approcha de la rive et s'enfonça dans l'eau.

— Et ? souffla Tess, qui buvait ses paroles.

— Il la vit sur les rochers, illuminée par la lune. Il se noya dans ses yeux violacés et l'écouta entonner ce merveilleux chant qu'il avait si souvent écouté. Lorsqu'au lever du jour, elle plongea dans la mer, il la suivit.

Tonino croisa alors les bras avant de déclarer :

— *Finito*.

Finito ? Tess se demanda si Edward Westerman avait déjà entendu parler de cette histoire.

— Qu'est-ce que ça veut dire ? Qu'il faut tout abandonner par amour ? Ou que nous avons tous besoin d'être libres ?

Tonino effleura sa mosaïque des doigts.

— Cette histoire parle peut-être de la complexité d'une relation, suggéra-t-il.

Et nous dans tout ça ? eut-elle envie de hurler. Avait-il préparé ce pique-nique nocturne simplement pour lui montrer sa dernière création et lui parler de sirènes ?

— La sirène, Tess, *La Sirena*, elle est pour toi, déclara-t-il.

— Pour moi ?

Elle était si magnifique… Tess ne savait pas quoi dire.

— Et j'ai parlé avec ta mère.

— Ma mère ?

— Elle aussi pense qu'il est temps.

— Qu'il est temps ?

Tess avait la nette impression de s'être transformée en perroquet humain. Tonino s'approcha d'elle. Tout près. Elle distinguait les effluves de colle, de poussière, de pierre et de citron sicilien qu'il dégageait. C'était un mélange entêtant. Il lui tendit la main et l'aida à se lever.

Ses yeux étaient toujours aussi sombres, mais, cette fois, ils semblaient vouloir lui dire quelque chose. Cette cicatrice sur son visage, ces traits… Oui, il lui rappelait vraiment quelqu'un, ou quelque chose, plutôt. Pour une raison qu'elle ignorait, il lui rappelait sa maison. Où que celle-ci se trouvât…

Il posa alors les mains sur ses épaules.

— Il est temps de tourner la page, dit-il.

Puis, il se pencha vers elle.

— Je ne pense pas que nous vivions dans des mondes si différents que ça, tous les deux.

Tess comprit soudain ce qu'il sous-entendait.

— Tu veux dire ?…

Il se rapprocha encore.

— Oui, exactement…

Remerciements

J'ai lu énormément de romans et de documentaires concernant la Sicile pour préparer ce livre et j'ai fait de mon mieux pour être le plus juste possible historiquement, géographiquement, culturellement et linguistiquement parlant. Ce livre reste toutefois une fiction, et j'ai adapté certaines choses pour le bien de l'histoire. J'assume donc l'entière responsabilité de toute inexactitude.

Ma plus grande reconnaissance va à mon adorable agent, Teresa Chris, pour son soutien et sa foi en moi. Merci également à toute l'équipe de Quercus, et en particulier à Jo Dickinson, qui est un éditeur brillant et sensible.

J'aimerais remercier Grey Innes pour son aide durant l'écriture de ce livre, en particulier pour ses connaissances en matière de plongée et pour sa perspicacité et son écoute... Merci également à Margaret et Leo, de Castellammare, de m'avoir aidée pour tout ce qui touchait au sicilien. Merci à ma chère amie Jane, pour ses conseils en psychothérapie, et aussi à ceux qui ont bien voulu lire des extraits de mon livre : Sarah Sparkes, Caroline Neilson, June Tate.

J'aimerais remercier mon ami Alan Fish pour son intérêt et son soutien sans faille, et pour m'avoir toujours dit ce qu'il pensait ! Il a également contribué à mes recherches lorsque je manquais de temps ou d'énergie...

J'ai écrit une grosse partie de ce livre tout en traversant l'Europe ; alors, merci du fond du cœur à ma tendre amie Caroline Neilson de s'être occupée de tout durant notre absence. Je ne sais pas ce que j'aurais fait sans elle.

Tout mon amour et ma gratitude à mes merveilleuses filles Alexa et Ana, et à mon fils Luke. Et enfin, à Grey, qui est le meilleur compagnon de route qu'un écrivain puisse espérer avoir auprès de soi !